„BÜCHER SIND WIE FALLSCHIRME. SIE NÜTZEN UNS NICHTS, WENN WIR SIE NICHT ÖFFNEN."

Gröls Verlag

Redaktionelle Hinweise und Impressum

Das vorliegende Werk wurde zugunsten der Authentizität sehr zurückhaltend bearbeitet. So wurden etwa ursprüngliche Rechtschreibfehler *nicht* systematisch behoben, denn kleine Unvollkommenheiten machen das Buch – wie im Übrigen den Menschen – erst authentisch. Mitunter wurden jedoch zum Beispiel Absätze behutsam neu getrennt, um den Lesefluss zu erleichtern.

Um die Texte zu rekonstruieren, werden antiquarische Bücher von Lesegeräten gescannt und dann durch eine Software lesbar gemacht. Der so entstandene Text wird von Menschen gegengelesen und korrigiert – hierbei treten auch Fehler auf. Wenn Sie ebenfalls antiquarische Texte einreichen möchten, finden Sie weitere Informationen auf www.groels.de

Viel Freude bei der Lektüre wünscht Ihnen das Team des Gröls-Verlags.

Adressen

Verleger: Sophia Gröls, Im Borngrund 26, 61440 Oberursel

Externer Dienstleister für Distribution & Herstellung: BoD, In de Tarpen 42, 22848 Norderstedt

Unsere „Edition | Werke der Weltliteratur“ hat den Anspruch, eine der größten und vollständigsten Sammlungen klassischer Literatur in deutscher Sprache zu sein. Nach und nach versammeln wir hier nicht nur die „üblichen Verdächtigen“ von Goethe bis Schiller, sondern auch Kleinode der vergangenen Jahrhunderte, die – zu Unrecht – drohen, in Vergessenheit zu geraten. Wir kultivieren und kuratieren damit einen der wertvollsten Bereiche der abendländischen Kultur. Kleine Auswahl:

Francis Bacon • Neues Organon • **Balzac** • Glanz und Elend der Kurtisanen • **Joachim H. Campe** • Robinson der Jüngere • **Dante Alighieri** • Die Göttliche Komödie • **Daniel Defoe** • Robinson Crusoe • **Charles Dickens** • Oliver Twist • **Denis Diderot** • Jacques der Fatalist • **Fjodor Dostojewski** • Schuld und Sühne • **Arthur Conan Doyle** • Der Hund von Baskerville • **Marie von Ebner-Eschenbach** • Das Gemeindekind • **Elisabeth von Österreich** • Das Poetische Tagebuch • **Friedrich Engels** • Die Lage der arbeitenden Klasse • **Ludwig Feuerbach** • Das Wesen des Christentums • **Johann G. Fichte** • Reden an die deutsche Nation • **Fitzgerald** • Zärtlich ist die Nacht • **Flaubert** • Madame Bovary • **Gorch Fock** • Seefahrt ist not! • **Theodor Fontane** • Effi Briest • **Robert Musil** • Über die Dummheit • **Edgar Wallace** • Der Frosch mit der Maske • **Jakob Wassermann** • Der Fall Maurizius • **Oscar Wilde** • Das Bildnis des Dorian Grey • **Émile Zola** • Germinal • **Stefan Zweig** • Schachnovelle • **Hugo von Hofmannsthal** • Der Tor und der Tod • **Anton Tschechow** • Ein Heiratsantrag • **Arthur Schnitzler** • Reigen • **Friedrich Schiller** • Kabale und Liebe • **Nicolo Machiavelli** • Der Fürst • **Gotthold E. Lessing** • Nathan der Weise • **Augustinus** • Die Bekenntnisse des heiligen Augustinus • **Marcus Aurelius** • Selbstbetrachtungen • **Charles Baudelaire** • Die Blumen des Bösen • **Harriett Stowe** • Onkel Toms Hütte • **Walter Benjamin** • Deutsche Menschen • **Hugo Bettauer** • Die Stadt ohne Juden • **Lewis Caroll** • *und viele mehr….*

Karl May

Im Reiche des silbernen Löwen I

Reiseerzählungen

Inhalt

ERSTES KAPITEL

Dschafar

Wohl die meisten meiner Leser kennen Winnetou, den Häuptling der Apatschen, den edelsten Indianer, den besten und treusten Freund, den ich gehabt habe; sie wissen jedenfalls auch, daß und wie er gestorben ist. Er erhielt im tiefen Krater des Hancock-Berges im Kampfe gegen die Sioux eine Kugel in die Brust und verschied kurze Zeit darauf in meinen Armen. Wir schafften seine Leiche nach den Gros Ventre-Bergen und begruben sie dort im Thale des Metsur-Flusses. Mir blieb die traurige Pflicht, nach dem Süden zu reiten, um den Apatschen zu melden, daß ihr geachtetster und bewundertster Anführer nicht mehr am Leben sei.

Das war ein Ritt, an den ich noch heute am liebsten gar nicht denken mag. Winnetous Tod hatte mich so tief ins Leben getroffen, daß ich ein ganz anderer geworden war. Sonst immer heiter und voller Vertrauen auf mich selbst, brachte ich es jetzt nicht zum leisesten Lächeln, und aller Lebensmut schien mir abhanden gekommen zu sein. Ich wollte allein mit mir sein und mied die Menschen, und mußte ich auf meinem einsamen, weiten Ritte ja einmal in einem Fort oder einer Ansiedelung vorsprechen, so that ich dies in kürzester Weise und machte mich so schnell wie möglich wieder davon.

Ich kann freilich nicht sagen, daß die Leute, mit denen ich da zusammentraf, sich so gegen mich verhalten hätten, daß mir der Gedanke gekommen wäre, länger, als ich beabsichtigt hatte, bei ihnen zu bleiben. O nein, sie schenkten mir ganz im Gegenteile so wenig Beachtung, als ob ich für sie gar nicht vorhanden sei, und ich bekam, wenn ich weiterritt, kaum einen Gruß zu hören. Der Grund davon lag in meiner äußeren Erscheinung.

Es muß nämlich erwähnt werden, daß ich mit Winnetou nach dem Hancock-Berge gegangen war, um eine Anzahl Settlers, welche wir kannten, aus der Gefangenschaft der Sioux-Ogellalah zu befreien. Dies gelang uns, wurde aber mit dem Tode Winnetous bezahlt. Als wir ihn begraben hatten, entschloß sich ein Teil der Weißen, im Thale des Metsur-Flusses zu bleiben und da eine Ansiedelung zu gründen. Ich half ihnen dabei, und so kam es, daß ich den Ritt zu den Apatschen erst längere Zeit später antrat.

Im Laufe dieser Zeit war mein Jagdanzug so defekt geworden, daß ich gezwungen war, ihn durch einen andern zu ersetzen; da es aber im wilden Westen kein Kleidermagazin gab, so war ich froh, als mir einer der Settler einen selbstgefertigten Anzug anbot, eine Kleidung von der Art, wie die Hinterwäldler sie zu tragen pflegen, von blauer Leinwand, selbst erbaut, selbst gesponnen und gewebt und auch selbst zugeschnitten und zusammengenäht. So ein Anzug hat natürlich keine Spur von Schnitt; die Hose gleicht einer zusammengehängten Doppelröhre; die Weste ist ein kleiner Sack ohne und der Rock ein großer, langer Sack mit Aermel. Und da der meinige eigentlich für eine ganz andere Figur bestimmt gewesen war, so läßt es sich denken, daß ich in diesem Habite keine allzu bewundernswerte Rolle spielte. Ich sah wohl allem andern aber nur keinem Westmanne ähnlich, und da mein jetziges wortkarges, menschenscheues Wesen dazu kam, so war es ganz natürlich, daß ich nirgendwo die Beachtung fand, welche Old Shatterhand sonst überall zu erregen pflegte.

So war ich im Verlaufe von zwei Wochen in die Nähe des Nord-Kanadian gekommen. Ich ritt über eine weite, ebene Prairie, auf welcher inselartige Gruppen von Bäumen und Sträuchern standen, ein Umstand, welcher zur Vorsicht mahnte, weil dadurch die Aussicht gehemmt wurde und man immer auf eine plötzliche Begegnung gefaßt sein mußte, die leicht eine feindliche sein konnte, denn es ging das Gerücht, daß unter den Comantschen, deren Streifgebiet sich bis hieher erstreckte, bedenkliche Unruhen ausgebrochen seien.

Es war um die Mittagszeit, als ich einen Bach erreichte, dessen frisches, helles Wasser zur Rast einlud. Ich suchte mir eine Stelle aus, von welcher aus ich einen weiten Umblick hatte und jeden, welcher sich etwa näherte, kommen sehen konnte, stieg ab, ließ mein Pferd zum Grasen frei, trank mich satt und legte mich dann im Schatten eines Baumes nieder, doch so, daß ich die ganze Umgegend im Auge hatte.

Ich mochte eine Viertelstunde gelegen haben, als ich zwei Reiter bemerkte, welche es gerade auf die Stelle, wo ich lag, abgesehen zu haben schienen. Es waren Weiße; ich blieb also unbesorgt liegen. Sie kamen aus derselben Richtung, aus welcher ich gekommen war; ja, sie ritten auf meiner Fährte, der sie, wie ich bemerkte, große Aufmerksamkeit schenkten. Sie waren auf meine Spur gestoßen und ihr gefolgt, um zu wissen, wen sie vor sich hatten.

Sie ritten Maultiere und waren der eine ganz genau so wie der andere gekleidet. Als sie näher kamen, bemerkte ich, daß sich diese Aehnlichkeit nicht nur auf die Kleidung, sondern auch auf ihre Gestalten und Gesichtszüge erstreckte. Wer sie erblickte, mußte sie sofort für Brüder, vielleicht gar für Zwillingsbrüder halten.

Sie waren lange, außerordentlich schmächtige und so hagere Gestalten, daß man versucht war, anzunehmen, sie hätten längere Zeit Not gelitten. Daß dem aber nicht so sei, zeigten ihre gesunde Hautfarbe und die kräftige Haltung, welche sie im Sattel behaupteten. Die Aehnlichkeit zwischen beiden war, zumal sie nicht nur ganz gleich gekleidet, sondern auch ebenso gleich bewaffnet waren, so bedeutend, daß man sie fast nur mit Hilfe einer Schmarre zu unterscheiden vermochte, welche dem einen von ihnen quer über die linke Wange lief.

Eine allzu große männliche Schönheit war ihnen nicht zuzusprechen, weil leider der hervorragendste Teil ihrer Gesichter auf eine ganz ungewöhnliche Weise ausgebildet war. Sie hatten Nasen, und zwar was für welche! Man konnte mit aller Sicherheit, jede Wette zu gewinnen, behaupten, daß solche Nasen in den ganzen Vereinigten Staaten nicht mehr zu finden seien. Und nicht die Größe allein, sondern ebenso die Form war außerordentlich und auch die Farbe. Um sich solche Nasen vorstellen zu können, muß man sie gesehen haben; beschreiben kann man sie nicht. Und erstaunlicherweise waren auch sie einander so ähnlich, daß, wenn man sie hätte wegnehmen, vertauschen und wieder ansetzen können, die beiden Gesichter genau dieselben geblieben wären. Trotz dieser Nasen waren die Männer ja nicht etwa häßlich zu nennen; im Gegenteile lag in ihren ausgeprägten Zügen ein Ausdruck von Wohlwollen, welcher gewinnend wirkte; in ihren Mundwinkeln hatte sich ein heiteres, sorgloses Lächeln eingenistet, und ihre hellen, scharfen Augen blickten so gut und freundlich in die Welt, daß selbst ein Uebelwollender zum Mißtrauen keinen Grund zu finden vermochte.

Ihre Anzüge bestanden aus sehr bequemen, dunkelgrauen, wollenen Ueberhemden und Hosen von demselben Stoffe; an den Füßen trugen sie starke Schnürschuhe, auf den Köpfen breitrandige Biberhüte, und von den Schultern hingen breite Lagerdecken wie Regenmäntel herab. In ihren ledernen Gürteln steckten Messer und Revolver, und außerdem waren sie mit langen, weittragenden Rifles bewaffnet.

Das alles war geradezu zum Verwechseln. Wenn diese beiden Männer miteinander in ein Gebüsch gingen und einer von ihnen kam allein wieder heraus, so wußte man, wenn man die erwähnte Schmarre nicht beachtete, gewiß nicht, welcher es war. Und um diese Aehnlichkeit noch frappanter zu machen, ritten sie Maultiere, welche einander in Beziehung auf Farbe, Größe, Bau und Gang auch vollständig gleich waren.

Ich hatte diese beiden Männer bis jetzt noch nie gesehen, aber von ihnen gehört und wußte also, wen ich vor mir hatte, denn eine Täuschung, ein Irrtum war da gar nicht möglich. Sie waren unzertrennlich; kein Mensch hatte jemals einen von ihnen allein gesehen; ihren eigentlichen Namen kannte man nicht; sie wurden nur „Die beiden Snuffles“ genannt, natürlich ihrer Nasen wegen. Jim Snuffle war der mit der Schmarre; Tim Snuffle hieß der andere. Man hört also, daß sogar auch die Vornamen einander ähnlich waren. Und damit nicht genug, hatten auch die Namen ihrer Maultiere fast denselben Klang; Jim nannte das seinige Polly, Tim das seinige Molly.

Wenn ich in der letzten Zeit nicht in der Stimmung gewesen war, eine Kameradschaft herbeizuwünschen, so hatte ich jetzt doch nichts dagegen, mit diesen Männern zusammenzutreffen. Sie waren grundehrliche Menschen und dabei so interessante Charaktere, daß es sich schon verlohnte, eine Strecke mit ihnen zusammenzureiten, falls ihr Weg mit dem meinigen zusammenfallen sollte.

Sie sahen weder mein Pferd, weil dieses sich hinter dem Gebüsch befand, noch mich, denn das Gras, in welchem ich lag, war hier am Bache so hoch, daß es mich verdeckte. Die Augen immer auf meine Fährte gerichtet, kamen sie näher und näher, bis sie kaum noch zwanzig Schritte von mir entfernt waren. Da mußten sie denn doch bemerken, daß die Spur, welcher sie folgten, plötzlich ein Ende nahm. Sie hielten ihre Maultiere an und derjenige mit der Schmarre rief erstaunt aus.

„Wetter! Da ist die Fährte alle! Siehst du das nicht auch, alter Tim?“

„Yes,“ nickte der andere. „Aber wo ist der Kerl?“

„Wie weggeblasen!“

„Da müßte jemand da sein, der ihn fortgeblasen hat, alter Jim. Man sieht aber auch so einen nicht. Ist mir noch nie passiert!“
„Mir auch nicht. Aber schau, dort führen Hufstapfen hinter das Gebüsch. Der Kerl wird sich dort versteckt haben.“
„Nein. Richte deine gesegneten Augen hier herunter! Da ist er abgestiegen und nach dem Wasser gegangen, wo er – –“
Er hielt inne, folgte meinen Fußeindrücken mit den Augen, bis sie an der Stelle, wo ich lag, haften blieben, und fuhr dann fort:
„Alle Teufel! Dort liegt er im Grase und rührt sich nicht! Meint er etwa, daß es hier im wilden Westen kein Pulver und kein Messer giebt? Hält da Mittagsruhe, als ob er daheim auf dem Kanapee läge und nicht jenseits des Mississippi, wo die Comantschen herumstreifen wie Wölfe, die nach Beute heulen. Komm, wollen ihn aufwecken!“
Sie lenkten ihre Tiere zu mir heran. Ich sah ihnen mit offenen Augen entgegen, woraus sie erkennen mußten, daß ich nicht geschlafen hatte. Darum sagte der mit der Schmarre:
„Good day, Mann! Seid Ihr ein unvorsichtiger Mensch! Macht eine Fährte, die man drei Meilen weit erkennen kann, und legt Euch am Ende derselben ruhig in das Gras, sodaß es jedem Roten kinderleicht werden müßte, Euch aufzufinden und auszulöschen. Ein Westmann scheint Ihr also keinesfalls zu sein!“
Infolge seiner sonderbaren Riesennase hatte seine Stimme jenen eigenartigen Klang, weicher der Grund zu dem Namen Snuffle war. Er musterte mich mit einem forschenden, aber keineswegs übelwollenden Blick, den ich ruhig aushielt, und fuhr dann fort:
„Nun, habt Ihr keine Antwort für mich?“
„O doch; aber ich wollte Euch nicht widersprechen,“ antwortete ich.
„Widersprechen? Möchte wissen, woher Ihr das Zeug zum Widerspruch nehmen wolltet!“
„Aus Euern Worten, Sir.“
„Ah! Wirklich? Wieso?“
„Ihr nanntet mich unvorsichtig, ohne den geringsten Grund dazu zu haben. Wenn jemand diesen Vorwurf verdient, so seid Ihr es.“
„Wir? Wetter! Möchte wirklich wissen, wie Ihr das beweisen wollt!“
„Sehr einfach. Meint Ihr denn wirklich, daß ein Roter, der auf meiner Spur käme, mich so leicht auslöschen könnte?“
„Natürlich!“
„Oho! Ich würde ihn kommen sehen, und er bekäme meine Kugel, ehe er nur wüßte, an welcher Stelle ich liege.“
„Meint Ihr wirklich?“
„Jawohl. Ihr selbst waret ja nur ein paar Schritte von mir entfernt, als Ihr mich endlich sahet. Ich hätte Euch also zehnmal so wegblasen können, wie Ihr glaubtet, daß ich weggeblasen sei.“
Da richtete er einen erstaunten Blick auf seinen Bruder und sagte zu ihm:

„Dieser Mann hat nicht unrecht; meinst du nicht, alter Tim? Er spricht fast wie ein Buch, obgleich er gar nicht so klug aussieht. Hätte uns wirklich ganz leicht wegputzen können, wenn es Feindschaft zwischen uns und ihm gäbe und“ – fügte er mit Betonung hinzu – „wenn er ein Westmann wäre.“
„Yes. Ein Westmann aber ist er nicht,“ antwortete Tim in sehr bestimmtem Tone, indem er mich mit einem wohlwollend bedauernden Blicke betrachtete. „Wird irgend ein verirrter Settler sein.“
„Jawohl; das sieht man ja mit dem ersten Blicke. Wollen uns seiner annehmen und ihn auf den richtigen Weg bringen. Sich hier im fernen Westen zu verirren und von den Comantschen ergriffen zu werden, ist keineswegs das höchste der Gefühle. Inzwischen können wir hier auch ein wenig ruhen; der Platz ist nicht übel dazu.“
Er stieg ab, setzte sich zu mir nieder, was auch sein Bruder that, und fragte mich in jenem selbstbewußten, dabei aber freundlichen Tone, dessen sich ein Höherer einem hilfsbedürftigen Niederern gegenüber bedient:
„Ihr habt doch nichts dagegen, daß wir Euch Gesellschaft leisten, he?“
„Die Prairie ist für einen jeden offen, Sir.“
„Oho! Das klingt ja genau so, als ob es Euch ganz schnuppe wäre, daß wir Euch Rat und Hilfe bringen wollen.“
„Sehr lieb von Euch; brauche aber weder Rat noch Hilfe.“
„Nicht?“ fragte er, indem er die Brauen emporzog und mich bedenklich ansah. „Ihr habt Euch also nicht verirrt?“
„Nein.“
„Kennt Euch also aus in dieser Gegend?“
„Ja.“
„Hm! Sonderbar! Ich wette mein Maultier gegen eine junge Ziege, daß Ihr kein Westmann seid. Woher seid Ihr denn eigentlich?“
„Aus Deutschland.“
„Ein Deutscher? Hm, das will ich glauben; das ist allerdings sehr wahrscheinlich. Euer Gesicht, Euer Anzug, ja, ja, es ist alles deutsch an Euch. Man darf wohl erfahren, was Ihr hier treibt und wie Ihr heißt?“
„Warum nicht? Aber ich war zuerst hier und habe also das Recht, diese Frage zunächst an Euch zu stellen.“
„Wetter, sieht dieser Mann auf Ambition! Na, da wir wirklich später gekommen sind, wollen wir gemütlich sein und Euch sagen, daß wir Westmänner sind, echte, wirkliche Westmänner und keine Aasjäger, wie sie jetzt zu Hunderten die alte Prairie unsicher machen. Und wie wir heißen? Unser eigentlicher Name wird Euch wohl gleichgültig sein, denn wir werden von aller Welt nur „Die beiden Snuffles“ genannt, nämlich wegen unserer Nasen, müßt Ihr wissen. Es ist das vielleicht ein wenig ärgerlich; aber wir sind es nun so gewöhnt, daß wir uns nichts daraus machen. So, jetzt wißt Ihr, was wir sind und wie wir heißen, und ich denke, daß Ihr meine Frage nun auch beantworten werdet.“

„Sehr gern," erwiderte ich, indem ich mich nun fast genau seiner eigenen Worte bediente. „Ich will auch gemütlich sein und Euch sagen, daß ich ein Westmann bin, ein echter, wirklicher Westmann und kein Aasjäger, wie sie jetzt zu Hunderten die alte Prairie unsicher machen. Und wie ich heiße? Mein eigentlicher Name wird Euch wohl gleichgültig sein, denn ich werde von aller Welt nur Old Shatterhand genannt."
Bei diesen meinen Worten sprang Jim Snuffle in die Höhe und rief aus:
„Old Shatterhand? Alle Wetter! Da haben wir ja die große Ehre, den berühmtesten – –"
Er konnte nicht weiter sprechen, denn sein Bruder Tim fiel ihm in die Rede:
„Unsinn! Laß dir doch nichts weismachen, alter Jim! Sieh dir diesen Mann doch richtig an! Er und Old Shatterhand! Ich weiß doch genau, daß du auch Augen im Kopfe hast!"
Jim folgte dieser Aufforderung, indem er seinen Blick über mich gleiten ließ, und stimmte dann in enttäuschtem Tone bei:
„Well, hast recht, alter Tim; dieser Mann ist kein Old Shatterhand. Was habe ich nur gedacht! Wenn er Old Shatterhand wäre, so dürfte man einen Waschbär für einen Grizzly halten."
Während er dies sagte, setzte er sich wieder nieder; ich bemerkte ihm.
„Ob Ihr meinen Worten Glauben schenkt oder nicht, kann an der Wahrheit derselben gar nichts ändern."
„Pshaw!" lachte er. „Ihr heißet nicht Old Shatterhand. Ich weiß besser, wer und was Ihr seid."
„Nun, wer?"
„Ein Joker seid Ihr, ein Spaßvogel, der uns an unsern langen Nasen spazierenführen will. Aber das wird Euch nicht gelingen. Ich habe vorhin vor Ueberraschung, so unerwartet den Namen Old Shatterhand zu hören, gar nicht daran gedacht, daß ich diesen berühmten Jäger kenne."
„Ah! Ihr kennt ihn, Mr. Snuffle?"
„Ja."
„Vielleicht sogar genau?"
„Sehr genau freilich nicht. Wir haben ihn einmal in Fort Clark am Missouri gesehen."
„In Fort Clark? Sollte er wirklich einmal dort gewesen sein? Davon weiß ich nichts."
„Das glaube ich gern, denn ich bin überzeugt, daß Ihr von Old Shatterhand überhaupt weiter nichts als nur den Namen wißt. Ich sage Euch, dieser Jäger ist ein baumlanger, ungemein breitschulteriger Mann mit einem rabenschwarzen Vollbarte, der ihm bis auf die Brust herabreicht. Er hat von Winnetou, natürlich ehe sie befreundet wurden, einen Beilhieb über die Stirn bekommen, dessen Spur man noch heute sieht."
„Einen Beilhieb über die Stirn? Eine sehr lange, doppelbreite Gestalt mit langem, schwarzem Vollbarte? Hm! Da habt Ihr Euch wirklich an Eurer langen Nase spazierenführen lassen, Mr. Snuffle. Old Shatterhand ist nie in Fort Clark gewesen. Der, welchen Ihr soeben beschrieben habt, ist ein aus Iowa gebürtiger Fallensteller Namens

Stoke, welcher sich allerdings verschiedenemal und an verschiedenen Orten für Old Shatterhand ausgegeben hat, bis ihm dieses Handwerk gelegt wurde."
„Von wem?"
„Von dem wirklichen Old Shatterhand."
„Also von Euch?"
„Ja."
„Ah! Wie ist das denn zugegangen, Sir? Bin wirklich neugierig, es zu hören."
„Das ging sehr glatt und klar zu. Es war auch in einem Fort, aber nicht Fort Clark, sondern Fort Randall, auch am Missouri. Ich kam dorthin, um meine Munition zu ergänzen, und fand im Store eine Gesellschaft von Männern, welche um ihn saßen und mit Begierde seinen Flunkereien lauschten. Ich fragte ihn, ob er wirklich Old Shatterhand sei, und als er diese Frage bejahte, erklärte ich, daß ich der einzige Mann sei, der das Recht besitzt, diesen Namen zu führen. Da er mich hierauf einen Lügner nannte, führte ich den Beweis, daß ich die Wahrheit gesagt hatte."
„Den Beweis? Wie denn?"
„Ich gab ihm die Faust an den Kopf, daß er augenblicklich zusammenbrach."
„Well! Wollt Ihr die Güte haben, uns jetzt einmal diese Faust zu zeigen?"
„Hier ist sie."
Ich hielt ihm meine Hand hin. Er nahm sie in die seinige, betrachtete sie, befühlte sie, drückte sie und erklärte dann lachend:
„Ihr seid wirklich ein ganz außerordentlicher Spaßvogel. Das ist ja eine Frauenhand. So weiche Finger hatte unsere Tante selig. Ich weiß das sehr genau, denn ich habe manche tüchtige Backpfeife von ihr bekommen, bin aber nicht davon umgefallen oder gar ohnmächtig geworden. Und mit diesen Fingern schlagt Ihr einen Menschen nieder?"
„Ja."
„Daß er die Besinnung verliert?"
„Sogar daß er gar nicht wieder aufwacht, wenn ich will."
„Well! Seid doch so freundlich, und gebt mir jetzt einen solchen Hieb! Ich bitte Euch sehr darum, denn ich möchte gar zu gern einmal wissen, wie es ist, wenn man ohne Besinnung ist."
Er hielt mir lachend seinen Kopf hin. Es juckte mich förmlich in der Hand, zuzuschlagen, aber ich bezwang mich und antwortete,
„Das dürft Ihr nicht von mir verlangen, Mr. Snuffle, denn bei Euch wären ganz sicher zwei Hiebe nötig."
„Warum?"
„Für die Nase extra einen."
„Ah so! Habt Euch nicht übel herausgewunden, doch wissen wir, woran wir mit Euch sind. Wäret Ihr wirklich Old Shatterhand, so würdet Ihr jetzt zugeschlagen haben, denn dieser Mann läßt sich nicht ungestraft einen Spaßvogel nennen."

„Zumal dieses Wort hier eigentlich Lügner bedeutet,“ fügte ich ruhig hinzu. „Ihr seid so gütig, Euch eines weniger ärgerlichen Ausdruckes zu bedienen. Aber eben diese Eure Freundlichkeit verbietet mir, Euern Wunsch zu erfüllen.“

„Wieder eine sehr gute Ausrede! Wißt Ihr vielleicht, was für Gewehre Old Shatterhand besitzt?“

„Natürlich!“

„Nun?“

„Einen Bärentöter und einen Henrystutzen.“

Ich muß bemerken, daß ich wegen des Regens, der in der letzten Nacht gefallen war, meinen Stutzen, um ihn nicht feucht werden zu lassen, in den Ueberzug geknöpft hatte. Jim Snuffle deutete auf die Büchse, welche neben mir lag, und fragte:

„Wollt Ihr etwa behaupten, daß diese alte, ungefüge Kanone der Bärentöter Old Shatterhands sei?“

„Gewiß.“

„Dann kann man eine Haubitze aus Washingtons Zeiten als Salonrevolver taufen! Und das Sonntagsgewehr, welches Ihr hier so zart eingebunden habt, ist wohl der Henrystutzen?“

„Ja.“

„So zeigt ihn einmal her! Möchte ihn gar so gern betrachten!“

„Hat Euch der andere Old Shatterhand auf Fort Clark seine Gewehre gezeigt?“

„Nein.“

„Warum nicht?“

„Wer wagt es, einen solchen Mann zu inkommodieren!“

„Mich aber inkommodiert Ihr ganz getrost! Hatte er denn einen Bärentöter und einen Stutzen bei sich?“

„Weiß es nicht. Ist auch gar nicht nötig, es zu wissen. Ich sage Euch, er war der Richtige: breitkrämpiger Hut, Jagdrock aus Elenhaut, Jagdhemd aus Hirschleder, hirschlederne Leggins und lange Wasserstiefel; so geht Old Shatterhand; anders kann und darf man ihn sich gar nicht vorstellen. Nun aber seht Euch dagegen an! Euer Hut ist das einzige an Euch, was zu dem Worte Jäger oder Westmann paßt; alles andere gehört hinter den Ackerpflug oder in den Kaninchenstall. Und was die Hauptsache ist: Old Shatterhand ist gar nicht hier in dieser Gegend, kann überhaupt jetzt nicht hier sein.“

„Warum?“

„Weil er sich droben in den Gros Ventre-Bergen befindet.“

„Das könnt Ihr so fest behaupten?“

„Ja. Ihr wißt natürlich gar nicht, was da droben geschehen ist. Habt Ihr einmal von Winnetou gehört?“

„Dem Häuptling der Apatschen? Was wißt Ihr von ihm?“

„Daß er tot ist. Ja, denkt Euch, dieser herrliche Mann ist tot! Die Sioux-Ogellalah haben ihn im Hancockberge erschossen, und Old Shatterhand ist natürlich hinter ihnen her, um den Tod seines berühmten Freundes und Bruders blutig zu rächen. Ich sage Euch, daß kein einziger von ihnen mit dem Leben davonkommen wird! Old Shatterhand vergießt nie unnütz Blut; in diesem Falle aber wird er nicht ruhen und rasten, bis diese Kerls bis zum letzten Manne ausgelöscht sind. Wollt Ihr nun noch immer behaupten, Old Shatterhand zu sein?"

„Ja."

„So erzählt uns doch einmal, was dort am und im Hancockberge geschehen ist!"

„Habe genug daran, es erlebt zu haben; mag nicht auch noch Worte darüber machen."

„Well! Immer eine Ausrede, die nicht übel klingt! Mann, Ihr gefallt mir sehr. Entweder seid Ihr übergeschnappt und haltet Euch für einen, der Ihr gar nicht seid; da müssen wir uns Euer annehmen, damit Ihr Euch nicht zuletzt gar noch für den Sultan der Türken oder für den Kaiser von China haltet. Oder Ihr treibt nur so Euern Scherz, und da seid Ihr ein Gesellschafter, der sehr gut zu uns paßt, da wir Leute sind, die sich auch gern einen Spaß machen. Wenn Ihr gleichen Weg mit uns hättet, würden wir Euch mitnehmen."

„Wirklich? Wolltet Ihr mir diese Ehre erweisen?"

„Ehre oder nicht; wir lachen gern. Woher kommt Ihr?"

Von den Gros Ventre-Bergen herunter."

„Well! Ihr bleibt in Eurer Rolle. Und wo wollt Ihr hin?"

„Zu den Apatschen."

„Wetter! Was wollt Ihr bei ihnen?"

„Ihnen den Tod Winnetous melden."

„Mann, Ihr fallt wirklich nicht aus Eurer Rolle! Aber wenn Ihr diese Absicht wirklich hättet, so würdet Ihr diesen gefährlichen Weg umsonst machen, denn die Apatschen wissen jedenfalls schon, daß Winnetou tot ist."

„Sehr richtig! Ich konnte nicht gleich fort, sondern wurde durch die Umstände zurückgehalten, und so ist mir die Fama weit vorausgeflogen; man weiß ja, wie schnell sich hier im Westen ein Gerücht oder eine Nachricht verbreitet. Aber trotzdem muß ich hin. Die Apatschen müssen einen Augenzeugen hören."

„Augenzeugen! Ihr seid wirklich ein kostbarer Kerl! Wenn Ihr bei uns bleiben wolltet, das wäre für uns das Höchste der Gefühle. Wir wollen nämlich über den Canadian hinüber und dann nach Santa Fé hinauf. Das ist für einige Zeit auch Eure Richtung. Wollt Ihr Euch zu uns gesellen?"

„Ja, denn Ihr gefallt mir auch."

„Well! So ist die Sache abgemacht. Aber vorher müssen wir Eins wissen: Wie sollen wir Euch nennen?"

„Bei meinem Namen."

„Etwa Old Shatterhand?"

„Ja."

„Mann, das dürft Ihr nicht von uns verlangen! Diesen Namen werden wir nicht zum Scherz im Munde führen."
„Bei mir ist es Ernst."
„Aber bei uns nicht, Sagt uns also gefälligst einen anderen Namen!"
„Ich bleibe bei diesem."
„So zwingt Ihr uns, einen zu suchen. Ihr seid ein Deutscher; wir werden Euch also, bis es Euch beliebt, uns Euern richtigen Namen zu sagen, Mr. German nennen. Ist's Euch so recht?"
„Hab' nichts dagegen."
„Du bist doch auch einverstanden, alter Tim?"
„Nenne ihn, wie du willst, kurz oder lang, ich bin dabei. jetzt ist er Old Shatterhand; will doch sehen, was noch alles aus ihm wird!"
„Ein Westmann jedenfalls nicht. Also, Mr. German, Ihr reitet mit uns. Wißt Ihr denn aber auch, was das zu bedeuten hat?"
„Etwas Außerordentliches jedenfalls nicht."
„Oho! Wir müssen durch das Gebiet der Comantschen, welche sich gerade jetzt wieder einmal gegen die Weißen zusammenrotten. Sie behaupten nämlich, wieder einmal um gewisse Lieferungen betrogen worden zu sein. Haben vielleicht auch recht. Wenn sie uns erwischen, sind wir verloren."
„Das ist wahr, aber falsch ausgedrückt."
„So drückt es richtiger aus!"
„Wenn sie uns erwischen, sind wir dumm."
„Well, nicht übel! Hoffentlich seid Ihr in Wahrheit so gescheit, wie Eure Worte klug klingen, und laßt Euch nicht erwischen. Jetzt haben wir ausgeruht und wollen aufbrechen. Holt Euer Pferd, Sir!"
„Ist nicht nötig; es kommt von selbst."
Ich pfiff; da kam es um das Gebüsch herbeigetrabt. Als die beiden Snuffles den prächtigen Schwarzschimmel sahen, staunten sie ihn eine ganze Weile wortlos an, und dann rief Jim aus.
„Alle Wetter, ist das ein Pferd! Wie kommt Ihr zu einem solchen Tiere?"
„Es ist ein Geschenk."
„Von wem?"
„Von Winnetou."
„Haltet einmal den Schnabel! Winnetou wird Euch ein solches Pferd schenken! So weit werdet Ihr doch nicht in Eurer Rolle gehen! Ich will Euch offen sagen, daß Ihr mir jetzt verdächtig vorkommt! Ein Mann wie Ihr, und dieses kostbare Tier! Hoffentlich begegnet uns keiner, dem es gehört und der eine Jury zusammenruft, um uns aufhängen zu lassen!"

„Keine Sorge, Mr. Snuffle! Ich bin kein Pferdedieb. Daß es mir gehört, erseht Ihr daraus, daß es mir so schnell und willig gehorcht. Es gehörte früher einem Sioux-Häuptling, von dem es Winnetou erbeutet hat.“

„Wenn dies so ist, so werde ich wirklich irre. Wer ein solches Pferd reitet, kann kein ordinärer Landläufer sein; aber ein richtiger Westmann steckt seinen Körper doch nicht in Leinwanddüten, wie Ihr an Euern Gliedern hängen habt! Ihr seid mir ein Rätsel.“

„Mag sein; aber zerbrecht Euch nicht den Kopf; die Lösung kommt von selbst.“

„Aber möglichst bald, wenn ich bitten darf, Mr. German! Ich habe Euch für einen Spaßvogel gehalten; aber dieses Pferd macht mir Gedanken. Glücklicherweise habt Ihr ein offenes, ehrliches Gesicht, und so wollen wir's mit Euch versuchen. Steigt also auf und macht, daß wir weiter kommen!“

Diese Begegnung war mir, wie bereits gesagt, erst nicht ganz unerwünscht gekommen; jetzt begann sie mir interessant zu werden; ja, ich freute mich über sie. Die beiden braven Snuffles wollten partout nicht glauben, daß ich Old Shatterhand sei; sie waren durch jenen Stoke irre gemacht worden, und mein gegenwärtiger Anzug trug dazu bei, sie in ihrem Zweifel zu bestärken. Sie hielten mich entweder für einen Spaßvogel oder für einen Menschen, in dessen Kopfe etwas nicht in Ordnung war, und nun stand ich gar in dem leisen Verdachte, ein Pferdedieb zu sein! Das amüsierte mich im stillen, und als ich jetzt auf das Pferd gestiegen war und wir fortritten, nahm ich die Haltung eines Mannes an, welcher nicht gar zu oft im Sattel gesessen hat. Dies bestärkte sie noch mehr in der Ueberzeugung, daß ich eine fragwürdige Persönlichkeit sei; sie tauschten oft und heimlich ihre Meinungen über mich aus, und ich bemerkte, daß sie mich scharf im Auge behielten.

Ich hätte ihnen nur den Henrystutzen zu zeigen gebraucht, um ihnen eine andere Ansicht beizubringen, aber es gefiel mir nun einmal, sie in ihrer Besorgnis stecken zu lassen, und so kam es, daß sie schließlich zu bereuen schienen, mich mitgenommen zu haben.

Am Abende machten wir am Rande eines Waldes Lager. Es verstand sich wegen der Comantschen ganz von selbst, daß gewacht werden mußte, und ich forderte sie auf, die Reihenfolge, in welcher dies zu geschehen hatte, festzustellen; da aber erklärten sie, daß ich die ganze Nacht hindurch ruhig schlafen könne, da sie abwechselnd wachen würden. Ihr Mißtrauen war also gewachsen. Unter andern Umständen hätte ich ihnen, um sie nicht zu überlasten, den Beweis gegeben, daß ich wirklich der war, für den ich mich ausgab; aber ich hatte während der letzten Nächte keinen eigentlichen Schlaf gehabt, weil ich allein gewesen war und also mit niemandem im Wachen hatte abwechseln können, und so war es mir lieb, heute Ruhe zu finden. Ich legte mich also nieder und schlief fest, bis ich gegen Morgen aufgeweckt wurde. Den Stutzen hielt ich während des Schlafes im Arme, damit sie ihn nicht in Augenschein nehmen konnten.

Als wir früh aufbrachen, hatten wir ungefähr noch vier Stunden zu reiten, um an den Beaver-Creek des Nord-Canadian zu kommen. Während dieses Rittes zeigte ich mich

ebenso einsilbig und in mich versunken, wie ich gestern gewesen war. Sie gaben sich auch keine Mühe, eine Unterhaltung in Fluß zu bringen; am liebsten wären sie mich wohl wieder los geworden.
Es mochte die Hälfte der angegebenen Zeit vergangen sein, und wir befanden uns auf einer kleinen, offenen Savanne, als vor uns ein einzelner Reiter auftauchte, dessen Richtung ihn, wie ich sah, gerade auf uns zuführen mußte. Als er uns bemerkte, hielt er einen Augenblick an und trieb sein Pferd rechtsab, um weit an uns vorüber zu kommen. Das war Verdacht erweckend. Auch den Snuffles fiel es auf, und Jim sagte:
„Er will uns nicht begegnen. Er ist ein Weißer; wir sehen es, und so muß auch er sehen, daß er keine Roten vor sich hat. Warum will er nichts von uns wissen, alter Tim?“
„Wohl weil man in dieser Gegend keinem Menschen trauen soll, auch wenn er ein Weißer ist,“ antwortete der Gefragte.
„Wollen ihm aber doch beweisen, daß man uns trauen darf. Es ist vielleicht für uns vorteilhaft, zu erfahren, woher er kommt und ob er wohl Spuren von Comantschen gesehen hat. Lenken wir also zu ihm hinüber!“
Wenn sie dies nicht gethan hätten, wären sie von mir dazu aufgefordert worden; so aber folgte ich ihnen still und ohne etwas zu sagen. Der Reiter sah, daß wir zu ihm wollten; wäre er jetzt noch weiter ausgewichen, so wäre dies noch verdächtiger gewesen als sein bisheriges Verhalten, und wir hätten ihn, da wir zu dreien waren, doch zwischen uns gebracht. Darum war er so klug, sich in das Unvermeidliche zu fügen und uns entgegenzukommen.
Als er nahe genug herangekommen war, sah ich, daß er ein sehr gutes Pferd ritt, und bemerkte zu meinem Erstaunen, daß dasselbe in einer Weise aufgeschirrt war, welche für Amerika eine vollständig fremde ist. Das Sattel- und Riemenzeug war nämlich fast genau der kostbaren Schirrung nachgeahmt, welche man in Persien Reschma nennt. Diese Nachahmung war billig hergestellt und von einer Hand gefertigt, welche das Original nicht kannte; aber es war darum nicht weniger auffällig, hier im Wilden, amerikanischen Westen ein persisches Reschma zu sehen. Ich wußte wirklich nicht, wie ich mir das erklären und was ich davon denken sollte. Ich hatte bisher viel Ungewöhnliches erfahren und erlebt, aber so sonderbar wie dies war mir noch selten etwas vorgekommen.
Der Reiter war ein Vollblutamerikaner; er hatte dieses Geschirr jedenfalls nicht beim Sattler fertigen lassen. Er trug die Kleidung eines Westläufers, hatte eine Flinte auf dem Rücken hängen und in dem Gürtel einen Revolver, ein Bowiemesser und – – – was noch mehr stecken? Ich traute meinen Augen kaum, als ich einen langen, persischen Chandschar erblickte, dessen Griff sehr kunstvoll mit Silber ausgelegt war. Wie kam dieser Westmann zu der orientalischen Waffe? Das konnte unmöglich mit rechten Dingen zugehen!
Er grüßte mürrisch und hielt notgedrungen sein Pferd an, als wir seinen Gruß erwidert hatten. Jim Snuffle fragte ihn:

„Werdet Ihr es übel nehmen, Sir, wenn wir Euch eine Minute lang aufhalten? Die Comantschen sind aus ihren Löchern gekrochen, und unter solchen Umständen ist es immer gut, zu wissen, ob die Gegend, welche man vor sich hat, sicher ist oder nicht. Kommt Ihr vielleicht vom Beaver-Creek herüber?"
„Ja," antwortete der Gefragte, indem er seine lange Gestalt aufrichtete und die breiten Schultern ungeduldig bewegte. „Wenn Ihr etwas wissen wollt, so macht es kurz; ich habe Eile."
„Werde nichts Unnötiges sagen. Welchen Weg habt Ihr jenseits des Creek gehabt?"
„Von den Antelope-Buttes her."
„Allein?"
„Yes."
„Da seid Ihr ein außerordentlich verwegener Kerl. Seid Ihr auf Spuren von Comantschen getroffen?"
„Nein."
„Aber es hat drüben schon Feindseligkeiten gegeben."
„Habe von nichts gehört. Seid Ihr nun fertig? Ich muß fort!"
„Ja, bei einer so befriedigenden Antwort bin ich fertig. Danke Euch höflich, Sir, und wünsche fernern guten Ritt!"
„Danke Euch; lebt wohl!"
Die Snuffles waren zufrieden gestellt, ich aber nicht. War mir erst das fremdartige Geschirr und der Chandschar verwunderlich vorgekommen, so fiel mir jetzt seine große, ja übergroße Eile doppelt auf; er kam mir ängstlich vor. Daß er von den Antelope-Buttes allein hierher gekommen sein wollte, war unbedingt eine Lüge. Darum trieb ich, als er sein Pferd wieder in Bewegung setzen wollte, das meinige hart an das seinige hinan und sagte:
„Noch einen Augenblick, Sir! Was ist das wohl für ein seltsames Geschirr, womit Ihr Euer Pferd so schön herausgeputzt habt? Habe hier noch nie so etwas gesehen."
„Das geht Euch nichts an!" antwortete er grob und versuchte voller Ungeduld, an mir vorbeizukommen; ich blieb ihm aber im Wege und fuhr fort:
„Richtig! Es geht mich nichts an, aber ich bin nun einmal neugierig und möchte es gern wissen."
„Gebt den Weg frei!" schnaubte er mich an. „Es ist ein mexikanisches Geschirr; jetzt wißt Ihr es, und nun fahrt mit Eurer Neugierde zum Teufel!"
Er nahm sein Pferd vorn hoch, um es in einer Lancade an mir vorüberzutreiben; ich aber spornte das meinige zu einem noch weitern Satze an, blieb ihm also zur Seite und entgegnete:
„Ihr irrt Euch, Sir; das ist kein mexikanisches, sondern ein persisches Geschirr. Darf ich wohl fragen, von wem Ihr diesen fremdartigen Dolch hier in Euerm Gürtel habt?"
„Nein, das dürft Ihr nicht fragen. Mit welchem Rechte --"
Er wurde von Jim unterbrochen, welcher mir in verweisendem Tone zurief:

„Was fällt Euch ein! Laßt diesen Gentleman in Ruhe; das rate ich Euch! Ich dulde nicht, daß Ihr ohne allen Grund hier eine Balgerei anfangt!“
Ich hörte gar nicht auf ihn, sondern erklärte dem Fremden:
„Dieser Dolch ist ein persischer Chandschar, und ich verlange, daß Ihr Euch über seinen Besitz ausweiset. Das Pferd, welches Ihr reitet, gehört nicht Euch.“
„Was wagt Ihr, zu behaupten?“ brüllte er mich an. „Soll ich Euch eine Kugel durch den Kopf jagen?“
Der Widerspruch des Snuffle gegen mich hatte seinen Mut erhöht; er griff nach seinem Revolver.
„Das werdet Ihr bleiben lassen,“ antwortete ich ruhig. „Seht Eure Stiefel und Eure Sporen an! Passen sie in diese orientalischen Steigbügelschuhe? Das Pferd gehört nicht Euch. Wem habt Ihr es gestohlen?“
„Das werde ich dir sofort mit einer Kugel sagen, neugieriger Schuft!“
Er riß den Revolver aus dem Gürtel, um ihn auf mich zu richten; aber ich ließ ihm nicht den kurzen Augenblick Zeit, den er brauchte, die Sicherung zu heben, sondern ich holte aus und gab ihm einen Fausthieb an die Schläfe, daß er, die Zügel fallen lassend, auf der andern Seite vom Pferde stürzte und da am Boden liegen blieb. Ich stieg ab, um sogleich seine Taschen zu untersuchen. Da sprang Jim Snuffle auch aus dem Sattel, eilte herbei, faßte mich am Arme und rief:
„Alle Wetter, Mensch, das hat ja ganz den Anschein, als ob wir einen Straßenräuber bei uns hätten! Wenn Ihr nicht sofort von diesem Manne laßt, schlage ich Euch mit dem Gewehrkolben zu Boden!“
Er wollte mich aufzerren, brachte dies aber trotz aller Kraft, die er anwendete, nicht fertig. Ich schüttelte ihn von mir ab, richtete mich selbst auf und antwortete in ruhigem, aber sehr entschiedenen Tone:
„Meine Faust ist schneller als Euer Kolben, Mr. Snuffle. Old Shatterhand ist weder ein Straßenräuber noch so ein leichtgläubiger Knabe wie Ihr; das merkt Euch wohl! Laßt mich machen, was ich will, sonst trifft Euch meine Hand grad so, wie sie diesen Lügner; vom Pferde geworfen hat!“
„Aber – aber – aber,“ stotterte er eingeschüchtert, „er hat Euch ja nichts gethan!“
„Mir nicht, aber andern Leuten; das werde ich Euch beweisen.“
Ich bückte mich wieder nieder und leerte die Taschen des Bewußtlosen, ohne nun dabei gestört zu werden. Ich fand nur Gegenstände, welche jeder Westmann bei sich trägt, aber nichts, was meinen Verdacht bestätigt hätte. Dies veranlaßte den guten Jim, mir vorzuwerfen:
„Da habt Ihr Euern Irrtum; ihr findet nichts. Man fällt doch nicht wie ein wildes Tier über einen Menschen her, nur um – –“
„Bitte, ereifert Euch nicht!“ fiel ich ihm in die Rede. „Dieser Inhalt seiner Taschen beweist nur, daß er ein Westmann ist, nicht aber auch, daß dieses Pferd ihm gehört. Wollen nun auch erfahren, was sich in den Satteltaschen befindet.“

Ich öffnete die eine, griff hinein und zog etwas heraus, was ein Westmann schwerlich bei sich führt, nämlich ein kleines Buch, welches in Maroquin gebunden war. Als ich es öffnete, sah ich persische, nicht gedruckte, sondern geschriebene Schriftzüge; ich las auf der Seite, welche ich ohne Wahl getroffen hatte:
„Du yar zirak u az bada in kuhun du mani,
Faragat-i va kitab-i va gusa i caman-i!
Man in huzur bi dunya va achirat na diham;
Agarci dar pay-am uftand chalki, anjuman-i!“
Das war ja ein im Mujtaß-Metrum gedichtetes Ghasel aus dem Diwan des Hafis, des größten Lyrikers, den Persien geboren hat! Konnte dieses Buch das Eigentum eines einfachen, gewöhnlichen, ungebildeten Savannenläufers sein? Entschieden nicht! So ein Mann pflegt nicht persisch studiert zu haben und sich gar während eines Rittes durch das Gebiet der feindlichen Comantschen mit Hafis zu beschäftigen.
Ich suchte weiter und fand außer einer persischen Hukah noch verschiedene andere Gegenstände, welche mit Sicherheit darauf schließen ließen, daß der rechtmäßige Besitzer des Pferdes entweder ein Orientale sei oder wenigstens orientalische Gewohnheiten habe. Und das hier im fernen amerikanischen Westen! Ein Umstand, welcher mich gewiß zur Verwunderung berechtigte! Sollte der Besitzer ein reicher Yankee sein, welcher die Prairie durchquerte und vorher in Persien oder überhaupt im Oriente gewesen war? Man hatte ihn beraubt, vielleicht gar ermordet; das mußte untersucht, unbedingt untersucht werden!
Die beiden Snuffles standen dabei, denn Tim war auch abgestiegen, und sahen mit gespannter Erwartung und jedenfalls sehr unklaren Empfindungen meinem Beginnen zu. Als ich die Hukah zum Vorscheine brachte, fragte Jim neugierig:
„Was ist denn das für ein Ding? Ein Schlauch, der einen Kopf und eine gläserne Flasche hat! Wohl gar ein Apothekerinstrument, zum Destillieren des Spiritus und des Likörs?“
„Das weniger. Es ist eine persische Tabakspfeife, bei welcher der Rauch durch Wasser geführt wird.“
„Der Rauch durch Wasser! Das muß das höchste der Gefühle sein! Also raucht der Mann, der hier am Boden liegt, durch diese Wasserflasche?“
„Der jedenfalls nicht, sondern ein anderer, den wir ausfindig machen werden.“
„Und was ist das für ein Buch?“
„Ein persisches Gedichtbuch; persisch sind überhaupt fast alle diese Gegenstände.“
„Wie könnt Ihr denn wissen, daß dieses Buch ein persisches ist?“
„Weil ich es lese.“
„Weil – – Ihr – – es – – lest?" stieß er die Worte einzeln hervor. „Ihr – – Ihr – – versteht also – – also persisch?“
„Ja.“
„Liegt dieses Persien etwa in dem Lande, welches man den Orient nennt?“
„Ja.“

„Wohl gar in der großen Wüste Sahara, wo die Menschen auf Kamelen sitzen?“
„Nicht in ihr, aber auch nicht allzuweit davon.“
„Alle Wetter! Hast du es gehört, alter Tim?“
„Yes,“ antwortete sein wortkargerer Bruder.
„Schau mich einmal an!“
„Yes!“
Sie sahen einander an, und ich kann nicht behaupten, daß ihre Gesichter dabei den Ausdruck übermäßiger Klugheit zeigten.
„Tim, du hast doch gehört, was letzthin in Fernandino von Old Shatterhand erzählt wurde?“
„Muß es gehört haben; war ja dabei und habe gute Ohren.“
„Wie oft soll er in den Vereinigten Staaten gewesen sein?“
„Bis jetzt vierzehnmal.“
„Und in den Zwischenzeiten?“
„Bei den Türken, Chinesen und Niggern und auch da, wo man auf Kamelen sitzt und vor lauter Hitze die Haut und das Fell verliert.“
„Well. Nun denke dir, dieser Mr. German hat diesen Fremden mit der Faust vom Pferde geschlagen, so daß ihm der Verstand vergangen ist!“
„Yes!“
„Er kann persisch lesen, was grad neben der Sahara liegt!“
„Yes!“
„Old Shatterhand soll überhaupt die Sprachen aller dortigen Chinesen und anderer Muselmänner verstehen?“
„Das soll er allerdings. Man sagt, daß er mit den Muselleuten in allen Indianerdialekten redet.“
„Well! Nun laßt Euch einmal fragen, ob Ihr in diesen Ländern gewesen seid und mit den dortigen Gentlemen in ihren Sprachen gesprochen habt, Mr. German?“
„Allerdings bin und habe ich das,“ antwortete ich, da er sich mit diesen Worten wieder an mich gewendet hatte.
„Waret Ihr wohl vierzehnmal in Amerika?“
„Ja.“
„So sind wir Snuffles wahrscheinlich zwei sehr große Esel gewesen. Sagt, ist das wahr, was Ihr gestern von dem Fallensteller Stoke in Fort Randall erzähltet?“
„Wort für Wort.“
„Dann ist Eure alte Kanone da vielleicht doch der richtige Bärentöter. Wenn Ihr doch so gut sein wolltet, uns das andere Gewehr auch einmal sehen zu lassen!“
„Welches Ihr gestern ein Sonntagsgewehr nanntet? Wißt Ihr denn, wie ein Henrystutzen aussieht?“
„Yes. Habe ihn mir sehr genau beschreiben lassen. Würde sofort wissen, woran ich bin.“
„So seht ihn an; ich habe nichts dagegen.“

Ich nahm das Gewehr aus dem Ueberzuge und gab es ihnen hin. Sie betrachteten es, und die verlegenen Gesichter, die sie dabei zogen, waren wirklich köstlich. Sie erkannten, welchen Fehler sie begangen hatten, und wagten nicht, mich anzusehen.
„Was sagst du, alter Tim, he, was sagst du zu diesem Gewehr?“ fragte Jim.
„Ein Henrystutzen!“
„Ohne allen Zweifel. Und da ist eine Silberplatte mit einem Namen eingeschraubt. Kannst du ihn lesen?“
„Yes. Old – – Old – – Shat – – Old Shatterhand,“ buchstabierte er.
„Richtig! So lauten die Buchstaben, wenn man sie richtig zusammennimmt; ich sehe es auch. Und wir haben es nicht geglaubt! Wir haben diesen berühmten Gentleman sogar für einen – – – hm, für einen Pferdedieb gehalten! Ist dir schon einmal so ein dummer Streich passiert?“
„No.“
„Mir auch nicht. Der muß gut gemacht, der muß ausgebessert werden. Aber – – hm – – – hm!“
Es wurde ihm außerordentlich schwer, seine Verlegenheit einzugestehen; er stand noch eine Weile von mir abgewendet; dann drehte er sich mit einem gewaltsamen Rucke herum, trat auf mich zu und sagte: „Sir, wir sind die größten Dummköpfe gewesen, die es auf dieser alten Prairie geben kann, nämlich ich und mein Bruder Tim; aber nach allem, was ich von Euch gehört habe, werdet Ihr es uns wohl nicht sehr lange nachtragen. Lacht uns aus, soviel Ihr wollt; aber wenn Ihr Euch satt gelacht habt, so denkt nicht mehr daran!“
„Ihr glaubt also nun, daß ich Old Shatterhand bin?“
„Yes,“ nickte Tim, und sein Bruder erklärte weniger wortgeizig:
„Natürlich glauben wir es; wir beschwören es sogar, und wenn jetzt Einer käme, der es bezweifeln wollte, so erhielte er von uns so viele Kugeln in den Leib, daß er durchsichtig würde wie ein Erbsensieb. Ist's Euch denn noch recht, daß wir beisammen bleiben?“
„Solange unser Weg derselbe ist, ja. Jetzt aber zu dem Fremden hier! Ich sehe, daß er sich wieder bewegt. Wollen zunächst dafür sorgen, daß er uns sicher ist.“
Wir hatten Riemen und banden ihn so, daß er nicht auf konnte. Waren die Snuffles vorher gegen mich gewesen, so zeigten sie jetzt einen um so größern Eifer, mir zu Diensten zu sein. Wenn es auf sie angekommen wäre, hätten sie ihn so gefesselt, daß die Riemen zerreißen mußten.
Bald kam er zu sich, zunächst nicht ganz. Er wollte auf und fühlte, daß er nicht konnte; das brachte ihn vollständig zur Besinnung. Er sah uns vor sich stehen, starrte uns einige Sekunden an und machte, als er sich des Geschehenen bewußt wurde, eine kräftige Anstrengung, die Riemen zu zerreißen. Dies war ohne Erfolg, und so fuhr er mich an:
„Was ist Euch eingefallen! Erst schlagt Ihr mich an den Kopf, und dann bindet Ihr mir gar die Hände und die Füße! Was habe ich Euch gethan? Ich muß fort, schnell fort und verlange, daß Ihr mich augenblicklich losbindet!“

„Glaub's gern, daß Ihr so schnell fort wollt," antwortete ich. „Es steht ja zu erwarten, daß Eure Verfolger sehr bald hier sein werden."
„Wißt Ihr das? Gut, sehr gut, daß Ihr es wißt!" erwiderte er ganz gegen meine Erwartung. „Gebt mich also rasch frei, und macht Euch auch mit aus dem Staube!"
„Wir uns? Wüßte nicht, welche Veranlassung wir dazu hätten!"
„Die dringendste, die es geben kann!"
„Ah! Welche?"
„Die Comantschen."
„Wollt Ihr uns weismachen, daß diese kommen?"
„Weismachen nicht; es ist wahr."
„Pshaw! Ihr redet auf einmal ganz anders. Vorhin habt Ihr doch behauptet, von ihnen nichts gesehen und gehört zu haben."
„Weil ich mich nicht um Euch zu kümmern brauchte. Jetzt aber ist es anders. Wenn Ihr mich nicht fort laßt, seid Ihr mit mir verloren. Sie kommen ganz gewiß, wohl an die fünfzig Krieger stark!"
„Schön! Da werden wir sie kennen lernen und sie uns auch. Vorher aber möchte ich einiges von Euch erfahren."
„Bindet mich los! Eher stehe ich Euch nicht Rede."
„Es ist grad umgekehrt: Ihr kommt nicht eher los, als bis ich das erfahren habe, was ich wissen will."
„Aber diese Zeitversäumnis führt mich und Euch in den sicheren Tod!"
„Bin anderer Meinung und rate Euch, mir auf meine Fragen nichts als die Wahrheit zu sagen."
Er schimpfte auf mich los und erging sich in allen möglichen Schmähungen. Als er sah, daß dies keinen Eindruck auf mich machte, wandte er sich an Jim, der ja vorhin auf seiner Seite gestanden hatte. Da auch dies nichts half, zischte er mich grimmig an:
„So sagt, was Ihr wissen wollt! Ich versichere Euch aber, daß Ihr Eure Gewaltthätigkeit bereuen und schwer büßen werdet!"
„Das warte ich mit Vergnügen ab. Wem gehört dieses Pferd?"
„Alberne Frage! Natürlich mir!"
„Dieser Dolch?"
„Auch mir."
„Und die Sachen, welche ich aus den Satteltaschen genommen habe? Ihr seht sie hier liegen."
„Mir, mir und immer mir!"
„Auch dieses Buch?"
„Auch."
„Was ist's für eins?"
„Das sind Notizen, die ich aufgeschrieben habe."
„Es ist aber doch nicht englisch!"

„Nein, sondern Stenographie."
„Gebt Euch keine Mühe, mich anzulügen! Es ist persische Schrift und persische Sprache. Ihr habt das Pferd gestohlen. Wenn Ihr Euch entschließt, aufrichtig zu sein, so werde ich nachsichtig mit Euch verfahren; bleibt Ihr aber bei Euern Lügen, so lasse ich Euch von dem Besitzer des Pferdes genau nach dem Gesetze der Savanne bestrafen. Ihr wißt doch wohl, daß auf Pferderaub der Tod steht?"
„Lächerlich! Man kann doch unmöglich der Räuber seines eigenen Pferdes sein! Versucht es doch nicht, Komödie mit mir zu treiben! Ich durchschaue Euch, Ihr selbst seid Diebe, die mir mein Pferd unter dem Vorwande, daß ich es gestohlen habe, abnehmen wollen."
Diese Frechheit ließ mich ruhig; den wackern Jim Snuffle aber empörte sie derart, daß er mit geballten Fäusten auf ihn zutrat und ihm drohte:
„Schuft! Wir sollen Diebe sein? Sag dies noch einmal, so gerbe ich dir das Fell, daß es in Stücken herunterfliegt! Wir und Diebe! Weißt du, wer wir sind?"
„Seid, wer ihr wollt, ehrliche Leute seid ihr nicht, sonst würdet ihr mich augenblicklich freigeben."
„Eben weil wir ehrlich sind, kommst du nicht frei. Wisse, daß man uns die beiden Snuffles nennt!"
„Ah, die seid ihr? Dann ist es um so mehr zu verwundern, daß ihr an mir in dieser Weise handelt. Ihr klagt mich an, ohne zu wissen, wer ich bin, ohne auch nur die Spur eines Beweises zu haben. Ihr habt mich noch nicht einmal nach meinem Namen gefragt!"
„Weil du uns doch einen falschen sagen würdest."
„Fällt mir nicht ein; habe gar keinen Grund dazu. Ich bin ein Ehrenmann, der seinen Namen offen nennen darf. Ich bin unschuldig. Bindet mich los, daß ich die Hände frei bekomme; dann werde ich euch aus diesem stenographierten Notizbuche beweisen, daß ich der rechtmäßige Eigentümer dieses Pferdes und all dieser Sachen bin!"
„Ja, wenn du es mit uns allein zu thun hättest, da brächtest du dies vielleicht fertig. Uns ein persisches Gedichtbuch als eine Stenographie hermalen, das wäre so das höchste der Gefühle! Zum Glück ist aber dieser dritte Gentleman da, welcher persisch versteht und das Buch lesen kann."
„Lüge, nichts als Lüge! Dieser blaue Leinwandmann und persisch lesen!"
„Blauer Leinwandmann? Schuft, sprich höflicher von ihm! Wenn ich dir seinen Namen nenne, wird dir der Mut in allen Fugen krachen!"
„Da bin ich doch begierig, ihn zu hören. Wahrscheinlich aber hat er nicht den Mut, ihn mir zu nennen."
„Was? Old Shatterhand sollte sich scheuen, seinen Namen auszusprechen?"
„Old Shatterhand? Dieser Mensch, diese Gestalt soll Old Shatterhand sein? Hahahahaha!"
Er lachte aus vollem Halse. Darüber ergrimmte Jim dermaßen, daß er den Fuß erhob, um ihm einen Tritt zu versetzen; ich schob ihn aber zurück und sagte:

„Regt Euch doch eines solchen Menschen wegen nicht auf, Mr. Snuffle. Er wird bald merken, wer ich bin. Es wird kein weiteres Wort an ihm verschwendet. Hätte er ein offenes Geständnis abgelegt, so wären wir möglichst glimpflich mit ihm verfahren; nun aber wollen wir ihm zeigen, daß wir sein Geständnis gar nicht brauchen.“
„Recht so, Sir! Nicht zu glauben, daß Ihr Old Shatterhand seid! Habt ihn mit der Faust vom Pferde geschlagen; schon dies allein ist ein Beweis; hier aber liegt der Bärentöter mit dem Henrystutzen; wer da noch zweifelt, der ist verrückt, vollständig verrückt! Was bestimmt Ihr jetzt, daß geschehen soll?“
Die Augen des Gefangenen suchten die beiden Gewehre und richteten sich dann auf mich; er war bleich geworden, außerordentlich bleich; er begann, die Vergeblichkeit seines Leugnens einzusehen. Ich that, als ob ich dies nicht bemerkte, und antwortete dem Snuffle:
„Wir binden ihn auf das Pferd und reiten mit ihm auf seiner Spur zurück; da wird es sich schnell zeigen, wie er zu seinem Raube gekommen ist, und ebenso schnell wird er das Vergnügen haben, mich mit dem Eigentümer des Pferdes persisch sprechen zu hören.“
Ich sagte dies nicht etwa, um mich zu brüsten, sondern um die Wirkung meiner Worte auf ihn zu beobachten. Eine Blutwelle stieg ihm in das Gesicht, so daß er bis unter die Augen rot wurde; um so mehr stach davon die Blässe ab, als es sich hierauf wieder entfärbte. Es hatte mit einem wirklichen Perser oder wenigstens mit einem, welcher persisch verstand, seine Richtigkeit.
Was ich gesagt hatte, wurde ausgeführt. Wir thaten die Gegenstände alle in die Satteltaschen zurück und hoben den Gefangenen in den Sattel, wo er festgebunden wurde; die Snuffles erhielten seine Waffen außer dem Chandschar, den ich in meinen Gürtel steckte. Dann stiegen wir auf und ritten weiter, dem Beaver-Creek entgegen, ich voran und Jim und Tim mit dem Fremden in der Mitte hinter mir her. Er sprach kein Wort, und da ich es nicht für der Mühe wert hielt, mich nach ihm umzusehen, konnte ich auch die Gedanken nicht beobachten, welche vielleicht in seinen Mienen zum Ausdrucke kamen.
Was ich vorhatte, war nicht ganz ungefährlich. Als er vorhin von den Comantschen sprach, hatte es doch nicht so geklungen, als ob seine Worte aus der Luft gegriffen seien. Es konnte wenigstens etwas Wahres daran sein, und darum war jetzt unterwegs die größte Vorsicht geboten. Auf der offenen Savanne kündete sich jede Begegnung schon von weitem an; dann aber, als es Busch und Wald gab, ritt ich zur größern Sicherheit der andern eine genügende Strecke voran, um sie nötigenfalls warnen zu können. Da galt es, doppelt aufmerksam zu sein. Ich hatte auf die Spur zu achten, die wir nicht verlieren durften, und zugleich Gesicht und Gehör scharf vorwärts zu richten, um nicht etwa von einem Feinde überrascht zu werden. Das minderte natürlich unsere Schnelligkeit, und doch war Eile geboten, denn wenn der, welchem das Pferd gestohlen worden war, sich in Gefahr befand, so konnte jedes Zögern ihm leicht verhängnisvoll werden.

Glücklicherweise passierte nichts, und wir gelangten an den Beaver-Creek, noch ehe die vorhin erwähnten zwei Stunden vergangen waren.

Der Fluß hatte nicht viel und nur seichtes Wasser; die Spur führte hüben hinein, aber drüben nicht wieder hinaus, wie wir sahen, als wir an das jenseitige Ufer kamen.

„Das ist fatal! Was thun wir nun?“ meinte Jim. „Der Kerl muß uns sagen, wie er geritten ist; wir zwingen ihn dazu!“

Ein rascher, verstohlener Blick, den ich in das Gesicht des Gefangenen warf, zeigte mir ein befriedigtes Aufleuchten seiner Augen. Er nahm an, daß seine Spur nun für uns verloren sei, und schöpfte daraus Hoffnung; aber er täuschte sich, denn nichts war leichter, als sie wiederzufinden. Er war jedenfalls drüben in den Fluß geritten; es fragte sich nur, ob ab- oder aufwärts von der Stelle, an welcher wir hielten. Jedenfalls hatte er das Wasser schräg durchquert; vielleicht war er gar eine ganze Strecke im Wasser fortgeritten, ehe er es verlassen hatte. Um dies zu erfahren, brauchte ich nur nach der Stelle zurückzukehren, wo er an das diesseitige Ufer gekommen war. Ich that es, stieg vom Pferde und ging in das Wasser, langsam und vorsichtig, um es nicht zu trüben, Es war klar und seicht, kaum drei Fuß tief, so daß ich auf den Grund sehen konnte. Aufwärts war nichts zu erkennen; aber als ich mich hierauf abwärts wendete, bemerkte ich die Hufstapfen des Pferdes mit genügender Deutlichkeit. Er war von unten heraufgekommen und, natürlich um seine Fährte unauffindbar zu machen, eine bedeutende Strecke weit im Wasser geritten. Der Ort, an welchem er hineingeritten war, lag wohl zweihundert Schritte von der Stelle entfernt, wo er es verlassen hatte und jetzt als Gefangener am andern Ufer bei den Snuffles hielt. Sie sahen mich, und ich winkte ihnen, herbeizukommen und mein Pferd mitzubringen. Als sie mich erreichten und ich ihnen die Fährte wieder zeigte, sagte Jim:

„Ja, das ist Old Shatterhand! Wir hätten sie wahrscheinlich nicht wieder gefunden. Meinst du nicht, alter Tim?“

„Yes,“ nickte sein Bruder, indem ich wieder aufstieg, um die Suche nun jenseits, am rechten Ufer abwärts, fortzusetzen. Das Gesicht des Gefangenen hatte sich wieder verdüstert; die kurze Hoffnung war ihm jetzt wieder abhanden gekommen. Er blickte sehr ernst und nachdenklich vor sich hin; ich merkte ihm an, daß er mit sich zu Rate ging. Welchen Erwägungen er sich hingab, konnte ich natürlich nicht wissen, war aber überzeugt, daß wir es bald erfahren würden.

Die Spur führte zunächst am Flusse hinunter und dann in beinahe rechtem Winkel von ihm ab, durch ziemlich dichten Busch und Wald; dann wendete sie sich nach links, bis wir an einen Bach kamen, an dessen Ufer sie aufhörte. Jenseits dieses Baches gab es eine freie Stelle, deren Gras niedergetreten war. Ich stieg vom Pferde und untersuchte den Grund des Wassers; es waren da die Eindrücke von Pferdehufen zu sehen.

„Es scheint, daß da drüben Reiter gelagert haben; meinst du nicht, alter Tim?“ fragte Jim Snuffle seinen Bruder.

„Yes,“ antwortete dieser.

„Wer mag es gewesen sein? Denkt Ihr, daß wir es erfahren werden, Mr. Shatterhand?“
„Ich hoffe es. Es ist für uns sehr wichtig, zu wissen, wer sich vor zwei Stunden hier befunden hat,“ erklärte ich.
„Vor zwei Stunden? Nehmt es mir nicht übel, wenn ich meine, daß es länger her ist! Seht Euch nur das Gras an!“
„Ich sehe es.“
„Well! Da Ihr es seht, so müßt Ihr doch bemerken, wie fest es niedergetreten gewesen ist. Ich nehme an, daß man hier die ganze Nacht gelagert hat.“
„Das denke ich auch.“
„Schön! Unter solchen Verhältnissen aber richtet sich das Gras nicht so rasch wieder auf, als wenn es nur kurze Zeit niedergedrückt wurde. Darum meine ich, daß dieser Platz seit länger als zwei Stunden verlassen worden ist.“
„Sehr richtig; aber Ihr scheint nicht alles gesehen zu haben.“
„Was nicht?“
„Als die Leute, welche seit gestern abend hier lagerten, den Platz verlassen hatten, kamen andere nach, und diese sind erst seit zwei Stunden wieder fort.“
„Andere? So denkt Ihr, daß wir es mit zwei verschiedenen Trupps zu thun haben?“
„Allerdings.“
„Dann sind Eure Augen schärfer als die meinigen, worüber man sich freilich nicht groß wundern kann, wenn man bedenkt, daß Ihr Old Shatterhand seid. Wollt Ihr so gut sein, meinen schwächeren Sehwerkzeugen ein wenig zu Hilfe zu kommen?“
„Gern. Vorher aber will ich erst über den Bach hinüber. Ihr bleibt einstweilen hüben, damit Ihr mir die Spuren nicht verlöscht, die ich zu lesen habe.“
Ich sprang über das nicht breite Wasser und untersuchte das verlassene Lager so genau wie möglich. Als dies geschehen war, rief ich mein Pferd herüber, und die andern drei Reiter folgten nach.
„Darf ich mit meinem alten Tim auch einmal nachforschen?“ fragte Jim. „Möchte doch gar zu gern wissen, ob wir es fertig bringen, ganz dasselbe herauszulesen wie Ihr.“
„Habe nichts dagegen,“ antwortete ich. „Zwei Männer wie Jim und Tim Snuffle brauchen sich wohl keine große Mühe zu geben, hier zu erfahren, woran sie sind.“
Die beiden stiegen ab und betrachteten die vorhandenen Spuren auf das schärfste; sie teilten sich dabei leise ihre Gedanken mit und schienen einerlei Meinung zu sein; dann sagte Jim:
„Es giebt hier ein Rätsel, welches wir uns nicht erklären können. Wenn Old Shatterhand sagt, daß wir es mit zwei verschiedenen Trupps zu thun haben, so muß es wahr sein; wir bringen aber nur einen Trupp heraus. Wo ist der andere?“
„Hinter dem ersten her.“
„Aber seine Spur, Sir, seine Spur! Wir sehen sie nicht.“
„Wirklich nicht? Und sie liegt doch so deutlich vor Euch. Woher sind die Leute gekommen, welche hier gelagert haben?“

„Da grad aus Süden. Die Fährte ist allerdings deutlich genug, und eine zweite giebt es nicht."
„Das ist eben ein Irrtum, ein großer Irrtum, den man den beiden Snuffles eigentlich nicht zutrauen sollte."
„Wieso ein Irrtum?"
„Aus zwei verschiedenen Gründen."
„Der erste Grund?"
„Die Spur kommt grad aus Süden. Wo geht sie von hier aus hin?"
„Nach Westen."
„Sie bildet also einen großen Winkel. Wenn Eure Meinung die richtige wäre, so hätten die betreffenden Leute einen bedeutenden Umweg gemacht. Man reitet, wenn man nach Westen will, doch nicht grad nach Norden. Entweder also müßten diese Leute sehr unerfahrene Menschen sein, oder Ihr befindet Euch im Irrtume."
„Da wird wohl das erstere der Fall sein: unerfahrene Menschen."
„Nein, denn dagegen spricht der zweite Grund. Seht Euch die Spuren doch recht genau an, Mr. Snuffle! Wie alt ist wohl die von Süden herkommende Fährte?"
„So wie Ihr gesagt habt: ungefähr zwei Stunden."
„Und die von hier nach Westen führende?"
„Auch so alt."
„Schön! Wenn dies so wäre – und es ist allerdings so – dann können sich diese Leute doch höchstens einige Minuten hier aufgehalten haben; sie müssen kurz nach ihrer Ankunft wieder fortgeritten sein. Die Spuren aber hier am Platze sind so alt, daß sie auf gestern abend zurückweisen. Wie reimt Ihr das zusammen?"
Er machte ein ziemlich verblüfftes Gesicht, sah seinen Bruder ratlos an und fragte ihn:
„Ja, wie reimst du das zusammen, alter Tim? Kannst du das?"
„No."
„Ich auch nicht. Die Fährten, welche her- und wieder fortführen, sind zwei Stunden alt; gelagert aber ist hier seit gestern abend worden. Das ist eine so krumme Sache, daß sie wohl nicht gerade zu machen ist."
„O doch," erklärte ich.
„Glaubt Ihr, dies fertig zu bringen?"
„Ja."
„Dann bitte, thut es doch! Hier Klarheit zu erlangen, das wäre doch das höchste der Gefühle."
„Denkt nur ein klein wenig nach! Denkt doch an den Winkel, den die beiden Fährten bilden und daran, wie unwahrscheinlich es ist, daß Westmänner einen solchen Umweg machen! Sie sind von hier nach Westen geritten, und da steht es doch zu vermuten, daß sie aus Osten gekommen sind."
„Well. Aber Ihr seht doch mit Euern eigenen scharfen Augen, daß sie aus Süden kamen!"
„Das ist ja ihre Fährte gar nicht!"

„Ah! Also eine andere?“
„Ja. Schaut doch von hier nach Osten! Bemerkt Ihr da nichts?“
Er folgte meiner Aufforderung, schüttelte den Kopf, sagte dann aber schnell:
„Halt, vielleicht habe ich es! Das Gras scheint einen Streifen zu haben. Man sieht ihn freilich kaum, aber zu erkennen ist er doch noch.“
„Richtig! Diesen Streifen habe ich sofort bemerkt. Es ist die gestrige Fährte der Leute, welche hier übernachtet haben. Ihr gebt doch zu, daß sich das Gras während so langer Zeit wieder aufrichten muß?“
„Ja, Ihr habt recht, Sir.“
„Das gestern gegen Abend niedergetretene Gras steht wieder gerade und ist nur durch einen abweichenden Farbenschein zu unterscheiden. Also die Leute, um welche es sich hier handelt, sind aus dem Osten gekommen und heut westlich weitergeritten; das haben wir heraus.“
„Und die südliche Fährte?“
„Stammt von einem sehr starken Reitertrupp, welcher aus Süden gekommen ist und jedenfalls in nördlicher Richtung weiterreiten wollte; als er aber den Lagerplatz hier entdeckte, ist er links abgeschwenkt, um dem ersten Trupp nachzureiten.“
„Ja, so ist es, genau so, wie Ihr sagt, Sir. Meinst du nicht auch, alter Tim?“
„Yes. Es ist so.“
„Aber wer war der erste, und wer war der zweite Trupp?“
„Der erste bestand aus Weißen, der zweite aus Indianern.“
„Das behauptet Ihr mit solcher Sicherheit? Möchte wissen, welche Gründe Ihr zu dieser Meinung habt.“
„Wieder zwei. Erstens ist der zweite Trupp wenigstens sechzig Reiter stark, und da es höchst unwahrscheinlich ist, daß in dieser Gegend so viele Weiße beisammen sind, darf man wohl vermuten, daß es Rote waren. Und zweitens hatten ihre Pferde keine Eisen, wie Ihr bemerken werdet, wenn Ihr die Fährte genauer betrachtet. Eine solche Anzahl von barfußen Pferden aber kann nur von Indianern geritten werden.“
„Das gebe ich zu, doch aus welchem Grunde soll der erste Trupp aus Weißen bestehen?“
„Weil die Spuren der Pferde Hufeisen nachweisen und, um andere Gründe gar nicht zu erwähnen, weil unser Gefangener hier, der doch ein Weißer ist, zu dieser Truppe gehört hat.“
„Alle Wetter! Er hat dazu gehört? Wie wollt Ihr das beweisen? Ich glaube, daß er das Gegenteil behaupten wird.“
„Das mag er; es wird ihm aber nicht gelingen, mich zu täuschen.“
„Und wenn er es doch versucht?“
„So wird er nicht erreichen, seine Lage dadurch zu verbessern, sondern sie vielmehr verschlimmern; denn ich müßte annehmen, daß er zu den Roten gehöre, welche feindliche Absichten gegen diese Weißen hegen.“
„Habt Ihr denn Gründe, auch dies anzunehmen?“

„Natürlich. Diese Indianer sind jedenfalls Comantschen, also Krieger, welche sich jetzt empört haben, und daß sie der Bleichgesichter wegen, die hier lagerten, so weit von ihrer ursprünglichen Richtung abgewichen sind, das ist genug Beweis dafür, daß sie etwas gegen sie vorhaben. Er behauptete, von Roten nichts gesehen und nichts gehört zu haben; seine Spur führt aber hier mit der ihrigen zusammen; er hat uns also belogen, und so fühle ich große Lust, mit ihm sehr kurzen Prozeß zu machen. Einem solchen Burschen gegenüber sitzen meine Kugeln gar nicht fest im Laufe."

Er hörte natürlich alles, was ich sagte, und bekam Angst. Meine Drohung war gar nicht etwa wörtlich gemeint, doch erreichte sie ihren Zweck, denn er brach sein bisheriges Schweigen und sagte:

„Ich gehöre nicht zu ihnen, Sir; das kann ich beschwören."

„Pshaw! Leuten Euers Gelichters darf man selbst auf den schwersten Eid kein Wort glauben. Ihr habt uns belogen; das ist genug. Da die Roten die Kriegsbeile ausgegraben haben, muß man sich vorsehen. ihr habt geleugnet, Indianer gesehen zu haben, und waret doch hier bei ihnen. Dann seid Ihr nördlich geritten, also dahin, wohin sie ursprünglich wollten, also wahrscheinlich in ihrem Auftrage, als ihr Verbündeter, ihr Spion. Ich sage Euch, daß Euch meine Kugel oder mein Messer sehr bald im Herzen sitzen kann!"

Ich war überzeugt, daß er zu den Weißen gehört und sich aus irgend einem Grunde, in irgend einer verwerflichen Absicht von ihnen getrennt hatte, brachte ihn aber, um seine Angst zu erhöhen, mit den Indianern in Verbindung. Die Wirkung stellte sich sofort ein, denn er beteuerte schnell:

„Ihr irrt Euch vollständig, Sir. Gerade diesen Roten habe ich entgehen wollen."

„Das glaube Euch ein anderer, ich aber nicht."

„Ihr könnt es glauben; es ist genau so, wie ich sage."

„Gebt Euch keine Mühe! Wir werden natürlich den Indianern folgen, und da wird es sich herausstellen, was wir mit Euch machen, ob wir Euch an sie ausliefern oder, noch kürzer, Euch einfach erschießen. An Lügner und Diebe verschwende ich keine lange Zeit."

„So hört doch nur! Laßt mich reden, Mr. Shatterhand!"

„Ich mag nichts hören. Was ich wissen will, das werde ich erfahren, ohne daß ich mir von Euch etwas weismachen zu lassen brauche."

„Ich mache Euch nichts weis. Ich habe es mir überlegt und bin zu der Einsicht gekommen, daß es für mich besser ist, Euch die Wahrheit zu sagen."

„Das wäre klug von Euch, denn ich bin nicht der Mann, der sehr leicht zu täuschen ist. Wir werden die Roten sehr bald einholen und dann auch mit den Weißen reden, zu denen der gehört, den Ihr bestohlen habt. ihr werdet ihm gegenübergestellt werden."

„Das könnt Ihr thun. Ich habe ihn nicht bestehlen wollen."

„Oho! Ist dieses Pferd etwa nicht sein Eigentum?"

„Ja, es gehört ihm."

„Der Dolch auch?"

„Ja.“
„Und die Sachen in den Satteltaschen?“
„Auch.“
„Wollt Ihr etwa behaupten, daß er Euch das alles geschenkt habe?“
„Nein; das fällt mir nicht ein.“
„So bleibt nur übrig, anzunehmen, daß Ihr es ihm gestohlen habt.“
„Nein; es sind noch andere Fälle möglich.“
„Möchte wissen, welche! Soll er Euch das Pferd etwa geliehen haben?“
„Ja, das ist es. Er hat es mir geborgt.“
„Ausrede!“
„Es ist keine Ausrede, sondern die Wahrheit. Es ist wirklich besser, wenn ich aufrichtig mit Euch bin, und wenn Ihr mich anhört, so thut Ihr nicht nur mir, sondern auch Euch einen Gefallen damit, weil Ihr den Roten nachreiten wollt.“
„Gut, wollen einmal sehen oder vielmehr hören. Also flunkert nicht wieder! Wie ist Euer richtiger Name?“
„Ich heiße Perkins.“
„Jetzt vielleicht!“
„Nein, stets. Perkins ist mein Name. Ich und noch zwei Westmänner wurden von einem Weißen engagiert, ihn über das Gebirge zu bringen; er ist es, dem das Pferd gehört.“
„Wer und was ist er?“
„Das wissen wir nicht genau. Er spricht nicht viel. Wir müssen ihn Mr. Dschafar nennen.“
„Dschafar? Ah! Spricht er englisch?“
„So leidlich, daß wir ihn verstehen können.“
„Ist noch jemand bei ihm?“
„Er hat zwei englische Diener, die von ihm, glaube ich, in London engagiert worden sind.“
„Wißt Ihr denn nicht, woher er ist?“
„Nein. Er ist, wie gesagt, nicht mitteilsam und hat eine solche Art und Weise, daß wir ihn nicht gut nach seinen Verhältnissen fragen können.“
„Aber gewiß wohlhabend?“
„Ja, das muß er sein. Er hat zwei Packpferde und bezahlt uns gut. Ein Christ ist er wohl nicht, wenn ich mich nicht irre.“
„Woraus schließt Ihr das?“
„Daraus, daß er täglich fünf- oder sechsmal in einer sehr eigentümlichen Weise betet und in einer Sprache, welche wir nicht verstehen.“
„Bedient er sich dabei eines Teppiches, auf dem er betet?“
„Ja, er hat eine Decke, auf welcher er während des Gebetes abwechselnd steht, kniet und liegt. Er wirft dabei ganz sonderbar mit den Armen um sich, breitet sie aus, kreuzt sie auf der Brust oder faltet die Hände. Es ist zuweilen fast zum Lachen.“
„Wie kleidet er sich?“

„Ganz so wie wir, außer daß er auf dem Kopfe eine Lammfellmütze trägt. Sein Haar ist dunkel, und er hat einen so starken, lang herabhängenden Schnurrbart, wie ich noch nie gesehen habe.“

„Wie alt ungefähr?“

„Vielleicht vierzig Jahre.“

„Er ist ein Orientale, höchst wahrscheinlich ein Perser. Freilich kann ich mir nicht erklären, wie ein solcher nach Amerika und gar in den wilden Westen kommt. Wo will er hin?“

„Nach San Francisco. Wir sollen ihn nach Santa Fé bringen, wo er andere Führer nehmen will. Glaubt Ihr mir nun, Mr. Shatterhand?“

„Eure jetzigen Angaben scheinen die Wahrheit zu enthalten. Nun sagt ebenso aufrichtig, warum Ihr von ihm entwichen seid!“

„Ihr denkt, daß es sich um eine Entweichung handelt? Ich kann doch in seinem Auftrage von ihm fortgegangen sein.“

„Hört, fangt ja nicht wieder an, Euch zu sperren! Ihr habt uns Veranlassung zum größten Mißtrauen gegeben und Euch so grob und widersetzlich betragen, daß es wirklich großer Mühe von Eurer Seite bedarf, uns eine andere Meinung beizubringen. Sagt noch eine einzige Unwahrheit, so handeln wir ganz einfach nach dem Gesetze der Prairie und geben Euch eine Kugel. Pferdediebstahl wird mit dem Tode bestraft, und wir haben weder Zeit noch Lust, uns lange mit Euch herumzuschleppen.“

„Ich habe das Pferd doch gar nicht gestohlen!“

„Pshaw! Ihr seid mit einem Pferde betroffen worden, welches Euch nicht gehört, und mit andern Gegenständen, welche auch nicht Euer Eigentum sind. Ihr habt uns belogen, uns über die Indianer und über Euch täuschen wollen, was uns bei den hiesigen und gegenwärtigen Verhältnissen leicht verderblich werden kann. Das ist mehr als genug, Euch kurz den Prozeß zu machen. Wenn wir davon absehen und nachsichtig mit Euch verfahren sollen, müßt Ihr wahr und offen sein. Gebt Ihr zu, daß Ihr ohne die Erlaubnis dieses Fremden von ihm entwichen seid?“

Es fiel ihm sichtlich schwer, es einzugestehen; aber er sah doch ein, daß er durch Leugnen nichts gewinnen könne, und antwortete daher:

„Beabsichtigt war es nicht; das könnt Ihr mir glauben. Es ist nur das plötzliche Erscheinen der Roten schuld daran; sie waren mir so nahe, daß ich den Kopf verlor und nur daran dachte, mich in Sicherheit zu bringen.“

„Wo war es, wo Ihr sie sahet? Hier?“

„Ja.“

„Aber Ihr waret doch schon fort von hier!“

„Allerdings, doch ich mußte wieder zurück. Ihr habt vorhin ganz richtig erraten, daß wir gestern von Osten her nach dieser Stelle gekommen sind; Euern Augen ist die Fährte nicht entgangen, obgleich sich das Gras wieder aufgerichtet hat. Wir lagerten hier und ritten heut morgen weiter. Nach vielleicht einer Stunde bemerkte Mr. Dschafar, daß ihm der Dolch hier fehlte, den Ihr mir abgenommen habt und einen Chandschar nennt; die Waffe mußte hier liegen geblieben sein. Er wollte selbst zurück, um darnach zu suchen; aber weil er fremd im Westen ist und sich leicht verirren oder irgend einen andern Unfall erleiden konnte, schlugen wir ihm vor, daß einer von uns zurückkehren solle, um die Waffe zu holen. Er ging darauf ein und schickte mich."

„Aber auf seinem Pferde!"

„Ja, weil es das beste und schnellste war. Er borgte es mir, um nicht lange auf mich warten zu müssen."

„Er hätte trotzdem ewig auf Euch warten können, wenn wir nicht auf Euch getroffen wären. Doch, auch angenommen, daß er Euch das Pferd wirklich geliehen hat, so ist es immerhin befremdlich, daß er seine Sachen in den Satteltaschen ließ."

„Er traute mir, und die Sache ging überhaupt so schnell, daß er gar nicht an diese Gegenstände gedacht hat."

„Hm! Einem Fremden ist eine solche Unvorsichtigkeit allerdings zuzutrauen. Weiter! Ihr kamt hierher zurück und fandet den Dolch?"

„Ja. Er lag hier unter diesem niedrigen Strauche, von den Zweigen so verborgen, daß wir ihn beim Fortreiten nicht gesehen hatten. Ich stieg ab und bückte mich nieder, um ihn aufzuheben. Als ich mich wieder aufrichtete, fiel mein Auge zwischen die Büsche hinaus nach Süden, und ich sah zu meinem Schrecken eine Schar von sechzig bis siebzig Indianer kommen."

„Comantschen?"

„Ja. Sie waren mit den Kriegsfarben bemalt, und ich hatte also, wenn sie mich bemerkten, den Tod zu erwarten. Das Gebüsch verbarg mich ihnen; ich durfte nicht aus demselben heraus und zog mein Pferd also schleunigst über den Bach hinüber, in dessen Bette die Stapfen nicht leicht zu sehen waren."

„Dann machtet Ihr Euch nordwärts davon, anstatt Euern Gefährten nach Westen nachzureiten und sie zu warnen!"

„Ja, und das ist allerdings der Fehler, den ich begangen habe; aber mein Schreck über die Roten war so groß, daß er mich entschuldigen kann."

„Ich denke nicht, daß er als eine Entschuldigung betrachtet werden kann. Ein Westmann, den der Anblick von einigen Indianern so entsetzt, ist eben kein Westmann."

Von einigen? Ich habe Euch doch gesagt, daß es sechzig bis siebzig waren!"

„Das sind einige. Ich bin von mehreren hundert Roten überrascht worden, ohne zu erschrecken und auszureißen. Euch, als dem Führer des Fremden, war sein Leben anvertraut; Ihr mußtet in höchster Eile zu ihm, um ihn zu warnen!"

„Das ging doch nicht; die Comantschen hätten mich gesehen!"

„Unsinn! Ihr hattet zunächst ganz gute Deckung hier im Walde und brauchtet erst nach einiger Zeit auf Eure Spur zurückzukehren."

„Aber es war ja vorauszusehen, daß sie dieser Spur folgen würden!"

„Was schadete das? Sie mußten hier anhalten und den Lagerplatz genau untersuchen; dadurch hättet Ihr einen solchen Vorsprung erhalten, daß es ihnen wohl sehr schwer oder gar unmöglich gewesen wäre, Euch einzuholen. Ihr müßt von einer Panik ergriffen worden sein, welche mir vollständig unbegreiflich ist."
„Sie ist aber sehr erklärlich, wenn ich Euch sage, daß die Indsmen, als ich sie erblickte, mir schon bis auf höchstens zweihundert Schritte nahe waren. Eine einzige Minute noch, und es wäre um mich geschehen gewesen."
„Abermals Unsinn! Der Sprung über den Bach hinüber mußte Euch in Sicherheit bringen. Der Schreck hat Euch aber um die Ueberlegung gebracht, und indem Ihr Eure eigene, sehr wertvolle Person salviertet, habt Ihr diejenigen, die Euch anvertraut waren, in die höchste Gefahr, vielleicht gar in den Tod gebracht."
„Ja, so ist es," stimmte mir Jim Snuffle bei. „Vielleicht sind diese armen Teufels inzwischen überfallen und ausgelöscht worden. Meinst du nicht auch, alter Tim?"
„Yes." nickte sein Bruder.
Perkins blickte sehr verlegen vor sich hin. Er sah ein, daß wir recht hatten, und versuchte eine letzte Entschuldigung:
„So schlimm ist es jedenfalls nicht, denn ich denke, daß meine Gefährten die Roten rechtzeitig bemerkt und sich vor ihnen versteckt haben."
„Diese Annahme hat nicht die geringste Berechtigung," entgegnete ich. „Selbst wenn es so wäre, wie Ihr sagt, so sind die Comantschen doch nicht blind. Sie haben die Fährte vor Augen und würden das Versteck leicht und schnell entdecken; es ist ja heller Tag. Ihr habt so kopflos, so leichtsinnig und unverantwortlich gehandelt, daß es gar keine Entschuldigung für Euch geben kann. Wehe dem armen Menschen, der sich einem solchen Führer, wie Ihr seid, anvertraut! Wißt Ihr denn nicht, daß ein Scout sein Leben ohne alles Zögern daran zu setzen hat, wenn es die Sicherheit derjenigen gilt, die sich in seinen Schutz begeben haben! Ihr habt Euch rechtfertigen wollen, aber grad das Gegenteil erreicht. Ein Pferdedieb ist eben ein Dieb, doch kann man immerhin einen gewissen Respekt vor seinem Mute, seiner Kühnheit haben; aber einen Scout, der so feig handelt wie Ihr, den muß man verachten. Wir sollen sehen, ob Rettung vielleicht noch möglich ist, und den Roten schnell folgen. Ihr seid doch mit dabei, Mr. Jim?"
„Wie könnt Ihr nur so fragen! Die beiden Snuffles sind stets und gern dabei, wenn es gilt, einen Menschen, welcher in der Patsche steckt, herauszuholen. Meinst du nicht auch, alter Tim?"
„Yes," nickte dieser. „Müssen uns beeilen!"
„Allerdings. Fünf Weiße, von denen drei keine Westmänner sind, gegen siebzig Rote, welche sich auf dem Kriegspfade befinden, das ist keineswegs das höchste der Gefühle. Aber, Mr. Shatterhand, sagt mir einmal, ob Ihr das für wahr haltet, was dieser Perkins und sogenannte Scout jetzt vorgebracht hat!"
„Ich denke, daß wir es glauben können, denn hätte er abermals gelogen, so wäre es um ihn geschehen. Wir haben es nach seiner Angabe mit einem Fremden, seinen zwei

Dienern und zwei Westmännern zu thun. Wenn man nur wüßte, was diese beiden letzteren für Kerle sind."
„Es sind tüchtige Leute, Sir, sehr tüchtige Leute," versicherte Perkins.
„Wenn sie gerade so tüchtig sind, wie Ihr seid, so mag Gott ihnen und den drei Fremden gnädig sein! Also vorwärts! Wir haben hier schon zu viel Zeit versäumt."
Wir stiegen auf und folgten der nach Westen, also flußaufwärts führenden Fährte. Man sagt, es pflege bei jedem Unglück auch ein Glück zu sein, und dieses Wort konnten wir hier auch in Anwendung bringen. Daß der Fremde, wie ich die Ueberzeugung hegte, von den Roten eingeholt und überfallen werden würde, das war ein Unglück für ihn; ein Glück war es dagegen zu nennen, daß die Indianer den feigen Scout nicht gesehen hatten, denn sie glaubten infolgedessen hinter sich alles in Sicherheit und ahnten nicht, daß Leute ihnen folgten, welche sich der Bedrohten annehmen wollten.
Ich glaubte, daß Perkins zuletzt die Wahrheit gesagt hatte; Beweise hatte ich freilich nicht dafür, denn die Spuren der Weißen waren am Lagerplatze so von den Indsmen zertreten worden, daß sie gar nicht mehr unterschieden werden konnten; ich hoffte aber, unterwegs auf deutlichere Zeichen zu treffen. Diese Erwartung ging schon nach einiger Zeit in Erfüllung, als wir eine Stelle erreichten, an welcher die Roten halten geblieben waren. Wir zügelten unsere Pferde auch, und Jim Snuffle sagte:
„Hier scheint ihnen etwas ein- oder aufgefallen zu sein, denn sie haben sich beraten. Wenn man nur wüßte, worüber!"
„Ich weiß es," erklärte ich.
„Nun?"
„Ueber die Zahl der Weißen, denen sie folgten."
„Meint Ihr? Warum?"
„Sie sind bisher in der Spur der Weißen geritten; hier aber haben sie dieselbe verlassen, und zwei von ihnen sind abgestiegen, um sie zu untersuchen. Es scheint, daß sie unterwegs verschiedener Meinung geworden sind und hier haben sehen wollen, wer die richtige hat. Da sie sich an dieser Stelle in acht genommen haben, die Fährte der Bleichgesichter zu verderben, so ist dieselbe auch für uns noch deutlich zu erkennen, und ich will schauen, was wir von Perkins' Aussagen zu halten haben."
„Ja, schaut nach, Sir!" forderte mich der gefangene Scout auf. „Ihr werdet finden, daß alles genau so ist, wie ich gesagt habe."
Ich sprang ab und betrachtete die Eindrücke auf das sorgfältigste. Es war schwer, sehr schwer, zur Gewißheit zu kommen, denn die Stelle, an welcher die Roten die Fährte geschont hatten, war gar nicht lang, und es kam mir sehr darauf an, die verkehrte Spur eines Pferdehufes zu entdecken; aber nach längerem Messen und Vergleichen gelangte ich doch zu dem gewünschten Resultate. Um noch sicherer zu sein, trat ich zu dem Pferde, welches der Scout jetzt ritt, und untersuchte einen Hufstapfen desselben. Jim Snuffle schüttelte darüber verwundert den Kopf und fragte:
„Warum denn das, Sir! Wir haben es doch nicht mit diesem Pferde zu thun?"

„Sogar sehr," antwortete ich. „Ich will doch wissen, ob Perkins die Wahrheit gesagt hat."
„Könnt Ihr das denn am Hufe seines Pferdes ablesen?"
„Ja."
„Alle Wetter! Das brächte der Sohn meines Vaters nicht fertig. Wie fangt Ihr es nur an?"
„Sehr einfach. Es sind wirklich sechs Weiße hier geritten, und einer von ihnen ist zurückgekehrt."
„Sagt Euch das die Fährte?"
„Ja."
„Das ist gefährlich, Sir!"
„Warum?"
„Weil die Indsmen die Eindrücke hier auch untersucht haben; sie mußten da ebenso wie Ihr sehen, daß jemand zurückgeritten ist; also wissen sie, daß er sich hinter ihnen befindet und werden ihm einen Hinterhalt legen, in den wir leicht fallen können."
„Habt keine Sorge! Sie haben nichts bemerkt. Es ist nur der Eindruck eines einzigen Hufes da, und der ist so leicht und undeutlich, daß nur ich ihn entdecken konnte, weil ich wußte, daß Perkins behauptet, umgekehrt zu sein. Er hat die Wahrheit gesagt. Ich sah einen umgekehrten Stapfen, welcher vom linken Hinterfuße seines Pferdes stammt."
„Well! Aber wenn die Indsmen gerade diesen einzigen Stapfen auch bemerkt hätten?"
„Dann würden sie nicht weit von hier eine Falle gestellt haben, die mir sicher nicht entgehen würde. Ich werde scharf achtgeben. Reiten wir weiter!"
Wir setzten den unterbrochenen Ritt fort, und als ich selbst nach einer halben Stunde nichts davon entdeckt hatte, daß ein Hinterhalt gelegt worden sei, waren die Snuffles überzeugt, daß ich recht gehabt hatte.
Nach einiger Zeit kamen wir an die Stelle, wo Perkins umgekehrt war; seine Gefährten hatten nicht auf ihn warten, sondern langsam weiterreiten wollen; die Entscheidung lag also nicht hier, sondern weiter vorn. Darauf sahen wir, daß zwei Indianer die Spur verlassen hatten, der eine nach der rechten und der andere nach der linken Seite.
„Ob die etwa als Späher fortgeritten sind?" fragte Jim Snuffle.
„Jedenfalls. Der Anführer hat aus der Spur ersehen, daß er den Weißen nahe war, und diese Kundschafter vorangeschickt, um Gewißheit zu erhalten. Es wird sich bald zeigen, wo sie wieder zu dem Trupp gestoßen sind."
Ungefähr eine Viertelstunde später kehrte erst die Spur des einen und dann auch diejenige des andern zu der Hauptfährte zurück, und wir konnten nun erwarten, in nicht langer Zeit den Ort des Ueberfalles zu erreichen. Da die Roten sich sehr leicht noch dort befinden konnten, war die äußerste Vorsicht nötig, wenn wir nicht riskieren wollten, ganz unerwartet auf sie zu stoßen. Darum ritt ich eine Strecke voran, jeden Augenblick bereit, von ihnen bemerkt oder gar angegriffen zu werden.
Glücklicherweise ging diese Befürchtung nicht in Erfüllung, obgleich das Terrain für mich gefährlich war. Es gab nämlich zerstreutes Strauchwerk, und ich konnte hinter jedem Busche einen oder auch mehrere Feinde erwarten. Da hatte das Gesträuch

plötzlich ein Ende, und ich sah auf dem vor mir liegenden Plane, höchstens drei Minuten von mir entfernt, die Indsmen lagern. Hätte mein Pferd nur vier oder fünf Schritte weiter gethan, so wäre ich sehr wahrscheinlich von ihnen bemerkt worden.
Ihre Tiere, welche freigegeben worden waren, tummelten sich nach Belieben herum; sie selbst bildeten einen Kreis, in dessen Innern eine wichtige Verhandlung geführt zu werden schien. Er war aber so dicht, daß der Blick nicht zwischen den einzelnen Personen hindurchdringen konnte. Ich ritt eine kleine Strecke zurück, stieg ab, band mein Pferd an und forderte die Snuffles, welche jetzt anlangten, auf, dasselbe zu thun.
„Absteigen?“ fragte Jim. „Warum? Dürfen wir nicht weiter?“
„Nein. Die Indianer halten da draußen.“
„Alle Wetter! Haben wir sie endlich eingeholt! Haben sie die Weißen fest?“
„Ja.“
„Doch nicht ermordet?“
„Das glaube ich nicht.“
„Gut, laßt einmal sehen!“
Wir hoben den treulosen Scout vom Pferde, banden ihn an einem Busche fest und gingen dann so weit nach vorn, wie es möglich war, ohne gesehen zu werden.
„Wahrhaftig, es sind Comantschen,“ sagte Jim. „Meinst du nicht auch, alter Tim?“
„Yes,“ antwortete dieser in seiner einsilbigen Weise.
„Sie stehen eng beisammen. Die Weißen sieht man nicht. Wie könnt Ihr da wissen, daß sie sich dort befinden, Mr. Shatterhand?“
„Ich vermute es.“
„Vermuten? Das ist keine Gewißheit!“
„Hier doch beinahe. Seht Ihr nicht dort rechts zwei Pack Pferde stehen?“
„Allerdings. Alle Wetter! Die gehören ja dem Fremden. Sie haben ihn also!“
„Natürlich! Welchen Grund hätten die Indianer, hier in der Verfolgung eine Pause zu machen, um sich über irgend etwas zu beraten? Es ist gewiß, daß sie die Weißen fest haben.“
„Was werden sie mit ihnen thun?“
„Das werden wir bald erfahren. Es kommt dabei viel darauf an, ob bei dem Ueberfalle Blut geflossen ist. Wurde ein Roter verwundet oder gar getötet, so wird man den Weißen keine lange Frist geben.“
„Sondern sie gleich hier abschlachten. Ja, das ist auch meine Meinung.“
„Die meinige aber nicht.“
„Meint Ihr, daß sie sie weiter fortschleppen werden?“
„Ja, wenn auch nicht allzuweit. Die Verurteilung und Hinrichtung von Gefangenen geschieht bei den Indianern, wenn es möglich ist, stets mit der gebräuchlichen Feierlichkeit, zu welcher ein geeigneter Lagerplatz erforderlich ist; aber die Stelle, an welcher sie sich jetzt befinden, paßt nicht dazu. Erstens giebt es da kein Wasser für einen vielstündigen oder gar noch längern Aufenthalt, und zweitens ist sie nicht sicher genug.

Sie liegt zu frei; wer sich dort befindet, kann leicht gesehen werden. Darum denke ich, daß die Comantschen bald aufbrechen werden, um sich einen bessern Platz zu suchen."
„Wenn man wüßte, wo er liegt, könnte man ihn vorher aufsuchen, um sie zu beschleichen."
„Jedenfalls wenden sie sich dem Flusse zu; aber ihnen vorankommen, das würde ein höchst gefährliches Beginnen sein."
„Warum?"
„Weil man, um sicher zu sein, nicht nur die Gegend überhaupt, sondern die spezielle Stelle kennen müßte, wo sie lagern wollen. Kennt man diese nicht, so riskiert man, entdeckt zu werden. Es ist gar nicht zu vermeiden, daß man Spuren hinterläßt, welche am Tage bemerkt werden müssen. Wartet man zufälligerweise gar an dem Punkte auf sie, wo sie bleiben wollen, so ist man unbedingt verraten."
„Well, so gehen wir ihnen nicht voran, sondern folgen hinter ihnen her! Die Hauptfrage ist, ob es uns gelingen wird, ihre Gefangenen zu befreien."
„Darüber läßt sich jetzt noch gar nichts sagen."
„Wenigstens nichts weiter, als daß die Ausführung unsers Vorhabens eine ganz verteufelte, gefährliche Sache ist. Wir sind nur drei gegen siebenzig Personen; das will etwas beißen."
„Mit Ziffern darf man in solchen Fällen nicht rechnen; dies wäre nur dann nötig, wenn wir einen offenen Angriff beabsichtigten; da wir aber nur durch List zum Ziele kommen können, haben wir es mit geistigen Faktoren zu thun."
„Geistige Faktoren, sehr gut, wirklich sehr gut, Sir! Meint Ihr, daß Jim Snuffle und Tim Snuffle solche geistige Faktoren sind?"
„Ich hoffe es, da es uns nur in diesem Falle gelingen kann, die Roten zu überlisten."
„Ueberlisten? Hm, was das betrifft, so denke ich, daß wir uns nicht allzu dumm anstellen werden. Meinst du nicht, alter Tim?"
„Yes!"
„Mesch'schurs, darf ich eine Bitte aussprechen?" ließ sich da der Gefangene hören.
„Welche?" fragte ich.
„Ich bin mit daran schuld, daß meine Gefährten in diese Lage geraten sind; also ist es meine Pflicht, mich auch daran zu beteiligen, daß sie befreit werden. Bindet mich los; gebt mir die Freiheit, und Ihr sollt sehen, daß ich alles thue, was Ihr von mir verlangen könnt!"
„Ja, wenn wir Euch trauen könnten," antwortete Jim.
„Ihr könnt es. Ich gebe Euch die Versicherung –"
„Schweigt!" fiel ich ihm in die Rede. „Wer seine Kameraden in der Gefahr so feig und treulos verläßt, dem ist nie zu trauen."
„Es war ja nur der Schreck, Sir!"
„Selbst wenn wir dies zugeben wollten, stände zu erwarten, daß Ihr wieder erschreckt."

„Auf keinen Fall. Ich weiß ja nun, wen wir vor uns haben, und kann nicht mehr überrascht werden."
„Und Eure Feigheit? Wir haben vor, unser Leben zu wagen; dazu aber seid Ihr nicht der passende Mann."
„Ich wage es!"
„Fällt Euch nicht ein! Und die List, die Geistesgegenwart, auf die es hier vor allen Dingen ankommt! Ihr habt bewiesen, daß von beiden bei Euch keine Spur vorhanden ist."
Er wollte seine Bitten und Versicherungen fortsetzen; ich verbot es ihm und wendete meine Aufmerksamkeit wieder den Indianern zu, deren Beratung jetzt zu Ende war. Sie kamen in Bewegung; der Kreis löste sich auf, und nun sahen wir, daß innerhalb desselben mehrere Menschen gelegen hatten, welche nicht aufstehen konnten, also wohl gefesselt oder gar tot waren. Sie wurden aufgehoben und auf Pferde gebunden; dann ordneten sich die Roten zu einem Zuge, welcher sich in nördlicher Richtung in Bewegung setzte, also so, wie ich vermutete hatte, denn dort lag der Fluß. An der Spitze ritt ein alter Häuptling. Er war zwar zu weit von uns entfernt, als daß ich sein Gesicht erkennen konnte, aber ein Häuptling war er, weil er die Federn trug, und alt mußte er sein, weil sein hinten lang abfallendes Haar von grauer Farbe war.
In der angegebenen Richtung gab es wieder Wald, unter dessen Bäumen sie verschwanden. Der Vorsicht halber warteten wir noch einige Zeit; dann begaben wir uns nach dem Orte, an welchem sie die Beratung gehalten hatten.
Es war dort von einem eigentlichen Spurenlesen keine Rede, denn der Boden war so zertreten und zerstampft, daß man Einzelheiten gar nicht unterscheiden konnte. Hier mußten die Weißen überfallen worden sein. Sie hatten sich gewehrt, denn wir entdeckten Blutspuren. Das war schlimm, sehr schlimm für sie und auch uns höchst unlieb, weil es uns zum schnellen Handeln zwang und wir also nicht erwarten konnten, bis sich uns eine günstigere Gelegenheit als hier und heute bieten würde.
Es galt vor allen Dingen, den Indianern zu folgen. Wir thaten dies, aber nicht direkt, sondern wir machten einen Bogen nach dem Walde und suchten erst dann, als wir ihn erreicht hatten, die Stelle auf, an welcher sie in ihn eingedrungen waren. Von hier aus durften wir uns ohne allzu große Gefahr auf ihrer Fährte halten; der Sicherheit wegen aber stieg ich aus dem Sattel und ging, den andern vielleicht fünfzig Schritte voran, mitten auf der sehr gut ausgetretenen Spur weiter. Meine Schritte verursachten kein Geräusch, während meinem Auge und Ohre auf eine mich sicherstellende Entfernung hin nichts entgehen konnte. Es läßt sich denken, daß unser Vordringen ein langsames war, doch konnten wir dies nicht ändern. Möglich, daß für die Weißen große Gefahr im Verzuge war, aber wir konnten sie doch auch nicht dadurch retten, daß wir uns selbst preisgaben.
So verging Stunde um Stunde; es wurde Nachmittag, und wenn ich bisher für die Gefangenen sehr gefürchtet hatte, so begann ich jetzt, wieder Hoffnung zu schöpfen. Wenn die Indianer so spät an ihren Lagerplatz gelangten, fanden sie heute keine Zeit

mehr, die Bleichgesichter unter Einhaltung der gewohnten Gebräuche hinzurichten; sie mußten dies bis morgen hinausschieben, und am Abende und während der Nacht gab es dann Zeit und wohl auch Gelegenheit, den Mord zu verhindern. Am meisten hoffte ich von dem Umstande, daß die Comantschen von unserer Anwesenheit keine Ahnung hatten. Sie befanden sich auf ihrem Gebiete; sie wußten, daß dies jetzt von jedermann, der nicht zu ihnen gehörte, gemieden wurde, und so stand zu erwarten, daß sie strenge Sicherheitsmaßregeln für überflüssig halten würden.

Wir hätten den Fluß eigentlich schon längst erreicht haben müssen, aber er bildete gerade hier einen weiten Bogen, auf dessen innerer Seite wir uns befanden, und erst gegen Abend mehrten sich die Anzeichen, daß wir uns dem Wasser näherten. Nun bewegten wir uns noch langsamer vorwärts als bisher, und das war gut, denn bald hörte ich eine rufende Stimme, welcher eine andere antwortete. Wir waren in der Nähe der Comantschen angekommen, und ich huschte zu meinen Gefährten zurück, um sie anhalten zu lassen und für uns ein Versteck zu suchen.

Es war bald ein passender Ort gefunden, wo wir die Pferde und auch Perkins anbanden. Dieser Mann war uns, wie wohl eigentlich gar nicht erwähnt zu werden braucht, außerordentlich hinderlich; er erschwerte uns alles; wie aber hätten wir uns seiner erledigen können, ohne härter zu sein, als unumgänglich nötig war, oder ohne uns durch ihn in Gefahr zu bringen? Er hatte uns zwar seine Hilfe angeboten, und es war auch ganz möglich, daß er es ehrlich meinte; aber das dazu nötige Vertrauen konnten wir ihm doch unmöglich schenken. Als wir ihn und die Pferde gut untergebracht hatten, erkundigte sich Jim Snuffle:

„Was thun wir nun, Sir? Wir haben jetzt unter den Bäumen grad noch den rechten Tagesschein, bei dem es sich vortrefflich spionieren läßt, ohne daß man von weitem gesehen werden kann. Wißt Ihr sicher, daß die Roten in der Nähe sind?“

„Ja. Ich hörte zwei von ihnen, welche einander zuriefen.“

„Sollte mich sehr wundern. Habt Ihr nicht vielleicht falsch gehört?“

„Nein. Es waren menschliche Stimmen.“

„Wahrscheinlich von Weißen!“

„Nein. Gäbe es ja Weiße hier, so würden sie sich bei den gegenwärtigen Verhältnissen sehr hüten, so laut zu sein.“

„Aber die Indianer pflegen doch auch nicht so zu brüllen, daß man es meilenweit hört!“

„Von Brüllen und meilenweit ist auch gar keine Rede. Wenn die zwei einander zuriefen, so ist mir das ein sehr willkommenes Zeichen davon, daß sie sich sicher fühlen und keinen andern Menschen in der Nähe vermuten. Unser Werk wird uns dadurch wahrscheinlich sehr erleichtert.“

„Well, gehen wir also an dieses Werk! Wollen wir sie beschleichen?“

„Das müssen wir allerdings. Das Notwendigste ist ja, zu wissen, wo sie sich befinden; erst dann läßt sich sagen, ob man etwas wagen darf oder nicht.“

„Schön! Machen wir uns also auf den Weg!“

„Wir? Wen meint Ihr mit diesem Worte?“
„Euch und mich natürlich. Mein alter Tim muß hier bei dem Gefangenen bleiben.“
„Hm! Ich würde vorziehen, allein gehen zu können.“
„Allein? Ich nicht mit? Traut Ihr mir vielleicht nichts zu?“
„Davon ist keine Rede; aber es ist meine Angewohnheit, mit dem, was ich selbst und allein thun kann, keinen andern zu belästigen.“
„Belästigen! Was für ein Wort! Glaubt getrost, daß ich im Beschleichen etwas leiste! So von hinten an einen Roten zu kommen, ohne daß er es ahnt, das ist für mich das höchste der Gefühle. Es würde mich ungeheuer kränken, von Euch zurückgewiesen zu werden. Ich gehe mit; mein Bruder bleibt da.“
„No,“ antwortete Tim, ganz wider Jims Erwarten.
„Nicht? Was fällt dir ein! Es muß doch einer bei dem Gefangenen bleiben?
„Yes.“
„Das bist du.“
„No.“
„Wer denn?“
„Du.“
„Ich? Bist du toll? Jim Snuffle soll sitzen bleiben, wenn es gilt, diesen roten Halunken einen Streich zu spielen!“
„Tim Snuffle bleibt auch nicht sitzen!“
„Du mußt! Ich habe das Vorrecht, denn ich bin der Aeltere.“
„Bist nur fünf Minuten älter als ich, und so eine kurze Zeit gilt nichts. Zwillinge sind stets gleich alt; ich laß mich nicht hofmeistern und gehe auch mit. Will auch einmal der Aeltere sein!“
Das war für den guten Tim eine lange, sehr lange Rede. So viel hatte er wohl seit Jahren nicht zusammenhängend gesprochen; darum holte er nach dem letzten Worte tief und kräftig Atem. Jim war für kurze Zeit still. Die Verwunderung über die plötzliche Redseligkeit seines Bruders raubte ihm die Sprache; dann aber stieß er um so energischer hervor:
„Ich glaube gar, du willst dich gegen mich empören, der ich in aller Wahrheit und Wirklichkeit der Erstgeborene bin! Das fehlte noch! Dieser kleine Nesthocker will mir Vorschriften machen! Ich gehe, und du bleibst!“
„No.“
„Yes, sage ich. Auf dein No wird nicht gehört!“
Die sonderbaren Zwillinge begannen in ihrer Erregung laut zu werden. Ich machte sie darauf aufmerksam und schlug ihnen vor, mich allein gehen zu lassen, dann sei der Streit entschieden, ohne daß einer übervorteilt werde. Aber Jim ging nicht darauf ein; er wollte, das wußte ich wohl, mir seine Geschicklichkeit beweisen; das war mir gar nicht lieb, aber ich durfte ihn nicht beleidigen und gab darum schließlich meine Zustimmung. Tim sagte

gar nichts mehr dazu; aber diese Stille kam mir nicht recht geheuer vor; darum fragte ich ihn:
„Ihr habt doch nicht etwa eine Heimlichkeit vor, Mr. Snuffle?“
„No,“ antwortete er mürrisch.
„Ihr seid einverstanden, daß Euer Bruder geht?“
„Yes.“
„So bin ich beruhigt. Es wäre höchst fatal und gefährlich, wenn einer etwas unternähme, wovon die andern nichts wissen dürfen. Das könnte nicht nur alles verderben, sondern uns sogar Freiheit und Leben kosten.“
„Macht Euch keine solche Gedanken!“ beruhigte mich Jim. „Habt gar keinen Grund dazu. Dieser Tim getraut sich nichts ohne mich; ist auch viel zu jung dazu; volle fünf Minuten jünger; denkt Euch nur! Der bleibt gern ruhig sitzen, bis wir wiederkommen. Nun aber wollen wir ja nicht länger warten, weil es sonst zu dunkel wird.“
„Gut! Also Mr. Snuffle, haltet gut Wache, und verlaßt diesen Ort ja nicht eher, als bis wir zurückgekehrt sind. Ich übergebe Euch hier meine beiden Gewehre, weil sie mich behindern würden.“
Er nahm, ohne ein Wort zu sagen, den Bärentöter und den Stutzen in Empfang, und ich ging mit Jim fort.
Es war während des Wortgefechtes so düster geworden, daß man nicht mehr ganz deutlich sehen konnte. Wir hatten also jetzt noch nicht nötig, uns auf die Erde zu legen und uns kriechend fortzubewegen, sondern wir blieben aufrecht und huschten von Baum zu Baum der Gegend zu, in welcher ich die Stimmen gehört hatte. Wie viel, viel lieber wäre ich allein gewesen! Ich hatte von den beiden Snuffles zwar als von ganz guten Westmännern gehört, doch zwischen Westmann und Westmann ist ein Unterschied. Mochten sie sich in gewöhnlichen und meinetwegen zuweilen auch in ungewöhnlichen Verhältnissen bewährt haben, hier galt es mehr als Ungewöhnliches; jeder Augenblick, die geringste Unvorsichtigkeit konnte über das Leben der gefangenen Bleichgesichter und auch über das unserige entscheiden; darum mahnte ich Jim jetzt nochmals zur äußersten Vorsicht.
„Habt keine Angst um mich,“ antwortete er flüsternd. „Habe noch andere Sachen durchgemacht, als solche Leichtigkeit, wie jetzt.“
Das sollte mich beruhigen, aber dadurch, daß er es so leicht nahm, erreichte er das Gegenteil, und ich nahm mir vor, ihn ja nicht etwas vornehmen zu lassen, was wahrscheinlich über seine Kräfte ging.
Zunächst schien seine Ansicht, daß unser Unternehmen ein leichtes sei, sich bewahrheiten zu wollen. Wir kamen weiter und weiter, ohne durch irgend eine Fährlichkeit aufgehalten zu werden; wir erreichten sogar „das hohe Ufer“, des Flusses, ohne eine Spur von den Roten bemerkt zu haben. Ich sage mit Absicht „das hohe Ufer“, denn was wir jetzt nicht sahen, entdeckten wir bald darauf, nämlich daß das jetzt fast ausgetrocknete Flußbette ziemlich tief unter uns lag.

Es war fast ganz dunkel geworden, dennoch erkannte ich, daß das Ufer da, wo wir standen, einen steilen, kahlen Abrutsch hatte, auf welchem man sich ja nicht weit vorwagen durfte, sonst konnte leicht der Boden unter den Füßen weichen und einen mit hinunternehmen. Wir gingen also so lange am Rande hin, bis der Boden sicherer wurde und wieder Bäume trug; die Uferböschung unter uns war mit Büschen bestanden.

„Ihr müßt Euch geirrt haben, Sir," flüsterte Jim mir zu. „Die Roten sind nicht in dieser Gegend."

„O doch. Ich habe ihre Stimmen deutlich gehört."

„So waren sie vorhin da, sind aber nun fort."

„Nein; sie sind noch hier; ich weiß es ganz genau."

„Man kann sie aber doch weder sehen noch hören!"

„Das ist wahr; aber ich rieche sie."

„Riechen? Alle Wetter! Was müßt Ihr da für eine Nase haben!"

„Eine ganz gewöhnliche, die aber gerade für Pferdeduft sehr empfindlich ist. Ich rieche die Pferde der Comantschen."

„Wo?"

„Sie sind tief unter uns am Wasser."

„Bis da hinunter reicht Eure Nase?"

„Pshaw! Ihr wißt wohl gar nicht, welche Eigenschaft der Pferdeduft besitzt. Notabene, ich rieche ihn sehr gern. Kommt Ihr in einer großen Stadt an einen Droschkenhalteplatz, so braucht kein Pferd da zu sein, aber der Pferdeduft ist da. Ich wette, um was Ihr wollt, daß – – halt, seht Ihr's, daß ich recht habe? Schaut hinab!"

Es war unten am Flusse ein kleiner, glühender Funke zu sehen, welcher sich rasch vergrößerte. Da es dunkel geworden war, brannten die Roten ein Feuer an. Daß sie nicht hier oben auf dem hohen Ufer geblieben waren, konnte man leicht begreifen. Unten gab es ja Wasser für sie und ihre Pferde. Aus dem einen Feuer wurden fünf.

„Das ist gut," sagte Jim Snuffle. „Da können wir alles sehen, wenn wir uns an sie schleichen."

„Sie uns aber auch, wenn wir uns nicht sehr in acht nehmen. Ich habe diese Feuer darum gern, weil auch sie uns sagen, daß sich die Comantschen sicher und unbeobachtet fühlen."

„Wir gehen doch hinab, Mr. Shatterhand?"

„Ja."

„Dann schlage ich vor, daß wir uns trennen. Ihr steigt da links und ich dort rechts hinunter oder auch umgekehrt. Da beschleichen wir sie von zwei Seiten, und es entgeht uns nichts. Unten treffen wir wieder zusammen."

Weil ich ihm nicht die nötige Geschicklichkeit und Vorsicht zutraute, antwortete ich:

„Es ist besser, wenn wir beisammen bleiben. Wir steigen hier links hinunter, schleichen uns unten um das Lager und kommen dort rechts wieder herauf. Da sehen wir auch alles und können einander schnell beispringen, wenn einem von uns etwas passieren sollte."

„Das ist auch richtig, Sir. Also hinab!“
Es war gar nicht leicht, da hinunter zu klettern. Das uns vollständig unbekannte Terrain war sehr steil. An den Büschen, die es da gab, durften wir uns nicht anhalten, weil dies Geräusch verursacht hätte, und jeder Stein, den wir von seinem Platze stießen, konnte, hinabrollend, uns verraten. Darum mußten wir uns außerordentlich in acht nehmen, und der Abstieg ging nur sehr langsam von statten. Es verging mehr als eine halbe Stunde, ehe wir hinunterkamen. Gut war es, daß Jim Snuffle sich bewährte; er hatte gelernt, sich unhörbar zu bewegen. ich kletterte voran, und er hielt sich nahe hinter oder über mir; dennoch mußte ich scharf horchen, wenn ich das leise Geräusch, welches er doch verursachte, hören wollte. Er war aber auch stolz darauf und fragte Mich, als wir auf der Sohle des Flußthales angekommen waren:
„Nun, wie habe ich meine Sache gemacht, Sir?“
„Ich bin zufrieden,“ erklärte ich.
„Ihr meint also, daß ich das Anschleichen verstehe?“
„Vom Anschleichen habt Ihr mir doch noch keine Probe gegeben.“
„Nicht?“ fragte er langgedehnt und verwundert.
„Nein. Das soll doch jetzt erst losgehen.“
„Jetzt erst? Wie nennt Ihr denn das, was wir bisher gethan haben? War das nicht geschlichen?“
„Gestiegen war es, vielleicht auch geschlichen, aber nicht angeschlichen. Das Anschleichen beginnt mit dem jetzigen Augenblicke. Ich hoffe aber, daß es Euch ebenso gelingt, wie das Herabsteigen. Haltet Euch stets hinter mir, und geht nicht von mir fort!“
„Das ist eigentlich gar nicht notwendig, denn ich bin gewohnt und verstehe es, selbständig zu handeln.“
„Wenn Ihr allein seid oder nur Euern Bruder bei Euch habt, mögt Ihr das thun; jetzt aber bin ich da und wünsche sehr, daß Ihr Euch nach mir richtet.“
„Well, soll geschehen. Ich sage Euch, daß es für mich das höchste der Gefühle ist, mich nach Old Shatterhand zu richten.“
Diese Versicherung beruhigte mich zwar nicht ganz, aber sie war doch geeignet, meine Befürchtungen so ziemlich zu heben.
Wir befanden uns oberhalb der Stelle, an welcher die Indianer lagerten, und mußten uns also abwärts wenden. Das Flußthal war muldenförmig vertieft, senkte sich also nach der Mitte zu und hatte nur soweit Gesträuch, als es vom Hochwasser nicht erreicht werden konnte. Da der Fluß jetzt sehr wasserarm war, gab es zwischen dem Gebüsch und dem Wasser einen freien Streifen, auf den wir uns nicht hinauswagen durften; das Umschleichen der Roten durfte also nicht nach der Wasserseite zu, sondern es mußte in der Weise geschehen, daß wir den Bogen, welcher um das Lager zu schlagen war, an die gefährliche Ufersteilung legten, gewiß eine Aufgabe, welche sehr schwer auszuführen war.

Zunächst legten wir uns nieder und krochen zwischen den Büschen auf das Lager zu. Wir kamen glücklich so nahe an dasselbe, daß wir es überblicken konnten. Die Comantschen hatten sich eine sehr passende Oertlichkeit ausgewählt. Sie lag nämlich tiefer als die Umgebung, und infolgedessen trat das Hochwasser hier bis ganz an die Thalwand heran. Darum gab es hier kein Gesträuch, sondern einen freien Platz, auf welchem auch ein größerer Trupp sich bequem hätte bewegen können. Uns freilich war dieser Umstand höchst unwillkommen, weil er die Schwierigkeiten erhöhte, welche wir zu überwinden hatten.

Die Indsmen waren beim Essen; sie unterhielten sich dabei in einer Weise, daß sie sich vollständig sicher fühlen mußten. In ziemlich gleichgroßen Abteilungen um die fünf Feuer gelagert, konnten sie von uns leicht gezählt werden. Es waren einundsiebenzig. Von ihnen allen fiel der Häuptling wegen seines weißen Haares am meisten auf. Er saß am zweiten Feuer, ungefähr dreißig Schritte von uns entfernt, und da er uns das Gesicht zukehrte, konnte ich dieses ganz deutlich sehen.

„Uff!" stieß ich überrascht, aber natürlich nur leise hervor. „Wenn wir dem in die Hände gerieten, wären wir verloren, selbst wenn er sich nicht auf dem Kriegspfade befände."

„Kennt Ihr ihn, Sir?" fragte Jim ebenso leise.

„Nur zu gut. Es ist To-kei-chun, einer der gefürchtetsten Häuptlinge der Comantschen."

„Ein Feind von Euch?"

„Ja. Ich geriet einst mit Winnetou und einigen andern Männern in seine Gefangenschaft, aus welcher wir nur durch meine edle Dreistigkeit entkamenSiehe Karl May „Winnetou" Bd. III, Kapitel 3.. Es wurde zwischen ihm und mir vereinbart, daß wir zwar fortreiten durften, er uns aber nach einer kurzen Frist mit seinen Kriegern folgen werde. Natürlich ließen wir uns nicht einholen."

„Höchst interessant, Sir! Das müßt Ihr mir erzählen."

„Aber nicht jetzt, Mr. Snuffle!"

„Versteht sich ganz von selbst. Jetzt giebt es anderes zu thun, als von Abenteuern schwatzen."

„Allerdings. Wir können leicht eines erleben."

„Das wollen wir ja auch. Oder ist es etwa kein Abenteuer, wenn man fünf Gefangene mitten unter siebzig Comantschen herausholt? Seht Ihr sie liegen, dort beim Feuer, an dem der Häuptling sitzt?"

Natürlich sah ich sie. Sie lagen nebeneinander und waren so gefesselt, daß sie sich nicht zu rühren vermochten. Derjenige, welcher uns am nächsten lag, hatte einen starken, schwarzen, herabhängenden Schnurrbart, war also wohl derjenige, der sich Mr. Dschafar nennen ließ.

Zwischen diesem Feuer und uns gab es noch einige Büsche, und ich hielt es nicht für zu gewagt, weiter vorzukriechen. Die Roten hatten keine Wachen ausgestellt, und da sie ruhig an den Feuern saßen und nicht hin und her gingen, stand nicht zu befürchten, daß man mich bemerken werde. Der Häuptling sprach mit denen, welche bei ihm saßen, und

ich hätte gar zu gern gehört, wovon sie redeten. Darum forderte ich Jim auf, einstweilen liegen zu bleiben, und schob mich vorsichtig weiter fort.
Aber kaum hatte ich hinter dem letzten Busche Posto gefaßt, so hörte ich hinter mir ein leises Geräusch, und als ich mich umblickte, sah ich, daß der Snuffle mir gefolgt war.
„Was fällt Euch ein!“ raunte ich ihm mißmutig zu. „Ihr solltet doch bleiben!“
„Will auch gern hören, wovon sie reden.“
„Versteht Ihr denn ihre Sprache?“
„Nicht viel, aber doch etwas.“
„Aber dieser Busch deckt zwei Personen nicht so gut wie eine!“
„Werden schon Platz nebeneinander haben, Sir. Ihr habt ja gesagt, daß ich bei Euch bleiben und mich ja nicht von Euch entfernen soll. Das thue ich nun, wie Ihr seht.“
Er kroch eng zu mir heran, und so lagen wir allerdings beide im Schatten des Strauches, aber lieber wäre es mir doch gewesen, wenn er zurückgeblieben wäre.
Der Zweck, welchen ich verfolgt hatte, wurde erreicht: Wir hörten, was gesprochen wurde. Der Gegenstand des Gespräches war der Kriegszug, auf dem sie sich jetzt befanden. Sie wollten einige Ansiedelungen, welche sie auch nannten, überfallen und die dortigen Weißen ermorden, vorher aber nach dem Makik-Natun, reiten und dort den Kriegstanz aufführen, um die „Medizin“ zu befragen, ob der Ueberfall gelingen werde. Diese Feierlichkeit sollte dadurch erhöht werden, daß die fünf Bleichgesichter, welche heute in ihre Hände geraten waren, am Marterpfahle sterben sollten.
Jetzt kannte ich ihre Absichten und konnte den gefährlichen Lauscherposten aufgeben. Wenn es uns heute nicht gelang, die Gefangenen zu befreien, konnten wir den Indianern nach dem Makik-Natun folgen, um dort oder auch schon unterwegs eine bessere Gelegenheit dazu zu finden. Wir krochen also wieder zurück. Als wir unser voriges Versteck erreicht hatten, erkundigte sich Jim Snuffle:
„Habe einiges verstanden, aber nicht alles. Was war das für ein Wort, Makik-Natun?“
„Ein Comantscheausdruck, welcher aus dem Tonkawa-Dialekte stammt; er heißt soviel wie gelber Berg.“
„Gelber Berg? Nicht wahr, dorthin wollen sie?“
„Ja.“
„Und dort sollen die Gefangenen abgeschlachtet werden, wenn ich richtig verstanden habe?“
„Ja.“ „Wo mag dieser Berg liegen? Wenn man das doch wüßte!“ „Ich weiß es. Bin einigemal dort gewesen.“ „Wirklich? Das ist gut, sehr gut. Liegt er weit von hier?“ „Nur einen Tagesritt.“ „Kennt Ihr von hier aus den Weg?“
„Natürlich. Bin zwar noch nicht von hier aus dort gewesen, aber was wäre das für ein Westmann, der einen ihm bekannten Ort nicht von allen Seiten her zu finden wüßte. Der Makik-Natun ist eigentlich mehr ein Hügel als ein Berg, denn hier giebt es keine wirklichen Berge, ein kurzer, niedriger Höhenzug, welcher seinen Namen der hellen Farbe des dortigen Bodens verdankt.“

„Warum aber mögen die Roten gerade dorthin wollen, um ihren Medizintanz auszuführen?"
„Weil dort mehrere ihrer Häuptlinge begraben sind. Aber jetzt nicht länger schwatzen, Mr. Snuffle; folgt mir weiter! Wir müssen erfahren, wo die Pferde sind. Es gilt nicht nur, die Gefangenen zu befreien, sondern auch die Pferde für sie zu schaffen, weil uns sonst die Comantschen einholen würden."
Wir krochen von Busch zu Busch, um zunächst an die Thalwand zu kommen. Eben als uns dies gelungen war, glaubte ich, über uns ein Geräusch zu hören.
„Still!" flüsterte ich Jim zu. „Habt Ihr nichts gehört?"
„Nein," antwortete er. „Ihr wohl?"
„Ja."
„Wo?"
„Da oben. Es war wie ein leises Niederrieseln von Sand. Es wird doch nicht etwa ----!"
„Was?"
„Euer Bruder. Das wäre die größte Dummheit, die er begehen könnte!"
„Mein Bruder? Was soll mit ihm sein?"
„Daß er seinen Vorsatz ausführen will, die Indsmen auch zu beschleichen."
„Fällt ihm nicht ein! Sollte mir nur kommen! Ich würde ihm – –"
Er vollendete den Satz nicht und wäre vor Schreck aufgesprungen, wenn ich ihn nicht schnell festgepackt und niedergehalten hätte. „Sollte mir nur kommen," hatte er gesagt. Ja, er kam, und zwar wie – nämlich sein Bruder! Erst gab es ein Rascheln von herabrollender und an die Büsche schlagender Erde, hierauf erscholl über uns der laute Ruf „Thunderstorm!" und dann kam es von der Höhe herabgesaust und mitten zwischen die Indianer hinein, daß diese erst auseinander sprangen und sich dann mit lautem Geschrei auf den Menschen warfen. Denn ein Mensch war es, und zwar Tim Snuffle, welcher seinen Vorsatz doch ausgeführt hatte. Er war unglücklicherweise gerade wie wir an die vorhin erwähnte Stelle gekommen, wo es einen Erdrutsch gegeben hatte, aber weniger vorsichtig gewesen, als wir. Sich zu weit vorwagend, hatte er die lockere Höhenkante unter sich in Bewegung gebracht und war auf dem niedergehenden Erdreiche wie auf einem Schlitten herabgefahren. Nun waren die Roten massenhaft über ihn her. Der unvermutete und vehemente Abrutsch schien ihm nichts geschadet zu haben, denn er schrie so kräftig, daß seine Stimme sogar das Gebrüll der Indianer übertönte. Und dem nicht genug, begann sein Bruder Jim auch zu schreien, der doch die größte Veranlassung zum Schweigen hatte.
„Mein Bruder, mein Tim, mein alter Tim!" zeterte er, indem er versuchte, sich von mir loszureißen.
„Wollt ihr still sein!" befahl ich ihm zornig, doch mit unterdrückter Stimme. „Ihr bringt ja auch Euch und mich in – –"
„Sie machen ihn kalt; sie machen ihn kalt!" unterbrach er mich.

Da ich am Boden lag und er sich aufgerichtet hatte, konnte ich nicht meine ganze Kraft in Anwendung bringen; ihm aber verlieh die Angst um seinen „alten Tim“ doppelte Stärke; er riß sich von mir los und sprang fort, mitten unter die Indianer hinein. Ich sah ihn in ihrem Haufen verschwinden. Natürlich wurde er ebenso wie sein Bruder von ihnen sofort niedergerungen.
Was sollte ich thun? Etwa ihm nach? Das fiel mir gar nicht ein! Ich blieb liegen, obwohl zu erwarten stand, daß die Indsmen die Umgebung schnell absuchen würden. Welch eine Unvorsichtigkeit, welch ein Unsinn erst von dem Einen und dann auch von dem Andern! Und das wollten gute Westmänner sein! Anstatt daß wir die fünf Gefangenen befreiten, waren es nun zwei mehr geworden. Und die weiteren Folgen!
Die zeigten sich sofort, denn jetzt erklang die gebieterische Stimme des Häuptlings:
„Tretet die Feuer aus, schnell! Vielleicht sind noch andere Bleichgesichter in der Nähe.“
Diesem Befehle wurde augenblicklich Folge geleistet. Dabei entstand für kurze Zeit ein Wirrwarr, welcher einen Gedanken in mir aufkommen ließ, den ich ebenso schnell ausführte, wie er in mir entstanden war. Die Flammen verlöschten, doch da ich an der Erde lag, sah ich bei dem noch Weiterglimmen der Holzstücke, daß die Roten sich aufgeregt durcheinander bewegten und für den Augenblick nur an die beiden Snuffles dachten, für ihre vorherigen Gefangenen aber wohl keine Aufmerksamkeit hatten. Ich schnellte mich, nur halb aufgerichtet, vorwärts, nach dem Lager hin, kam glücklich zu den Gefesselten, faßte den von ihnen, den ich für Dschafar hielt, beim Kragen und zog ihn mit mir wieder zurück, dorthin, wo ich gelegen hatte.
Die Indsmen hätten es sehen sollen, ja sehen müssen, aber in ihrer Aufregung sah es keiner von ihnen. Es war wie ein Wunder, daß mir dieser Streich gelang! Nun hatte ich wieder Büsche zwischen ihnen und mir und konnte mich aufrichten, Zunächst fort, nur fort! Ich nahm den steifgefesselten Mann, der keinen Laut von sich gab, auf die Schulter und eilte fort, soweit, bis ich mich sicher fühlte. Da legte ich ihn auf den Boden nieder, zog das Messer, zerschnitt die Riemen, mit denen er gebunden war, und sagte:
„Ihr seid frei. Steht auf, und versucht einmal, ob Ihr gehen könnt.“
„Frei?“ antwortete er in fremd klingendem Englisch. „O Allah! Ihr seid kein Indianer?“
„Nein; ich bin ein Weißer. Ich kam, Euch zu befreien, ahnte aber nicht, daß dies in der Weise geschehen könne, wie es jetzt gelungen ist.“
Nun erst richtete er sich langsam auf, nahm meine beiden Hände und sagte:
„Frei, frei, frei soll ich sein! Ist das wahr, ist das möglich?“
„Ihr seht es ja! Ihr seid nicht mehr gebunden!“
„Allah, Allah, Allah! Frei bin ich, frei, erlöst, errettet von diesen Teufeln! Sagt mir, wer Ihr seid! Ich muß wissen, wem ich das zu danken habe!“
„Das später. Jetzt vor allen Dingen fort, schnell weiter fort! Hört Ihr die Roten heulen? Sie haben bemerkt, daß Ihr fehlt, und werden nach Euch suchen. Wir dürfen keinen Augenblick verlieren. Also versucht, ob Ihr gehen könnt!“
Er that einige Schritte, wankte aber und erklärte dann:

„Es geht nicht, Sir. Ich bin so scharf gefesselt gewesen und fühle meine Füße nicht. Wenn ich gehen will, falle ich um."
„Ich kenne das. Es ist, als hätte man kein Füße, und wer keine Füße hat, der kann eben nicht laufen."
„Aber wie komme ich fort von hier? Soll ich mich wieder fangen lassen!"
„Nein. Ich trage Euch."
„Tragen? Einen so schweren Mann, wie ich bin!"
„Pshaw, das ist das Wenigste! Hauptsache ist, daß ich die Hände frei haben muß, denn es gilt, diese steile Höhe zu erklettern. Ich nehme Euch also auf den Rücken, und Ihr haltet Euch fest, indem Ihr Eure Arme um meinen Hals legt. Kommt!"
Ich steckte die zerschnittenen Riemen ein, welche nicht von den Indianern gefunden werden sollten. Er wollte sich trotz der Gefahr, welche das Zaudern für uns hatte, aus Höflichkeit noch sträuben, von mir getragen zu werden; ich machte aber kurzen Prozeß, nahm ihn hinten auf, und dann ging es so schnell wie möglich die Höhe empor, wobei ich mir die Mühe gab, so wenig wie möglich tiefe Fußeindrücke zu hinterlassen. Oben angekommen, ließ ich ihn los, und er meinte, daß er nun vielleicht, wenn auch nur langsam, gehen könne; er fühle seine Füße wieder. Die Blutzirkulation hatte sich also wieder eingestellt.
Zunächst blieben wir noch halten, und ich horchte in das Thal hinab. Es herrschte tiefe Stille unten; die Roten hatten ja mit der Vermutung zu rechnen, daß noch mehr Weiße in der Nähe seien; sie durften also ihre Nachforschungen nur im Finstern vornehmen und konnten darum die Spur, welche ich zurückgelassen hatte, nicht entdecken. Diese war morgen früh wohl nicht mehr zu sehen, und so mußte ihnen das Entkommen des Gefangenen ein unlösbares Rätsel sein, wenn sie nicht etwa durch eine Unvorsichtigkeit der Snuffles etwas über meine Anwesenheit erfuhren.
Daß ich alles daran setzen würde, diese Letzteren, und mit ihnen natürlich auch die andern Weißen, zu retten, das versteht sich ganz von selbst. Wie dies anzufangen sei, darüber war ich schon jetzt im klaren. Heute war selbstverständlich nichts mehr anzufangen.
Es zeigte sich, daß der Fremde gehen konnte, allerdings langsam, wie er gesagt hatte; aber wir brauchten uns ja nicht zu beeilen, weil wir nicht verfolgt wurden. Als er mich jetzt wieder bat, ihm meinen Namen zu nennen, antwortete ich:
„Man heißt mich hier im Westen gewöhnlich Old Shatterhand; nennt mich auch so, Sir. Und Ihr? Seid Ihr vielleicht Mr. Dschafar?"
„Ja – aber Ihr kennt meinen Namen? Wie kommt denn das?"
„Ich habe ihn von Perkins, Eurem Führer, gehört."
„Wann?"
„Heute."
„So habt Ihr ihn heute gesehen? Er ist nicht verunglückt? Ich glaubte ihn verloren."
„Sagt mir zunächst, was Ihr von ihm haltet! Was ist er für ein Mensch?"

„Ich habe bisher keine Ursache gehabt, über ihn zu klagen."
„So ist er also wohl nicht so schlimm, wie ich dachte. Kommt, wir müssen weiter! Während wir gehen, werde ich Euch erzählen, wie ich ihn kennen gelernt habe."
Ich nahm ihn bei der Hand, um ihn zu führen, denn wir mußten durch den Wald. Während wir vorsichtig unter und zwischen den Bäumen hinschritten, erzählte ich. Als ich zu Ende war, sagte er:
„Sir, er ist kein Held; das habe ich wiederholt bemerkt. Der Schreck und die Angst haben ihn zu dem getrieben, was Ihr eine Treulosigkeit nennt. Lassen wir es bei der bisherigen Strafe. Er ist feig, aber kein Bösewicht."
„Mir soll es recht sein. Ihr meint also, daß ich ihn losbinden kann?"
„Ja."
„Ohne befürchten zu müssen, daß uns dies Schaden bringt?"
„Ihr dürft ihm trauen. Er wird Euch nur dann täuschen, wenn Ihr Heldenthaten von ihm erwartet. Aber, Sir, wie bedaure ich meine anderen Begleiter! Sie sind unbedingt verloren!"
„Noch nicht. Sprechen wir später von ihnen. Jetzt werden wir gleich an Ort und Stelle sein."
„Bei Perkins?"
„Ja."
„Was müßt Ihr für Augen haben! Sich des Nachts im finstern Walde ebenso zurecht zu finden, wie am hellen Tage!"
„Das ist Uebung, weiter nichts."
Wir hatten keine Veranlassung, ganz leise zu sprechen; darum hörte uns Perkins. Er erkannte uns beide an unsern Stimmen und rief, noch ehe wir ihn erreicht hatten, uns entgegen:
„Ihr kommt, Mr. Shatterhand? Gott sei Dank, es ist gelungen! Ich höre Euch mit Mr. Dschafar sprechen; Ihr habt ihn also befreit. Hoffentlich gebt Ihr mir nun auch meine Freiheit wieder!"
„Wollen sehen," antwortete ich, indem ich zu ihm trat.
„Zunächst muß ich etwas wissen, was höchst wichtig für mich ist. Ich gab Mr. Snuffle meine Gewehre. Wo sind sie?"
„Sie liegen hier neben mir; das seinige und das seines Bruders auch."
„So war meine Sorge unnötig. Dieser Mann hat heut den dümmsten Streich seines ganzen Lebens begangen, indem er von hier fortging."
„Ich habe ihm zugeredet, hier zu bleiben; er ließ sich aber nicht halten."
„Obgleich er einen Gefangenen zu bewachen hatte! Vollständig unverzeihlich! Wenn nur ein einziger Riemen bei Euch locker war, konntet Ihr Euch losmachen und mit unsern Gewehren und Pferden auf und davon gehen. Die Strafe hat ihn schnell genug ereilt!"
„Strafe? Was ist ihm widerfahren?"
„In die Gefangenschaft ist er geraten, oder vielmehr förmlich gefahren und gestürzt."

Ich erzählte ihm, was geschehen war, und fügte hinzu:
„Ihr seht, was es für Folgen hat, wenn man so ohne Sinn und Ueberlegung handelt; Ihr habt es sogar an Euch selbst erfahren. Ihr tragt selbst die Schuld, daß ich so streng gegen Euch gewesen bin."
„Das sehe ich ein, Sir. Nun aber denke ich, daß Ihr in dieser Strenge einmal nachlassen könnt."
„Gut! Mr. Dschafar hat für Euch gebeten, und so will ich Euch freigeben, hoffe aber, daß Ihr Euch von jetzt an bewähren werdet!"
„Das werde ich, Sir, das werde ich! Sagt mir nur, was ich thun soll."
Ich band ihn frei und gab ihm alles wieder, was ich ihm aus den Taschen genommen hatte. Dann warnte ich ihn:
„Glaubt aber ja nicht etwa, daß ich Euch nun gleich mein vollständiges Vertrauen entgegenbringe! Ich würde Euch noch sehr scharf beaufsichtigen, wenn ich nicht in der Lage wäre, dies lieber den Comantschen zu überlassen."
„Die Comantschen? – Mich beaufsichtigen? – Wie meint Ihr das?"
„Sehr einfach: Ihr seid verloren, wenn Ihr Euch nicht treu zu mir haltet und nur das thut, was ich will. Wenn Ihr abermals feig oder treulos handelt, so werdet Ihr ihnen in die Hände fallen. Sie werden, sobald der Tag anbricht, nachforschen, und nur ich bin es, der sie irre zu leiten vermag. Ihr könntet sie nicht täuschen; Euch würden sie einholen und erwischen. Eure Sicherheit liegt also in Eurer Treue zu uns, und so bin ich überzeugt, daß ich mich aus diesem Grunde auf Euch verlassen kann."
„Das könnt Ihr, Mr. Shatterhand. Wie dumm von Tim Snuffle, daß er Euch nicht auch gehorcht hat! Nun ist er gefangen. Könnt Ihr nicht vielleicht etwas für ihn thun?"
„Ich hoffe, daß ich sie alle noch befreien werde. Ihr könnt mir dabei helfen."
„Herzlich gern! Aber – wird das nicht sehr gefährlich sein?"
„Für Euch nicht. Habt keine Sorge um Eure Person und Euer Leben! Ihr sollt mir nur dadurch behilflich sein, daß Ihr mich nicht stört und mir vielleicht eine kleine Handreichung leistet, die vollständig ungefährlich ist."
„Werden die Roten lange hier bleiben?"
„Nein, ich bin überzeugt, daß sie morgen fortreiten werden."
„Reiten wir ihnen etwa nach?"
„Nein, sondern voran."
„So wißt Ihr also, wohin sie wollen?"
„Ja."
„Da ist es gut, daß wir die Maultiere der beiden Snuffles haben; da kann ich reiten, während ich sonst laufen müßte."
„Die Maultiere nehmen wir nicht mit."
„Nicht? – Aber warum denn nicht?"
„Um die Indianer zu täuschen. Sie sollen denken, daß die Snuffles allein hier gewesen sind."

„Werden sich hüten!“
„O doch! Die Snuffles wissen, daß sie verloren sind, wenn ich sie nicht rette; es wird ihnen also nicht einfallen, zu verraten, daß noch jemand bei ihnen gewesen ist. Die Roten werden freilich nachforschen und dabei die Maultiere und die Flinten der Snuffles finden. Hierauf werden sie überzeugt sein, daß die Brüder wirklich allein waren, denn wenn noch jemand bei ihnen gewesen wäre, der hätte die Tiere und Gewehre gewiß fortgeschafft.“
„Ah, das ist freilich pfiffig! Aber die Indianer werden unsere Spuren sehen!“
„Nein, denn die sind bis morgen früh undeutlich geworden. Und selbst wenn sie noch zu sehen wären, würden die Roten nicht weiter forschen, nachdem sie die Maultiere gefunden haben.“
„Ob sie aber wirklich hierher kommen und sie finden?“
„Hierher? Es fällt mir ganz und gar nicht ein, sie grad hierher zu locken, denn da würden sie allerdings erfahren, daß mehr als nur zwei Menschen hier gewesen sind. Das Gras und Moos ist hier so fest niedergedrückt, daß es sich bis morgen früh unmöglich ganz wieder erheben kann. Nein. Wir schaffen die Tiere fort, an einen Ort, wo sie leicht zu finden sind. Und dabei sollt Ihr mir helfen, wenn Ihr wollt.“
„Natürlich will ich. Welcher Ort wird das wohl sein?“
„Tim Snuffle ist von der Höhe gerutscht. Die Roten werden also zunächst da oben suchen. Dort binden wir die Tiere an.“
„Wann? – Früh?“
„O nein, denn da würden die Spuren bemerkt, welche wir dabei machen.“
„So müssen wir sie jetzt hinschaffen; da vergehen die Spuren bis morgen früh.“
„Richtig! Das werden wir thun. Aber Ihr seid gefesselt gewesen. Wird das Gehen Euch nicht Schmerzen machen?“
„O nein, denn Ihr habt mich nicht in der Weise gebunden gehabt, wie die Indianer dies zu thun pflegen.“
„So wollen wir nicht säumen, sondern gleich an das Werk gehen. Mr. Dschafar ist nicht gewöhnt, des Nachts durch den Wald zu gehen; er wird also hier bleiben und auf uns warten.“
Wir banden jedem der beiden Maultiere eines der Gewehre an das Sattelzeug und führten sie dann fort. Ich ging natürlich voran und Perkins folgte mir. In der Nähe der Stelle angelangt, wo Tim abgerutscht war, banden wir die Tiere an und kehrten dann zu Dschafar zurück, welcher nicht nur über seine Befreiung entzückt war, sondern sich auch darüber freute, daß er sein Pferd wieder hatte.
„Ich wollte, es wäre das meinige,“ sagte Perkins, „denn nun muß ich laufen.“
„Seid Ihr denn ein guter Läufer?“ erkundigte ich mich.
„Leider nicht.“
„So gebe ich Euch mein Pferd, und ich gehe.“
„Das wolltet Ihr wirklich?“

„Ja."
„Ich bin Euch sehr dankbar dafür; aber ist es nicht unvorsichtig von Euch, Mr. Shatterhand?"
„Warum unvorsichtig?"
„Weil Ihr vorhin sagtet, daß Ihr mir Euer Vertrauen nicht gleich schenken könntet."
„Was hat das mit der Unvorsichtigkeit zu thun?"
„Wie leicht kann ich Euch durchgehen, wenn ich reite, während Ihr lauft!"
„Pshaw! Ich brauchte nur zu pfeifen, so würde mein Pferd trotz aller Reitkünste mit Euch zu mir zurückkehren. Es hat indianische Dressur. Und wenn dies auch nicht der Fall wäre, so würde Euch meine Kugel sofort vom Pferde holen. Old Shatterhand weiß stets, was er wagen darf oder nicht. jetzt wollen wir aufbrechen."
Wir führten unsere Pferde in der vom Flusse abgewendeten Richtung aus dem Walde hinaus. Als wir in das Freie gelangt waren, stiegen Dschafar und Perkins auf, um mir, der ich den Führer machte, zu folgen.
Hier war es heller als im Walde. Die Sterne schienen, und es gab also keinen Zweifel darüber, wohin ich die Schritte zu lenken hatte.
Längere Zeit hatte jeder mit seinen Gedanken zu thun; dann sagte Perkins, indem er das Schweigen unterbrach:
„Ihr wißt also genau, wohin es geht, Sir. Dürfen wir es auch erfahren?"
„Natürlich! Nach einer Anhöhe, welche von den Comantschen Makik-Natun genannt wird. Dort wollen sie bei den Gräbern ihrer Häuptlinge die Gefangenen töten. Heut war nichts mehr zu machen; ich hoffe aber, morgen ihnen die Gefangenen zu entreißen."
„Auf welche Weise?"
„Das weiß ich jetzt noch nicht; der Augenblick muß es ergeben."
„Wenn aber kein solcher Augenblick kommt?"
„So führe ich ihn herbei. Ich glaube, für zwei passende Gelegenheiten sorgen zu können; eine von ihnen muß ergriffen und benutzt werden."
„Welche sind das?"
„Eine halbe Tagreise zwischen hier und dem Makik-Natun liegt ein Regenbett, welches im Frühjahr so viel Wasser führt und während der übrigen Zeit so viel Feuchtigkeit besitzt, daß dort ein Wald entstanden ist. Ich nehme mit Sicherheit an, daß die Indianer ihren Ritt dorthin richten, um ihre Pferde dort ausruhen, trinken und grasen zu lassen. Anderswo fänden sie keinen solchen Platz. Vielleicht finden wir dort Gelegenheit, die Gefangenen zu befreien."
„Wenn aber nicht?"
„So bleibt uns freilich nichts übrig, als den Roten bis zum Makik-Natun zu folgen, wo die Gelegenheit sich dann unbedingt finden muß, und wenn ich sie bei allen Haaren herbeiziehen sollte."
„Ihr seid ein couragierter Mann, Mr. Shatterhand. Wagt ja nicht gar zu viel!"

„Was ich wage, das wage ich für mich. Euch werde ich nicht zumuten, Euer Leben auf das Spiel zu setzen."
„Ist Euch denn das Regenbette bekannt, von dem Ihr spracht?"
„Ja; ich war schon dort, wenn auch nicht von hier aus."
„Nicht von hier? So können wir es ja sehr leicht verfehlen!"
„Das sagt Ihr und wollt ein Scout, ein Führer sein? Old Shatterhand hat sich noch nie verirrt; er ist stets dahin gekommen, wohin er kommen wollte."
Dies war eine Bemerkung, welche ihn veranlaßte, die Unterhaltung nicht weiter fortzusetzen. Dafür begann Dschafar mir zu erzählen, wie er von den Roten überfallen ward. Er hatte sich verteidigt und mit seinen Kugeln zwei Indianer getroffen. Daher das Blut, welches wir gesehen hatten. Dafür war er viel fester gefesselt worden als die andern, und für einen qualvolleren Tod bestimmt. Hieran schloß er eine Beschreibung der Behandlung, welche ihm zu teil geworden war und eine Schilderung des Glückes, welches er nun empfand, wieder frei zu sein. Er sprach englisch, aber in einer so blumenreichen Weise, daß ich ihn für einen Orientalen gehalten hätte, auch wenn mir noch nichts über ihn gesagt worden wäre.
Wir unterhielten uns längere Zeit miteinander. Ich hätte gern Näheres erfahren, da er aber seine Verhältnisse nicht von selbst berührte, so hielt ich es nicht für angezeigt, ihn nach denselben zu fragen. Ein gebildeter Mann war er jedenfalls, gebildet nicht nur nach orientalischem, sondern sogar nach europäischem Begriffe. Er mußte sich wohl längere Zeit im Abendlande aufgehalten haben.
Später hielten sich beide zusammen, und während ich voranschritt, sprachen sie, wie es schien, von mir, denn sie dämpften zuweilen ihre Stimmen zum Flüstertone und blieben auch weiter hinter mir, als sie wohl gethan hätten, wenn ich nicht der Gegenstand ihres Gespräches gewesen wäre.
Perkins bot mir einigemal mein Pferd an; da ich aber nicht müde war, konnte er es behalten. So verging die Nacht, und der Morgen brach an. Als es so hell geworden war, daß wir uns sehen konnten, sagte er:
„Jetzt werden die Comantschen nach uns suchen und die Maultiere finden, Sir."
„Gewiß. Und da es feucht im Walde ist, sind unsere Fußstapfen nicht mehr zu sehen. Je feuchter das Gras oder Moos ist, desto eher richtet es sich wieder auf. Sehen die Roten keine Spur, so nehmen sie an, daß die Snuffles keine Begleiter gehabt haben, und forschen nicht weiter nach."
„Aber nach Mr. Dschafar werden sie suchen!"
„Auch nicht allzulange. Sie könnten ihn doch nur in dem Falle wieder ergreifen, wenn sie seine Fährte fänden. Da dies aber, wie ich voraussetze, nicht der Fall ist, so werden sie nicht viele Zeit auf eine Mühe verwenden, von der sie sich sagen müssen, daß sie fruchtlos ist."
„Ich möchte bemerken, daß sie sein Verschwinden nicht begreifen können und darum ganz begierig darauf sein werden, eine Erklärung zu finden."

„Unter gewöhnlichen Verhältnissen würden sie allerdings wohl die ganze dortige Gegend nach ihm absuchen; aber wir wissen ja, was sie vorhaben und daß sie eilen müssen. Sie dürfen nicht warten, bis die Ansiedler, die sie überfallen wollen, dies ahnen oder gar davon Wind bekommen. Darum werden sie den ihnen auf eine so rätselhafte Weise entwischten Mann lieber laufen lassen, als daß sie eine lange, nutzlose Suche nach ihm veranstalten. Wie ich diese Roten und ihre Gewohnheiten kenne, werden sie höchstens die ersten zwei Tagesstunden darauf verwenden und dann den Ritt nach dem Makik-Natun fortsetzen."
„Wann werden sie im Walde am Regenbette ankommen?"
„Da sie schneller reiten werden, als wir jetzt bei Nacht reiten konnten, werden sie wohl grad zu Mittag dort sein."
„Und wir?"
„In vielleicht einer Stunde, wenn mich meine Vermutung nicht täuscht."
„So haben wir ja fast fünf Stunden Zeit, dort auf sie zu warten. Wenn wir ein Wild dort fänden! Wir haben nichts zu essen."
„Jagen dürfen wir leider dort nicht, denn wir müssen uns sehr hüten, sie ein Zeichen unserer Anwesenheit finden zu lassen. Aber – – – schau, da ist uns ja gleich geholfen!"
Kaum hatte Perkins den Wunsch nach einem Wilde ausgesprochen, so sprangen zwei Prairiehasen vor uns auf. Ich nahm schnell den Henrystutzen vom Rücken und schoß sie nieder.
„Allah!" rief Dschafar aus. „Was für ein Schütze seid Ihr! Ich sehe, daß Perkins mir vorhin doch die Wahrheit gesagt hat, als er mir von Old Shatterhand erzählte."
Diese kindliche Bewunderung nötigte mir ein fröhliches Lachen ab. Ich nahm die Hasen auf, hing sie mir an den Gürtel, und dann ging es weiter.
Die zwei Schüsse schienen die Aufmerksamkeit Dschafars auf meine beiden Gewehre gelenkt zu haben. Er betrachtete sie wiederholt in einer Weise, welche auf ein ungewöhnliches Interesse schließen ließ, und endlich gab er diesem Interesse Ausdruck, indem er mich fragte:
„Sir, hat dieses schwere Gewehr hier einen besonderen Namen?"
„Ja."
„Welchen?"
„Man nennt es einen Bärentöter."
„Allah! Sonderbar! Diesen Namen habe ich schon gehört, aber in arabischer Sprache. Giebt es mehr solche Gewehre?"
„Ja, wenn auch nicht so alt und so schwer wie gerade dieses."
„Wievielmal könnt Ihr wohl mit dem kleineren schießen?" „Fünfundzwanzigmal."
„Allah! Auch das stimmt. Wie heißt es?"
„Es ist ein Henrystutzen."

„Auch diesen Namen habe ich arabisch gehört. Ist es nicht ein außerordentlicher Zufall, daß Ihr grad zwei Gewehre der Arten besitzet, wie die waren, von denen man mir erzählte?"
„Wo habt Ihr von ihnen gehört?"
„Am Tigris."
„Am Tigris? Allerdings höchst sonderbar!"
„Kennt Ihr diesen Fluß?"
„Jawohl. Jedes Schulkind kennt ihn vom geographischen Unterrichte her. So seid Ihr also wohl dort gewesen, Mr. Dschafar?"
„Ja."
„Wann?"
„Vor zwei Jahren. Ich bin nämlich ein Perser, müßt Ihr wissen, und werde in der Heimat Mirza Dschafar genannt. Ihr werdet wohl nicht darüber unterrichtet sein, was das bedeutet?"
„Doch."
„Nun, was?"
„Mirza ist, dem Namen vorangesetzt, der Titel eines Gelehrten; steht das Wort aber dem Namen nach, so bedeutet es einen Prinzen von Geblüt."
„Wahrhaftig, Ihr wißt es! Also ich werde Mirza Dschafar genannt und reiste über Bagdad nach Konstantinopel. Diese Reise ging am Ufer des Tigris nach Mossul, und unterwegs war ich Gast beim Stamme der Hadeddihn, bei denen ich von den Gewehren hörte."
„Sollte es dort auch Henrystutzen und Bärentöter geben?" fragte ich, außerordentlich gespannt, ohne dies aber merken zu lassen.
„Nein. Sie gehörten einem Fremden."
„Wer mag der gewesen sein?"
„Er hieß Emir Kara Ben Nemsi Effendi."
„Das ist doch ein arabischer Name; also war dieser Mann doch wohl kein Fremder!"
„Doch! Wenn Ihr arabisch verständet, so würdet Ihr wissen, daß Nemsi ein Deutscher ist. Der Scheik der Hadeddihn erzählte mir von ihm und von seinen Gewehren."
„Wie hieß dieser Scheik?"
„Er war ein kleines, aber höchst tapferes und kluges Männchen und hieß Hadschi Halef Omar Ben Hadschi Abul Abbas Ibn Hadschi Dawud al Gossarah."
„Welch ein Name! Fast länger als eine Riesenschlange!"
„Ja, in Euern Ohren klingt das wohl lächerlich, aber im Orient ist es Sitte, daß man dem eigenen Namen diejenigen der Ahnen nachfolgen läßt. Dadurch ehrt der Mann sich und seine Vorfahren zugleich. Uebrigens durfte dieser Hadschi Halef Omar gar wohl einen so langen Namen tragen, denn er war ein sehr berühmter Mann, der von vielen Heldenthaten erzählen konnte. Er hatte den Löwen und den schwarzen Panther gejagt und mit vielen Feinden gekämpft, die er alle besiegte."

Es versteht sich ganz von selbst, daß ich mich ganz außerordentlich freute, hier, was übrigens kaum glaublich war, etwas von meinem kleinen Hadschi Halef zu hören. Der kleine Kerl hatte, wie das so seine Weise war, hier wieder einmal von seinen Erlebnissen in orientalischer Uebertreibung erzählt und sich als den Vollbringer von Thaten aufgespielt, die eigentlich auf meine Rechnung kamen. Ich machte mir den Spaß, zu verschweigen, daß ich jener Emir Kara Ben Nemsi Effendi gewesen war, und fragte:
„War jener deutsche Emir bei diesen Thaten zugegen gewesen?"
„Ja. Er hatte sogar an ihnen teilgenommen und niemals einem Feinde den Rücken gezeigt. Die Hadeddihn verdanken es ihm, daß sie heut noch bestehen, denn er hat sie vor einer Niederlage bewahrt, welche ihren Untergang nach sich gezogen hätte. Auch ich halte ihn in besonderem Angedenken, weil ich ihm sehr zu Dank verpflichtet bin."
Das war mir neu. Ich wußte mit vollster Sicherheit, daß ich diesem Dschafar nie begegnet war, ihn nie gesehen und nie etwas von ihm gehört hatte, und er sollte mir Dank schulden? Ich mochte ihn wohl fragend anblicken, denn er fuhr fort:
„Er hat nämlich einen Verwandten von mir vom Tode errettet, indem er ihm im Kampfe half. Dann begleitete er ihn nach Bagdad und stand ihm in allen Fährlichkeiten bei, was aber leider nicht verhinderte, daß dieser Verwandte doch später überfallen und ermordet wurde."
Wenn man im wilden Westen von Amerika einen persischen Mirza aus der Gefangenschaft der Indianer befreit, so ist das ein Ereignis, welches man gewiß ungewöhnlich nennen darf; wenn man aber von diesem Mirza hört, daß man vorher drüben am Tigris einen Verwandten von ihm vom Tode errettet hat, dann sagt das Wort „ungewöhnlich" jedenfalls noch zu wenig. Darum entriß mir, obwohl ich hatte schweigen wollen, die Ueberraschung die schnelle Frage:
„Einen Verwandten von Euch? – – – im Kampfe beigestanden? – – – nach Bagdad begleitet? – – – doch noch ermordet worden? Meint Ihr etwa Hassan Ardschir-Mirza?"
Jetzt war die Reihe, zu erstaunen, an ihm. Er hielt sein Pferd an, so daß auch ich stehen blieb, warf die Arme vor Verwunderung empor und rief aus:
„Hassan Ardschir-Mirza, der entflohene Prinz! Ihr kennt diesen Namen! Allah thut noch heut die größten Wunder! Wo habt Ihr denn von ihm gehört?"
„Gehört? Ich habe ihn gesehen!"
„Gesehen?!"
„Mit ihm gesprochen!"
„Gesprochen – – –!"
„Und an seiner Leiche gekniet, als mich schon die Pest in ihren grausigen Armen hatte!"
„Leiche – – –! Pest – – –!"
„Neben ihm lag Dschanah, sein Weib, sein Stolz, zu gleicher Zeit mit ihm ermordet!"
Es war eine sonderbare Scene. Wir standen oder vielmehr hielten voreinander und schrieen uns diese Ausrufe zu, daß Perkins hätte denken mögen, wir seien beide verrückt geworden. Dschafars Augen starrten kugelrund auf mich herab; er hatte den Mund offen

und rang nach Worten, die ihm nun versagt zu sein schienen. Da machte er eine große, würgende Anstrengung und brüllte förmlich mich an:
„Dschanah, seine Seele, seine Perle! Die war es ja, durch welche ich verwandt mit ihm bin! O, Mr. Shatterhand, ich muß Euch fragen, ob ich träume oder mich im Fieber befinde. Ihr waret bei den Haddedihn?"
„Ja."
„Als Hadschi Halef Omar noch nicht zu ihnen gehörte?"
„Ja."
„Ihr waret dabei, als Mohammed Emin, ihr berühmter Scheik, starb?"
„Ich habe ihn mit begraben, ihn der mir einst Rih, meinen herrlichen Rappen schenkte. Er starb ja, als wir Hassan Ardschir-Mirza im Kampfe gegen die Kurden beistanden."
„Das stimmt, das stimmt! Aber dann seid Ihr ja – – – seid Ihr – –"
Er griff sich mit der Hand an die Stirne und fuhr dann fort:
„Da müßt Ihr doch jener Emir Kara Ben Nemsi Effendi sein!"
„Der bin ich allerdings. Mein Vorname Karl wurde in Kara verwandelt; Ben Nemsi bezeichnete meine Nationalität, und die andern Titel Emir und Effendi gab man mir ohne Examen und Verdienst."
Nun folgte eine ganze Menge von Fragen, die ich beantworten mußte, bis ich die Reihe derselben mit der Bemerkung abschnitt:
„Das ist ein Zusammentreffen, welches man kaum für möglich halten sollte; aber wir wollen uns von unserm Erstaunen nicht länger hier halten lassen. Denken wir erst an die naheliegende Pflicht und dann, wenn diese erfüllt ist, an die Vergangenheit! Wollen uns beeilen, nach dem Regenbette zu kommen."
„Wie Ihr wollt, Sir; aber Ihr könnt es mir glauben, daß mir die Aufregung in alle Glieder gefahren ist. Old Shatterhand und Kara Ben Nemsi Effendi sind Eins, sind dieselbe Person! Was werdet Ihr mir alles erzählen müssen!"
„Und Ihr mir auch. Ich muß natürlich bis ins kleinste wissen, wo und wie Ihr meinen kleinen, treuen Hadschi Halef gefunden habt. Jetzt aber weiter! Kommt!"
Wir setzten den aus einem so seltenen Grunde unterbrochenen Marsch fort; es wurde uns beiden schwer, zu schweigen; aber es war wirklich besser, wenn wir unsere Gedanken jetzt nur auf die Gegenwart und ihre Forderungen richteten. Was Perkins betrifft, so schien er von unserm Erstaunen angesteckt worden zu sein, denn er machte ein Gesicht, als ob in seiner Gegenwart der Sultan von Stambul über den Kaiser von China hinweggestolpert sei.
Meine Vorhersagung bewahrheitete sich: ich verfehlte das Regenbette nicht; nach ungefähr einer Stunde sahen wir im Osten vor uns einen dunkeln Strich erscheinen, welcher Wald bedeutete. Notabene, das Regenbette lag nördlich von dem Beaver-Creek; wir hatten aber einen Umweg nach Westen gemacht und kamen also aus dieser Himmelsrichtung nach dem Regenbette. Der Grund dazu war der, daß die Comantschen,

welche sehr wahrscheinlich die gerade, direkte Linie ritten, nicht auf Spuren von uns treffen sollten.

Es muß gesagt werden, daß der Wald am Regenbette ein längliches Viereck bildete, welches keine bedeutende Fläche bedeckte. Siebzig Indianer konnten ihn recht gut in einer Stunde so genau durchsuchen, daß sie einen darin versteckten Menschen unbedingt finden mußten. Dazu kam der Umstand, daß wir die Stelle, an welcher die Comantschen lagern würden, nicht vorher wissen konnten. Wir mochten für uns wählen, welche Stelle wir wollten, so mußten wir gewärtig sein, daß sie grad auch zu derselben kommen würden. Und selbst wenn dies nicht der Fall war, so konnten wir durch irgend einen Umstand aufgefunden, vielleicht durch das Schnauben von Dschafars Pferd verraten werden. Denn dieses Tier hatte noch keinem Westmanne gehört, und jedes ungeschulte Pferd pflegt laut zu werden, wenn andere Pferde in seine Nähe kommen. Darum antwortete ich, als Perkins mich nach unserm Verstecke fragte:

„Wir verstecken uns nicht, sondern bleiben auf dem freien, offenen Camp, wenigstens ihr beide."

„Aber da werden wir ja gesehen!"

„Nein. Diese offene Lage ist das beste Versteck, welches es unter den heutigen Verhältnissen geben kann."

Er, der sich am liebsten ganz verkrochen hätte, wollte Einwände erheben; da ermahnte ihn Dschafar:

„Widersprecht ihm nicht! Seit ich weiß, daß er Kara Ben Nemsi ist, bin ich überzeugt, daß er stets das Richtige trifft."

„Wenn auch nicht stets, sondern möglichst oft," berichtigte ich sein Lob. „Wir halten gleich da an, wo wir uns jetzt befinden; das ist der geeignetste Punkt für uns."

„Warum der geeignetste?" fragte Perkins doch. „Ich bin auch Westmann und als Scout engagiert. Ich denke, daß ich ein Wort mit dreinzureden habe."

„Wenn ich es Euch erlaube! Ihr wißt ja, auf welche Weise wir uns kennen gelernt haben, und ich bitte, dies nicht zu vergessen. Dennoch will ich Euch meine Gründe sagen."

Während sie abstiegen und die Pferde anhobbelten, fuhr ich fort: „Der Wald ist klein, und die Comantschen zählen siebzig Krieger. Sie brauchen sich gar nicht sehr zu zerstreuen, um uns zu entdecken, zumal wir nicht wissen, an welcher Stelle sie lagern werden. Unsere Pferde machen Spuren, welche nicht verschwinden, bis die Roten kommen, und ein einziges Schnauben oder gar Wiehern kann uns sehr leicht das Leben kosten."

„Hm, das ist wahr," gab er ängstlich zu.

„Nehmt dagegen diese Stelle hier an! Die Comantschen kommen von Süden nach dem Walde und verlassen ihn in nördlicher Richtung; wir aber befinden uns westlich von ihm; sie werden also nicht hierher kommen, uns gar nicht sehen. Und käme ja einer von ihnen in Sicht, so kann man, wenn man gut aufpaßt, sich schnell entfernen, ehe er einen bemerkt hat. Ist es da nicht vorteilhafter, hier zu liegen, als drin im Walde, wo die Entdeckung fast sicher und das unbemerkte Entfernen ganz unmöglich ist?“

„Ja,“ gestand er ein. „Aber wie sollen die Gefangenen befreit werden, wenn wir hier bleiben, während die Indianer sich im Walde befinden?“

„Das laßt meine Sache sein! Ich habe Euch ja gesagt, daß ich Euch keiner Gefahr aussetzen werde, und Mr. Dschafar kennt den wilden Westen und seine Bewohner zu wenig, als daß ich ihm zumuten dürfte, sich zu beteiligen. Ich gehe also allein nach dem Walde, und Ihr bleibt hier, bis ich zurückkehre.“

„Und wenn die Roten indessen doch hierher kommen?“

„So reitet Ihr schnell westlich fort und kehrt, wenn sie verschwunden sind, wieder nach hier zurück. Ihr müßt sie ja auf alle Fälle eher sehen als sie Euch.“

„Ihr nehmt Euer Pferd mit?“

„Welch eine Frage! Das wäre ein Fehler, wie er größer kaum zu denken ist. Ich vertraue es Euch an.“

„Aber wenn wir fliehen müssen und nicht zu Euch zurückkönnen?“

„Sorgt Euch nicht um mich! Ich komme auf jeden Fall wieder zu Euch und zu meinem Pferde. Ich habe das gute Vertrauen zu Euch, daß Ihr mir gar nicht mit ihm durchgehen könnt. Ich bleibe hier bei Euch, bis ich denke, daß die Indsmen bald kommen; dann gehe ich nach dem Walde und – – –

„Und laßt Euch grad so entdecken, wie sie uns entdecken würden,“ fiel er mir in die Rede.

„Ihr werdet spaßhaft, Mr. Perkins. Aber vielleicht wird aus dem Scherze Ernst, und ich komme auf den Gedanken, mich entdecken zu lassen. Es versteht sich ganz von selbst, daß ich die sechs Gefangenen weder durch offenen Kampf noch nur durch List zu befreien vermag. Ich allein kann weder die siebzig Indianer niederhauen noch mich und die Gefangenen unsichtbar machen und mit ihnen verschwinden. Es handelt sich hier vielmehr um ein Wagestück, zu dessen Ausführung allerdings beides, Gewalt und List, gehört und welches mir schon einigemal gelungen ist. Ich habe es sogar bei diesem To-kei-chun schon einmal mit gutem Erfolge angewendet und bin infolgedessen auf den Gedanken gekommen, es heut nochmals zu versuchen. Nämlich wenn es mir gelingt, mich des Häuptlings zu bemächtigen, haben wir gewonnenes Spiel; er bekommt die Freiheit nur gegen Entlassung der Gefangenen wieder.“

„Das ist verwegen, außerordentlich verwegen!“

„Nicht so sehr, wie es den Anschein hat, wenigstens für den, welcher eine gewisse Uebung in solchen Dingen besitzt. Das scheinbar Schwere ist oft viel leichter als das, was leicht erscheint und auch leicht ist.“

„Aber wie wollt Ihr es anfangen, ihn in Eure Hand zu bekommen?“

„Das überlasse ich den Umständen, und sind diese mir nicht günstig, so erzwinge ich es. In diesem Falle kommt es mir gar nicht darauf an, mitten unter die Roten hineinzuspringen und dem Alten das Messer an die Kehle zu setzen mit der Drohung,

sofort zuzustechen, wenn jemand die Hand gegen mich erhebt und die Bleichgesichter nicht freigegeben werden."
„Sir, das würde der pure Wahnsinn sein!"
„Hab's dennoch schon gethan. Der Schreck, die Angst, das Entsetzen sind dann die besten Verbündeten; wer sich aber schon vorher selbst fürchtet, der mag die Hand von solchen Streichen lassen. Jetzt wollen wir den Hasen die Felle über die Ohren ziehen; Holz zu einem Feuer giebt es ja."
Der Wald sandte einzelne Büsche wie Vorposten in die Ebene hinaus; sie standen bis zu uns heran, und mehrere waren aus Mangel an Feuchtigkeit verdorrt. Perkins mußte dieses Material sammeln, und bald brannte ein Feuer, über welchem die Hasen brieten. Während dieses angenehmen Geschäftes und des darauffolgenden Essens hatte ich Dschafar über frühere Ereignisse Rede und Antwort zu stehen, und das Wagnis, welches ich heute unternehmen wollte, wurde nicht erwähnt. Auch später wurde nicht davon gesprochen, bis ich aufstand und, die Gewehre überhängend, mich zum Gehen anschickte. Da fragte Perkins:
„Wollt Ihr jetzt fort, Sir, nach dem Walde?"
„Ja."
„Mit den Gewehren? Sie werden Euch hinderlich sein, wenn Ihr Euch anschleichen müßt. Wollt Ihr sie uns nicht lieber hier lassen?"
„Nein. Das Pferd kann ich Euch anvertrauen, diese Waffen aber nicht, denn wenn mir der Gaul ja abhanden käme, könnte ich ihn nur durch sie mir wieder holen."
„Aber wenn die Roten Euch ergreifen sollten, so sind diese kostbaren Gewehre für Euch für immer verloren."
„Nur in dem Falle, daß ich selbst verloren sein würde."
„Nein, sondern auch dann, falls es Euch gelingen sollte, ihnen wieder zu entkommen. Wenn sie Euch fangen, nehmen sie Euch doch alles ab, und wenn Euch auch die Flucht glückt, zu den Waffen kommt Ihr dann nicht wieder."
„Ihr irrt Euch. Ich würde nicht ohne meine Gewehre fortgehen."
„Die hätten sie aber doch an sich genommen, und Ihr müßtet Euch ihnen zeigen, wenn Ihr sie ihnen wieder abnehmen wolltet!"
„Allerdings; aber es wäre nicht das erste Mal, daß dies geschähe. Bin schon wiederholt gefangen gewesen, wobei mir meine Waffen abgenommen wurden, und doch stets entkommen, ohne sie zurückzulassen. Seid also ja nicht bange um mich; wir sehen uns auf alle Fälle wieder."
Mit diesen Worten ging ich fort. – – –

ZWEITES KAPITEL

Am Makik-Natun

Zunächst und vor allen Dingen mußte ich darauf bedacht sein, keine sichtbaren Fußeindrücke zu hinterlassen. Bis zum Walde hin brauchte ich mir in dieser Beziehung keine große Mühe zu geben, denn ich suchte die kahlen, graslosen Stellen auf, welche es da gab; sie waren von der Sonne hartgebrannt, so fest wie Stein, und nahmen keine Spur auf. Uebrigens stand fast mit Sicherheit zu erwarten, daß die Indianer nicht nach dieser Seite kommen würden.

Aber dann im Walde wurde die Sache schwieriger. Der Boden war weich, und ich sah mich gezwungen, auf allen Vieren zu gehen, das heißt aber nicht auf den Händen und Füßen, sondern auf den Finger- und Zehenspitzen. Was das heißt und wie außerordentlich anstrengend das ist, das weiß freilich bloß Der, der es ausgeführt hat. Ich kenne keine körperliche Anstrengung, welche soviel Kraft und Ausdauer erfordert, wie dieses Gehen auf den Zehen und Fingern. Dazu kam, daß ich diese Bewegung rückwärts machen mußte, weil es nötig war, die Eindrücke, welche ich doch nicht vermeiden konnte, sogleich wieder auszulöschen. Ich ging also mit den Fußspitzen voran und mit den Fingern hinterdrein, trat mit den letzteren stets genau in die Spur der ersteren und wischte nach jedem Schritte diese Spur mit der Hand wieder aus. Es ist selbstverständlich, daß diese Fortbewegung darum eine höchst langsame war.

Wohin ich mich zu wenden hatte, darüber war ich nicht im Zweifel. Ich wußte die Richtung, aus welcher die Comantschen kamen, und kannte also die Stelle, an welcher sie den Wald erreichen mußten. Von dieser aus suchten sie höchst wahrscheinlich geraden Weges das Regenbette auf, um Wasser zu haben, und dort war es, wo ich mich zu verstecken hatte.

Diese Stelle hätte ich nach höchstens fünf Minuten erreichen können, wenn es mir erlaubt gewesen wäre, in gewöhnlicher Weise zu gehen, so aber brachte ich über eine Stunde zu, ehe ich an das Wasser kam. Dort sah ich mich um; ich mußte mich verstecken, aber wo? Ich brauchte nicht lange zu suchen. Ich sah eine Baumleiche liegen, welche ganz von wildem Epheu übersponnen war. Der Epheu bedeckte nicht nur den Baum, sondern er wucherte weiter und hatte auch das benachbarte Gesträuch so um- und überrankt, daß es abzusterben begann und er eine dichte, grüne Decke bildete, unter welcher ich mich sehr gut verstecken konnte.

Freilich war anzunehmen, daß ich nicht das erste Wesen sein würde, welches da eine Zuflucht suchte. Ich kroch hin und stocherte mit dem Bärentöter hinein; wirklich stöberte ich da allerlei Viehzeug auf; ich sah sogar zwei Klapperschlangen, welche die Flucht ergriffen. Das wäre eine sehr schlimme Gesellschaft für mich gewesen, und es war nur gut, daß sie nicht angriffsweise gegen den Ruhestörer vorgingen. Sie hatten wohl vor kurzem gefressen gehabt, und wenn diese Tiere gesättigt sind, hat man sie nicht so sehr zu fürchten, wie wenn sie Hunger haben.

Nun schob ich mich soweit wie möglich unter den Epheu hinein, hütete mich dabei aber sehr, irgend eine Ranke abzureißen, was mich den Roten sehr leicht hätte verraten können. Da vorauszusehen war, daß mein Aufenthalt an dieser Stelle kein kurzer sein werde, machte ich es mir möglichst bequem und wartete dann der Dinge, welche kommen würden. Ganz selbstverständlich sorgte ich dafür, daß ich durch den Epheu sehen und alles beobachten konnte.
Ein anderer wäre im Zweifel darüber gewesen, ob die Roten überhaupt kommen würden; ich aber war überzeugt, daß meine Vermutung richtig sei. Leider lag ich im Walde und nicht am Rande desselben, wo ich sie schon von weitem hätte sehen können.
Die Zeit vergeht einem unter solchen Umständen sehr langsam; die Minuten werden zu Stunden. Es war auch möglich, daß die Indsmen nicht die gerade Richtung einhielten und also den Wald an einer andern Stelle betraten. Wenn das der Fall sein sollte, so wurde mir die Ausführung meines Vorhabens erschwert.
Darum war ich herzlich froh, als ich endlich ein Geräusch hörte, welches sich mir näherte. Sie kamen, Erst sah ich zwei Rote, welche vorausgeritten waren, um nach einem geeigneten Platze zu suchen. Sie sahen sich um, und der eine sagte zum andern:
„Hier ist eine gute Stelle. Mein Bruder kann absteigen; ich werde die andern holen."
Er ritt zurück, während sein Kamerad aus dem Sattel stieg und sein Pferd nach dem Wasser führte, um es trinken zu lassen. Nach kurzer Zeit kam der ganze Trupp, doch ohne den Häuptling. Ich sah die zwei Diener und die zwei Führer des Persers, welche gebunden waren, und ich sah zu meiner Freude auch die beiden Snuffles. Sie waren unverletzt und ritten ihre Maultiere. Meine List war also gelungen; man hatte diese beiden Tiere gefunden. Nur fragte es sich, ob die Snuffles so klug gewesen waren, nicht zu verraten, daß sie sich in Gesellschaft befunden hatten.
Die Gefangenen wurden aus den Sätteln gehoben und auf die Erde gelegt. Auch die Roten setzten sich und ließen ihre Pferde im Buschwerke nach Laub und Gras suchen. Erst jetzt durfte ich sicher sein, daß meine Spur unentdeckt bleiben werde.
Daß der Häuptling nicht gleich mitgekommen war, bekümmerte mich nicht im geringsten; es war mir im Gegenteile sehr lieb. To-kei-chun fühlte seine Würde und hielt es für derselben angemessen, nicht unter den gewöhnlichen Kriegern zu reiten, sondern ein Stück zurückzubleiben. Wenn er dies später ebenso that, stand zu erwarten, daß er nicht zu gleicher Zeit mit den andern aufbrechen, sondern noch einige Minuten warten werde. In diesem Falle bekam ich dadurch Gelegenheit, ihn in meine Gewalt zu bringen, wenn sich nicht schon vorher eine andere dazu fand.
Endlich kam er, wohl eine volle Viertelstunde später als die andern. Er stieg ab und setzte sich ganz nahe an den umgestürzten Baum, unter dessen Epheudecke ich lag. Er stopfte sich seine Friedenspfeife und rauchte sie in langsamen Zügen aus, ohne ein Wort zu sprechen. Seine Leute Waren ebenso schweigsam. Als er den letzten Zug gethan hatte, hing er sich die Pfeife wieder um den Hals und sagte zu den beiden Roten, welche zuerst gekommen waren:

„Mein Brüder mögen mir die beiden Bleichgesichter herbringen, welche Snuffles genannt werden.“
Jim und Tim wurden wie Säcke herbeigeschleppt und vor To-kei-chun niedergelegt. Dieser fixierte eine Zeitlang ihre Gesichter und sagte dann:
„Die beiden Snuffles mögen hören, was ich ihnen zu sagen habe, und mir endlich eine wahre Antwort geben. Sie sollen am Makik-Natun den Tod des Marterpfahles erleiden; aber wenn sie offen und ehrlich sprechen, werden wir ihnen die Freiheit geben. Haben sie den weißen Mann gekannt, der unser Gefangener war und gestern abend auf so unbegreifliche Weise verschwunden ist?“
Jim antwortete:
„Du legst uns diese Frage nun zum fünftenmal vor, und ich antworte zum fünftenmal ganz dasselbe: Wir haben ihn nicht gekannt.“
„Aber ihr wißt, wohin er ist?“
„Nein.“
„Er war gebunden, so fest gebunden, daß er sich nicht selbst losmachen konnte!“
„Du wirst dich irren; er wird eben nicht fest gebunden gewesen sein und hat sich selbst befreit.“
„Ich habe kurz vorher selbst seine Fesseln untersucht; sie waren gut.“
„So ist er wahrscheinlich ein Zauberer. Die Bleichgesichter haben ja auch ihre Medizinmänner und Tausendkünstler. So einem ist es sehr leicht, sich aus den festesten Banden zu befreien.“
„Nein. Es muß jemand dagewesen sein, der ihm die Riemen geöffnet hat.“
„Ganz unmöglich! Er lag ja mitten unter euch und wurde von euch allen bewacht.“
„Als wir dich und deinen Bruder fingen, gaben wir nicht auf ihn acht; in diesem Augenblicke ist er fort.“
„Trotzdem ihm die Hände und Füße gefesselt waren?“
„Ja. Es ist ein Bleichgesicht in der Nähe gewesen, welches den Augenblick benutzt und ihn fortgeschafft hat.“
„Einen Gefangenen aus siebzig Indianern herausgeholt? Das müßte ein verwegener, ja ein tollkühner Mann sein. Es gibt keinen vernünftigen Menschen, der dies wagen würde.“
„Es gibt einen, aber auch nur einen einzigen.“
„Wer wäre das?“
„Old Shatterhand. Ich kenne diesen weißen, räudigen Hund; ich weiß alles, was er gethan und gewagt hat. Er war einst mein Gefangener und hat uns gezwungen, ihn loszulassen. Das, was gestern abend geschah, ist ganz genau so, als ob er es gethan hätte. Wenn ich nicht wüßte, daß er weit von hier im Norden ist, um den Tod Winnetous, seines ebenso räudigen Bruders, zu rächen, so glaubte ich, er sei hier. Du hast mit deinem Bruder unser Lager beschlichen, als uns der Gefangene abhanden kam; ihr müßt den kennen, der ihn befreit hat.“
„Wir wissen nichts.“

„Das ist eine Lüge, welche euch das Leben kosten wird. Wenn ihr uns die Wahrheit sagtet, würden wir euch die Freiheit schenken."
„Das ist auch eine Lüge!"
„Es ist keine!"
„Ich weiß, daß es nicht wahr ist und daß du uns durch dieses Versprechen zum Reden bringen willst."
„Was To-kei-chun verspricht, das hält er!"
„Pshaw! Wenn du mit uns das Kalumet darauf rauchst, wollen wir es glauben."
„To-kei-chun raucht mit keinem Gefangenen die Pfeife des Friedens."
„Da hast du es; du willst uns täuschen! Ihr habt das Beil des Krieges ausgegraben; folglich ist jeder Weiße verloren, der in eure Hände fällt. Selbst wenn das wahr wäre, was du denkst, und wir es dir geständen, würdest du dein Wort nicht halten und uns hinrichten lassen."
„So wollt ihr also nicht reden?"
„Nein."
Der Häuptling hatte bis jetzt in ruhigem Tone gesprochen; er war der Meinung gewesen, daß er Jim zum Reden bringen werde. Nun sah er sich getäuscht und fuhr zornig auf:
„Was sagt der andere Snuffle dazu? Will auch er nichts gestehen?"
„No," antwortete Tim in seiner kurzen, wortkargen Weise.
„So will ich euch sagen, daß ihr allerdings richtig gedacht habt: Ich hätte euch nicht freigegeben; ihr hättet dennoch sterben müssen; aber wir hätten euch eine Kugel gegeben, so daß euer Tod ein schneller gewesen wäre. Doch da eure Mäuler das Sprechen verlernt haben, werden wir sie euch zum Heulen und jammern, zum Klagen und Stöhnen öffnen. Ihr werdet alle Qualen erleiden, welche wir uns aussinnen können!"
„Pshaw, das werden wir nicht!"
„Ihr werdet es! Ich sage es euch, und in solchen Dingen halte ich Wort!"
„Ja, wenn du kannst; diesmal aber kannst du nicht!"
„Wer will mir verwehren, zu thun, was ich will?"
Jim sah ihm mit einem schlau forschenden Blicke in das Gesicht und antwortete dann:
„Nicht wahr, das möchtest du gern wissen? Das glaube ich! Die beiden Snuffles so am Marterpfahl schinden, das wäre für euch so das höchste der Gefühle; aber so wohl wird es euch nicht werden; dafür ist schon gesorgt!"
„Das sagst du nur aus Furcht vor uns!"
„Ich mich fürchten? Jim Snuffle und Furcht? Hahahaha! Ich sage dir, wenn ihr uns nur ein Haar krümmt, so seid ihr alle verloren!"
„Uff, uff! Kann so ein stinkender Hund, wie du bist, uns drohen?"
„Das kann ich, obgleich ich kein Hund bin. Es ist einer hinter euch her, der unsern Tod blutig rächen würde."
„Wer?"
„Der, den du vorhin genannt hast."

„Wen meinest du? Wen habe ich genannt?“
„Du erwähntest seinen Namen und daß er allein fähig sei, den verschwundenen Gefangenen befreit zu haben.“
„Meinst du etwa Old Shatterhand?“
„Ja.“
„Der soll hier sein?“
„Ganz in der Nähe!“
„Uff, uff! Glaubst du wirklich, mich betrügen zu können?“
„Ich will dich nicht täuschen, sondern was ich sage, das ist wahr.“
„To-kei-chun blickt in dein Herz und errät deine Gedanken. Was du sagst, hast du dir soeben erst ausgesonnen. Ich erwähnte vorhin Old Shatterhand; nur dadurch bist du auf den Gedanken gekommen, zu sagen, daß er sich in der Nähe befinde.“
„Nein, er ist wirklich da!“
„Wer hat es dir erzählt?“
„Niemand brauchte es mir zu sagen. Ich habe ihn gesehen.“
„Pshaw!“ antwortete der Häuptling in verächtlichem Tone.
„Und mit ihm gesprochen!“
„Pshaw!“
„Ist es nicht wahr, alter Tim?“
„Yes,“ nickte der Gefragte.
„Ihr lügt beide!“
„Nein!“ beharrte Jim auf seiner Aussage. „Wir haben ihn nicht nur gesehen und mit ihm gesprochen, sondern wir sind sogar mit ihm geritten.“
„Früher, aber nicht jetzt!“
„Jetzt! Er war auch gestern abend bei uns und stieg mit mir zu euch hinab, um euch zu belauschen. Da stürzte mein Bruder von oben herunter und ich sprang vor, um ihn zu befreien. Das war eine große Dummheit von mir. Old Shatterhand war klüger; er blieb im Dunkeln. Da sah er eure Verwirrung und war so kühn, dieselbe zur Befreiung des Gefangenen zu benutzen.“
Dies war wahr und klang so wahr, daß der Häuptling doch stutzte. Ich stutzte nicht nur auch, sondern ich wußte gar nicht, was ich von diesem Jim Snuffle denken sollte. Er konnte alles, alles verderben. Wenn ihm der Häuptling Glauben schenkte und schnell seine Maßregeln darnach einrichtete, war nicht nur die Ausführung meines Vorhabens unmöglich, sondern es konnte sogar um mich geschehen sein. Es konnte für Jim nur einen Grund geben, meine Anwesenheit zu verraten, nämlich den Roten Furcht vor mir einzuflößen und sie dadurch abzuhalten, die Gefangenen zu töten.
To-kei-chun sah ihm eine ganze Weile still und forschend in das Gesicht; dann machte er eine wegwerfende Handbewegung und fragte:
„Old Shatterhand ist also wirklich bei euch gewesen?“
„Ja.“

„Und mit dir von der Höhe zu uns herabgestiegen?“
„Ja.“
„Kröte, die du bist! Glaubst du denn wirklich, To-kei-chun den ältesten und erfahrensten Häuptling der Comantschen, betrügen zu können? Wäre das wahr, was du sagest, so hätte Old Shatterhand nicht diesen Mann, der ihm fremd war, sondern dich oder deinen Bruder oder euch beide herausgeholt!“
„Das war nicht möglich!“
„Das andere war ebenso unmöglich! Und weißt du nicht, daß zwanzig meiner Krieger nach Spuren gesucht haben, als der Tag anbrach?“
„Sie waren blind!“
„Sie waren sehr sehend, denn sie haben eure Maultiere gefunden, aber keine Spur von Old Shatterhand und dem Gefangenen.“
„Grad das sollte dir beweisen, daß Old Shatterhand dagewesen ist. Die Spur eines jeden andern Mannes hättet ihr entdeckt; er aber versteht es, wie kein zweiter, die seinige zu verwischen.“
„Des Nachts? Soll ich über dich lachen? Wer eine Spur auswischt, muß dieselbe sehen können; aber selbst diesem weißen Hund ist es in der Finsternis nicht möglich, seine eigene Fährte zu erkennen. Aus dir spricht die Angst vor dem Martertode. Um dich zu retten, willst du uns auch in Angst versetzen. Old Shatterhand ist weit, sehr weit von hier. Ja, wie würde ich mich freuen, wenn das wahr wäre, was du dir ausgesonnen hast! Ich würde dieses Stinktier ergreifen und ihm das Fell bei lebendigem Leibe vom Körper ziehen. Leider aber ist es Lüge und Erfindung, durch die du dich retten willst.“
„Es ist die Wahrheit; ich kann es beschwören.“
„Schweig, Feigling! Ich bin mit dir fertig. Der Gefangene ist fort, wir können sein Verschwinden nicht begreifen; mag es sein! Wir haben an seiner Stelle euch beide erwischt und also nichts eingebüßt. Heute abend kommen wir nach dem Makik-Natun, und morgen früh werdet ihr dort an den Marterpfahl gebunden.“
„Wenn dies wirklich geschähe, würdet ihr alle es mit dem Leben bezahlen!“
„Pshaw! Diese Drohung ist das Angstgeschrei eines Vogels, der sich in den Krallen des Adlers befindet. Ich lache darüber und mag nichts mehr hören.“
Er stand auf, um sich stolz zu entfernen, befahl aber, bevor er dies that, mit lauter Stimme:
„Meine roten Brüder können aufbrechen, denn ihre Pferde haben getrunken. Ich werde bald nachfolgen.“
Als Jim Snuffle mich erwähnte, hatte ich mein Messer gezogen. Hätte der Häuptling ihm geglaubt und in Beziehung auf mich irgend eine Vorkehrung getroffen, so wäre ich aus meinem Verstecke hervorgesprungen, hätte ihn gepackt und ihm das Messer an die Gurgel gelegt. Seine Leute hätten aus Rücksicht auf ihn und sein Leben es sehr wahrscheinlich nicht gewagt, sich an mir zu vergreifen, und dann wäre ich daran gewesen, meine Bedingungen zu stellen. Verwegen wäre dies allerdings gewesen, und so

fühlte ich mich sehr erleichtert, als ich hörte, daß der Rote dem Snuffle keinen Glauben schenkte. Diese Erleichterung verwandelte sich sogar in Freude, als der Häuptling den Befehl zum Aufbruche gab. Er wollte nachkommen, blieb also noch hier, und ich hatte allen Grund, anzunehmen, daß mein Unternehmen einen guten Ausgang nehmen werde.

Die Gefangenen wurden wieder auf die Pferde gebunden; die Comantschen stiegen auf und ritten fort. Der Häuptling war nicht zu sehen; sein Pferd stand hinter meinem Verstecke und fraß das Laub von den Zweigen. Falls er aus der Richtung zurückkehrte, in welcher er sich entfernt hatte, und zu ihm hinwollte, mußte er bei mir vorüber.

Ich wartete in großer Spannung fünf Minuten, zehn Minuten, fast eine Viertelstunde; da kam er, ganz so, wie ich es wünschte, von da her, wohin er gegangen war. Er hatte sein Gewehr in der rechten Hand und hielt mit der linken die Decke vorn zusammen, die er um die Schultern geworfen hatte. Ich ließ ihn vorbei; er griff nach seinem Pferde; diesem schmeckte das saftige Laub; es verweigerte den Gehorsam; das Geräusch der stampfenden Hufe übertönte dasjenige, welches dadurch entstand, daß ich unter dem Epheu hervorkroch. Einige Schritte brachten mich hinter ihn. Er riß das Pferd am Zügel an sich und hob den linken Fuß, um in den Bügel zu steigen, da legte ich ihm die linke Hand, während ich ihm mit der rechten den Revolver entgegenstreckte, auf die Schulter und sagte:

„To-kei-chun mag noch warten; ich habe mit ihm zu sprechen."

Er fuhr herum. Wegen meines sonderbaren Anzuges erkannte er mich im ersten Augenblicke nicht, dann aber flog der Ausdruck des Schreckes über sein Gesicht und er rief:

„Old Shatterhand! Old – – Old – – –!"

„Ja, Old Shatterhand ist's," nickte ich; „der räudige Hund, den du im fernen Norden glaubtest. Bewege dich nicht, sonst schieße ich!"

Aber er war kein Mann, der sich länger als nur einen Augenblick vom Schreck beherrschen ließ; sein Gesicht nahm schnell den Ausdruck des Gleichmutes an, und er sagte im Tone der größten Ruhe:

„Uff! Du bist es wirklich. Ich höre, daß du uns belauscht hast. Was wünschest du, mit mir zu reden?"

Mit mir zu kämpfen wagte er nicht, denn erstens war ich ihm da weit überlegen; das wußte er gar wohl, und zweitens sah er die Mündung des Revolvers und mußte annehmen, daß ich bei der geringsten Bewegung, die auf einen Angriff deutete, schießen würde. Ich blickte ihm fest in das Gesicht, denn sein Auge mußte mir seine Gedanken verraten. Es glitt von mir ab; er drehte den Kopf ein wenig um und sah nach hinten. Ah, er wollte entwischen, mit einem schnellen Sprunge ins Gebüsch hinein! Sollte ich mir den Spaß machen und ihn fortlassen? Ja! Er war mir ja auf alle Fälle sicher. Darum that ich keinen Griff, um ihn festzuhalten, und antwortete:

„Ich will mit dir über deine Gefangenen sprechen, die du freigeben sollst."

„Freigeben? Welch ein Verlangen! Was gehen sie dich an?“
„Sie sind meine Freunde.“
„Aber meine Feinde. Wir haben den Tomahawk des Krieges gegen die Bleichgesichter ausgegraben, und jeder Weiße, den wir einfangen, wird von uns an den – – –“
Weiter sprach er nicht; vielmehr drehte er sich bei dem letzten Worte blitzschnell um und sprang in das Gebüsch. Ich ging ihm nach, nicht schnell, sondern langsam, schlug dabei, um Geräusch zu machen, mit den Händen in das Gesträuch und rief, als ob ich in höchster Eile sei:
„Halt, halt! Bleib stehen, sonst schieße ich dich nieder!“
Meine Schläge in die Büsche, die er hören mußte, sollten in ihm den Glauben erwecken, daß ich hinter ihm herlaufe; dann aber ging ich zu seinem Pferde zurück und zog einen von den Riemen aus der Tasche, die ich gestern abend nach der Befreiung Dschafars eingesteckt hatte. Mit diesem Riemen band ich den einen Hinterfuß des Pferdes an der nächsten Buschwurzel fest und kroch hierauf schnell in mein Versteck zurück. Das Pferd stand ruhig und knupperte an dem Laube weiter.
Ich hätte To-kei-chun sehr leicht am Entweichen hindern können, aber es machte mir nun einmal Spaß, ihn nochmals zu überlisten. Ich nahm an, daß er eine Strecke fliehen und dann vorsichtig zurückkehren werde, um sein Pferd zu holen, denn dieses war ihm unentbehrlich und trug seine Medizin am Halse, für die ein Indianer hundertmal sein Leben wagt. Und selbst wenn diese Annahme eine irrige gewesen wäre und er auf das Pferd verzichtet hätte, so mußte er seinen Leuten zu Fuß nach und ich konnte auf seinem eigenen Tiere hinter ihm her und ihn einholen.
Ich lag also wieder unter dem Epheu und hatte zwischen den Blättern eine Oeffnung, welche mir erlaubte, nach allen Seiten zu blicken. Natürlich kam er nicht von derjenigen, in welcher er geflohen war und mich hinter sich glaubte; diese ließ ich also unbeachtet. Desto schärfer spannte ich nach den andern drei Seiten.
Da, nach ungefähr fünf Minuten, sah ich, daß sich gerade vor mir ein Busch bewegte, leise, sehr leise. Die Zweige teilten sich, und sein Gesicht erschien zwischen ihnen. Er blickte nach dem Pferde, sah mich nicht am Platz, glaubte also, daß ich noch nach ihm suche, und sprang nun eiligst herbei, um sich aus dem Staube zu machen.
Er gewahrte den Riemen nicht, stieg auf und wollte fort; das Pferd konnte nicht gehorchen; er forschte nach dem Grunde, bemerkte, daß es mit dem Beine festhing, und stieg wieder ab, um das Hindernis genauer zu betrachten. Als er sich dabei bückte, stand ich schon hinter ihm und sagte:
„Ich wußte es doch, daß To-kei-chun nur spazierengehen wolle; drum ließ ich ihn fort und folgte ihm nicht, sondern wartete auf seine Rückkehr.“
Jetzt war sein Schreck noch größer, als das erste Mal. Er fuhr empor und starrte mich ganz fassungslos an. Ich sah ihm lächelnd in das verzerrte Gesicht und fuhr fort:
„Damit er aber nicht wieder spazieren gehe, will ich ihm zeigen, daß er sich bei Old Shatterhand befindet.“

Er hatte sein Gewehr aus der Hand gleiten lassen, griff aber jetzt nach dem Gürtel, um das Messer zu ziehen; da traf ihn meine Faust an den Kopf; er stürzte nieder. Ein zweiter Hieb raubte ihm vollends das Bewußtsein; ich hatte ihn.
Nun band ich zunächst sein Pferd los und stieg auf, um zu sehen, ob es mir gehorchen werde. Mit den drei Gewehren und dem Indianer in den Armen konnte ich mich auf keine Reiterkünste einlassen. Es weigerte sich nur kurze Zeit; dann sah es ein, daß Widerstreben nutzlos sei. Ich stieg also wieder ab, hing mir meine Gewehre und das seinige auf den Rücken, hob ihn selbst hoch und legte ihn dann, als ich wieder aufsaß, quer vor mir auf das Pferd, um in dieser Weise zu Dschafar und Perkins zurückzukehren. Erst ging es schwierig durch die Büsche; als ich dann den Wald hinter mir hatte, ritt ich Galopp. Die beiden sahen mich kommen. Sie saßen auf der Erde, sprangen aber auf und kamen mir entgegen.
„Gott sei Dank! Da seid Ihr wieder," rief mir Perkins schon von weitem zu. „Ah, Ihr habt einen Roten auf dem Pferde! Wohl gar ein Gefangener? Wer ist's?"
„Seht ihn an," antwortete ich, bei ihnen angekommen.
„Allah, Allah!" stieß Dschafar hervor. „Das ist ja der Häuptling mit dem weißen Haar, der uns ermorden wollte!"
„Natürlich der! Den wollte ich doch haben. Ein anderer könnte uns nichts nützen. Nehmt ihn mir ab, damit ich aus dem Sattel kann! Wir müssen ihn binden."
Sie hoben ihn herunter und legten ihn auf die Erde nieder. Dabei sagte Perkins:
„Wahrhaftig, er hat ihn gefangen! Und sogar sein Pferd bringt er! Das ist ein Streich, den Euch nicht gleich ein anderer nachmacht, Mr. Shatterhand! Wie habt Ihr denn das angestellt?"
„Sehr einfach. Es ist ganz leicht gewesen."
„Einfach! Leicht! Siebzig Indianer! Und er holt ihren Häuptling aus ihrer Mitte! Wer nicht dabei war, glaubt es nicht!"
Während wir den Comantschen fesselten, erzählte ich, wie mir seine Gefangennahme gelungen war. Sie ergingen sich in allen möglichen Ausrufungen, denen ich ein Ende machen mußte, weil ich sah, daß To-kei-chun wieder zu sich kam. Er öffnete die Augen, sah uns einen nach dem andern an und schloß sie dann wieder; er mußte sich besinnen; bald aber riß er sie plötzlich wieder auf, bohrte einen Blick des unversöhnlichsten Hasses in mein Gesicht und stieß zwischen den knirschenden Zähnen hervor:
„Der Hund hat mich ergriffen, doch meine Krieger werden mich befreien, indem sie zurückkehren und ihn mit Knütteln totschlagen!"
Auf diese Beleidigung antwortete ich in ruhiger Weise:
„Es wäre sehr klug von dem alten Häuptling der Comantschen, wenn er sich einer höflicheren Rede bediente. Sein Leben liegt in meinen Händen."
„Du nimmst es mir nicht, denn meine Leute werden kommen und dich zwingen, mich freizugeben!"
„Deine paar Comantschen? Pshaw!"

„Es sind ihrer zehnmal sieben!“ donnerte er mich wütend an.
„Das weiß ich.“
„Sie werden euch zermalmen!“
„Pshaw! Was sind siebzig Comantschen gegen Old Shatterhand!“ entgegnete ich, mich der selbstbewußten Ausdrucksweise bedienend, welche gegenüber diesen Leuten ganz am Platze ist, weil sie dieselbe selbst so oft in Anwendung bringen.
„Siebzig starke Büffel gegen einen kranken Hund!“ fuhr er fort.
„Soll ich über dich lachen, der auf dem Kopfe den Schnee des Alters trägt? Die Wut der Ohnmacht spricht aus dir. Ich habe mitten unter diesen siebzig Comantschen gelegen, ohne mich zu fürchten, ohne daß mein Herz einen einzigen Schlag mehr gethan hat, drei Schritte nur von dir; der kranke Hund unter siebzig Büffeln! Sie haben ihm nichts anhaben können; er aber hat den größten und stärksten Büffel in seinen Zähnen davongetragen. Wie muß es unter deinen grauen Haaren aussehen! Da sollte der Verstand der reifen Jahre wohnen, doch giebt es da nichts als den Unverstand der Knabenzeit. Warum hast du nicht geglaubt, was dir Jim Snuffle sagte? Es ist wahr.“
„Ich glaubte dich nicht hier,“ zischte er mich an.
„Und doch sagtest du, daß der Verschwundene nur von Old Shatterhand befreit worden sein könne! Du widersprichst dir also selbst. Du wünschtest, daß meine Anwesenheit Wahrheit sei; dann würdest du das Stinktier, nämlich mich, ergreifen und ihm bei lebendigem Leibe das Fell vom Körper ziehen, Jetzt zieh' einmal; du hast mich ja.“
Er antwortete nicht; er war beschämt und sah finster vor sich hin. Ich benützte diese Pause, die Taschen zu untersuchen, welche zu beiden Seiten seines Pferdes hingen. Die eine enthielt getrocknetes Fleisch und andern Proviant, auch Munition und verschiedene Gegenstände, welche dem Indianer auf Kriegszügen unentbehrlich sind. In der zweiten steckten ganz andere Sachen. Zuerst zog ich eine Brieftasche hervor.
„Die gehört mir,“ rief Dschafar. „Die Indianer haben mir alle Taschen ausgeleert. Diese Brieftasche enthält wichtige Notizen, Papiergeld und Anweisungen.“
„So seht einmal nach, ob alles noch vorhanden ist!“
Ich gab sie ihm; er untersuchte den Inhalt und fand zu seiner Freude, daß nichts fehlte. Hierauf brachte ich seine Börse und seine Uhr zum Vorscheine. Dann kamen allerlei Dinge, welche seinen Dienern, den Führern und zuletzt den beiden Snuffles abgenommen worden waren. Der Häuptling hatte diesen ganzen Raub für sich behalten, ob für stets oder nur einstweilen, um ihn später zu verteilen, das fragten wir ihn natürlich nicht. Die Blicke, mit denen er uns zusah, verrieten den Grimm, der in ihm kochte. Er konnte sich schließlich nicht länger beherrschen und schrie mich an:
„Nehmt es immer! Sobald meine Krieger kommen, müßt Ihr es doch wieder hergeben!“
„Deine Krieger werden nicht zu uns kommen,“ antwortete ich ihm.
„Sie kommen! Wenn sie merken, daß ich ihnen nicht folge, kehren sie um.“
„Pshaw! Sie kommen nicht, sondern ich reite zu ihnen.“
„Reite hin, so zerreißen sie dich, wie wachsame Hunde einen Coyoten zerfleischen!“

„Sie werden mir ebensowenig thun wie damals, als ich dein Gefangener war und ihr, so viele hundert Krieger, es doch nicht wagtet, euch an mir zu vergreifen."
„Damals hattest du meinem Sohne das Leben geschenkt, und er bat für dich; dadurch wurde das deinige gerettet."
„Das ist unwahr. Ja, dein Sohn war mir dankbar; aber das Leben habe ich mir und uns dadurch gerettet, daß ich dich gefangen nahm. Wären wir nicht freigegeben worden, so hätte ich dich getötet, und viele deiner Krieger hätten ihr Leben lassen müssen. Du kennst ja die Gewehre, mit denen ich schieße. So ähnlich wie damals ist es heute. Du bist mein Gefangener, und ich werde dir sagen, was du zu thun hast."
„Ich gehorche nicht! Ich bin To-kei-chun, der Häuptling der Comantschen, und gehorche keinem Bleichgesichte."
„Dann bist du verloren!"
„Pshaw! Du wirst es doch nicht wagen, mir das Leben zu nehmen!"
„Rede nicht von einem Wagnisse! Wer kann und will mich hindern, es zu thun?"
„Du selbst."
„Ich?"
„Ja, du," nickte er mir mit höhnischem Grinsen zu. „Ich sehe, daß du das nicht glauben willst?"
„Ich glaube es allerdings nicht."
„Dann ist Old Shatterhand, welcher glaubt, wunder welche Berühmtheit er besitze, kurzsichtig oder gar blind, wenn es seine eigene Person gilt. Bist du denn nicht stolz auf den Ruhm, daß du niemals ohne Not einen Menschen tötest?"
„Stolz zwar nicht, aber ich freue mich, daß man dies von mir sagt."
„So bin ich also sicher vor dir, denn du wirst nicht den Vorwurf auf dich laden, daß du To-kei-chun, den Häuptling der Comantschen, ermordet habest."
„Du irrst, denn von einer Ermordung kann hier nicht die Rede sein."
„Doch!"
„Nein! Wenn ich dir eine Kugel gebe, so habe ich dich bestraft, aber nicht ermordet."
„Bestraft? Wofür?"
„Daß du Bleichgesichter fängst und töten willst."
„Das ist nicht wahr!"
„Willst du es etwa leugnen?"
„Ja."
„So lache ich darüber."
„Nicht du hast, sondern ich habe zu lachen. Du kannst mich nach den Gesetzen der Prairie nur dann töten, wenn ich Blut vergossen habe. Habe ich das?"
„Du willst es thun."
„Ich will es thun, hahahaha!" Er stieß ein höhnisches Gelächter aus, dem man es anhörte, wie sicher er darauf rechnete, sich bei mir nicht in Lebensgefahr zu befinden. Dann fuhr er fort: „Was ich will, das gilt hier nichts. Gieb Beweise, daß ich es gethan habe!"

„Du hast den Gefangenen mit dem Martertode gedroht. Ich selbst habe es gehört."
„Das war eben eine Drohung, und du hast zu warten, bis sie ausgeführt worden ist."
„Nun gut, wenn du die Gefangenen wirklich nicht töten lassen willst, so gieb sie frei!"
„Das thue ich nicht; sie bleiben meine Gefangenen."
„So kommst auch du nicht frei!"
„Habe ich dich denn schon gebeten, mir die Freiheit zu geben? Behalte mich immerhin!"
Das vorige höhnische Grinsen trat wieder auf sein Gesicht. Ich sagte im ruhigsten Tone, obwohl er glaubte, mich geärgert zu haben:
„Du hältst dich jedenfalls für einen außerordentlich pfiffigen Patron und glaubst, mich überlistet zu haben. Ihr behaltet eure weißen Gefangenen, die Euch keine Last sind, und ich soll dich behalten, was mir gar nicht möglich ist, da ich dich doch nicht mit mir schleppen kann. Also gebe entweder ich dich frei oder deine Leute finden bald Gelegenheit, dich loszumachen. Das ist dein Gedanke, deine Berechnung – – –"
Ich wollte weitersprechen; aber er hatte die Frechheit, mich mit dem mehr als offenen Bekenntnisse zu unterbrechen:
„Ja, das denke und das hoffe ich! Old Shatterhand ist kein Mörder. Selbst wenn er strafen will, thut er dies nur dann, wenn vollständige Beweise vorhanden sind. Und diese fehlen dir."
Es war ein außerordentlich überlegener Ton, in welchem er sprach. Er pochte auf meinen guten Ruf, denn er war überzeugt, daß ich alles unterlassen würde, was geeignet sei, denselben zu schädigen. Er warf mir einen triumphierenden Blick zu wie einer, der dem andern eine sehr schwere Partie Schach abgewonnen hat. Ich aber blieb trotzdem bei meiner bisherigen Ruhe, als ich ihm entgegnete:
„Du irrst dich allerdings nicht und irrst dich doch. Du irrst dich nämlich nicht in mir, aber du irrst dich in der Lage, in welcher du dich befindest. Ich kann freilich nicht behaupten, daß du einen Weißen getötet habest; aber du hast mehrere gefangen genommen."
„Darauf steht aber nicht der Tod!"
„Was denn?"
„Das Gesetz der Prairie erwähnt dazu gar nichts."
„O doch, wenn auch nicht direkt. Wie wird der Diebstahl, der Raub eines Pferdes bestraft?"
„Mit dem Tode."
„Und der Raub eines Menschen? Soll der etwa gelinder oder vielleicht gar nicht bestraft werden?"
„To-kei-chun treibt keinen Menschenraub."
„Was denn?"
„Ich habe die Bleichgesichter gefangen genommen, aber nicht geraubt!"
„Pshaw! Ueber den Sinn von Worten streite ich mich nicht mit dir. Wenn ich ein Pferd, welches nicht mir gehört, fange und fortschaffe, so ist dies Pferderaub; du hast die

Bleichgesichter gefangen und fortgeschafft, das ist Menschenraub. Du hast ihnen sogar alle Taschen geleert und damit bewiesen, daß du sie und ihre Habe als dein Eigentum betrachtest. Auf Menschenraub aber steht bei mir der Tod. Wenn ich dich dafür mit einer Kugel bestrafe, kann mich nicht der leiseste Vorwurf treffen. Du hast dich also sehr verrechnet, als du auf meine Gerechtigkeit pochtest. Du hast den Tod verdient."
„Und du wirst mich doch nicht töten!" behauptete er beharrlich.
„Irre dich ja nicht länger! Meine Kugel wird dich unbedingt treffen, wenn du nicht auf den Vorschlag eingehst, den ich dir jetzt machen werde."
„Ich kenne ihn. Du brauchst ihn mir gar nicht zu sagen."
Auch aus diesen Worten klang dieselbe Unverfrorenheit wie vorher; ich freute mich darüber, anstatt mich über sie zu ärgern, denn die Festigkeit, mit welcher er meinem guten Rufe vertraute, war ja eigentlich eine Ehre für mich.
„Welcher Vorschlag wird es sein?" fragte ich.
„Du willst die gefangenen Bleichgesichter zurückhaben und dafür mich freigeben."
„Das ist allerdings richtig. Was sagst du dazu?"
„Was ich schon gesagt habe: Du behältst mich, und wir behalten sie."
„Ist das dein letztes Wort?"
„Ja."
„So bist du verloren!"
„Nein!"
„Pshaw! Du verrechnest dich eben. Auf Menschenraub steht der Tod; sie aber haben nichts gethan, was euch berechtigt, ihnen das Leben zu nehmen. Wenn ich dich nicht begnadige, so töte ich dich. Rechne ja nicht darauf, daß ich dich mit mir herumschleppen werde! Die Comantschen aber dürfen sich nicht an dem Leben der Bleichgesichter vergreifen."
„Sie würden es aber doch thun, denn sie hätten meinen Tod zu rächen."
„Das wäre ein Verbrechen, denn du hast ihn verdient. Und noch eins: Glaubst du denn, daß ich sie in den Händen deiner Krieger lassen würde? Ich hätte im Gegenteile nichts Eiligeres zu thun, als sie zu befreien."
„Pshaw!" antwortete er in wegwerfendem Tone.
„Pshaw? Verstelle dich nicht! Du täuschest mich nicht. Du bist innerlich überzeugt, daß mir ihre Befreiung gelingen würde. Ich hätte eigentlich gar nicht so viele Worte mit dir machen sollen; aber ich bin – – –"
„Du bist Old Shatterhand," unterbrach er mich, „der kein Blut vergießen wird. Und eben diese deine vielen Worte beweisen, in welcher Verlegenheit du dich befindest. Du magst und wirst mir nicht das Leben nehmen und weißt also nicht, wie du es anzufangen hast, uns die Bleichgesichter aus den Händen zu locken. Sie bleiben in unserer Gewalt."
Er glaubte, mir überlegen zu sein, doch war ich meiner Sache zu gewiß. Perkins aber fühlte sich empört über diese freche Beharrlichkeit und konnte nicht länger schweigen. Er sagte in zornigem Tone:

„Es ist ganz richtig, Sir. Die vielen Worte, welche Ihr mit ihm macht, bestärken ihn in seiner Unverschämtheit. Faßt Euch also kürzer! Er bekommt die wohlverdiente Kugel, und dann eilen wir seinen Leuten nach, um die Weißen zu befreien. Ist es Euch eine Leichtigkeit gewesen, ihn aus ihrer Mitte herauszuholen, so wird es uns nicht viel schwerer fallen, ihnen die Freiheit zu verschaffen. Geschehen kann ihnen nun auf keinen Fall etwas; ihres Lebens sind sie vollständig sicher. Wir brauchen die Roten nur zu benachrichtigen, daß wir ihren Häuptling ergriffen haben; dann sind sie gezwungen, die Gefangenen um seinetwillen zu schonen. Daß wir ihm inzwischen eine Kugel durch den harten Schädel gejagt haben, brauchen sie natürlich nicht zu wissen. Also, ich bitte Euch, Sir, macht kurzen Prozeß mit dem Kerl!"
Ich nickte zustimmend und wendete mich zu dem Häuptlinge:
„Du hast gehört, was dieser Weiße sagte. Er hat vollständig recht, und ich werde thun, was er begehrte. Ich frage dich also zum letztenmal: Gehst du auf die Auswechslung der Gefangenen ein?"
„Nein," antwortete er spöttisch. „Schießt mich immer tot!"
„Das werden wir thun, obgleich du es nicht glaubst. Wir werden dich überhaupt noch viel toter machen, als du denkst."
„Thue es! Schieß, und rede nicht! Old Shatterhand ist ein altes, schwatzhaftes Weib geworden!"
„Warte mit deinem Urteile nur noch einen Augenblick! Ich kenne deine Gedanken. Du glaubst, daß ich zwar drohen und die Waffe auf dich richten, aber doch nicht schießen werde; aber – – –"
„Ja, ja," fiel er mir triumphierend in die Rede, „so wird es geschehen, genau so, wie du jetzt gesagt hast."
„Das dachte ich mir! Du kennst Old Shatterhand genau, aber doch noch nicht ganz. Du meinst, daß ich dich nicht erschießen werde, und hast sehr recht damit; aber das ist gar kein Grund für dich, so höhnisch dreinzublicken, wie du es thust. Ich habe ja gesagt, daß ich dich viel toter machen werde, als du denkst. Du kennst meine Menschlichkeit, aber Old Shatterhands List scheint dir noch unbekannt zu sein. Du glaubst, mich jetzt besiegt zu haben, und bist doch selbst besiegt. Ich werde dich töten, aber nicht deinen Leib, sondern deine Seele."
„Meine Seele?" fragte er erstaunt. „Wie kann man der Seele eines Menschen eine Kugel geben!"
„Das weißt du nicht? Ich werde es dir zeigen. Man kann die Seele eines roten Mannes so zerschießen und zerfetzen, daß sie für die ewigen Jagdgründe vollständig tot und verloren ist. Mr. Perkins, ich möchte mir den Spaß machen, ein wenig mit dem Revolver zu knallen. Wollt Ihr wohl so gut sein, das Ding zu halten, nach welchem ich schießen werde?"
„Well," antwortete er. „Wenn Ihr wollt, werde ich es thun, Sir. Möchte Euch aber fragen, ob wir jetzt Zeit zu solcher Spielerei haben."

„Ihr werdet gleich erfahren, ob es Spielerei ist oder nicht. Stellt Euch hierher, und streckt den Arm hübsch aus, damit ich Euch nicht in den Leib treffe."
„Pshaw! Von Old Shatterhand hat man keinen Fehlschuß zu befürchten," sagte er, indem ich ihn ungefähr dreißig Schritte seitwärts von dem Häuptling postierte und seinen Arm in wagrechte Haltung brachte. Dann ging ich zum Pferde des Häuptlings, nahm den Medizinbeutel weg, trug ihn zu Perkins, dem ich ihn in die Hand gab, und sagte:
„So, Mr. Perkins. In dieser Medizin steckt die Seele, der Geist To-kei-chuns, des Häuptlings der Comantschen. Ich werde sie erst mit meinen Kugeln durchbohren und dann den Beutel gar verbrennen, um ganz sicher zu sein, daß der Häuptling die ewigen Jagdgründe nie betreten wird. Dann lassen wir ihn laufen. Seinem Körper ist dann nichts geschehen; er kann nicht sagen, daß Old Shatterhand ihn ermordet habe; aber er darf nicht zu den Seinen zurückkehren, denn sein Name ist in den Fluten der Schande erloschen, und er kann ihn nicht dadurch wiedererlangen, daß er sich eine neue Medizin verschafft; er hat die alte ja nicht im Kampfe verloren, sondern sie ist ihm durch List abgenommen und so beschimpft worden, daß die Ehre ihres Besitzers niemals wiederhergestellt werden kann."
Ich that, als ob ich bei diesen Worten den Häuptling gar nicht ansähe, warf aber einen verstohlenen Blick auf ihn und bemerkte zu meiner großen Genugthuung, daß meine Berechnung richtiger gewesen war, als die seinige. Seine Augen nahmen vor Entsetzen einen starren, gläsernen Ausdruck an; er wollte reden, brachte aber zunächst nichts hervor; dann entquoll seinem Munde ein heiserer, gurgelnder Schrei; er versuchte, sich in den Fesseln aufzubäumen, und rief dann endlich, als ich den Revolver hob und auf den Medizinbeutel zielte, in furchtbarer Angst und mit schriller Stimme:
„Halt, halt ein! Weg mit der Waffe! Ich bitte dich um des guten Manitou willen, schieß nicht – schieß nicht – schieß ja nicht!"
Ich ließ die Hand nicht sinken, sondern behielt den Revolver im Anschlage, wendete dem Häuptlinge aber das Gesicht zu und fragte:
„Du giebst also zu, daß deine Ehre und deine Seele für immer und ewig verloren wäre, wenn ich jetzt schösse?"
„Ja, ja, ja!"
„Und bittest mich, dies nicht zu thun?"
„Ja."
„Du giebst ganz ausdrücklich zu, daß du mich darum bittest?"
„Ja doch, ja! Aber nimm doch die Waffe weg!"
Da ließ ich die Hand mit dem Revolver sinken und erklärte:
„Du siehst wohl ein, daß du Old Shatterhand doch noch nicht vollständig kanntest; aber in meiner Güte hast du dich nicht getäuscht. Ich bin bereit, Gnade walten zu lassen, wenn du das thust, was ich verlange."
„Ich thue es; ich thue es. Die Bleichgesichter sollen freigegeben und gegen mich ausgewechselt werden!"

„Pshaw! Das war es, was ich vorhin forderte; jetzt aber verlange ich mehr."
„Was denn, was?" erkundigte er sich, aufs neue erschrocken.
„Du glaubtest, klüger zu sein, als ich, und hast meinen gerechten und billigen Vorschlag zurückgewiesen und Worte des Hohnes und Spottes zu mir gesprochen; ich bin ruhig dazu geblieben, denn ich wußte, daß du unterliegen würdest. Nun dies geschehen ist, verzichte ich zwar darauf, den Spott meinerseits zu erwidern, verlange aber, daß er gesühnt werde. Old Shatterhand ist nicht der Mann, den man übertölpeln kann und auslachen darf. Meine Forderung geht jetzt weiter als vorhin."
„Was willst du von mir? Doch nichts weiter, als die Gefangenen?"
„Ja, weiter nichts; aber die Bedingung ist eine andere geworden, zur Strafe und zur Warnung für dich. Auch müssen die Beleidigungen gutgemacht werden, welche du gegen mich ausgesprochen hast. Also, gieb schnell die Antworten, welche ich von dir verlange, sonst schieße ich dennoch!"
Ich legte den Revolver wieder auf den Medizinbeutel an, den Perkins noch hochhielt, und fuhr fort:
„Du giebst also zu, jetzt ein Bittender zu sein?"
Man muß die Heiligkeit kennen, in welcher die Medizin bei den Indianern steht, um die große Angst zu begreifen, mit welcher To-kei-chun schnell antwortete:
„Ja, ich bitte!"
„Du hast mich einen stinkenden Hund und auch noch anders genannt; jetzt aber sag, wer und was ich bin!"
„Du bist Old Shatterhand, der tapferste unter den weißen Männern!"
„Ferner hast du das Andenken meines toten Bruders Winnetou geschändet, indem du sagtest, auch er sei ein Hund. Wer war Winnetou? Sag es rasch, sonst drücke ich los!"
„Warte doch, warte! Winnetou war der größte und berühmteste Häuptling der Apatschen."
„Füg hinzu, daß er ein edler Mensch gewesen sei und im Kampfe nie einem Comantschen den Rücken gezeigt habe!"
„Ich sage es; ich gebe es zu!"
„Du bist einverstanden, daß die gefangenen Bleichgesichter sofort freigegeben werden und ihr Eigentum bis auf den kleinsten Gegenstand zurückerhalten?"
„Ja,"
„Du fertigst mir jetzt und hier ein Totem aus, welches ich nur vorzuzeigen brauche, um sie ohne alle Gefahr für mich ausgeliefert zu erhalten und mich mit ihnen entfernen kann, wobei jede Verfolgung von eurer Seite ausgeschlossen ist?"
„Ich werde es thun."
„Du wirst gegen keinen dieser Männer und auch gegen mich nie wieder etwas Feindseliges unternehmen?"
„Uff! Du verlangst zuviel!"
„Sag ja! Ich warte nicht. Eins – zwei – dr – –!"

„Halt, nicht schießen! Ich verspreche auch das."
„Das bloße Versprechen genügt mir nicht. Was wir jetzt bestimmen, werden wir mit der Pfeife des Friedens besiegeln."
„Der große Geist hat seine Hand gewendet und mich in deine Gewalt gegeben; ich muß thun, was du von mir verlangst. Wann giebst du mich frei?"
„Frei? Davon haben wir jetzt nicht zu sprechen."
„Nicht? Du bekommst die Bleichgesichter; also muß doch ich wissen, wann ich meiner Bande ledig werde."
„Davon ist eben keine Rede. Ich machte dir den Vorschlag, dich gegen sie auszuwechseln; du gingst in deiner Verblendung nicht auf denselben ein, sondern gabst mir die Antworten des Hohnes und des Spottes; darum sage ich dir dann, daß meine Forderung nun anders geworden sei. Du giebst die Gefangenen dafür frei, daß ich deine Medizin nicht beschimpfe und vernichte, bleibst aber mein Gefangener. Was ich mit dir thue und ob ich dich später freilasse, das kommt ganz auf meine Güte und Gnade an."
„Uff, uff, uff!" rief er erschrocken. „Darauf kann ich nicht eingehen. Ihre Freiheit gegen die meinige; das ist nicht richtig; sie sind sechs Männer, und ich bin einer; ich gebe also so schon mehr als du."
„Das sagst du, der da glaubt, daß er der größte Häuptling der Comantschen sei? Ich würde nicht zögern, meine Freiheit gegen diejenige von einigen hundert roten Kriegern einzutauschen. Und du hältst dich für weniger wert als sechs! Ich erfahre da zu meinem Erstaunen, wie tief ein Comantschenhäuptling im Preise steht."
Diese Worte mußten ihn tief beschämen; darum versuchte er, den begangenen Fehler dadurch zu verbessern, daß er sagte:
„Du weißt ebensogut, wie ich, daß es nicht gewöhnliche Bleichgesichter sind, die wir ergriffen haben; es sind sehr hervorragende Krieger unter ihnen."
„Grad darum mußt du dich dadurch geehrt fühlen, daß mir dein Besitz höher steht, als meiner Ansicht nach euch der ihrige stehen kann. Ich gehe auf keinen Fall von dieser meiner letzten Forderung ab."
„Und ich kann nicht auf sie eingehen, sondern fordere Freiheit gegen Freiheit."
„Das hätte ich vorhin gelten lassen; dein Verhalten aber hat meine Ansprüche erhöht. Du selbst bist schuld daran. Old Shatterhand läßt sich nicht ungestraft verhöhnen. Also, bist du einverstanden oder nicht?"
„Nein."
„So sieh zu, was geschieht. Mr. Perkins, haltet hoch!"
Er that es, und ich drückte ab. Der Medizinbeutel bekam einen Stoß; meine Kugel hatte ihn durchbohrt. Da schrie der Häuptling nicht, sondern er brüllte förmlich:
„Halt, schieß nicht! Ich bitte dich um des großen Manitou willen, schieß nicht weiter!"
„Ergiebst du dich in meine Wünsche?"
„Ja, ja!"

„Well! Hättest du das eher gethan, so hätte meine Kugel dein Heiligtum nicht berührt. Du willst also das Totem ausstellen?“
„Ja.“
„Und alles niederschreiben, was ich verlangt habe, so daß es deine Krieger lesen können?“
„Ja. Aber ich habe nichts da, worauf ich die Schrift malen kann. Hast du etwas?“
„Ja. Ihr pflegt eure Zeichen in Leder einzuschneiden und mit roter Farbe einzureiben. Leder ist da, nämlich die beiden Hasenfelle, welche hier liegen; aber es fehlt die Farbe, ohne welche die Schrift nicht zu erkennen ist. Darum werde ich dir Papier und Bleistift geben.“
„Ich habe nicht gelernt, nach der Art der Weißen zu schreiben; ich kann kein „sprechendes Papier“ machen.“
„Das ist auch nicht nötig, denn nicht Weiße, sondern deine Krieger sollen es lesen. Ich gebe dir ein Blatt oder einige Blätter aus meinem Notizbuche; auf sie kannst du mit dem Bleistifte deine Figuren noch viel leichter malen, als sie sich in Leder schneiden lassen.“
Er sah mich nachdenklich an; es ging ein Zug von Befriedigung über sein Gesicht, für welchen mir leider erst später das Verständnis kam; dann bemerkte er:
„Ganz wie du willst; ich werde es versuchen; aber jetzt kann ich es nicht thun, weil ich gefesselt bin.“
„Ich werde dich losbinden und dir nicht nur die Hände, sondern auch die Füße freigeben, denn du wirst stehend schreiben müssen.“
„Warum stehend? Man muß doch sitzen, wenn man Figuren macht.“
„Auf Leder, ja. Aber du weißt nicht mit Papier umzugehen und mußt eine Unterlage haben, und weil es hier keine andere oder bequemere, als den Sattel eines Pferdes giebt, so wirst du bei deinem Pferde stehen und das Papier auf den Sattel legen.“
Wieder ging ein Zucken über sein Gesicht, welches ich aber dieses Mal gleich verstand. Er sollte die Arme und Beine frei bekommen und bei seinem Pferde stehen; wie leicht war es da, einen schnellen Sprung in den Sattel zu thun und zu fliehen! Er sagte sich, daß er dabei wenigstens nicht sein Leben wage, weil mir sein Tod nichts nützen werde, denn nur wenn er lebte, konnte ich die gefangenen Weißen gegen ihn auswechseln. Es stand also zu erwarten, daß ich nicht auf ihn schießen, sondern besorgt sein werde, ihn unverletzt wieder zu ergreifen, und da erschien es ihm als sehr wahrscheinlich, daß er uns entkommen werde. Er hatte ein gutes Pferd; seine plötzliche Flucht mußte uns überraschen, und ehe wir uns besannen und uns an seine Verfolgung machten, mußte er einen Vorsprung gewinnen, den wir wohl schwerlich einholen würden.
Diese Gedanken gingen ihm durch den Kopf; wenigstens vermutete ich das und traf meine Vorkehrungen darnach. Ich band ihn los, gab ihm mehrere Papierblätter, die ich aus meinem Notizbuche riß, und einen Bleistift in die Hand und zeigte ihm, wie beides zu gebrauchen sei. Dann trat er zu seinem Pferde, nahm den Sattel als Unterlage und begann zu zeichnen. Ich brauchte mich nur mit hinzustellen und die Zügel in die Hand

zu nehmen, so konnte er nicht fort; aber ich hatte gar nichts dagegen, daß er den Fluchtversuch unternahm; ich wollte ihn nämlich gern abermals beschämen.
Darum beaufsichtigte ich ihn gar nicht, und als Perkins zu ihm treten wollte, um ihn im Auge zu behalten, winkte ich ihm, dies nicht zu thun. Ich entfernte mich vielmehr von ihm, schlenderte scheinbar sorglos zu meinem Schwarzschimmel hin und legte mich in das Gras. Dort that ich, als ob ich nicht die geringste Besorgnis hegte, beobachtete ihn aber sehr scharf und war bereit, in jedem Augenblicke empor- und auf mein Pferd zu springen.
Er mochte wohl zwei oder drei Minuten gezeichnet haben, da warf er einen forschenden Blick zu mir herüber; ich that, als ob meine Aufmerksamkeit gar nicht auf ihn gerichtet sei. Da ließ er Papier und Stift fallen, ergriff den Zügel, schwang sich auf und stieß seinem Pferde mit einem schrillen Jubelschrei die Fersen in die Weichen. Es schoß mit ihm fort.
„Alle Teufel, da jagt er hin!“ rief Perkins. „Welche Dummheit, es ihm so leicht zu machen, Sir! Schnell ihm nach!“
Er wollte aufs Pferd steigen, Dschafar ebenso; ich saß bereits im Sattel, trieb meinen Schwarzschimmel fort und befahl den beiden:
„Bleibt getrost hier! Ich bringe ihn.“
Das war so schnell gegangen, daß der Häuptling beim ersten Sprunge meines Pferdes nicht mehr als höchstens zwanzig Meter Vorsprung besaß. Ich nahm den Lasso vor, hakte das eine Ende an den Sattelknopf, legte die Schlingen zum Werfen locker und rief dem Roten zu:
„To-kei-chun mag schneller reiten, sonst hole ich ihn!“
Er blickte sich um; schon war ich nur fünfzehn Meter hinter ihm, denn mein Pferd war doch ein besserer Renner, als das seinige. Daß die Verfolgung eine so schnelle sein werde, das hatte er nicht gedacht; dennoch stieß er ein höhnisches Lachen aus und trieb sein Tier zu größerer Eile an; ich kam ihm aber bei jedem Sprunge näher. Als er sich zum zweitenmal umdrehte, hatte ich ihn nur noch zehn Meter vor mir und schwang den Lasso zum Wurfe. Da warf er sich nach Indianerart halb aus dem Sattel, so daß er nur noch mit der Kniekehle des einen Beines in diesem hing und sich mit einer Hand an dem Halsriemen seines Gaules festhielt. Er lag also am Leibe seines Pferdes lang hin, und ich konnte ihm infolgedessen den Lasso nicht überwerfen.
Sobald ein Indianer sich in dieser Weise eng an die Seite seines Pferdes hängt, weiß dieses, daß Gefahr vorhanden ist und entwickelt ganz von selbst die möglichste Schnelligkeit.
Dies that auch sein Tier, und da er es außerdem durch Schläge und Geschrei antrieb, so wurde sein Vorsprung für den Augenblick ein größerer. Da aber ließ ich meinem Schimmel die Sporen fühlen, und sofort schoß er in solchen Sätzen weiter, daß ich den Raumverlust rasch einholte.
Der Häuptling war vor meiner Schlinge sicher, aber nicht sein Pferd. Ich hielt mich darum nicht gerade, sondern seitwärts hinter ihm, wirbelte die Schlingen über dem

Kopfe, ersah den geeigneten Augenblick und ließ den Lasso fliegen. Ich hatte gut gezielt. Der Gaul schoß förmlich mit dem Kopfe in die Schleife hinein, die sich ihm um den Hals legte. Mein Schimmel war auf das Lassowerfen ausgezeichnet dressiert; er wußte, was geschehen mußte, und verminderte seine Schnelligkeit; ein leiser Schenkeldruck von mir genügte; da warf er sich herum und stemmte sich fest ein. Dadurch wurde der Lasso straff angezogen; wir bekamen einen starken Ruck, welchen der Schimmel aushielt; das Pferd des Roten aber stürzte nieder, und To-kei-chun wurde weit fortgeschleudert.
Ich schnellte mich von meinem Sitze herunter, sprang zu ihm hin und erreichte ihn grad in dem Augenblicke, als er sich aufrichten wollte. Mit der rechten Hand mein Messer ziehend, drückte ich ihn mit der linken nieder und gebot ihm:
„Rühre dich nicht, sonst steche ich!"
Er nahm, wie schon gesagt, an, daß sein Tod mir nichts nützen könne, und beachtete darum diese Drohung nicht, sondern antwortete:
„Hund, mich sollst du doch nicht halten; ich erwürge dich!"
Bei diesen Worten krallte er mir die beiden Hände um den Hals. Da ließ ich allerdings das Messer fallen, legte ihm das Knie auf die Brust, riß mich mit einem kräftigen Rucke los, ergriff seine beiden Hände, hielt sie mit der Linken fest und legte ihm die Rechte an die Kehle. Er wollte sich aufbäumen, es gelang ihm aber nicht; er schlug und stieß mit den Beinen um sich, doch ohne mich zu treffen; sein Widerstand erlahmte um so mehr, je fester ich ihm die Kehle zusammendrückte – – zuletzt ein gurgelndes Röcheln, dann lag er still und bewegungslos.
Nun stand ich auf und sah zurück. Dschafar und Perkins waren doch nicht am Platze geblieben, sondern uns nachgeritten; da sie meine Gewehre mitbrachten, konnte ich ihnen keine Vorwürfe darüber machen. Als sie herankamen, rief der erstere aus:
„Allah sei Dank, daß wir ihn wieder haben! Welch ein Schaden für uns, wenn er uns entkommen wäre!"
„Daran war gar nicht zu denken," antwortete ich.
„Oho!" fiel Perkins ein. „Es konnte irgend ein Zufall eintreten, welcher – – –"
„Pshaw!" unterbrach ich ihn. „Was für einen Zufall hätte es hier geben können? Ich wußte, daß er fliehen wollte."
„Und habt ihn nicht gehindert? Ihr ließet mich ja gar nicht hin zu ihm! Ich hätte ihn festgehalten."
„Das habe ich nun hier gethan. Ihr habt die Riemen mitgebracht, wie ich sehe?"
„Ja. Wir binden ihn natürlich wieder!"
„Nein, jetzt noch nicht; er muß doch erst das Totem schreiben."
„Und wieder ausreißen!"
„Wird ihm nicht einfallen. Holt sein Pferd und das meinige her!"
Das Comantschenpferd hatte, da der Lasso nicht mehr angespannt war, Luft bekommen und war aufgesprungen, hing aber noch mit dem Schwarzschimmel zusammen. Perkins nahm ihm die Schlinge vom Halse, rollte den Lasso auf und brachte dann beide her.

Unterdessen kam der Häuptling wieder zu sich. Er holte laut rasselnd Atem, öffnete die Augen, stierte uns an, bewegte wie probierend die Glieder und stand dann langsam auf, woran ich ihn nicht hinderte.
„To-kei-chun ist ein sonderbarer Krieger," sagte ich zu ihm. „Da drüben an dem Regenbette ging er spazieren, um mir wieder in die Hände zu laufen, und jetzt ist er spazieren geritten, um meinen Lasso kennen zu lernen. Vielleicht kommt es ihm gar noch in den Sinn, einmal spazieren zu fliegen! Wenn er das thut, wird er sicher freikommen, denn ich habe das Fliegen nicht gelernt."
Er stand unbeweglich und sah zur Erde nieder; die Scham verbot ihm, ein Wort zu sagen.
„Der Häuptling der Comantschen wird da fortfahren, wo er aufgehört hat," fügte ich hinzu. „Er mag an seinem Totem weitermalen, nun aber keinen Scherz mehr treiben, denn von jetzt an ist's mir Ernst!"
Dschafar hatte die weggeworfenen Blätter und den Bleistift aufgehoben und mitgebracht; er hielt sie dem Häuptlinge hin; dieser nahm sie stumm und ohne sich zu weigern, trat zu seinem Pferde und setzte die unterbrochene Arbeit fort, wobei ihm Perkins mit gezücktem Messer zur Seite stand. Es dauerte ziemlich lange, bis er fertig war; dann gab er mir die Papiere, ohne ein Wort dazu zu sagen.
Es galt natürlich, das Totem genau zu studieren, denn wenn ich ein einziges hinterlistiges Zeichen nicht verstand, brachte ich uns in Gefahr; aber ich fand nichts, was Argwohn erregen konnte; das Totem war ehrlich. Es bestand aus kleinen Figurengruppen, ähnlich denen, welche kleine Kinder mit ihren ungeübten Händen zeichnen. Die erste Gruppe zeigte einen am Boden liegenden Mann mit einer Feder am Kopfe, einen Indianerhäuptling also. Er war gebunden; darüber sah man das Zeichen To-kei-chuns. Neben ihm stand eine Figur, welche in jeder Hand ein Gewehr hatte; ihre Hände waren im Verhältnisse ungeheuer groß gezeichnet, und über ihrem Kopfe gab es noch eine, auch sehr große Hand. Damit war ich, Old Shatterhand, gemeint. Zu meiner Seite saßen zwei Figuren; die eine hatte eine hohe, runde Mütze auf; das sollte Dschafar sein; die andere war einfach durch hohe Stiefel als Weißer bezeichnet. Diese Gruppe sollte sagen: Old Shatterhand, Dschafar und noch ein Bleichgesicht haben To-kei-chun gefangen genommen.
In ähnlicher Weise waren auch die übrigen Gruppen gehalten, mit denen der Häuptling sagen wollte und auch wirklich sagte, was nach unserer Vereinbarung zu geschehen hatte. Freilich gehörte, da die Figuren unendlich kindlich gezeichnet waren, mehr als gewöhnlicher Scharfsinn dazu, zu enträtseln, was jede einzelne vorstellen sollte; hatte man aber das entziffert, so ergab sich die Bedeutung ganz von selbst. Die Hauptsache dabei war, daß ich nichts fand, was auf die Absicht, uns zu betrügen, hätte schließen lassen.
To-kei-chun hatte sich niedergesetzt und wartete auf die Beurteilung seines Kunstwerkes; ich gab ihm dieselbe mit den Worten:

„Ich bin mit diesem Totem zufrieden; es enthält alles, was ich wünsche. Wir werden den Häuptling der Comantschen auf sein Pferd binden und dann weiterreiten."
„Wohin?" fragte er.
„Wir folgen seinen Kriegern."
„Weiß Old Shatterhand, wohin sie reiten?"
„Nach dem Makik-Natun. Vielleicht holen wir sie ein, ehe sie dort ankommen."
„Du wirst sie nicht einholen, denn sie reiten sehr schnell."
„Ich denke, daß sie sich zunächst nicht zu sehr beeilen werden, damit du sie einholen kannst."
„Sie warten nicht auf mich; sie wissen, daß ich gern zurückbleibe und gern allein reite. Du wirst nicht eher als am Makik-Natun mit ihnen sprechen können."
Die Offenheit, mit welcher er mir dies sagte, war zwar ungewöhnlich, aber ich hatte keinen Grund, sie für unwahr zu halten. Schaden konnte es uns nichts, wenn wir uns nach dieser Mitteilung richteten; darum sagte ich:
„So müssen wir uns beeilen. Ich will die gefangenen Bleichgesichter wo möglich noch heut frei haben und wünsche darum, daß ich noch vor der Dunkelheit des Abends mit den Kriegern der Comantschen reden kann."
Er ließ sich ohne allen Widerstand auf sein Pferd binden; dann suchten wir die Fährte seiner Leute auf, um ihr möglichst schnell zu folgen. Als wir sie erreichten, untersuchte ich sie und fand, daß die Indsmen allerdings ziemlich rasch geritten waren. Ihr Häuptling hatte also die Wahrheit gesagt.
Er ritt mit Perkins voran und ich mit Dschafar hinterdrein, weil ich ihn stets im Auge haben wollte.
Der Perser sprach über unser heutiges Erlebnis und über unsere Hoffnung, die Gefangenen zu erlösen. Dabei meinte er:
„Der Häuptling versteht das Englische; er hört, was wir hinter ihm sprechen; er braucht aber nicht zu wissen, was wir reden. Wollen wir uns nicht lieber einer andern Sprache bedienen"?"
„Mir recht; aber welcher?"
„Da Ihr der Emir Kara Ben Nemsi Effendi seid, ist Euch das Arabische geläufig. Nehmen wir also dieses."
„Warum nicht das Persische?"
„Versteht Ihr auch dieses?"
„Leidlich. Wenigstens denke ich, daß ich mich Euch verständlich machen kann."
Wie erfreut war er, sich seiner Muttersprache bedienen zu können! Er wurde außerordentlich lebhaft, wie er sonst gar nicht zu sein schien, und sprach natürlich vorzugsweise von seinem Vaterlande und den Verhältnissen desselben. Ich wartete darauf, daß er auch die seinigen in Erwähnung bringen werde; er that es indessen nicht, schien aber doch eine Ahnung von dieser meiner Neu- oder Wißbegierde zu haben, denn er sagte im Laufe des Gespräches.

„Du wirst erwarten, daß ich auch von mir spreche; aber was soll ich von mir hier in diesem Lande sagen, wo ich fremd und gar nichts bin?“

Man hört, daß er mich mit dem vertraulichen orientalischen Du anredete; das war mir ganz recht; ich freute mich darüber, obgleich ich in der Heimat kein Freund desselben bin; ich habe nie mit irgend jemandem Brüderschaft gemacht. Als ich auf diese seine Worte nichts bemerkte, hielt er es für angezeigt, fortzufahren:

„Ich will dir aber mitteilen, daß ich unter dem Schutze unsers Herrschers stehe. Er ist ein Freund abendländischer Bildung und sendet zuweilen einige seiner jungen Unterthanen nach dem Occidente, um sich dort Kenntnisse zu erwerben.“

„Natürlich sucht er sich da nur begabte Personen aus.“

„Kann Old Shatterhand auch Komplimente machen? Ich fand die Gnade, die Augen des Beherrschers auf mich gerichtet zu sehen, und wurde nach Stambul, Paris und London gesandt. Dort, in England, war ich längere Zeit. Vielleicht hast du gehört, daß der Schah vor kurzer Zeit in London war?“

„Ich habe in Zeitungen darüber gelesen.“

„Bei dieser seiner Anwesenheit in der Hauptstadt Englands erinnerte er sich meiner, und ich bekam den Befehl, vor seinem Angesichte zu erscheinen. Die Folge dieser Audienz war, daß ich die Weisung erhielt, auch die Vereinigten Staaten kennen zu lernen. Als ich herüberkam, ahnte ich nicht, daß ich das Glück haben würde, hier den mutigen Kara Ben Nemsi kennen zu lernen, von dem mir Hadschi Halef Omar so viel berichtet hat. Und noch weniger hätte ich geträumt, daß ich dir meine Freiheit und mein Leben zu verdanken haben würde. Ich sehe, daß es sehr gefährlich ist, hier zu reisen; ich wollte es erst nicht glauben. Wird die Gefahr aufhören, wenn wir den Bereich der Prairie hinter uns haben?“

„Nein; sie wird sich im Gegenteile in den Felsenbergen jenseits derselben eher steigern als verringern.“

Da er nun dieses Thema festhielt, erfuhr ich über ihn nichts weiter als das Wenige, was er mir jetzt gesagt hatte. Ich mußte ihm Auskunft über den Westen geben; sich selbst erwähnte er nicht mehr.

Warum diese Verschwiegenheit? Sie war mir gegenüber auffällig, denn er kannte mich schon längst, wenn auch nur vom Hörensagen, und war mir, wie er ja soeben auch zugegeben hatte, zu Dank verbunden. Hatte er irgend eine Mission zu erfüllen, von welcher er nichts sagen durfte? Das war nicht wahrscheinlich, denn welche Mission konnte einen Perser quer durch Amerika führen? Oder befand er sich nur auf einer Art von Studienreise? Sollte er vielleicht hier sein Wissen bereichern, um es dann in seinem Vaterlande in irgend einer Anstellung zu verwerten? Dann hatte er es nicht nötig, so heimlich zu thun. Oder war er so zurückhaltend, um sich ein Relief zu geben, sich wichtig zu machen? Das wäre mir gegenüber wenn nicht lächerlich, doch auch nicht verständig gewesen. Wenn ein Orientale fünfundzwanzighundert geographische Meilen von seiner Heimat entfernt einen Mann trifft, mit dem er sich in seiner Muttersprache

unterhalten kann, so ist es wohl thöricht von ihm, sich gegen diesen Mann zuzuknöpfen. Ich nahm mir vor, ihn ja nicht wieder zur Sprache auf sich selbst zu bringen.
Unser Ritt nahm einen raschen Verlauf. Die Fährte der Comantschen war stets deutlich und hielt uns also gar nicht auf. Die Indsmen waren wenigstens ebenso rasch geritten, wie wir ihnen folgten, und schienen, da sie nicht auf ihren Häuptling gewartet hatten, für die Sicherheit desselben gar keine Besorgnis zu hegen. Wir hatten noch zwei Stunden bis zum Abende, als ich den beiden Gefährten mitteilte, daß wir in der Nähe des „gelben Berges" angekommen seien. Da fragte mich Perkins:
„Werden wir direkt hinreiten?"
„Nein. Das hieße ja unser Spiel verloren geben!"
„Wieso?"
„Weil der Häuptling bei uns ist. Den dürfen die Roten nicht eher zu sehen bekommen, als bis sie ihre Gefangenen freigegeben haben, vielleicht auch dann noch nicht einmal, denn ich habe ihm die Freiheit nicht versprochen."
„Sie müssen aber doch erfahren, daß er unser Gefangener ist!"
„Natürlich!"
„Wer soll es ihnen sagen?"
„Ihr, Mr. Perkins," antwortete ich in ernstem Tone, obgleich ich es scherzhaft meinte.
„Ich?" rief er erschrocken aus. „Ich soll etwa das Totem hinschaffen?"
„Ja."
„Warum ich? Kann das nicht Mr. Dschafar thun?"
„Nein, denn er kennt den Westen und die Indianer nicht, während Ihr nicht leugnen könnt, in dieser Beziehung Erfahrung zu besitzen."
„Was das betrifft, so giebt es einen, der viel mehr Erfahrung hat als ich!"
„So?"
„Ja. Wißt Ihr, wen ich meine, Mr. Shatterhand?"
„Nun?"
„Euch selbst. Wenn es darauf ankommt, so seid Ihr der richtige Mann, die Comantschen aufzusuchen."
„Nein, der bin ich nicht."
„Möchte wissen, warum!"
„Weil ich bei dem Häuptling bleiben muß. Der ist mir so wichtig, daß ich ihn keinem andern anvertrauen darf."
„Da muß ich Euch widersprechen. Ihn gut zu bewachen ist zehnmal leichter als seine Krieger aufzusuchen, um mit ihnen zu verhandeln. Ich fürchte sehr, daß ich da Dummheiten machen würde, durch die ich Euch in Gefahr brächte."
„Hm, das befürchte ich freilich auch!"
„Nicht wahr? Ich halte es also für das Beste, daß Ihr es selbst übernehmt, die Roten zu benachrichtigen. Wir werden inzwischen irgendwo auf Eure Rückkehr warten."
„Well! Wollte nur sehen, wieviel Mut Ihr habt."

„O, Mut habe ich! Hierzu aber gehört außer dem Mute auch eine Klugheit, eine Verschlagenheit, welche – – welche – – welche – – –“
„Welche Ihr nicht besitzt? So! Das ist einmal so ehrlich aufrichtig gesprochen, wie ich es gern habe. Aber wenn Ihr so wenig klug seid, wie kann ich Euch da den Häuptling anvertrauen? Ich muß gewärtig sein, daß er nicht mehr bei Euch ist, wenn ich zurückkehre.“
„Nein, das habt Ihr doch nicht zu befürchten, Sir! Wir werden doch nicht so dumm sein, ihn loszubinden und laufen zu lassen!“
„Das wäre freilich nicht nur unklug, sondern geradezu verrückt. Aber es kann noch anderes passieren. Ich denke zwar, daß die Roten, wenn sie einmal bei den Gräbern ihrer Häuptlinge angekommen sind, sich heut nicht mehr von dort entfernen werden; aber es können doch einige von ihnen aus irgend einem Grunde die Gegend durchschwärmen und Euch entdecken.“
„Die schießen wir nieder!“
„Und wenn sie Euch überraschen?“
„Wir lassen uns nicht überraschen. Wir passen auf! Wir werden uns doch wohl eine Stelle aussuchen, wo es unmöglich ist, uns zu beschleichen.“
„Well! Aber wenn so viele kommen, daß sie Euch überlegen sind?“
„So brauchen wir uns dennoch nicht zu fürchten, denn wir thun das, was wir von Euch gelernt haben.“
„Was?“
„Wir drohen ihnen, den Häuptling sofort zu erschießen, wenn sie uns angreifen.“
„Das würde allerdings das Richtige sein. Ich weiß freilich recht gut, daß ich keinen von Euch beiden zu den Comantschen schicken kann; ich muß selbst zu ihnen und will hoffen, daß ich mich unterdes auf Euch verlassen kann.“
„Das könnt Ihr, Sir!“ beteuerte er erleichtert. „Wir werden Euch den Häuptling bei Eurer Rückkehr genau so übergeben, wie Ihr ihn bei uns gelassen habt.“
„Ja, das werden wir,“ bestätigte Dschafar. „Ich bin kein Feigling und auch nicht das, was man hier einen Dummkopf nennt. Sollten da einige Rote kommen, so stehe ich dafür, daß sie uns ihren Häuptling weder durch List noch durch Gewalt entreißen.“
Ja, er war wohl weder dumm noch feig; zu ihm hatte ich mehr Vertrauen als zu Perkins. Und was hätte ich auch machen wollen? Einer von uns mußte zu den Indianern, und das war keine Kleinigkeit, sondern ein Wagnis, zu dem ein ganzer Mann gehörte. Dazu paßte weder der Perser, dem es vollständig an Kenntnis der Verhältnisse mangelte, noch Perkins, welcher keinen Mut besaß. Ich war also gezwungen, ihnen den Häuptling anzuvertrauen.
Ich kannte die Stelle, an welcher sich die Häuptlingsgräber befanden. Der Makik-Natun hat an seiner Südseite eine Einbuchtung, deren Wände ziemlich steil ansteigen. Die Gräber, vier an der Zahl, lagen nebeneinander an der Westseite der Bucht, in welcher es keine Bäume, sondern nur Büsche gab. Im Hintergrunde der Bucht rieselte ein Quell aus

dem gelben Gestein; dort hatten sich die Indsmen wahrscheinlich gelagert. Der Platz war in der Nähe der Gräber frei; die einst dortstehenden Sträucher waren infolge der öfters da stattfindenden Totenfeierlichkeiten verschwunden. Dagegen lief das Gebüsch noch außerhalb der Bucht nach rechts und links, also nach Osten und nach Westen am Fuße des Berges weiter, ein Umstand, welcher, wie man sehen wird, mir großen Vorteil bot. Diese Eintiefung oder Einbuchtung des Makik-Natun also war es, wo das Schicksal der Gefangenen heut entschieden werden sollte. Natürlich hing dabei mein Leben auch nur an einem einzigen Haare, denn selbst wenn der Indianer an jedem anderen Orte zum Frieden geneigt wäre, an den Gräbern seiner im Kampfe gefallenen Anführer regiert ihn nur der Haß, erfüllt ihn nur das Gefühl der Rache, und darum war dieser Ort eigentlich für unser Vorhaben schlecht gewählt. Freilich gab es keine andere Wahl, denn wir konnten nicht bis später warten, weil vorauszusehen war, daß die Gefangenen morgen hingerichtet würden.

Wir folgten der Fährte der Comantschen soweit, bis wir den „gelben Berg“ genau nördlich vor uns liegen und vielleicht noch eine halbe Stunde zu reiten hatten, um ihn zu erreichen. Da wichen wir von ihr westlich ab, ritten zunächst parallel mit dem Berge und lenkten dann auf ihn zu, hielten aber an, ehe wir ihn erreichten.

„Sollen wir etwa hier schon absteigen?“ fragte Perkins.

„Ja,“ antwortete ich.

„Und hier auf Euch warten?“

„Ja.“

„Aber, Sir, nehmt es mir nicht übel, das ist ja der größte Fehler, den wir machen können!“

„Warum?“

„Wir sind in der Nähe der Feinde, und da so auf offenem Felde kampieren, ist doch wohl eine Unvorsichtigkeit?“

„Es ist im Gegenteile eine Klugheit, welche mir als sehr geboten erscheint. Wenn wir bis hinüber zum Berge reiten, wo es Büsche und Bäume giebt, könnt Ihr während meiner Abwesenheit beschlichen und ganz unversehens überfallen werden. Es genügt da ein einziger Roter, um Euch beide aus dem Hinterhalte zu erschießen und den Häuptling zu befreien.“

„Hm, das ist vielleicht richtig!“

„Nicht nur vielleicht! Wir haben uns ja schon vorgenommen, jeden Ort zu vermeiden, an dem Ihr überrumpelt werden könnt. Hier ist die Gegend frei, und Ihr könnt jeden Menschen, der sich Euch nähert, schon von weitem sehen; von einem plötzlichen Ueberfalle kann also keine Rede sein. Und sollten mehrere Rote kommen, was gar nicht zu erwarten steht, so könnt ihr Eure Gewehre nach allen Seiten richten und sie in Schach halten. Selbst den schlimmsten Fall gesetzt, daß Ihr Euch ihrer großen Ueberzahl wegen ihrer nicht erwehren könntet, so genügt die Drohung, ihren Häuptling zu töten, sie von Euch abzuhalten. Ihr selbst habt das vorhin zugegeben.“

„Well! Ich sehe ein, daß Ihr recht habt, Sir. Bleiben wir also hier an diesem Orte! Wann sucht Ihr die Roten auf?“
„Sobald ich den Häuptling sicher weiß.“
„Werdet Ihr gehen oder reiten?“
„Reiten.“
„Euch also nicht anschleichen?“
„Nein. Es ist am hellen Tage, und die Oertlichkeit eignet sich nicht dazu. Uebrigens komme ich als Parlamentär, als Abgesandter ihres Häuptlings und mit dem Totem desselben zu ihnen; das kann Old Shatterhand nur zu Pferde thun.“
„Und Eure Gewehre nehmt Ihr mit?“
„Ja.“
„Das ist viel gewagt. Es ist möglich, daß sie sie Euch abnehmen.“
„Pshaw! Ohne die Gewehre würde ich wahrscheinlich nichts, gar nichts ausrichten; jedenfalls sind sie in meinen Händen sicherer als anderswo. Jetzt herunter von den Pferden!“
Wir stiegen ab und nahmen To-kei-chun aus dem Sattel. Dann fesselte ich selbst ihn so, daß ich mich unbesorgt um ihn entfernen konnte. Als Dschafar und Perkins ihre Pferde angepflockt und sich zu dem Comantschen gesetzt hatten, ermahnte ich sie, eigentlich wohl ganz überflüssigerweise:
„Also haltet gut Wache! Hört auf keine Reden, Bitten und Versprechungen des Gefangenen, und laßt keinen Menschen zu Euch heran.“
„Macht Euch keine unnützen Gedanken, Sir!“ antwortete Perkins. „Ich wollte, wir brauchten um Euch so wenig Sorge zu haben, wie Ihr um uns!“
„Umgekehrt, Mr. Perkins! Mir sollen die Roten nichts anhaben. Also Ihr wißt, wie Ihr Euch in jedem Falle zu verhalten habt?“
„In einem noch nicht.“
„Welchen meint Ihr?“
„Den, daß sie Euch festnehmen und Ihr nicht wiederkommt.“
„Dieser Fall tritt nicht ein, denn ich werde sagen, daß der Häuptling getötet wird, wenn ich nicht in einer bestimmten Zeit zurück bin. Ich wiederhole noch einmal: Laßt keinen Menschen zu Euch heran, ganz gleich, ob er es mit Gewalt oder mit List versucht! Der Häuptling darf nur durch mich selbst losgebunden und freigegeben werden!“
„Schon gut! Wir wissen nun alles. Wir wünschen Euch für Euer Vorhaben genau so großes Glück, wie groß hier unsere Wachsamkeit sein wird.“
Solche Reden hätten mich zwar beruhigen sollen, aber als ich mich nun wieder auf das Pferd setzte und weiterritt, geschah es doch nicht ohne alle Sorge.
Die Frist bis zum Anbruche der Dunkelheit betrug nun nur noch anderthalbe Stunde. In dieser Zeit mußte ich die Weißen frei haben; da ich aber wußte, wie langsam und bedächtig die Indianer bei solchen Verhandlungen zu sein pflegen, mußte ich mich jetzt sputen. Ich hielt also im Trabe auf die Häuptlingsgräber zu und untersuchte dabei

vorsichtigerweise meine Gewehre und Revolver; ich mußte mich auf sie verlassen können, falls es zu Feindseligkeiten kommen sollte, was ich aber keineswegs erwartete.
Ich erwähnte vorhin, daß sich das Gebüsch auch westwärts an dem Berge hinzog. Um so spät wie möglich bemerkt zu werden, hielt ich mich zwischen den Ausläufern desselben, wo jeder einzelne Strauch mir Deckung bieten mußte. So kam ich an die Einbuchtung und bog um die Ecke derselben. Den Platz rasch überblickend, sah ich die Roten im Hintergrunde am Wasser lagern, also so, wie ich es vermutet hatte. Nur einige von ihnen befanden sich links bei den vier Gräbern; sie waren beschäftigt, diese für die morgende Feier dadurch zu schmücken, daß sie an da eingesteckten Lanzen ihre Medizinen aufhingen. Ihre Pferde weideten im Vordergrunde.
Natürlich wurde ich gesehen, sobald ich um die Ecke gebogen war. Ein Weißer hier an dieser ihnen so heiligen Stelle! Jetzt, wo sie das Kriegsbeil ausgegraben hatten! Das war geradezu unerhört, so unerhört, daß zunächst ein tiefe, tiefe Stille eintrat; dann aber brach die Rotte in ein um so wilderes, wahrhaft markerschütterndes Gebrüll aus. Die Kerle sprangen auf, ergriffen ihre Waffen und kamen auf mich zugesprungen. Sie zückten ihre Messer, schwangen ihre Flinten und Lanzen und umringten mich in allen möglichen drohenden Stellungen.
„Still, seid still!“ überschrie ich ihr Geheul. „Hört, was ich euch zu sagen habe!“
Dabei wirbelte ich den schweren Bärentöter nach rechts und links, nach hinten und vorn, um einige Bursche, welche sich zu nahe an mich machten, von mir abzuhalten. Dadurch kam der eine und der andere mit dem Kolben in unangenehme Berührung; sie verstärkten ihr Geschrei und machten Miene, im Ernst auf mich einzudringen; da überbrüllte ein alter Kerl alle die andern:
„Uff, uff, uff! Schweigt, ihr Krieger der Comantschen! Der gute Manitou hat uns einen großen Fang gesandt. Dieser Mann ist das berühmteste unter allen Bleichgesichtern; er wird morgen mit denen, die dort hinten liegen, am Marterpfahle sterben.“
Ich sah über die Roten hinweg nach dem Hintergrunde; dort lagen die sechs weißen Gefangenen.
Als die Roten dem Alten gehorchten und schwiegen, fuhr er in triumphierendem Tone fort:
„Ich habe diesen weißen Mann nicht sogleich erkannt, weil er nicht den Anzug eines Jägers trägt. Hört seinen Namen, ihr Krieger der Comantschen! Es ist Old Shatterhand!“
„Old Shatterhand – – Old Shatterhand!“ ertönte es rundum in erstauntem, aber auch drohendem Tone, aber die mir zunächst standen, wichen unwillkürlich zurück.
„Ja, ich bin Old Shatterhand, der Freund und Bruder aller roten Männer, welche das Gute lieben und das Böse hassen,“ ließ ich mich nun wieder hören. „Hier bei euch am Marterpfahle sterben, das werde ich nicht, denn To-kei-chun, euer Häuptling, hat mich zu euch gesandt. Ich komme als sein Bote, und wer es wagen sollte, sich an mir zu vergreifen, den brauche ich nicht zu töten, denn To-kei-chun wird ihn bestrafen.“

Das klang so wahr und so zuversichtlich, daß es den beabsichtigten Eindruck nicht verfehlte. Sie wichen noch weiter zurück und flüsterten sich leise Bemerkungen zu. Die Augen waren zwar feindselig auf mich gerichtet, aber wie auf einen Feind, den man nicht anzugreifen wagt. Nur der Alte trat einen Schritt näher und rief mir zu:
„To-kei-chun hat dich gesendet? Das ist eine Lüge!“
„Wer kann sagen, daß Old Shatterhand jemals gelogen habe?“ fragte ich.
„Ich!“ antwortete er.
„Wann und wo?“
„Damals als du unser Gefangener warst und uns doch entkamst.“
„Das lügest du selbst! Sprich, welche Lüge soll ich damals gesagt haben?“
„Nicht mit Worten, sondern durch die That hast du damals gelogen. Du gebärdetest dich als unser Freund und handeltest doch als unser Feind!“
„Dein Mund ist voller Unwahrheit. Hatte ich nicht den Sohn To-kei-chuns in meiner Gewalt? Sollte er nicht sterben? Habe ich ihm nicht das Leben geschenkt und ihn sicher zu euch geführt? Aber welchen Lohn bekam ich dafür? Ihr behandeltet mich als Gefangenen! Wessen Thun war da verwerflich? Das meinige oder das eurige?“
„Du durftest fort und befreitest auch die andern Gefangenen!“ antwortete er, schon weniger zuversichtlich.
„Sie waren meine Gefährten, und die Versammlung eurer weisen Männer gab sie frei.“
„Weil du sie durch deine Faust und mit deinen Gewehren dazu zwangst. Du bist nicht unser Freund und Bruder, und To-kei-chun hat dich nicht zu uns gesandt!“
„Es ist genau so, wie ich sage: er schickt mich her!“
„Kannst du es beweisen?“
„Ja.“
„Uff! Wie will die Klapperschlange beweisen, daß sie nicht giftig ist! Oeffne deinen Mund, und erfahre dann, ob wir dir Glauben schenken!“
„Ihr werdet mir glauben, denn ich habe euch ein Totem zu übergeben.“
„Ein Totem? Von To-kei-chun? Er ist zurückgeblieben. Warum sendet er einen Boten? Warum kommt er nicht selbst?“
„Weil er nicht kann.“
„Warum kann er nicht? Gieb das Totem her!“
„Wer ist in seiner Abwesenheit der Anführer? Der soll es erhalten.“
„Ich bin es.“
„Kannst du ein Totem lesen?“
„Ja. Mehrere von uns können das.“
„Da hast du es.“
Ich zog die Blätter aus der Tasche und gab sie ihm. Er nahm sie und gebot seinen Leuten:
„Umringt dieses Bleichgesicht, und laßt es nicht von der Stelle! Es will uns betrügen. Ein Totem wird auf Leder gemacht, aber nicht auf so ein Ding, was die Weißen Papier nennen. So ein Papier kann nie als Totem gelten.“

Ah! Nie als Totem gelten! Also darum der befriedigte Blick des Häuptlings, als ich ihm sagte, er solle auf Papier schreiben! Diese Zeichnung galt nicht als Totem; sie schützte mich nicht! Nun, ich hatte trotzdem des Schutzes genug. Infolge der Aufforderung drängten sich seine Leute wieder näher an mich. Da nahm ich den Stutzen zur Hand und rief:

„Zurück von mir! Habt ihr nicht von diesem Zaubergewehre gehört, mit welchem ich ohne Aufhören schießen kann, ohne zu laden? Wer seine Hand nach einer Waffe oder gar nach mir selbst ausstreckt, der bekommt eine Kugel! Macht Platz! Ich will nicht fort, aber ich gehe dahin, wohin es mir gefällt!“

Ich spannte den Hahn des Stutzens, nahm das Repetiergewehr par pistolet in die rechte Hand, ließ meinen Schwarzschimmel, um mir Raum zu machen, mit ausschlagenden Hufen im Kreise springen und lenkte ihn dann nach dem Hintergrunde, wo die Gefangenen lagen.

Ich wußte wohl, was ich that, was ich riskieren durfte. Es gab wohl keinen unter den Comantschen, der nicht von diesem meinem „Zaubergewehre“ gehört hatte. Ihr Aberglaube ließ ihnen den Stutzen als eine Waffe erscheinen, welcher gegenüber es keinen Widerstand gab. Sie sahen ihn schußfertig in meiner Hand und wichen zurück. Erst als ich durch ihren Haufen war, kamen sie hinter mir her, doch in für mich genügender Entfernung. Nur der Alte wagte sich näher und rief mir zu:

„Wo willst du hin? Zu den gefangenen Bleichgesichtern?“

„Ja.“

„Das darfst du nicht!“

„Wer will es mir untersagen?“

„Ich.“

„Pshaw!“

Ich antwortete nur dieses eine Wort und ritt weiter. Da kam er noch näher, streckte die Hand nach meinem Zügel aus und schrie:

„Nicht weiter, sonst nehme ich dich gefangen!“

„Versuche es! Wer wagt es noch von euch, Old Shatterhand etwas zu verbieten, was ihm zu thun gefällt?“

Ich hielt mein Pferd an und richtete den Lauf des Stutzens auf den Alten.

„Uff, uff!“ erscholl da sein Angstruf, mit welchem er im Haufen der Seinen verschwand. Ein anderer an meiner Stelle wäre von den Comantschen vom Pferde gerissen und sofort getötet oder wenigstens gefesselt worden; mir geschah dies nicht. Warum? Das hatte mehrere Gründe. Erstens wußten sie nun doch, daß ich von ihrem Häuptling gesandt worden war. Zweitens wirkte die Furcht vor meinem Gewehre. Drittens stand ich überhaupt bei ihnen in einem Rufe, der mir ein solches Wagnis ermöglichte. Was bei einem andern Tollkühnkeit hätte genannt werden müssen, war bei mir nur einfache Berechnung und Ausnützung dieser Umstände. Und endlich viertens wußte ich, daß mein Auftreten geradezu verblüffend wirken mußte. Ich zeigte, um den richtigen

Ausdruck zu gebrauchen, eine Frechheit, die ihnen aber als etwas ganz anderes erschien. Das, was ich that, war in ihren Augen nicht das Verhalten eines verwegenen Menschen, sondern die Handlung einer mit einer „höhern Medizin" ausgestatteten und vom „großen Manitou" bevorzugten Persönlichkeit.

Ich lenkte mein Pferd wieder nach dem Hintergrunde, von woher mir der laute Ruf entgegenscholl:

„Old Shatterhand! Gott sei Dank! Euch hier zu sehen, ist das höchste der Gefühle!"

Ich hatte für diese Worte Jim Snuffles keine Erwiderung, weil ich die Roten nicht noch mehr aufregen wollte, hielt in der Nähe der Weißen an der Felswand an, stieg vom Pferde und setzte mich so nieder, daß ich an der Wand lehnte und den Rücken also frei hatte. Die Indianer bildeten einen Halbkreis um mich, doch in respektvoller Entfernung, weil ich den Stutzen noch immer schußfertig hielt. Ich befand mich, wenigstens einstweilen, in vollständiger Sicherheit.

Der vorhin eingeschüchterte Alte ließ sich jetzt wieder sehen; ich winkte ihm zu und forderte ihn auf:

„Mein roter Bruder mag nun das Totem lesen! Er wird aus demselben ersehen, daß ich gekommen bin, To-kei-chun, den Häuptling der Comantschen, vom Tode zu erretten."

„Vorn Tode?" fragte er schnell und erschrocken. „Befindet er sich in Gefahr?"

„In einer sehr großen. Wenn ich nicht von jetzt an in der Zeit, welche wir Weißen eine halbe Stunde nennen, zu ihm zurückgekehrt bin, muß er sterben."

„Uff – uff – uff – – uff!" ertönte es erschrocken im Halbkreise.

Der Alte setzte sich mir grad gegenüber nieder und nahm die Blätter vor, um sie zu entziffern. Ich betrachtete dabei sein Gesicht aufmerksamer, als ich es bisher gethan hatte; er wohl ein kluger, vielleicht gar ein pfiffiger Kerl. Schon nach kurzer Zeit hob er schnell den Kopf empor und warf einen langen, stechenden Blick auf mich. Er hatte die erste Figurengruppe enträtselt und wußte nun, daß sein Häuptling sich in meiner Gefangenschaft befand. Dann setzte er das mühsame Studium des Totems fort.

Von jetzt an verzog er keine Miene mehr; er verstand es, den Eindruck, den das, was er erfuhr, auf ihn machte, vollständig zu verbergen. Als er das letzte Blatt weglegte, blickte er lange und nachdenklich zur Erde nieder; er überlegte; ich hielt es nicht für gut, ihn dabei zu stören. Dann sah er mich wieder an, und zwar in einer Weise, welche, wenn ich meiner Sache nicht so sicher gewesen wäre, mich wohl um mich besorgt gemacht hätte. Hierauf winkte er einen Roten herbei, einen starken, gewandt aussehenden Kerl, der sich zu ihm setzen mußte. Sie sprachen leise, sehr leise miteinander, wobei weder der eine noch der andere zu mir herübersah. Das dauerte eine ziemliche Weile, bis der zweite aufstand und wieder in den Halbkreis zurücktrat.

Diese sonderbare Wirkung des Totems wollte mir gar nicht gefallen. Ich hatte große Aufregung mit wütender Bedrohung meiner Person erwartet, und nun diese Ruhe! Sie wurde mir nachgerade unheimlich, zumal sie solange anhielt; denn der Alte sagte noch immer nichts, sondern blickte wieder wortlos und still vor sich nieder, und die Roten

standen um uns her und hingen mit verlangenden Blicken an ihm, ohne daß er ihrer gespannten Wißbegierde ein Ende machte. Da mußte ich ihn denn doch nun fragen:
„Hat mein roter Bruder das Totem des Häuptlings verstanden?“
„Ja,“ antwortete er.
Und nun stand er langsam auf und richtete an die Seinen die mir wieder sonderbare Aufforderung:
„Es ist etwas geschehen, was man für unmöglich halten sollte. Meine Brüder werden es sogleich hören; sie mögen aber nichts sagen, sondern sich ganz ruhig dabei verhalten; dies ist mein Befehl und geschieht um unsers Häuptlings willen!“
Hierauf wendete er sich mir wieder zu und fragte:
„Old Shatterhand hat To-kei-chun gefangen genommen?“
„Ja,“ antwortete ich.
„Ist der Häuptling dabei verletzt worden?“
„Nein.“
„Es ist kein Blut geflossen?“
„Nein.“
„Es waren zwei Weiße dabei, darunter derjenige, der uns gestern am Flusse so heimlich entkommen ist?“
„Ja.“
„Was wird mit To-kei-chun geschehen?“
„Er muß sterben, wenn ich nicht in einer Viertelstunde bei ihm bin. Also bedenke wohl die Befehle, welche er dir auf seinem Totem giebt.“
„Er sagt mir, daß du ihn freilassen willst. Wofür?“
„Für die sechs Gefangenen hier. Doch ist es eigentlich anders. Um seine Medizin zu retten, will er mir diese sechs Weißen geben. Wann auch er die Freiheit erhält, das soll auf meine Güte ankommen.“
„So ist es; es steht auf dem Totem. Aber wir brauchen diesem Totem nicht zu gehorchen, weil es nicht von Leder ist; das weiß er gar wohl.“
„Dann verliert er das Leben!“
„Er wird nicht sterben. Old Shatterhand ist sonst ein kluges Bleichgesicht; diesmal aber hat er sich verrechnet.“
„Meine Rechnung ist richtig; darauf kannst du dich verlassen!“
Ich sagte das, um ihn zu einer unvorsichtigen Aeußerung zu verleiten. Sein Verhalten ließ auf irgend eine Hinterlist schließen, die ich entdecken wollte. Es glückte mir, meine Absicht zu erreichen, denn er antwortete:
„Sie ist falsch; das wirst du in kurzer Zeit einsehen. Warte nur, bis ich mich mit den ältesten dieser Krieger beraten habe!“
„So beeilt euch, denn wenn die angegebene Frist verstrichen ist, kann der Häuptling nicht mehr gerettet werden.“

Er suchte trotz dieser Aufforderung zur Schnelligkeit nur sehr langsam einige Rote aus, mit denen er sich niedersetzte, um leise mit ihnen zu verhandeln. Die übrigen verhielten sich nach seinem Befehle ruhig, aber die funkelnden Blicke, die sie einander zu- und auf mich warfen, zeugten von der Erregung, in der sie sich befanden.
„Sie ist falsch; das wirst du in kurzer Zeit einsehen," lautete also seine Antwort, die mir von großer Wichtigkeit war. Er hatte etwas vor, was ich nicht wissen sollte. Vielleicht war es schon im Gange! Aber was? Es konnte nur die Befreiung des Häuptlings sein. Wenn diese gelang, gerieten Dschafar und Perkins in Gefangenschaft, und ich wurde hier überwältigt.
Wenn er diesen Plan wirklich hegte, so war derselbe gar nicht schwer auszuführen. Aus dem Totem wußte er, daß nur zwei Wachen bei dem Häuptling sein konnten. Die Frist, welche ich ihm gestellt hatte, sagte ihm die ungefähre Entfernung des Ortes, an welchem To-kei-chun zurückgehalten wurde. Und dieser Ort war leicht zu finden; man brauchte ja nur meine Spur von hier aus rückwärts zu verfolgen. Wenn meine Vermutung richtig war, so kam es nur darauf an, wie Dschafar und Perkins sich verhielten, ob sie so handelten, wie ich ihnen befohlen hatte.
Er sprach leise auf die andern Berater ein, die sich nicht enthalten konnten, mir triumphierende Blicke zuzuwerfen. Dies und sein pfiffiges Gesicht bestärkten mich in der Ueberzeugung, daß ich richtig dachte. Dabei spielte er mit den Papierblättern, nahm sie auseinander und legte sie wieder zusammen. Gewohnt, auf alles zu achten, bemerkte ich, daß jetzt ein Blatt fehlte.
Ah, sollte er es dem Roten gegeben haben, mit dem er zuerst gesprochen hatte? Es war das leicht möglich gewesen, ohne daß ich es sehen konnte. Durch dieses Papier konnten meine beiden Gefährten leicht zu einer Unvorsichtigkeit verleitet werden. Es brauchte nur ein Roter sich ihnen zu nähern, das Blatt emporzuhalten und dabei zu sagen, daß es von mir komme und eine Weisung enthalte. Mir wurde bange. Ich mußte wissen, woran ich war. Ich wußte, wieviel Rote sich hier befanden; ich mußte sie zählen. Weil ich an der Erde saß, konnte ich sie nicht überblicken; ich stand also auf. Um diese Bewegung möglichst harmlos erscheinen zu lassen, griff ich in die Satteltasche und nahm ein Stück Hasenfleisch heraus, welches ich mir aufgehoben und da hineingethan hatte. Ich aß es, indem ich stehen blieb und mein Auge über die Indianer gleiten ließ.
Diese waren durch mein Aufstehen aufmerksam geworden; als sie mich aber essen sahen, legten sie dieser Veränderung meiner Stellung keine Bedeutung bei. Ein Weißer, welcher ruhig ißt, obwohl er sich in einem feindlichen Indianerlager befindet, hat sicherlich nichts Besorgniserweckendes vor. Also ich zählte; es fehlten fünf Mann, darunter der Rote, mit welchem der Alte zuerst gesprochen hatte. Waren sie fortgegangen oder fortgeritten? Wahrscheinlich das letztere, um keine Zeit zu verlieren. Daß sie zu den Pferden gegangen waren, hatte ich nicht sehen können, weil ich umringt war. Durfte ich ruhig abwarten, was geschehen würde? Nein! War der Häuptling frei, und fand er Zeit, das Lager zu erreichen, so hatten wir das Spiel verloren. Gelang es mir aber, ihm

unterwegs zu begegnen, konnte ich den Fehler vielleicht noch ausgleichen. Da mußte ich mich aber beeilen!

Ich hatte, obgleich ich vorhin saß, den Bärentöter quer auf dem Rücken und den Stutzen in der Hand behalten; ich war also nicht durch das Ergreifen der Gewehre gezwungen, die Aufmerksamkeit vorzeitig auf mich zu ziehen. Daß der Alte nur fünf Krieger fortgeschickt hatte, war jedenfalls in der Erwägung begründet, daß ich das Fehlen einer größeren Anzahl hätte bemerken müssen. Fünf nur, das beruhigte mich einigermaßen; aber desto mehr standen hier, deren Kugeln sehr wahrscheinlich hinter mir herpfeifen würden!

Da winkte der Alte noch einigen Roten, die sich auch zu ihm setzen sollten; das lenkte die Blicke nach der betreffenden Stelle hin, während auf mich niemand sah. Diesen günstigen Augenblick benutzte ich sofort, schwang mich in den Sattel, gab dem Pferde die Sporen und flog davon, mitten unter die Indianer hinein. Ich lenkte den Schimmel absichtlich nach dem Punkte, wo sie am dichtesten standen, denn je größer die Verwirrung war, welche ich anrichtete, desto später besannen sie sich darauf, mir zu folgen.

Ich überritt fünf oder sechs, riß ebensoviele um und lenkte dann nach der Ecke, um welche ich gekommen war. Im ersten Augenblicke vor Ueberraschung still, erhoben sie dann ein Geheul, welches wie von wilden Tieren klang. Wahrscheinlich sprangen sie hierauf zu ihren Pferden; aber schon flog ich um die Ecke und auf meiner Fährte weiter; ein einziger Blick auf sie sagte mir, daß die fünf Comantschen ihr wirklich gefolgt waren. Säumen gab es da nicht. Ich trieb meinen Schimmel zur höchsten Eile an; wir flogen wie ein Wetter durch das lichte Gebüsch. Nach einiger Zeit lenkte ich aus demselben hinaus, um einen Blick auf die freie Ebene werfen zu können. Ah, da draußen kam ein Reitertrupp im Galopp auf den Berg und das Buschwerk zu! Den fünf Comantschen war ihr Streich also gelungen. Sie hatten ihren Häuptling befreit und Dschafar und Perkins gefangen genommen. Nun hatte ich also sechs Rote vor mir und eine Rotte von über sechzig hinter mir, doch gab es kein Bedenken.

Es galt, den Häuptling wieder zu ergreifen und die beiden Gefährten zu befreien. Das wäre gar nicht schwer gewesen, wenn ich die fünf Roten hätte erschießen wollen; aber dies widerstrebte mir selbst in dieser mehr als peinlichen und bedrängten Lage. Nur kein Menschenblut vergießen! Die Pferde freilich konnte ich nicht schonen; sie mußten fallen, wenn ich meinen Zweck erreichen wollte.

Die Gefahr, welcher ich mich auszusetzen hatte, war nicht gering. Auch abgesehen von den vielen Verfolgern hinter mir, hatte ich vor mir Feinde, welche ich nicht unterschätzen durfte. Man schickt nicht schlecht ausgerüstete Leute aus, um Feinde zu fangen; die fünf Comantschen waren also jedenfalls gut bewaffnet, und der Häuptling hatte sein Messer und sein Gewehr zweifelsohne wieder in den Händen; dazu kamen die Waffen, welche Dschafar und Perkins abgenommen worden waren. Ich hatte mich sehr in acht zu nehmen!

Alle diese Erwägungen flogen mir durch den Kopf, während ich wieder durch das Gebüsch galoppierte, denn ich war, nachdem ich die Nahenden gesehen hatte, natürlich nicht draußen im Freien geblieben, weil sie mich nicht sehen durften. Ich jagte weiter bis zu der Stelle, an welcher die Spur aus den Sträuchern auf das offene Feld hinausführte. Dort hielt ich mein Pferd an und streichelte ihm den Hals, um es zum ruhigen Stehen zu veranlassen, denn ich durfte keinen Fehlschuß thun, und ebensowenig durfte ich absteigen, weil ich vielleicht gezwungen war, einen oder einige Rote niederzureiten. Ich selbst war nicht im geringsten aufgeregt und konnte mich auf meine sichere Hand verlassen.

Ich nahm den Stutzen vor. Hinter dem äußersten Gesträuch haltend, lugte ich hinaus. Würden die Erwarteten nach der Stelle kommen, an welcher ich mich befand? Ja, sie kamen im Trabe gerade auf dieselbe zu. Schon konnte ich ihre Gesichter erkennen.

Voran ritt der Häuptling mit dem auf das Knie gestemmten Gewehre in der Hand. Hinter ihm folgten drei Rote nebeneinander, und dann kamen zwei, welche die Pferde an den Zügeln führten, auf denen Perkins und Dschafar saßen. Als sie bis auf etwa vierzig Schritt herangekommen waren, legte ich den Stutzen an. Mein Pferd stand still wie eine Mauer. Der erste Schuß traf das Tier des Häuptlings; es that noch einige Sätze und überschlug sich dann; in welche Lage To-kei-chun dabei kam, das durfte ich nicht beobachten, denn ich hatte meine Augen auf die Pferde seiner Leute zu richten; fünf weitere Schüsse, und sie stürzten eins schnell nach dem andern. Jetzt erst sah ich wieder nach dem Häuptling. Er lag unter seinem Tiere und bemühte sich, hervor und aus dem Bügel zu kommen, in dem er hängen geblieben war; sein Gewehr war ihm aus der Hand und weit fortgeschleudert worden. Zwei Indianer wälzten sich noch auf der Erde; die andern drei hatten sich aufgerafft und starrten erschrocken nach der Stelle, von welcher die Schüsse gekommen waren. Ich stieß den Kriegsruf der Indianer aus und galoppierte hinaus und auf sie zu. Als sie mich sahen, dachten sie an keinen Widerstand und rannten davon. Die beiden andern waren nun auch aufgekommen und liefen laut schreiend hinter ihnen her. Ich war sie los und schickte ihnen noch zwei Schreckschüsse nach.

Nun zu dem Häuptling! Eben war er losgekommen und richtete sich auf. Ich trieb mein Pferd an ihm vorbei und gab ihm dabei einen Kolbenschlag, der ihn wieder niederwarf; er blieb bewußtlos liegen. Jetzt konnte ich an die Gefährten denken. Sie hielten nebeneinander auf ihren Pferden, die sie nicht lenken konnten, weil ihnen die Hände nach hinten gefesselt waren; die Füße hatte man ihnen an die Bügel gebunden. Ich sprang schnell ab, durchschnitt ihnen die Riemen und sagte:

„Sprechen wir später; jetzt müssen wir fort! Ich habe wahrscheinlich über sechzig Rote hinter mir, die mich verfolgen. Gebt mir nur rasch den Häuptling herauf!“

Ich schwang mich wieder in den Sattel; sie aber stiegen ab und hoben To-kei-chun zu mir empor. Ich legte ihn wie schon einmal quer vor mich herüber, und dann ging es fort, im Galopp auf die Ebene hinaus. Keine halbe Minute später hörten wir hinter uns ein vielstimmiges Geheul. Mich umblickend, sah ich die Verfolger, welche soeben das

Gebüsch verlassen hatten, bei den erschossenen Pferden angekommen waren und ihre fünf Kameraden bemerkten, welche in ihrer Flucht innegehalten und mein Beginnen von weitem beobachtet hatten. Sie sahen natürlich nicht nur uns, sondern auch den Häuptling in meinen Armen, verdoppelten ihr Wutgeschrei und kamen hinter uns hergestoben.

„Alle Teufel, sie werden uns einholen!" rief Perkins voller Angst.

„Das werde ich mir verbitten," antwortete ich. „Eure Furcht ist ohne allen Grund, denn wir haben nun gewonnen."

„Das mag der Himmel geben, wenn ich auch nicht weiß, auf welche Weise!"

„Beeilen wir uns nicht zu sehr! Es ist vielmehr meine Absicht, sie näherkommen zu lassen."

Die Verfolger waren so weit hinter uns, daß ich sie mit dem Bärentöter aber nicht mit dem Stutzen erreichen konnte. Da begann der Häuptling sich zu regen. Wir mußten anhalten, um ihn zu binden, und stiegen darum ab. Wir befestigten ihm die Hände auf dem Rücken, wobei er vollends zu sich kam. Er sah seine Leute kommen und wollte sich sträuben, um uns um die kostbare Zeit zu bringen; da richtete ich den Stutzen auf ihn und drohte:

„Noch eine einzige Bewegung, und ich erschieße dich! Es ist mein Ernst! Setzt ihn aufrecht auf das Pferd, und bindet ihn da fest!"

„Warum aufs Pferd?" fragte Perkins.

„Weil da seine Halunken deutlich sehen, was für ein schönes Ziel er meinem Gewehre bietet. Wir spielen unsern Trumpf jetzt aus."

Er mußte einsehen, daß es mir jetzt mit meiner Drohung Ernst war, und fügte sich. Sein Widerstand hatte uns doch so aufgehalten, daß uns die Comantschen beträchtlich näher gekommen waren.

„Sie kommen, sie kommen; sie werden sogleich da sein!" klagte Perkins.

„Sie werden im Gegenteile sogleich halten bleiben," antwortete ich. „Ich werde sie sogleich darum ersuchen."

Ich legte den Bärentöter an und schoß die beiden Läufe desselben ab; zwei Pferde stürzten und ihre Reiter mit; natürlich hatte ich nur die ersteren getroffen. Die Roten ritten dennoch weiter. Da richtete ich den Stutzen auf sie und warf mit sechs schnell aufeinander folgenden Schüssen ebensoviele Pferde nieder. Da hielten sie freilich an und sandten uns ein Wutgeheul zu. Ich benützte dies, um wieder zu laden, und sagte dabei in drohendstem Tone zu To-kei-chun:

„Schau nach der Sonne, wie tief sie bereits steht! Sobald sie den Horizont berührt, erschieße ich dich, wenn die gefangenen Bleichgesichter mir nicht bis dahin ausgeliefert worden sind. Old Shatterhand schwört nie; dieses Wort aber ist wie ein Schwur. Rechne ja nicht länger auf meine Nachsicht; sie ist zu Ende!"

Er lächelte mit überlegenem Grinsen zu mir vom Pferde herunter und antwortete:

„Old Shatterhand wird mich nicht erschießen!"

„Meinst du? Welche Gründe könnte ich wohl haben, dies nicht zu thun?“
„Zwei Gründe.“
„Nenne sie!“
„Old Shatterhand vergießt nie Blut, außer im Kampfe, und auch da nur dann, wenn es sein Leben gilt und er gar nicht anders kann.“
„In diesem Falle befinde ich mich doch jetzt!“
„Nein!“
„Doch! Stehe ich nicht deinen Leuten gegenüber? Wollen sie mich nicht angreifen? Ist das nicht Kampf? Sie wollen auf mich schießen. Gilt es da nicht mein Leben?“
„Sie wollen dich nur fangen.“
„Das ist Ausrede. Wenn es ihnen gelänge, mich festzunehmen, müßte ich am Marterpfahle sterben. Es handelt sich also sehr um mein Leben. Und der andere Grund?“
„Die Klugheit verbietet dir, mich zu erschießen. Ich bin ein Geisel in deinen Händen, den du nicht vernichten darfst. Du willst die Bleichgesichter retten; das kannst du nur dadurch, daß ich mich in deiner Gewalt befinde. Ich lache also über deine Drohung.“
Bei diesen Worten grinste er mich wieder triumphierend an. Jetzt lachte ich ihm auch in das Gesicht und entgegnete:
„To-kei-chun hält sich für sehr klug und ist überzeugt, jetzt durch seine Pfiffigkeit Old Shatterhand überwunden zu haben; aber was du für List hältst, ist nicht List, sondern Kurzsichtigkeit. Ja, ich betrachte dich als einen Geisel, den ich gegen die Bleichgesichter austauschen will. Ich habe dich darum aufgefordert, jetzt die Auswechslung zu bewerkstelligen; du weigerst dich, weil du glaubst, daß ich meine Drohung, dich im Weigerungsfalle zu töten, nicht ausführen werde. Dadurch wirfst du deine beiden eigenen Gründe über den Haufen. Freiheit gegen Freiheit, Leben um Leben! Giebst du mir die Gefangenen, so lasse ich dich los. Giebst du mir sie nicht, so willst du ihren Tod; dann habe ich keine Ursache mehr, dich zu schonen, und werde dich erschießen.“
„Dann müssen auch die Bleichgesichter sterben!“
„Sie werden ohnedies getötet, weil du sie nicht herausgeben lassen willst.“
„Sie würden augenblicklich erschossen!“
„Du noch eher als sie! Und es ist besser, sie werden gleich jetzt erschossen, als daß sie langsam am Marterpfahle sterben.“
„Und meine Leute würden auch euch hier überfallen und umbringen!“
„Pshaw! Dort halten sie. Wagen sie sich zu uns heran?“
„Sie werden es, wenn mich deine Kugel getroffen hat!“
„Das glaube nicht! Sie werden, wie gewöhnlich, ein ohnmächtiges Wutgeheul erheben, aber sich vor dem Zaubergewehre Old Shatterhands fürchten. Ich halte mein Wort: Du stirbst, wenn die Sonne herunter ist, falls die Bleichgesichter noch nicht freigegeben worden sind. Verhandle also nicht, sondern benutze die Zeit, die sonst verstreicht. Die Sonne hat nur noch zwei Hand breit niederzugehen, dann geht auch die deinige unter!“
Da fiel Dschafar mit kräftiger Betonung ein:

„Gebt Euch doch keine solche Mühe mit diesem roten Kerl, Sir! Wir fürchten uns vor seinen Halunken nicht. Wenn die Frist verstrichen ist, die Ihr ihm gegeben habt, so bekommt er eine Kugel, und wir wollen sehen, ob diese Kerls es wagen, uns anzugreifen. Ich sage Euch, ich warte nur darauf, daß die Sonne den Horizont berührt. Wenn Ihr dann nicht schießt, so schieße ich; das schwöre ich Euch zu! Der Halunke hat es nicht um mich verdient, daß ich ihn schone! Solches Ungeziefer muß man von der Erde vertilgen, daß es fernerhin weiter keinen Schaden machen kann!“

„Hast du es gehört?“ warnte ich den Häuptling. „Es ist uns ernst; also besinne dich schnell!“

Er wäre ganz und gar ohne Verstand und Ueberlegung gewesen, wenn er jetzt nicht eingesehen hätte, daß die beiden Trümpfe, die er gegen mich ausgespielt hatte, bei uns keine Geltung besaßen. Dennoch ließ er es bis zum Aeußersten kommen, denn er wartete, finster vor sich niederblickend und ohne ein Wort zu sagen, bis die Sonne in höchstens einer Minute den Horizont berühren mußte. Da nahm Dschafar sein Gewehr auf und sagte:

„Jetzt wird es Zeit, Mr. Shatterhand. Wer soll schießen? Ihr oder ich?“

„Alle beide,“ antwortete ich.

„Nein, alle drei,“ fiel Perkins ein. „Ihr sollt nicht allein den Vorzug haben, die Menschheit von diesem Schufte befreit zu haben. Gebt nur das Zeichen, Sir!“

Diese Aufforderung war, indem er sein Gewehr auf den Häuptling anlegte, an mich gerichtet. Ich hob meinen Stutzen, richtete das Auge auf die Sonne und antwortete:

„Gut, ich bin einverstanden; mag er also drei Kugeln bekommen anstatt nur eine. Zielt nicht auf sein Herz, sondern auf seinen Kopf! Der Tod mag ihn in sein schwaches Gehirn treffen. Dann nehmen wir ihm die Skalplocke die Medizin und werfen beides den Prairiewölfen vor, damit seine Seele nicht in den ewigen Jagdgründen erscheinen darf.“

Als er die Mündung der drei Gewehre auf seine Stirn gerichtet sah, gab er den Widerstand auf und rief aus:

„Schießt nicht! Ich bin bereit, zu thun, was ihr wollt!“

„Ohne allen Hintersinn?“ fragte ich.

„Ja. Der große Geist ist diesmal gegen mich; er will, daß ich nachgebe, und ich gehorche ihm.“

„Ob du ihm oder aus Angst vor uns gehorchest, ist ganz dasselbe. Ruf deinen Kriegern zu, die Gefangenen loszubinden und sie uns herzuschicken! Vorher aber müssen sie ihnen alles zurückgeben, was sie ihnen abgenommen haben. Wenn nur der geringste Gegenstand fehlt, bekommst du die drei Kugeln, welche dir zugedacht waren.“

„Sie sollen alles wiederhaben; aber dann giebst du mich auch frei?“

„Dazu bin ich nicht verpflichtet.“

„Du hast aber doch gesagt: Freiheit gegen Freiheit!“

„Allerdings; aber vergiß nicht, was geschehen ist und was wir ausgemacht haben! Du hast uns die Gefangenen nur dafür auszuliefern, daß wir deine Medizin schonen, bleibst jedoch unser Gefangener. Einen Mord wollen wir nicht begehen, und ich halte es für einen Mord, wenn wir dir nachträglich das Leben nähmen. Du sollst also die Freiheit erhalten, aber wann, das ist meiner Güte anheimgestellt."

„So wollt ihr mich mit euch schleppen?"

„Nein. Ich werde vielmehr so gnädig sein, dich heut schon freizugeben, und nicht nur heut, sondern sofort dann, wenn die Bleichgesichter mit allem, was ihnen gehört, hier bei uns eingetroffen sind. Wir werden dies mit der Pfeife des Friedens bekräftigen."

„So will ich einen meiner Krieger herbeirufen und ihm befehlen, was geschehen soll."

„Thue es! Das ist besser, als wenn du deine Befehle aus der Ferne giebst."

Er rief seinen Leuten einen Namen zu, befahl dem Träger desselben, zu uns zu kommen, und gab ihm die Versicherung, daß ihm nichts geschehen werde. Der Betreffende gehorchte der Aufforderung und kam, freilich langsam und mißtrauisch, herbeigeritten. Als er in einiger Entfernung zögernd anhielt, forderte ich ihn auf:

„Komm vollends heran! Wir werden dich nicht als Feind behandeln."

„Ist das keine List von dir?" fragte er vorsichtig.

„Nein. Ich gebe dir mein Wort, und Old Shatterhand hat noch nie sein Wort gebrochen."

Da kam er vollständig heran, und To-kei-chun sagte ihm, was zu geschehen hatte. Er war sichtlich nicht entzückt darüber, ließ aber kein Wort des Widerspruches, nicht einmal eine Bemerkung hören, und ritt dann wieder fort. Wir sahen ihm nach, sehr gespannt darauf, welchen Eindruck seine Botschaft auf die Indsmen hervorbringen werde.

Sie scharten sich im Kreise um ihn; bald entstand eine unruhige Bewegung unter ihnen, aber zu hören gab es nichts; sie sahen ein, daß sie gehorchen mußten, und ergaben sich schweigend in das Unvermeidliche. Nach einer Weile öffnete sich ihr Kreis, und wir sahen die Gefangenen auf ihren Pferden erscheinen. Sie hatten ihre Gewehre und kamen schnell auf uns zugeritten; kein Roter folgte ihnen.

Die beiden Snuffles waren auf ihren Maultieren voran. Noch ehe sie uns erreicht hatten, rief mir Jim zu:

„Endlich mußten die Kerls Verstand annehmen! Es war aber auch Zeit dazu, denn morgen früh sollten wir ausgelöscht werden!"

„Hättet es eigentlich auch nicht anders verdient," antwortete ich kurz. „Kommt her; steigt ab, und seid Zeugen des Abkommens, welches ich mit To-kei-chun treffen werde!"

„Abkommen? Was für ein Abkommen soll da noch zu treffen sein? Wir sind frei; er aber ist noch gefangen und wird ausgelöscht! Das ist doch ganz selbstverständlich!"

„Nicht so sehr, wie Ihr denkt. Habt Ihr Euer Eigentum zurückerhalten?"

„Ja."

„Alles? Wem etwas fehlt, der mag sich melden."

Es ergab sich, daß die Roten nur einige Kleinigkeiten behalten hatten. Das waren Gegenstände, auf welche leicht verzichtet werden konnte; ich sah also von Reklamationen, welche ja doch nur Weitläufigkeiten und Zeitversäumnis ergeben hätten, ab, denn es begann schon zu dunkeln, und ließ dem Häuptlinge die Fesseln

abnehmen, sodaß er frei vom Pferde steigen konnte. Jim Snuffle wollte dagegen Einspruch erheben, ich bemerkte ihm aber in einem keineswegs freundlichen Tone:
„Ihr habt hier gar nichts zu befehlen, Mr. Snuffle, sondern Euch ruhig in das zu fügen, was ich bestimme!“
„Aber bedenkt doch, Sir, was Ihr da für einen Fehler begeht!“ entgegnete er. „Dieser Schurke hat den Tod verdient und soll doch, wie es scheint, freigelassen werden. Das muß für ihn doch das allerhöchste der Gefühle sein!“
„Bekümmert Euch einstweilen nicht um seine Gefühle, sondern um die Eurigen! Ihr werft mir einen Fehler vor. Was habt denn Ihr gemacht?“
„Ich? Wann denn?“
„Als Euer Bruder so schön mitten in das Lager der Roten hinein Schlitten fuhr!“
„Ich wollte ihn heraushauen. War das etwa ein Fehler?“
„Was denn sonst?“
„Meine Pflicht war es, aber kein Fehler. Ich werde doch meinen Bruder nicht stecken lassen sollen!“
„Das solltet Ihr auch nicht; ich wenigstens hätte es Euch nicht zugemutet. Aber war es da grad notwendig, ihm so kopflos und kopfüber nachzustürzen und Euch den Roten auch gefangen zu geben?“
„Hm! Wurde so hineingetrieben; konnte mich nicht halten; mußte hin zu meinem alten Tim. Da fielen die Kerls über mich her und nahmen mich bei allen meinen Gliedern. Ich wehrte mich zwar so gut, wie ich konnte, kam aber nicht los. Habe tüchtige Püffe erhalten, ganz gewaltige Püffe, und wurde dann gebunden; thun mir noch jetzt alle Glieder weh!“
„Seid froh, daß Ihr mit nur den Püffen davongekommen seid! Sie sind Euch zu gönnen, denn Ihr habt sie verdient. Redet also ja nicht zu mir von einem Fehler, den ich mache! Ich gebe den Häuptling frei, weil Ihr Eure Freiheit zurückerhalten habt. Oder mutet Ihr mir zu, ihn abzuschlachten?“
„Abschlachten? Fällt mir nicht ein! Bin nie ein Menschenschlächter gewesen. Aber eine Kugel hat er verdient; das ist gewiß. Doch thut meinetwegen, was Ihr wollt. Und wenn Ihr ihn in einer Staatskarosse nach Hause fahren laßt, ich habe nichts dagegen.“
Sein Bruder war so klug, gar nichts zu sagen. Die andern Befreiten wollten sich gegen Dschafar und Perkins in Mitteilungen ergehen; ich machte sie darauf aufmerksam, daß dies für später aufzuheben sei, und forderte den Häuptling auf, sich niederzusetzen. Er that es; ich setzte mich zu ihm und stopfte meine Friedenspfeife. Die Bedingungen, welche ich ihm gestellt hatte, wurden wiederholt, und ich betonte ganz besonders die, daß er sich gegen einen jeden von uns in Zukunft aller Feindseligkeiten zu enthalten hätte. Dann that ich die bekannten sechs Züge aus der Pfeife, blies den Rauch nach den vier Windrichtungen, gegen den Himmel und die Erde und forderte ihn auf, es nachzumachen. Er kam diesem Verlangen nach, gab mir die Pfeife zurück, stand auf und fragte mich:

„Das Calumet ist zwischen uns ausgetauscht worden. Bin ich nun frei?"
„Ja," antwortete ich. „Du kannst zu deinen Kriegern zurückkehren."
Er stieg auf sein Pferd und ritt einige Schritte weit; da hielt er an, drehte sich zu mir um und sagte:
„Old Shatterhand ist das listigste unter allen Bleichgesichtern; er kennt die Gebräuche der roten Männer fast so gut wie sie selbst; aber etwas weiß er doch noch nicht."
„Was?"
„Er mag darüber nachdenken und nicht verlangen, daß ich ihn belehre!"
Nach diesen Worten galoppierte er davon.
„Habt ihr es gehört, Sir?" sagte Jim. „Das klang genau wie eine Drohung. Schickt ihm schnell eine Kugel nach!"
„Fällt mir nicht ein! Ich habe ihm das Leben und die Freiheit geschenkt und halte mein Wort."
„Aber ob er das seinige halten wird!"
„Das ist seine Sache. Mich kümmert es jetzt nicht. Wir haben vor allen Dingen zu machen, daß wir fortkommen. Steigt also auf!"
„Wohin soll's gehen?"
„Zunächst den Roten aus den Augen."
Diese empfingen ihren Häuptling mit demselben Schweigen, mit welchem sie vorhin seinen Befehl entgegengenommen hatten, und keiner von ihnen machte, als sie uns den Platz verlassen sahen, Miene, uns zu folgen. In kurzer Zeit waren wir ihnen aus den Augen.
Ich hatte, weil das Terrain es so gebot, die Richtung nach Westen eingeschlagen und behielt dieselbe bei, bis es vollständig dunkel geworden war und wir, falls die Comantschen doch hinter uns her kommen sollten, nicht von ihnen gesehen werden konnten. Da hielt ich an und sagte:
„Jetzt müssen wir uns zunächst darüber verständigen, wohin wir uns zu wenden haben. Mr. Dschafar, Ihr wollt hinauf nach Neu-Mexiko. Hattet Ihr einen bestimmten Weg im Auge?"
„Ja," antwortete Perkins an Stelle des Gefragten.
„Welchen?"
„Wir wollten vom Beaver-Creek nach den Hazelstraits, wenn Ihr diese kennt, Sir."
„Ich kenne sie; bin schon einigemal dort gewesen."
„Meint Ihr, daß dies richtig gewesen wäre?"
Aa."
„Well. Aber wir befinden uns nicht mehr am Beaver-Creek, sondern am Makik-Natun, und es ist also, zumal jetzt des Nachts, nicht leicht, uns zurecht zu finden."
„Was das betrifft, so braucht Ihr keine Sorge zu haben; ich werde Euch führen, bis Ihr Euch von selbst dann weiterfindet."
Da lenkte Dschafar sein Pferd zu mir heran und fragte:

„Bis wir uns von selbst weiterfinden, Sir? Nicht weiter?"
„Nein."
„So wollt Ihr uns dann verlassen?"
„Ja. Ich muß nach Süden, und wenn Ihr den Weg kennt, braucht Ihr mich nicht mehr."
„Möglich, daß wir auf Eure Ortskenntnis verzichten können, aber doch nicht auf Euch selbst. Denkt, welchen Gefahren wir eben erst entgangen sind, und welche uns noch erwarten!"
„Daß es hier Gefahren giebt, war Euch wohl bekannt, Mr. Dschafar, und Ihr habt Euch ja auch ganz gut vorbereitet. Es sind drei Führer und zwei Diener bei Euch; rechnet dazu die Snuffles, so seid Ihr acht Männer, die sich nicht so leicht zu fürchten brauchen. Acht Männer! Ich komme ganz allein von den Gros Ventre Bergen herunter, fast stets durch das Gebiet feindlicher Indianer, und habe mich nicht gefürchtet."
„Ja, das seid auch Ihr! Könntet Ihr denn nicht wenigstens so lange bei uns bleiben, bis wir vor den Comantschen sicher sind?"
„Hm! Habe eigentlich keine Zeit dazu."
„Ich bitte Euch dennoch darum. Ich bin für Euch ein Fremder und meinetwegen werdet Ihr kein solches Opfer bringen; aber thut es um Eures Hadschi Halef Omar willen, dessen Gast ich gewesen bin!"
„Yes, thut das, Sir!" fiel da Tim Snuffle ein, der sonst so wenig sprach. „Kann es Euch beweisen, daß wir Euch sehr notwendig brauchen."
„So? Na, dann beweist es einmal, alter Tim!"
„Ist sehr leicht zu machen. Nehmt diese fünf Gentlemen an, diesen Fremden, seine zwei Diener und die drei Scouts! Sind sie nicht den Roten in die Hände geraten?"
„Allerdings."
„So gebt Ihr also zu, daß ihnen eine Hilfe willkommen sein muß?"
„Sie haben doch Euch!"
„Uns? Pshaw! Die beiden Snuffles! Habe freilich bisher immer wunder gedacht, was für außerordentlich tüchtige Kerls wir sind, möchte es aber jetzt nicht mehr behaupten. Bin wie ein Schuljunge den Roten in die Hände gerutscht, und mein Jim hat auch nicht klüger gehandelt. Sind wir zwei alte Narren da die rechten Helfer für diese fünf Gentlemen? Ohne Euch würden wir alle morgen totgepeinigt werden; das ist der Beweis, daß wir Euch noch länger brauchen. Habe ich recht oder nicht?"
„Aber alter Tim, was fällt dir ein!" rief da Jim ganz erstaunt. „Ich kenne dich nicht mehr. In deinem ganzen Leben hast du noch nie so viele Worte hintereinander gesprochen!"
„Well! Ist mir auch nicht leicht geworden. Will lieber mit einem Grizzlibären in seinem Lager schlafen, als eine Rede halten; habe aber geglaubt, daß es hier nötig ist. Oder meint Ihr nicht, Mr. Shatterhand?"
Dschafar wiederholte seine Bitte, welcher sich die andern alle anschlossen, und so erklärte ich endlich:

„Nun gut, Ihr sollt Euern Willen haben; ich will Euch bis an die Grenze von Neu-Mexiko begleiten, thue das aber nur unter einer Bedingung."
„Welche ist das?" fragte Jim.
„Daß Ihr Euch möglichst nach mir richtet und nichts unternehmt, ohne mich vorher zu fragen."
Jim zögerte, auf diese Forderung einzugehen. Er hielt sich für einen tüchtigen Westmann und glaubte, daß es gegen seine Ehre sei, sich so aller Selbständigkeit zu begeben. Dafür ließ sich aber sein Bruder sofort hören:
„Das versteht sich doch ganz von selbst! Wenn Old Shatterhand bei uns ist, haben wir unsern Willen dem seinigen zu unterordnen."
Dschafar war gern einverstanden; die beiden Diener hatten nichts zu sagen; Perkins wußte, wie er gefehlt hatte, und widersprach nicht; die andern beiden Scouts waren überhaupt bescheidene Leute, die sich freuten, aller Verantwortlichkeit enthoben zu sein; sie stimmten sehr gern ein, und so sah Jim sich schließlich zu der Bemerkung gezwungen:
„Habe auch nichts dagegen, hoffe aber, daß wir, wenn es sich um etwas Wichtiges handelt, auch mit zu Rate gezogen werden!"
„Dieses Verlangen brauchtet Ihr gar nicht zu stellen. Ich habe keineswegs die Absicht, wie ein absoluter Fürst oder gar wie ein Tyrann über Euch zu herrschen; wir stehen einander gleich; keiner soll mehr gelten als die andern, doch glaubte ich, daß es besser sei, wenn wir im Augenblicke einer Gefahr nicht vielköpfig handeln, und da muß es also Einen geben, nach dem sich die andern richten. Als diesen habe ich mich vorgeschlagen, gebe aber zu, daß auch ein jeder von Euch das Recht hat, sich in Vorschlag zu bringen. Wollt Ihr der Anführer sein, Jim?"
„Nein, danke, Sir! Mag nichts zu verantworten haben; dachte nur, daß ich auch einen Mund besitze, zuweilen ein Wort mitzusprechen. Also Ihr seid überzeugt, trotz der Nacht den rechten Weg zu finden?"
„Ja."
„Und wie lange reiten wir? Etwa in einer Tour fort bis zum frühen Morgen?"
„Nein. So eine Anstrengung darf ich Euch nicht zumuten. Ihr seid gefesselt gewesen und habt jedenfalls nicht viel geschlafen."
„Das ist richtig; wenigstens ich habe das Auge keinen Augenblick geschlossen und muß gestehen, daß ich heut unbedingt eine Stunde oder zwei schlafen muß."
„Ihr sollt noch länger schlafen. Wir reiten nur so weit, bis wir annehmen können, daß wir morgen vor den Comantschen sicher sind."
„Ah! ihr traut ihnen also nicht?"
„Nein."
„Trotz der Friedenspfeife, welche geraucht worden ist?"
„Trotz derselben. Die Worte des Häuptlings, die er mir zuletzt zurief, sollten wirklich eine Drohung sein."

„Dachte es mir! Er behauptete, daß Ihr etwas doch noch nicht wüßtet. Wenn man nur erraten könnte, was er gemeint hat!“

„Ich brauche es nicht zu erraten, denn ich weiß es schon.“

„Wirklich? Was ist es denn?“

„Wir haben mein Calumet geraucht, aber nicht das seinige.“

„Macht dies denn einen Unterschied?“

„Eigentlich nicht. Zwischen ehrlichen Leuten ist es ganz gleich, ob die eine oder die andere Partei das Calumet liefert, welches geraucht wird. Hat aber der Rote eine Heimtücke im Nacken, so giebt er nicht seine Friedenspfeife zu der Ceremonie her, sondern es wird diejenige seines Gegners geraucht. Dann gebraucht er gegebenen Falles die Ausrede, daß ein Uebereinkommen nur dann Geltung besitze, wenn er es mit seinem eigenen Calumet besiegelt habe. Der Treubruch, den er gleich von vorn herein beabsichtigte, ist seiner Ansicht nach dann vollständig gerechtfertigt oder wenigstens entschuldigt.“

„Das also ist's? Das hat er gemeint? Daran hättet Ihr freilich denken sollen!“

„Ich habe daran gedacht.“

„Aber doch Eure Pfeife genommen und nicht die seinige! Warum?“

„Weil ich mit Recht annahm, daß er sie nicht gleich hergeben, sondern allerlei Ausflüchte machen werde. Dabei wäre die Zeit vergangen, und er hätte seine Absicht erreicht.“

„Welche Absicht?“

„Daß es finster werden solle. Es wäre uns nicht mehr möglich gewesen, seine Leute zu beobachten, und sie hätten sich nähern und uns angreifen können. Er wollte Zeit gewinnen. Dies zu verhüten, habe ich ihm seine Pfeife lieber gar nicht abgefordert.“

„Aber nun wird er nicht Wort halten, sondern uns folgen!“

„Sehr wahrscheinlich. Doch wird er uns nicht finden, denn wir reiten jetzt so weit, daß unsere Fährte morgen früh nicht mehr gesehen werden kann.“

„Hm! Ich verstehe und begreife Euch nicht. Wenn die Spur zu sehen ist, kann man sie doch sehen, wir mögen so weit reiten, wie wir wollen!“

„Mr. Snuffle, Ihr wollt wirklich ein Westmann sein?“

„Yes, ich bin einer. Möchte den kennen lernen, der dies nicht glauben will!“

„Ich möchte es beinahe nicht glauben, weil Ihr meine Worte nicht begreift.“

„Na, wie Ihr so weit reiten wollt, daß Eure Fährte nicht zu sehen ist, das ist mir freilich ein Rätsel. Wenn man den ersten Teil derselben sieht, sieht man doch auch den übrigen Teil, Ihr mögt noch so weit fortreiten!“

„Das ist eben nicht der Fall. Jetzt ist es dunkel; die Comantschen können uns also erst folgen, wenn es früh hell wird. Das ist ungefähr sechs Uhr. Jetzt haben wir sieben Uhr abends. Wenn wir nur drei Stunden reiten und also schon um zehn Uhr lagern, sind die Roten morgen früh um neun Uhr an unserm Lagerplatze, den sie wahrscheinlich noch ziemlich deutlich erkennen können. Reiten wir aber fünf Stunden lang, so lagern wir um

zwölf Uhr, und die Indianer kommen erst um elf Uhr an die betreffende Stelle, oder vielmehr sie würden hinkommen, wenn unsere Fährte noch zu erkennen wäre. Das wird sie aber nicht sein, denn eine Spur, welche sich möglicherweise von jetzt bis morgen früh neun Uhr hält, wird gewiß zwei Stunden später nicht mehr zu sehen sein. Je weiter und länger wir also heut noch reiten, desto sicherer können wir sein, daß die Verfolger uns nicht entdecken werden. Seht Ihr das nicht ein?"
„Hm, jetzt ist mir's allerdings deutlicher, als vorher. Meinst du nicht auch, alter Tim?"
„Yes," antwortete sein nun wieder einsilbig gewordener Bruder.
„Und weiter!" fuhr ich fort. „Da der Anfang unserer Fährte morgen früh wahrscheinlich noch zu sehen ist, weil wir hier weichen Boden haben, so führen wir die Roten dadurch irre, daß wir sie in eine falsche Richtung locken. Die Hazelstraits, welche unser nächstes Ziel sind, liegen westlich von hier; wir werden aber nach Süden reiten, und zwar so weit, bis wir harten Boden finden, an welchem wir nach Westen umbiegen."
„Well! Das ist pfiffig, Sir! Die Comantschen werden uns nach Süden folgen. Hört dann unsere Spur auf, so denken sie natürlich, daß wir nach Süden weitergeritten sind, und werden diese Richtung beibehalten. Dann sind wir sie los. Es ist wahr, Ihr seid der richtige Mann für uns, Mr. Shatterhand. Stellt Euch also an die Spitze und führt uns, wohin Ihr denkt! Es ist nicht gut, uns hier noch länger aufzuhalten."
„Nein, wir müssen fort. Die Indsmen haben gesehen, daß wir uns westlich entfernten, und es ist immerhin möglich, daß sie auf den Gedanken gekommen sind, wenigstens eine Strecke weit in dieser Richtung nachzufolgen."
„Ja, und das müssen wir berücksichtigen, obgleich sie uns nichts anhaben könnten, weil wir sie schon von weitem hören würden."
„Wenn sie zu Pferde kämen, ja. Aber wenn sie den guten Gedanken hätten, uns zu Fuße nachzuschleichen?"
„Wetter! Da könnten sie uns unbemerkt umzingeln und niedermachen. Wir müssen fort!"
Ich trat jetzt also mein Amt als Führer an. Wir ritten bis Mitternacht, also sehr weit, nach Süden und bogen dann im rechten Winkel nach Westen ab. Ich war überzeugt, daß, wenn die Roten morgen vormittags elf Uhr an diese Stelle kommen sollten, sie unsere Spur nicht mehr sehen und also auch nicht bemerken könnten, daß wir wie der fliehende Fuchs einen Haken geschlagen hatten. Dann ging es noch über eine Stunde weiter fort, bis die Reiter so ermüdet waren, daß wir anhalten mußten. Wir lagerten uns.
Die Männer hatte sich schon unterwegs, ohne daß ich mich daran beteiligte, über ihr letztes Abenteuer ausgesprochen, und es stand zu erwarten, daß sie schnell einschlafen würden. Ich bestimmte nur zum Scheine die Reihenfolge der Wache und übernahm die ersten zwei Stunden. Als diese vergangen waren, weckte ich den Nächstfolgenden nicht, sondern blieb auf meinem Posten, bis der Tag anbrach. Dann weckte ich die Schläfer, welche mir für dieses kleine Opfer sehr dankbar waren.

Dschafar hatte sich sehr reichlich mit Proviant versehen gehabt, der von einem Packtiere getragen worden war. Natürlich war auch dies mit in die Hände der Comantschen gefallen. Sie hatten einen guten Teil des Proviantes verzehrt, aber doch davon übrig gelassen und wieder hergeben müssen. Wir hatten also zu essen und brauchten keine Zeit auf die Jagd zu verwenden, konnten vielmehr nach einem kurzen Frühstücke sogleich aufbrechen.
Gestern abend war ich allein vorangeritten, ohne mich an dem Gespräch der andern zu beteiligen; ich konnte auch nicht sehr auf dasselbe achten, weil ich der Dunkelheit wegen meine ganze Aufmerksamkeit der Gegend, durch welche wir kamen, und den wenigen Sternen, welche am Himmel standen und mir als Wegweiser dienen mußten, zuzuwenden hatte. Ich brauchte eigentlich auch gar nicht zu hören, was sie sprachen und sich erzählten, denn ich wußte doch, wie alles gekommen war. Was ich nicht selbst gesehen und gehört hatte, das konnte ich leicht erraten. Heute früh aber, als Perkins einmal neben mir ritt, benutzte ich die Gelegenheit, ihn zu fragen:
„Ihr hattet gestern wohl ganz vergessen, um was ich Euch so dringend gebeten hatte?“
„Wann?“
„Als ich allein zu den Comantschen ritt.“
„Daß wir ihren Häuptling gut bewachen sollten?“
„Ja. Das war aber noch nicht alles. Ihr solltet ihn nicht nur bewachen.“
„Sondern ihn auch verteidigen; ich weiß es gar wohl!“
„Und Euch weder durch Gewalt noch List bewegen lassen, ihn freizugeben!“
„Dachte es, daß die Vorwürfe noch kommen würden, Mr. Shatterhand!“
„Habt Ihr sie etwa nicht verdient?“
„Nein.“
„Dann begreife ich es nicht!“
„Well! Und wenn sie verdient wären, warum macht Ihr sie mir und nicht auch Mr. Dschafar?“
„Weil er ein Fremder ist und den Westen nicht kennt; Ihr aber seid sein Scout und solltet wissen, was man zu thun und zu lassen hat!“
„Das weiß ich auch; gewiß weiß ich es; aber wenn Euch einmal ein so außerordentlicher Fall vorkäme, würdet Ihr auch nicht wissen, was Ihr thun solltet.“
„Ich wüßte es sicherlich!“
„So? Nun, was würdet Ihr thun?“
„Das, was Old Shatterhand mir gesagt hätte.“
„Hm! Ihr könnt heut gut reden. Nun, da Ihr seht, wie der Stock geschwommen ist, wißt Ihr natürlich ganz genau, wie er in das Wasser geworfen worden ist. Wir aber konnten das nicht sehen.“
„Pshaw! Ihr befandet Euch auf freiem Felde und konntet jeden Menschen sehen und mit einer Kugel abwehren. Der Gefangene war sehr gut gefesselt und Euch also sicher. Nun könnt Ihr Euch denken, was ich für Augen machte, als ich auf meinem Rückweg so

plötzlich die Bescherung sah! Er war frei, und Euch hatte man gefangen genommen und gebunden. Und wer hatte das fertig gebracht? Ein paar armselige Comantschen, die Ihr mit den Gewehren so leicht wegblasen konntet. Und selbst dies war nicht notwendig. Ihr brauchtet ihnen nur die Flinten zu zeigen, so hätten sie sich gar nicht auf Schußweite herangewagt!“

„Wir haben sie ihnen doch auch gezeigt!“

„Und seid dennoch überrumpelt worden! Wie habt Ihr dieses Meisterstück denn eigentlich fertig gebracht?“

„Das dumme Papier ist schuld daran.“

„Ah, dachte es mir!“

„Die Roten machten uns damit irre und kirre. Als wir ihnen zuriefen, halten zu bleiben, wenn sie keine Kugeln haben wollten, stiegen sie in Schußweite von den Pferden, und einer von ihnen zeigte ein Papier, welches er mit der Hand hochhielt. Er rief uns zu, ihr hättet dieses sprechende Papier für uns geschrieben, und er solle es uns bringen.“

„Das glaubtet Ihr?“

„Warum nicht? Er sagte, es sei alles in Ordnung gebracht, Ihr befändet Euch bei den Gefangenen, welche sogleich freigegeben würden, sobald wir den Häuptling brächten: das alles hättet Ihr für uns auf das Papier geschrieben. Wir mußten also das Papier lesen und erlaubten den Kerlen, zu uns zu kommen.“

„Welche Unvorsichtigkeit! Es genügte doch, wenn einer es Euch brachte. Den anderen mußtet Ihr unbedingt verbieten, sich Euch zu nähern.“

„Ganz richtig; aber wer denkt so etwas, wenn die Schufte eine schwarz auf weiß geschriebene Legitimation vorzeigen! Ich nahm sie in Empfang, und eben als ich sie lesen wollte und meine Augen also auf das Papier und nicht auf die Roten gerichtet hielt, fielen sie über uns her. Sie waren dabei so schnell, daß wir gar keine Zeit zur Gegenwehr fanden und in den Fesseln steckten, ehe wir nur recht wußten, wie wir hineingekommen waren. Daß sie dann den Häuptling losmachten, könnt Ihr Euch wohl denken.“

„Das kann ich mir freilich denken; undenkbar aber ist mir, daß so etwas überhaupt geschehen kann! Doch es ist vorbei und der Fehler wieder gut gemacht; es wiederzukäuen, hat also keinen Zweck. Ich werde mich aber, so lange wir beisammen sind, hüten, mein Vertrauen wieder in dieser Weise wegzuwerfen.“

Er brummte eine mißmutige Bemerkung in den Bart und machte, daß er von mir fortkam. Die andern besaßen kein besseres Gewissen als er; sie alle hatten Fehler gemacht, und weil sie dachten, daß ich darüber sprechen würde, hielten sie sich möglichst fern von mir, und ich blieb allein voran. Nur Dschafar kam einigemal an meine Seite, um mir eine besonders schöne Stelle aus seinem Hafis mitzuteilen oder mich um meine Meinung über sie zu befragen. Er hatte das Buch oft in der Hand und blieb darum häufig zurück, was ihm zuweilen einen warnenden Zuruf von mir einbrachte.

Am Mittag gönnten wir den Pferden zwei Stunden Ruhe, und am Abende lagerten wir an einem stehenden Wasser, welches das einzige in dieser Gegend war. Wenn wir es auch nicht genießen konnten, so erlaubten wir doch den Pferden, davon zu trinken.
Heut verteilte ich die Wachen so, daß ich übergangen wurde und die ganze Nacht hindurch schlafen konnte, was mir ein unbedingtes Bedürfnis war. Ich war gestern ebenso angegriffen und ermüdet gewesen wie die andern und konnte diese Rücksicht heut nun fordern, besonders auch weil sie heut während des ganzen Tages die Sorge für den Weg und seine Sicherheit mir allein überlassen hatten.
Eigentlich hätten wir uns schon heut abend bei den Hazelstraits befinden können; aber der Umstand, daß wir erst fünf Stunden weit südwärts geritten waren, hatte einen solchen Zeitverlust für uns zur Folge gehabt, daß wir die genannte Gegend erst morgen um Mittag erreichen konnten.
Als wir unser heutiges Lager erreicht hatten, war es schon ziemlich dunkel gewesen, sodaß es mir nicht möglich war, die Umgegend desselben zu untersuchen. Sogar im Boden befindliche Spuren hätte ich nicht erkennen können. Aber das Gesträuch, welches an dem Wasser stand, hatte ich umstrichen und mich überzeugt, daß wir uns allein in dieser Gegend befanden.
Nach dem Erwachen am nächsten Morgen wurde gegessen. Unsere Pferde hatten während der Nacht in der Umgebung gegrast und sich an den Büschen gütlich gethan. Mein Schwarzschimmel war jetzt noch damit beschäftigt, die Blätter und jungen Triebe abzuraufen. Ich ging zu ihm hin, um das gestern gelockerte Riemenzeug wieder fest anzuziehen. Bei dieser Beschäftigung fiel mein Blick auf den Strauch, von dem das Pferd gefressen hatte, und sofort bemerkte ich, daß kurz vor uns schon Leute und Pferde hier gewesen sein mußten. Ich ging von Strauch zu Strauch und fand meine Vermutung bestätigt. Dann suchte ich an der Erde nach Spuren. Meine Gefährten bemerkten das, und Jim Snuffle fragte mich:
„Ihr habt etwas verloren, Sir? Wir wollen Euch suchen helfen."
„Verloren habe ich nichts," antwortete ich; „aber dennoch suche ich."
„Was?"
„Spuren."
„Von wem?"
„Von Reitern, welche gestern vor uns hier gewesen sind."
„Reiter? Hier? Wie kommt Ihr auf diesen Gedanken?"
„Betrachtet die abgebissenen Zweige an den Büschen!"
„Die haben unsere Pferde gefressen."
„Nicht alle. Seht Euch nur die Stellen an, wo die Zweige abgebissen oder abgerissen worden sind; Ihr werdet da einen Unterschied bemerken."
Er folgte dieser Aufforderung und erklärte dann:
„Ihr habt recht, Mr. Shatterhand; es giebt einen Unterschied. Die Bruchstellen sind teils neu, teils älter; aber das läßt sich doch sehr leicht erklären."

„Womit?"
„Die alten sind die Stellen, wo unsere Pferde gestern abend, und die neuen die, wo sie heut früh davon gefressen haben. Es ist also falsch, anzunehmen, daß vor uns Leute dagewesen sind."
„Es ist nicht falsch, sondern richtig; ich sehe es jetzt sehr genau. Schaut diesen Zweig! Der Kenner schwört darauf, daß er nicht gestern abend, sondern schon vorher abgerissen worden ist, denn der Bruch ist schon dunkel gefärbt."
„Da müßte der Boden doch Fuß- und Hufspuren zeigen!"
„Die hat es jedenfalls gegeben, aber sie sind vor den Eindrücken, welche wir und unsere Pferde gemacht haben, nicht mehr zu erkennen. Und wenn dies auch nicht wäre, so kann man überhaupt heut Spuren von gestern mittag nicht mehr sehen, außer sie befänden sich am weichen Rande des Wassers. Laßt uns einmal dort suchen!"
Kaum waren wir von verschiedenen Seiten, da, wo wir eben gestanden hatten, an das Wasser getreten, so ließ dieser und jener von uns einen Ruf der Ueberraschung hören. Wir fanden Menschen- und Pferdespuren. Die Menschen hatten Mokassins angehabt, und die Pferde waren barfuß, also unbeschlagen gewesen.
„Indianer, das sind Indianer gewesen!" rief Jim Snuffle. „Meinst du nicht auch, alter Tim?"
„Yes," nickte der Gefragte, indem er sich niederbückte, um einen der Eindrücke mit andächtiger Genauigkeit zu betrachten.
„Und zwar scheinen es viele gewesen zu sein, sehr viele! Was sagt Ihr dazu, Mr. Shatterhand?"
„Ja, es sind nicht wenige gewesen," antwortete ich. „Schade, daß wir gestern hier ankamen, als es schon zu dunkel war, diese Spuren zu bemerken! Wir hätten zählen können."
„Können wir das nicht jetzt noch?"
„Schwerlich!"
„Wir nicht, aber Ihr?"
„Auch ich nicht. Ich schätze aber, daß es weit mehr als dreißig gewesen sind. Genauer läßt es sich unmöglich bestimmen."
„Wer mag es gewesen sein?"
„Comantschen natürlich, denn andere befinden sich hier in dieser Gegend nicht, wenigstens jetzt."
„Doch nicht etwa die unserigen? Ich meine To-kei-chun mit seinen Leuten."
„Hm! Es wäre die Möglichkeit. Aber das könnte nur dann der Fall sein, wenn er uns nicht verfolgt hätte, sondern gleich, als wir von ihm fort waren, ohne Säumen und die Nacht hindurch direkt nach den Hazelstraits geritten wäre."
„Was hätte er dort zu suchen gehabt?"
„Ja, so frage auch ich. Er wollte doch bei den Häuptlingsgräbern den Kriegstanz tanzen und die Medizin befragen, und von den Hazelstraits ist gar keine Rede gewesen!"
„Also müssen es andere Comantschen sein!"

„Wahrscheinlich. Aber, da kommt mir ein Gedanke!“
„Welcher?“
„Er kann erfahren haben, wohin wir wollen.“
„Das müßte ihm einer von uns gesagt haben!“
„Allerdings.“
„Aber wer? Es wird doch niemand so dumm gewesen sein, es ihm zu verraten!“
„O, was Dummheiten anbelangt, so sind deren so viele und so unglaubliche vorgekommen, daß auch diese nicht undenkbar ist. Haben die Gefangenen vielleicht in Gegenwart ihrer roten Wächter miteinander von den Hazelstraits gesprochen?“
„Nicht ein Wort!“ antwortete einer der beiden gefangen gewesenen Führer; der andere bestätigte es, und die beiden Diener schlossen sich dieser Aussage an.
„Ihr auch nicht, Jim und Tim?“
„Nein,“ erklärte Jim. „Wir haben gar nicht davon sprechen können, weil wir das von den Hazelstraits erst erfuhren, als wir gestern frei und nicht mehr bei den Comantschen waren.“
„So wäre noch eins möglich, nämlich daß Mr. Dschafar und Mr. Perkins davon geredet haben, als ich sie gestern, während ich zu den Roten ritt, allein bei dem Häuptling zurückließ.“
Da rief Perkins eifrig:
„Was denkt Ihr von mir, Sir! Ich werde doch nicht so wahnsinnig sein, diesem roten Teufel unsern Weg zu verraten!“
„Also auch nicht. So haben wir es denn mit einer andern Comantschenabteilung zu thun.“
„Das ist gewiß,“ stimmte Jim mir bei; „ich kann es beweisen.“
„Beweisen! Womit?“ fragte ich.
„Nicht wahr, jetzt fragt Ihr mich!“ lachte er vergnügt. „O, Jim Snuffle hat auch gelernt, scharf nachzudenken! Wenn es To-kei-chun mit seiner Schar wäre, so müßten wir unterwegs schon früher auf seine Fährte getroffen sein, denn er käme doch grad daher, woher wir auch gekommen sind.“
„So, das nennt Ihr scharf nachdenken?“
„Ja.“
„Das ist überhaupt nicht nachgedacht und noch viel weniger scharf.“
„Oho!“
„Ja, ja, Mr. Snuffle! Ihr vergeßt, daß wir erst fünf Stunden lang südwärts geritten sind und er also, wenn er direkt und in gerader Linie geritten wäre, gar nicht auf unsere Spur treffen konnte.“
„Ah, das ist freilich wahr!“
„Und sodann müßt Ihr Euch in die Gedanken so eines roten Häuptlings versetzen. Angenommen, er hätte erfahren, daß wir nach den Hazelstraits wollen, so hätte er es unbedingt unterlassen, uns zu folgen, sondern wäre uns vorangeritten, um uns zu

erwarten und vollständig zu Ueberraschen, zu überrumpeln. Da durfte er aber nicht die gerade Linie einschlagen, von der er annehmen mußte, daß wir sie würden benutzen, denn da hätten wir doch gleich am frühen Morgen seine Fährte entdeckt und sein Vorhaben erraten. Er mußte vielmehr einen Umweg machen, was er sehr wohl konnte, weil er eine ganze Nacht vor uns voraus hatte. Verstanden?“

„Well!“

„Ihr seht also, wie es um Euer scharfes Nachdenken steht. Woher die Roten, welche hier waren, gekommen sind, das können wir nicht entdecken, weil die Spuren nicht mehr gelesen werden können. Es bleibt uns also nur übrig, zu erfahren, wohin sie geritten sind, und auch dies wird schwer oder gar unmöglich sein.“

Ich umschritt in einem weiten Kreise den ganzen Platz, doch vergeblich; der Boden zeigte nicht den geringsten Eindruck mehr. Wir hatten trotzdem keinen Grund, größere Besorgnisse zu hegen, als die, zu denen uns der Umstand berechtigte, daß überhaupt Indianer hier gewesen waren. Sie waren aus irgend einer beliebigen Richtung gekommen, und sie hatten sich nach irgend einer ebenso beliebigen Richtung wieder entfernt. Aber anzunehmen, daß sie grad nach den Hazelstraits geritten seien, dazu hatten wir keine Ursache. Es galt, unterwegs gut aufzupassen; das war alles, was wir thun konnten und auch so schon gethan hätten, wenn wir hier auf keine Spuren getroffen wären.

Wir verließen also den Lagerplatz und gelangten auf eine Ebene, welche wie eine weite, sich von Norden nach Süden dehnende Platte westwärts allmählich aufwärts stieg. Ich kannte sie und hatte sie schon öfters durchquert; sie führte nach den Hazelstraits, so genannt nach den Haselnußsträuchern, welche dort in Masse vorkamen und so hoch waren, daß selbst ein bedeutender Reitertrupp zwischen und unter ihnen verschwinden konnte.

Unterwegs hatte ich Dschafar wieder einigemal zur Eile zu mahnen. Dieser persische Schöngeist hatte ganz besonders heut mehr Auge für seinen Dichter als für die Gegend, durch welche wir kamen.

Wir ritten bis gegen Mittag, ohne eine Spur von der heutigen oder gestrigen Anwesenheit eines Menschen zu bemerken; das machte meine Gefährten sicher, mich aber nicht. Ich hegte nämlich einen Verdacht.

Perkins hatte auf meine Frage, ob vielleicht er von den Hazelstraits gesprochen hätte, gar zu eifrig geantwortet, während Dschafar still geblieben war. Das fiel mir auf. Hatten sie geplaudert, so war To-kei-chun uns vorausgeeilt, um uns ganz unerwartet in Empfang zu nehmen. Ich kannte die Stelle gar wohl, welche dazu am besten geeignet war, und beschloß, allein vorauszuschleichen, um sie zu untersuchen. Als wir das erste Haselgrün vor uns auftauchen sahen, konnte ich damit noch warten, denn wir hatten wohl noch eine Stunde zu reiten, ehe wir hingelangten.

Die Haseln traten erst vereinzelt auf und vereinigten sich dann zu kleineren, später größeren Gruppen, um schließlich ein ununterbrochenes Ganzes zu bilden, welches die beiden Seiten einer hoch ansteigenden Thalenge bildete. Auf dem Grunde derselben floß ein Bach. Noch von der glorreichen Büffelzeit her gab es hier ausgetretene Bisonpfade, welche es dem Reiter ermöglichten, durch den Haselwald zu kommen. Diese Enge war es, wo To-kei-chun uns jedenfalls auflauerte, wenn er sich überhaupt hier befand. Wir konnten da, ohne es zu ahnen, mitten unter die hinter den Büschen versteckten Indianer geraten und in einem einzigen Augenblicke von ihnen niedergerissen und überwältigt werden, wenn sie es nicht vorzogen, uns lieber von den Pferden zu schießen, was noch viel leichter war.

Also nach meiner Ansicht hatten wir nicht eher etwas zu befürchten, als bis wir in diese Enge oder wenigstens in ihre Nähe gekommen waren, dennoch verdoppelte ich meine Vorsicht und Aufmerksamkeit schon vorher, sobald wir an die ersten Büsche gelangten. Aus diesem Grunde konnte ich mich nicht um das bekümmern, was hinter mir geschah. Ich hatte die Gefährten auf die Gefahr aufmerksam gemacht und mußte es nun ihnen überlassen, auf sich selbst achtzugeben.

Wir ritten still. Der weiche Boden ließ die Schritte unserer Pferde kaum hören, und nur zuweilen rauschte und raschelte ein Strauch, den einer von uns streifte. Nicht nur meine Augen, sondern meine Ohren waren in angestrengter Thätigkeit; darum geschah es, daß ich plötzlich etwas hörte, was mir sonst gewiß entgangen wäre. Es konnte irgend ein Naturlaut sein, aber es kam mir vor wie eine menschliche Stimme, welche, durch die Entfernung und das Gesträuch gedämpft, einen Ruf ausstößt.

„Pst, still, ich hörte etwas!“ gebot ich, indem ich mein Pferd anhielt.

Ja, da erklang es wieder, deutlich, hinter uns:

„Faryahd – – faryahd – – –!“

Dieses Wort ist der Hilferuf in persischer Sprache. Man weiß, daß der Mensch, selbst im fremden Lande und wenn er sich der dortigen, fremden Sprache vollständig bedienen kann, im Augenblicke der Ueberraschung, des Schreckens, der Gefahr den Schrei, den Ausruf, welchen er ausstößt, meist seiner Muttersprache entnimmt.

„Himmel! Wo ist Mr. Dschafar?“ fragt ich, denn ich sah ihn nicht.

„Fort – – wieder zurückgeblieben,“ antworteten die andern, und Perkins, welcher als der letzte ritt, fügte hinzu: „Ich glaubte, er sei eng hinter mir.“

„Der Unvorsichtige! Er befindet sich in Gefahr; er hat um Hilfe gerufen! Ich muß zurück, um ihm zu helfen.“

Ich wendete mein Pferd, um umzukehren.

„Und wir?“ fragte Jim Snuffle. „Was sollen wir thun? Etwa hier bleiben und warten?“

„Nein. Ich darf euch nicht hier lassen, denn ihr seid unvorsichtige Leute.“

„Oho!“

„Ja; ihr habt es bewiesen. Wir wissen nicht, wo die Roten stecken; sie können sich ganz in der Nähe, grad hier vor uns befinden. Kommt also mit.“

Wir ritten im schnellsten Tempo, welches die Büsche uns erlaubten, zurück, kamen aber doch zu spät. Als wir da anlangten, wo die Sträucher noch weit auseinander standen, sah ich an einer Stelle unserer Fährte den Boden zertreten, ja sogar von Pferdehufen aufgewühlt.

„Bis hierher ist Mr. Dschafar gekommen, und da hat ein Kampf stattgefunden," sagte ich.

„Wetter!" rief Jim Snuffle aus. „Sollte er überfallen worden sein?"

„Ja, denn er hat um Hilfe gerufen."

„Von Roten?"

„Natürlich! Sonderbare Frage! Wer anders soll es gewesen sein!"

„Aber wie viele?"

„Es müssen mehrere gewesen sein."

„Gewiß; denn einen hätte er von sich abwehren können. Suchen wir nach Spuren!"

„Das thue ich ja schon, wie ihr seht. Schaut, da geht eine Fährte rechts ab in die Büsche. Das sind die Spuren eines Pferdes und dreier Männer, welche Mokassins anhatten."

„Also von dreien ist er angegriffen worden. Die haben ihn allerdings überwältigt."

„Sie haben als Posten hier gestanden, um unsere Annäherung zu beobachten. Uns durften sie nichts thun, weil wir mehr Personen waren als sie; aber sie sahen, daß er weit hinter uns war, und beschlossen, ihn festzunehmen."

„Diese Schurken, die pfiffigen!"

„Unsinn! Es war nichts weniger als pfiffig von ihnen, denn sie haben sich dadurch verraten. Es war ihnen jedenfalls befohlen worden, wenn sie uns kommen sähen, dies sofort dem Häuptlinge zu melden. Anstatt dies zu thun, sind sie stecken geblieben, um den unvorsichtigen Nachzügler zu ergreifen."

„Was thun nun wir, Sir?"

„Wir müssen ihn befreien."

„Wie? Indem wir diese Kerls offen angreifen?"

„Ja, falls es nicht anders geht. Vielleicht helfen wir uns auch mit List. In beiden Fällen müssen wir wissen, wo die Comantschen stecken."

„So müssen sich einige von uns auf die Suche machen. Ich und mein Bruder wollen gehen. Meinst du nicht auch, alter Tim?"

„Yes," nickte dieser.

„Nein, nicht ihr!" erklärte ich. „Ihr habt wiederholt gezeigt, wie man sich auf euch verlassen kann. Ich werde selbst gehen,"

„Well, wie Ihr wollt. Aber es ist ja gar nicht gesagt, daß wir immer solches Pech haben müssen wie bisher."

„Von Pech ist keine Rede. Ihr seid nicht Unglücklich, sondern unvorsichtig und voreilig gewesen; das ist es, Mr. Snuffle. Ihr bleibt hier und geht nicht von der Stelle, bis ich wiederkomme."

„Und wenn Ihr nicht wiederkommt?"

„Ich komme gewiß."

„Sie können Euch ergreifen!"

„Pshaw! Wer mich festnehmen will, der muß mich überrumpeln, und das ist hier nicht möglich, weil ich ja weiß, daß wir die Feinde vor uns haben. Paßt aber gut auf, daß sie euch nicht überfallen! To-kei-chun wird, wenn er erfährt, welche Dummheit seine Späher begangen haben, annehmen, daß wir das Fehlen von Mr. Dschafar bemerken und umkehren; er weiß, daß wir die Spur des Ueberfalles finden und also gewarnt sind und uns infolgedessen zurückziehen. Er wird höchst wahrscheinlich einige Leute vorschicken, um zu erfahren, wo wir uns befinden. Wenn diese Kundschafter hierher kommen, so haltet sie fest; macht aber keinen Lärm dabei! Meine Gewehre sind mir jetzt im Wege; ich lasse sie bei euch. Ihr wißt wohl, was ich euch da anvertraue!"

Dieser Gedankenaustausch hatte in höchster Eile stattgefunden, denn ich durfte keine Zeit versäumen. Es war ja möglich, daß ich die drei Roten mit Dschafar einholen konnte, noch ehe sie das versteckte Lager der Comantschen erreicht hatten. Wenn mir dies gelang, zweifelte ich nicht daran, daß es mir nicht schwer fallen würde, ihnen ihren Gefangenen wieder abzunehmen. Ich gab also den Gefährten meine Gewehre und machte mich an die Verfolgung der Spur, welche seitwärts in die Büsche führte.

Die drei Indianer wußten uns sicher voraus; sie konnten also nicht auf dem geraden Wege zu den Ihrigen gelangen, weil sie da auf uns gestoßen wären, sondern sie waren zu einem Umwege gezwungen, welcher jedenfalls einen Bogen bildete. Wenn ich ihnen auf ihrer Fährte folgte, mußte ich diesen Umweg auch machen und holte sie also nicht ein. Darum entschloß ich mich, dies nicht zu thun, sondern den Bogen auf seiner Sehne abzuschneiden.

Zunächst freilich blieb ich auf ihrer Spur, um die wahrscheinliche Größe und Ausbiegung dieses Bogens kennen zu lernen; dann aber, als ich mir hierüber klar war, wich ich von ihren Fußeindrücken ab und drang in gerader Richtung in das Gebüsch ein. Dabei mußte ich so rasch wie möglich sein und durfte mich doch nicht hören lassen. Das war nicht leicht.

Als ich eine Strecke, welche ungefähr fünfhundert Schritte betragen konnte, zurückgelegt hatte, traf ich wieder auf die Spur, welche also von der Seite zurückkehrte; ich hatte den Bogen abgeschnitten und befand mich höchst wahrscheinlich in der Nähe der Comantschen. In dem Augenblicke, als ich die Fährte wieder sah, hörte ich vor mir ein Geräusch und horchte auf. Es entfernte sich. Sollten die drei Roten mit Dschafar soeben erst hier gewesen sein? Ich folgte so schnell und so leise wie möglich hinterdrein. Schon nach kurzer Zeit war ich gezwungen, anzuhalten, denn ich hörte Stimmen.

„Uff, uff!" rief jemand. „Ihr kommt von dieser Seite und – – –"

Er hielt inne, wahrscheinlich vor Erstaunen darüber, daß sie einen Weißen mitbrachten. Dieser Sprecher war der Häuptling To-kei-chun; das hörte ich.

„Ja, wir kommen von links," antwortete einer von den drei, „und bringen dieses Bleichgesicht."

„Uff! Das ist ja der Weiße, der so plötzlich und unbegreiflich von uns verschwand! Nehmt ihn vom Pferde, und bindet ihn! Wo habt ihr ihn ergriffen?"

„Hinter Old Shatterhand."
„Hinter ihm? Wie soll ich das verstehen?"
„Wir sahen Old Shatterhand kommen; die andern Weißen waren bei ihm; dieser aber war zurückgeblieben und allein. Da warteten wir, bis er kam, und nahmen ihn gefangen!"
„Uff! Da meint ihr nun wohl, daß ich euch dafür loben werde?"
„Wir glauben, recht gehandelt zu haben!"
„Falsch habt ihr gehandelt, ganz falsch! Wo habt ihr euer Gehirn und eure Gedanken gehabt! Nun ist unser ganzer schöner Plan zu nichte! Wir werden Old Shatterhand nicht fangen!"
„Wir glaubten, ihn schon als Gefangenen hier zu finden, denn er muß längst hier sein."
„Ihr habt gehandelt wie kleine Knaben, die noch nicht gelernt haben, nachzudenken! Er wird nun gar nicht kommen!"
„Er wird kommen, denn er ritt an uns vorüber und in gerader Richtung nach hier. Er wird aus irgend einer Ursache angehalten haben und dann bald erscheinen. To-kei-chun mag befehlen, daß niemand sprechen darf, sonst hören uns die Bleichgesichter, wenn sie sich nähern."
„Uff! Ihr seht also selbst jetzt noch nicht ein, daß ihr alles verdorben habt!" rief der Häuptling, anstatt zu schweigen, zornig. „Was ging euch dieses Bleichgesicht an! Als ihr die Weißen von weitem erblicktet, mußtet ihr sofort hierher kommen, um es mir zu melden; das hatte ich euch befohlen. Sie mußten hier vorüber, und wir hätten sie alle ergriffen, denn sie ahnten nicht, daß wir uns hier befinden. Nun aber wissen sie es!"
„Woher sollen sie es erfahren haben?" verteidigte sich der Gescholtene.
„Durch euch! Sie haben gemerkt, daß dieser Weiße fehlte, und auf ihn gewartet. Als er nicht kam, kehrten sie um, denn sie mußten den Grund seines Ausbleibens wissen. Da kamen sie an die Stelle, wo ihr ihn ergriffen habt. Hat er sich gewehrt?"
„Ja, doch nur mit den Händen; es hat ihm aber nichts gefruchtet."
„Durch diese Gegenwehr sind aber Spuren entstanden, welche seine Gefährten finden werden."
„Wir gaben uns Mühe, keine deutlichen Eindrücke zu machen!"
„Pshaw! Und wenn niemand sie bemerkte, Old Shatterhand würde sie doch sehen! Nun sind sie gewarnt, und es wird uns wohl nicht möglich sein, sie zu fangen. Der böse Geist hat euch den schlechtesten Gedanken eingegeben, den es geben kann. Am liebsten möchte ich euch zur Strafe eure Medizinen nehmen! Was sollen wir nun thun?"
Es war kurze Zeit nichts zu hören; wahrscheinlich dachte er nach. Ich befand mich jedenfalls ganz nahe bei dem Verstecke der Roten; es konnten nur einige Sträucher zwischen mir und ihnen stehen. Wäre ich nur eine einzige Minute gekommen, so hätte ich die drei noch unterwegs getroffen und Dschafar befreien können!
Da hörte ich die Stimme des Häuptlings wieder:
„Ihr sehr, daß niemand kommt. Old Shatterhand ist gewarnt. Wahrscheinlich wird er uns mit seinen Leuten entgehen, denn unter allen Füchsen, welche auf der Savanne

umherstreichen, ist er der listigste. Dafür aber halten wir diesen Weißen hier um so fester; wenigstens er soll am Makik-Natun bei den Häuptlingsgräbern sterben! Jetzt müssen wir vor allen Dingen erfahren, wo die Bleichgesichter stecken."

„Soll ich gehen, sie zu suchen?" fragte einer. „To-kei-chun mag es mir erlauben."

„Nein; ich gehe selbst. Meine roten Brüder mögen sehr vorsichtig sein und sehr aufpassen, während ich fort bin! Old Shatterhand wird auch Späher senden, um uns aufzusuchen; ja, er wird das wohl selbst thun. Wenn wir vorsichtig sind, läuft er uns dabei in die Hände. Also ich gehe jetzt und – – –"

Mehr hörte ich nicht, denn ich durfte keinen Augenblick länger bleiben; ich mußte schleunigst fort, obgleich ich gern noch näher gekrochen wäre, weil ich bis jetzt zwar gehört, aber nichts gesehen hatte.

Ich kalkulierte in folgender Weise: Der Häuptling wollte nach uns spähen; es fragte sich, welche Richtung er dabei einschlagen würde. Er hatte angenommen, daß auch ich mich auf die Suche machen würde, und mußte sich dieselbe Frage nach der Richtung vorlegen. Es war ganz selbstverständlich, daß ich nicht auf das Geratewohl suchen, sondern der Spur folgen würde, welche die drei Comantschen mit Dschafar gemacht hatten. Das mußte er sich sagen, und wenn er mich erwischen oder überhaupt uns entdecken wollte, so mußte auch er sich nach dieser Fährte richten. Es stand also mit voller Sicherheit zu erwarten, daß er grad da, wo ich lag, erscheinen werde. Ich wollte ihn festnehmen; aber da, wo ich jetzt lag, konnt dies nicht geschehen; es war zu nahe bei den Roten, die auf seinen Ruf ihm schnell zu Hilfe gekommen wären. Darum kehrte ich jetzt schnell so weit zurück, daß sie, wenn ich mit ihm zusammentraf, seinen Ruf nicht so leicht hören konnten.

Nun lag ich still und wartete. Es vergingen fünf Minuten, zehn Minuten – er kam nicht. Sollte er doch eine andere Richtung eingeschlagen haben? Das war kaum zu denken. So ein alter, erfahrener Krieger mußte doch genau so kalkulieren, wie ich berechnet hatte. Vielleicht stand er noch bei seinen Leuten, um ihnen über ihr Verhalten Befehle zu erteilen. Ich wartete also noch weitere fünf Minuten, und als er sich da noch immer nicht sehen ließ, wurde ich besorgt. Er hatte doch gesagt: „Ich gehe jetzt – –" und ich durfte nicht annehmen, daß er noch eine volle Viertelstunde stehen geblieben sei. Darum blieb ich nicht länger nutzlos auf der Lauer, sondern beeilte mich, zu meinen Gefährten zu kommen, die leider nicht mein volles Vertrauen besaßen. Wie leicht konnten sie sich, oder wenigstens einer von ihnen, zu irgend einer neuen Dummheit verleiten lassen!

Ja, richtig! Wie gedacht, so geschehen! Als ich sie erreichte, sah ich, daß Jim fehlte.

„Was ist denn das, Mr. Snuffle? Euer Bruder ist nicht da! Wo ist er hin?" fragte ich Tim.

„Fort," antwortete er in seiner einsilbigen Weise.

„Das sehe ich! Aber wohin denn?"

„Zu den Roten. Will sehen, wo sie stecken."

„Wer hat ihm das befohlen?"

„Niemand."

„Ja, niemand! Was seid ihr doch für Menschen! Es giebt eine Dummheit nach der andern! Es durfte sich keiner entfernen; er hatte unbedingt hierzubleiben!"
„Wird wiederkommen!"
„Das wäre ein Glück, auf welches ich fast nicht hoffe. Ich war doch Mann genug, zu erfahren, was ich wissen wollte! Der Häuptling der Comantschen ist unterwegs, uns zu suchen. Wenn er auf Euern Bruder trifft, geschieht etwas, was dieser nicht verantworten kann."
„Er kann es verantworten!"
„Was?"
„Daß er den Kerl gefangen nimmt."
„Oder dieser ihn, was viel wahrscheinlicher ist. Wäre er hier geblieben, so brauchten wir nur ganz ruhig zu warten, bis der Häuptling kam; da nahmen wir ihn fest. Ich muß fort, muß Euerm Bruder nach. Vielleicht ist es noch möglich, die Sache – – –"
Ich hielt inne, denn wir hörten in der Richtung nach den Indianern die Sträucher knacken, knicken und rauschen; laut schnaufend kam jemand näher, und dann erschien – – – eben Jim Snuffle. Er war sehr aufgeregt und blutete an der rechten Hand. Als er mich sah, rief er aus:
„Da seid Ihr, Sir! Ah, wenn Ihr dabeigewesen wäret, so hätten wir ihn jetzt!"
„Wen?"
„Den Häuptling. Ihn zu bekommen, das wäre das höchste der Gefühle gewesen!"
„Hört, das höchste der Gefühle wäre für mich jetzt, Euch einmal meine Hand hinter das Ohr legen zu können, aber wie! Ihr wißt wohl, was ich meine?"
„Hm! Eine Ohrfeige doch nicht etwa?"
„Habt's erraten, Sir!"
„Wetter! Macht keinen solchen Spaß! Jim Snuffle ist nicht der Mann, der sich in dieser Weise etwas hinter die Ohren schreiben läßt!"
„Hättet es aber sehr verdient!"
„Oho! Womit?"
„Damit, daß Ihr ohne meine Erlaubnis von hier fortgelaufen seid!"
„Brauche keine Erlaubnis, Mr. Shatterhand; bin mein eigener Herr!"
„Wenn Ihr das denkt, so habt doch auch die Güte, für Euch zu bleiben. Wir brauchen keinen Gefährten, der so oft und gern wie Ihr auf eigene Faust handelt und uns dadurch immer nur Verlegenheiten bereitet!"
„Verlegenheiten? Wieso? Welche Verlegenheit habe ich Euch denn jetzt bereitet? Ihr seht gar nicht verlegen aus!"
„Das fehlte auch noch, daß ich Euch gegenüber verlegen wäre! Wie kamt Ihr denn auf den Gedanken, von hier fortzugehen?"
„Wollte sehen, wo die Roten stecken."
„Das war doch meine Sache!"
„Sollte auch die meinige sein!"

„So! Habt Ihr denn Euern Zweck erreicht?“
„Und wie!“
„Ihr habt also ihr Versteck ausgekundschaftet?“
„Das nicht.“
„Also unnütze Mühe!“
„Das nicht. Habe vielmehr großes Glück gehabt.“
„Welches?“
„Bin mit dem Häuptling zusammengetroffen.“
„Also doch! Fatal, höchst fatal!“
„Nein, sondern vortrefflich, ganz vortrefflich! War nur das Fatale dabei, daß ich Euch nicht mithatte. Wäre unbedingt in unsere Hände gefallen; hätten ihn festgenommen, den roten Halunken!“
„Wir hätten ihn viel leichter und sicherer bekommen, wenn Ihr hier geblieben wäret! Wo traft Ihr denn auf ihn?“
„Dreihundert Schritte von hier, nicht weiter.“
„Und wie?“
„Ich kroch leise durch die Büsche hinzu; er kroch leise durch die Büsche herzu; wir hörten uns also nicht und bekamen uns also so plötzlich zu sehen, daß wir beinahe mit den Köpfen zusammengestoßen wären.“
„Weiter! was thatet Ihr?“
„Ich packte ihn.“
„Und er?“
„Packte mich auch.“
„Warum rieft Ihr nicht?“
„Fiel mir nicht ein! Werde doch nicht die Roten herbeischreien!“
„Er rief aber wohl?“
„Nein. Wollte wahrscheinlich die Weißen nicht herbeischreien. Wir rangen still, ganz still miteinander. Er wollte mich, und ich wollte ihn haben.“
„Wie es aber scheint, hat keiner von euch den andern bekommen!“
„Well, ist allerdings so. Aber besser ist es, ich habe ihn nicht, als daß er mich hätte. Der Kerl war glatt wie Schweinefett; schlüpfte mir immer wieder aus der Hand. Er hatte sein Messer; ich aber hatte keine Zeit gefunden, meine Klinge zu ziehen; mußte also sehr aufpassen, von ihm keinen Stich zu erhalten.“
„Ihr blutet aber doch!“
„Ist nicht gefährlich. Wollte ihm das Messer entreißen und bekam dabei die scharfe Klinge in die Hand anstatt das Heft. Ist nur ein kleiner Schnitt, der schnell heilen wird.“
„Wie kamt ihr denn auseinander?“
„Mit gegenseitiger Genehmigung. Er sah ein, daß er mirnichts anhaben konnte, und ich bemerkte ebenso, daß es besser sei, ihn laufen zu lassen; da rissen wir uns voneinander los; er sprang da ins Gebüsch hinein, und ich sprang dort ins Gebüsch hinein, und so

waren wir einander los, ohne Farewell gesagt zu haben. Wie gesagt, wäret Ihr dabeigewesen, so hätten wir ihn wahrscheinlich gefangen genommen. Schade, jammerschade, daß dies nicht geschehen konnte!"
„Es konnte gar wohl geschehen, wenn Ihr es unterlassen hättet, nach Eurem eigenen Kopf zu handeln!"
„Muß doch nach ihm handeln, weil ich keinen andern habe. Meinst du nicht auch, alter Tim?"
„No," antwortete der Gefragte ganz wider das Erwarten Jims.
„Nicht? Wieso?" fragte dieser.
„Mr. Shatterhand ist unser Kopf. Konntest dableiben!"
„Ah! Willst dich also auch gegen mich auflehnen?"
„Yes,"
„Sei lieber still, und sieh, wie ich blute! Nimm Leinwand aus der Satteltasche, und binde mir die Schramme zu! Das Geschehene ist nun nicht ungeschehen zu machen; warum also räsonnieren? Was meint Ihr wohl, Mr. Shatterhand? Werden die Roten bei der Absicht bleiben, uns zu überfallen?"
„Ich glaube kaum."
„So drehen wir den Spieß um und überfallen sie!"
„Wir paar Männer? Und sie sind siebzig!"
„Was schadet das? Es ist ja sehr erwiesen, daß sie sich vor uns fürchten."
„Ob Furcht oder nicht, darum handelt es sich ja gar nicht."
„Um was sonst?"
„Darum, daß ich kein Blut vergießen möchte."
„Wir können aber doch Mr. Dschafar nicht in ihrer Gewalt lassen!"
„Fällt mir auch gar nicht ein! Aber das erfordert doch nicht, daß wir uns in einen Kampf einlassen. Ich bezweifle gar nicht, daß wir siegen würden; aber es würden dabei nicht nur viele Rote, sondern höchst wahrscheinlich auch einige von uns ihr Leben oder wenigstens ihr Blut lassen müssen. Und was eben so wichtig ist: ein Kampf könnte grad für den, den wir befreien wollen, verhängnisvoll werden."
„Wieso?"
„Weil zu befürchten steht, daß die Roten ihn einfach niederstoßen würden, sobald einige von ihnen gefallen wären."
„Also lieber wieder List? Eure Lieblingsart und –Weise!"
„Das ist noch nicht bestimmt. Ich befürchte, daß die List nachgerade ihre Wirkung verliert, denn ich habe sie zu oft anwenden müssen. Kaum hat man einen befreit, so ist der andere so dumm, ihnen in die Hände zu laufen. Wenn das so fortgeht, so hört bis zum jüngsten Tag die Befreiung der Gefangenen nicht auf!"
„Well. Aber was mich betrifft, so werdet Ihr nicht wieder in die Lage kommen, mich zu befreien; mich bekommen sie nicht wieder."
„Pshaw! Eben jetzt fehlte nicht viel, so nahm Euch der Häuptling fest!"

„Das wollte ich mir verbitten! Bei so einem Ringen Mann gegen Mann weiß ich, was ich leiste. Er ist nicht stärker und gewandter als ich."

„Aber wenn er nicht allein war, sondern nur einen einzigen Roten bei sich hatte, war es um Euch geschehen. Es ist noch gut abgelaufen; ich aber habe neue Sorge und neue Arbeit davon."

„Ihr?"

„Ja doch! Neue Sorge, denn ich hätte den Häuptling hier ergriffen und ihn gegen Mr. Dschafar umgewechselt; nun aber zermartre ich mir das Hirn, auf welche Weise ich den letzteren befreien kann. Und neue Arbeit, das brauch' ich Euch doch wohl nicht erst zu erklären. Ich muß nun wieder nach dem Verstecke der Roten schleichen, um zu erfahren, wie es dort steht. Je nach dem, wie ich es dort finde, haben wir zu handeln. Ich gehe also jetzt abermals fort, gebe euch aber mein Wort darauf. Wenn ich zurückkehre und es fehlt wieder einer von euch, so reite ich meine Wege und lasse euch machen, was ihr wollt. Richtet euch hiernach!"

Ich hatte also das Versteck der Comantschen abermals aufzusuchen, doch durfte ich das nicht auf demselben Wege, wie vorhin, thun, denn To-kei-chun konnte auf den Gedanken kommen, mir diesen Weg zu verlegen. Da ich jetzt ganz genau wußte, wo die Indsmen steckten, so konnte ich mich von jeder mir beliebigen Seite an sie schleichen. Ich zog es vor, von hinten, also von der entgegengesetzten Seite, an sie zu kommen, ein Umweg, welcher zwar Zeit kostete, aber größere Sicherheit für mich bot.

Es dauerte wohl fast eine halbe Stunde, ehe ich der betreffenden Stelle so nahe kam, daß ich die Indianer, falls sie miteinander sprachen, hören mußte; es herrschte aber die tiefste Stille ringsum. Das war ein Grund, doppelt vorsichtig zu sein. Ich bewegte mich nicht Schritt um Schritt, sondern Zoll um Zoll weiter, bis ich, den Kopf langsam aus den Zweigen vorschiebend, den Platz vor mir liegen sah. Er war – – – leer.

War das etwa eine Finte? Ich schlug einen Kreis um die Stelle und sah da, daß sie allerdings fortgeritten waren. Ich mußte ihnen wenigstens so weit folgen, bis ich überzeugt sein konnte, daß sie die Hazelstraits wirklich und ganz verlassen hatten. Es konnte sich ja auch um eine Kriegslist handeln, nämlich daß sie uns nur glauben machen wollten, sie seien fort, und uns wieder einen Hinterhalt legten. Ich nahm allerdings als sicher an, daß sie sofort den Rückweg nach dem Makik-Natun angetreten hatten; aber es war für alle Fälle besser, mir vollständige Gewißheit zu holen.

Eben war ich, ihrer neuen Fährte folgend, hinaus an das Wasser gekommen, als ich den zweimaligen Ruf Jims „Mr. Shatterhand, Mr. Shatterhand!" hörte. Da er so laut rief, mußte er überzeugt sein, von den Indianern nicht gehört zu werden; darum antwortete ich ebenso laut:

„Was giebt es? Warum ruft Ihr mich?"

„Ihr sucht vergeblich. Kommt schnell her, wenn Ihr etwas sehen wollt!"

Ich folgte dieser Aufforderung, indem ich am Wasser hinuntereilte. Als Jim mich kommen sah, deutete er hinaus nach der offenen Ebene und sagte:

„Sir, da draußen jagen sie. Sie haben die Flucht ergriffen. Ist das nicht jämmerlich feig von ihnen?“
Ja, da draußen ritten sie so schnell, wie ihre Pferde sie tragen konnten, in genau nördlicher Richtung davon.
„Feig ist es allerdings,“ antwortete ich; „doch bezieht sich ihre Angst nur auf mein Repetiergewehr. Besäße ich dieses nicht, so würden sie sich ganz gewiß über uns hergemacht haben.“
„Pshaw! Sie fürchten sich nicht bloß vor Eurem Stutzen, sondern vor uns überhaupt. Mit den beiden Snuffles bindet nicht gern ein Roter an, wenn er nicht grad dazu gezwungen ist. Ob sie wohl Mr. Dschafar mithaben?“
„Natürlich!“
„Das ist nicht so ganz natürlich, wie Ihr zu denken scheint. Sie können ihn auch umgebracht haben, um ihn nicht mit sich herumschleppen zu müssen.“
„Sie haben ihn mit; ich weiß es gewiß.“
„Well. Wenn Ihr es behauptet, wird es wohl so sein. Was aber thun wir? Wir müssen ihn doch retten?“
„Allerdings.“
„Also wollen wir ihnen nach?“
„Ja.“
„Wann? Gleich?“
„Sogleich, nachdem unsere Pferde getrunken haben werden. Es wird wahrscheinlich bis morgen abend für sie kein Wasser geben.“
„Das glaube ich nicht. Die Roten reiten grad nach Norden, und wenn ich mich nicht irre, stoßen sie dort auf den Cimaronefluß, an den wir ja auch kommen werden, wenn wir ihnen folgen. Dort giebt es Wasser.“
„Wie Ihr das nur so wißt!“ lächelte ich.
„Dazu gehört keine sehr große Klugheit, Sir. Die Pfiffigkeit wird erst morgen früh von uns verlangt.“
„Warum?“
„Weil die Roten es sich wieder einmal ausgerechnet haben, daß wir morgen ihre Spur nicht mehr sehen können. Sie werden es so machen, wie wir es gestern gemacht haben: sie reiten von jetzt an die Nacht hindurch, während wir beim Anbruche der Dunkelheit zu halten gezwungen sind. Dadurch bekommen sie Vorsprung, und wenn es morgen früh Tag wird, ist ihre Fährte für uns verschwunden. Mir ist um Mr. Dschafar bange.“
„Mir nicht.“
„So? Wie können wir ihn befreien, wenn wir nicht wissen, wohin sie mit ihm sind?“
„Ich weiß, wohin sie wollen.“
„Ah, wirklich? Wohin denn?“
„Nach dem Makik-Natun zurück.“
„Unmöglich.“

„Warum unmöglich?“
„Weil sie nordwärts reiten, während der gelbe Berg von hier aus genau im Osten liegt.“
„Das ist doch grad ein Grund, mir recht zu geben!“
„So? Erklärt mir das, Mr. Shatterhand! Wer nach rechts will, dem kann es doch nicht einfallen, nach links zu laufen!“
„Unter Umständen, ja. Meint Ihr nicht, daß die Comantschen annehmen, daß wir ihnen folgen werden?“
„Das thun sie sicher.“
„Werden sie da so dumm sein, zu zeigen, wohin sie wollen?“
„Ah, richtig! Sie haben die Absicht, uns irre zu führen.“
„Gewiß. Ihr habt ganz richtig gesagt, daß ihre Fährte morgen nicht mehr zu finden sein wird; wenn wir uns täuschen ließen, würden wir dann immer weiter nordwärts reiten und Mr. Dschafar wäre verloren und würde bei den Häuptlingsgräbern totgemartert.“
„Beabsichtigen sie das also doch mit ihm?“
„Ja.“
„Ihr vermutet es?“
„Nein, ich weiß es. Als Ihr den außerordentlich klugen Gedanken ausführtet, nach den Indsmen zu suchen, lag ich ganz in ihrer Nähe und belauschte sie. Da sagte der Häuptling, daß, wenn wir nicht auch ergriffen würden, doch wenigstens Mr. Dschafar nach dem gelben Berge geschafft und dort totgemartert werden solle.“
„Wetter! Da müssen wir hin, sofort hin, um womöglich noch eher dort zu sein als sie. Denkt Ihr nicht, daß dies besser ist, als wenn wir nach ihnen dort ankommen?“
„Natürlich ist es besser.“
„Und dann holen wir Mr. Dschafar heraus! Wenigstens was an mir und meinem Bruder liegt, den Gefangenen zu befreien, das wird unbedingt geschehen. Meinst du nicht auch, alter Tim?“
„Yes,“ antwortete Tim in seiner bekannten kurzen Weise.
„Was an Euch liegt?“ fragte ich. „Ich wünsche sehr, daß an Euch gar nichts liegen möge, denn sonst muß ich gewärtig sein, daß wir alle noch in die Hände der Comantschen geraten, anstatt daß wir Mr. Dschafar befreien.“
„Macht es doch nicht schlimmer, als es ist, Sir!“ entgegnete Jim. „Es läuft in der Welt nicht alles so glatt ab, wie es gehobelt ist. Wenn einem einmal etwas nicht so recht gelingt, so wird immer davon gesprochen; aber von dem, was gut gelungen ist, wird nichts erwähnt. Es wird bei Euch auch nicht alles so gelaufen sein, wie Ihr wünschtet, daß es laufen möge.“
So war er. Er sah seinen Fehler wohl ein, gab aber nicht gern zu, ihn gemacht zu haben. Wir tränkten unsere Pferde tüchtig und traten dann den Rückweg an. Dies ergab eine Zeitversäumnis, über welche ich mich im stillen ärgerte. Wenn man sich nur nach mir gerichtet hätte, wir wären schon längst mit den Comantschen zu Ende gewesen. Was konnten aber nun die nachträglichen Vorwürfe helfen? Ich nahm mir im stillen vor, an

dem „gelben Berge“ meine Anordnungen so zu treffen, daß mir niemand wieder einen solchen Strich durch die Rechnung machen konnte. Freilich mußte ich dann auf jede Beihilfe von seiten meiner Gefährten von vornherein verzichten.

Wir kamen, als es dunkel geworden war, wieder bei dem Wasser an, an welchem wir gestern übernachtet hatten, und machten da eine kurze Rast, um die Pferde verschnaufen zu lassen. Dann ging es wieder weiter, die ganze Nacht hindurch, bis es Tag wurde und wir wieder eine Stunde ruhten. Wir waren diesmal gezwungen, von unsern Pferden viel zu verlangen. Auf meinen Schwarzschimmel schien die Anstrengung gar keinen Eindruck zu machen; die andern aber ermüdeten mehr und mehr, und als wir nach einem wirklichen Parforceritte am Spätnachmittage den Makik-Natun wieder vor uns sahen, war es mit ihren Kräften ganz zu Ende.

„Da sind wir wieder,“ seufzte Perkins, indem er auf den Berg deutete. „Ich bin so müde wie ein gehetzter Hund. Mit nur drei kurzen Unterbrechungen zwei Tage lang und auch während der Nacht im Sattel zu hängen, das ist selbst für einen Westmann eine Leistung. Reiten wir direkt nach den Gräbern hinüber, Sir?“

„Ja,“ antwortete ich.

„Das dürfte wohl ein Fehler sein!“

„Sprecht doch nicht von Fehlern, Mr. Perkins! Seht, da links liegt die Stelle, an welcher Ihr mit dem Häuptlinge lagt. Da ließet Ihr Euch übertölpeln. Das war ein Fehler. Wenn ich aber jetzt sogleich den Gräberplatz aufsuche, so weiß ich, was ich thue. Unsere Pferde müssen unbedingt Wasser haben, und dort ist der einzige Platz, an welchem es hier welches giebt. Wir müssen also auf alle Fälle hin.“

„Ich gebe Euch ja vollständig recht, Mr. Shatterhand; aber wir können uns dadurch sehr leicht verraten.“

„Nein.“

„Doch! Wir werden dort Spuren machen, die von den Roten bemerkt werden, wenn sie dann kommen.“

„Dann? Was versteht Ihr unter diesem dann?“

„Die Zeit ihrer Ankunft natürlich.“

„Wann wird das sein?“

„Jeder Augenblick kann's sein. So gut wie wir da sind, können die Roten auch bald kommen.“

„Nein. Erstens haben sie keine Veranlassung, einen solchen Hetz- und Dauerritt zu machen wie wir, denn sie sind gewiß der Ansicht, daß sie uns irregeführt haben und wir nach Norden geritten sind. Und zweitens müßt Ihr bedenken, daß sie, eben um uns irre zu leiten, einen weiten Umweg nach dieser Richtung gemacht haben. Sie könnten, selbst wenn sie so schnell wie wir geritten wären, noch nicht hier sein.“

„So nehmt Ihr wohl an, daß sie erst morgen kommen?“

„Entweder heut in der Nacht oder gar erst morgen. Wenn sie heut noch Lager machen, können sie natürlich erst morgen kommen; aber da sie kein Wasser für sich und ihre

Pferde finden, ist anzunehmen, daß sie nicht erst noch lagern, sondern gleich hierher reiten. Darum möchte ich lieber annehmen, daß wir sie noch während der Nacht zu erwarten haben."

„Wenn sie überhaupt kommen!" bemerkte Jim Snuffle.

„Sie kommen ganz gewiß!"

„Wollen es also hoffen, Sir! Es wäre eine sehr verteufelte Angelegenheit, wenn wir uns da verrechnet hätten und sie gar nicht die Absicht gehabt hätten, hierher zurückzukehren. Da wäre Mr. Dschafar unbedingt verloren. Habt Ihr denn auch recht verstanden, als Ihr glaubtet, gehört zu haben, daß sie hierher wollten?"

„Ja. Und selbst dann, wenn ich das nicht gehört und der Häuptling nicht davon gesprochen hätte, würde ich nach dem gelben Berge zurückgekehrt sein. Es ist ja ganz und gar selbstverständlich, daß sie ihren Gefangenen hierher schaffen werden!"

„Hm! Selbstverständlich?"

„Ja."

„Zu vermuten wäre es vielleicht; aber selbstverständlich, das ist ein anderes Ding! Wenn es sich, wie hier, um ein Menschenleben handelt, darf man sich ja nicht auf bloße Vermutungen verlassen."

„Danke für die gute Lehre, die Ihr mir da erteilt, Mr. Snuffle! Auf diesen weisen Gedanken wäre ich von selbst wohl kaum gekommen!"

„Wollt Ihr Euch etwa über mich lustig machen, Mr. Shatterhand?"

„Fast möchte ich es. Nach allem, was bisher geschehen ist, habe ich Euch wohl keine Veranlassung gegeben, mir Rat und Unterricht zu erteilen. Ich weiß wenigstens ebenso genau wie Ihr, daß es sich um ein Menschenleben handelt, und grad weil ich das weiß, bin ich hierher geritten, um den Roten zuvorzukommen. Es unterliegt für mich nicht dem geringsten Zweifel, daß sie sich nach dem Makik-Natun gewendet haben. Ich kann es Euch sogar beweisen, wenn Ihr es verlangt."

„Beweisen? Das wäre viel, sehr viel, selbst von Euch!"

„Pshaw! Es ist sehr leicht. Die Comantschen wollten hierher, um ihre toten Häuptlinge zu verehren und den Tanz des Krieges zu tanzen, wobei die heilige Medizin nach dem Ausgange des jetzigen Krieges gefragt werden sollte. Wenn Ihr die Sitten und Gebräuche der Roten kennt, so werdet Ihr wissen, daß sie ein solches Vorhaben, wenn sie es einmal gefaßt haben, unbedingt auch ausführen."

„Weiß es gar wohl."

„Sie wollen mehrere Ansiedelungen von Weißen überfallen und werden das ganz gewiß nicht eher thun, als bis sie diese Ceremonien vorgenommen haben. Oder ist das vielleicht schon geschehen?"

„Nein."

„So wird es noch geschehen; ja, es muß geschehen; sie kommen auf alle Fälle hierher. Sie wollten alle ihre Gefangenen hier opfern; da Ihr ihnen aber entkommen seid, werden sie wenigstens diesen einen, den sie wieder erwischt haben, hierher schleppen, um ihn am Marterpfahle sterben zu lassen."

„Well! Jetzt habt Ihr mich überzeugt, Sir. Auf welche Weise meint Ihr wohl, daß wir ihn losbekommen werden?"

„Das kann ich jetzt noch nicht wissen."

„Jedenfalls nur durch einen plötzlichen Ueberfall?"

„Den möchte ich, wenn es halbwegs möglich ist, doch lieber vermeiden. Es soll womöglich kein Blut vergossen werden."

„Also List und wieder List? Ihr sagtet doch gestern selbst, daß da wohl kaum wieder auf einen Erfolg zu rechnen sei! Die Roten werden sich wahrscheinlich hüten, sich noch einmal übers Ohr hauen zu lassen."

„Ja, List allein wird's freilich nicht thun; es wird auch ein gut Teil Wagemut dazu gehören; aber jetzt schon zu sagen, was geschehen wird, das ist unmöglich. Wir müssen warten, bis sie da sind; dann erst können wir sehen, wie der Kahn gesteuert werden muß."

„Da scheint es aber doch, als wenn Ihr gar nicht die Absicht hättet, hier bei den Gräbern zu lagern und sie zu empfangen?"

„Kann mir gar nicht einfallen! Wir tränken unsere Pferde und machen uns dann, wenn das geschehen ist, wieder fort."

„Wohin?"

„Werde es mir überlegen. Jedenfalls nach einem Orte, von welchem aus wir ihr Kommen bemerken können, ohne daß sie uns entdecken."

Wir waren jetzt bei den vier Häuptlingsgräbern angelangt und stiegen von den Pferden. Während diese tranken und die Reiter hin und her gingen, um ihre von dem langen Ritte steif gewordenen Glieder in Bewegung zu bringen, unterwarf ich die Oertlichkeit einer genauen Prüfung mit den Augen.

Ich hatte nämlich die Absicht, mich in das Lager der Roten zu schleichen und Dschafar herauszuholen. Ob da List und Gewandtheit allein ausreichend waren, das konnte ich nicht wissen; ich war aber fest entschlossen, nötigenfalls auch Gewalt zu brauchen und mich meiner Waffen zu bedienen. Die Mithilfe meiner Gefährten war gleich von vorn herein vollständig ausgeschlossen; ich wollte mir das Spiel nicht abermals verderben lassen.

Daß es mir gelingen werde, mich an- und zu dem Gefangenen zu schleichen, bezweifelte ich nicht; die Roten vermuteten uns gar nicht hier in der Nähe, und wenn sie ja Wachen aufstellten, so war die Aufmerksamkeit derselben sehr wahrscheinlich nur nach außen, das heißt hinaus auf die Savanne gerichtet, weil sie annehmen mußten, daß eine etwaige Störung nur von dorther kommen könne. Denn auf der andern Seite war, wie bereits früher erwähnt, der Platz von einem Halbkreise steil aufragender Felsen eingefaßt, welche wenigstens für die Nachtzeit unzugänglich zu sein schienen. Ich zog dabei mit in Betracht, daß die Indianer als Prairievolk keine guten Kletterer sind und also diese

Felswände für unpassierbar halten konnten, während ich vielleicht eine Stelle fand, an welcher es möglich war, von oben herunterzukommen. Diesen Weg mußte ich einschlagen; von der Savanne her durfte ich mich nicht nähern.

Bald fand ich auch, was ich suchte. Grad da, wo bei meinem letzten Hiersein im Hintergrunde die Gefangenen gelegen hatten, war der Fels höchstens zwanzig Fuß hoch und trat dann soweit zurück, daß eine breite Stufe, oder nenne ich es Altan, gebildet wurde, auf welcher einige ziemlich starke Bäume standen. Ueber diesem Altane bestand an dieser Stelle die Bergwand nicht aus Felsen, sondern aus fruchtbarer Erde, welche Bäume und Sträucher trug. Sie ging zwar auch ziemlich steil in die Höhe, doch sah ich, daß es selbst in der Nacht keine allzu schwierige Aufgabe war, da hinauf- oder herunterzuklettern. Der Holzwuchs bot für die Hände Anhalt mehr als genug. Befand man sich einmal auf dem Altane, so konnte man dort an einen der Bäume einen Lasso befestigen und sich an demselben vollends herunterlassen.

Als die Pferde getränkt waren, stiegen wir wieder auf und ritten fort, am Fuße der Höhen hin, bis wir eine Stelle fanden, welche sich ganz ausgezeichnet zu einem Versteck eignete.

„Ich lasse Euch hier, Mesch'schurs," sagte ich, „und vertraue Euch mein Pferd und meine Waffen an. Geht ja nicht fort von diesem Orte! Ich erwarte ganz bestimmt, daß Ihr wenigstens diesesmal das, was ich sage, achtet! Wenn Ihr das nicht thut, so ist's um Mr. Dschafar gewiß geschehen."

„Ihr wollt fort?" fragte Jim besorgt.

„Ja."

„Wohin?"

„Ich will mir eine Stelle suchen, wo ich die Roten, wenn sie kommen, beobachten kann."

Ich verschwieg ihm mein Vorhaben, weil ich sonst gewärtig sein mußte, wieder einen dummen Streich gespielt zu bekommen. Er bemerkte auch sofort:

„Da können wir doch auch mitgehen!"

„So! Kaum habe ich meine Warnung ausgesprochen, so wollt Ihr mir schon wieder quer über den Weg! Wird es Euch denn gar so sehr schwer, einmal zu thun, um was ich Euch bitte?"

Da holte Tim Snuffle tief Atem, als ob er eine große und lange Redeanstrengung beabsichtige, und sagte:

„Habt keine Angst, Sir! Jim wird diesmal dableiben müssen!"

„Wollt Ihr mir das versprechen?"

„Yes."

„Und ihn zurückhalten, wenn er fort will?"

„Yes."

„Auch kein anderer darf fort!"

„Well! Wer ausreißen will, bekommt mein Messer zwischen die Rippen. Ich heiße Tim Snuffle und halte Wort!"

Er holte nach dieser großen Leistung wieder sehr tief Atem und schlug, um seiner Drohung Nachdruck zu geben, mit der Hand an die Stelle, wo sein Messer im Gürtel steckte.

„Habt Dank, alter Tim! Das war einmal vernünftig gesprochen. Ich hoffe, daß dieser Euer guter Vorsatz bis zu meiner Rückkehr nicht ins Wanken kommt!“

„Wann wird das sein?“

„Vielleicht schon in der Nacht, spätestens aber kurz nach Tagesanbruch.“

„Ist verteufelt lange!“

„Kann nicht dafür. Also Ihr verlaßt diese Stelle nicht, es mag geschehen, was da will! Ich bitte Euch, Euer Gewissen nicht durch eine Nachlässigkeit zu beschweren, welche die schlimmsten Folgen haben kann. Es handelt sich nicht nur um Mr. Dschafar, sondern jedenfalls auch um mein Leben!“

Da versprachen auch die andern, mir zu gehorchen, und ich ging in der Ueberzeugung fort, daß heut von ihrer Seite keine Störung zu erwarten sei. Den Lasso nahm ich natürlich mit und steckte auch mehrere feste Riemen ein.

Es war für mein Vorhaben gar nicht zu früh, denn die Sonne verschwand soeben und ich hatte mich zu sputen, wenn ich noch vor dem Einbruch der völligen Dunkelheit auf den Felsenaltan kommen wollte.

Ich wendete mich wieder den Häuptlingsgräbern zu, ging aber nicht ganz bis zu ihnen, sondern nur bis in ihre Nähe, wo das Terrain mir erlaubte, emporzusteigen. Auf halber Höhe angekommen, nahm ich die Richtung nach dem über den Gräbern liegenden Hange und kletterte an demselben wieder nieder. Von unten aus hatte das viel schwieriger ausgesehen, als es in Wirklichkeit war. Wenn ich mich in acht nahm, konnte ich den Rückweg auch in der Nacht vornehmen, ohne einen Unfall zu befürchten. Als ich den Felsenaltan erreichte, gab es grad noch so viel Helligkeit, daß ich den unter mir liegenden Thalboden noch erkennen konnte. Ich untersuchte die Bäume. Sie waren für mein Vorhaben fest genug eingewurzelt, und ich band das eine Ende meines Lasso an den stärksten von ihnen. Dann legte ich mich nieder.

Trotz der Ueberzeugung, welche ich hegte, lag es doch im Bereiche der Möglichkeit, daß meine Berechnung sich als falsch erwies. Was konnte nicht alles geschehen sein, was die Comantschen hinderte, hierher zu kommen, oder mir es unmöglich machte, mein Vorhaben auszuführen! Aber ich befand mich in jenem Gefühle der Sicherheit, welches mich noch niemals getäuscht hatte.

Stunde um Stunde verging, und mit ihnen wurden die Sterne heller. Nach dem Stande derselben war es ziemlich Mitternacht, als endlich von weitem her ein Geräusch an mein Ohr schlug. Ich lauschte. Waren sie es? Das Geräusch kam näher; es war Hufschlag, Hufschlag vieler Pferde im weichen Savannenboden. Ja, sie waren es!

Bald hörte ich auch schon ihre Stimmen, und dann waren sie da, stiegen von den Pferden und brannten mehrere Feuer an. Bei dem Scheine derselben konnte ich meine Beobachtungen machen.

Diese Leute fühlten sich so sicher, daß es ihnen gar nicht einfiel, die Oertlichkeit erst abzusuchen. Die Pferde wurden erst getränkt und dann ein Stück fortgetrieben, wo sie sich zerstreuen und weiden und zugleich als Wachen dienen konnten, um die Annäherung eines fremden Wesens durch Unruhe und Schnauben zu verraten. Dann gruppierten sich die Indsmen um die Feuer, von denen bald ein kräftiger Bratengeruch zu mir heraufstieg. Sie waren also unterwegs auf Wild getroffen.
Den Gefangenen sah ich auch; er war gefesselt und befand sich zu meinem Leidwesen nicht in meiner Nähe, sondern war nach dem Feuer geschafft worden, welches am entferntesten von mir brannte. Desto näher war mir der Häuptling, denn er hockte an dem Feuer, welches als das erste seitwärts unter mir brannte.
Die Indsmen waren ermüdet, denn ihr Ritt war weiter als der unserige und fast ebenso anstrengend gewesen. Sie verhielten sich darum still, und es war anzunehmen, daß sie sich nach dem Essen sogleich schlafen legen würden. Dies geschah auch wirklich. Der Häuptling gab seine Befehle, verteilte die Wachen und zog sich von dem Feuer nach dem Fuße des Felsens zurück, wo er sich ganz abgesondert von seinen Leuten niederlegte und in seine Decke hüllte.
Meine Aufmerksamkeit war natürlich am gespanntesten auf den Gefangenen gerichtet, und da mußte ich leider einsehen, daß mein Vorhaben sehr schwierig auszuführen war. Alle Feuer verlöschten; das seinige aber wurde weiter unterhalten, und es saßen zwei Wächter bei ihm, welche sich nicht niederlegten. Die Wachen hatten sich entfernt; es waren ihrer drei; sie sollten jedenfalls zugleich die Pferde beaufsichtigen und postierten sich wohl so, daß sie den Lagerplatz nach der Savanne hin absperrten.
Ich hatte Dschafar heimlich herausholen wollen. Unter mir war es dunkel; es war also möglich, an dem Lasso unbemerkt hinabzukommen, aber dann! Die beiden Wächter mußten mich unbedingt kommen sehen, wenn ich mich dem Feuer näherte. Und wenn mich da ein rascher Sprung zu ihnen brachte und ich sie niederschlagen konnte, Zeit zum Schreien fanden sie doch. Blieb mir aber so viel Zeit, Dschafars Fesseln zu lösen? Und wie wollte ich mit ihm fort? Hinaus auf die Savanne? Da standen ja die Posten! Oder am Lasso hinauf? Selbst wenn Dschafar gut klettern konnte, was ich aber bezweifelte, kamen die Roten gewiß alle über uns, ehe es nur dem ersten von uns beiden möglich war, die Felsenplatte zu erreichen. Ich war also gezwungen, meinen Plan aufzugeben, wenn ich nicht mich und ihn der größten Gefahr aussetzen wollte.
Aber was sonst thun? Dschafar mußte befreit werden! Sehr einfach! Da seitwärts unter mir lag ja der Häuptling. Ich wagte zwar auch mein Leben, wenn ich versuchte, mich seiner zu bemächtigen, aber er war doch leichter zu bekommen, als der Perser, und wenn mir der Streich gelang, so war der Gefangene so gut wie gerettet, beide konnten gegen einander ausgelöst werden. Lächerlich! Wieder Auslösung! Ich hatte nur immer die Fehler anderer gut zu machen.
Ich zauderte nicht lange. Nachdem ich mich noch einmal überzeugt hatte, daß es hier unter mir dunkel genug war und niemand seine Aufmerksamkeit nach dieser Stelle

richtete, ließ ich das freie Ende meines Lasso, welcher mehr als lang genug war, hinab und turnte mich an demselben hinunter. Unten angekommen, lauschte ich eine Weile; es regte sich nichts; der Häuptling lag nur wenige Schritte von mir entfernt. Er mußte schlafen, denn wenn dies nicht der Fall gewesen wäre, so hätte er das von mir verursachte Geräusch hören müssen. Ich hatte es nicht vermeiden können, im Hinabklettern an den Felsen zu streifen, zwar nicht sehr laut, aber doch so, daß es für ein wachsames Ohr in dieser geringen Entfernung vernehmlich war.

Nun legte ich mich auf die Erde nieder und kroch zu ihm hin. Er lag mit dem Kopfe an dem Felsen. Als ich mein Ohr nahe an sein Gesicht gebracht hatte, hörte ich seine leisen, regelmäßigen Atemzüge. Jetzt richtete ich mich halb auf, legte ihm die linke Hand fest um den Hals und gab ihm zu gleicher Zeit zwei Faustschläge gegen die rechte Seite seines Kopfes. Es ging ein krampfhaftes Zucken durch seinen Körper; dann lag er still. Auch als ich meine Hand von seinem Halse nahm, regte er sich nicht.

Die erste Hälfte meines beabsichtigten Streiches war gelungen; nun galt es, ihn unbemerkt nach oben zu schaffen. Ich richtete mich also ganz auf, hob ihn empor und trug ihn nach der Stelle, an welcher der Lasso hing. Dort legte ich ihn wieder nieder und sah nach dem Wachtfeuer hin. Man hatte dort jedenfalls nichts bemerkt, aber ich sah, daß grad in diesem Augenblicke ein Roter vom Feuer aufstand und sich langsamen Schrittes so ziemlich in der Richtung, in welcher ich mich befand, von demselben entfernte. Das war gewiß nur Zufall, konnte mir aber verderblich werden.

Ich hatte den Häuptling vor allen Dingen fesseln und knebeln wollen; dazu gab es aber jetzt keine Zeit, denn ehe ich damit fertig wurde, konnte der Wächter bei mir sein. Zwar wäre es mir wohl möglich gewesen, ihn unschädlich zu machen, aber ob dies ohne alles Geräusch geschehen würde, das war zweifelhaft; ich mußte also schnell fort.

Darum zog ich dem Häuptling das Lassoende unter den Armen hindurch, machte einen Knoten und kletterte dann an dem festen, fünffach geflochtenen Riemen in die Höhe. Oben angekommen, sah ich mich zunächst nach dem Wächter um. Er befand sich schon in der Nähe. Wenn er so wie jetzt weiterging, kam er nicht ganz nahe an den Felsen heran, sondern in einer Entfernung von vielleicht fünfzehn Schritten an demselben vorbei. Ich dachte zunächst, ihn vorüber zu lassen, gab aber diesen Gedanken schnell wieder auf, denn sein scharfes Auge konnte den Häuptling doch vielleicht bemerken. In diesem Falle mußte er sich sagen, daß To-kei-chun sich jetzt an einer andern Stelle befand, was doch einen Grund haben mußte; es war also anzunehmen, daß er herbeikommen werde. Darum beeilte ich mich, den betäubten Häuptling zu mir heraufzuziehen.

Er war nicht leicht, und leider bestand die Felskante, über welche der Lasso streifte, nicht aus hartem Gestein; sie war verwittert; es löste sich ein Stück ab und fiel hinunter. Das gab ein Geräusch, welches der Rote hörte. Er kam sofort mit raschen Schritten näher. Der Häuptling hing vielleicht noch zwei Ellen unter mir; ich beeilte mich, ihn vollends heraufzubringen, was nicht ohne Geräusch geschehen konnte. Der Rote hörte es und

sprang schnell bis zum Felsen hervor. An demselben emporblickend, mußte er trotz der Dunkelheit den am Lasso über ihn hängenden Körper sehen.
„Uff!“ stieß er überrascht hervor und eilte nach der Stelle hin, wo der Häuptling gelegen hatte. Als er sah, daß dieser fort war, kam er wieder herbei.
„Was thut To-kei-chun da oben?“ fragte er, grad als ich den Genannten über die Kante auf den Felsen zog. „Kann der Häuptling der Comantschen fliegen?“
Es erfolgte natürlich keine Antwort. Das mußte sein Mißtrauen erregen, denn wenn der Mensch, welcher soeben da oben in der Höhe verschwand, wirklich der Häuptling gewesen wäre, so hätte er auf die Frage doch gewiß ein Wort gesagt. Der Indianer wußte augenscheinlich zuerst gar nicht, wie er sich verhalten solle; es war unmöglich, den senkrechten Felsen zu erklettern, und doch hatte er gesehen, daß jemand hinaufgekommen war. Dies mußte der Häuptling sein, der aber nicht geantwortet hatte. Wie war dies zu erklären? Was war da zu thun? Lärm machen? Der Häuptling hatte keinen Laut von sich gegeben und wünschte also wahrscheinlich, daß seine unerklärliche Besteigung des Felsens geheim bleiben solle. Der Wächter wußte also nicht, ob er zu schweigen oder das Lager zu alarmieren habe.
Während er sich in diesem Zweifel befand, band ich To-kei-chun vom Lasso los und schnürte ihm die Füße zusammen und die beiden Arme an den Leib. Dabei kam er leider zu sich. Beim Stillliegen wäre er wahrscheinlich länger bewußtlos geblieben, aber indem ich ihn emporzog, war er mit dem Gestein in eine Berührung gekommen, welche die Betäubung, in der er sich befand, abkürzte. Noch hatte ich seine Arme nicht ganz festgebunden, da bewegte er sich. Daß ihm seine Gliedmaßen nicht gehorchten, brachte ihn noch schneller zur Besinnung, und er öffnete die Augen. Ich war über ihn gebeugt und hatte mein Gesicht so nahe an dem seinigen, daß er mich trotz der Dunkelheit grad in dem Augenblicke erkannte, als der unten stehende Wächter, noch immer mit sich im unklaren, abermals, doch mit unterdrückter Stimme, herauffragte:
„Warum antwortet To-kei-chun nicht? Wie ist er da hinaufgekommen, und was will er oben? Soll vielleicht niemand wissen, daß er sich entfernt?“
Da schrie der Häuptling mit weithin schallender Stimme:
„Old Shatterhand ist da, Old Shatterhand! Er hat mich entführt und gefesselt; helft, helft! Lauft schnell um die Ecke des – – –“
Ich drückte ihm die linke Hand fest auf den Mund, setzte ihm mit der rechten das Messer auf die Brust und raunte ihm drohend zu:
„Schweig! Sag noch ein Wort, so ersteche ich dich!“
Er wußte, daß ich das nicht thun würde, denn erstens kannte er mich als einen Feind des unnützen Blutvergießens, und zweitens durfte ich ihn nicht töten, wenn ich mich seiner als Geisel bedienen wollte. Es kam ihm darauf an, seinen Leuten zu sagen, wie sie sich zu verhalten hatten, und das war für ihn nicht unmöglich, weil er den Kopf bewegen konnte. Indem er ihn schnell auf einander von einer Seite nach der andern drehte, bekam er den Mund frei; ich verschloß ihm denselben zwar schnell wieder mit der Hand, doch

kam er immer wieder von derselben los, und so gab es eine Reihe von Momenten, in denen sein Mund bedeckt und unbedeckt war, und er benutzte jeden der letzteren Augenblicke, um in wiederholten Unterbrechungen hinunterzuschreien:
„Lauft um die Ecke – – – bis wo man – – – herauf kann – – ich liege – – – hier auf – – – ich liege – – – hier auf – – – dem Felsen – – – und – – –“
Weiter ließ ich ihn nicht kommen. Ihm jetzt einen Knebel in den Mund zu stecken wäre unmöglich gewesen, weil er die Zähne fest zusammengebissen hätte; ich mußte ihn wieder betäuben, was durch einen tüchtigen Fausthieb geschah.
Die Comantschen waren natürlich alle wach geworden. Es wäre mir sehr lieb gewesen, wenn sie, wie ich von ihnen als Indianern eigentlich erwartete, geschrieen hätten; aber sie verhielten sich klugerweise zunächst so ruhig, daß sie jedes Wort ihres Häuptlings verstanden. Da ich ihm immer den Mund wieder bedeckte, so klangen seine Rufe außerordentlich gefährlich; das versetzte sie in Aufregung, und darum ließen sie, als er nun schwieg, ein Wutgeheul hören, wie man es von menschlichen Lippen für unmöglich halten sollte. Ich hörte, daß sie nach der Richtung liefen, welche er ihnen angegeben hatte. Es lag mir selbstverständlich daran, daß sie seinen Befehl nicht ausführten; darum rief ich, ihr Geschrei übertönend, hinunter:
„Halt! Bleibt stehen, und hört, was ich euch sage!“
Ich horchte; es war nichts zu hören; sie standen also still, und ich fuhr fort:
„Ich bin Old Shatterhand und habe To-kei-chun gefangen genommen. Bleibt ihr ruhig hier im Lager, so wird ihm nichts geschehen; kommt ihr aber herauf, so ersteche ich ihn. Ich will das gefangene Bleichgesicht frei haben. Wenn es Tag geworden ist, werdet ihr hören, was ich von euch und euerm Häuptling verlange!“
Für kurze Zeit herrschte die tiefste Stille unten; sie überlegten. Dann hörte ich eine Stimme:
„Uff! Old Shatterhand tötet keinen wehrlosen Gefangenen. Meine Brüder mögen thun, was To-kei-chun befohlen hat!“
„Uff, uff, uff, hiiiiiiiiih!“ antworteten ihm die andern, indem sie das Kriegsgeheul erschallen ließen, und ich hörte, daß sie fortrannten.
Die Lage, in der ich mich nun befand, war nicht beneidenswert. Es war richtig: ich hatte nicht die Absicht, mich an dem Leben des Häuptlings zu vergreifen; meine Drohung, ihn zu töten, hatte keinen Erfolg; sie kamen herauf. Aber den Häuptling tragen und mit dieser Last in dunkler Nacht und bei dem außerordentlich schwierigen Terrain den Verfolgern entgehen, das war keine Kleinigkeit. Ja, wenn es mir gelungen wäre, ihn unentdeckt zu entführen, so hätte ich mir Zeit nehmen können; nun aber mußte ich mich beeilen, und das machte die Sache gefährlich.
Ja, wenn sie alle fortgelaufen wären, so hätte das Entkommen für mich gar keine Schwierigkeiten gehabt. In diesem Falle wäre ich mit meinem Gefangenen wieder von dem Felsen hinunter, um die Flucht über den verlassenen Lagerplatz hinaus auf die Ebene zu nehmen und in einem Bogen die Stelle zu erreichen, wo meine Gefährten sich

befanden. So kühn dies klingen mag, so ungefährlich wäre es gewesen. Leider aber war eine Anzahl von ihnen zurückgeblieben; fünf oder sechs befanden sich am Feuer bei dem Gefangenen, um diesen nun um so strenger zu bewachen, und die andern, wohl mehr als zehn, standen unten, dem Felsen gegenüber, und richteten ihre Aufmerksamkeit herauf zu mir. Da konnte ich freilich nicht hinab.
Es blieb mir also nichts übrig, als die gefährliche Kletterpartie zu unternehmen. Dabei mußte ich die Arme frei haben, um mich meiner Hände bedienen zu können; ich war gezwungen, den Häuptling auf dem Rücken zu tragen, ihn mir dort festzubinden. Als dies mit Hilfe des Lassos und nach Ueberwindung der dabei erklärlichen Schwierigkeiten geschehen war, trat ich den Rückzug an, und zwar auf demselben Wege, der mich heraufgeführt hatte und den ich kannte.
Das Geheul der Indianer war verstummt, und ich hörte nichts als das Geräusch, welches ich selbst verursachte und welches zu vermeiden eine Unmöglichkeit war. Wie oft mußte ich mich an Felsenzacken und Bäumen anhalten, um nicht zu stürzen! Da krachten dürre Aeste, da rollten Steine, die ich lostrat, in die Tiefe. Das mußten die Roten hören, die sich jetzt so ruhig verhielten. Sie kamen lautlos heraufgestiegen, und der von mir verursachte Lärm zeigte ihnen den Weg zu mir. Die einzige Hoffnung, welche ich hatte, beruhte auf der Beschaffenheit der Oertlichkeit. Ich kannte meinen Weg, und ihnen mußte es viel schwerer werden, die Hindernisse, welche ihnen das unbekannte Terrain entgegenstellte, zu überwinden.
So kam ich weiter und weiter, bald aufrecht gehend, bald unter und zwischen den Bäumen kriechend, bald Felsen erkletternd und bald steile Senkungen hinabrutschend, und das alles mit dem Häuptlinge auf dem Rücken. Unglücklicherweise hatte dieser noch immer keinen Knebel im Munde. Vorhin, als ich ihn zum zweitenmal betäubte, hatte ich versucht, ihm den Mund zu öffnen; dieser war aber so fest zu, daß ich ihn nur mit dem Messer hätte aufbrechen können, und das wollte ich nicht. Nun kam ihm das Bewußtsein zurück; das merkte ich aus den Bewegungen, welche er machte. Die Arme vom Körper zu nehmen und die Füße auseinander zu bringen, das vermochte er nicht; aber er konnte die Beine, trotzdem sie zusammengebunden waren, auf und nieder bewegen, indem er die Kniee bog, und das that er so kräftig wie möglich, um mir seine Füße von hinten in die Kniekehlen zu stoßen. Dies erschwerte mir die Kletterei bedeutend, aber ich kam doch vorwärts. Da fiel es ihm ein, daß es besser sei, mit dem Munde zu arbeiten, als mit den Beinen, und er schrie:
„Hierher, hierher, ihr Krieger der Comantschen! Hier bin ich; hier schleppt er mich!"
„Schweig!" herrschte ich ihm zu. „Es ist mir Ernst; wenn du nicht ruhig bist, so ersteche ich dich!"
„Stich doch zu!" antwortete er in höhnischem Tone. „Wie willst du den Gefangenen frei bekommen, wenn du mich ermordet hast?"

Er schrie also weiter, nur zuweilen eine Pause machend, um Atem zu holen und dann um so lauter zu brüllen. Da mußte ich freilich seinen Leuten in die Hände laufen. Darum zog ich das Messer, setzte ihm die Schneide desselben an die Kehle und drohte:
„Hörst du nicht sofort auf, so schneide ich dir die Gurgel durch!"
Wie sehr der Kerl sich auf meine Menschlichkeit verließ, bewies er dadurch, daß er, obgleich er die scharfe Klinge an seinem Halse fühlte, doch antwortete:
„Schneiden? Du wolltest doch stechen! Du wirst weder das eine noch das andere thun! Hier bin ich, ihr Comantschen, hier! Kommt hierher; hierher müßt ihr kommen!"
Das mußte anders werden; so durfte es nicht weiter gehen, denn dieses Gebrüll zeigte nicht nur seinen Leuten an, wo ich mich befand, sondern machte es mir auch unmöglich, ihre Schritte zu hören, wenn sie in meine Nähe gelangten. Sollte ich ihn zum drittenmal betäuben? Das war eine ungewisse Sache; es gelingt nicht jedesmal, und ich konnte ihn auch erschlagen; außerdem hätte ich ihn losbinden müssen, weil ich ihn auf dem Rücken trug, und dabei wäre eine kostbare Zeit vergangen. Ich langte also mit dem Messer über meine Schulter hinunter, setzte ihm die Spitze auf den oberen Teil der Brust und sagte:
„Ich steche wirklich, wenn du nicht gleich schweigst!"
„Stich zu, stich zu!" war seine Erwiderung.
„Gut, du willst es so!"
Ich stach, doch nicht tief.
„Hund!" brüllte er.
„Noch ein Wort, so fährt dir die Klinge bis ans Heft in den Leib!"
Da war er still, und ich blieb einige Augenblicke stehen, um zu lauschen. Es regte sich nichts. Aber jetzt – – ja, da klangen unterdrückte Stimmen zu mir herauf, nicht von der Lehne des Berges, sondern vom Fuße desselben her. Das verriet mir die Absicht, welche die Roten verfolgten. Der Aufstieg war ihnen zu beschwerlich, vielleicht gar unmöglich gewesen, und die Stimme ihres Häuptlings hatte ihnen verraten, daß ich nicht oben blieb, sondern mit ihm abwärts stieg. Da brauchten sie ja nur unten zuwarten, bis ich hinunterkam, um mich dann zu empfangen. Aber sie wußten die Stelle nicht, an welcher das zu geschehen hatte, und so mußten sie sich verteilen und eine Linie bilden, welche bei meinem Erscheinen schnell zusammengezogen werden konnte. Daher die Stimmen, welche einander jetzt zuriefen.
Jetzt kam es darauf an, ob sie die Linie bis dahin ausdehnten, wo meine Gefährten versteckt lagen. Wenn dies der Fall war, so konnten die letzteren leicht etwas thun, was nicht gutzuheißen war, und darum hatte ich von jetzt an weit mehr Sorge um sie als um mich.
Ich hatte allerdings nun den schwierigsten Teil des Weges zurückgelegt, und der Abstieg ging viel schneller und besser von statten als bisher. In zehn Minuten konnte ich unten sein; da krachte plötzlich ein Schuß, und eine Stimme rief:
„Da hast du etwas für deine Neugierde, roter Schuft! Nun weißt du, wer wir sind."

Das war Jim Snuffles Stimme. Die Indianer hatten also unser Versteck entdeckt. Sollte ich diesen Schuß und Jims Schreien gutheißen oder nicht? Das wußte ich jetzt noch nicht; jedenfalls folgte die Wirkung sofort, denn zunächst erhoben einige Rote ihr Geheul, und dann fielen die andern in dasselbe ein; man hörte daraus die Länge der Linie, welche sie bildeten.

Nach kurzer Zeit hörte ich einen zweiten Schuß, und zwar ein großes Stück von der Stelle entfernt, wo der erste gefallen war, und gleich darauf erklang die Stimme Jims:

„Dieses Krachen kenne ich. Nicht wahr, du hast geschossen, alter Tim?"

„Yes!" lautete die allbekannte kurze Antwort.

„Recht so! Gieb es ihnen! Wollen doch sehen, ob sie uns an den Leib können! Das wäre für sie das höchste der Gefühle!"

Es fielen noch einige Schüsse, auf welche die Roten mit Geschrei antworteten, und ich hörte aus demselben, daß sie sich entfernten. Sie hatten eine Lehre erhalten, welche sie beherzigten. Dann kam ich glücklich unten an. Ich fand nur die Pferde vor und einen der beiden Diener Dschafars.

„Ihr seid allein hier? Wo sind die andern?" fragte ich.

„Fort," antwortete er. „Die Roten kamen uns zu nahe, und Jim Snuffle war der Ansicht, daß sie vertrieben werden müßten."

Da hörte ich das Rauschen von Zweigen; es nahten Schritte, und der soeben Genannte kam.

„Sie sind fort," sagte er, mich nicht sogleich sehend, „und werden wohl nicht gleich wiederkommen. Wenn nur auch Mr. Shatterhand bald käme! Man weiß ja gar nicht, wie es steht. Man konnte aus dem Geschrei da oben nicht so recht klug werden. Es klang beinahe, als ob – – –"

Da fiel sein Auge dahin, wo ich stand; er hielt inne, trat zwei Schritte näher und fuhr dann fort:

„Wetter! Wer ist denn das? So einen dicken Kerl, wie dieser ist, hat man – – –"

„Er scheint nur so dick," unterbrach ich ihn; „es sind aber zwei Kerls, Mr. Snuffle."

„Ah, Ihr seid es, Ihr?" rief er erfreut aus. „Gott sei Dank, daß Ihr – – –"

„Still, still!" warnte ich ihn. „Ihr schreit ja so, als ob man Euch unten in Texas hören solle. Wißt Ihr denn nicht, wie nahe uns die Roten sind?"

„Nahe?" lachte er. „Fällt ihnen nicht ein! Ja, sie waren nahe, sind es aber nicht mehr."

„Wißt Ihr das genau?"

„Yes! Habe sie mit diesen meinen eigenen Augen ausreißen sehen. Kamen so am Fuße des Berges entlang, immer einer hinter dem andern. Wollten wahrscheinlich eine Kette bilden, um Euch aufzufangen; wir aber rollten sie auf."

„Und das ist gelungen?"

„Yes, vorzüglich gelungen. Mein alter Tim ist mit den andern hinter ihnen her; ich aber kam hierher, um Euch zu erwarten. Wer ist denn der Kerl, den Ihr auf dem Rücken habt?"

„Sollt es gleich sehen. Habe ihn Euch noch nicht gezeigt, weil ich vor allen Dingen wissen mußte, ob wir hier sicher sind.“
„So sicher wie die Sardine im Olivenöl. Ihr könnt Euch darauf verlassen.“
„So nehmt ihn mir vom Rücken herunter! Habt Ihr ihn denn nicht an seiner Stimme erkannt, als er vorhin schrie? Er hat doch laut genug gebrüllt.“
„Weiß ich denn, ob es derselbe ist! Vorhin schien es der Häuptling zu sein.“
Er faßte den Gefangenen an und ließ ihn, als ich den Lasso aufgeknüpft hatte, langsam auf den Boden nieder; dann blickte er ihm in das Gesicht und rief erstaunt aus:
„Wetter! Das ist ja To-kei-chun, der alte Teufel! Wie seid Ihr denn zu dem gekommen?“
„Werde es Euch erzählen, wenn wir Zeit dazu haben.“
„Durch Zufall wohl?“
„Nein.“
„Also mit Absicht?“
„Ja.“
„Unmöglich! Ihr wollt doch nicht etwa sagen, daß Ihr in der bestimmten Absicht von uns fortgegangen seid, den Roten ihren geliebten Häuptling zu stehlen?“
„Das nicht. Ich ging, um Mr. Dschafar herauszuholen; dies war aber unmöglich, weil er zu scharf bewacht wurde. Da habe ich mir den Häuptling ausgebeten, was ganz dasselbe ist, denn wenn wir ihn haben, so ist es grad so gut, als ob wir Mr. Dschafar hätten.“
„Das ist wieder so ein Meisterstück, ja, ganz gewiß ein Meisterstück von Euch, Mr. Shatterhand!“
„Bin leider dazu gezwungen.“
„Gezwungen? Wieso?“
„Weil andere Leute nur Gesellen- oder gar bloß Lehrlingsstücke liefern.“
„Wem gilt das, Sir? Doch nicht etwa mir?“
„Auch mit.“
„Oho! Ist es etwa ein Lehrbubenstreich, daß ich die ganze Linie der Roten mit so wenig Mann aufgerollt habe?“
„Wenn es wirklich so ist, wie Ihr sagt, so will ich es loben.“
„Es ist so, Mr. Shatterhand. Ihr seid also mit mir zufrieden?“
„Ja und nein.“
„Warum nein?“
„Die Indsmen kamen vorhin doch wohl nicht ganz bis hierher?“
„Nein.“
„Wie nahe waren sie?“
„Wohl an die fünfhundert Schritte weit von hier; da wollten sie sich häuslich niederlassen, bis Ihr kommen würdet.“
„Warum seid Ihr denn eigentlich hin, um sie von dort zu vertreiben?“
„Natürlich Euertwegen!“
„Meinetwegen? Das kann ich leider nicht begreifen.“

„Nicht? Ihr seid doch sonst nicht so schwer von Begriffen! Wir haben sie fortgejagt, weil sie es auf Euch abgesehen hatten.“
„Ihr glaubtet also, daß sie mich erwischen würden?“
„Yes.“
„Sonderbarer Knabe, der Ihr seid, Mr. Snuffle! Von wo aus habe ich denn eigentlich meinen Weg angetreten?“
Von hier aus.“
„Und nach welchem Orte wollte ich denn zurückkehren?“
„Nach hier.“
„Well! Was gingen Euch da die Roten an?“
Er starrte mich, ganz verwundert über diese Frage, eine Weile an und antwortete dann:
„Was sie uns angingen? Sir, ich weiß da wirklich nicht, was Ihr wollt!“
„Hm! Die Indianer bildeten eine lange Linie. Derjenige von ihnen, welcher Euch am nächsten war, befand sich an die fünfhundert Schritte weit von hier. Konnten sie mich da fassen?“
„Ob sie – – fassen? – – hm! – – Wetter! – – – eigentlich nicht, Mr. Shatterhand,“ erklärte er verlegen.
„Hattet Ihr also Grund, sie zu vertreiben?“
„So wichtigen Grund wohl nicht. Aber es kommt Euch doch wohl nicht bei, das, was ich gethan habe, einen Fehler zu nennen?“
„Ja, grad das kommt mir bei!“
„Hört, das möchte ich mir verbitten! Das, was andre Leute, als Ihr seid, thun, braucht nicht deswegen immer und stets fehlerhaft zu sein!“
„Fällt mir gar nicht ein, so etwas zu behaupten; aber höchst wahrscheinlich seid Ihr vernünftig genug, einzusehen, daß ihr durch Euer Vorgehen unser Versteck verraten habt?“
„Verraten? Unser Versteck? Hm, hm, hm! Meint Ihr das wirklich?“
„Gewiß! Wenn Ihr Euch hier ruhig verhalten hättet, wüßten die Indianer gar nicht, wo wir uns befinden.“
„Mag wohl so sein!“
„Ja, noch mehr: sie wüßten gar nicht, ob ich allein hier bin oder Euch auch mitgebracht habe. Das gebt Ihr hoffentlich zu?“
„Gern nicht, Sir.“
„Nicht gern, aber doch. Ihr seid ja dazu gezwungen.“
„Ich meine aber doch, es ist ganz egal, ob sie wissen oder nicht, wo wir stecken.“
„Da irrt Ihr Euch. Es ist ganz und gar nicht egal, ob sie das wissen oder nicht. Wenn sie es nicht erfahren hätten, so wüßten sie nicht, wohin sie ihre Aufmerksamkeit zu richten haben; nun aber haben sie es erfahren, und wie ich sie kennen gelernt habe, werden sie sich das zu nutze machen.“
„Möchte wissen, wie?“

„Denkt nach, so werdet Ihr darauf kommen!“
„Ich meine, daß ich es auch ohne Nachdenken von Euch erfahren kann.“
„Ja, es würde mir aber lieber sein, wenn Ihr es durch Euern eigenen Genius fändet.“
„Geht mir mit dem Genius! Ein Stück gute Büffellende ist mir lieber.“
„Das glaube ich Euch, ohne daß Ihr es mit einem Eid bekräftiget. Die Roten haben Mr. Dschafar in ihren Händen, und ich habe ihren Häuptling gefangen genommen. Was werden sie denken, daß nun geschieht?“
„Daß beide gegeneinander ausgewechselt werden sollen.“
„Richtig!“
„Dabei kommen sie noch sehr gut weg, denn ihr Gefangener ist ein gewöhnlicher Mann, wenigstens nach ihren Begriffen, während der unserige ein Häuptling ist. Sie werden also gern auf unser Verlangen eingehen.“
„Sobald es Tag geworden ist, ja, eher aber nicht.“
„Meint Ihr? Warum nicht eher?“
„Am Tage können sie nichts mehr gegen uns thun; die Nacht aber können sie zu einem Streiche gegen uns ausnützen.“
„Uns etwa überfallen?“
„Gewiß. Wenn es ihnen gelingt, ihren Häuptling zu befreien, brauchen sie Mr. Dschafar nicht herzugeben.“
„Das sollen sie nur einmal versuchen!“
„Warum nicht?“
„Wir würden sie mit zerschossenen Köpfen fortschicken. Ich wollte sehr, sie thäten es; das wäre mir das höchste der Gefühle.“
„O, ich bin überzeugt, daß sich in diesem Falle noch ganz andere Gefühle einstellen würden, die nicht zu den höchsten gehören. Bei Tage können sie uns nicht überfallen, sich nicht an uns wagen; da fürchten sie sich vor uns; das ist ja längst erwiesen. Aber des Nachts kann ihnen ein solcher Streich gelingen.“
„Nein!“
„Doch!“
„Wir werden aufpassen!“
„Das nützt uns nichts. Was hilft uns alle Aufmerksamkeit, wenn sie uns einschließen?“
„Einschließen? Hm! Und wenn sie das thäten, würden wir uns wehren!“
„Am Tage, ja; aber wie wollt Ihr Euch des Nachts gegen einen Feind wehren, den Ihr nicht sehen könnt?“
„Aber Sir, wir sind ja geschützt, wir sind rückenfrei!“
„Ja, wir haben hier hinter uns den steilen, bewaldeten Berg, von welchem aus sie uns des Nachts nicht angreifen können.“
„Und der uns auf alle Fälle eine Zuflucht bietet.“
„Ihr seid wirklich ein großer Stratege, Mr. Snuffle, und ein noch viel größerer Taktiker!“

„Pshaw! Wenn Ihr Euch über mich lustig machen wollt, so thut es immerhin; es ist ein sehr billiges Vergnügen!"
„Ich treibe keinen Scherz, sondern ich spreche sehr im Ernste. Die Roten wissen, wo wir stecken. Wir liegen hier am Rande der Ebene, am Fuße des Berges. Sie brauchen nur eine Linie zu bilden, welche links von uns einen Halbkreis hinaus in die Ebene zeichnet, der rechts von uns wieder an den Berg stößt, so sind wir eingeschlossen."
„Und Ihr meint, sie greifen uns dann an?"
„Ja."
„Das sollen sie nur wagen!"
„Sie wagen gar nicht viel. Sie ziehen den Halbkreis enger und enger zusammen, bis er keine Lücke mehr aufweist, und fallen dann plötzlich über uns her."
„Da wehren wir uns!"
„Pshaw! Womit?"
„Mit den Gewehren."
„Schießt doch einmal des Nachts auf jemanden, den Ihr nicht seht!"
„So lassen wir sie so nahe herankommen, daß wir sie sehen."
„Dann ist es für die Gewehre zu spät; sie nützen uns nichts mehr."
„So nehmen wir die Messer!"
„Also Nahekampf? Da sind sie uns überlegen, siebzig Krieger gegen unsere wenigen Leute! Euern Mut und Eure Tapferkeit in allen Ehren; ich stelle auch meinen Mann; aber wenn in der Nacht in einem einzigen Augenblicke siebzig Indianer auf uns eindringen, so sind wir verloren; wir werden zwar einige von ihnen erstechen oder erschießen, werden aber gewiß binnen wenigen Minuten niedergemacht."
„So fliehen wir in den Wald, da den Berg hinauf; da können sie uns nicht folgen!"
„Und die Pferde lassen wir zurück?"
„Die könnten wir freilich nicht mitnehmen."
„Ich wiederhole es: Ihr seid ein sonderbarer Heiliger, Mr. Snuffle! Das günstigste, was von uns hier geschehen kann, ist, daß wir fliehen. Seht Ihr ein, daß wir nicht hier bleiben können?"
„Vielleicht doch. Es fragt sich sehr, ob sie auf den Gedanken kommen werden, uns einzuschließen und zu überfallen."
„Sie kommen darauf; das mögt Ihr nur immer glauben. Wir müssen fort, weil Ihr durch Euern Angriff unser Versteck verraten habt."
„Es ist doch zum Teufel, daß ich immer unrecht haben muß!" knurrte er.
„O, das würde noch gehen; aber unrecht thun, das ist schlimmer. Fehlerhaft denken, das kann vorkommen, aber fehlerhaft handeln, das soll nicht vorkommen. Ich sage – – –"
Meine Rede wurde dadurch unterbrochen, daß Tim Snuffle kam.
„Höre, alter Jim," sagte er, „es scheint, als ob die Roten – – – ah, da seid Ihr ja selbst, Mr. Shatterhand! Wer liegt hier?"
„To-kei-chun," antwortete ich.

„Wetter! Habt ihn gefangen?“
„Ja.“
„Well, großartig, unvergleichlich! Wißt wohl schon alles?“
„Ja. Ihr kommt, um etwas zu melden?“
„Yes.“
„Was?“
„Es scheint, die Indsmen haben was vor.“
„Woraus schließt Ihr das?“
„Kriechen langsam in die Ebene hinaus.“
„Ah, dachte es! Hört Ihr es, Jim, daß ich recht hatte. Sie beginnen, den Plan auszuführen, von dem ich sprach. Macht schnell, daß Ihr die andern holt. Sie sollen leise hierherkommen und sich zum Aufbruche fertig machen. Ich will den Indsmen indessen einen Zaum anlegen.“
Ich nahm den Henrystutzen und ging fort, zwischen den Sträuchern hinaus auf die offene Prairie. Dort legte ich mich nieder und kroch weiter, gerade fort, auf dem Radius des Halbkreises, den nach meinem Vermuten die Indianer zu bilden im Begriffe standen. Als ich weit genug gekommen zu sein glaubte, hielt ich an und wartete. Ja, richtig, da kamen sie von links herüber in gebückter, hockender Körperhaltung, langsam, einer hinter dem andern. Als der vorderste von ihnen noch vier Schritte entfernt war, gab ich, doch ohne auf ihn oder einen andern zu zielen, drei oder vier Schüsse ab und rief:
„Zurück! Hier ist Old Shatterhand! Wer wagt sich weiter?“ Ein mehrstimmiger Schreckensruf erscholl, und die Kerls verschwanden. Ich gab noch einige Schüsse hinter ihnen her, stand dann auf und eilte nach unserm Verstecke zurück.
Dort waren die Gefährten jetzt alle beisammen. Sie hatten natürlich meine Schüsse gehört, und Tim Snuffle fragte:
„Ihr habt geschossen, Sir. Auf wen?“
„Auf die Roten natürlich! Oder meint Ihr etwa, daß ich mir das Vergnügen gemacht habe, einige Fixsterne vom Firmament herunterzuschießen?“
„War freilich eine überflüssige Frage! Die Comantschen kamen also wirklich?“
„Ja.“
„Und dann?“
„Sie rissen aus.“
„So können wir also nun hier bleiben?“
„Nein, denn ich bin überzeugt, daß sie den Versuch wiederholen werden, nur in weiterer Entfernung von hier. Machen wir also, daß wir fortkommen!“
Der Häuptling hatte alles gehört, was gesprochen worden war; ich glaubte, keinen Grund zu haben, es vor ihm geheim zu halten. Er hatte weder ein Wort gesagt, noch sonst ein Lebenszeichen von sich gegeben. Ich ließ ihn mir, nachdem ich meine Gewehre übergehängt und mein Pferd bestiegen hatte, heraufgeben und nahm ihn quer vor mir auf das Tier; dann ritten wir fort, hinaus auf die Ebene, bis wir die Stelle erreichten, wo

wir bei unserer vorigen Anwesenheit den jetzt wieder gefangenen Häuptling schon einmal ausgetauscht hatten. Dort stiegen wir ab, hobbelten unsere Pferde an und setzten uns nieder. Den Comantschen nahmen wir in unsere Mitte. Jetzt erst fand ich Zeit, zu erzählen, auf welche Weise ich den Häuptling in meine Gewalt bekommen hatte. Die Gefährten hörten mir staunend zu, denn keiner von ihnen hätte das gewagt, was mir so leicht geworden war. Das Schwierigste dabei war ja der Rückweg gewesen. Es wurde mir allgemeines Lob zu teil; To-kei-chun aber, der jedes Wort auch gehört hatte, knirschte mit den Zähnen.

„Horch, alter Tim!“ forderte Jim Snuffle seinen Bruder auf. „Hat dein Ohr es auch vernommen?“

„Was?“

„Wie die Kauwerkzeuge dieses alten, roten Sünders soeben aufeinander gerieten?“

„Yes.“

„Er ärgert sich gewaltig. Es ist aber auch ganz und gar keine Ehre, wenn so ein berühmter Kriegshäuptling eines noch berühmteren Stammes sich immer und immer wieder fangen und mit Riemen umwickeln läßt! Pfui Teufel! Eine dumme Maus, welche einmal in eine Falle geraten und wieder aus derselben entkommen ist, die geht gewiß nie wieder hinein. Sie ist pfiffiger als dieser große Kriegsanführer des Comantschenvolkes.“

„Schweig, Hund!“ brauste da, sein bisheriges Schweigen aufgebend, To-kei-chun auf. „Deine Worte sind wie die Losung eines Coyoten auf der Savanne: kein Mensch achtet auf sie! Du wirst sie aber dennoch zu bereuen haben!“

„Wann denn wohl?“

„Wenn du dich in meiner Hand befindest.“

„Wetter! Du glaubst also, mich noch einmal fangen zu können?“

„Ich glaube es nicht, sondern ich weiß es.“

„So? Höchst sonderbar! Weißt du es auch, alter Tim?“

„No.“

„Schön! So wird er sich also wohl irren. Er und mich einmal fangen! Der Kerl ist verrückt! Es liegt in unserer Hand, ihn auszulöschen wie ein Licht, das nicht mehr brennen darf, und da hat er die Frechheit, mir zu drohen! Man sollte – – – – horch!“

Vom Berge scholl ein vielstimmiges Geheul herüber.

„Das sind die Roten,“ fuhr Jim fort. „Was mag wohl dieser ihr schöner Gesang zu bedeuten haben, Mr. Shatterhand?“

„Das wißt Ihr nicht?“

„Nein. Es ist mir keine Veranlassung für sie bekannt, jetzt ein solches Lied anzustimmen.“

„Die Antwort ist aber sehr einfach. Wie ich Euch schon sagte, haben sie, obgleich sie durch mich vertrieben wurden, ihre Absicht, uns zu überfallen, nicht aufgegeben, sondern sie doch noch ausgeführt. Sie haben unser Versteck umzingelt und sind auf ein gegebenes Zeichen alle auf einmal in dasselbe eingebrochen.“

„Die Vögel waren aber ausgeflogen!“
„Ein Glück für uns, daß es so ist. Sie aber sind so wütend darüber, daß sie heulen.“
Das konnte der Häuptling nicht ruhig anhören, er zischte mich an:
„Du sagst, sie heulen vor Wut; ich aber sage dir, daß sie noch vor Freude heulen werden!“
„Pshaw!“ antwortete ich. „Ihr Geheul ist eine Dummheit und deine jetzigen Worte sind noch viel dümmer.“
„Schweig! Was To-kei-chun sagt, ist niemals dumm; er weiß, was er spricht!“
„Und ich weiß, was du denkst! Ist dir die Mahnung unbekannt, daß man nicht immer sagen soll, was man weiß? Wären deine Krieger jetzt still gewesen, so wüßten wir nicht, daß sie den vergeblichen Ueberfall unternommen haben. Und hättest auch du geschwiegen, so wüßten wir nicht, auf was du wartest.“
„Glaubt Old Shatterhand vielleicht, allwissend zu sein?“
„Nein; aber wenn ein dummer Mensch seine Zunge nicht halten kann, so pflege ich zu sehen, was auf derselben liegt. Soll ich dir deine Gedanken sagen?“
„Du kennst sie nicht!“
„So höre! Du hast uns soeben gedroht. Du glaubst also, freizukommen, ohne zum Frieden verpflichtet zu sein. Das kann aber nur dadurch geschehen, daß deine Krieger dich befreien. Und weil ihnen dies am Tage unmöglich ist, so meinst du, daß sie dich noch in dieser Nacht holen werden.“
„Uff!“ höhnte er. „Old Shatterhand scheint in die Haut des großen Geistes gefahren zu sein, der alles weiß!“
„Spotte immerzu! Grad dieser Spott sagt mir, daß ich das Richtige getroffen habe.“
„Wie kann ich denken, daß meine Krieger mich befreien! Sie wissen ja gar nicht, wo ich mich jetzt befinde.“
„Sie wissen es!“
„Nein, denn sie sind nicht so allwissend, wie Old Shatterhand, welcher einem sagen kann, was jeder Wurm und jeder Käfer für vortreffliche Gedanken hat!“
„Dein Hohn nützt dir nichts. Die Krieger der Comantschen wissen, daß ich das gefangene Bleichgesicht austauschen will und also am Morgen mit ihnen sprechen muß; ich werde mich also nicht weit von ihrem Lager entfernen. Sie fragen sich jetzt, wo ich bleiben und mit ihnen verhandeln werde, und die Antwort wird ganz natürlich lauten: da, wo er schon einmal mit uns verhandelt hat. Wenn deine Krieger sich das nicht sagten, so hätten sie kein Gehirn. Sie werden also die Nacht benutzen, noch einmal einen Ueberfall zu versuchen.“
„Uff!“
Jetzt klang dieser Ausruf nicht mehr höhnisch, sondern wie zornige Enttäuschung.
„Er wird ihnen aber nicht gelingen,“ fuhr ich fort, „obgleich du deine ganze Hoffnung auf ihn setzest. Wenn du diese Hoffnung nicht hegtest, würdest du es unterlassen haben, uns zu drohen. Du siehst also ein, daß deine Rede eine ebenso große Albernheit wie vorhin ihr Geheul da drüben war.“

Ich bediente mich mit voller Absicht der beiden sonst verpönten Worte dumm und albern. Er hatte sein Wort gebrochen und mußte nun so tief beschämt werden, wie es mit meiner sonstigen Gesinnung zu vereinbaren war. Er antwortete nur mit einem zornigen Schnaufen, und ich sprach weiter.

„Du bist es eigentlich gar nicht wert, daß ein Krieger mit dir redet, denn du hast das Calumet entweiht und den Frieden nicht gehalten, den du uns versprachst. Du solltest eigentlich die Strafe – – –“

„Mir ist nur mein Calumet heilig, das deinige aber nicht,“ fiel er mir in die Rede. „Warum hast du nicht das meinige geraucht? Old Shatterhand ist noch viel dümmer, als er andere Leute schimpft!“

„Ich habe nicht dumm und vertrauensselig gehandelt. Hätte ich aus deiner Friedenspfeife geraucht, so wäre mir das dabei gegebene Versprechen ebenso heilig gewesen, als wenn es aus meinem Calumet gekommen wäre. Ich habe deine Verschlagenheit gar wohl gekannt und sogar meinen Gefährten gesagt, was du im Schilde führtest, und dich dennoch nicht gezwungen, dich deiner Pfeife anstatt der meinigen zu bedienen. Ich unterließ das nicht etwa aus Dummheit, sondern weil ich weiß, daß ich dich nicht zu fürchten brauche; du bist ein kleiner Wurm gegen mich, den ich in jedem Augenblicke zertreten kann.“

„So zertritt mich doch! Kannst du es wirklich?“

„Ja.“

„Was wird dann aus dem Bleichgesichte, welches sich bei uns befindet?“

„Pshaw! Poche ja nicht zu sehr darauf! Ich würde diesen Weißen befreien, auch wenn du dich nicht in unserer Gewalt befändest. Ich will jetzt da weitersprechen, wo du mich vorhin unterbrochen hast. Mit deiner Treulosigkeit hast du eigentlich die Strafe der Lügner verdient, nämlich einen Schlag in das Gesicht, der dich für alle Zeit entehrt, so daß keiner deiner Krieger mehr etwas von dir wissen mag; aber Old Shatterhand weiß, daß Liebe besser ist, als Haß, und so will ich auf eine solche Rache verzichten und noch einmal freundlich mit dir sprechen.“

„Ich mag nichts hören!“

„Ich will dir einen Vorschlag machen, von dem ich erwarte, daß du auf ihn – – –“

„Ich mag von dir nichts hören!“ wiederholte er, mich unterbrechend.

„Das ist natürlich nicht dein letztes Wort. Du weißt ja noch gar nicht, was – – –“

„Schweig!“ fiel er mir wieder in die Rede. „Ich weiß alles!“

„Gut, so werde ich schweigen; es wird die Zeit kommen, in welcher du gern mit mir sprechen wirst. Ob und wie ich dann reden werde, das wirst du erfahren.“

„Sir, soll ich dem Halunken für seine Frechheit eine Ohrfeige geben?“ fragte mich Jim.

„Nein,“ antwortete ich. „Einen Wehrlosen schlägt man nicht, und ich habe ihm gesagt, daß er keinen Schlag bekommen soll.“

„Darauf fußt er eben! Ah, ihm so einen tüchtigen Box ins Gesicht oder auf den Magen zu geben, das wäre für mich das höchste der Gefühle! Denkst du nicht auch, alter Tim?“

„Yes!“ erklang es im tiefsten Brusttone der Ueberzeugung; mehr als dieses Wort aber sagte er nicht.

Ich war überzeugt, daß wir bald abermals beschlichen würden. Was wir dagegen thaten, das sollte der Häuptling nicht sehen; darum ließ ich ihm eine abgewendete Lage geben und besprach mich leise mit den Gefährten. Die beiden Snuffles, Perkins, die andern beiden Führer und ich wollten uns gegen die etwaigen Späher wenden, während die zwei Diener bei dem Häuptlinge sitzen blieben. Wir sechs krochen, auf der Erde liegend, eine Strecke vor; dann postierte ich sie so, daß sie ungefähr vierzig Schritte auseinander lagen und eine gegen den Berg gerichtete gerade Linie bildeten, deren Mitte in noch weiter vorgerückter Lage ich selbst einnahm. Auf diese Linie mußte der oder mußten die Kundschafter treffen, welchen oder welche man aussandte, um zu erfahren, wo wir lagerten.

Wie so oft, hatte ich mich auch diesesmal nicht getäuscht. Wir lagen noch keine halbe Stunde, so hörte ich Jim Snuffle rufen:

„Da will jemand zwischen uns hindurch. Halte ihn fest, alter Tim!“

„Yes.“

Die beiden Brüder lagen zu meiner rechten Hand hinter mir, erst Tim und dann Jim. Ich blickte mich um und sah Tim auf eine Gestalt zurennen, welche sich soeben vom Boden erhob und schnell zu entkommen trachtete. Sie sprang in weiten Sätzen fast genau auf die Stelle zu, an welcher ich lag, ein Stück vor den anderen, wie bereits gesagt. Es war natürlich ein Roter. Ich ließ ihn bis auf zehn Schritte herankommen und sprang dann plötzlich auf. Er blieb erschrocken stehen, nur einige Augenblicke lang; aber das war Zeit genug für mich, mit zwei Sprüngen bei ihm zu sein und ihn niederzureißen und festzuhalten, bis die Snuffles kamen und mir halfen, ihn zu binden. Er ließ dies lautlos und ohne Widerstand geschehen, so sehr war er erschrocken.

„Den haben wir!“ freute sich Jim. „Ob wohl noch andere bei ihm waren?“

„Wie ich die Indsmen kenne, nein, denn sie wären zu gleicher Zeit mit ihm bemerkt worden; er ist allein,“ antwortete ich. „Schaffen wir ihn zu seinem Häuptlinge, und machen wir uns dann fort.“

„Fort? Wohin?“

„Nicht sehr weit, an einen andern Ort, wo man uns nicht sucht.“

„Warum?“

„Mir ist soeben ein Plan gekommen. Ich sagte vorhin dem Häuptlinge, daß ich das gefangene Bleichgesicht auch ohne Auswechslung befreien würde; das will ich jetzt thun.“

„Wetter! Begebt Euch ja nicht wieder so in Gefahr!“

„Es ist gar keine Gefahr dabei. Ich will bloß nach den Häuptlingsgräbern, wo der Gefangene liegt.“

„Allein?“

„Ja, allein.“

„Da lauft Ihr aber doch den Indsmen in die Hände, denn sie sind dort!“
„Sie sind nicht dort.“
„Wer hat Euch das gesagt?“
„Der Kundschafter hier.“
„Habe kein Wort davon gehört!“
„Ich auch nicht; aber gesehen habe ich es.“
„Gesehen? Wieso?“
„Er floh vor Euch. Es war natürlich seine Absicht, zu seinen Gefährten zu entrinnen, und diese müssen sich da befinden, wohin er seine Richtung nahm. Er kam von Euch auf mich zu, von rechts herüber; sie müssen also links da drüben sein, nicht in ihrem Lager, sondern bei unserm Verstecke, wo sie geblieben sind, seit sie uns nicht dort fanden.“
„Das scheint freilich richtig zu sein.“
„Es ist richtig. Ferner ziehe ich folgenden Schluß: Als ich mich oben auf dem Felsen befand, stellten sich mehr als zehn Rote unten gegen mich auf, und sechs standen bei Mr. Dschafar. Sobald ich mich entfernt hatte, war das nicht mehr nötig. Es werden höchstens nur zwei Wächter bei dem Gefangenen sein, und mit denen werde ich leicht fertig; die übrigen haben sich den andern angeschlossen, die uns überfallen wollen. Ich gehe also nach den Häuptlingsgräbern, und vorher nehmen wir eine andere Stellung ein, damit wir vorkommenden Falles nicht gefunden werden.“
Die Snuffles fuhren fort, mich zu warnen; ich blieb aber bei meinem Vorsatze und zog die andern Posten ein. Als wir bei To-kei-chun ankamen und er den neuen Gefangenen sah, stieß er einen Ruf des Zornes aus, ohne aber weiter etwas zu sagen.
„Nun, wie steht es jetzt mit deiner Zuversicht?“ fragte ich ihn. „Werden dich deine Krieger befreien? Ihren Späher haben wir aufgefangen.“
Das war ihm doch zu viel. Er vergaß sich vor Aerger und antwortete: „Sie werden dennoch kommen!“
„Hierher vielleicht, aber nicht dorthin, wo wir sein werden. Du wirst sehen, daß deine Hoffnung dich betrügt, so wie du uns hast betrügen wollen.“
Ihm und dem Späher wurden die Füße freigegeben, daß sie laufen konnten; dann suchten wir einen Ort auf, welcher fast eine englische Meile entfernt lag. Das that ich auch aus dem Grunde, daß ein etwaiger Hilferuf des Häuptlings nicht von den Comantschen gehört werden konnte. Nachdem ich meinen Gefährten sehr ernst gesagt hatte, wie sie sich zu verhalten hatten, verließ ich sie, um meinen neuen Plan in Ausführung zu bringen. Ich nahm die beiden Gewehre mit, von denen ich gegebenen Falles entweder das eine oder das andere gebrauchen konnte. Unsere neue Haltestelle lag etwas weiter als die vorige von den Häuptlingsgräbern entfernt. Ehe ich dort anlangte, mußte also seit der Gefangennahme des Kundschafters ungefähr eine Stunde vergangen sein; dennoch war ich nicht darüber im Zweifel, daß die Roten ihre von mir vermutete Stellung noch immer inne hatten. Daß ihr Späher eine Stunde lang fortblieb, war noch kein Grund, sie mit Besorgnis oder gar Mißtrauen zu erfüllen. Es war also

anzunehmen, daß sie noch immer oben bei unserm früheren Verstecke hielten und ich unten bei den Gräbern keinen großen Widerstand finden würde.
Diese Voraussetzung erwies sich als richtig, denn als ich an dem letztgenannten Orte ankam und mich durch die licht stehenden Sträucher gewunden hatte, so daß ich das noch immer brennende Feuer vor mir sah, gewahrte ich nur zwei Wächter, welche bei dem Gefangenen saßen; es kam mir sogar der für mich sehr günstige Umstand zu statten, daß sie Dschafar ihre Gesichter, mir aber die Rücken zukehrten; sie konnten mich also nicht kommen sehen. Wenn ich nun dafür sorgte, daß sie mich auch nicht hörten, so mußte mir mein Vorhaben gelingen.
Ich legte mich nieder und kroch vorsichtig weiter, immer gerade auf sie zu. Das war nicht leicht, denn es gab nun keine Büsche mehr, und das Gras war so niedrig, daß es mir keine Deckung gewährte, Ich mußte mich in dem Schatten halten, welchen die beiden Indianer nach meiner Richtung warfen. Auch in der Person dessen, den ich befreien wollte, lag eine Gefahr für mich. Er war mit dem Leben des wilden Westens unbekannt; ich wußte, daß ihm die Gabe fehlte, sich im Augenblicke der Ueberraschung zu beherrschen. Wenn er mich kommen sah und durch eine Bewegung oder gar einen Ausruf dies verriet, so konnte ich eine Kugel bekommen, ehe ich den Platz ganz erreicht hatte. Ich mußte also meinen Weg so nehmen, daß er mich nicht zu früh bemerkte, was nur dadurch erreicht werden konnte, daß ich stets einen der Indianer in gerader Linie zwischen ihm und mir hatte.
Das war schwierig, aber es ging; ich kam näher und näher und befand mich endlich nur wenige Schritte von ihnen, so daß ich hörte, was sie sprachen. Sie redeten nämlich miteinander. Dschafar verstand englisch genug, und einer der Roten war dieser Sprache so weit mächtig, daß er das, was er sagen wollte, wenigstens einigermaßen zum Ausdrucke bringen konnte.
Der Perser schien guten Mutes zu sein, denn sein Gesicht zeigte keine Spur von Besorgnis, und eben als ich in Hörweite herangekommen war, hörte ich ihn sagen:
„Nein, ihr bekommt ihn nicht wieder!“
„Der Häuptling wird befreit,“ behauptete dagegen der Indianer.
„Old Shatterhand giebt ihn nicht wieder her!“
„Hat er ihn nicht schon gefangen gehabt und doch wieder hergeben müssen?“
„Müssen? Kein Mensch hat ihn gezwungen; er hat es freiwillig gethan.“
„Er war dazu gezwungen, denn er wollte die weißen Gefangenen freihaben.“
„Dabei ist er ehrlich mit euch verfahren; ihr aber habt hinterlistig gehandelt.“
„Die roten Krieger sind klüger als die weißen.“
„Was du meinst, das war keine Klugheit, sondern Unehrlichkeit. Ihr werdet das entgelten müssen, denn Old Shatterhand wird euern Häuptling ganz gewiß dafür bestrafen.“
„Das kann er nicht, denn wir werden To-kei-chun befreien.“
„Wann?“
„Jetzt.“

„Glaube das ja nicht! Ihr werdet ihn nicht wieder losmachen können.“
„Alle unsere Krieger sind fort, dies zu thun!“
„Wenn es ihnen überhaupt gelingen könnte, wären sie jetzt schon damit fertig. Sie müßten längst wieder hier sein.“
„Sie warten, um Old Shatterhand sicher zu machen; dann fallen sie über die Bleichgesichter her.“
„Pshaw! Old Shatterhand ist nicht der Mann, der so leicht überfallen werden kann. Zumal nach dem, was in der letzten Zeit geschehen ist, wird er doppelt vorsichtig sein.“
„Und wenn er vorsichtig wäre, was würde er dadurch erreichen? Er müßte unsern Häuptling doch wieder freilassen!“
„Wer soll ihn zwingen?“
„Wir. Wenn er ihn nicht freigibt, wirst du getötet.“
„Gut! Also wieder eine Auswechslung! Du giebst also zu, daß ich mich in keiner Gefahr befinde. Ihr könnt mir nichts thun.“
Der Indianer wollte sich nicht als geschlagen bekennen und behauptete:
„Wir werden den Häuptling holen und dich doch nicht losgeben!“
Dschafar antwortete nun seinerseits auch mehr, als er eigentlich behaupten konnte:
„Und Old Shatterhand wird mich holen und den Häuptling nicht loslassen.“
„Uff! Wir bewachen dich!“
„Das kann einen Mann, wie Old Shatterhand ist, nicht abhalten!“
„Er mag es nur wagen, zu kommen!“
„Er ist schon da,“ antwortete ich, indem ich hinter ihm aufsprang und die beiden Revolver zog.
Er und sein Kamerad drehten sich nach mir um; sie brachten vor Ueberraschung kein Wort hervor, hatten aber die Geistesgegenwart, nach ihren Messern zu greifen und auch aufstehen zu wollen.
„Bleibt sitzen, und rührt euch nicht, sonst erschieße ich euch!“ gebot ich ihnen.
„Uff, uff!“ stieß da der eine von ihnen, der bisher gesprochen hatte, hervor.
„Ja, uff, uff!“ antwortete ich. „Dieses Bleichgesicht hier hat sehr recht gehabt: Old Shatterhand ist nicht der Mann, der sich vor euch fürchtet. Wenn ihr mir nicht Wort für Wort gehorcht, seid ihr des Todes und auch Euer Häuptling ist verloren. Legt die Messer weg!“
Sie thaten es.
Ich ging zu Dschafar und durchschnitt seine Fesseln, während ich mit der andern Hand die Wächter durch die Revolver in Schach hielt. Als dies geschehen war, forderte ich Dschafar auf:
„Nehmt diese Riemen und bindet damit den beiden roten Gentlemen die Hände und die Füße zusammen!“
Er stand auf, um diese Weisung auszuführen; da aber erklärte der eine Rote:
„Wir lassen uns nicht binden!“

„Was wollt ihr dagegen thun?“ fragte ich. „Ihr befindet euch in meiner Gewalt!“
„Lieber sterben wir! Eine solche Schande kann kein Krieger ertragen.“
„Es ist keine Schande. Ich selbst bin auch oft gefesselt gewesen.“
„Aber wir hatten dieses Bleichgesicht zu bewachen und haben uns überraschen lassen. Das ist eine Schande.“
„Pshaw! Wißt ihr, was für einen roten Krieger die größte Schande ist?“
„Was meint Old Shatterhand?“
„Wenn er seine Medizin oder seine Skalplocke verliert. Ihr habt eure Medizinen am Gürtel hängen, und auf euern Häuptern sehe ich die Büschel eurer Haare. Wenn ihr nicht gehorcht, so erschieße ich euch nicht nur, sondern nehme euch die Medizinen und die Skalplocken, und werfe sie in das Feuer hier. Dann seht zu, ob ihr nach dem Tode in die ewigen Jagdgründe eingelassen werdet!“
„Uff!“, rief er erschrocken.
„Also gehorcht! Gebt eure Hände und Füße her, haltet still!“
Jetzt weigerten sie sich nicht mehr. Meine Drohung hatte ihren Widerstand vollständig gebrochen. Während ich sie mit den Revolvern bedrohte, wurden sie von Dschafar gebunden.
„Man hat Euch ausgeraubt, Sir?“ fragte ich diesen dann.
„Ja,“ antwortete er.
„Wer hat die Sachen?“
„Der Häuptling.“
„Alles?“
„Alles. Aber es sind nur die Kleinigkeiten. Was Wert hatte, habe ich in den Packsattel gethan.“
„Den haben wir; der Häuptling wird aber dennoch alles herausgeben müssen.“
Und mich wieder zu den beiden Wächtern wendend, sagte ich:
„Ihr seht, was eure Hinterlist und Wortbrüchigkeit euch für Früchte bringt. Euer Gefangener ist wieder frei, und dafür habe ich To-kei-chun abermals in meine Gewalt gebracht; er wird nicht so leicht wieder loskommen. Wir verlassen jetzt diesen Ort. Einer von euch wird uns begleiten, um Zeuge dessen zu sein, was ich mit dein Häuptlinge verabrede, und dann als sein Bote nach hier zurückzukehren. To-kei-chun wird mit uns reiten, bis wir uns in Sicherheit befinden. Darum nehme ich sein Pferd jetzt mit. Ob wir ihn später töten oder nicht, das wird ganz auf sein Verhalten ankommen.“
Dschafar holte sein Pferd und auch dasjenige des Häuptlings herbei, dazu die Waffen und sonstigen Gegenstände, welche an der Stelle lagen, wo To-kei-chun gelegen hatte. Ich gab einem der Wächter die Füße frei und band ihn mit den Händen an den Steigbügel fest; seinen Gefährten knebelte ich, daß er nicht rufen konnte; dann trat ich das Feuer aus. Als das geschehen war, ritten wir fort.
Sobald der Lagerplatz und das hindernde Gebüsch hinter uns lagen und wir uns draußen auf der freien Ebene befanden, machte der Perser seinem Herzen Luft.

„Sir, was habe ich Euch nicht alles zu danken! Meine Schuld gegen Euch ist von Tag zu Tag größer geworden. Jetzt habt Ihr mich wieder befreit."
„Aber zum letztenmal!" sagte ich ernst.
„Gewiß! Ich denke doch, daß ich nicht wieder in die Hände dieser Teufel fallen werde!"
„Wenn Ihr so unvorsichtig bleibt, wie Ihr bisher gewesen seid, so wird das sicher geschehen. Dann laß ich Euch aber stecken; darauf könnt Ihr Euch heilig verlassen!"
„Ihr scheint zornig zu sein, Mr. Shatterhand?"
„Ist auch kein Wunder! Ich scheine nur zu dem Zwecke mit Euch zusammengetroffen zu sein, die fortgesetzten Fehler anderer Leute immer wieder gutmachen zu müssen. Das geschah vom ersten Augenblicke bis jetzt und scheint gar nicht anders werden zu wollen."
„Was mich betrifft, so soll so etwas gewiß nicht wieder vorkommen."
„Das hoffe ich. Horcht!"
Es ertönte hinter uns ein lautes Geheul.
„Warum brüllen sie so?" fragte der Perser. „Sie haben doch nicht etwa unsere Gefährten gefangen?"
„Nein. Diese befinden sich nicht hinter, sondern da vor uns. Es ist das Wutgeheul der Comantschen, welche eingesehen haben, daß sie ihren Häuptling nicht befreien können. Sie sind nach dein Lager zurückgekehrt und haben da zu ihrem Schreck bemerkt, daß Ihr noch obendrein gerettet worden seid und dazu auch noch ein Krieger von ihnen mit fortgeführt worden ist. Da ist es kein Wunder, wenn sie so schreien."
„Sie werden uns nachkommen!"
„Mögen es versuchen! Ihr könnt übrigens froh sein, daß mir mein Streich gelungen ist; denn wenn dies nicht gelungen wäre, so hättet Ihr heut Euern letzten Tag erlebt."
„Glaubt Ihr denn wirklich, daß sie mich getötet hätten?"
„Ohne alle Gnade und Barmherzigkeit."
„Sind das schreckliche Menschen! Bei uns wohnen doch auch halbwilde Völker, vor denen man sich in acht zu nehmen hat; aber so blutgierig wie die Indianer sind sie doch nicht!"
„Da irrt Ihr Euch!"
„Irren? Schwerlich!"
„Ich kann Euch mit meinen eigenen Erfahrungen das Gegentheil beweisen. Wir oft ist mir im Oriente nur deshalb nach dem Leben getrachtet worden, weil ich kein Moslem war, Ich hatte diesen Leuten nicht das mindeste gethan, sie mit keinem Worte beleidigt. Der Indianer aber kennt gar keinen Religionshaß und ist nur deshalb der Feind der Weißen, weil diese mit unversöhnlicher Feindschaft an seinem Untergange arbeiten. Er wehrt sich seines Lebens; das ist alles."
„So sagt, was habe denn grad ich diesen Comantschen gethan?"
„Wohl nichts?"
„Nein!"

„Das denkt Ihr nur. Erstens seid Ihr ein Weißer, also ein Feind von ihnen. Wie Ihr persönlich zu ihnen steht, darnach fragen sie nicht. Sodann reist Ihr jetzt durch ihr Gebiet, ohne zu fragen, ob es ihnen recht ist oder nicht."
„Was können sie dagegen haben?"
„Etwa nichts? Darf ich zum Beispiel in Persien so reisen, wie Ihr es hier thut?"
„Natürlich!"
„Wirklich? Lagern und schlafen, wo ich will? Mich ernähren, wie ich will? Rinder, Hirsche und dergleichen schießen, wie es mir beliebt? Den rechtmäßigen Besitzern des Landes die Nahrung wegnehmen, ohne daß sie etwas dagegen thun oder sagen dürfen?"
„Hm!"
„Ja, hm! Hat nicht schon an Eurer Grenze jeder Scheik das Recht, von jedem Fremden, der durch sein Gebiet will, eine Abgabe, einen Tribut zu verlangen?"
„Das ist richtig."
„Wenn hier ein Häuptling so etwas forderte, bekäme er anstatt der Zahlung eine Kugel. Die Roten zählten einst nach vielen, vielen Millionen, und das ganze weite Land, der ganze Kontinent war ihr Eigentum. Aus diesen Millionen ist ein armseliges Häuflein geworden, welches nur nach Tausenden zählt und ohne alles Erbarmen von Stelle zu Stelle gejagt und verjagt wird. Wer ist da der Grausame, der Blutdürstige – der Rote oder der Weiße?"
Der Perser schwieg, aber der an meinem Steigbügel hängende Comantsche, welcher meine Rede leidlich verstanden haben mochte, rief aus:
„Uff, uff! Das sagt Old Shatterhand, obgleich er ein Bleichgesicht ist!"
„Ich habe es stets gesagt."
„So bist du ein wahrer Freund aller roten Männer!"
„Ja, das bin ich, und ihr thätet besser, mich und diejenigen, die bei mir sind, mit eurer Verfolgung und euern Wortbrüchen zu verschonen."
„Ich möchte das meinen Kriegern sagen; aber ich weiß nicht, ob ich zu ihnen zurückkehren darf. Wird Old Shatterhand mich töten?"
„Nein."
„Mich freilassen?"
„Ja. Du sollst dabei sein, wenn ich nachher mit euerm Häuptling rede. Ist das geschehen, so gebe ich dich frei, damit du den Kriegern der Comantschen sagen kannst, was ich zu To-kei-chun gesprochen habe."
Wir waren indessen in der Nähe der Stelle angekommen, an welcher ich die Gefährten zurückgelassen hatte. Da es hier bei Nacht und auf der offenen Prairie keinen Punkt gab, nach dem ich mich richten konnte, so pfiff ich laut; es wurde mir geantwortet; ich hatte die Richtung genau eingehalten. Die Stimme Jims schallte mir entgegen:
„Halloo, Sir! Pfeift ihr, oder pfeift etwa ein anderer?"
„Ich bin es. Wer sollte sonst hier pfeifen?"

„Die Patti nicht; das ist wohl wahr. Habt Ihr – – – ah, das sind ja drei Personen anstatt einer! Ist – ist – ist die Sache – – –“

„Ich bin frei!“ unterbrach ihn Dschafar, indem er vom Pferde sprang. „Mr. Shatterhand hat mich herausgeholt!“

„Alle Wetter! Das ist nun wieder so ein Streich! Und wer ist der dritte Gentleman? Ein Roter? Ein Comantsche? Das ist ja weit mehr, als man erwarten konnte! Meinst du nicht auch, alter Tim?“

„Yes,“ antwortete sein Bruder. Aber ganz entgegen seiner sonstigen lakonischen Weise fügte er dieses Mal hinzu: „So ein Streich ist großartig zu nennen, rein großartig. Ich gestehe, daß mir der Verstand darüber still stehen will!“

„Stillstehen? Well, das ist gut; das ist viel besser, als wenn er dir davonlaufen wollte. Das müßte ich mir verbitten, denn einen Bruder Snuffle ohne Verstand, das wäre für mich keineswegs das höchste der Gefühle.“

Ich war indessen auch abgestiegen. Als To-kei-chun nun sah, daß ich wirklich seinen Gefangenen und einen Comantschen mitgebracht hatte, ließ er ein grimmiges „Uff!“ hören, sagte aber sonst weiter nichts. Die Gefährten wollten wissen, auf welche Weise ich Dschafar losbekommen hatte; ich erklärte ihnen:

„Wartet bis später! Wenn wir mehr Zeit haben, werdet ihr es erfahren. Jetzt habe ich vor allen Dingen mit To-kei-chun zu reden. Ich muß mich gegen einen wiederholten Wortbruch sicher stellen.“

„Sicher stellen?“ fragte Perkins. „Ja, das werden wir thun, Das ist das Notwendigste, was geschehen muß. Ich werde da gleich meinen Antrag stellen.“

Er sagte das in einem Tone, als ob alles auf seine Meinung ankäme und wir uns nur so nach seinem Willen zu richten hätten; darum antwortete ich ihm:

„Habe ich einen Antrag von Euch verlangt?“

„Verlangt? Nein.“

„So wartet, bis ich das thue!“

„Aber, Sir, es versteht sich doch ganz von selbst, daß wir uns darüber verständigen müssen, wie wir diesen roten Häuptling endlich unschädlich machen!“

„Was wollt Ihr mit dem Worte verständigen sagen? Es hat nie einer Verständigung bedurft, denn To-kei-chun ist Euch nur durch Eure Dummheiten schädlich geworden. Hättet Ihr von vornherein mit mehr Klugheit gehandelt, so hätten die Comantschen Euch gar nichts anhaben können.“

„Hm!“ brummte er mißvergnügt. „Jeder Mensch begeht einmal einen Fehler.“

„Mag sein; hier aber ist Fehler auf Fehler vorgekommen.“

„Wenn das wahr ist, so können wir uns am besten gegen weitere Fehler dadurch schützen, daß wir den Häuptling einfach niederschießen. Wenn wir das nicht thun, wird er uns wieder nachreiten.“

„Unendlich klug gesprochen, Mr. Perkins! Ihr wollt keine Fehler mehr begehen und schlagt in demselben Atem etwas vor, was ein noch größerer Fehler sein würde als alles, was bisher vorgekommen ist. Der Häuptling bleibt leben!"
„Das ist wieder Eure Humanität, mit der Ihr Euch und uns nur stets – – –"
„Schweigt!" unterbrach ich ihn. „Hier wird überhaupt nicht geschossen! Und ich werde dafür sorgen, daß kein Mord begangen wird, solange ich mich bei euch befinde. Es hat niemand notwendig, Anträge zu stellen, denn ich werde jetzt sagen, was zu geschehen hat, und dann sind wir fertig."
„All devils! Giebt es hier etwa einen Kaiser, dessen Unterthanen wir sind?"
„Nein. Aber es giebt hier einen Westmann, der nicht noch monatelang mit euch herumreiten will, um bald den einen, bald den andern von euch aus den Händen der Indianer zu holen. Das müßte ich nämlich thun, wenn ich mich nach euch richten wollte."
„Well! Ich bin hier nicht allein maßgebend. Es giebt noch mehr Personen, welche sich darüber auszusprechen haben, ob wir nach gemeinsamer Vereinbarung handeln oder die gehorsamen Diener eines einzelnen von uns sein wollen."
„Mir gleich! Ich aber sage euch, daß ich augenblicklich von hier fortreiten werde, wenn ihr etwas anderes thut, als was ich beabsichtige."
„Das klingt wirklich außerordentlich befehlshaberisch, Sir! Ich möchte wissen, was die beiden Snuffles dazu sagen?"
Jim antwortete verständiger Weise:
„Was wir dazu sagen? Die beiden Snuffles haben eigentlich gar nichts mit Euch zu thun, haben gar keine Verpflichtung gegen Euch. Wir haben Euch getroffen und sind mit Euch geritten, um Euch gegen die Roten beizustehen. Dabei haben wir freilich dieses und das gethan, was Mr. Shatterhand Dummheiten nennt. Ich kann nicht sagen, daß er da unrecht hat. Sollen wir denn hier immer hin und her reiten, um bald diesen und bald jenen aus der Patsche zu befreien, in die er selbst hineinreitet? Nein! Mr. Shatterhand hat uns allen immer wieder herausgeholfen, und so denke ich, er kann verlangen, daß wir uns jetzt nach ihm richten. Was meinst du wohl, alter Tim, habe ich recht oder nicht?"
„Yes."
„Wir halten zu Mr. Shatterhand?"
„Yes."
„Well! So mag er uns also sagen, was nun geschehen soll."
Da niemand widersprach, wendete ich mich an den gefangenen Häuptling:
„To-kei-chun mag meine Worte hören! Er ist wortbrüchig gewesen, und ich sollte ihn dafür töten. Ich habe sein Leben in meiner Hand, will es ihm jedoch schenken. Aber freilassen werde ich ihn jetzt noch nicht, denn da würde er uns wieder folgen."
„Ich folge euch nicht!" warf er ein.

„Das sagst du wohl; aber ich glaube keinem deiner Worte. Wer Old Shatterhand belügt, dem schenkt er niemals wieder sein Vertrauen. Du wirst mit uns reiten, natürlich auf das Pferd gefesselt. Deine Krieger werden uns nicht folgen, sondern deine Rückkehr hier erwarten. Sobald ich bemerke, daß sie uns nachkommen, wirst du erschossen."
„Uff! Sie werden nicht bleiben wollen!"
„Sie werden bleiben müssen, denn du wirst es ihnen befehlen."
„Sie werden nicht gehorchen!"
„Hat To-kei-chun, der oberste Häuptling der Comantschen, kein Ansehen bei seinem Volke und keine Macht über seine Krieger?"
„Sie werden gegen meinen Willen handeln, weil sie glauben, ich befinde mich in Gefahr."
„Du und ich, wir beide werden ihnen sagen lassen, daß dies nicht der Fall ist."
„Wer soll es ihnen sagen?"
„Hier dieser Krieger, den ich deshalb mitgebracht habe."
„Uff! Du wirst ihn freigeben?"
„Ja. Ich habe ihn aus keinem andern Grunde, als nur zu diesem Zwecke mitgebracht. Wir werden jetzt, sofort aufbrechen; vorher aber nehme ich deine Medizin zu mir."
„Uff! Was willst du mit ihr thun?"
„Sie gut aufbewahren, weiter nichts. Wenn ich mit dir zufrieden bin, bekommst du sie wieder und darfst zu den Deinen hierher zurückkehren. Handelt ihr aber nicht nach meinem Willen, so wirst du erschossen und deine Medizin vernichtet; ich verbrenne sie."
Er schwieg; darum fragte ich ihn:
„Hast du meine Worte gehört?"
„Ja."
„Was sagst du darauf?"
„Was thust du, wenn ich nicht auf deinen Willen eingehe?"
„Sonderbare Frage! Kannst du überhaupt nicht darauf eingehen? Bist du nicht mein Gefangener, den ich zwingen kann? Old Shatterhand giebt dir jetzt sein Wort, daß du nach drei Tagen mit deiner Medizin hierher zurückziehen darfst. Glaubst du, daß ich mein Versprechen erfülle?"
„Ja. Old Shatterhand lügt nicht."
„Gut! Dafür befiehlst du deinen Kriegern durch diesen Boten hier, daß sie uns nicht folgen, sondern hier bleiben, um auf dich zu warten. Wenn du darauf eingehst, wird dir nichts geschehen. Weigerst du dich, diesen Befehl zu erteilen, so warte ich gar nicht, was meine Gefährten mit dir thun werden, sondern ich gebe dir selbst die tötende Kugel aus meinem eigenen Gewehre. Nun sprich! Ich habe keine Zeit, zu warten."
Er zögerte. Da hielt ich ihm die Mündung des Stutzens an den Kopf und befahl ihm:
„Antworte, sonst schieße ich! Ich sage es nicht noch einmal. Eins – – zwei – – –"
„Uff! Nimm das Gewehr weg! Du wirst dein Wort wirklich halten und mich mit meiner Medizin zurückkehren lassen?"
„Ja."

„Was werden die andern Bleichgesichter thun? Dir glaube ich; aber werden sie sich nach deinem Willen richten?"
„Ich verspreche dir, daß ich demjenigen von ihnen, der gegen mein Versprechen handelt, eine Kugel durch den Kopf jagen werde."
„Ich glaube dir! Laß es uns mit der Pfeife des Friedens bekräftigen!"
„Das ist eigentlich gar nicht nötig, denn Old Shatterhand hält sein Wort auch ohne Calumet; aber du sollst deinen Willen haben; wir werden die Pfeife des Friedens rauchen, doch nicht die meinige, sondern die deinige; du wirst wohl wissen, warum!"
Eigentlich hätte ich es nicht thun sollen, denn beim Anzünden konnte das kleine Flämmchen den Comantschen, falls sie in der Nähe nach uns forschten, unsern Aufenthaltsort verraten. Ich that es aber doch. Nach Beendigung der Zeremonie erteilte er seinem Krieger den von mir geforderten Befehl; ich band den Mann los, und er huschte fort, in das nächtliche Dunkel hinein. Der schon vorher gefangene Späher begleitete ihn. Dann steckte ich die Medizin des Häuptlings zu mir; er wurde auf sein Pferd gebunden, und wir ritten fort, die ganze Nacht hindurch, bis am Vormittage unsere Pferde so ermüdet waren, daß wir ihnen Ruhe gönnen mußten.
Während dieser Pause machte Jim Snuffle den Vorschlag, daß einer von uns zurückkehren solle, um zu erforschen, ob die Comantschen uns nachkämen oder nicht; ich hielt dies aber nicht für nötig, denn ich war vollständig überzeugt, daß sie dem Befehle ihres Häuptlings dieses Mal Gehorsam leisten würden. Es handelte sich nicht nur um sein Leben, sondern, was weit wichtiger war, auch um seine Medizin.
Drei Tage später erreichten wir die Grenze von Neu-Mexiko, und es wurde für mich die höchste Zeit, mich von der Truppe zu trennen, um meine ursprüngliche Richtung aufzusuchen. Ich löste die Fesseln To-kei-chuns, gab ihm seine Medizin wieder und sagte ihm, daß er frei sei. Er ritt fort, ohne ein Wort, weder des Dankes noch des Undankes, zu sagen. Ich hatte ihm das Leben wiederholt geschenkt, war aber überzeugt, daß er mich bei einer etwaigen Begegnung als Feind behandeln würde.
Der Abschied von Perkins und den beiden andern Führern, die gar nichts geleistet hatten, war kurz; es wäre schade um jedes Wort gewesen. Jim Snuffle streckte mir beide Hände entgegen und sagte:
„Sir, wir sind unterwegs zuweilen verschiedener Meinung gewesen; aber ein verständiger Mensch muß Verstand haben, wenn er als vernünftiger Mann vernünftig sein will; darum haben wir eingesehen, daß Ihr stets im Rechte gewesen seid. Wollt Ihr uns verzeihen?"
„Gern, lieber Jim."
„Danke Euch! Wie sagt Ihr da? Lieber Jim? Dafür danke ich Euch noch ganz besonders, denn von Old Shatterhand lieber Jim genannt zu werden, das ist das höchste der Gefühle. Meinst du das nicht auch, alter Tim?"
„Yes!"
„Well! So scheiden wir also in Freundschaft voneinander, und es soll uns eine große Freude und Ehre sein, wenn wir Euch einmal wiedersehen, Sir. Wir reiten noch eine

Strecke mit Mr. Dschafar, vielleicht bis Santa Fé, wo er gute Führer nach San Francisco findet. Also, lebt wohl, Mr. Shatterhand, und vergeßt die beiden alten Snuffles nicht!"
Ich drückte ihm die Hand, reichte die meinige auch seinem Bruder hin und versprach: „Werde gern an euch denken. Oder soll ich euch vergessen, lieber Tim?"
„No!" antwortete er kurz, aber in bewegtem Tone, wendete sein Pferd und ritt davon, den andern nach.
Jetzt hielt nur noch Dschafar bei mir.
„Sir," sagte er, „ich will jetzt nicht wieder alles aufzählen, was ich Euch zu verdanken habe; aber ich wünsche sehr, es Euch einmal vergelten zu können. Darf ich das für möglich halten?"
„Man sagt, daß alles möglich sei."
„Kommt Ihr vielleicht wieder einmal zu den Schammar-Arabern?"
„Ich will es nicht verreden."
„Wohl gar nach Persien?"
„Das ist gar nicht unwahrscheinlich."
„Könnt Ihr mir wohl die Zeit angeben?"
„Nein. Ich bin wie ein Vogel ohne Nest: er fliegt bald hier und bald dort."
„So ist nicht zu bestimmen, wo und wann wir uns treffen können. Was ich jetzt bin, das ist Nebensache; was ich dann sein werde, das weiß ich nicht. Aber ich bin überzeugt, daß Ihr von Mirza Dschafar hören werdet, der ein Sohn von Mirza Masuk ist. Merkt Euch diesen Namen! Und damit Ihr zuweilen an mich denken möget, erlaubt mir, Euch diese Waffe als Andenken anzubieten. Sie ist eigentlich die Veranlassung, daß ich Euch kennen gelernt habe und von Euch gerettet worden bin. Wollt Ihr mir den Gefallen thun, sie anzunehmen?"
Er hielt mir den Chandschar hin, den ich ihm nach seiner Befreiung natürlich wiedergegeben hatte,
„Ich sollte den Dolch eigentlich zurückweisen, weil er zu kostbar ist; aber ich will – – –"
„Für meinen Lebensretter zu kostbar?" fiel er mir in die Rede. „Ich wollte, ich könnte Euch noch reicher beschenken! Vielleicht kann dies später geschehen. Auf alle Fälle aber verspreche ich Euch: derjenige, der mir, früher oder später, sei es, wo es sei, diesen Chandschar zeigt, kann darauf rechnen, daß ich alles für ihn thue, was er nur wünscht, wenn es im Bereiche der Möglichkeit liegt. Lebt wohl, mein Freund! Die andern sind schon soweit fort, daß ich sie kaum noch sehe."
„Lebt wohl! Dank für den Dolch! Doch will ich nicht wünschen, daß er mir einst als eine Anweisung an Euch zu dienen hat."
Wir reichten uns die Hände und ritten dann nach verschiedenen Richtungen fort, er nach Westen und ich nach Süden. Ich steckte den Dolch in den Gürtel und ahnte damals nicht, von welcher großen Wichtigkeit er später für mich sein würde.
Die letzte Rede Dschafars hatte etwas selbstbewußt geklungen, grad so, als ob er ganz genau wisse, daß er einst ein Mann von Macht und Einfluß sein werde. Was war er jetzt?

Ich wußte es nicht; ein Rätsel war er mir. Er hatte von sich, seinen Verhältnissen, seinen Aufgaben nicht gesprochen, und ich war nicht so zudringlich gewesen, ihn zu fragen. Eigentlich hätte er ein wenig offener gegen mich sein können, denn er verdankte mir sein Leben; aber es war so auch recht und gut, denn – – – ob wir uns wiedersehen würden? – Ma scha Allah kan wama lam jascha lam jekun – was Gott will, geschieht; was er nicht will, geschieht nicht! – – –

DRITTES KAPITEL

Der „Löwe der Blutrache“

Wie ich schon oft im Verlaufe meiner Erzählungen gethan habe, betone ich auch jetzt wieder, daß ich kein Anhänger der Lehre der Zufälle bin. Ich hege vielmehr die vollständige und unerschüttliche Ueberzeugung, daß wir Menschen von der Hand des Allmächtigen, Allweisen und Allliebenden geführt werden, ohne dessen Willen – nach dem Worte der heiligen Schrift – kein Haar von unserem Haupte fällt. Diejenigen, welche sich von dieser Hand losgerissen haben, ihre eigenen Wege wandeln und nun eine höhere Führung leugnen, können mich in meiner Ueberzeugung nicht irre machen. Meine Erfahrungen stehen mir höher als die Behauptungen meinetwegen sehr gelehrter Personen, welche nur deshalb von dem Einflusse der himmlischen Vorsehung nichts bemerken, weil sie auf denselben verzichtet haben. Es ist mir sehr, sehr oft vorgekommen, daß ein um viele Jahre zurückliegendes, an sich ganz unbedeutend scheinendes Ereignis, an welches ich längst nicht mehr dachte, mir ganz unerwartet seine Folgen zeigte und so bestimmend in mein Thun und Handeln eingriff, daß ich nur als geistig Blinder hätte behaupten können, daß mir meine damaligen Gedanken und Entschlüsse nur von einem Zufalle eingegeben worden seien.

So war es auch in Beziehung auf mein Zusammentreffen mit Dschafar, welches in meinem viel bewegten Leben den Raum einer kurzen Episode einnahm, an die ich nur höchst selten einmal dachte. Offen gestanden, hatte sogar der Chandschar nach und nach seine Eigenschaft als „Andenken“ für mich verloren. Ich nahm ihn in die Hand, ohne mir den frühern Besitzer zu vergegenwärtigen, und ich trug ihn von Zeit zu Zeit auf meinen Reisen, ohne an die Möglichkeit zu denken, daß er mir jemals von größerer Bedeutung als derjenigen einer Waffe werden könne, welche eben gar nichts weiter als nur eine Waffe ist. Und doch sollte diese halb vergessene Episode mir noch nach einer Reihe von Jahren ihre Konsequenzen zeigen; die Ereignisse, von denen ich jetzt erzähle, werden das beweisen. – –

Die Leser meiner „Gesammelten Werke“ wissen aus dem dritten Band derselben („Von Bagdad nach Stambul“), daß ich damals auf dem Wege der Todeskarawane von Bagdad nach Kerbela mit meinem treuen Hadschi Halef Omar von der Pest ergriffen und niedergeworfen wurde; es war ein wahres Wunder, daß wir dem Tode entgingen, zumal

der schweren Erkrankung Ereignisse vorangegangen waren, welche unsere Körper- und auch geistigen Kräfte bis fast zur Erschöpfung in Anspruch genommen hatten. Diese Leidenstage, während welcher wir beiden gänzlich hilflosen Menschen nur auf uns selbst angewiesen waren, nehmen in unserer Erinnerung eine hervorragende Stelle ein, und ebenso tief hat die Gegend, in welcher wir wochenlang zwischen Tod und Leben schwebten, sich unserem Gedächtnisse eingeprägt. Es ist daher leicht begreiflich, daß wir bei einer spätern Anwesenheit in Bagdad beschlossen, die Orte, welche uns so verhängnisvoll geworden waren, bei dieser Gelegenheit wieder zu besuchen.
Ich muß vorausschicken, daß mein wackerer Halef inzwischen oberster Scheik der Haddedihn-Araber geworden war, und daß die Achtung, welche er sich erworben hatte, im umgekehrten Verhältnisse zu seiner Körpergröße stand. Er war bekanntlich von sehr kleiner und schmächtiger Gestalt und außerordentlich stolz auf seinen Schnurrbart, von dem er in aufrichtigen Augenblicken allerdings der Wahrheit gemäß zugab, daß diese „Zierde seines Angesichtes“ aus dreizehn Haaren bestehe, nämlich sechs rechts und sieben links. Aber sein Mut und seine Tapferkeit waren über jedem Zweifel erhaben, und in Beziehung auf seine Anhänglichkeit zu mir hätte ich sehr oft nicht sagen können, wen er mehr liebe, mich oder sein Weib Hanneh, welche er „die lieblichste Blume unter allen Rosen der Frauen und Töchter“ zu nennen pflegte.
Hatte er schon mündlich eine ganz eigene, mehr als orientalisch blumenreiche Art, sich auszudrücken, so waren die Briefe, welche ich während der Trennungspausen von ihm erhielt, noch viel interessanter. Wir schrieben uns nämlich zuweilen, doch auf ziemlich erschwertem Wege. Ich schickte meine Briefe nach Mossul, wohin er dann und wann einen seiner Beduinen sandte, um anzufragen, ob ein Schreiben von mir angekommen sei; nach Monats- oder gar Jahresfrist schickte er dann seine Antwort ebendorthin; er mußte ja warten, bis sein Stamm sich einmal in der Nähe dieser Stadt befand, und so kam es, daß unsere Korrespondenz keineswegs an dem Fehler großer Uebereilung litt. Um so origineller aber war dann, wenn er einmal schrieb, der Inhalt seiner Briefe, und ich darf wohl sagen, daß der letzte, den ich damals von ihm bekam, der köstlichste von allen war. Ich hatte ihm drei Vierteljahre vorher mitgeteilt, daß ich nach Persien wolle und auf dem Wege dorthin die Weideplätze seines Stammes aufsuchen werde. Hierauf antwortete er mir, indem er sich des ihm eigentümlichen Gemenges von Arabisch und Türkisch bediente, welches ich natürlich ins Deutsche übertrage:
„Hadschi Halef Omar, der Scheik der Haddedihn vom großen Stamme der Schammar, an Emir Hadschi Kara Ben Nemsi Effendi, seinen Freund.
Gruß! Ich liebe Dich! Nochmals Gruß!
Dein Brief, oh Effendi, kam grad während des Gebetes des Asr bei mir an. Dank! Gnade! Anhänglichkeit! Mir scheint die Sonne, denn Du hattest genug Tinte, mir zu schreiben. Freude überall; Hamdulillah! Sei unverzagt; ich schreibe sofort wieder! Oh Feder! oh Tinte! Sie ist vertrocknet. Ich schicke nach Wasser und schütte es hinein! Sie wird wieder weich und dünn! Maschallah! Die Schrift ist sehr blaß, aber Du kannst sie dennoch lesen,

denn Du bist der Gelehrteste aller Gelehrten des Morgen- und des Abendlandes. Ich beschwöre es! Hanneh, mein Weib, die schönste der Blumen unter allen Frauen, duftet grad noch so wie vor mehr als zehn Jahren. Du hast keine. Allah erbarme sich Deiner! Kara Ben Halef, mein Sohn, der Deinen Namen trägt, ist schon beinahe klüger als sein Vater; er wird mich wohl noch überholen. Des freut sich meine Seele; dennoch rufe ich: oh wehe, wehe! Meine Herden wachsen, und mein Zelt vergrößert sich. Oh Geld, oh Reichtum, oh Kamele, Pferde, Schafe, Ziegen und Lämmer! Ist s bei Dir ebenso? Ist Deine Milch fett und dick? Oder sind die Früchte Deiner Datteln wurmstichig? Dann taugen sie nur als Futter für das Vieh. Oh Armut, oh Sorge und Verderben! Wie wächst das Gras in Dschermanistan? Sind Deine Zelte dicht? Wo nicht, so flicke sie! Ein kleines Loch wird sehr schnell ein großes Loch. Oh Wind, oh Regen, ihr sollt ja nicht hinein! Wir haben Vollmond; was hast Du? Fliehe die Laster, denn sie vermehren sich wie die Ameisen in der Steppe! Gieb Deinen Kamelen nicht zu viel Futter, und erziehe sie zur Geduld. Deine Pferde laß im Freien schlafen; Deine Lieblingsstute aber nimm in das Zelt hinein! Oh Nacht, oh Tau, ihr schadet ihr! Hüte Dich vor der Erkältung und vor der Sünde! Beide töten, die eine den Leib und die andere die Seele, und in beiden Fällen wäre es jammerschade um Dich. Glaube es mir, denn ich bin Dein Freund und Beschützer! Deine Gedanken sind in Persien, die meinen auch, denn ich reite mit. Wie könnte ich Dich allein reiten lassen, oh Effendi! Ich will wieder mit Dir leben und wieder mit Dir sterben. Komm! Ben Rih, das herrlichste der Pferde, soll Dich tragen. Sein Vater war Dein Eigentum; Du hast ihn mir geschenkt; so nimm nun jetzt den Sohn dafür, und gieb ihn mir dann wieder! Sieh, wie ich Dich liebe und verehre: Ich begann diesen Brief am dritten Tage des Monates Tischrihn el Auwal und vollende ihn heut am neunten Tage des Monates Kanun el Tani; das sind mehr als drei Monate; so große Stücke meines Herzens sind Dein Eigentum! Wenn Du gekommen bist, schreibe ich nicht, sondern sage Dir mehr. Habe Geduld mit Deinem Stamme, doch sei streng mit dem Munde alter Weiber; dann wirst Du weise regieren und Ruhm und Ehre ernten! Verliebe Dich nicht in Deine Fehler, sonst wachsen sie heran zu Löwen, welche Dich zerreißen werden! Trinkst Du noch immer Wein? Oh Muhammed! Er hat ihn ja verboten! Du aber bist ein Christ, und ich soll dem Kuran gehorchen; aber wenn Du welchen bringst, so trinke ich ihn mit! Oh Hochgenuß, oh Wonne! Wir erwarten Dich schon von morgen an. Das Schaf mit dem fettesten Schwanze ist bereit, für Dich geschlachtet zu werden, sobald Du bei uns erscheinst. Es freut sich dieser Ehre. Schnalle nie den Sattel locker; er rutscht mit Dir hinab! Oh Bruch der Arme, Beine und der Rippen! Hanneh, die herrlichste der Frauen unter den Weibern, hat nichts dagegen, daß ich mit Dir reite. Sie wird immer schöner. Oh Glück, oh Segen, oh Ehestand! Werde ja nicht krank! Ich beteuere Dir, daß dies der Gesundheit schadet, denn ich bin Dein wahrer Freund! Gehe nicht unter die Ungläubigen und Lästerer, sondern nimm Dir ein Beispiel an denen, welche durch dich auf den richtigen Weg geführt worden sind. Nun ist heut der vierte Tag des Monates Nisahn; der Brief ist also noch drei Monate länger geworden. Oh Länge der Zeit, oh Zahl der vielen Tage! Wasche Dich täglich fünfmal, bei jedem Gebete einmal, und hast Du kein Wasser, so nimm einstweilen Sand! Oh Sauberkeit des Körpers, oh Reinlichkeit der Seele! Wir lagern in der Nähe von Qalat Scherkaht und ziehen bald nach Westen; darum sende ich den Boten nach Mossul. Sei frühzeitig munter, denn das Morgengebet ist besser als der Schlaf! Bring Deine berühmten Gewehre mit, und komm sobald wie möglich! Gruß, Achtung, Liebe, Verehrung und Ermahnung von Deinem Freunde und Beschützer

Hadschi Halef Omar Ben Hadschi Abul Abbas
Ibn Hadschi Dawud al Gossarah."

Mein Schreiben, auf welches diese Antwort erfolgte, hatte monatelang in Mossul gelegen, ehe es abgeholt worden war, und während Halef dann sechs volle Monate gebraucht hatte, um im Schweiße seines Angesichtes den obigen Brief zu Ende zu bringen, war ich schon am Tigris angekommen. Nachdem ich mich lange vergeblich erkundigt hatte, erfuhr ich endlich, daß die Haddedihn jetzt in der Nähe des Dschebel Chonuka zu suchen seien, und machte mich dorthin auf den Weg. Das war kein ganz ungefährliches Unternehmen, weil ich grad in dieser Richtung den Feinden des genannten Stammes begegnen konnte und, wenn sie mich erkannten, darauf gefaßt sein durfte, mein Leben gegen sie verteidigen zu müssen. Ich war ganz allein, und das Pferd, welches ich ritt, taugte nicht viel; ich hatte kein teures gekauft, weil ich wußte, daß Halef eine Ehre darin suchen werde, mich gut beritten zu machen.

Das Glück war mir günstig; es begegnete mir kein einziger Mensch, bis ich die Höhen des Chonuka im Süden vor mir liegen hatte. Da sah ich einen Reiter kommen, welcher, als er mich erblickte, sein Pferd anhielt und mißtrauisch nach der Flinte griff. Ich zeigte mehr Vertrauen als er, ritt auf ihn zu und grüßte, als ich ihn erreichte, mit einem freundlichen Sallam aaleïkum. Er zögerte, zu antworten, musterte mich mit finstrem Blicke und fragte dann, ohne meinen Gruß zu erwidern:

„Du bist ein Türke, ein Bote des Pascha von Mossul?"

„Nein," antwortete ich.

„Leugne es nicht! Ich sehe es dir an. Dein Gesicht hat die helle Farbe der Städtebewohner!"

Ich war allerdings zu kurze Zeit unterwegs, um von der Sonne gebräunt zu sein, und wußte gar wohl, wie unbeliebt die Beamten des Pascha bei den Beduinen sind, welche die Berechtigung der Regierung, Steuern zu fordern, nie anerkennen wollen. Darum sagte ich:

„Was geht mich der Pascha an! Ich bin ein freier Mann und nicht sein Unterthan."

„Wie kann ein Türke sich einen freien Mann nennen!" meinte er verächtlich. „Nur der Bedawi ist frei."

„Ich bin kein Türke."

„Was denn? Ein Kurde bist du auch nicht; das sehe ich. Welchem Volke könntest du also angehören?"

„Ich bin ein Franke."

„Ein Franke?" lachte er höhnisch. „Welch eine Lüge! Kein Franke wird sich so allein wie du in diese Gegend wagen."

„Glaubst du, daß nur die Beduinen Mut besitzen?"

„Ja."

„Und dennoch hieltest du an, als du mich erblicktest? Ich aber ritt getrost auf dich zu! Wer war es also, welcher Mut besaß?"

„Schweig! Einem einzelnen Menschen zu begegnen, dazu ist kein Mut erforderlich. Ich will wissen, welchem Volke oder Stamm du angehörst!"

Das klang beinahe drohend, und er spielte dabei mit dem Hahne seiner Flinte. Sein Gesicht war mir unbekannt; er konnte also kein Haddedihn sein; darum hütete ich mich, ihm zu sagen, wer ich war, sondern entgegnete in ganz demselben Tone:

„Wer von uns beiden hat das Recht, den andern auszufragen? Wer ist der Höhere, ich oder du?"

„Ich!"

„Warum?"

„Die Herden meines Stammes weiden hier."

„Welches Stammes?"

„Der Haddedihn."

„Du bist kein Haddedihn!"

„Wie kannst du das behaupten!" fuhr er mich an.

„Wärst du ein Haddedihn, so müßte ich dich kennen."

„Kennst du alle Personen dieses Stammes?" fragte er erstaunt.

„Wenigstens die von deinem Alter."

„Allah! Bist du ein Freund oder Feind von ihnen?"

„Ein Freund."

„Beweise es!"

Da lachte ich ihm ins Gesicht und sagte:

„Höre, wenn es hier etwas zu beweisen giebt, so ist es nur das, daß du ein Haddedihn bist."

Da zog er den Hahn auf und rief zornig:

„Willst du mich beleidigen, so gebe ich dir eine Kugel! Ich bin jetzt ein Haddedihn und gehörte vorher zu dem berühmten Stamme der Ateïbeh!"

„Das ist etwas anderes, aber ich habe dennoch recht gehabt. Kanntest du den Scheik Malek der Ateïbeh?"

„Ja. Er ist tot."

„Das stimmt. Er war der Großvater von Hanneh, welche das Weib meines Freundes Hadschi Halef ist."

„Deines – – Freundes – –?" fragte er zweifelnd.

„Ja, denn ich bin Kara Ben Nemsi Effendi, und du wirst von mir gehört haben."

Ich sah auf seinem Gesichte erst den Ausdruck des Erstaunens, dann wieder des Zweifels und schließlich der Verachtung.

„Mensch, lüge nicht!“ antwortete er. „Wenn du denkst, daß ich dir das glauben werde, hast du keine Spur von Hirn im Kopfe. Du hättest das Geschick, dieser Kara Ben Nemsi zu sein!“

„Ich bin es!“

„Wenn du es bist, so ist es auch möglich, el Aßsur, für en Nisr, zu halten!“

„Kennst du Kara Ben Nemsi?“

„Nein, denn ich bin erst seit einem Jahre bei den Haddedihn; aber ich habe so viel von ihm gehört, daß ich ihn gar nicht gesehen zu haben brauche, um zu wissen, daß du ein Lügner bist. Dieser kühne Sohn der Almani ist der einzige Franke, welcher sich ganz allein in diese Gegend wagen würde; darum kannst du kein Franke, sondern mußt ein Diener des Pascha sein!“

„Maschallah! Deine Gedanken sind wirklich wunderbar! Grad weil ich allein hier bin, muß ich Kara Ben Nemsi sein; das ist die einzige richtige Folge der Behauptung, welche du ausgesprochen hast.“

„Du scheinst zu wünschen, daß ich dich verlache. Ich kann beweisen, daß du nicht der bist, für den du dich ausgiebst.“

„Wirklich?“

„Zweifelst du etwa?“

„Ja.“

„So höre, und schäme dich dann! Ich habe einen Brief nach Mossul zu bringen, welcher nach dem Bilad el Alman, zu Kara Ben Nemsi gehen soll. Kann er hier sein, wenn er einen Brief in seinem Vaterlande zu empfangen hat?“

„Warum nicht? Du zweifeltest vorhin an meinem Gehirn; jetzt möchte ich behaupten, daß du es bist, der keines besitzt. Ich habe vor neun Monaten an Hadschi Halef Omar, den Scheik der Haddedihn, geschrieben, daß ich nach Persien gehe und ihn dabei besuchen will. Muß ich da mit dieser Reise etwa warten, bis er mir vielleicht erst nach Jahren eine Antwort schickt? Ich bin eher da, als er erwartet hat; das ist die Sache. Uebrigens habe ich ihm Umschläge für die Briefe gegeben, welche er mir schreibt. Wenn du einen bei dir hast, so muß er folgendermaßen aussehen.“

Ich zog mein Notizbuch aus der Tasche, schrieb meine Adresse genau so, wie ich sie Halef gegeben hatte, auf ein Blatt und zeigte ihm dieses hin. Er griff in den Gürtelshawl, brachte den Brief hervor, verglich beides lange und sorgfältig miteinander und rief dann aus:

„Allah akbar! Ich kenne diese Schrift und diese Worte nicht, aber die Zeichen sind genau dieselben. Solltest du wirklich der Emir Kara Ben Nemsi Effendi sein? Dann hast du zwei Gewehre, ein großes und ein kleines, von denen jedermann weiß, daß sie – – –“

Er hielt mitten in seiner Rede inne, denn ich hatte die Gewehre vom Rücken, wo sie hingen, genommen und zeigte sie ihm hin. Jetzt war es höchst interessant, das Gesicht

zu sehen, welches er machte. Leider hatte ich diesen Genuß nur einige kurze Augenblicke, denn er schob mir seinen Brief und mein Notizbuch eiligst in die Hand und schrie:
„Ia Suruhr, ia Suruhr; Hamdulillah – oh Freude, oh Freude; Allah sei gepriesen! Kara Ben Nemsi ist da; Kara Ben Nemsi ist da! Ich muß augenblicklich zurück, es zu verkünden!"
Er wendete sein Pferd, schlug ihm die Fersen in die Weichen und jagte fort, in der Richtung zurück, aus welcher er gekommen war. Die beiden Gewehre, den Brief und das Notizbuch in den Händen, lachte ich hinter ihm her. Dieser Mann hatte eine ganz eigentümliche Art, mich auf dem Weidegrunde des Stammes, dem er jetzt angehörte, zu empfangen! Wie weit ich zu den Haddedihn von hier aus hatte, das wußte ich natürlich nicht; er hätte wenigstens das mir sagen können; doch war mir seine Fährte ein sicherer Wegweiser nach dem Ziele, und so stieg ich vom Pferde und setzte mich in das jetzt im Vorfrühjahre hohe Gras, um den Brief meines guten Hadschi Halef mit der ihm gebührenden Andacht zu genießen.
Ich kannte den Stil des seltsamen kleinen Kerls und wußte, schon ehe ich das Schreiben öffnete, daß es eine Menge Ermahnungen enthalten werde, zu denen gar kein Grund vorhanden war. Und richtig, ich hatte mich nicht getäuscht! Ich soll meine Zelte flicken, die Laster fliehen, die Kamele nicht überfüttern, mich vor Sünde und Erkältung hüten, den Sattel nicht locker schnallen u. s. w.! Das war so seine mir bekannte Art und Weise, mir seine Liebe zu erkennen zu geben; das konnte mich nicht im geringsten beleidigen, sondern mir nur Spaß bereiten. Vor drei Monaten hatte er geschrieben: „Wir erwarten dich schon morgen," und trotz dieser langen Zeit war ich viel eher da, als er ahnen konnte. Welche Wirkung die Nachricht von meinem Kommen im Lager hervorbringen werde, das wußte ich. Es blieb gewiß kein Kind, welches laufen gelernt hatte, im Zelte sitzen, und jeder, der ein Pferd zu besteigen vermochte, kam mir sicher und gewiß entgegengeritten.
Als ich den Brief wiederholt mit wahrem Genusse durchgelesen hatte, schwang ich mich wieder in den Sattel und folgte der Spur des so schnell zum Glauben gebrachten ungläubigen Ateïbeh. Sie führte grad südwärts, den Höhen des Dschebel Chonuka entgegen.
Ich sagte mir, daß ich nicht sehr weit entfernt vom Lager der Haddedihn sein könne. Die ganze, weite Steppe bildete ein einziges, ununterbrochenes Meer der ersten Frühlingsblüten; mein Pferd war bis herauf zu mir vom Blütenstaub gefärbt, was bei dem Gaule des Boten nicht der Fall gewesen war. Hieraus durfte ich mit Sicherheit schließen, daß dieser Mann, als er mich traf, keinen weiten Weg zurückgelegt hatte; er war so glücklich gewesen, gleich im Anfange seines Rittes nach Mossul dem Adressaten des ihm anvertrauten Briefes zu begegnen.
Es war kaum eine Viertelstunde vergangen, so sah ich, daß ich mit dieser Voraussetzung das Richtige getroffen hatte: Es erschienen zunächst zwei Reiter, welche mir im fliegenden Galoppe entgegenkamen. Der eine ritt einen Rappen und der andere einen

Schimmel. Noch ehe ich ihre Gesichter erkennen konnte, wußte ich, wer sie waren, nämlich Hadschi Halef Omar auf der weißen, unvergleichlichen Stute, welche einst Mohammed Emin und dann seinem Sohne Amad el Ghandur gehört hatte, und Kara Ben Halef auf dem Rapphengste Assil Ben Rih, dem Nachkommen meines unvergeßlichen Rih. Eine Strecke hinter diesen beiden ritt jemand eine Schecke. Das war Omar Ben Sadek auf dem einst von mir erbeuteten Aladschypferde. Und noch weiter zurück kam eine ganze, große und breite Wolke von Reitern, von denen jeder bemüht war, die andern auszustechen.

Halef und sein Sohn hatten die besten Pferde; sie erreichten mich zuerst. Ich war abgestiegen, um sie stehend zu empfangen. Fast noch im jagen, sprangen sie ab. Halef stürzte mit ausgebreiteten Armen auf mich zu.

„Sihdi, Sihdi, mein guter, lieber Sihdi," rief er; „meine Wonne findet keine Stimme und mein Entzücken keine Worte! Erlaß mir die Rede; ich kann vor Freude nicht sprechen!"

Er schlang die Arme um mich, legte den Kopf an meine Brust und weinte laut. Ich küßte ihn auf die Stirn, die Wangen und den Mund und sagte:

„Und in mir schweigt die Stimme der Sehnsucht, welche mich zu dir getrieben hat; sie hat Erhörung gefunden, und ich preise Allah, der mir dieses frohe Wiedersehen spendet."

Da drückte er die Arme noch fester um mich, ließ mich dann rasch los, wendete sich zu seinem Knaben um und sagte:

„Hast du es gesehen, mein Sohn? Mein Sihdi, mein Effendi hat mich geküßt! Kara Ben Nemsi, den wir verehren und den ich anbete, hat mich viermal geküßt! Das ist mehr, tausendmal mehr, als meine Freundschaft und Liebe zu ihm sich jemals hätte erbitten dürfen. Vergiß es nie in deinem Leben, daß seine Lippen das Angesicht deines Vaters berührten! Es ist dies auch für dich ein Ruhm, den keine andere Ehrung erreichen kann!"

Er zog den Sohn zu mir heran, daß er mir die Hand reichen solle; ich bückte mich aber zu dem Knaben nieder, küßte ihn auch auf die Stirn und sagte:

„Du bist der Sohn meines Freundes Halef, nach seinem und meinem Namen Kara Ben Halef genannt; denke, daß auch ich dich wie ein Vater liebe. Ich wünsche, daß du einst als Mann ihm gleichen mögest!"

Da reckte sich mein kleiner Hadschi Halef stolz in die Höhe und rief, die Freudenthränen noch immer in den Augen:

„Hast du die Worte des größten Helden, den ich kenne, wohl vernommen? Ein Mann sollst du werden, wie ich, dein Vater, einer bin! Wir haben den Löwen getötet und den schwarzen Panther bezwungen; wir sind stets siegreich gewesen und haben niemals einem Feinde den Rücken gezeigt. In deinen Adern rinnt mein Blut, und hinter deiner Stirn wohnen die Vorzüge meines Geistes. Allah gebe, daß du durch deine Thaten einst die Berühmtheit deines tapfern Vaters erreichst!"

Richtig! So war er! Gleich im ersten Augenblicke des Wiedersehens war es ihm nicht möglich, seiner Gewohnheit, dicke Farben aufzutragen, zu widerstehen. Das war ihm, ohne verwerfliche Prahlsucht zu sein, zur zweiten Natur geworden. Er brachte, ohne eigentlich zu wollen, es fertig, selbst in einer Scene tiefster Rührung und Ergriffenheit durch seine unbefangene und harmlose Ruhmredigkeit dem Ernste einen heitern Beigeschmack zu geben. Wer ihn kennen gelernt hatte, dem fiel dieses gar nicht mehr auf.

Inzwischen war Omar Ben Sadek auch herangekommen und von seinem Aladschy gestiegen. Er reichte mir beide Hände und sagte:

„Sihdi, ich bin nicht so mit Ruhm und Ehre beladen wie Hadschi Halef Omar, unser Scheik; aber ich habe dich wohl ebenso lieb wie er, und für das, was ich dir schulde, wird die Dankbarkeit niemals in meinem Herzen sterben. Sei uns willkommen! Mit dir kehren alle guten Geister bei uns ein."

Und nun kam sie herangebraust, die große, dichte, vielköpfige Reiterwolke! Die Zügel in der Linken und die Flinten in der Rechten, trieben sie unter jauchzendem Geschrei, als ob sie uns in Grund und Boden reiten wollten, ihre Pferde in sausendem Galoppe bis auf drei Schritte zu uns heran, rissen sie empor, stoben zurück, kehrten, allerlei Figuren bildend, wieder, jagten, immer schießend und wieder ladend, scheinbar wirr durcheinander und schossen dabei stets so hart und nahe an uns vorüber, daß man, um sich nicht durch ängstliches Zurückweichen eine Blöße zu geben, mit diesem Brauche und ihrer Reitertüchtigkeit bekannt sein mußte. Hinter ihnen hielten Knaben im Alter bis zu vier, fünf Jahren herunter auch auf Pferden, um dieser „Fantasia", an welcher sie natürlich nicht teilnehmen durften, zuzusehen. Dann stiegen wir auf, wurden in die Mitte genommen, und es ging in Carriere dem Lager zu, vor welchem die Greise, Frauen und Mädchen standen, um uns in allen Stimmlagen mit Alan wasah'lan! Marhaba! und Habakek! zu empfangen.

Vor einem noch ganz neuen, schönen Zelte, in welchem ich wohnen sollte, wurde abgestiegen. Daß die Haddedihn ein besonderes Zelt für Ehrengäste besaßen, war ein Zeichen, daß der Stamm sich eines außergewöhnlichen Wohlstandes erfreute. Später, als Halef mich mit sichtlichem Stolze um das Duar, führte, um mir die Herden zu zeigen, erkannte ich zu meiner Freude bald, daß diese mir so befreundeten Menschen jetzt bedeutend wohlhabender waren als zu der Zeit, in welcher ich sie kennen lernte. Ich konnte nicht umhin, dem Hadschi diese Bemerkung mitzuteilen, und er ergriff sofort die günstige Gelegenheit, sich unter die geliebte Beleuchtung zu bringen, indem er fragte:

„Weißt du, Sihdi, wem der Stamm dies alles zu verdanken hat?"

„Nun, wem?"

„Errätst du es denn nicht?"

„Dir jedenfalls! Oder nicht?"

Da legte er sich beide Hände auf das Herz, machte den Nacken steif, zog die Brauen wichtig in die Höhe und sagte:

„Ja, mir! Ich bin der Scheik, und du wirst wissen, was eine gute Regierung zu bedeuten hat! Ich bin es, ich allein, dem alle diese Unterthanen mit ihren Körpern und den Seelen, welche in den Körpern wohnen, anvertraut sind. Ich bin der Vater und die Mutter, der

Großvater und die Großmutter, ja sogar der Ahne, Urahne und Urvorahne dieses meines Volkes. Ich ernähre und kleide meine Unterthanen; ich wasche und ich kämme sie; ich belehre und ermahne sie; ich tadle und ich richte sie; ich bewahre und ich schütze sie. Ich habe sie reich und glücklich gemacht. Kannst du erraten, wodurch? Es ist ein einziges, kleines Wort."

„Du wirst das Wort Friede meinen, denke ich."

„Ja, es ist der Friede. Mohammed Emin und Amad el Ghandur waren kriegerisch gesinnt, hatten aber kein Glück. Wären nicht wir beide, du und ich, damals zu den Haddedihn gekommen, so hätten sie in allen Kämpfen unterliegen müssen. Mohammed Emin fiel im Streite, und Amad el Ghandur mußte der Fehler wegen, welche er gemacht hatte, die Würde des Scheikes niederlegen. Dann wurde Malek gewählt, der Großvater meines Weibes Hanneh, welche die lieblichste unter den schönen Frauen aller Länder und aller Völker ist. Er war zwar alt, liebte aber als Ateïbeh auch den Krieg, hatte jedoch auch kein Glück. Als er starb, wurde ich gewählt. Das war wohl das Klügste, was die Haddedihn thun konnten! Du weißt, daß ich ein tapferer Krieger bin und niemals einen Feind gefürchtet habe. Auch ich liebte das Schwert und wollte es nicht in der Scheide rosten lassen; da aber kamst du mir dazwischen, Sihdi."

„Ich?"

„Ja. du!"

„Wieso?"

„Deine Stimme klang aus dem Munde meines Weibes Hanneh, der schönsten Rose unter allen Blumen der Frauenzelte. Du hattest so oft von Gottes Liebe, Gnade, Barmherzigkeit und Güte gesprochen; du hattest so oft gesagt, daß der Mensch ein Ebenbild Gottes sein solle. Du hattest gelehrt, daß die Liebe die größte Macht des Himmels und der Erde sei, der nichts widerstehen könne. Das waren deine Worte gewesen. Aber deine Thaten wirkten noch mächtiger als deine Worte. Du hast selbst deine ärgsten Feinde so oft und so lange geschont, wie es nur möglich war. Du hast lieber durch Milde oder List zu erreichen gesucht, was du durch Strenge oder Kampf viel leichter und schneller hättest erreichen können. Du hast dein Leben zehnmal gewagt, um dasjenige eines Feindes zu schonen. Diese deine Thaten haben noch lauter als deine Worte zum Herzen meiner Hanneh gesprochen, welcher der Preis unter allen Töchtern und Müttern der Erde gebührt. Als du längst, längst von uns gegangen warst, hat sie still in ihrem Zelte gesessen und durch die Wand desselben andächtig zugehört, wenn von dir erzählt wurde. Sie hat dich zu ihrem Chajali, erwählt und nicht geduldet, daß mein Säbel aus der Scheide fahre. Du weißt, daß wir beide, du und ich, damals die Feinde der Haddedihn besiegten und für lange Zeit unfähig machten, sich wieder zu erheben. Als ich Scheik wurde, vereinigten sie sich zu einer Erhebung gegen uns. Ich wollte sie mit der Schärfe des Schwertes niederschlagen; aber Hanneh, welcher unter den Frauen der Vorrang zukommt, den der Diamant unter den Edelsteinen besitzt, sagte, du würdest an meiner Stelle anstatt der Gewalt die Klugheit wählen. Sie gab mir den Rat, die Feinde untereinander zu entzweien; sie sagte mir auch, in welcher Weise mir dies sehr leicht gelingen werde, und so habe ich den Kampf vermieden und dennoch unsere Macht verdoppelt."

„Hm!" summte ich lächelnd vor mich hin. „Meinst du, lieber Halef, daß Hanneh mit diesem Rate das Richtige getroffen hat?"

„Hm!" summte auch er, aber nicht lächelnd, sondern nachdenklich. „Darf ich dir etwas anvertrauen?"

„Alles, was du willst!"

„Aber du darfst es keinem Menschen sagen!"

„Du weißt, daß ich nicht plauderhaft bin!"

„Das weiß ich sehr genau; also höre mein Geheimnis an, und behalte es tief in deinem Herzen verborgen!"

Er näherte seinen Mund meinem Ohre und fuhr flüsternd fort:

„Hanneh ist nämlich nicht nur die lieblichste unter den Haremsblumen, sondern auch außerordentlich klug. Sihdi, ich sage dir: sie hat immer recht!"

Fast hätte ich über die stolze Ueberzeugung, mit welcher er dies sagte, laut aufgelacht. Also mein tapfrer Halef stand unter dem Pantoffel! Nicht er, sondern seine „lieblichste der Blumen" war Scheik der Haddedihn! Aber das konnte mich nur freuen, und es fiel mir gar nicht ein, ihn darum weniger zu achten. Es ist jeder heiß- oder schnellblütig angelegte Mann nur glücklich zu preisen, wenn er eine bedachtsame Frau besitzt, welche es versteht, ihn in freundlicher, aber ja nicht herrischer Weise vor Unbedachtsamkeiten zu bewahren. Und doppelt glücklich zu preisen ist er, wenn er trotz seines Temperamentes so einsichtig ist, sich von ihr raten, mahnen und lenken zu lassen! Es geht ihm dadurch kein einziges Atom von seiner Manneswürde verloren. Ich habe nicht wenige Ehen kennen gelernt, deren Glück nur dieser liebevollen, vorsichtigen Führung der Frau zu verdanken war, Das sind Perlen, deren Wert gar nicht hoch genug geschätzt werden kann!

Halef war mir stets ein unendlich treuer, aufopfernder und in gewöhnlichen Lagen höchst zuverlässiger Diener und Begleiter gewesen; sein Mut und seine Tapferkeit hatten nie versagt, und er hätte, um mich zu retten, gewiß jederzeit sein Leben auf das Spiel gesetzt; aber grad in Gefahren war seiner Zuverlässigkeit nicht immer ganz zu trauen gewesen; da ging seine Furchtlosigkeit zuweilen mit ihm durch, und er hatte mich dadurch, daß er über seine Instruktionen hinaus handelte, oft in sehr unangenehme Lagen gebracht. Darum freute ich mich jetzt herzlich, als ich von ihm hörte, daß seine Hanneh eine der vorsichtigen Frauen war, von denen es im Liede von Sanguinikus heißt:

„Und will er in die Lüfte allzu munter,
So zieht sie ihn am Frackschoß wieder runter."

Ich nickte ihm freundlich zu und fragte.

„Wenn sie immer recht hat, so hast du wohl immer unrecht?"

„Oh nein! Wie kannst du dieses von mir denken, Effendi! Wie kann dein Halef einmal unrecht haben! Ich bin ja immer mit ihr einverstanden! Also habe ich stets ebenso recht wie sie!"
„Das ist sehr klug von dir, mein lieber Halef! Ein Mann, welcher gern den vernünftigen Ratschlägen seines Weibes folgt, gleicht einem Moslem, der stets nach dem Kuran handelt."
„Wie freut es mich, daß du dieser Meinung bist! Zuweilen will es mir nämlich scheinen, als ob man auch einmal widersprechen müsse; aber wenn ich dann der lieblichsten der Frauen in das Antlitz blicke, so hat sie sicher recht. Wie könnte ich solche Freundlichkeit betrüben und so ein Lächeln in Wehmut verwandeln! Ich muß dir sagen, daß ihr Lächeln sich sehr schnell auf meinem Angesichte widerspiegelt und dann - - dann - - dann, dann geht - - geht - - geht - -"
Er stockte und so fuhr ich, auch lächelnd, fort:
„Dann geht es wohl auch auf deine Haddedihn Ueber, und schließlich lächelt der ganze Stamm?"
„Ja, Effendi, fast ist es so. Es geht von Hanneh, der Krone aller Frauen, eine Milde aus, welche sich erst mir und dann auch allen, mit denen ich verkehre, mitteilt. Meine Haddedihn sind jetzt nicht mehr die rauhen, rücksichtslosen Krieger, die sie früher waren. Ja, denke dir nur, es kommt sogar vor, daß sie höflich mit mir, ihrem höchsten Vorgesetzten, sind! Das stammt von dir und deinen Lehren, deinen Thaten her, und da mich niemand hört, will ich aufrichtig sein und es dir sagen: Im heiligen Buche der Christen ist, bei Allah und dem Propheten, viel, viel größere Weisheit enthalten als im Kuran, den ich früher für den Inbegriff alles himmlischen und irdischen Wissens gehalten habe! Ich wollte dich damals zum Islam bekehren und ärgerte mich über deine Hartnäckigkeit; jetzt aber sehe ich ein, daß in einem einzigen freundlichen Lächeln meiner Hanneh, die unvergleichlich ist, mehr Religion und Weisheit liegt als in allen hundertvierzehn Suwar des heiligen Buches Mohammeds. Und sodann - - - höre, Effendi, noch ein Geheimnis!"
Er brachte seinen Mund wieder in die Nähe meines Ohres und flüsterte:
„Auch Hanneh, die einzige Rose unter den Blumen und Blüten der Frauenwelt, mag nichts vom Kuran wissen."
„Wirklich? Ist das wahr?"
„Nichts, gar nichts!" nickte er sehr ernst und bestimmt.
„Warum?"
„Weil die Ausleger des Kuran behaupten, daß die Frauen keine Seele haben."
„Und das will sie sich nicht gefallen lassen?"
„Nein, auf keinen Fall! Laß dir, lieber Sihdi, im Vertrauen mitteilen: Sie behauptet, sie habe eine - - - und zwar was für eine!"
„Hm! Sollte man das denken!"

„Denken? Sie erlaubt mir gar nicht, ihr zu sagen, was ich darüber denke, und als ich ihr nur so ganz leise und liebevoll andeutete, daß Mohammed doch gewußt haben müsse, was er lehrte, bestand sie darauf, daß ihre Seele, den Körper gar nicht gerechnet, allein zehnmal mehr wert sei als der ganze Prophet, Leib und Seele zusammengenommen."
„Giebst du ihr da recht?"
„Natürlich! Sie hat ja immer recht, und wenn man sich nach seinem Weibe richtet, so ist das ebenso gut, wie wenn man sich nach dem Kuran richtet; das hast du ja vorhin selbst gesagt; ich handle also ganz genau nach dem Kuran, wenn ich glaube, was Hanneh, die beste aller Frauen, glaubt."
Welch eine Logik! Der kleine, wackere Hadschi glaubte, sich nach dem Kuran zu richten, indem er ihn verwarf! Es fiel mir natürlich gar nicht ein, ihm diese Ansicht widerlegen zu wollen, und wir kehrten nach unserm Rundgange nach dem Duar zurück, um den Hammel zu verzehren, für den es nach Halefs Worten eine „Freude und Ehre gewesen war, sich für mich schlachten zu lassen".
Ich blieb eine volle Woche der Gast der Haddedihn. Während dieser Zeit gab es keinen andern Gesprächsgegenstand als die Begebenheiten während meiner früheren Anwesenheit bei dem Stamme, auf welche man noch heut mit stolzer Genugthuung zurückblickte. Halef war natürlich der Hauptsprecher; er hielt eine Menge Reden und Vorträge, in denen er mich als den größten Helden unter der Sonne beschrieb und dabei aber sich als meinen Freund, Beschützer, Bewahrer und Erhalter hinstellte. Ich pflegte mich zu entfernen, sobald er sich in Positur stellte, um eine solche Lobpreisung meiner Person und seiner selbst loszulassen; ich brachte es nicht fertig, seine übertriebenen Orientalismen durch meine Gegenwart zu sanktionieren, und war mir dabei der vollständigen Unmöglichkeit bewußt, sie auf irgend eine Weise zu verhindern. Als ich einmal eine hierauf bezügliche Bemerkung machte und mich dabei des Wortes öjünmek bediente, fuhr er wie vor einer Natter vor mir zurück und rief zornig aus:
„Was? Wie, Effendi? Ich soll ein Oejünüdschi sein? Wie kannst du mich in dieser Weise beleidigen und die Wange eines Mannes schamrot machen, welcher dir sein ganzes Herz geschenkt hat und jederzeit bereit ist, sein Leben fünfzigmal hintereinander für dich hinzugeben! Weshalb führt man solche Heldenthaten, wie wir sie verrichtet haben, aus! Doch nur, damit man von ihnen sprechen und erzählen kann!"
„Nein! Was wir gethan haben, ist aus ganz anderen und besseren Gründen geschehen. Ich habe – – –"
„Gründe?" unterbrach er mich. „Von den Gründen ist jetzt gar nicht die Rede, denn Gründe gehen voraus, das Sprechen aber folgt hinterher. Wenn ich von dem, was ich gethan und erlebt habe, nicht sprechen soll, so will ich lieber gar nichts thun und erleben!"
„Wer hat die das Sprechen verboten? Du sollst dich nur vor Uebertreibungen hüten."

„Uebertreibungen? O, Sihdi, wie ist es mit deiner Erfahrenheit und Menschenkenntnis doch so schlecht bestellt! Der Mensch ist das einzige ungläubige Geschöpf, welches auf der Welt wohnt, denn Tiere, Pflanzen und Steine können nie ungläubig sein, was du aber gar nicht zu wissen scheinst. Und weil der Mensch den Unglauben ganz allein besitzt, so hat er davon eine so große Menge, daß sie gar nicht gezählt, gemessen und berechnet werden kann. Sagst du das Wort hundert, so wird man dir nur das Wort zwanzig glauben; hast du fünf Kinder, so traut man dir nur zwei zu, und behauptest du, alle zweiunddreißig Zähne zu besitzen, so läßt man dir nur zehn oder elf, zwischen denen sich einundzwanzig Chilahl befinden. Darum wird ein kluger Mensch stets mehr sagen, als eigentlich richtig ist. Ich, der Besitzer eines einzigen Kindes, sage, daß ich zehn Knaben und zwanzig Mädchen habe; ich behaupte, sechsundneunzig Zähne zu besitzen, und das ist keine Lüge, denn ich weiß ja, daß man mir wenigstens drei Viertel davon abziehen wird. Ich sage keine Unwahrheit; ich übertreibe nicht, denn wenn ich sage, daß ich zwei Beine besitze, so glaubt man nur an eines, und ich muß also, wenn die Wahrheit getroffen werden soll, wenigstens von vieren sprechen. Allah mag deinen Geist erleuchten, daß du das, was ich dir jetzt gesagt habe, nach und nach verstehen lernst und mir ja nicht immer dreinredest, wenn ich von unsern Heldenthaten erzähle. Wenn du einen Wüstenfuchs geschossen hast, mußt du unbedingt einen Löwen daraus machen, weil man sonst annimmt, daß es nur eine Maus gewesen sei, und wenn ein Mensch im Flusse umgekommen ist, so muß ich erzählen, daß zehn Personen ertrunken seien, denn sonst behauptet man, daß überhaupt gar kein Wasser zum Ertrinken dagewesen sei. Nimm dir diese meine Worte zu Herzen, Sihdi! Laß dich mahnen, warnen und belehren! Ich kenne die Welt und die Menschen besser als du. Wenn du heiler Haut nach Persien und wieder zurückkommen willst, so sag stets Mehr, viel mehr, als du eigentlich zu sagen hast. Allah jesellimak – Gott erhalte dich!“

Er drehte sich nach dieser Ermahnung um und ging in der stolzen, selbstbewußten Haltung eines Mannes fort, welcher einen andern durch die Ueberlassung seines ganzen Vermögens vom Bankerott errettet hat. Er war in Beziehung auf das Prahlen eben unverbesserlich, doch muß ich zu seiner Entschuldigung hinzusetzen, daß dies ihm als Orientalen nicht so hoch angerechnet werden durfte. Hätte er sich nach europäischem Muster benommen, so wäre er nicht der liebe, wackere und originelle Kauz gewesen, als der er mir stets so sehr gefallen hatte.

Im Verlaufe der vorhin angegebenen Zeit von einer Woche kam das Gespräch natürlich oft auf meine beabsichtigte Reise nach Persien, und da erfuhr ich, daß Halef plante, vorher erst einen andern Ritt zu unternehmen, welcher allerdings notwendiger als meine Reise war. Die Kabila der Haddedihn gehört, wie man weiß, zum Scha'b der Schammar, und darum hatte es der kleine Hadschi schon längst, ja schon seit seiner Erwählung zum Scheik der Haddedihn, für angezeigt gehalten, den Dschebel Schammar und Hâil, den Hauptort dieser Landschaft, aufzusuchen, um die lange Zeit unterbrochenen Beziehungen zu den Stammesgenossen wieder anzuknüpfen. Der Hadschi war nicht nur ein mutiger Krieger, sondern auch ein kluger Diplomat, und seine Hanneh stand ihm in letzterer Beziehung mit den besten Ratschlägen zur Seite. Beide hegten die Meinung, daß eine Erneuerung dieser Verbindung ihren Haddedihn großen Nutzen bringen und ein bedeutendes Uebergewicht über die umwohnenden Stämme, denen trotz der mit ihnen abgeschlossenen Friedensverträge nie recht zu trauen war, geben werde. Nach den Gepflogenheiten der Beduinen und aus noch andern Gründen hätte er diese Reise, um am Dschebel Schammar zu imponieren, eigentlich mit einer großen, glänzenden Reiterschar unternehmen sollen; aber das wäre ein ganz gefahr- und wagnisloses Unternehmen gewesen, bei dem kein Ruhm zu ernten war. Er wollte Abenteuer erleben, von denen er dann später in seiner tief in den „Topf des Lobpreises“ greifenden Weise erzählen konnte, und so war er sehr ernstlich mit sich zu Rate gegangen, ob er nicht lieber allein reiten solle. Da aber war ihm Hanneh, wie er sich gegen mich ausdrückte, „mit seiner Waghalsigkeit an den Kopf gesprungen“ und hatte ihm im Tone „strenger Liebe und zorniger Hingebung“ gesagt, daß sie das nicht gestatten werde. Glücklicherweise war da die Ansage meines Besuches gekommen, welche der Sache eine ganz unerwartet andere Wendung gegeben hatte.

Welch eine Wonne, mit Kara Ben Nemsi nach dem Dschebel Schammar reiten und sich den dortigen Schammar als „Freund und Beschützer“ dieses „größten Helden des Erdreiches“ zeigen zu können! Da war freilich keine Begleitung nötig, und da standen Erlebnisse zu erwarten, über welche „noch die späteste Nachwelt staunen würde“. Zugleich konnte da ein Wunsch in Erfüllung gehen, welchen nicht nur der wagmutige Hadschi, sondern auch seine vorsichtige Hanneh längst gehegt hatten: Kara Ben Halef, ihr Sohn, fand da vielleicht Gelegenheit, den Haddedihn zu zeigen, daß er der würdige Sohn eines tapfern, mutigen Vaters sei. Das war einer der größten Herzenswünsche seiner Eltern. Halef war zwar überzeugt, daß es keinen bessern Behüter seines Sohnes als ihn selbst geben könne, doch war Hanneh nicht ganz derselben Meinung; sie vertraute mir ihr Kind viel lieber an als ihm allein, und als sie gelesen hatten, daß ich kommen werde, hatten sie sich darüber geeinigt, daß Kara Ben Halef uns begleiten solle. Vorher abzuwarten, ob ich auch Lust haben werde, die Tour mitzumachen, das war ihnen gar nicht eingefallen; sie nahmen das als ganz selbstverständlich an. Natürlich aber fragten sie mich, und da ein solcher Ausflug ganz nach meinem Herzen war, gab ich sofort meine Zustimmung – – ganz wie sie erwartet hatten. In Beziehung der Mitnahme eines Trupps der Haddedihn fragte mich Halef:

„Lieber Sihdi, du bist stets der Ansicht gewesen, daß viele Begleiter nur hinderlich seien. Ist dies deine Meinung auch noch jetzt?“

„Ja. Warum willst du das wissen?“

„Weil ich mir vorgenommen hatte, diese Reise mit vielleicht hundert Kriegern zu unternehmen, da dies mehr Eindruck macht, als wenn ich mit nur wenigen Leuten komme. Nun du aber hier eingetroffen bist, denke ich mit Stolz an unsere gefährlichen Wanderungen und an die vielen Thaten, welche wir ohne alle fremde Hilfe ausgeführt haben. Dem Ruhme, welchen wir davontrugen, habe ich es zu verdanken, daß ich Scheik der Haddedihn geworden bin. Leider habe ich diesem Ruhme nichts hinzuzufügen vermocht, weil die letzten Jahre fast vollständig thatenlos vergangen sind. Sollen meine Glieder einrosten und mein Mut einer alten Klinge gleichen, die man nicht mehr aus der Scheide bringt? Du kennst doch deinen treuen Halef und weißt, daß die Gefahr mir so notwendig ist wie dem Fische die Flut des Wassers. Meine Seele erstickt in dieser Unthätigkeit, und mein Geist gleicht einem Adler, den Allah in eine Schnecke verwandelt hat. Und was soll aus meinem Sohne Kara Ben Halef werden, wenn er keine Gelegenheit bekommt, seine Gewandtheit zu bethätigen und seine Kühnheit zu beweisen? Er wird ein unnützer Mensch, der nichts vermag, als Lagmi zu trinken und dann dereinst an einem Raschah el Buruhda zu sterben. Ist das nicht traurig? Kann er sich auszeichnen, wenn ich ihn unter dem Schutze von hundert Reitern mit mir nehme? Nein! Darum begrüße ich deine Ankunft mit tausend Freuden. Ich habe Sehnsucht, wieder einmal etwas zu erleben, was in den Büchern der Helden verzeichnet wird, und das kann ich nur, wenn wir es so machen, wie wir es früher gemacht haben: wir reiten allein. Was sagst du dazu?"

„Frage vorher, was die Krieger dazu sagen, die dich begleiten sollten und welche nun dableiben müßten."

„Die frage ich nicht. Ich bin der Scheik, und sie haben zu gehorchen. Ich werde sie später durch einen großen Jagdzug entschädigen. Also, lieber Sihdi, laß mich hören, welchen Rat du mir giebst!"

„Wenn es auf mich ankommt, so reiten wir allein, und dies ist auch aus anderen Gründen das Bessere."

„Welche Gründe meinest du?"

„Nimm zunächst die Entfernung an! Von hier bis zum Dschebel Schammar sind es wenigstens vierzehn Tagesreise mit dem schnellen Reitkamele, denn Pferde können wir des fehlenden Wassers wegen nicht nehmen. Demnach brauchtest du bei hundert Reitern auch hundert Lastkamele, um die Wasserschläuche zu transportieren; da kämen wir erst nach vier oder fünf Wochen dort an. Woher das Wasser für die überschüssigen drei Wochen nehmen? Und bedenke die feindlichen Stämme, durch deren Gebiet wir müssen! Eine Schar von hundert Reitern muß von ihnen unbedingt entdeckt werden, während drei Personen wahrscheinlich unbemerkt bleiben. Und da du nach Ruhm trachtest, so frage ich dich: Welche Ehre ist größer, wenn hundert oder wenn nur drei Männer die Gefahren, denen wir entgegengehen, glücklich überwinden?"

„Das letztere, Sihdi, das letztere natürlich! Du kommst meinen Wünschen entgegen, und deine Ansicht ist auch die meinige. Wir reiten allein, Sihdi, du, ich und mein Sohn Kara Ben Halef, dem es die größte aller Ehren sein wird, an deiner Seite diese Reise machen zu dürfen. Ich werde mit Hanneh, meinem Weibe, sprechen. Sie ist die beste, die herrlichste der Frauen, die lieblichste der Blumen unter allen Blumen und Rosen der Welt, und wird uns das feinste Mehl und eine Fülle der saftigsten Datteln einpacken, so daß wir unterwegs weder Mangel, noch gar Hunger leiden." Dann schlug er die Hände froh zusammen und fügte mit glückstrahlendem Gesichte hinzu: „Hamdulillah, Preis, Lob und Dank sei Allah, denn nun wird uns wieder einmal die Luft der Wüste umwehen, und ich kann zeigen, daß ich, der Scheik und Hadschi Halef Omar, noch kein altes Weib geworden bin, sondern daß in mir noch immer der alte Held und Sieger lebt, den niemand überwinden kann, und der in jeder Not und Gefahr dein treuer Freund und tapferer Beschützer gewesen ist, lieber Sihdi, und dich auch jetzt wieder zu einem berühmten Mann und Krieger machen wird. Verlaß dich auf mich! Meine Kraft und Stärke wird dich vor jedem Feinde bewahren."

Ich ließ diese Rede still über mich ergehen. Er sprach nun einmal gern in diesem Tone, und wenn er dabei die Rollen umkehrte, so konnte mich das nur heimlich belustigen, niemals aber ärgern.

Ich brauche wohl nicht erst zu sagen, daß Hanneh uns in Beziehung auf die Sicherheit ihres Sohnes eine Menge Ermahnungen und Verhaltungsmaßregeln erteilte, welche vollständig überflüssig waren, obgleich sie aus ihrem Mutterherzen flossen. Kara Ben Halef war unendlich stolz darauf, von uns auf eine so weite und nicht ungefährliche Reise mitgenommen zu werden. Nachdem wir Abschied genommen hatten, ritt er, im Sattel hoch aufgerichtet, voran, als wir das Lager verließen, begleitet von einer Anzahl Haddedihn, welche die Ziegenfelle transportierten, aus denen das Kellek zur Ueberfahrt über den Euphrat hergestellt werden sollte. Sie brachten uns an das rechte Ufer dieses Flusses, worauf sie zurückkehrten, während wir unsere Richtung südwestwärts nach der Badijeh einschlugen.

Halef hatte für unsere Reise die drei schnellsten und ausdauerndsten Reitkamele des Stammes ausgesucht, welche eine Reihe von Tagen kein Wasser brauchten. Da man diese Hedschan aber nicht zu sehr belasten darf, so hatten wir nur drei kleine Schläuche mitgenommen, welche am sechsten Tage fast leer waren, so daß wir trachten mußten, sie wieder zu füllen. Das war aber eine nicht ganz ungefährliche Angelegenheit, weil wir uns in einer Zeit befanden, in welcher die wenigen Brunnen der arabischen Wüste meist besetzt sind, und die Stämme dieser Gegenden waren den Haddedihn alle mehr oder weniger feindlich gesinnt. Am meisten hatten wir uns vor den Scherarat-Beduinen zu hüten, welche damals in der Blutrache mit den Haddedihn standen und unbedingt unser Leben gefordert hätten, wenn wir in ihre Hände gefallen wären. Ihr Scheik hatte den Beinamen Abu 'Dem, Vater des Blutes, eine für ihn sehr treffende Bezeichnung, und im Stamme gab es einen Mann, der noch mehr zu fürchten war als dieser blutdürstige Scheik, nämlich Gadub es Sahhar, der Magier und Wunderdoktor der Scherarat.

Dieser „Zauberer" war weit und breit berühmt bei den Freunden und berüchtigt bei den Gegnern des Stammes. Man wußte, daß er bei jeder Abstimmung über das Schicksal eines Gefangenen den Tod desselben verlangte und meist auch durchsetzte. Handelte es sich um einen Andersgläubigen, einen Schiiten, einen Juden oder gar Christen, so war von Schonung schon gar keine Rede, und selbst die Scherarat, die seine Künste bewunderten, fürchteten ihn im stillen und nahmen sich vor ihm in acht als vor einem Manne, dessen Zorn selbst seinen nächsten Angehörigen gefährlich werden konnte. Eigentlich war er im Stamme mächtiger als selbst der Scheik, und man erzählte im stillen, daß dieser es darum gar nicht ungern sehen würde, wenn dem Zauberer einmal etwas Menschliches geschehen sollte; aber ein solches Ereignis mit eigener Hand herbeizuführen, das wagte er freilich nicht.

Also von diesem Stamme drohte uns die größte Gefahr, zumal wir nicht wußten, wo er jetzt zu suchen war. Wir befanden uns ungefähr in gleicher Höhe mit der Landschaft Tschohf, vielleicht anderthalbe Tagereise östlich von ihr, und hatten den kleinen Bir Nufah so vor uns, daß wir ihn um Mittag erreichen konnten; nur galt es, zu erfahren, ob er besetzt sei oder nicht. Ich wollte voranreiten, um zu rekognoszieren; aber das gab Halef nicht zu.

„Sihdi, willst du mich beleidigen?“ rief er aus. „Du bist ein Franke, und ich bin ein Ibn el Arab; ist es da nicht meine Sache, die Gegend zu erkunden, ob wir sicher sind oder nicht? Oder traust du mir die dazu gehörige Geschicklichkeit nicht zu?“

„Ich traue sie dir zu, aber du weißt, daß ich in Beziehung auf diese Geschicklichkeit dein Lehrer gewesen bin.“

„Danach gehe ich nicht, denn der Schüler kann den Lehrer nicht nur erreichen, sondern sogar übertreffen.“

„Meinst du, daß dies bei dir der Fall sei?“

„Ich meine nichts, gar nichts; aber es wird sich zeigen, und Kara Ben Halef, mein Sohn, soll seinen Vater schätzen und bewundern lernen. Darum fordere ich als dein und sein Beschützer von dir, daß du mir erlaubst, voranzureiten!“

Was sollte ich thun? Um ein zuverlässiger, vorsichtiger Kundschafter zu sein, dazu war der kleine Hadschi zu unbedenklich und verwegen. Aber durfte ich ihn vor seinem Sohne blamieren? Nein. Ich ließ ihn also fort. Bald sahen wir ihn auf seinem windschnellen Hedschihn am Horizonte verschwinden, und wir ritten ihm in der bisherigen, ungesteigerten Gangart nach. Wir hatten noch zwei Stunden bis Mittag, also bis zu dem Brunnen zu reiten, dessen Lage ich zwar ungefähr wußte, dessen Umgebung mir aber vollständig unbekannt war.

Bei der Schnelligkeit, mit welcher Halef sich entfernt hatte, mußte er in nicht viel über einer Stunde dort sein; ich war also nach Verlauf von ein und einhalb Stunden so vorsichtig, anzuhalten, um auf seine Rückkehr zu warten. Es verging wieder eine Stunde, ohne daß er kam; das machte mich besorgt, ohne daß ich dies seinem Sohne merken ließ. Als aber wieder eine halbe Stunde vorüber war, fragte dieser mich in bedenklichem Tone:

„Emir, sag, könnte mein Vater nicht längst schon hier sein?“

„Er wird Leute am Brunnen bemerkt haben und warten wollen, bis sie fort sind,“ versuchte ich, ihn zu beruhigen.

„Das würde nicht klug von ihm sein, denn in diesem Falle müßte er umkehren, um uns zu warnen.“
„Sorge dich nicht, sondern verlaß dich auf ihn; du hast ja vorhin von ihm gehört, daß er ein guter Kundschafter ist!“
Er schwieg; als aber wieder eine halbe Stunde verfloß, ohne daß Halef sich sehen ließ, gestand er mir:
„Emir, ich beginne, Sorge zu tragen. Allah möge meinen Vater beschützen! Es ist ihm ein Unglück widerfahren. Laß uns eilen, ihm Hilfe zu bringen!“
„Nicht eilen, sondern langsam und vorsichtig reiten, und zwar du ganz genau hinter mir.“
„Warum hinter dir?“
„Aus Vorsicht. Die Luft ist nicht rein am Brunnen, das ist gewiß. Es sind Leute dort.“
„Allah, Allah! Haben sie meinen Vater ergriffen?“
„Das weiß ich nicht, aber ich vermute es, wie ich dir jetzt aufrichtig gestehen will.“
„So müssen wir eben rasch machen, um ihm zu helfen!“
„Im Gegenteile, wir müssen zögern. Durch die Eile würden wir alles verderben. Wenn dein Vater diesen Männern in die Hände gefallen ist, so werden sie die Gegend, aus welcher er kam, beobachten; denn sie können sich denken, daß er sich nicht allein in der weiten Wüste befunden hat. Reiten wir schnell auf den Brunnen zu, so werden sie uns eher sehen, als wir sie bemerken, und ihre Vorkehrungen danach treffen. Sie sind abgestiegen, also von weitem klein, während wir auf unsern Kamelen große, weithin sichtbare Figuren bilden. Hältst du dich hinter mir, so scheinen wir nur ein Reiter zu sein, und indem ich mein Fernrohr herausnehme, habe ich Hoffnung, sie eher zu sehen als sie uns, und dann werden wir uns nach den Umständen richten.“
Wir ritten also in der von mir angegebenen Weise langsam vorwärts. Die Gegend war bisher vollständig eben gewesen; nun aber schien sich der Horizont vor uns in mehreren unregelmäßigen Linien zu erheben. Mein Fernrohr zeigte mir, daß es dort einige nackte Felsenzüge gab, welche von Osten nach Westen, also quer über unsere Richtung strichen. Zwischen oder hinter ihnen mußte der Brunnen liegen, und das brachte mich zu der Ueberzeugung, daß Halef gefangen war, denn sonst hätten wir ihn jetzt sehen müssen. Er war in seinem gewöhnlichen Uebereifer auf die Felsen zugeritten, von dort aus bemerkt und dann aus dem Hinterhalte überfallen worden.
Mein gutes Fernrohr trug sehr weit. Ich suchte jede, auch die kleinste Linie der Felsen auf das genaueste, aber vergeblich ab, was mich zu noch größerer Vorsicht veranlaßte. Hätte ein Mensch vor ihnen gestanden, er wäre sicher von mir entdeckt worden; wenn aber einer hinter ihnen lag, so mußte er mir verborgen bleiben, bis ich mich bei ihm befand, und dann war es zu spät. Ich durfte mich also dem Höhenzuge nicht so weit nähern, daß wir von dort aus mit bloßem Auge gesehen werden konnten, und bog daher grad nach Osten ab, indem ich zugleich mein Kamel zur Eile trieb.
„Maschallah!“ rief Kara Ben Halef aus. „Willst du dem Brunnen ausweichen? Dann bleibt mein Vater ja ohne Hilfe!“

„Komm nur, und vertraue mir!“ antwortete ich. „Wenn die Lage am Bir Nufah so ist, wie ich sie mir denke, so richtet sich die Aufmerksamkeit der dortigen Späher nur nach Norden, woher sie uns erwarten. Wir reiten einen Bogen, bis wir den östlichen Punkt der Höhenzüge erreicht haben, und biegen dann in ihrem Schutze wieder nach dem Brunnen ein. Man erwartet nicht, daß wir von dorther kommen, und so vermute ich, daß wir uns unbemerkt anschleichen können. Was dann zu geschehen hat, kann ich noch nicht sagen; du kannst dir aber denken, daß ich deinen Vater auf keinen Fall im Stiche lassen werde.“

„Hinter die Felsen reiten und von der andern Seite kommen? O, Emir, das ist klug, sehr klug von dir. Mein Vater ist auch klug; er ist der klügste von allen Beni Arab, die ich kenne, du aber bist doch noch viel, viel klüger als er. Wäre er doch auch so pfiffig gewesen!“

Nach einer Viertelstunde hatten wir den Höhenzug erreicht. Hinter ihm strich ein zweiter parallel, so daß zwischen beiden ein Thal lag, welches zahlreiche Krümmungen zu beschreiben schien. Wir folgten dieser Senkung höchst vorsichtig aufwärts und vermieden jedes Geräusch, indem wir unsere Kamele so lenkten, daß ihre Füße an keine Steine stießen. Nach und nach wurden die Felsen höher, und indem sie enger zusammentraten, verminderten sie die Breite des Thales, was mir sehr lieb war, weil dadurch zwar unser Gesichtskreis, aber auch derjenige etwaiger Späher bedeutend verkleinert wurde. Vor jeder Krümmung des Wadi hielten wir an, um vorsichtig um die Ecke zu spähen, ob dort ein feindliches Wesen zu entdecken sei. Auf diese Weise gewannen wir nur sehr, sehr langsam an Terrain, und es dauerte wohl volle zwei Stunden, ehe wir den Weg einer Gehstunde zurückgelegt hatten. Es war kein Wunder, daß Kara Ben Halef während dieser Zeit immer besorgter und unruhiger wurde.

Endlich, endlich bemerkten wir sichere Zeichen, daß wir uns in der Nähe des Brunnens befanden: wir sahen seitwärts einige dürre Sträucher stehen, und in der Mitte der Thalsohle gab es Gras, wenn auch außerordentlich spärlich. Nun galt es, unsere bisher doppelte Vorsicht zu verzehnfachen.

Wieder gelangten wir an eine Krümmung. Während wir bis jetzt an solchen Punkten auf unsern Kamelen sitzen geblieben waren, ließ ich dieses Mal das meinige halten und stieg ab. Mich eng an die Felsenecke drückend und nur die Hälfte meines Gesichtes vorstreckend, erblickte ich vor mir eine beträchtliche Erweiterung des Thales, in welcher wohl an die zweihundert gut bewaffnete Kamelreiter lagerten, in denen ich zu meiner nicht eben freudigen Ueberraschung Scherarat erkannte. Seitwärts vom großen Haufen saßen einige, welche die Befehlenden zu sein schienen; sie hatten den kleinen Hadschi zwischen sich; er war, wie ich geahnt hatte, ihr Gefangener.

Wie war es möglich, ihn zu befreien? Durch List, jetzt am hellen Tage? Unmöglich! Oder mit Gewalt? Auch nicht! Mein Henrystutzen hatte fünfundzwanzig Schüsse, mein Bärentöter zwei und jeder meiner beiden Revolver sechs. Das waren in Summa neununddreißig Kugeln. Und wenn eine jede ihren Mann zu Tode traf, was aber dann?

Ein vergebliches Blutbad, weiter nichts als nachher mein sicherer Tod! Nein, auch das ging nicht!

Da stand einer von den Abgesonderten auf, hob das Gesicht nach der Felsenhöhe empor, rief einen Namen und fragte dann:

„Siehst du noch nichts?"

Indem ich auch hinaufblickte, sah ich einen Beduinen, welcher hinter einem großen Steine auf der Lauer gelegen hatte. Er antwortete herab.

„Keinen Menschen."

„So haben wir uns geirrt, und der Gefangene ist allein gewesen. Komm herunter, wir haben keine Zeit, länger zu warten; wir müssen fort, sonst kommen wir nicht bis zum Abend nach dem Bir Nadahfa."

„Was ist's? Was siehst du, Emir?" fragte mein junger Begleiter leise. „Ich höre rufen."

„Steig ab, und kriech zu mir her; dann wirst du deinen Vater sehen," antwortete ich ebenso mit unterdrückter Stimme.

Er folgte meinem Geheiße. Als er Halef erblickte, wäre er am liebsten vorgesprungen, um zu ihm hinzueilen. Ich faßte ihn am Arme und raunte ihm warnend zu:

„Still! Keine Uebereilung! Du gehst nur selbst in das Verderben, ohne deinen Vater dadurch retten zu können!"

„Aber du siehst ja, daß sie aufbrechen, daß sie fort wollen!"

„Laß sie! Jetzt ist nichts zu thun. Wir müssen bis heut abend warten."

„Bis heut abend? Ist es da nicht zu spät?"

„Nein. Mit Gewalt läßt sich gegen so viele Menschen nichts erreichen; nur List kann zum Ziele führen, und dazu ist die Nacht die einzige Zeit."

„Aber wenn sie meinen Vater bis dahin umbringen!"

„Das fällt ihnen nicht ein. Ueber das Schicksal des Gefangenen kann nur die Dschemma bestimmen, und die dazu gehörigen alten Leute sind nicht mit hier. Du siehst, daß es lauter junge Krieger sind."

„Was mögen sie vorhaben? Ein Wanderzug ist es nicht, weil sie keine Frauen, Greise und Kinder mit haben. Sollte es ein Kriegsritt sein?"

„Nein. Du wirst dort links die Kamele bemerken, welche mit Stricken und Palmenfasermatten hoch bepackt sind.

Diese Stricke und Matten sollen zum Transport der Tiere und zur Verpackung der andern Beute dienen; es handelt sich also um einen Raubzug."

„Gegen wen?"

„Das weiß ich nicht, hoffe es aber heut abend zu erfahren."

„Von wem?"

„Von den Scherarat selbst. Wir werden sie belauschen."

„Ihnen also bis zu ihrem Nachtlager folgen? O, Emir, ich erfahre da, daß mein Vater recht gehabt hat, da er stets sagte, wenn man sonst nichts erlebe, so brauche man nur mit dir zu gehen, da seien ganz gewiß alle möglichen Thaten und Abenteuer zu erwarten. Doch

schau, wir müssen fort, schleunigst fort! Sie stehen im Begriffe, ihre Tiere zu besteigen. Wenn sie hierher kommen, entdecken sie uns."
„Sie werden nicht hierher kommen, sondern das Wadi dort links durch die Seitenöffnung verlassen, weil sie nach dem Bir Nadahfa wollen."
„Woher weißt du das?"
„Der Anführer sagte es vorhin, als er den Späher herunterrief. Dieser Brunnen liegt genau südwärts von hier, und die Oeffnung zeigt nach dieser Richtung. Glücklicherweise kenne ich ihn genau."
„Warst du schon einmal dort?"
„Nein; aber ich habe eine sehr eingehende Beschreibung von ihm und seiner Umgebung gelesen. Hamdani, ein alter arabischer Schriftsteller war dort und hat über ihn berichtet. Das ist zwar schon lange, lange her, aber in diesem Lande verändern sich dergleichen Oertlichkeiten selbst im Verlaufe von Jahrhunderten so wenig, daß seine Schilderung höchst wahrscheinlich noch heut zutreffen wird. Sieh, daß ich recht hatte! Sie ziehen fort, dort links hinein. Dein Vater ist auf sein Kamel gebunden worden. Er blickt hinter sich, denn er ahnt, daß wir uns hier versteckt befinden und die Scherarat beobachten. Wenn es ohne Gefahr geschehen kann, werde ich mich ihm zeigen, um ihn zu beruhigen."
Die Beduinen verließen das Wadi in der Reihenfolge, daß die Anführer, welche Halef zwischen sich hatten, die letzten waren. Noch kurz vor seinem Verschwinden hinter dem Felsen wandte er das Gesicht noch einmal zurück. Als ich sah, daß seine Begleiter dies nicht beachteten, sprang ich drei Schritte vor und hob die Arme; sein Auge fiel auf mich, und ich wich schnell wieder zurück. Er wußte nun, daß ich seine Lage kannte und alles, selbst das Leben daransetzen würde, ihn aus derselben zu befreien.
Hierauf kletterte ich an der südlichen Thalseite empor, um mich von dem Abzuge der Scherarat und daß keiner von ihnen zurückkehrte, zu überzeugen. Als ich sie nicht mehr sehen konnte und wieder herabgestiegen war, führten wir unsere Kamele *nach dem Brunnen, welchen die Feinde leider so ausgeleert hatten, daß wir zwei Stunden warten mußten, um unsern Durst stillen, die zwei Schläuche füllen und dann auch die Tiere wenigstens für einen oder zwei Tage befriedigen zu können. Hierauf beeilten wir uns, der Fährte der Scherarat zu folgen.
Ich hatte gesagt, daß ich die Feinde belauschen wolle. Auf ebener Sandwüste wäre das mit großer Gefahr verbunden gewesen. Glücklicherweise liegen die Brunnen der Badijeh, auch der Bir Nadahfa, in felsigen Gegenden, ein Umstand, der wohl keiner Erklärung bedarf, und besonders ist der genannte von einem wahren Warr umgeben, welches uns für das beabsichtigte Anschleichen ausgezeichnete Deckung bot.
Wir ließen unsere beiden Hedschan tüchtig ausgreifen, bis mir die Beschaffenheit der Fährte verriet, daß wir unsere Eile mäßigen müßten, wenn wir den Scherarat nicht zu nahe kommen wollten. Der Nachmittag verging ohne ein erwähnenswertes Ereignis, und eben als die Sonne „in das Sandmeer" tauchte, wie der Wüstenbewohner sich

auszudrücken pflegt, zeigte mir das Fernrohr südwärts von uns das ziemlich weit sich ausdehnende Durcheinander von Steinblöcken, in dessen Mitte der Brunnen lag. Die Scherarat waren dort angekommen, und wir mußten da, wo wir uns befanden, halten bleiben. Erst als die kurze Dämmerung vorüber und es vollständig dunkel geworden war, ritten wir noch eine Strecke weiter, bis wir uns ungefähr noch einen Kilometer von dem Warr befanden. Da mußten unsere Kamele sich niederlegen, und wir banden ihnen die Vorderbeine so zusammen, daß sie nicht aufstehen und sich entfernen konnten.
Nun war die Zeit zum Anschleichen an die Feinde da. Kara Ben Halef brannte darauf, sich daran zu beteiligen; er mußte aber bei den Kamelen bleiben. Ich übergab ihm meine beiden Gewehre, die mich gehindert hätten, und näherte mich dem Warr. Als ich es erreichte, fand ich beim Sternenschein bald eine Stelle, wo die Felsenbrocken so weit auseinander traten, daß es einen ziemlich breiten Durchgang nach dem Brunnen gab. Jedenfalls hatten die Scherarat ihn auch benutzt. Kaum war ich in denselben eingedrungen, so hörte ich vor mir laute Stimmen rufen, und mich weiter vorwärts schleichend, verstand ich auch die Worte:
„Allahu akbar! Aschahdu anna, la ilaha ill' Allah, wa Mohammedu rasuhl Allah. Haygah alas salah!"
Die Scherarat sprachen das Escheh, das Abendgebet, vorgeschrieben für die Zeit nach Sonnenuntergang, wenn es Nacht geworden ist. Dieser Stimmenchor erlaubte mir, ganz ungehört so weit an sie heranzukommen, daß ich mich nur wenige Schritte von ihrem Lagerkreise hinter einen Stein verstecken konnte. Die Sterne leuchteten nicht sehr hell, dennoch konnte ich den freien Brunnenplatz fast ganz überblicken. Die Beduinen knieten, ihre Gesichter gen Mekka gerichtet, auf ihren Gebetsteppichen und wiederholten unter den anbefohlenen Bewegungen die Worte des Ausrufers, welcher sich ganz in meiner Nähe befand. Ich erkannte in ihm denjenigen Scherari, welcher am Bir Nufah heut mittag den Späher von der Höhe herunterbefohlen hatte und also wohl der oberste Anführer der Truppe war. Mir kam das höchst erwünscht! Er trug einen Haik wie ich und hatte so ziemlich meine Gestalt. Die drei oder vier Personen, welche schon am Brunnen Nufah bei ihm gesessen hatten, knieten, auch jetzt abgesondert von den andern, nicht hinter, sondern vor ihm, wie ich ausdrücklich bemerke; sie kehrten ihm also ihre Rücken zu. Und hinter ihm lag, an Händen und Füßen gebunden, Halef im Sande, nur drei Meter von mir entfernt. Seine Befreiung war also für mich eine Leichtigkeit, zumal er sich so gelegt hatte, daß er mir das Gesicht zukehrte. Das hatte er gethan, weil er wußte, daß ihm aus dieser Richtung unsere Hilfe kommen werde. Aber es galt nicht bloß, ihn zu retten, sondern wir mußten auch sein Kamel wieder haben, und dies konnte unter den gegenwärtigen Verhältnissen nur durch Eintausch erreicht werden; der Tauschartikel sollte, das fuhr mir sogleich durch den Kopf, der – – – Anführer sein.
Während alle ihre ganze Aufmerksamkeit auf das Gebet richteten und dabei keinen Blick von Südwest verwenden durften, während ich im Nordost von ihnen lag, zog ich mein

Messer und schob mich zu Halef hin. Er sah mich kommen und hielt mir die gefesselten Arme hin; ein Schnitt, und sie waren frei; die Fußfessel zertrennte ich mit einem zweiten raschen Schnitte; hierauf raunte ich ihm in das Ohr:
„Kriech nach dem Wege hin, und dann schnell gerade aus, wo du Kara finden wirst, wenn du ihn rufst!"
„Und du, Sihdi?" fragte er, um mich besorgt.
„Ich komme nach. Nehmt den Kamelen die Stricke von den Beinen! Rasch, rasch!"
Er kroch fort, und ich blieb an der Stelle liegen, wo er gelegen hatte, um mein Vorhaben in dem Augenblicke auszuführen, an welchem die Feinde mit dem Zusammenlegen ihrer Gebetsteppiche zu thun haben würden.
Das war alles freilich viel schneller geschehen, als ich es erzählen kann, und eben hatte ich Halef im Wege verschwinden sehen, als der Schluß kam:
„Allah ist sehr groß! Allah ist sehr groß in Größe, und Preis sei Allah in Fülle!"
Grad als der Vorbeter das Wort Fülle ausgesprochen hatte und die andern begannen, ihm den Satz nachzusprechen, richtete ich mich hinter dem Anführer halb auf, bog mich vor, faßte ihn mit der Linken an der Schulter, riß ihn zurück und schlug ihm die rechte Faust an die Schläfe, daß er zusammensank. Er bekam zu meiner Sicherheit sofort noch einen zweiten Hieb; dann sprang ich auf, raffte ihn zu mir empor, schwang ihn mir auf die Schulter und eilte Halef nach. Die zweihundert Menschen hinter mir waren mir in diesem Augenblicke gleichgültig; ich hatte ihren Anführer und brauchte sie infolgedessen nicht zu fürchten.
Mit weiten Schritten, die schon mehr Sprünge waren, legte ich den Gang zurück und hastete dann weiter. Da erklangen hinter mir laute Stimmen, und vor mir hörte ich Halef nach seinem Sohne rufen; ich vermehrte meine Eile, denn die Verfolger hinter mir konnten schneller laufen als ich, der ich eine solche Last zu tragen hatte. Es gelang mir, ohne von ihnen eingeholt zu werden, unsere Kamele zu erreichen, welche zum bequemen, sofortigen Aufsteigen noch am Boden lagen. Halef war auch da.
„Schnell in den Sattel, Halef!" gebot ich ihm. „Und nimm hier diesen Gefangenen mit hinauf. Macht euch rasch davon, gerade ostwärts, und haltet nach ungefähr zweitausend Schritten an!"
„Und du, Sihdi?" fragte er.
„Ich muß noch einen Scherari fangen, den wir später als Boten brauchen werden."
„Aber das ist zu gefährlich! Du hast schon genug gethan und mußt – – –"
„Fort, fort!" unterbrach ich ihn. „Es wird sonst zu spät. Sorgt dafür, daß dieser Mensch nicht schreit, wenn er erwacht. Und nun fort mit euch!"
Vater und Sohn gehorchten, und ich legte mich platt in den Sand, um von den Verfolgern nicht zu zeitig gesehen zu werden. Dann hörte ich eilige Schritte und sah einen einzelnen Scherari gerannt kommen, welcher seinen Kameraden weit voran war. Nichts konnte mir lieber sein als das. Er blieb sechs oder acht Schritte vor mir stehen und lauschte.

Als er nichts hörte, ging er zögernd weiter, immer näher zu mir heran. Hinter ihm ertönten die Rufe seiner Gefährten. Er drehte sich um und antwortete ihnen, indem er mir den Rücken zukehrte. Ich sprang auf, faßte ihn beim Halse und versetzte ihm den schon oft erwähnten Jagdhieb an den Kopf. Er sank mir mit einem schnell verhauchenden Gurgeln in die Arme; ich nahm ihn auf und trug ihn fort, ohne mich dabei übermäßig zu beeilen, weil ich von den andern Scherarat noch nicht gesehen wurde und mich nach einer Richtung entfernte, in welcher sie mich gewiß nicht suchten. Ich erreichte Halef und Kara, als mein zweiter Gefangener eben aus seiner Betäubung erwachte. Sie waren wieder abgestiegen und hatten den ersten Gefangenen mit zusammengebundenen Händen zwischen sich sitzen, indem sie ihn mit ihren gezückten Messern bedrohten, ja keinen Laut von sich zu geben.

„Da kommt er," sagte Halef zu ihm. „Das ist er, von dem ich dir gesagt habe, der starke und unüberwindliche Emir Hadschi Kara Ben Nemsi Effendi. Er ist der berühmte Besitzer dieser beiden Gewehre, von denen das eine zehntausendmal schießt, ohne daß man es zu laden braucht, und wird dich sofort in die Dschehenna senden, wenn du einen Laut von dir giebst oder eine unerlaubte Bewegung machst."

„Das werde ich allerdings thun," bestätigte ich seine Drohung. „Es soll diesen beiden Scherarat nichts, gar nichts geschehen, und sie werden noch in dieser Nacht zu den Ihrigen zurückkehren dürfen, wenn sie sich jetzt schweigsam verhalten und uns gehorchen; thun sie das aber nicht, so werden unsere Messer ihre Herzen finden. Jetzt entfernen wir uns noch ein Stück von hier; dann sollen sie erfahren, was ich von ihnen wünsche."

Wir banden sie an den Armen zusammen, worauf ich sie vor mir herschreiten ließ, während Halef und Kara uns mit den Kamelen folgten; der letztere gab mir natürlich meine Gewehre zurück. Diese abermalige Ortsveränderung nahm ich vor, um den Verfolgern zu entgehen; sie suchten uns nördlich vom Warr, und wir umgingen es jetzt in der Absicht, südlich von demselben anzuhalten.

Als ich glaubte, annehmen zu dürfen, daß wir weit genug gekommen seien, mußten sich die Kamele niederlegen, und ich befahl den Scherarat, sich niederzusetzen. Dann nahm ich Halef bei Seite, um mir die notwendigen Fragen von ihm beantworten zu lassen. Ich enthielt mich dabei aller Vorwürfe, was ihm das Herz außerordentlich zu erleichtern schien. Er war in seinem gewöhnlichen Selbstvertrauen ganz unbesorgt in das Thal des Bir Nufah hinabgeritten und da von den Scherarat umzingelt und entwaffnet worden; sie hatten ihn kommen sehen und sich versteckt. Zu stolz, um sich zu verleugnen, hatte er seinen Namen genannt und damit große Freude angerichtet, denn der Scheik der Haddedihn, mit denen sie in Blutfehde standen, war für sie ein kostbarer Fang. Ueber den Zweck ihres gegenwärtigen Raubzuges hatten sie natürlich geschwiegen, doch war Halef klug genug, aus einigen unbedachten Aeußerungen zu erraten, daß er den Lazafah-Schammar gelte. Auf ihre Fragen hatte er angegeben, ganz allein und ohne Begleitung zu sein, was ihm aber nicht geglaubt worden war; als jedoch Stunden vergingen, ohne daß ihm jemand folgte, hatten sie angenommen, daß er die Wahrheit gesagt habe, und waren mit ihm fortgeritten. Als ich hinter dem Felsen vorsprang, sah er mich und war von diesem Augenblicke an überzeugt, daß wir ihn befreien würden, hatte aber vorsichtigerweise gegen die Scherarat mit keinem Worte merken lassen, daß er diese Hoffnung hege. Erst dann, als ihm mit meiner Hilfe die Flucht geglückt war und er am letzten Haltepunkte mit Kara und dem Scherari auf mich wartete, hatte er, als dem Gefangenen die Besinnung zurückgekehrt war, diesem mit seiner gewohnten orientalischen Uebertreibung von mir und meinen Thaten erzählt und dabei erfahren, daß der Gefesselte schon öfters von uns gehört hatte und viele von unseren früheren Erlebnissen kannte. Als er mir dies alles jetzt erzählt hatte, fuhr er fort:

„Und weißt du, Sihdi, wer dieser Scherari ist?"

„Nein," antwortete ich.

„So höre und staune! Er ist der Sohn von Gadub es Sahhar, dem alten Zauberer der Scherarat, unserm ärgsten und blutdürstigen Feinde, den Allah verbrennen möge. Die Blutrache gebietet mir eigentlich, ihn ohne Gnade niederzuschießen, zumal er den Beinamen Abu el Ghadab führt, womit er doch sagen will, daß er keinen seiner Feinde schonen würde."

„Das geht mich nichts an. Er ist nicht dein, sondern mein Gefangener, und meine Religion und die Klugheit verbieten mir, sein Blut zu vergießen."

„So thue, was du willst; ich weiß, es wird das Richtige sein, denn ich kenne dich!"

Halef widersprach mir nicht, weil er noch immer die wohlverdienten Vorwürfe fürchtete. ich wendete mich von ihm zu den andern zurück, band den zweiten Gefangenen los und unterrichtete ihn folgendermaßen:

„Höre, was ich dir jetzt sagen werde! Ich bin Hadschi Kara Ben Nemsi, ein Christ und Freund der Haddedihn. Ich kann mit meinem Zaubergewehre alle eure Krieger niederschießen, ehe uns eine von euern Kugeln erreicht. Ihr habt meinen Freund und Bruder Hadschi Halef Omar gefangen genommen, um ihn zu töten; ich aber habe ihn wieder befreit, ich ganz allein, und dadurch bewiesen, daß ich mich vor euch nicht fürchte. Ich habe außerdem euch beide ergriffen und sollte euch eigentlich töten; aber weil ich ein Christ bin, will ich das nicht thun, sondern euch freigeben, doch unter der Bedingung, welche du jetzt vernehmen wirst. Ich verlange das Kamel meines Freundes zurück und dazu alle Sachen, die ihr diesem Scheik der Haddedihn abgenommen habt. Du wirst jetzt nach dem Lager gehen, um das Tier, die Waffen und alle diese Gegenstände zu holen. Wenn du das ehrlich thust, geben wir Abu el Ghadab sofort frei und reiten weiter. Planst du aber eine Hinterlist dabei, so wird er augenblicklich erschossen. Ich gebe dir von jetzt an bis zu deiner Rückkehr eine halbe Stunde Zeit. Bist du dann noch nicht da, so muß er auch sterben. Jetzt geh!"

Er wollte zögern; da gebot ihm Abu el Ghadab:

„Beeile dich und thue, wie dir gesagt worden ist! Mein Leben ist mehr wert als der Besitz eines armseligen Kamels der Haddedihn."

Der Mann entfernte sich. Um einer etwaigen Falle, die man uns vielleicht stellen könnte, zu entgehen, verlegte ich unsern Lagerplatz um eine bedeutende Strecke seitwärts und schlich mich dann mit Halef, der einstweilen das Gewehr seines Sohnes nahm, dem Wart entgegen, und zwar bis zu einer Stelle, an welcher der Bote vorüber mußte. Kara Ben Halef hatte den Befehl, den Gefangenen scharf zu bewachen und ihn im Falle eines Fluchtversuches zu erstechen.

Die halbe Stunde war noch nicht vergangen, so hörten wir Schritte vor uns. Ein Stück auf die Seite kriechend, sahen wir den Boten kommen. Er führte das Kamel und ging an uns vorüber, ohne uns zu bemerken; es war kein zweiter Scherari bei ihm, und meine Drohung hatte also den beabsichtigten Erfolg gehabt. Wir standen auf und holten ihn ein.

„Ein Glück für dich, daß du ehrlich bist!“ sagte ich zu ihm. „Du wärst natürlich auch mit erschossen worden. Gieb her, was du hast!“

Halef erhielt alles wieder, was man ihm abgenommen hatte; dann schickte ich den Scherari mit der Versicherung fort, daß sein Anführer in einigen Minuten auch frei sein werde.

„Wirst du aber auch Wort halten, Effendi?“ fragte er mich.

„Mach dich schleunigst von dannen!“ fuhr ich ihn an. „Kara Ben Nemsi hat noch nie eine Lüge gesagt. Oder soll ich deinen Beinen mit einem Schrotschusse Bewegung machen?“

Er verschwand so schnell wie möglich. Als wir bei unserm Gefangenen und seinem jungen Wächter ankamen, band ich dem ersteren die Hände los und sagte:

„Wir haben bekommen, was ich verlangte. Du kannst gehen.“

Er blieb dennoch stehen, musterte mich von oben bis unten und fragte dann:

„Du giebst mich wirklich frei?“

„Ja. Und weil ich so ehrlich an dir handle, so erwarte ich, daß ihr uns unbelästigt weiterziehen laßt. Wir werden uns nach dem Bir el Halawijat wenden und wünschen nicht, daß ihr uns folgt.“

„Wir reiten nach dem Bir esch Schukr, der weit im Osten liegt, denn wir wollen nach Akabet. Du brauchst dich also nicht zu fürchten!“

„Fürchten? Ich habe niemals Furcht gekannt.“

Da stieß er ein lautes Gelächter aus und antwortete in höhnischem Tone:

„Die Furcht nicht gekannt? Was ist es denn anders als Furcht und Angst, daß ihr mich freilaßt? Ein Christenhund hat immer Angst vor jedem rechtgläubigen Krieger. Ich habe viel von dir gehört; aber was man sich von dir erzählt, ist alles Lüge und Unwahrheit. All deine Tapferkeit würde nur ein Gestank sein gegen die Tapferkeit der Scherarat. Du bist uns heute entgangen; aber ich schwöre dir zu, daß dich der Scheba et Thar in kurzer Zeit verschlingen wird; dafür werde ich sorgen! Du bist ein Anhänger des falschen Gottes und ein Bekenner seines Sohnes, der als Lügner und Empörer den ehrlosen Tod am Kreuze starb; er war ein Giaur, wie du einer bist und –“

„Halt!“ fiel ihm da der kleine Halef zornig in die Rede. „Sage dieses Wort ja nicht noch einmal, denn ich habe nicht so viel Geduld mit dir, wie –“
„Du? Zwerg, der du bist!“ unterbrach ihn der Scherari lachend. „Nun ich nicht mehr gefesselt bin, lache ich über euch und wiederhole es, daß euch der Scheba et Thar alle verschlingen wird. Das Fleisch und Blut eines Giaurs wird ihm –“
Er kam nicht weiter; ein lauter, klatschender Schlag unterbrach seine Rede, denn der kleine, jähzornige Hadschi hatte ihm die scharfe, lederne Kamelpeitsche mit aller Kraft quer über das Gesicht gezogen und rief dabei:
„Das ist für den Giaur, du Hund! Wirst du es nun noch einmal sagen?“
Der Getroffene schrie vor Schmerz laut auf, fuhr sich mit beiden Händen nach dem Gesicht und stand eine Zeit lang ganz starr und unbeweglich. Dann aber that er einen Sprung vorwärts, um Halef zu packen, wobei er vor Wut wie ein Stier brüllte. Es war aber nur ein einziger Schritt, den er thun konnte, denn ein zweiter gewaltiger Hieb des Kleinen warf ihn förmlich wieder zurück. Und da stand auch ich bei ihm, faßte ihn bei den Oberarmen, drückte ihm dieselben gegen die Brust, daß er nur pfeifend Atem holen konnte, und drohte:
„Keinen Schritt weiter vorwärts, sonst zerdrücke ich dir die Rippen, Kerl! Deinen Scheba et Thar fürchten wir nicht. Und nun mach, daß du fortkommst von hier, sonst laß ich nicht mehr den Mund, sondern das Messer zu dir reden!“
Ich gab ihm einen Stoß, daß er zur Erde fiel und sich überschlug. Er raffte sich zwar gleich wieder auf, wagte es aber nicht, wieder angreifend vorzugehen, doch überschüttete er uns, während wir die Kamele bestiegen, mit einer Flut von Schimpfworten, und als wir dann fortritten, hörten wir ihn noch immer hinter uns her brüllen und drohen:
„Der Scheba et Thar wird euch verschlingen – – – der Scheba – – et – – Thar – – Scheba – – et – – Thar – – –!“
Sein Geschrei war im Wart gehört worden. Die Scherarat glaubten ihn in Gefahr und eilten ihm zu Hilfe, wie uns ihre Stimmen verrieten, welche wir hinter uns hörten. Wir hatten sie nicht zu fürchten, trieben aber dennoch unsere Kamele an, weil wir von jetzt ab Eile hatten.
Ich ritt voran; die beiden andern folgten mir. Nach einer Weile rief mir Halef zu:
„Aber, Sihdi, du schlägst doch eine ganz falsche Richtung ein; wir müssen geradeaus, nicht so weit nach rechts!“
„Wir müssen nach rechts,“ antwortete ich.
„Warum?“
„Weil dorthin der Bir el Halawijat liegt.“
„Zu ihm wollen wir ja gar nicht!“
„Allerdings nicht. Wir müssen zu den Lazafah-Schammar, um sie vor den Scherarat zu warnen, was diese aber nicht ahnen dürfen. Darum habe ich zu dem Sohne des Zauberers gesagt, daß wir uns nach dem Bir el Halawijat wenden wollen, und um nicht als Lügner

zu gelten und um die Scherarat zu täuschen, thue ich dies jetzt, denn sie werden, sobald der Morgen angebrochen ist, unserer Fährte folgen."

„Willst du etwa ganz bis dorthin? Das würde für uns ein großer Umweg sein."

„Du kennst doch den Weg?"

„Ja, genau."

„So weißt du, daß wir nach einem halben Tagesritte auf den großen, weiten Hadschar el mahlis kommen, wo die Kamele keine Spur hinterlassen und wir also links abweichen können, ohne daß die Scherarat es bemerken werden."

„Das ist richtig, Sihdi. Da beweisest du wieder einmal, daß du wahrscheinlich klüger bist als ich."

„Wahrscheinlich nur?" lachte ich. „Ja, ich wäre wahrscheinlich nicht so pfiffig, wie blind mitten unter zweihundert Scherarat hineinzureiten und mich von ihnen gefangen nehmen zu lassen, lieber Halef!"

Das war der erste und letzte, der einzige Vorwurf, den Halef für seine Unvorsichtigkeit zu hören bekam, und da zeigte er sich allerdings so schlau, nicht darauf zu antworten. Doch darf ich für diese meine Nachsicht ihm gegenüber kein großes Lob beanspruchen, denn ich hätte ihn jedenfalls viel strenger vorgenommen, wenn mich nicht die Rücksicht auf die Gegenwart seines Sohnes davon abgehalten hätte.

Wir ritten die ganze Nacht hindurch, worauf wir unsere Hedschan eine Stunde ausruhen ließen, dann ging es wieder weiter, bis wir den Hadschar el mahlis erreichten und auf einer recht harten und glatten Stelle desselben die bisherige Richtung änderten. Es gab heute eine tüchtige Tagesarbeit für die Kamele, denn wir ritten bis tief in den Abend hinein, wo wir am Bir Bahrid eine vorgeschobene Abteilung der Lazafah-Schammar erreichten.

Wir wurden als Haddedihn sehr freundlich von ihnen aufgenommen, und als wir ihnen sagten, daß wir nicht nur als Freunde, sondern zugleich als Warner gekommen seien und ihnen den Sachverhalt mitteilten, wurde der Empfang sogar ein jubelnder. Ein verratener Ueberfall der Todfeinde, denen nun eine Schlappe sehr leicht beizubringen war, das versetzte diese Leute in die freudigste Aufregung, und es wurden sofort Boten nach den andern Abteilungen geschickt, um diese schleunigst zu benachrichtigen und herbeizurufen; denn wie die Verhältnisse lagen, mußten die Scherarat hierher nach dem Bir Bahrid kommen, auf den sie es jedenfalls und zunächst abgesehen hatten.

Schon am Morgen wurden Späher gegen sie ausgesandt, obgleich ihre Annäherung an diesem Tage nicht erwartet werden konnte, und gegen Abend, sowie auch während der Nacht trafen die herbeibeschiedenen Lazafah ein, so daß gegen fünfhundert Krieger versammelt waren.

Wir wurden selbstverständlich mit zu dem Kriegsrate gezogen, der nun zusammentrat. Wie bei solchen Gelegenheiten stets, so suchte ich auch jetzt dahin zu wirken, daß man ein größeres Blutvergießen womöglich verhüten möge, aber alles, was ich da vorbrachte, war vergeblich gesprochen. Wir hatten es mit Beduinen zu thun, welche jede Schonung

für Schwachheit hielten, die ihnen sogar für Feigheit ausgelegt werden könnte, und ich war ihnen ein Fremder, auf den sie nicht, wie ihre Verwandten, die Haddedihn, aus Dankbarkeitsrücksichten zu hören hatten. Zwar gab sich auch der brave Halef alle Mühe, in diesen ihren Ansichten in meinem Sinne eine Aenderung hervorzubringen, doch hatte er ebensowenig Erfolg wie ich. Es wurde beschlossen, die Scherarat zu umzingeln und alle niederzumachen, die sich nicht ergeben würden; über die Gefangenen sollte dann die Versammlung der Aeltesten entscheiden. Wie diese Entscheidung ausfallen würde, darüber konnte es bei der unerbittlichen Gesinnung der Lazafah keinen Zweifel geben.
Als dieser Kriegsrat beendet war und ich mich mit Halef allein befand, sagte er zu mir:
„Sihdi, ich weiß, wie wenig einverstanden du mit dem bist, was diese Krieger beschlossen haben, und ich wünsche, du wärest mit deiner Ansicht durchgedrungen, denn ich bin im Herzen auch ein Christ, obgleich ich es nicht öffentlich sein darf; denn ich würde als Scheik abgesetzt werden und allen Einfluß auf die Haddedihn verlieren, den ich jetzt im christlichen Sinne üben kann. Wir dürfen uns an diesem Blutbade nicht beteiligen, und darum schlage ich vor, daß wir noch heute von hier aufbrechen und nach dem Dschebel Schammar reiten."
„Das dürfen wir nicht."
„Warum nicht?"
„Erstens weil wir als Gäste der Lazafah verpflichtet sind, ihnen beizustehen; zweitens weil wir keinen genügenden Grund für eine so schnelle Entfernung angeben können; drittens weil wir dadurch die Achtung unserer Gastfreunde verlieren würden, die uns Mangel an Mut vorwerfen müßten, und viertens weil es uns, wenn wir hier bleiben und uns am Kampfe beteiligen, doch vielleicht möglich ist, Härten zu mildern und wenigstens dahin zu wirken, daß möglichst wenig Feinde getötet und dafür möglichst viel Gefangene gemacht werden."
„Du hast recht, Sihdi. Wir werden also bleiben, und obgleich mein Vaterherz eigentlich davor zittert, freue ich mich doch darauf, meinen Sohn Kara Ben Halef im Kampfe zu sehen. Er wird gewiß keinem Feinde den Rücken zeigen."
„Ich bin überzeugt davon, doch ist er noch nicht erfahren genug und wird sich zu leicht von seinem Mute hinreißen lassen; darum ist es deine und meine Pflicht, ein wachsames Auge auf ihn zu haben, damit er sich nicht unnötigerweise in Gefahr begiebt."
Auch dieser Tag verging und die darauffolgende Nacht ebenso. Bei Anbruch des Morgens kehrten einige Späher zurück, um zu melden, daß die Scherarat wahrscheinlich im Anzuge seien, weil sie nur fünf Reitstunden von hier mitten in der Wüste für die Nacht gelagert hätten. Es waren drei Kundschafter zurückgeblieben, um sie zu beobachten. Diese kamen nach einiger Zeit und benachrichtigten uns, daß die Feinde vom Lagerplatze aufgebrochen seien und Spione vorausgesandt hätten, deren Erscheinen wir bald erwarten könnten. Hierauf wurde die besprochene Aufstellung zum Empfange der Scherarat getroffen.

Der Brunnen lag in einer muldenähnlichen Bodensenkung, welche nach Nord und West, woher die Feinde kamen, keinen natürlichen Schutz besaß, nach Süd und Ost aber von einer halbkreisförmigen Felsenlinie eingefaßt wurde. Hinter diese Linie versteckten sich so viele Lazafah, daß nur vierzig Mann am Brunnen zurückblieben. Die Weidetiere, welche sich hier befanden, wurden in die Umgebung zerstreut, so daß der Bir Bahrid einen ganz friedlichen Anblick bot. Halef, Kara und ich, wir befanden uns mit in dem Hinterhalte, weil unsere Anwesenheit am Brunnen leicht hätte Verdacht erregen können.
Gegen Mittag sahen wir zwei Reiter kommen, welche langsam auf den Brunnen zuritten. Sie riefen die dort befindlichen Lazafah an, ob sie Wasser bekommen könnten. Es wurde ihnen gestattet. Sie gaben sich, wie wir später erfuhren, für freundliche Aneïzeh aus, die nach en Nfud wollten, ließen ihre Tiere trinken und ritten dann wieder fort. Als sie mit bloßem Auge nicht mehr gesehen werden konnten, schlugen sie, wie mir mein Fernrohr zeigte, einen Bogen nach West und Nord, um die Scherarat, zu denen sie natürlich gehörten, zu benachrichtigen, daß sie es nur mit vierzig Lazafah zu thun hätten und also mit leichter Mühe mehrere Hundert Pferde und Kamele erbeuten könnten.
Eine Stunde später erschienen die Feinde im Nordwest vom Brunnen. Sie kamen, um uns zu überrumpeln, geritten, was ihre Tiere nur laufen konnten. Am Rande der Thalmulde angekommen, sprangen sie von ihren Kamelen, erhoben ein durchdringendes Kriegsgeschrei und stürmten in die Bodensenkung herab. Zu gleicher Zeit aber brachen rechts und links die Lazafah hinter dem Felsen hervor; die Scherarat stockten erschrocken, und diese kurze Zeit der Unthätigkeit genügte, sie vollständig zu umringen. Welch ein Geheul und Getümmel gab das nun! Messer blitzten, Lanzen und Speere splitterten, Schüsse krachten. Kara Ben Halef flog jauchzend mitten in das Gewühl hinein, ich mit seinem Vater hinter ihm her, um ihn zu beschützen. Dies eine gelang uns gut, aber einen Einfluß auf den Ausgang des Kampfes konnten wir leider nicht gewinnen; das Blut floß in Strömen, und als der Sieg erfochten war, lagen weit über hundert Scherarat tot auf dem Plane; die Verwundeten waren schonungslos erstochen oder erschossen worden; kaum zwanzig hatten das Glück gehabt, zu ihren Tieren kommen und entfliehen zu können, und die übrigen waren gefangen. Unter den letzteren befand sich Abu el Ghadab, der Sohn des Zauberers. Anstatt die Lazafah zu berauben, hatten sie ihnen sich selbst und eine reiche Beute zugeführt.
Es gab nun Scenen zwischen den Siegern und den Besiegten, die ich lieber nicht beschreiben will. Ich entfernte mich mit Halef und Kara, um nichts davon zu sehen, da wir doch keinen Einfluß hatten. Bald aber wurden wir geholt, weil man diesen Sieg uns zu verdanken hatte; wir sollten den uns gebührenden Dank empfangen und uns einen Teil der Beute auslesen. Wir nahmen natürlich nichts.
Dabei war es gar nicht zu umgehen, daß wir von den Gefangenen gesehen wurden. Als Abu el Ghadab uns erblickte, richtete er sich trotz seiner Fesseln halb empor, starrte uns mit hervorquellenden Augen an und schrie, vor Wut bebend.

„Kara Ben Nemsi, der Christenhund! Er hat uns verraten, und Scheba et Thar, der Löwe der Blutrache, wird ihn dafür fressen! Allah verdamme ihn und die beiden Haddedihn, die bei ihm sind!“

Ueber sein Gesicht zogen sich zwei breite, blau unterlaufene Peitschenschwielen; es sah schrecklich aus. Ich nahm seine Worte ruhig hin; mein kleiner Halef aber brachte es nicht über sich, zu schweigen; sich vor den Sohn des Zauberers hinstellend, antwortete er:

„Dich selbst wird er verschlingen, der Löwe der Rache; wir aber lachen über ihn; du sagtest, wir müßten uns vor euch fürchten; du aber bist kein Krieger mehr, sondern gebrandmarkt für alle Zeit und noch hundert Jahre darüber hinaus, denn dein Gesicht trägt die Spuren meiner Peitsche, die du bekommen hast wie ein Hund, den die Hand eines tapferen Mannes nicht berühren mag. Schande über dich, und Hohn über deinen Scheba et Thar, dem es nur ekeln wird, ehe er dich selbst verschlingt!“

Ich zog den zornigen Kleinen fort, sonst hätte er seinem Herzen noch mehr Luft gemacht.

Der Kampf war vorüber, und wir konnten nun gehen, ohne den Vorwurf der Feigheit auf uns zu laden, und ich ging – – gern! Ich wollte nicht länger an einem Orte bleiben, wo so viel Blut zum Himmel dampfte, während es uns nicht schwer geworden wäre, die Feinde alle ohne ein solches Gemetzel in unsere Hände zu bekommen. Wir verabschiedeten uns und ritten fort, auf eine weite Strecke von einem Ehrengefolge begleitet.

Als wir nach sechs Tagen glücklich unser Ziel erreichten, war, ich weiß nicht auf welchem so schnellen Wege, die Kunde von unserem Erlebnisse schon angekommen, und wir wurden dementsprechend auf das ehrenvollste in Empfang genommen.

Es ist nicht die Absicht dieser Erzählung, über den Dschebel Schammar viel zu sagen. Diese Landschaft wird von einem Scheik regiert, der sich auch Fürst nennen läßt. Der Hauptort Hâil liegt zwischen dem Adscha- und dem Selmaberge in bedeutender Höhe und bot uns eine Woche lang einen sehr angenehmen und gastlichen Aufenthalt. Der Scheik war kurz vor unserer Ankunft zur großen Hadsch nach Mekka aufgebrochen; seine Stelle vertrat Hamed Ibn Telal, ein Verwandter des früheren und sehr berühmten Scheikes Telal, dem die Landschaft sehr viel zu verdanken hat. Halef konferierte viel mit diesem Manne, und es gelang ihm, ein Bündnis mit ihm abzuschließen, welches seinen Haddedihn große Vorteile bot. Damit, daß wir nur zu dreien gekommen waren, hatten wir mehr imponiert, als wenn wir hundert Krieger mitgebracht hätten. Ich ritt oder wanderte während dieser Zeit im Lande umher und belehrte und unterhielt mich dabei ausgezeichnet; dennoch war es mir lieb, als die Verhandlungen endlich abgeschlossen waren und wir wieder heimkehren konnten. Wir wären wahrscheinlich noch einige Zeit geblieben, wollten aber das Eintreffen der persischen Pilgerkarawane, welche alljährlich den Dschebel Schammar durchzieht und bald eintreffen mußte, nicht abwarten. Ich hatte diese Karawane früher mehr als zur Genüge kennen gelernt, um nicht zu wünschen, ihr lieber ausweichen zu können. Wir wurden beim Abschiede von Hamed

Ibn Telal freundschaftlich beschenkt und bekamen zwanzig Reiter mit, welche uns zwei Tagereisen weit zu begleiten hatten. Sie thaten dies mit großem Vergnügen und wären wohl auch noch weiter mitgeritten, wenn wir uns nicht geweigert hätten, sie länger von den Ihrigen fernzuhalten.

Da wir uns wohl hüten mußten, wieder mit den Scherarat zusammenzutreffen, hatte uns Hamed Ibn Telal geraten, unsere Richtung über Lyneh zu nehmen; wir folgten dieser Weisung und ahnten nicht, daß wir, indem wir dies thaten, dem Löwen geradezu und sogar ganz wörtlich genommen in die Höhle liefen. Niemand kann seinem Schicksale entgehen, sagt der Moslem, und dieses unser Schicksal war esch Scheba et Thar, der Löwe der Blutrache, mit welchem uns Abu el Ghadab gedroht hatte.

Unsere Wasserschläuche waren fast leer geworden, und so freuten wir uns auf Wadi Achdar, denn es gab Wasser in den zwei dortigen Brunnen hinter den steilen Felsenklüften, welche die hohen Thalwände bilden und oben im Hintergrunde von den Ruinen eines uralten Kasr gekrönt werden. Solche Ruinen, welche meist aus der vorislamitischen Zeit stammen, sind in Arabien gar nicht selten, und daß im Wadi Achdar einst eine Burg gestanden hatte, konnte mich nicht wundern, denn ich kannte die Sage, nach weicher dieses Thal mit einem westlichen Nebenflusse des Euphrat in Verbindung gestanden haben soll. Auch wußte ich, daß zur Regenzeit das Wasser so hoch im Thale zu stehen pflegt, daß man darin baden und sogar schwimmen kann. Darum versiegen die zwei Brunnen nie, und darum giebt es selbst in der heißen Jahreszeit dort einen Pflanzenwuchs, welcher geeignet ist, ein sonst seltenes Tierleben und infolgedessen leider auch Raubtiere herbeizuziehen. Halef hatte sogar einmal gehört, daß dort Löwen gesehen worden seien, ob auch im Winter und Frühjahr, das wußten wir nicht.

Wir ritten die ganze Nacht hindurch und auch einen Teil des Morgens, und es war einige Stunden vor Mittag, als wir die Höhen, zwischen denen das Wadi liegt, vor uns emporsteigen sahen. Wo Brunnen in der Wüste sind, kann man auf Menschen rechnen, und vor diesen Menschen hat man sich gewöhnlich in acht zu nehmen. Wir mußten rekognoscieren. Halef bot sich dazu an; aber ich durfte ihn nicht in die Versuchung bringen, wieder einen solchen Fehler wie am Bir Nufah zu machen; darum ritt ich selbst voran. Ich kam zum ersten Brunnen und fand ihn unbesetzt; ich ritt noch weiter in das Wadi hinein und konnte keine Spur eines Menschen entdecken. Eigentlich wunderte ich mich darüber, doch gab es so viele Erklärungen dieser Einsamkeit, daß ich mich beruhigte und zurückkehrte, um Halef und Kara zu holen. Wäre ich noch weiter geritten, bis zum zweiten Brunnen, der zwar tief, aber gerade unter der Ruine lag, so hätte ich in den deutlichen Tatzenspuren den sehr triftigen Grund gefunden, weshalb das Wadi jetzt gemieden wurde.

Wir lagerten uns am ersten Brunnen, wo es Gebüsch gab, sattelten unsere Kamele ab, tranken uns satt und schöpften dann auch für sie so viel Wasser, bis sie nicht mehr trinken wollten. Dann machte sich die Müdigkeit geltend. Ich ordnete an, daß immer zwei schlafen sollten, während einer wachte und nach zwei Stunden von dem nächsten abzulösen war. Die erste Wache übernahm ich, die zweite fiel auf Halef und die dritte auf Kara, seinen Sohn. Meine Wache verlief ohne Störung; als sie zu Ende war, legte ich mich nieder, nachdem ich Halef geweckt hatte. Ich war sehr müde, schlief ein und fiel in Träume. Der arabische Morpheus machte mir allerhand dummes Zeug weis; zuletzt gaukelte er mir gar einen Ueberfall durch Beduinen vor, ein leises, leises Rauschen von Gewändern, gedämpfte Schritte, unterdrückte Stimmen, dann ein Schuß war das wirklich Traum?

Ich fuhr empor, und zu gleicher Zeit sprangen Halef und Kara neben mir auch auf. Der Schuß war Wirklichkeit; ich sah uns von weit über hundert Arabern umringt, in denen ich zu meinem Schrecken Scherarat erkannte. Kara war während seiner Wache wieder eingeschlafen; nur darum hatte es diesen Leuten gelingen können, sich heranzuschleichen und uns in ihre Mitte zu nehmen. Ihre Kamele oder Pferde hatten sie außer Hörweite zurückgelassen. Ich sah unsere Gewehre, die sie uns leise weggenommen hatten, in ihren Händen. Widerstand war unmöglich, unser Leben keinen Heller wert, weil wir mit ihnen in Blutrache standen. Es gab nur eine Rettung für uns, nämlich die, uns in den Himaji eines Hervorragenden von ihnen zu begeben.

Das waren nicht etwa langdauernde Erwägungen von mir, sondern die Augen aufschlagen, aufspringen, die Feinde erblicken und diese Gedankenreihe hegen, war das Werk einer Sekunde. Wir durften nicht warten, bis einer von ihnen uns sagte, daß wir Gefangene seien, denn dann wäre es zu spät gewesen; wir mußten zuerst sprechen. Zwei Schritte vor mir stand ein alter Beduine von ehrwürdigem Aussehen; er schien kein gewöhnlicher Krieger zu sein. Ich schob schnell Halef und Kara zu ihm hin, faßte seinen Haik und rief:

„Dakilah ia Scheik!"

Das heißt: Ich bin der Beschützte, o Herr! Kein Araber, und wenn er der größte Räuber und Mörder ist, wird einem Feinde seinen Schutz versagen, der ihm diese Worte zuruft und ihn oder sein Gewand dabei berührt, welch letzteres die Hauptsache ist. Er wird ihn vielmehr mit seinem Leben verteidigen. Halef und sein Sohn kannten diesen Brauch oder vielmehr dieses Wüstengesetz ebensogut wie ich; so groß ihre Ueberraschung war, sie hatten doch die Geistesgegenwart, meinem Beispiele sofort zu folgen. Zwei rasche Griffe nach seinem Haik und zwei zugleich erklingende Rufe „Dakilah ia Scheik!" sie standen nun auch unter seinem Schutze.

Ringsum ertönten laute Rufe des Aergers, daß wir ihnen zuvorgekommen waren. Der Alte wollte unwillig zurücktreten; als wir aber seinen Burnus festhielten, sagte er:

„Eure Mäuler sind schneller gewesen als mein Mund, und so bin ich gezwungen, euch in meinen Schutz zu nehmen. Ich bin Abu 'Dem, der Scheik der Scherarat, und wehe dem, der euch, meinen Beschützten, ein Haar des Hauptes krümmt! Man gebe ihnen die Gewehre wieder!"

Welch ein glücklicher Zufall, daß er der Scheik war! Und als ich meine beiden Gewehre wieder in die Hände bekam, schien mir die Rettung sicher zu sein. Es fragte sich nur, ob es in dieser Schar einen gab, der uns kannte. Eben als ich mir dies sagte, rief jemand, der sich eifrig durch die anderen herbeidrängte.

„Nimm sie nicht unter deinen Schutz, o Scheik, ja nicht! Sie sind Blutfeinde von uns!"

„Blutfeinde?" fragte der Alte.

„Ja. Der Mann mit den zwei Gewehren ist der Emir Kara Ben Nemsi Effendi, ein Christ."

„Maschallah!" fuhr der Scheik von uns zurück.

„Der Kleine ist Hadschi Halef Omar, der Scheik der Haddedihn; er war am Bir Nufah unser Gefangener und wurde von dem Giaur gerettet. Der dritte scheint sein Sohn zu sein. Alle drei haben uns an die Lazafah verraten, so daß wir am Bir Bahrid von ihnen besiegt wurden. Du weißt ja, wie viele tot und gefangen waren und wie wenige nur entkommen sind."

„Sind sie es wirklich? Irrst du dich nicht?"

„Ich beschwöre es beim Propheten und bei allen Khalifen, daß sie es sicher sind!"

Jetzt war der schlimme, der entscheidende Augenblick gekommen!

„Ia thar, ia thar, ia thar – o Blutrache, o Blutrache, o Blutrache!" riefen rundum alle Stimmen, während die Hände nach den Waffen griffen.

„Ia himaji, ia himaji, ia himaji – o Schutz, o Schutz, o Schutz!" rief ich dagegen, und Halef und sein Sohn stimmten ein.

Der Scheik winkte mit der Hand, und es trat sofortige Stille ein. Sich zu mir wendend, fragte er:

„Bist du wirklich der Emir Kara Ben Nemsi Effendi, ein Christ?"

„Ja."

„Dieser ist der Hadschi Halef Omar, Scheik der Haddedihn, und der andere sein Sohn?"

„Ja."

„Und das wagst du, mir zu gestehen?"

„Ich lüge nie, und es ist kein Wagnis. Es wäre ein Wagnis, es zu leugnen."

„Wieso?"

„Weißt du nicht, daß der Beschützte den Schutz verliert, wenn er dem Beschützer eine Lüge sagt?"

„Das ist die Wahrheit, ja. Ich habe gehört, daß du drüben in der Dschesireh und bei den Kurden viele große Thaten verrichtet hast. Wie kann Allah einem Giaur solche Kraft, Geschicklichkeit und Tapferkeit verleihen?"

„Er ist der Herr und Vater aller Menschen, der eurige und auch der unserige. Warum unterscheidest du mich nach dem Glauben von dir? Heute und hier gilt nur eines: Du bist der Schützer, und wir sind die Beschützten. Oder sollte sich der berühmte Scheik der Scherarat vor seinen Untergebenen so fürchten, daß er den gewährten Schutz zurückzuziehen vermöchte?"

Das war eine kühne Frage. Er zog die Brauen finster zusammen und antwortete:

„Und wenn ich dies thäte?“
„So würde dein Name geschändet sein in alle Ewigkeit.“
„Aber ihr wäret verloren!“
„Nein, noch lange nicht!“
„Maschallah, Gottes Wunder! Du würdest noch an Rettung glauben?“
„Nicht glauben, sondern von ihr überzeugt sein würde ich.“
„Du redest wie ein Wahnsinniger!“
„Ich spreche wie ein Mann, der ganz genau weiß, was er will. Wenn man dir von mir erzählt hat, so wirst du wahrscheinlich auch von meinem Zaubergewehre gehört haben?“
„Man sagt, du könnest immerfort schießen, ohne zu laden, und niemals gehe eine deiner Kugeln fehl. Das glaube ich nicht.“
„Du wirst es glauben. Zählt hundert Schritte ab, und steckt dort zehn Lanzen nebeneinander in die Erde! Ich treffe alle, ohne zu laden, bis auf ein Haar gleichweit entfernt von ihrer Spitze.“
Ein allgemeines Gemurmel folgte dieser selbstbewußten Rede. Der Scheik drehte sich um und sprach leise mit den Nächststehenden. Halef flüsterte mir zu:
„Wenn sie es thun, haben wir gewonnen, Sihdi!“
Nach einer kleinen Weile kehrte sich der Scheik wieder zu mir und sagte:
„Du sollst deinen Willen haben, doch nur unter einer Bedingung.“
„Sag sie mir!“
„Wenn du nicht so triffst, wie du gesagt hast, steht ihr nicht mehr unter meinem Schutze.“
„Ich bin einverstanden,“ antwortete ich ruhig, obgleich ich wußte, was ich dabei auf das Spiel setzte.
Ging nur eine einzige Kugel fehl, so waren wir mitten unter so vielen Feinden auf uns selbst angewiesen. Aber ich kannte mein Gewehr, auf das ich mich zu verlassen hoffte, selbst wenn der Scheik mich im Stiche ließ. Unsere Lage war vorhin nur deshalb eine so schlimme gewesen, weil uns im Schlafe die Gewehre genommen worden waren.
Die Schritte wurden abgezählt und die Lanzen in die Erde gesteckt. Dann richteten sich aller Augen erwartungsvoll auf mich. Ich legte, ohne ein Wort zu sagen, den Henrystutzen an und gab, scheinbar ohne genau zu zielen, schnell hintereinander die zehn Schüsse ab, so schnell, daß sie nicht gezählt werden konnten oder wenigstens nicht gezählt wurden.
Als ich das Gewehr absetzte, fragte der Scheik:
„Fertig schon?“
„Ja.“
„Zehn Schüsse? So schnell?“
„Wenn ich auf Menschen, auf Feinde schieße, geht es noch schneller! Seht die Lanzen an!“
Alles eilte hin. Jeder wollte der erste sein, der sie sah. Da sagte Halef:

„Sihdi, alle laufen dorthin, und wir stehen allein hier. Jetzt könnten wir fort!"
„Und wenige Augenblicke später wären sie hinter uns her. Nein, wir bleiben. Bedenke doch die Zeit, ehe wir die Kamele zum Aufstehen brächten!"
„Du hast recht; es geht nicht."
Die Lanzen wurden wieder aus dem Boden gezogen; sie gingen von Hand zu Hand und laute Rufe der Bewunderung waren zu hören. Inzwischen drehte ich mich um, die abgeschossenen zehn Patronen unbemerkt zu ergänzen. Dann sah ich die Augen der Scherarat zwar feindlich, aber achtungsvoll auf mich gerichtet. Der Scheik kam wieder zu mir, betrachtete mich vom Kopfe bis zu den Füßen und sagte:
„Dein Zaubergewehr ist keine Lüge; es sitzen alle zehn Kugeln, eine ganz genau so wie die andere. Welcher Djinn hat dieses Gewehr gemacht?"
„Es war ein Djinn in Amirica und hat Henry geheißen."
„So müssen dort in Amirica mächtigere Djinns sein als bei uns. Ihr steht unter meinem Schutze, und solange ihr euch bei mir befindet, wird euch nichts geschehen; da aber die Blutrache zwischen uns und euch ist, hat die Versammlung der Aeltesten zu entscheiden, was mit euch geschehen soll."
„Was könnte sie zu entscheiden haben? Ich denke, wir sind bei dir sicher!"
„Diese Sicherheit erstreckt sich, wie du wissen wirst, nur auf zweimal sieben Tage höchstens. Dann muß ich euch entlassen. Wenn die Versammlung mild entscheidet, so nimmt sie euch die Waffen, giebt euch einen Vorsprung und läßt euch dann verfolgen. Werdet ihr ergriffen, so kostet es euch das Leben. Denkt ja nicht daran, daß wir uns herbeilassen werden, euch das Leben zu schenken und dafür die Dijeh anzunehmen! Mein Name ist Abu 'Dem, Vater des Blutes, und wenn auch ein gewöhnlicher Krieger das vergossene Blut bezahlen kann, solche Leute, wie ihr seid, müssen ihr Leben dafür geben."
„Wann wird die Versammlung der Aeltesten zusammentreten?"
„Sobald der Haupttrupp meiner Leute gekommen ist; wir hier bilden nur die Vorhut. Wir müssen vorsichtig sein, um unsere Tiere hier zu tränken, denn es giebt – –"
Er hielt mitten in der Rede inne, musterte uns mit einem fragenden Blicke und fuhr dann fort:
„Ihr schlieft, als wir hier ankamen. Wie lange wolltet ihr an diesem Brunnen bleiben?"
„Bis morgen früh," antwortete ich.
„Allah akbar – Gott ist groß! Bis morgen früh! Kanntet ihr denn nicht die Gefahr, in welcher ihr hier geschwebt hättet?"
„Wir kannten sie. Es gab nur eine einzige."
„Welche?"
„Eine Ueberraschung durch euch, unsere Todfeinde."
„Weiter keine?"
„Nein."

„Allah kerihm – Gott ist barmherzig. Er hat euch vor dem sicheren Tode bewahrt. Ist euch denn wirklich nicht bekannt, daß – –“
Er hielt wieder inne, als ob er etwas hätte sagen wollen, was er uns lieber verschweigen müsse, und er hätte auch so nicht weiter sprechen können, denn es erhob sich jetzt am Eingange des Wadi ein lärmendes Getrappel von vielen Tieren, mit den Rufen von zahlreichen Menschenstimmen vermischt. Wir sahen eine große Schar von Reitern auf Pferden und Kamelen kommen. Voran ritt ein alter Mann von höchst abstoßendem Aeußern. Sein zurückgeschlagener Haik ließ sehen, daß sein ganzer Leib mit Amuletten behangen war; am Halse seines Kameles und an dem Sattel baumelten allerlei ausgestopfte Tiere und fremdartige Gegenstände; seine kleinen, tückischen Augen lagen tief in ihren Höhlen; weit wie ein Geierschnabel stand seine Nase vor, während sein zahnloser Mund desto mehr zurückwich; seine Gestalt, außerordentlich lang und dürr, wankte auf dem Kamele wie eine Pagode hin und her, und die grüne Farbe seines Turbans zeigte, daß er sich zu den Abkömmlingen des Propheten zählte. Sofort, als ich ihn erblickte, sagte ich mir, daß dies kein anderer als Gadub es Sahhar, der Zauberer, sei, und ich hatte mich nicht geirrt. Wie angesehen er bei den Scherarat sei, konnte ich daraus ersehen, daß sie alle ihm entgegenliefen, um ihm mitzuteilen, welch einen kostbaren Fang sie gemacht hätten.
Als er es hörte, stieß er einen Jubelruf aus, glitt elastisch wie ein Jüngling von dem hohen Kamele herab, ohne es niederknieen zu lassen, kam herbeigerannt, betrachtete uns mit wild rollenden Augen und schrie mich dann an:
„Du, du also, du bist der verdammte Christenhund, dem ich die Gefangenschaft und den sichern Tod meines Sohnes zu verdanken habe? Das sollst du büßen, büßen, büßen! Deine Seele soll in dir stecken wie ein glühender Eisenbolzen, und dein Leib um dich brennen wie der verzehrende Feuerbrand, der um die Sonne läuft! Deine Eingeweide sollen dir einzeln herausgenommen werden, und die – –“
„Schweig!“ donnerte ich ihn an, indem ich ihn unterbrach. „Ich bin der Beschützte. Wie darfst du mich beleidigen!“
„Der Beschützte?“ fuhr er auf. „Wessen?“
„Der meinige,“ antwortete der Scheik.
„Wie? Wie? Wie? Der deinige? Wie kannst du es wagen, Leute, die unsere tausendfachen Todfeinde sind, in deinen Schutz zu nehmen!“
„Wagen?“ fragte der Scheik stolz. „Was kann Abu 'Dem, der Scheik der Scherarat, wagen? Hast du mir etwa zu befehlen, was ich thun darf oder nicht? Diese Männer haben mein Gewand ergriffen und mir dabei zugerufen: „Dakilah ia Scheik!“ Nun will ich wissen, wer es wagt, mir zu sagen, daß ich sie nicht beschützen darf!“
„Wer? Wer? Wer? Ich sage es, ich, ich, ich! Und ich will hören, wer es wagt, mir zu widersprechen. Ich schicke ihm alle bösen Geister der Erde und der Hölle in den Leib!“
Da wendete sich der Scheik zu seinen Leuten um und rief:

„Ihr Männer und Krieger der Scherarat, entscheidet, wer recht hat, er oder ich! Muß ich die Gefangenen beschützen oder darf ich es nicht?“
Er erhielt keine Antwort. Sie mußten ihm im stillen recht geben, aber keiner wagte es, gegen den Zauberer zu sprechen, dessen Kunst sie fürchteten, weil sie mehr als zu sehr abergläubisch waren. Er stieß ein höhnisches Lachen aus und kicherte den Scheik mit überschnappender Stimme an:
„Hörst du etwas, o Scheik, hihihihi; hörst du ein einziges Wort? Diese Hunde haben meinen Sohn am Bir Nadahfa mit der Peitsche in das Gesicht geschlagen, und er hat ihnen dafür mit dem Scheba et Thar gedroht, mit dem Löwen der Blutrache, ja, mit dem Löwen –“
Er unterbrach sich plötzlich mit einer Bewegung, als ob ihm ein außerordentlich guter Gedanke komme, ließ seine Blicke mit giftigem Triumphe über uns gleiten und wendete sich dann mit plötzlich ganz freundlicher Miene und Stimme an den Scheik:
„Doch, du sollst das Recht haben, o Scheik, nämlich wenn die Versammlung der Aeltesten es dir zuspricht. Laß die Ichtjarije rufen; es soll sofort die Beratung abgehalten werden, sofort, sofort! Wir wollen die Stimmen der Männer hören, welche über diese Hunde zu entscheiden haben. Wir dürfen keine Zeit verlieren, denn schon morgen früh müssen wir zu den Lazafah aufbrechen, um unsere Söhne und Krieger zu befreien oder zu rächen!“
Er eilte fort, um die Alten selbst mit zusammenzuholen. Da trat der Scheik zu uns und sagte halblaut:
„Ich ahne, was der Sahhar will. Ich habe euch mein Wort gegeben und möchte es ganz halten; gegen den Scheba et Thar, den er meint, kann ich aber nichts thun. Doch denke ich, daß ihr Männer seid, die sich nicht fürchten, und eure Waffen sind ja besser als die unserigen. Allah thut, was ihm gefällt!“
Unsere Lage schien sich seit der Ankunft des Zauberers bedeutend verschlimmert zu haben. Die Scherarat mußten uns zwar auch vorher schon feindlich gesinnt sein, doch hatte das ritterliche Verhalten ihres Scheikes den Eindruck auf sie nicht verfehlt. Nun aber waren ihrer viel mehr geworden, und der alte Gadub es Sahhar hatte, weil sie ihn mehr fürchteten, mehr Einfluß auf sie als der Scheik. Wir sahen jetzt mehr drohende Blicke auf uns gerichtet als früher, brauchten aber zunächst nichts zu fürchten, denn vor dem Richterspruche der Dschemma durfte sich niemand an uns vergreifen.
Es waren zwölf Greise, welche sich in einiger Entfernung von uns zur Beratung niedersetzten. Diese wurde in ernster Würde geführt, wie wir sahen. Nur einer ließ sich von seiner Erregtheit hinreißen, lebhafter zu sein, als es der Gebrauch erforderte; das war der Zauberer, welcher fast unablässig auf die andern einsprach. Wir Saßen, rund von Kriegern umgeben, nebeneinander; darum dämpfte Halef seine Stimme zum Flüstern, als er mich fragte:
„Was meinst du, Sihdi, was sie über uns beschließen werden?“
„Ahnst du es nicht?“

„Nein. Du?"
„Ja."
„Nun, was?"
„Es scheinen Löwen im Wadi zu sein."
„Allah! Löwen? Ein Löwe!"
„Nicht einer, sondern mehrere, denn es ist jetzt die Zeit, in welcher diese Tiere vielleicht schon Junge haben."
„Daß es hier schon Löwen gegeben hat, habe ich dir gesagt; es ist also sehr leicht möglich, daß sich wieder welche hier befinden, droben in der alten Ruine, wo es genug Schlupfwinkel für sie giebt. Was aber hat dies mit uns zu thun?"
„Wahrscheinlich sehr viel. Hast du das triumphierende Gesicht des Zauberers gesehen, als er von dem „Löwen der Blutrache" sprach?"
„Ja; es sah aus, als ob er eine sehr große Freude empfände."
„Die Freude über unsern sichern Untergang."
„Durch die Löwen?"
„Ja."
„Meinst du etwa, daß wir ihnen vorgeworfen werden sollen?"
„Vorgeworfen grad nicht, denn dazu müßten sie uns vorher fesseln, und das würde ich mir mit meinem Stutzen sehr verbitten. Solange ich überhaupt diesen habe, werde ich jeden Beschluß der Versammlung, der uns keine Hoffnung bietet, zurückweisen. Ich vermute, daß wir mit den Löwen um unsere Freiheit und unser Leben kämpfen sollen."
„Wirst du das annehmen, Sihdi?"
„Erst möchte ich hören, was du dazu sagst."
„Das kannst du dir doch denken. Wie stolz würde Hanneh, das beste und herrlichste Weib unter den schönsten aller Frauen, auf ihren Halef sein, wenn er ein Fell mit nach Hause brächte, in welchem ein von ihm selbst erlegter Löwe die Tage seines Daseins beschlossen hätte!"
„Du würdest dich also an den „Herrn mit dem dicken Kopfe" wagen?"
„Mit Entzücken; das sage ich dir aufrichtig."
„Und dein Sohn?"
Kara hatte bis jetzt kein Wort gesprochen; als er diese Frage hörte, antwortete er:
„O Emir, mein Herz ist von tiefer Traurigkeit erfüllt. Was habe ich gethan! Ich bin schuld daran, daß wir gefangen sind, denn ich habe geschlafen, als ich wachen sollte. Ich würde gern mit zehn Löwen kämpfen, wenn ich diesen Fehler dadurch gutmachen und dein Vertrauen wiedergewinnen könnte!"
„Nimm es dir nicht allzusehr zu Herzen, lieber Kara," tröstete ich ihn. „Du warst zu sehr ermüdet. Mein Vertrauen hast du noch, und was unsere Gefangenschaft betrifft, so denke ich, daß sie ein baldiges Ende haben wird. Wenn meine Vermutung, daß wir mit den Löwen kämpfen sollen, sich bewahrheitet, so werde ich darauf eingehen, wenn man uns nicht bloß das Leben, sondern auch die Freiheit dafür verspricht. Ich werde das

weniger aus Angst vor den Scherarat als vielmehr aus Jagdlust thun, denn beides, die Freiheit sowohl als auch das Leben, getraue ich mir auch ohne Löwenkampf mit meinem Stutzen zu verteidigen. Doch seht, die Beratung ist zu Ende, und man scheint uns holen zu wollen.“

Es war eine Bewegung unter den Mitgliedern der Dschemma entstanden; der Scheik stand auf, kam zu uns und sagte:

„Die Versammlung der Aeltesten hat über euch beschlossen. Befänden wir uns in unserm Duar, so würde mein Schutz über euch vierzehn Tage lang währen; jetzt aber sind wir unterwegs und können euch nicht mitnehmen; ich kann euch also nur so lange beschützen, als wir uns hier in diesem Wadi befinden, und das ist nur für den heutigen Tag. Eigentlich sollte ich euch weiter nichts mitteilen, denn der Zauberer hat sich das vorbehalten; da ich aber weiß, daß es seine Absicht ist, euch durch seine Darstellung und Ausdrucksweise zu verwirren und einzuschüchtern, so halte ich als euer Beschützer es für meine Pflicht, euch eine Andeutung zu geben, aus welcher ihr das Richtige entnehmen könnt.“

Da er jetzt eine Pause machte, schob ich schnell die Bemerkung ein:

„Wir sind dir für deine Güte dankbar, o Scheik, doch muß ich dir sagen, daß wir nicht zu der Art von Leuten gehören, bei denen der Zauberer diese seine Absicht erreichen könnte. Es ist noch keinem Menschen gelungen, meinen Geist zu verwirren, und uns nun gar einschüchtern, das rechne ich zu den Unmöglichkeiten; wenigstens würde der alte Sahhar der allerletzte sein, der das fertig brächte. Ihr mögt von ihm halten und denken, was Ihr wollt; ich aber kenne sein Fach besser, als Ihr es kennt, und weiß, daß er in allem, was er Euch vormacht, nichts anderes als ein Cha'in ist.“

Als der Scheik diese Worte hörte, hellte sich sein tiefernstes Gesicht ein wenig auf, und er sagte:

„Ich vernehme, daß Allah dir ein sehr gesundes Gehirn verliehen hat; leider besitzen meine Scherarat nicht dieselbe Gabe, und wenn ich euch dafür hassen muß, daß ihr unsere Krieger an die Lazafah verraten habt, so möchte ich euch doch dafür danken, daß es unter ihnen einen giebt, den ich nicht nennen will, dessen Rückkehr von den Lazafah ich nicht wünsche.“

„Du brauchst ihn nicht zu nennen; es ist Abu el Ghadab, der Sohn des Zauberers.“

„Maschallah! Woher weißt du das?“

„Ich kenne dein Verhältnis zu Gadub es Sahhar besser, als du denkst.“

„Wenn du es wirklich kennst, so sprich zu ihm ja nicht davon. Ich habe gehört, daß du „den Herrn mit dem dicken Kopfe“ geschossen hast, du ganz allein und mitten in der Nacht. Wir haben das nicht für möglich gehalten, denn wenn wir den „Würger der Herden“ erlegen wollen, so ziehen wir, viele, viele Krieger stark, am hellen Tage aus. Wenn wir das des Nachts thäten, würde er uns alle fressen.“

„Das ist der Unterschied zwischen euch und uns. Ein wirklich tapferer Mann muß den Mut besitzen, dem Löwen ganz allein und auch des Nachts Auge in Auge entgegenzutreten."
„Das hast du wirklich gethan?"
„Ja, wiederholt!"
„Besitzest du diesen Mut auch heute noch?"
„Ja."
„Das beruhigt die Vorwürfe meines Gewissens. Ich will euch verraten, daß ihr in nächster Nacht mit zwei Löwen kämpfen Sollt, welche wahrscheinlich junge haben. Ihr solltet das nicht wissen. Es ist das fürchterlich, drei Personen gegen zwei riesige Löwen, welche zehnfach und hundertfach schrecklich sind, weil sie Kinder zu beschützen haben."
„Mach dir keine Sorge um uns! Wir fürchten uns nicht. Uebrigens hast du uns gar nichts verraten, denn wir haben es geahnt, was für einen Plan der alte Zauberer hat. Es ist das sehr pfiffig von ihm. Unterliegen wir, so hat er sich an uns gerächt; siegen wir, was er aber freilich für vollständig ausgeschlossen hält, so haben wir dieses schöne Wadi und euch alle von den Feinden befreit, deren Erlegung ihr mit dem Leben vieler eurer Krieger bezahlen müßtet. Wie lange wohnt der Löwe mit seiner Frau schon hier im Thale?"
„Seit drei Wochen. Er holt sich fast in jeder Nacht ein Pferd oder Kamel; Allah verdamme ihn!"
„Wo hat er seine Wohnung aufgeschlagen?"
„Droben im großen Hohsch el Harab. Er kommt täglich des Abends mit seiner Frau in das Wadi herab, um am hintern Brunnen zu trinken. Aber jetzt darf ich euch weiter nichts verraten. Kommt, ich soll euch zur Dschemma bringen!"
Er führte uns zu der Versammlung der Aeltesten, deren Urteil wir stehend anhören sollten; ich machte aber kurzen Prozeß und setzte mich; Halef und Kara folgten meinem Beispiele. Da fuhr uns der Zauberer zornig an:
„Wie könnt ihr es wagen, euch im Rate der weisen und erfahrenen Männer niederzusetzen! Ihr seid – –"
„Schweig!" unterbrach ich ihn, um ihm gleich im Anbeginn zu zeigen, wie wenig ich mir aus ihm machte. „Ich würde diesen ehrwürdigen Männern gern die Achtung zollen, welche ich für sie hege; aber weil du mit hier bist, so setzen wir uns. Weißt du, was ich in meinem Lande und bei meinem Volke bin? Und wer oder was bist denn du? Du bist gegen mich wie eine dreiste Fliege, welche glaubt, mit ihrem Summen und Brummen den Löwen erschrecken zu können."
Da fuhr seine Hand nach dem Messer, und er donnerte mich an:
„Hund, Giaur! Kennst du die Macht, welche ich gegen und über alle Geister und Mächte der Erde und der Unterwelt besitze? Ich brauche nur die Hand zu erheben, so fällst du tot zur Erde!"
„Thue es doch!" lachte ich. „Mir machst du nicht bange, denn ich kenne dich. Du bist ein Feschschahr, der gar nichts kann, ein Gaschschahsch, mit dem ich gar nicht sprechen

würde, wenn dich nicht diese achtunggebietenden Greise beauftragt hätten, mir ihren Entschluß mitzuteilen."
Da sprang er wütend auf und schrie:
„Ihr Krieger der Scherarat, schießt ihn nieder, den stinkenden Schakal, sofort, sofort!"
Ich sprang, obgleich niemand sein Gewehr gegen mich erhob, augenblicklich nach einem nahen Felsstücke, nahm Deckung hinter demselben, legte den Stutzen an und rief:
„Wer wagt es, die Hand gegen uns zu erheben? Ihr seht, daß mich hier keine Kugel treffen kann; hier aber ist mein Zaubergewehr, welches sofort jeden tötet, der seine Hand gegen einen von uns erhebt!",
Es war interessant zu sehen, mit welcher Angst und Eile die Beduinen zu beiden Seiten meiner Schußlinie zurückwichen. Der Zauberer schien auf einmal seine Sprache verloren zu haben; die Alten sprachen leise miteinander; dann rief mir der Scheik zu:
„Sei ruhig, Emir! Noch steht ihr unter meinem Schutze, und es wird euch bis morgen früh kein Leid geschehen."
„Unsinn! Nicht wir haben uns vor euch, sondern ihr habt euch vor uns zu fürchten! Ich bleibe hier stehen, das Zaubergewehr in der Hand. Wer uns nur mit einem Worte beleidigt, dem jage ich eine Kugel durch den Kopf. Nun sagt mir kurz, was die Dschemma beschlossen hat; Prahlereien aber mag ich nicht hören!"
Daß mein Verhalten den von mir beabsichtigten Eindruck machte, erkannte ich an dem Ausdrucke der Blicke, welche von rundum auf mir hafteten. In der Dschemma wurde wieder leise beraten; dann wendete sich der Zauberer an mich, und zwar in einem ganz andern Tone als vorher:
„Es ist folgendes beschlossen worden, was ich dir erst erklären wollte, nun aber nur kurz sagen werde: Droben im Hofe der Ruine wohnen Geister, welche sich nicht aus dem Wadi entfernen wollen; ihr sollt in nächster Nacht mit ihnen kämpfen. Wenn ihr uns euer Wort gebt, nicht zu fliehen, sollt ihr bis zur Dämmerung bei uns sein, nicht als ob ihr Gefangene wäret; dann geht ihr hinauf in den Hof. Ihr habt euch ein Feuer anzubrennen und bis morgen früh zu unterhalten. Kommt ihr dann herab, ohne daß die Geister euch erwürgt haben, so seid ihr frei."
„Ist das alles?" fragte ich.
„Ja."
„Wie gehen auf eure Forderungen ein. Wir werden, wenn der Tag sich neigt, hinaufsteigen, um im Hofe der Ruine bis morgen früh ein Feuer zu brennen und mit den Geistern zu kämpfen. Aber daß wir frei sind und ungehindert fortreiten können, wenn wir früh wohlbehalten herunterkommen, darauf mag die Dschemma mir ihren Schwur geben!"
Als dieser Eid, den ich vorsprach, mit volltönenden Stimmen geleistet worden war, fühlte ich mich sicher, legte das Gewehr wieder ab und ging zu meinen Gefährten hin. Dabei mußte ich an dem Zauberer vorüber; er konnte sich doch nicht enthalten, mich mit sichtbarer Schadenfreude im Gesichte anzuzischen:

„Ihr seid verloren, denn schon höre ich im Geiste den Scheba et Thar brüllen, der euch verschlingen wird!“
„Nimm dich in acht, daß er dich nicht selbst verschlingt!“ antwortete ich.
„Er verschlingt bloß Christen, deren Gott ohnmächtig ist, sie zu schützen; ich aber brauchte nur die Hand zu erheben, so würde er vor mir fliehen.“
„Lästere nicht! Dich für mächtiger als den Gott der Christen zu halten, ist eine Sünde, welche dir nicht vergeben werden kann.“
„Er mag mich dafür strafen!“ lachte er höhnisch. „Jeder Sahhar kann mehr als er!“
Da legte ich ihm erschrocken die Hand auf den Arm und sagte:
„Möge Gott, der allmächtig und gerecht ist, diese Verhöhnung nicht wie einen zermalmenden Felsen auf dich zurückschmettern! Mir graut vor dir. Du sagtest, daß du Macht habest über alle Geister der Erde und der Unterwelt; warum wollen die Geister droben in der Ruine nicht vor dir weichen? Warum sollen wir sie vertreiben? Weil du lügst, weil du nichts, gar nichts kannst und dich fürchtest, selbst nach der Ruine zu gehen, um die Geister zu vertreiben. Ich als Christ habe keinen Djinn und keinen Geist zu fürchten. Wir werden morgen früh gesund und wohlgemut vom Kasr herunterkommen und euch dann die Geister zeigen, die von uns besiegt worden sind.“
„Nichts werdet ihr, gar nichts!“ fauchte er mich grimmig an. „Du bist ein Giaur, der in die Hölle gehört; deine Gefährten sind nicht besser als du, und darum wird sie ganz dieselbe Vernichtung treffen. Mein Sohn hat euch prophezeit, daß euch der Scheba et Thar verschlingen werde, und diese Weissagung wird heute abend an euch in Erfüllung gehen; wir werden morgen die Reste eurer Knochen finden und nicht denken, daß sie Menschen angehörten, sondern räudigen Hunden, welche wegen ihrer Unreinlichkeit aus den Zelten vertrieben worden sind!“
Es zuckte in meinen Fäusten, doch bezwang ich mich und schwieg; Halef aber hatte nicht dieselbe Selbstbeherrschung; er griff nach der Peitsche in seinem Gürtel, trat hart an den Sahhar heran und rief:
„Womit vergleichst du uns? Mit räudigen Hunden? Soll ich dir dafür die Peitsche geben, wie ich sie schon auch deinem Sohne für eine ähnliche Beleidigung in das Gesicht gezeichnet habe? Wenn deine ganze, große Macht nur darin besteht, Gefangene zu verhöhnen und Gott zu lästern, so wird, wenn die Scham dich nicht schon vorher umbringt, nicht unser Gebein, sondern das deinige gefunden werden. Gott wird dich richten. Und wie ich deinem Sohne vorhergesagt habe, daß nicht uns, sondern ihn der Scheba et Thar fressen werde, so sage ich jetzt auch dir, daß er nicht uns, sondern dich in seinem Rachen verschwinden lassen wird. Denke an meine Worte; ich weiß, was ich sage, denn ich bin Hadschi Halef Omar Ben Hadschi Abul Abbas Ibn Hadschi Dawud al Gossarah, der Scheik der Haddedihn vom Stamme esch Schammar, und du wirst nicht der erste Gottesverhöhner sein, den ich an seiner eigenen Lästerung in die Hölle gehen sehe!“

Schon griff der Zauberer drohend an sein Messer, da wurde er von den Verständigen unter den Scherarat umringt, und der Scheik bedeutete ihm allen Ernstes, daß er nun keine weitere Beleidigung der von ihm Beschützten dulden werde. Ich zog Halef fort, und so nahm diese Scene nicht das schlimme Ende, welches zu befürchten gewesen war. Der kleine, brave Hadschi hatte in zorniger Begeisterung gesprochen und wie ein Prophet vor dem Sahhar gestanden; aber niemand ahnte, daß seine geharnischte Rede wirklich eine Prophetie enthalten hatte; wir mußten das erst später mit heiligem Schreck erfahren.

Der Plan für heute abend war von dem Zauberer sehr pfiffig ausgedacht. Der Löwe ist, wenn er Junge zu ernähren hat, doppelt gefährlich, doch hätten wir im Dunkel der Nacht uns verstecken und ihm wohl entgehen können, wenn dies unsere Absicht gewesen wäre; aber man hatte uns die Bedingung auferlegt, während der ganzen Nacht Feuer zu brennen, und da wir den Hof nicht verlassen durften, so mußten wir unbedingt von ihm bemerkt und angegriffen werden. Hierbei sei gesagt, daß die säugende Löwin das Lager nur selten verläßt; der männliche Löwe hat sie und die jungen zu versorgen und bringt seine Beute oft von weither nach dem Lager geschleppt, von welchem sie sich meist nur entfernt, um zur Tränke zu gehen. Freilich, wer ihr da begegnet, dem ist sie noch gefährlicher als ihr „Herr mit dem dicken Kopfe“.

Die Scherarat hüteten sich zwar, mit uns zu verkehren, doch war ihr Verhalten nicht feindselig zu nennen. Sie betrachteten uns schon jetzt als tote Menschen und hegten ein aus Stammeshaß, Mitleid und Bewunderung gemischtes Gefühl für uns. Nur der Scheik suchte uns zuweilen auf, um ein freundliches Wort zu sprechen, doch auch nur für kurze Zeit. Ich benutzte die uns gebotene Muße, Halef und seinem Sohne ihr Verhalten für die nächste Nacht einzuprägen, wobei wir bemerkten, daß die Scherarat dürres Holz sammelten und in Bündeln vereinigten. Da Wasser vorhanden war, gab es auch Sträucher im ganzen Wadi.

Ungefähr eine Stunde vor der Dämmerung mahnte uns der Scheik zum Aufbruche. Er wollte mit seinen Leuten bei einem großen Feuer am Brunnen bleiben, denn er hielt sich für sicher, weil die Löwen ja uns zu fressen bekamen, was er uns freilich nicht sagte. Er wollte uns selbst mit mehreren Holzbündel tragenden Scherarat nach der Ruine führen, was kein Wagnis war, weil der Löwe nur des Nachts sein Lager verläßt und am Tage nur durch Steinwürfe und großen Lärm gezwungen werden kann, herauszutreten.

Wir gingen das ziemlich lange Wadi hinauf bis zum obern Brunnen, wo wir an den deutlichen Spuren erkannten, daß dieser jetzt allerdings eine Löwentränke sei, doch ließen wir uns das nicht merken. Dann ging es steil zwischen den Felsen aufwärts, wobei die Scherarat ihre Angst nicht verbergen konnten. Endlich kamen wir an eine hohe, vielfach zerrissene Mauer, durch welche ein jetzt eingefallenes Thor führte. Hier legten sie ihre Bündel nieder, und der Scheik sagte:

„Hinter dieser Mauer liegt der Hof, den ihr bis früh nicht verlassen dürft, und hier ist Holz zum Feuer. Allah beschütze euch!“

Sie gingen; einer aber blieb noch einen Augenblick stehen und sprach:
„Der Sahhar läßt euch eine gute Nacht wünschen und hierauf einen guten Morgen im Bauche des Scheba et Thar."
„Er mag sich selbst vor diesem Bauche hüten; wir kommen nicht hinein!" antwortete Halef; dann trollte sich der Mann auf das schnellste fort.
Ich trat vorsichtig unter das Thor und sah in den Hof. Er war rundum an den Mauern mit Gestrüpp bewachsen und bildete ein großes Rechteck, durch dessen Hinterwand ein auch zusammengebrochenes Thor in das Innere der Ruine führte. Da drinnen, aber nicht im Hofe war das Lager der Löwen; das sagte mir gleich der erste Blick, der auf die unverkennbaren Spuren fiel. Die rechte Seitenmauer hatte bei ihrem halben Einsturze einen hohen Schutthaufen gebildet, der uns eine ausgezeichnete Warte bot. Wenn unten an demselben das Feuer brannte und wir oben saßen, wagte sich gewiß kein Löwe durch die Flammen hinauf zu uns. Wir hatten lange gebraucht, um heraufzukommen; darum gingen wir zu dem Schutthaufen, legten unten ein Häuflein Reiser zum Anzünden zurecht, schafften den ganzen Holzvorrat hinauf und machten es uns dann oben so bequem wie möglich. Dann dämmerte es, und bald darauf wurde es dunkel. Da der Löwe erst später ausgeht, warteten wir mit dem Feuer noch; doch als es ungefähr neun Uhr geworden war, stieg ich hinab, brannte das Holz an und schwang mich dann wieder hinauf. Da lagen wir, die Gewehre schußfertig in den Händen, nebeneinander, warfen von Zeit zu Zeit Holz in das Feuer hinab und warteten auf das Erscheinen des Königs der Tiere.
Mein Puls ging wie gewöhnlich; Halef war zwar unruhig, aber keineswegs ängstlich; Kara, das brave junge Männchen, zeigte nicht die geringste Spur von Aufregung. Beide wußten, daß sie nur auf mein ausdrückliches Geheiß schießen und dabei nur nach dem Auge zielen durften.
Wenn ich sage, daß ich keine Spur von Angst vor den Löwen in mir hatte, so ist das keineswegs eine Prahlerei. Auch bin ich überzeugt, daß weder Halef noch sein Sohn sich fürchteten; wenn sie etwas fühlten, so war es wohl nur das, was man Jagdfieber zu nennen pflegt. Daß Halef mit seinem Gewehre umzugehen verstand, weiß jeder, der ihn kennt, und er hatte durch unausgesetzte Uebung dafür gesorgt, daß auch Kara Ben Halef trotz seiner Jugend schon ein guter Schütze zu nennen war. Wenn ich eine Besorgnis gehabt hätte, so wäre das nur eine Folge der heutigen niedrigen Temperatur gewesen; es war nämlich sehr kalt.
Man stellt sich Innerarabien fälschlicherweise als ein Land vor, welches unter einem immerwährenden Sonnenbrande liegt; dies ist aber nicht der Fall. Selbst im Sommer sind die Wärmeunterschiede zwischen Tag und Nacht so bedeutend, daß dieser schnelle Wechsel dem Ungewohnten schwere Erkältung bringt, und im Winter, auch noch im Frühjahre, sinkt die Temperatur oft so tief unter Null herab, daß man, wenn man sich im Freien befindet, bei der dortigen leichten Kleidung während der Nacht vom Froste geschüttelt wird. Es fällt sogar zuweilen Schnee. Wir hatten uns darum für unsern

gegenwärtigen Ausflug mit warmen Decken versehen, diese aber heut abend nicht mit heraufgenommen, weil wir beim Kampfe mit Löwen freie Bewegung haben mußten und uns also doch nicht einwickeln durften. Es war so empfindlich kalt, daß ein Zittern beim Zielen sehr im Bereiche der Möglichkeit lag, und wie gefährlich ein sich daraus ergebender Fehlschuß für uns werden konnte, das läßt sich wohl leicht denken. Ich bat darum meine Gefährten, sich ja recht zusammenzunehmen, und erhielt darauf die Versicherung, daß sie im betreffenden Augenblicke gewiß nicht zittern würden.

Es ging kein Lüftchen im Hofe, und nur das leise Prasseln der Flammen unterbrach die tiefe Stille. Eine Stunde verfloß und fast noch eine. Als geübter Jäger verließ ich mich nicht allein auf Auge und Ohr, sondern fast noch mehr auf die Nase, und da – da spürte ich endlich jene strenge, stechende Penetranz, welche der Ausdünstung der größeren Raubtiere eigentümlich ist.

„Er kommt; paßt auf; er kommt; ich rieche es!“ flüsterte ich den beiden zu, indem ich den Bärentöter an die Wange legte und das Auge scharf nach dem zweiten Thor richtete. Eine Gestalt, oder war es nur ein Schatten, kam da heraus, blieb eine Minute lang unbeweglich stehen, ohne uns aber ein Ziel zu bieten, und verschwand dann nach der uns gegenüberliegenden Seitenmauer hin. Gleich darauf hörten wir Steine fallen.

„War er das?“ fragte Halef leise.

„Er oder sie; ich konnte es nicht unterscheiden,“ antwortete ich. „Wir haben kein Glück gehabt. Das Tier fürchtete sich vor dem Feuer und ist dort über die Mauer zum Brunnen hinab. Daß wir dieses dumme Feuer brennen müssen! Wäre es dunkel gewesen, läge die Bestie jetzt tot da, mit meiner Kugel im Kopfe.“

„Er kommt ja wieder!“

„Das ist meine Hoffnung. Nehmen wir ja alle unsere Sinne zusammen, daß wir ihn dann nicht verpassen!“

Es verging eine kleine Weile; da ertönte auf halber Höhe des Felsens jenes rollende Gebrüll, welches der Araber Rra'd, zu deutsch Donner, nennt. Es schien, als ob der Boden wie bei einem Erdbeben unter uns bebte.

„Das ist nicht sie, sondern er,“ flüsterte ich; „ich höre es an der Stimme. Er steigt zur Tränke hinab. Doch, horcht!“

Es war ein Ruf, ein angstvoller, schriller Ruf zu hören, welcher aus dem Wadi heraufklang, wieder einer – – und wieder! Es klang wie Ghadab, Ghadab. Oder irrte ich mich? So hieß ja der Sohn des Zauberers. Es folgte ein zweites, ein drittes Brüllen des Löwen, dann war es still, doch nur unten, denn hier oben bei uns hörten wir plötzlich jemand laut fragen:

„Maschallah! Was ist das für ein Feuer? Wer hat es angebrannt? Gebt Antwort, denn ich bin Abu el Ghadab, der – – –“

Hierauf ein gräßlicher Schrei, mit welchem ein ebenso entsetzlicher im Wadi unten fast zusammenschmolz; dann ein Krachen und Knacken von Knochen und jenes Knirschen und schmatzende Lefzenschnalzen, welches ich nur zu wohl kannte. Die Löwin war auch da; sie hatte ein Opfer gefunden, dessen Knochen zwischen ihren Zähnen prasselten. War das ein Mensch? gar Abu el Ghadab? Doch der befand sich ja als Gefangener bei den Lazafah! Mochte dem sein, wie ihm wolle, ich mußte schnell zum Schusse kommen. Das Knacken erscholl aus der Nähe des äußeren Thores; ich bog mich zur Seite und sah die mächtige Gestalt des Tieres. Zwei, drei scharfe Schreie ausstoßend, richtete ich den Lauf; meine Stimme veranlaßte die Löwin, sich nach unserer Seite zu wenden; ihre Augen glühten – – mein Schuß krachte – – ein sausender Atemstoß – – ein kurzes Stöhnen – – ein ersterbendes Röcheln, dann war es still.

„O, Sihdi, du hast sie erlegt; sie ist tot!“ rief Halef laut.

„Still, still!“ warnte ich. „Der Löwe wird auch gleich kommen; er scheint da unten auch eine Beute gefunden zu haben, denn ihr habt doch wohl auch die Rufe und dann den zweiten Schrei gehört?“

„Ja.“

„Es scheint ein zweifaches Unglück geschehen zu sein. Jetzt zum Schießen fertig, und keinen einzigen Laut mehr!“

Wir lauschten in einer Spannung, die nicht zu beschreiben ist, und brauchten nicht lange zu warten. Wir hörten sehr bald draußen vor dem Thore ein Zerren und Reißen, ein Kratzen von schweren Tatzen.

„Achtung!“ flüsterte ich. „Er kommt mit der Beute im Rachen.“

Ja, da kam er herein, einen schweren Gegenstand schleppend. Ich wollte Kara den Ruhm gönnen, einen Schuß auf den Löwen abgefeuert zu haben, und gab ihm das verabredete Zeichen. Der Löwe brachte Beute für die jungen; da sah er die Löwin liegen, tot in ihrem Blute; er ließ den Raub fallen, hob den Kopf empor und brüllte, daß ich glaubte, unsern Schutthügel zittern zu fühlen. Dann starrte er, den Thäter suchend, mit weit geöffneten Lichtern nach unserm Feuer herüber.

„Jetzt, Kara, ins Auge, jetzt, jetzt!“ sagte ich.

Ich hatte diese Aufforderung noch nicht ganz ausgesprochen, so fiel sein Schuß. Ein kurzes Brüllen folgte, wie wenn Blitz und Donner zusammenfällt; dann flog der Löwe im Sprunge nach dem Feuer hoch durch die Luft. Die Mündung meines Bärentöters folgte ihm, und meine Kugel traf ihn in das Herz, so daß er kurz vor dem Feuer zu Boden fiel; er warf sich nur einmal von einer Seite auf die andere; ein Zucken durchlief seine Gestalt; dann streckte er die Glieder; er war tot.

Halef jubelte laut auf, obgleich er nicht zum Schusse gekommen war, und Kara stimmte ein. Auf meinen vorsichtigen Rat stiegen wir erst nach einstündigem Warten von unserm Schutthaufen herab, um die Tierleichen zu untersuchen. Kara hatte den Löwen in das Auge getroffen, also tödlich, und das Tier gehörte also ihm, obgleich meine Kugel dann in das Herz gedrungen war. Wie jubelten die beiden, und mit welchem Stolze umarmte der Vater seinen Sohn! Die Löwin war auch tot, ebenso in das Auge getroffen; sie gehörte mir. Dann leuchteten wir mit Feuerbränden weiter. Was waren das für Körper, welche die beiden Tiere erbeutet hatten? Menschliche, wie wir mit Grausen sahen! Aber man

denke sich unsere Gefühle, als wir bei näherer Untersuchung die Reste vom Zauberer und seinem Sohne erkannten! Wir standen starr, und nur zitternd kam es über Halefs Lippen:
„O, Sihdi, meine Prophezeiung, meine Prophezeiung! Der Scheba et Thar hat sie gefressen!“
Wie gern wären wir in das Wadi hinabgestiegen; aber wir mußten unsere Vereinbarung wörtlich erfüllen und bis zum Morgen warten. Wie uns die Nacht vergangen ist, darüber will ich schweigen. Als der Tag graute, suchten wir zunächst das Lager der Löwen; wir fanden ein junges, männlichen Geschlechtes, welches wir töteten, da es kaum zwei Wochen alt und also nicht zu transportieren war. Dann stiegen wir, nachdem wir den Raubtieren die Felle abgezogen hatten, zu Thale.
Die Scherarat hatten vor Aufregung nicht geschlafen; wie staunten sie, als sie uns unverletzt mit den Häuten kommen sahen! Und mit welcher Spannung erkundigten sie sich nach dem Zauberer und seinem Sohne! Wir erzählten ihnen, was geschehen war, und bekamen von ihnen den Zusammenhang erklärt. Es war Abu el Ghadab mit noch vier andern Scherarat gelungen, aus der Gefangenschaft zu entkommen; sie hatten gestern abend das Wadi Achdar erreicht, nicht am Eingange, sondern an der Südseite desselben, und nicht daran gedacht, daß es jetzt da Löwen gab. Ghadab hatte für diese Nacht nach der Ruine und nicht nach dem Brunnen gewollt, weil da feindliche Beduinen sein könnten; die andern aber waren durstig und widersprachen ihm. Da trennte er sich zornig von ihnen, um den Außenweg nach dem Kasr emporzusteigen, und sie wandten sich nach dem untern Brunnen, wo sie auf ihre Stammesgenossen trafen, Als der Zauberer hörte, daß sein Sohn entkommen sei, war seine Freude groß; aber als er vernahm, daß er den Weg nach der Ruine eingeschlagen habe, faßte ihn der Schreck so, daß er sogleich fortrannte nach dem obern Brunnen, um seinen Sohn durch Zurufe zu warnen. Dort hatte ihn der Löwe fast in demselben Augenblick überfallen, an welchem Ghadab von der Löwin zerrissen worden war.
„Scheba et Thar!“ rief Halef aus. „Sie haben Gott gelästert und darum das Ende gefunden, welches ich ihnen vorhersagte. Es war das eine Eingebung vom Himmel, der ich gehorchte!“
Ich kann nicht sagen, daß die Scherarat großes Leid über den Verlust der beiden Toten verrieten; größer jedenfalls als diese Trauer war ihre Freude über die Erlegung der Löwen, die ihren Herden so großen Schaden zugefügt hatten. Sie konnten nicht begreifen, daß wir gewußt hätten, um welche Art von Geistern es sich handele, und doch so ruhig nach der Ruine gestiegen seien. Wir waren die Helden des Tages, wurden trotz aller Blutfeindschaft für jetzt als Gäste behandelt und dann, als wir am nächsten Tage fortritten, von dem Scheik mit den Worten entlassen:
„Ihr seid die tapfersten Krieger, die ich kenne, und wir haben euch ehrlich Wort gehalten; aber bei der nächsten Begegnung sind wir gezwungen, in euch nur die Anführer der feindlichen Haddedihn zu sehen. Vergeßt das nicht! Und dir, o Emir Kara Ben Nemsi

Effendi, will ich gestehen, daß du meine Ansicht über die Christen geändert hast; sie sind tapfere, wahrheitsliebende und zuverlässige Menschen; darum muß auch ihr Glaube ein guter sein. Allah begleite euch und mache euern Heimweg kurz!" –

Als wir daheim bei den Haddedihn ankamen, war der Jubel groß. Halef galoppierte vor sein Zelt, rief seine Hanneh heraus, deutete auf das Fell des Löwen und auf seinen Sohn und sagte:

„Hanneh, mein Weib, du Perle aller Frauen, sieh diese Haut und diesen jungen Krieger, den du mir zu meinem Entzücken geboren hast! Er hat den „Herrn des Donners" erschossen und den König aller Tiere erlegt; darum sollst du ihn eher begrüßen als mich. Drücke ihn an dein Herz und gieb ihm deinen Segen, denn er wird dereinst ein würdiger Nachfolger seines Vaters sein!"

Der ganze Stamm war natürlich höchst stolz darauf, einen Krieger zu besitzen, welcher trotz seiner Jugend einen Löwen erlegt hatte, Das Fell der Löwin schenkte ich Hanneh; beide Häute bilden den Schmuck des gemeinschaftlichen Zeltes, und wenn seitdem ein Gast Halef zu ihrem Besitze gratuliert, so antwortete er mit ungemeinem Selbstbewußtsein:

„In diesen Häuten haben einst der berühmteste „Herr des Donners" und die berühmteste „Herrin mit dem dicken Kopfe" gesteckt, denn sie wurden „esch Schaba et Thar", der Löwe der Blutrache, und seine Frau genannt." – – –

VIERTES KAPITEL

Auf dem Tigris

Der im vorigen Kapitel erzählte Ausflug nach den Schammarbergen wurde wegen seiner episodischen Eigenschaft von mir nur kurz behandelt, weil ich über die Wüsten Arabiens in einem spätern Bande ausführlicher schreiben werde und hier eigentlich nur von unsern Erlebnissen während unsers Rittes nach Persien berichten will. Ich überließ es Halef, seiner Hanneh und den Haddedihn eine sehr oft wiederholte Beschreibung anderer großer und, wie er sich ausdrückte, vor- und nachweltlicher Heldenthaten zu geben, und war dabei überzeugt, diese Aufgabe in die richtigen Hände gelegt zu haben. Als dann nach zwei oder drei Tagen dieses Thema erschöpft war, fand er Zeit, nun auch von Persien zu sprechen. Der liebe, kleine Kerl hätte mich diese Reise auf keinen Fall ohne seine Begleitung unternehmen lassen; ja, er wollte sogar Kara Ben Halef, seinen Sohn, gern mitnehmen und wurde von diesem Gedanken nur durch meine wiederholte Darlegung abgebracht, daß dieser noch zu jung für eine so lang andauernde Anstrengung sei und mir eher Schaden als Nutzen bringen würde. Auch Omar Ben Sadek wollte mit, und verschiedene Haddedihn boten sich an. Ich hatte Mühe, ihnen zu beweisen, daß sich zwei einzelne Männer auf einer solchen Reise viel leichter, freier und auch sicherer bewegen können als ein zahlreicher Reitertrupp, welcher überall Aufsehen erregt und dessen Erhaltung mehr kostet, als meine Mittel mir gestatteten.

Es war also bestimmt, daß ich mit Halef allein ritt. Ich sollte Assil Ben Rih bekommen, welcher jetzt ganz dasselbe Geheimnis wie mein Rih, sein Vater, hatte, und Halef wollte die Stute Mohammed Emins nehmen. Ich redete ihm dies aus, weil ein Schimmel durch seine auffallende Farbe leicht gefährlich werden kann. Ein weißes Pferd ist aus sehr großer Entfernung zu erkennen, und ich wußte aus Erfahrung, wie vorteilhaft es ist, wenn man einen Feind eher entdeckt, als man von ihm gesehen wird. Als ich auch das Alter dieses Pferdes in Erwähnung brachte, sagte Halef:

„Oh, die Stute ist noch ganz dieselbe, die sie war, als wir sie zum erstenmal sahen; aber du hast recht, Sihdi, wir können kein helles Pferd brauchen. Ich weiß von früher her, wie gut es oft für uns war, wenn wir verborgen blieben. Ich muß auch einen Rappen haben, und – – – ich habe einen!"

Er legte auf die letzten drei Worte eine so schwere Betonung, daß ich fragte:

„Und wohl was für einen, lieber Halef?"

„Ja. Du hast ihn noch gar nicht gesehen; ich wollte dich überraschen. Es ist ein echter Nedjedhengst, dessen Stammbaum ich aber leider nicht besitze."

„Unmöglich! Ein so kostbares Pferd – – – ohne den Stammbaum – – –?!"

„Es ist so! Als die Abu Hammed sich zum letztenmal gegen uns erhoben, mußten sie den Frieden mit Pferden und Kamelen bezahlen, unter denen ich selbst die Auswahl traf. Das beste ihrer Pferde war der Rapphengst, den ich meine; ich nahm ihn für mich; das war die schwerste Strafe, weiche sie treffen konnte, und ich weiß, daß sie diesen Verlust selbst heut noch nicht verwunden haben. Der Hengst ist nicht bei ihnen geboren; sie haben ihn von einem Raubzuge mitgebracht, und es war von keinem von ihnen zu erfahren, wer der frühere Besitzer des Tieres gewesen ist. So kommt es, daß ich einen echten Nedjedhengst, aber nicht auch seinen Stammbaum habe."

„Aber einen Namen hat er doch?"

„Natürlich. Wie er früher geheißen hat, das weiß man nicht. Bei den Abu Hammed wurde er El Atim genannt, seiner Farbe wegen. Das war mir nicht genug, denn er verdient einen bessern, edlern Namen. Da fiel mir der Rapphengst ein, welchen, wie du mir erzähltest, dir dein Freund und Bruder Winnetou, der rote Krieger, geschenkt hat. Sag, wie war der Name dieses Pferdes?"

„Hatahtitlah."

„Bedeutet das nicht so viel wie Barkh in meiner Sprache?"

„Ja."

„Das wußte ich noch; du hast es mir gesagt, und darum habe ich das Nedjedpferd El Barkh genannt, weil dir der Hengst deines roten Freundes stets so teuer gewesen ist. Komm, und sieh dir seinen Namensbruder an!"

Er führte mich ein ziemlich großes Stück in die Steppe hinein, bis dahin, wo die Kamelhirten ihre Tiere beaufsichtigten. Es befand sich nur ein einziges Pferd dort, der

Nedjedi, den ich sehen sollte. Als er uns bemerkte, kam er auf uns zu und ließ sich von Halef liebkosen.
„Nun, Sihdi, wie gefällt er dir?“ fragte dieser.
Der Rappe hatte eine kleine, schmale Blässe unter der Stirn, welche sehr breit war. Der schön gebogene, feine Hals trug einen kleinen Kopf mit spitzen, gradstehenden Ohren. Die Nase war sanft zugespitzt, das Auge hervorstehend und feurig, die Brust breit, der Widerrist scharf, der Rumpf kurz, das Bein sehnig und der Huf klein, rund und hart. Lobenswert war der schöne Schweifansatz, weniger aber das sehr lange und sehr dichte Mähnenhaar.
Ohne die Frage des Hadschi gleich zu beantworten, unterwarf ich das Pferd einer genauen Prüfung, mit der Besichtigung und Palpation der Augen beginnend und mit der Untersuchung der Hufe aufhörend. Dann mußte Halef es mir in allen Gangarten vorreiten. Als dies geschehen war und er abstieg, wiederholte er seine Frage:
„Nun, wie gefällt er dir? Hast du Fehler gefunden?“
„Sag vorher, ob auch du ihn schon auf Fehler untersucht hast!“
„Ja.“
„Und gefunden?“
„Keine. Er ist fehlerfrei.“
„Lieber Halef, glaubst du, daß es überhaupt ein fehlerfreies Pferd geben kann?“
„Das verstehst du besser als ich.“
„Eigentlich solltest du als Bedawi es besser verstehen als ich, dessen Beruf es ist, möglichst viel Federn und Tinte zu verbrauchen.“
„Inaj'Allah! Sag aufrichtig- Hat dieser Hengst Fehler?“
„Ja.“
„Wenn das wahr ist, muß ich blind gewesen sein!“
„O nein! Es handelt sich nur um Kleinigkeiten, welche den Wert des Pferdes nicht vermindern, wenigstens in meinen Augen nicht. Zunächst sind die Hinterhufe ungleich groß; aber der Unterschied ist so unbedeutend, daß du ihn noch gar nicht bemerkt hast; sodann sollte das Vorderteil etwas tiefer sein, und endlich ist die Stirn zwar breit, aber zwischen den Augen zu flach; sie sollte da gewölbter sein.“
„Allah kerihm!“ seufzte er. „Eine solche Menge Fehler sind vorhanden? Aber du giebst doch sicher zu, daß es dennoch „hörr“ zu nennen ist?“
Hörr bedeutet hochedel und wird bei solchen Pferden gebraucht, deren Eltern beide fehlerfrei waren.
„Nein, es ist nicht „hörr“, sondern nur „mekueref“, lieber Halef.“
Mekueref bezeichnet ein Pferd, dessen Mutter edel, der Vater aber unedel war.
„Beweise es!“ forderte mich der Hadschi auf.
„Die Ohren stehen zu gerade; bei einem hochedlen Pferde müßten sich die Spitzen derselben fast berühren. Und sodann ist eine so dichte Mähne stets ein Zeichen gemischten Blutes. Ich kann dir dieses Urteil nicht ersparen, doch hast du gar keinen

Grund, dich darüber zu betrüben. Assil Ben Rih ist edler als dieser Nedjedi; der Gebrauchswert beider aber ist jedenfalls ganz derselbe. Hat Barkh auch ein Geheimnis?“

„Ob sein erster Besitzer ihm eins gegeben hat, das kann ich natürlich nicht wissen; kein Mensch wird dem Diebe seines Pferdes das Geheimnis desselben nachsenden; aber ich habe dem Rappen ein heimliches Zeichen eingeübt. Ich bin selbstverständlich der einzige, der es kennt; selbst mein Sohn Kara Ben Halef und mein Weib Hanneh, der ich das Glück meines Daseins und das Dasein meines Glückes verdanke, wissen nichts davon; dir aber, Sihdi, will ich es sagen, denn ich bin überzeugt, daß du es nie verraten wirst. Wenn wir miteinander reiten, kann leicht der Fall eintreten, daß du zu unserer Rettung das Geheimnis wissen mußt. Es besteht nämlich darin, daß ich mich in den Bügel hebe und dreimal hintereinander sehr stark niese. Kannst du dir das merken, Sihdi?“

„Das ist doch leicht zu merken.“ lachte ich. „Lieber Halef, du bleibst doch stets derselbe!“

„Warum? Wiefern? Wie meinst du das? Worüber lachst du so?“

„Darüber, daß du selbst dem ernstesten Dinge eine lustige Seite abzugewinnen weißt.“

„Ernst? Lustig?“

„Ja. Das Geheimnis eines Pferdes ist doch eine sehr ernste Sache, denn man wendet es nur dann an, wenn man sich in großer Gefahr oder gar in Todesnot befindet; dann strengt das Tier alle seine Kräfte an und fliegt in größter Schnelligkeit dahin, bis es zusammenbricht. Nun sehe ich dich jetzt im Geiste von Feinden umgeben oder von ihnen verfolgt; die Kugeln pfeifen; die Speere sausen; die Messer blinken und alle Hände strecken sich nach dir aus. Da fängst du an, zu niesen, und – – –“

„Schweig, Effendi!“ unterbrach er mich. „Es ist ganz gleich, was man in einer solchen Gefahr zu seiner Rettung thut, wenn es nur Hilfe bringt. Wenn ich durch dreimaliges Niesen dem Tode entgehe, so ist das wohl besser für mich, als wenn ich durch zehnmaliges Husten das Leben verliere! Wie du darüber lachen kannst, das ist mir unbegreiflich!“

„So will ich mich jetzt des Ernstes befleißigen und dich fragen: Hast du dem Nedjedi eine Sure angewöhnt, die du ihm abends in das Ohr flüsterst?“

„Nein.“

„Warum nicht?“

„Oh, Sihdi, verlange nicht zu viel von mir! Wer einen ganzen Beduinenstamm zu regieren hat, der findet keine Zeit, sich Wort für Wort eine ganze Sure des Kuran einzuprägen. Und als aufrichtiger Mann will ich dir sagen, daß in Beziehung auf das Auswendiglernen mein Kopf einem Topfe gleicht, der keinen Boden hat: Schütte noch so viel Wasser hinein, es läuft doch unten alles wieder hinaus. Das sind doch nur die Folgen davon, daß ich einen offenen Kopf besitze!“

„Wie schade! Mein Rih war gewöhnt, daß ich bei ihm schlief. Sein Hals war mein Kopfkissen, und ehe ich einschlief, sagte ich ihm seine Sure leise in das Ohr. Er war gewohnt, nur dem, der dieses that, zu gehorchen. Nun hat wohl auch Assil Ben Rih keine Sure?“

„Sihdi, wie kannst du fragen! Der Nachkomme deines herrlichen Rih mußte unbedingt eine haben. Kennst du die Sure Abu Laheb?“

„Ja. Es ist die Hundertundelfte.“

„Sage sie!“

„Sie lautet: Untergehen sollen die Hände des Abu Laheb; untergehen soll er selbst. Sein Vermögen und alles, was er sich erworben hat, soll ihm nichts helfen. Zum Verbrennen wird er in das flammende Feuer kommen und mit ihm sein Weib, welche Holz herbeischleppen muß, und an ihrem Halse soll ein Seil hängen, welches aus den Fasern eines Palmbaumes geflochten ist!“

„Ja, das ist die Sure Abu Laheb, welche du deinem Pferde des Abends in das Ohr zu flüstern hast.“

„Warum grad diese?“

„Weil sie so kurz ist. Ich habe sie auswendig lernen müssen, um sie dem Rappen vorzusagen. Eine längere wäre wieder unten aus dem Topfe herausgelaufen. Dein Kopf ist nicht so fein und offen wie der meinige; darum bleibt bei dir alles stecken. Doch tröste dich, Sihdi; es kann nicht jedermann die Vorzüge besitzen, mit denen Allah mich ausgerüstet hat! Du wirst von heut an bei Assil Ben Rih schlafen, wie du bei seinem Vater geschlafen hast. Soll ich dir auch noch sein Geheimnis des Herunterwerfens sagen?“

„Hat er eins? Das wäre mir sehr willkommen!“

„Assil und Barkh, beide haben eins. Ich habe es ihnen so heimlich andressiert, daß außer mir kein Mensch davon etwas weiß.“

„So teil' es mir mit!“

„Es ist für beide Pferde gleich, weil die Dressur dadurch vereinfacht wurde. Wenn du zweimal das Wort „Litaht“ rufst und dazwischen einen scharfen Pfiff hören lässest, wird sofort jeder Reiter abgeworfen, dem du nicht erlauben willst, im Sattel sitzen zu bleiben. Merke dir das, Sihdi, denn es ist leicht möglich, daß du dadurch einmal Vorteile über einen Feind gewinnst!“

Es verstand sich ganz von selbst, daß ich diese Vorteile für sehr wahrscheinlich hielt, denn nicht bloß Rih, sondern auch die beiden Hengste Winnetous waren dressiert gewesen, jeden fremden Reiter auf ein bestimmtes Zeichen abzuwerfen, und ich hatte den Nutzen dieser Abrichtung wiederholt erlebt. Während der Tage bis zu unserer Abreise ritt ich Assil so fleißig, daß er sich an mich gewöhnte und mich lieb gewann. Ich war überzeugt, mich auf ihn ebenso wie früher auf Rih verlassen zu dürfen.

Unser Weg sollte über Bagdad gehen, und wir beschlossen, ihn, um die Pferde nicht gleich im Anfange anzustrengen, bis zu dieser Stadt nicht auf dem Lande, sondern auf dem Wasser, nämlich dem Tigris, zurückzulegen. Es mußte, um uns und die Pferde tragen zu können, ein ziemlich großes Kellek zusammengesetzt werden, eines jener Flöße aus aufgeblasenen Ziegenfellen, welche auf dem erwähnten Flusse gebräuchlich

sind. Man wollte uns einreden, daß wir zum Lenken des Kellek und zum Schutze gegen die etwa am Flusse sich aufhaltenden feindlichen Beduinen eine Anzahl Haddedihn mitzunehmen hätten, ich ließ mich aber nicht dazu bereden. Die betreffende Strecke des Tigris war uns von früherher bekannt; je mehr Leute wir mitnahmen, um so größer mußte das Floß sein, und da ein kleines Fahrzeug weniger Aufmerksamkeit erregt als ein großes, waren wir beide jedenfalls allein sicherer als unter dem fraglichen Schutze von Leuten, deren Anwesenheit nur den Erfolg haben konnte, die Gefahren, denen wir entgehen wollten, erst recht herbeizuführen.
Daß wir nach unserer Ankunft in Bagdad die Ruinen von Babylon besuchen wollten, habe ich bereits erwähnt. Es sollte das eine ernste Gedenkfeier sein, eine Wallfahrt nach dem Orte, an welchem wir schon mit beiden Füßen im Grabe gestanden hatten und nur wie durch ein Wunder dem Tode entgangen waren.
Am Abende vor unserm Aufbruche hatten wir sehr lange in der Dschemma, dem Rate der Alten, beisammengesessen, um für die Dauer von Halefs Abwesenheit eine Vertretung für ihn zu wählen. Es war weit nach Mitternacht, als ich nach meinem Zelte ging, um mich niederzulegen. Ich stand dann eben im Begriff, die Sesamöllampe auszulöschen, als der Thürvorhang zurückgeschlagen wurde, und der Hadschi seinen Kopf hereinsteckte, um mich zu fragen:
„Sihdi, schläfst du schon?“
„Nein, wie du siehst, lieber Halef.“
„Darf ich herein?“
„Natürlich, ja!“
Da trat er vollends in das Zelt, kam ganz nahe zu mir heran, machte ein höchst geheimnisvolles Gesicht und sagte mit leiser Stimme:
„Oh Sihdi, ich habe dir etwas zu sagen, worüber du vor Erstaunen den Kopf bis übermorgen schütteln wirst!“
„Ich werde dieses Schütteln wahrscheinlich in viel kürzerer Zeit besorgen. Was ist es, was du mir zu sagen hast?“
„Ich bringe es kaum über meine Lippen, denn es ist etwas so außerordentlich Ungewöhnliches, daß du mich höchst wahrscheinlich, sobald du es vernommen hast, sofort hinauswerfen wirst!“
„Das denke nicht! Meinen Halef werfe ich nicht hinaus!“
„Aber es geht gegen den Kuran, gegen alle Auslegungen des Kuran, oh – – oh, es geht überhaupt gegen alle Gewohnheiten und Sitten, gegen alle Regeln und Gesetze! Ich war erschrocken, als ich es hörte; ich war ganz starr! Aber sag selbst, durfte ich es meiner Hanneh abschlagen, welche die Seele meines Lebens und das Leben meiner Seele ist!“
„Nein, du durftest es ihr nicht abschlagen,“ antwortete ich, höchst gespannt auf den Grund seiner ungewöhnlichen Verlegenheit.
„Ich danke dir, Sihdi! Deine Worte geben mir den Mut, dir zu sagen, daß sie den Wunsch hat, jetzt noch mit dir zu sprechen.“

„Wer? Hanneh?"
„Ja, Hanneh, der Abglanz aller Lieblichkeit von tausend Frauenangesichtern."
„Und das bringt dich so in Verwirrung? Ich habe während dieser Woche so oft mit ihr gesprochen, ohne daß deine Seele dabei das Gleichgewicht verlor. Bei den Beduinen ist die Frau nicht eine solche Sklavin wie in den Harems der Städtebewohner."
„Das ist richtig; aber du kennst noch gar nicht die ganze Fülle ihres Wunsches, welche den Umfang und den Inhalt deines Geistes tief erschüttern wird. Du hast nämlich bisher nur am Tage und in Gegenwart anderer mit ihr gesprochen; jetzt aber will sie dich allein haben – – ohne mich – – fast zwei Stunden nach Mitternacht – – –!!!"
Er brachte, als ob es sich um mein oder sein Todesurteil handle, die Worte nur stoßweise und in einem Tone heraus, der gar nicht trübseliger klingen konnte.
„Maschallah!" wunderte ich mich nun allerdings. „Sie will mich allein sprechen? Du sollst nicht dabei sein?"
„Ach – – ja – – allein, Sihdi!"
„Und du hast es ihr erlaubt?"
„Gewiß! Warum sollte ich es ihr nicht erlauben? Mir ist es nicht um sie, sondern nur um dich!"
„Warum um mich?"
„Du wirst dich schwer beleidigt fühlen, daß ein Weib es wagt, eine solche Unterredung mit dir zu verlangen. Aber ich bitte dich, Sihdi, nimm einmal mir zuliebe alle deine Milde und Güte zusammen, und sei überzeugt, daß es meiner Hanneh nicht einfällt, eines deiner Gefühle oder einen deiner Gedanken zu erobern, welche du für deinen einstigen Harem aufzubewahren hast. ich schwöre es dir beim Propheten und seinem Barte zu, daß du getrost und furchtlos zu ihr gehen kannst. Du bist ein Held, ein kühner Mann, und hast dein Leben oft gewagt; willst du jetzt weniger mutig sein?"
Ich mußte mir die größte Mühe geben, ernst zu bleiben. Der liebe Hadschi stellte die allerdings sehr ungewöhnliche Angelegenheit geradezu auf den Kopf, indem er mir Mut machen wollte zu einer Unterredung unter vier Augen mit Hanneh, der heimlichen Beherrscherin der Haddedihn.
„Gieb dir keine unnötige Mühe," antwortete ich. „Ich bin auch ohne sie bereit, deinen und Hannehs Wunsch zu erfüllen."
„Wirklich? Hamdulillah! Du wirfst mich nicht hinaus?"
„Nein. Wo ist Hanneh? In ihrem Zelte?"
„Nein. Man könnte dich auf dem Wege nach demselben bemerken oder gar dort eintreten sehen, und das darf nicht sein. Hanneh, die Morgenröte am täglichen Osten meiner Behaglichkeit, hat das Duar nach rechts hin verlassen, und du sollst nach links gehen. Ihr wendet euch draußen vor dem Lager einander zu und werdet bald zusammentreffen, ohne daß einer der Wächter euch bemerkt. ich werde dafür sorgen, daß sie nicht dorthin kommen, wo ihr euch befindet."

War das nicht mehr als seltsam? Hier, im tiefsten Oriente, bat mich ein Moslem um eine heimliche Unterredung mit seiner Frau und versprach sogar, uns vor Störungen zu bewahren!
Ich blies, ohne weiter ein Wort zu sagen, die Lampe aus, verließ mit Halef das Zelt und ging dann allein weiter, nach links, zwischen den Zelten hinab, bis ich das Lager hinter mir hatte. Dann wendete ich mich nach rechts. Es war zur Zeit des Neumondes, doch leuchteten die Sterne fast so hell wie Mondenschein. Es dauerte nicht lange, so sah ich Hanneh auf mich zukommen. Es befand sich kein Mensch hier, der uns beobachtete. Als wir zusammentrafen und bei einander stehen blieben, blickte sie mich aus der Umhüllung heraus mit großen, ernsten Augen an, reichte mir ihre Hand und sagte:
„Ich wußte, daß du kommen würdest, Effendi, und ich danke dir!"
Ich berührte ihre Hand mit leisem Drucke und antwortete:
„Dein Wunsch macht mich dir unterthan; ich bin ihm gern gefolgt."
„Du bist ein Christ und achtest auch das Weib. Ich würde lieber tot als jetzt und hier mit einem Moslem sein, welcher nicht Hadschi Halef heißt. Unter deinem Schutze bin ich sicherer als an dem Mimbar einer Moschee. Ahnst du, worüber ich mit dir zu sprechen wünsche?"
„Ich vermute es."
„Und warum Halef nicht dabei sein soll?"
„Auch das errate ich."
„Das wußte ich, und darum wagte ich, zu thun, was sonst kein Weib je unternehmen darf. Ich stehe hier vor Allah und vor dir. Allah sieht und hört mich, doch es fehlt mir seine Stimme; antworte du an seiner Stelle! Es wogt ein weites, tiefes Meer in meiner Seele; seine Wellen sind Gedanken, welche bald mich töten, bald mich an das feste Ufer tragen wollen. Es giebt in meinem Herzen einen Himmel, von welchem tausend Sterne strahlen und den bald wieder finstre Wolken decken; die Sterne wollen mir zu Allah leuchten; die Wolken sind die Zweifel, welche mich den rechten Weg nicht finden lassen. In meinem Innern lebt eine Stimme heißer Angst, die nie zur Ruhe kommt; ich höre sie bei Tag und Nacht, im Wachen und im Traume. Sie schreit nach der Erlösung von dem fürchterlichen Gedanken, daß das Weib nur Fleisch vom Fleische, Staub vom Staube, eine wandelnde Gestalt ohne Geist und ohne Seele sei."
Sie holte tief Atem, faltete die Hände und fuhr fort:
„O Allah, sei mir gnädig; laß mich wissen, daß in dieser wandelnden Figur auch etwas lebt, was ein Recht auf deine Liebe und auf deine Gnade hat! Warum darf der Mann allein durch Ewigkeiten leben? Was hat das Weib gethan, daß sie der Tod so ganz vernichten darf? Das hab ich oft, so oft gefragt und doch kein tröstend Wort darauf gehört. Antworte du, Effendi, sag die Wahrheit! Nicht ich allein frag dich; im Namen aller Frauen, deren Geist der Islam stiehlt, will ich wissen, ob wir wirklich keine, keine Seelen haben!"
Ich war mehr als überrascht, denn ich hatte zwar Fragen dieser Art, aber keine solche seelische Eruption erwartet. Ich glich einem Menschen, vor welchem plötzlich und ganz

unerwartet in ebener Gegend von unterirdischen Gewalten ein Geiser emporgetrieben wird. Was mußte diese Frau im tiefsten Innern durchgefühlt und durchgebangt, durchgehofft und durchgefürchtet haben, daß die Schreie, von denen sie sprach, aus dieser Tiefe nun auch zu meinen Ohren drangen! Ich wollte anders, ganz anders antworten, aber es floß mir die Frage über die Zunge:
„Warum wendest du dich an mich, an keinen andern?"
„Weil du ein Christ und nicht ein Moslem bist."
„So brauche ich eigentlich gar nichts zu sagen, denn du hast dir die Antwort selbst gegeben. Du fragst den Christ, weil du meinst, daß nicht der Islam, sondern das Christentum die Wahrheit lehre. Damit hast du euern Muhammed verworfen und dich zu Isa Ben Marryam gewendet."
„Hab ich das? Hab ich das wirklich, Sihdi?"
„Ja."
„So sage mir: Hat die Christin eine Seele?"
„Nicht nur die Christin, sondern auch die Muhammedanerin, die Jüdin, die Heidin, jedes Weib hat eine Seele."
„Also ich auch?"
„Ja, natürlich, ja!"
„Hamdulillah! Sprich weiter!"
„Unser heiliges Buch sagt: Gott schuf den Menschen zu seinem Ebenbilde, und er schuf sie, einen Mann und ein Weib. Gott ist allmächtig, allwissend, allweise; er ist auch gnädig, barmherzig und von ewiger Güte. Der Mann soll ein Bild der göttlichen Allmacht, das Weib ein Bild der göttlichen Güte und Liebe sein. Sind beide das, dann sind sie Mensch im wahren Sinne, sonst nicht! Kann ein Wesen, welches ein Ebenbild der göttlichen Liebe ist, ohne Seele sein?"
„Nein, denn grad die Liebe erfordert mehr Seele als alles andere auf der Erde."
„Hat also das Weib eine Seele oder nicht?"
Sie blickte mir eine Zeit lang stumm in das Gesicht, dann sank sie langsam auf die Kniee nieder, schlug die Hände zusammen, holte lange, tief und laut Atem und sagte dann im innigsten Tone:
„Sie hat eine! Oh Allah, ich habe eine Seele, eine Seele! Und davon hat dieser Effendi mich durch so wenige Worte überzeugt. Ich habe gezweifelt und gekämpft so viele Jahre hindurch, und nun kommt dieses Glück so plötzlich und so strahlend über mich! Ich bin kein hohles Gefäß, welches keinen Inhalt hat. Ich wurde nicht bloß für den Mann geboren, um dann wieder nichts zu sein. Ich habe eine Seele, welche lebt, solange es einen Gott und einen Himmel giebt! Nicht wahr, so ist es, Sihdi?"
Sie weinte vor Wonne, indem sie diese Frage an mich richtete.
„Ja, so ist es," antwortete ich. „Wie Maria, die seligste der Frauen, im Himmel thront, so steht auch dir und allen Frauen, welche ihr nachfolgen, das Thor zu allen Seligkeiten offen. So lehrt das Christentum. Es lehrt auch, daß Christus auf die Welt gekommen ist,

damit alle, die an ihn glauben, alle, Mann und Weib, nicht verloren gehen, sondern das ewige Leben haben. Also sollst auch du nicht verloren sein, sondern du bist für das ewige Leben bestimmt."

Da stand sie wieder auf, hob wie zum Schwure die Hand empor und sagte:

„Effendi, ich glaubte, daß auch ich eine Seele habe; heut hab' ich sie endlich und wirklich gefunden und werde sie mir nicht wieder nehmen lassen. Wenn der Islam sie mir rauben will, so werfe ich ihn von mir und gehe zu Isa Ben Marryam, bei dem sie sicher vor Gefahren ist. Glaubst du, daß ich das thun werde?"

„Ich glaube es, denn du befindest dich bereits bei ihm."

„Ja, ich verehre ihn, denn er hat, wie du oft schon sagtest, den Menschen die Liebe vom Himmel gebracht. Die Wogen in mir sind ruhig geworden, und es giebt keine Wolken mehr. Es ist klar und hell in meinem Innern. Wie danke ich Allah, daß er mir den Gedanken eingegeben hat, noch heut mit dir zu sprechen! Ich mußte mit dir allein sein, denn in Gegenwart anderer konnte ich nicht sagen, was ich sagen wollte. Nun habe ich nur noch einen Wunsch an dich."

„Welchen? Sag es mir!"

Sie zögerte ein wenig; dann aber folgte sie doch meiner Aufforderung:

„Halef, der Mann meines Herzens, wollte auch nicht glauben, daß wir Frauen Seelen haben. Kannst du wohl erraten, warum?"

„Ja."

„Nun, warum?"

„Es scheint mir, daß er sich zuweilen ein wenig vor der deinigen gefürchtet hat."

„Maschallah! Du hast es getroffen! Er ist der beste Mann, soweit die Erde reicht; er ist sehr klug und auch sehr tapfer, aber er bedarf zuweilen eines guten Rates und eines Kopfes, der ihn zwingt, diesen Rat zu befolgen. Gerade dadurch, daß ich seine Beraterin und Helferin wurde, begann ich zu ahnen, daß wir Frauen auch nicht ohne Geist und Seele sind, denn wenn die Frau den Geist des Mannes zu lenken und zu beherrschen vermag, so kann sie doch nicht bloß ein Körper ohne Inhalt sein. Nun bitte ich dich, ihm mit Vorsicht und Sanftmut beizubringen, daß ich meine Seele gefunden habe und daß er sich aber ja nicht vor ihr fürchten soll. So oft er versuchte, sie mir abzusprechen, mußte ich sie gegen ihn verteidigen, und da hat er sie wohl nicht in ihrer großen Freundlichkeit und Güte kennen gelernt. Er liebte mich, aber meine Seele nicht. Jetzt nun, da ich sie in Wirklichkeit und mit voller Ueberzeugung besitze, kann sie nicht mehr Gegenstand des Zweifels und des Streites sein; sie wird ihm also stets ihr lieblichstes Angesicht zeigen, denn ich wünsche, daß er sie recht lieb gewinnt. Willst du ihm das sagen?"

„Oh, sehr gern, Hanneh, du liebe Tochter der Ateïbeh!"

„Und sprich nicht viel von Muhammed mit ihm! Denn nur dieser falsche Prophet ist schuld an dem Glauben meines Halef, daß nur die Männer Seelen haben. Sprich lieber mit ihm von Isa Ben Marryam und vom heiligen Buche der Christen! Das wird sein

Gedächtnis und seine Liebe stärken und ihn nicht in Gedanken fallen lassen, welche das Weib seines Herzens nur betrüben können. Willst du auch das thun?"
„Ich verspreche es dir, du allerklügste und überlegenste aller Frauen."
„Und ferner weißt du doch, daß er zuweilen verwegener ist, als ihm die Vorsicht, es zu sein, erlaubt. Dulde das nicht; dulde es ja nicht! Beweise es ihm! Zanke ihn aus! Ich bitte dich darum. Das Weib eines furchtlosen Mannes ist stolz auf ihn; aber wenn der Mut sich in Tollkühnheit verwandelt, kann dem Stolze leicht die Trauer folgen. Ich will sein Weib, aber ja nicht seine Witwe sein! Du bist doch überzeugt, Sihdi, daß du ihn mir wiederbringst?"
„So viel an mir liegt, soll er keine Ursache finden, sein Leben unnötig auf das Spiel zu setzen."
„Ich danke dir! Mein Dank gehört dir auch dafür, daß du ihm seine Bitte, Kara Ben Halef, meinen Sohn, mitzunehmen, abgeschlagen hast. Mein Herz wäre vor Sehnsucht nach dem Liebling krank geworden. Halef meinte, weil euch der Knabe damals gegen die Bebbeh-Kurden begleiten durfte und jetzt gar einen Löwen geschossen hat, würdest du ihm auch jetzt erlauben, mitzureiten."
„Jener Ritt war ein ganz anderer, ein viel kürzerer, als derjenige, den wir jetzt vorhaben. Es giebt da höchst wahrscheinlich Anstrengungen und Entbehrungen, denen der jugendliche Körper deines Sohnes nicht gewachsen ist. Seine Begleitung würde uns wohl mehr hinderlich als förderlich sein. Meine Weigerung hatte also nur einen Klugheitsgrund; du bist mir keinen Dank schuldig."
„Oh, Effendi, du willst überhaupt nie, daß man dir danke. Was seid ihr Christen doch für ganz andere Menschen als die Moslemin! Sag, sind auch die Frauen bei euch besser als bei uns?"
„Hm! Es giebt überall gute und nicht gute Menschen."
„Auch Frauen?"
„Ja."
„So werde ich darnach trachten, von dir zu den Guten gezählt zu werden. Jetzt muß ich fort, denn Halef, der Gebieter meines Herzens, könnte ungeduldig werden. Ich sage dir nochmals Dank. Du hast mir ein ganz neues, schöneres Leben gegeben; das werde ich niemals vergessen. Leïltak sa'ide – Gute Nacht!"
„Allah behüte und bewahre dich! – Leïltak mubarake –Gute Nacht!"
Sie ging. Ich sah ihr nach, bis sie hinter den Zelten verschwand, und kann sagen, daß es mir jetzt leid that, daß ich gekommen war, ihr ihren Halef für so lange Zeit zu entführen. Welche Tiefe des Gefühles und zugleich welch kindliches Empfinden! Wie schwer hatte das verneinende Urteil des Islam auf ihr gelegen, und wie hatte sie gerungen, diese Last abzuwerfen! Wie fern lag ihr die Indolenz jener unzähligen Orientalinnen, welche den ganzen Zweck und Inhalt ihres Lebens nur darin suchen, in der geistigen Oede des Harems körperlich möglichst rund und schwer zu werden! Und was für ein kluges und energisches Frauchen war diese kleine Hanneh geworden! Ich glaube, es könnte

manchem sehr intelligenten Europäer nichts schaden, wenn die Herrin seines Salons eine solche Hanneh wäre.
So oder ähnlich waren meine Betrachtungen, als ich langsamen Schrittes in das Duar zurückkehrte. Was ich erwartete, das traf ein: Halef stand bei meinem Zelte. Er zog mich beim Arme an sich und sagte leise und wichtig:
„Sihdi, die liebliche Stütze meiner Lebenstage ist zurückgekehrt. Ihre Augen leuchteten und ihre Stimme klang wie der Gesang des Bulbul, als sie mich „ihren guten, lieben" Halef nannte. Dieser süße Ton hat mein Herz mit Wonne erfüllt, denn ich will dir aufrichtig sagen, daß es hier im Duar auch noch andere Töne giebt; in welchem Zelt, das brauchst du nicht zu wissen. Ich glaube, du hast mit ihr von mir gesprochen. Habe ich recht?"
„Ja, du wurdest auch einmal erwähnt."
„Nur ein einziges Mal?"
„Lieber Halef, sei damit zufrieden, daß du überhaupt genannt worden bist!"
„Aber, Effendi, wenn ihr nicht von mir gesprochen habt, von wem denn sonst?"
„Bist du der einzige Mensch, von dem man reden kann?"
„Nein, doch möchte ich nicht, daß meine Hanneh, welche die Summe von allen weiblichen Vorzügen ist, von andern Männern spricht! Ich möchte wirklich sehr gern wissen, wovon ihr euch unterhalten habt."
„Frage sie!"
„Das habe ich gethan."
„Was antwortete sie?"
„Ich würde es später von dir erfahren."
„Später? Gut! Ich werde dir es später sagen."
„Warum nicht jetzt?"
„Du selbst hast mich versichert, daß Hanneh immer recht habe; also müssen wir uns auch dieses Mal nach ihrem Willen richten. Ich will dir nur mitteilen, daß du stolz, sehr stolz auf die liebliche Herrin deines Frauenzeltes sein kannst. Jetzt wollen wir schlafen, denn das Morgenrot soll uns schon wieder wecken."
„Oh, Effendi, warum bist du so schweigsam! Du weißt gar nicht, was für ein Ungeheuer die Neugierde ist! Ihre größte Freude und Wonne besteht darin, alle ihre Freunde und Bekannten so zu peinigen, daß sie des Tages keinen Appetit zum Essen und des Nachts dann weder Schlaf noch Ruhe finden. Muß ich wirklich warten, bis es dir beliebt?"
„Ja."
„So schließ du deine Augen, und schlafe wohl; ich aber werde die Wohlthat des Schlummers nicht genießen und mich auf dem Lager krümmen wie ein Regenwurm, den der Schnabel eines Vogels ergriffen hat. Gute Nacht, lieber Sihdi!"
„Gute Nacht, lieber Halef!"
Er entfernte sich, und ich ging in das Zelt, um mich niederzulegen.

Der Tag war erst vor kurzem angebrochen, als ich durch den im Lager herrschenden Lärm aufgeweckt wurde. Man wollte uns bis an den Fluß begleiten, wozu die Vorbereitungen schon jetzt getroffen wurden. Da diese Begleitung eine möglichst festliche sein sollte, so befanden sich alle Bewohner des Lagers in einer so lauten Aufregung, daß ich unmöglich wieder einschlafen konnte. Ich stand also auf, obgleich bis zu unserem Aufbruche noch volle drei Stunden zu vergehen hatten.

Daß unsere Abreise schon am Vormittage vor sich gehen sollte, war eine Seltenheit, eine Ausnahme, in welche die Haddedihn nur meinetwegen willigten. Bei den Muhammedanern des Orientes ist die Zeit des Aufbruches stets kurz nach dem Gebete des Asr, also ungefähr drei Uhr nachmittags. Es fällt da niemandem ein, in Betracht zu ziehen, daß diese Gewohnheit so unpraktisch wie nur möglich ist. Es vergeht nach dem Asr stets noch eine längere Zeit, ehe die Reise wirklich angetreten wird. Man hat noch Abschied zu nehmen, noch hunderterlei zu sagen und zu thun; man wird eine Strecke weit begleitet, hat sich dann abermals zu verabschieden und ist, wenn es hierauf dunkel wird, nur soweit fortgekommen, daß es besser gewesen wäre, wenn man noch bis früh gewartet hätte. Wenn man dann Lager macht, liegen Aufbruchs- und Lagerort so nahe bei einander, daß zwischen beiden noch bis spät in die Nacht hinein hin und her verkehrt wird; man erwacht infolgedessen am nächsten Morgen spät und ist am Mittag nicht soweit gekommen, wie man sein würde, wenn man die Reise nicht schon gestern, sondern erst heute früh angetreten hätte. Ich habe mich diesem durch die Tradition und die Kuranauslegung geheiligten Gebrauche nie gefügt und bin darum sehr oft mit meinen Reisegefährten in Konflikt geraten. Auch Halef war in dieser Beziehung früher niemals mit mir einverstanden gewesen; jetzt aber hatte er nichts mehr dagegen einzuwenden. Und was seine Haddedihn betrifft, so stand ich bei ihnen in einem solchen Ansehen, daß mir keiner von ihnen zu widersprechen wagte. Sie beruhigten ihr muhammedanisches Gewissen jedenfalls mit dem Gedanken, daß ich als Christ an ihre Gewohnheiten nicht gebunden sei und also auch ihrem Scheik, als meinem Begleiter, der Fehler von Allah wohl nicht angerechnet werde.

Da die Frauen und Kinder im Lager bleiben mußten, war Hanneh die erste, von welcher ich Abschied nahm. Sie hatte Thränen in den Augen und sagte:

„Sihdi, ich weiß, daß du dich vor keiner Gefahr und vor keinem Menschen fürchtest; aber ebenso weiß ich auch, daß du der vorsichtigste aller tapfern Krieger bist. Halef dagegen, der beste Gatte, den die Erde trägt, besitzt eine oft unbesonnene Verwegenheit, und darum ist es möglich, daß doch einmal eine Gefahr über euch zusammenschlägt und euch dem Tode in die Arme wirft. Versprich mir also, doppelt vorsichtig zu sein, wenn Halef sich von seiner Kühnheit einmal fortreißen lassen will!"

„Ich verspreche es dir," antwortete ich. „Soweit ich voraussehen kann, brauchst du dich nicht um ihn zu ängstigen. Wir werden gesund und munter wiederkehren. Allah jihfadak –Gott bewahre dich."

„Zahranah en Nebi – deine Rückkehr wird uns wie ein Besuch des Propheten sein. Allah jeftah 'alehk – Gott öffne dir die Herzen der Menschen!“

Nun sagte ich Kara Ben Halef und Omar Ben Sadek Ade; dann verabschiedete ich mich von den Kranken und ganz Alten, die uns das Geleite nicht geben konnten, worauf ich von einer Menge von Frauen und Kindern überfallen wurde, welche alle ihre Hände ausstreckten, um mir die meinigen zu drücken. Halef erging es ebenso. Jede dieser Personen wollte ein freundliches Wort von uns haben; wir wurden nach orientalischer Art mit Wünschen, Ermahnungen und Warnungen, welche gar nicht am Platze waren, förmlich überschüttet, und bei der überlebhaften Weise dieser Leute gab das einen Lärm, daß ein ruhiger, deutscher Bürger, wenn er ihn von weitem gehört hätte, jedenfalls auf den Gedanken gekommen wäre, daß hier eine Revolution mit Mord und Totschlag ausgebrochen sei.

Dabei verging die Zeit wie im Fluge, und die drei Stunden schienen so schnell wie eine einzige vergangen zu sein, als endlich alle streit- und reitbaren Männer und Jünglinge sich zu Pferde draußen vor dem Duar versammelt hatten. Wir stiegen auch auf, setzten uns an ihre Spitze, und dann ging es wie ein Wirbelwind dem Flusse zu.

„Wie ein Wirbelwind“; das ist der richtige Ausdruck; denn man denke ja nicht, daß es bei diesem Ritte eine gerade Richtung, bei diesem Zuge eine Ordnung gegeben habe! Die Menge der Reiter glich vielmehr einem großen Mückenschwarme, welcher vom Winde bald dahin und bald dorthin getrieben wird. Jeder einzelne wollte seine Reitkunst zeigen und den andern übertreffen. Das gab Verwickelungen und Zusammenstöße, welche sich von Nachbar zu Nachbar übertrugen und einen scheinbaren Wirrwarr hervorbrachten, der aber grad beabsichtigt war und von Zeit zu Zeit eine so schöne und überraschende Auflösung fand, daß selbst ein Nichtkenner darüber in Entzücken geraten wäre. Dabei wurde geschossen und geschrieen, so laut das Pulver knallen und die Stimme schallen wollte. Der Schwarm stob bald auseinander, flog wieder zusammen, ging bald nach rechts oder links, bald gerade aus, dann wieder nach der Seite, bildete jetzt eine Linie, nun einen Kreis, nachher ein Vier- oder ein Vieleck und hierauf abermals ein wirres Durcheinander. Die Fantasia glich einer Komposition mit einer Menge verschiedener Terzquintsextakkorde, von denen jeder einzelne acht verschiedene Auflösungsarten, vier nach Dur und vier nach Moll besitzt, und so schreiend und disharmonierend jetzt, in diesem Augenblicke, die Klänge waren, im nächsten fanden sie sich zu einer Harmonie zusammen, von deren Möglichkeit man einen Moment vorher keine Ahnung gehabt hatte. Daß die Pferde dabei so häufig in die Häksen gerissen wurden, daß sie unbedingt darunter leiden mußten, versteht sich ganz von selbst, und das ist es, was ich gegen diese Fantasias und gegen diese Al'ab el Barud habe: Die besten Pferde gehen dabei zu Grunde, indem nicht nur die Sprunggelenke, sondern auch andere Teile zu sehr angegriffen werden.

Die Folge dieser Reiterkünste war, daß wir dreimal mehr Zeit, als nötig war, brauchten, um den Fluß zu erreichen; dem Beduinen ist aber, wie überhaupt dem Orientalen, das amerikanische „time is money“ vollständig unbekannt. Am Ufer erwarteten uns einige Haddedihn, welche mit unserm Proviante und den Ziegenhäuten vorausgeritten waren und das Floß zusammengesetzt hatten. Ich untersuchte dasselbe und fand es fehlerlos, so daß wir uns ihm mit unsern Pferden getrost anvertrauen konnten. Nun ging das Abschiednehmen von neuem los. ich mußte mich in das Unvermeidliche fügen und mich ziehen, schieben, drücken und schütteln lassen, daß mir um meine gesunden Gliedmaßen hätte angst und bange werden mögen, doch wie auf dieser Erde nichts ewig währt, so nahmen auch diese Liebeserweisungen ein Ende; wir hatten nur Kara Ben Halef noch einmal Ade zu sagen. Ich that dies in ruhiger, wenn auch herzlicher Weise. Auch sein Vater, mein kleiner Hadschi, gab sich alle Mühe, nicht sehen zu lassen, wie tief dieser Abschied ihn bewegte; aber seine Stimme zitterte, und seine Augen waren naß. Er strömte von Ermahnungen über, trug ihm tausend Grüße an Hanneh, die „sanfteste Mutter unter allen Müttern der Beduinensöhne“, auf, und dann konnten wir endlich das Floß besteigen und zu den Rudern greifen. Unsere Pferde waren natürlich schon vorher daselbst fest angebunden worden.

Als wir vom Ufer gestoßen waren und erst langsam, dann schneller der Strömung folgten, sprangen die Haddedihn wieder auf ihre Pferde und folgten uns unter Schüssen und weithin schallendem Geschrei noch eine ganze Strecke weit, bis eine hart an das Wasser tretende Hügelreihe uns ihren oder sie unsern Blicken entzog.

„Leb wohl, Hanneh, du hellstes Licht unter allen Leuchten des Männerglückes!“ rief Halef, indem er die Hände nach rückwärts ausbreitete. „Leb wohl, Kara Ben Halef, du bester Sohn aller Väter zwischen den beiden Flüssen! Lebt wohl, ihr Haddedihn, ihr tapfersten Streiter unter allen Kriegern von der Wüste El Arab bis zu den Bergen des Kurdenlandes! Oh, Effendi, ich gehe gern, so gern mit dir, aber das Abschiednehmen gleicht zwei Brettern, zwischen denen man mir die Brust zusammenschraubt; es ist schwer auszuhalten!“

„Der Schmerz wird bald verschwinden, lieber Halef, denn du bist ein Mann!“ tröstete ich ihn.

„Das ist sehr richtig, Sihdi; ich bin ein Mann, aber grad weil ich ein Mann bin, habe ich eine Frau und einen Sohn, und diese beiden sind ja eben die Bretter, welche mich drücken und mir Schmerzen machen. Ich wollte, unser Floß würde gleich jetzt von feindlichen Kriegern überfallen! Da hätten wir uns zu verteidigen, und meine Gedanken würden schnell zu mir zurückkehren müssen von denen, die ich verlassen habe. Oh, Effendi, hättest du dabei sein können, als heut früh nach dem Morgengebete Hanneh, welche dem köstlichsten aller Wohlgerüche des Morgen- und des Abendlandes gleicht, zu mir kam, um Abschied zu nehmen! Sie wollte das nicht vor den Augen anderer, sondern mit mir allein thun, was ich auch für ganz richtig hielt. Sie hat mir da alles gesagt, was sie mir zu sagen hatte!“

„Und du?“

„Und ich habe zu allem ja gesagt, denn du weißt, daß sie stets recht hat. Effendi, glaube mir, wenn du dabei gewesen wärest, so hättest du von mir gelernt, wie du dich später verhalten mußt, wenn du ein Weib besitzest, von dem du dich für längere Zeit zu trennen hast. Dein Herz aber ist in alle Länder der Erde verteilt und wird sich nie nach einer Mitbewohnerin deines Zeltes sehnen!“

Er hielt mich nämlich für einen eingefleischten Hagestolz. Ich sagte auch jetzt nichts gegen diese seine irrige Meinung, zumal der Fluß gerade jetzt einen scharfen Bogen machte, wobei die reißende Strömung unsere ganze Aufmerksamkeit in Anspruch nahm. Während des weiteren Verlaufes der heutigen Fahrt bemerkte ich, daß Halef Heimweh hatte. Er war gegen seine sonstige Art sehr schweigsam und in sich gekehrt. Einmal, als er den Pferden Futter gab, übermannte ihn die Wehmut. Er schlang die Arme um Assils Hals und sagte:

„O Schwarzer, o Schwarzer! Du warst der Liebling meines Sohnes und hast ihn gern auf deinem Rücken getragen. Wäre er doch hier bei uns!“

Um ihn zu zerstreuen, machte ich ihn auf unsere früheren Erlebnisse aufmerksam, denn wir kamen durch Gegenden, welche damals für uns sehr wichtig geworden waren. Er ging zwar auf dieses Thema ein, aber nicht mit der Lebhaftigkeit, welche ihm sonst eigen war. Ich hätte es gern gesehen, wenn er durch irgend ein, wenn auch kleines Ereignis auf andere Gedanken gebracht worden wäre, aber es geschah nichts, gar nichts; wir bekamen während des ganzen Tages, außer in und bei Tekrit, keinen einzigen Menschen zu sehen und legten, als es dunkelte, das Floß nicht weit südwärts von Imam Dor an das Ufer fest. Es gab da eine Stelle, deren Beschaffenheit uns Sicherheit gegen Ueberfälle gewährte. Die Pferde hatten da Gras und Laub zum Fressen, und wir machten uns über die Raritäten her, welche Hanneh für uns eingepackt hatte. Wenn ich sage „wir“, so meine ich, daß Halef diese Speisen vorlegte und ich von ihnen aß; er hatte keinen Appetit. Als er bei dem Scheine des Feuers, welches wir angebrannt hatten, sah, wie gut es mir schmeckte, sagte er:

„Ein Mann, der eine Frau hat, ist doch ein ganz anderer Mann als einer, der kein Weib besitzt! Ich könnte keinen Bissen essen, selbst wenn ich den größten Hunger hätte!“

„Meinst du? Hättest du Hunger, so würdest du wohl essen!“

„Glaube das nicht, Sihdi! Wenn man sich nach denen sehnt, die man verlassen hat, macht einem selbst der Hunger keinen Appetit; das weiß ich ganz genau, denn ich fühle es. Und wenn dann – – –“

Er unterbrach sich mitten im Satze, machte ein Gesicht, als ob ihm etwas sehr Wichtiges eingefallen sei, und fuhr dann lebhaft fort:

„Sihdi, die Zeit ist gekommen; sie ist nun endlich da!“

„Welche Zeit?“

„Daß du mir sagst, was du mit Hanneh, der beispiellosen Blume aller Blumen, gesprochen hast.“

„Hm! Ich wollte eigentlich noch länger warten.“

„Noch länger? Welch ein Gedanke! Willst du meine Seele so in die Länge ziehen, daß sie einem abgewickelten Bindfaden gleicht, welcher von Mossul bis nach Basra und noch weiter reicht? Kannst du so grausam sein, meine Sehnsucht, die jetzt noch einer lieblich trillernden Gumbara gleicht, in ein Karkadahn zu verwandeln, welches mich mit seinen Füßen zermalmt? Ich bitte dich, nimm dein doch sonst so gutes Herz auf die Spitze deiner Zunge, und laß es sprechen die Worte, welche ich hören will!"

„Eigentlich ist es noch nicht Zeit zu dieser Mitteilung, aber da ich kein Unmensch bin, so hat dein Bindfaden mich gerührt und dein Nashorn meine Seele weich getreten. Also höre! Zunächst hat Hanneh mir gesagt, daß du der beste Mann seist, soweit die Erde reicht."

Er sprang wie ein Gummiball in die Höhe und rief:

„Hat sie das gesagt? Wirklich, wirklich?"

„Ja."

„Hamdulillah! Das labt meine Seele so, wie junges Gras den Leib eines Kameles erquickt! Soweit die Erde reicht, bin ich der beste Mann! Welch ein Wort! Welch eine Tiefe der Einsicht in alle meine vorzüglichen Beschaffenheiten! Ein so wahres und zutreffendes Urteil kann nur aus einem Munde kommen, welcher die oberste Oeffnung der tiefsten Einsicht ist! Sihdi, wer ein solches Wort ausspricht, der muß eine Seele haben!"

„Allerdings!"

„Du bist überzeugt, daß die Frauen Seelen haben?"

„Ja."

„Also Hanneh auch?"

„Natürlich! Und das ist es, was ich dir weiter sagen soll. Sie läßt dich durch mich bitten, nicht länger an dem Vorhandensein ihrer Seele zu zweifeln."

„O Effendi, wenn sie mich für den besten Mann der Erde hält, so habe ich ganz und gar nichts dagegen, daß sie sich in dem Besitze einer Seele befindet. Es ist zwar – – – hm, Effendi, nicht wahr, die Seele ist etwas Innerliches? Sie steckt im Körper?"

„Nach der bisherigen, irrigen Ansicht, ja."

„So mag sie drin stecken bleiben! Es soll aber Seelen geben, die sich auch äußerlich sehen und hören lassen; das liebe ich nicht."

„So? Giebt es wirklich solche?"

„Leider ja; ich weiß es ganz genau."

„Hanneh scheint ganz dasselbe auch zu wissen, denn sie hat mir noch einen Auftrag gegeben."

„Welchen?"

„Wenn du glaubst, daß sie eine Seele habe, so soll dieselbe stets im Innern stecken bleiben."

„Das – – das – – das hat sie gesagt?"

„Ja."

„Maschallah! Gott thut Wunder! Wie freue ich mich darüber, daß sie mir den Vorschlag machte, sie mit dir sprechen zu lassen! Weißt du, Sihdi – – aber das kannst du ja gar nicht wissen, weil du noch nicht der Besitzer eines Frauenzeltes bist, doch sage ich dir, wenn die Seele eines Weibes das Innere verläßt, so nimmt das Gesicht sehr ernste Züge an, und die Stimme wird gebieterisch. Und dann, eben dann hat sie allemal recht! Aber nun du mir diese liebe Botschaft bringst, bin ich überzeugt, daß ich nach meiner Rückkehr auch einmal allein recht haben werde und nicht immer sie und ich zusammen. Hat sie dir noch etwas aufgetragen?“

„Ja.“

„Sage es mir! Deine Worte sind für mich wie Sonnenstrahlen, welche selbst den Rücken eines Krokodils erwärmen. Ich bin bereit, alles zu hören.“

„Und auch alles zu befolgen?“

„Ja, wenigstens jetzt, in diesem Augenblicke.“

„Das genügt mir nicht. Das, was ich dir noch zu sagen habe, ist so vortrefflich für dich, daß du mir getrost dein Wort, es stets befolgen zu wollen, geben kannst.“

„Höre, Effendi, die Stimmung meines Herzens ist in diesem Augenblicke voller Wohlthaten für dich; ich will dir also hiermit das Versprechen geben, welches du von mir verlangst.“

„Gut; ich halte dich beim Worte. Hanneh will nämlich haben, daß du stets recht bedachtsam und vorsichtig handeln sollst.“

„Das thue ich doch immer! Nicht?“

„Nein.“

„Nein? Was ist das für ein Wort, welches ich da hören muß! War es nicht sehr klug und vorsichtig von mir, daß ich mich von dir zum Freund und Beschützer wählen ließ? Kann ich einen besseren Effendi haben als dich? Und war es nicht sehr weise und bedachtsam von mir, daß ich grad dasjenige Weib für mich aussuchte, welches die herrlichste Knospe am blühenden Baume der Frauen ist? Kann ich eine bessere Gattin haben als diese vorzüglichste aller Mütter, welche einen Sohn besitzen?“

„Nein. Und da du in diesen beiden Wahlen eine so große Bedachtsamkeit bewiesen hast, so hoffe ich, daß du auch bei andern Gelegenheiten dieselbe Vorsicht in Anwendung bringen wirst. Wenn nicht, so werde ich dich an das Wort erinnern, welches du mir heute gegeben hast. Du bist zuweilen etwas hitziger und schneller, als du sollst.“

„Ich? Sihdi, da kennst du mich schlecht! Ich komme mir im Gegenteile sehr oft viel zu kalt und langsam vor.“

„So denke an die zahlreichen Fälle, in denen ich dich zurechtweisen mußte!“

„Dazu hattest du gar keine Ursache. Soll ich einer Gefahr feig den Rücken kehren? Soll ich bei Beleidigungen etwa nicht in den Gürtel greifen und – – – o, da fällt mir ein: ich habe sie mit!“

„Sie? Wen oder was?“

„Die ich bei unsern früheren Reisen stets am Gürtel hängen hatte. Ich will sie dir zeigen.“

Ich wußte gar wohl, was er meinte, nämlich die Peitsche aus Nilpferdhaut, mit welcher er stets so schnell bei der Hand gewesen war, zuweilen zu meiner Freude, oft aber auch zu unserm Nachteile. Er wickelte seinen zusammengerollten Haik auf, zog die Peitsche heraus, schwang sie durch die Luft und fuhr fort.
„Ja, das ist sie, die Bringerin der Achtung, die Mutter des Gehorsams, die segensreiche Spenderin der Hiebe! Die konnte ich unmöglich liegen lassen; die mußte ich unbedingt mitnehmen. Es ist dieselbe, welche ich schon damals in und vor Aegypten hatte. Wenn weder Worte noch Winke helfen, so ist sie die Vermittlerin zwischen meinem Wohlwollen und dem Rücken der Uebelwollenden. Was keine Bitte und kein Befehl zu stande bringt, das wird von dem süßen Bewußtsein fertig gebracht, eine Haut zu besitzen, welche unter den Liebkosungen dieser Kurbadsch auseinanderplatzt."
„Wickle sie wieder ein, Halef! Du wirst sie nur dann in Anwendung bringen, wenn ich dir den Befehl dazu erteile!"
„Sihdi, darüber sprechen wir wohl noch!"
„Nein! Hanneh ist auch ganz dieser meiner Meinung."
„Ist sie? Hat sie, als du mit ihr sprachst, auch Meinungen gehabt? Schau, Sihdi, als die Frauen noch keine Seelen hatten, da – – –"
„Still! Sie haben stets welche gehabt!"
„Höre, das kannst du doch nicht wissen. Erst dann, wenn du auch eine liebliche Herrin deines Herzens haben wirst, erlaube ich dir – –"
„Lieber Halef, ich habe eine!" versicherte ich, ihm in die Rede fallend.
Er trat zwei Schritte zurück, bückte sich halb nieder, sah mir, der ich am Feuer saß, erstaunt in das Gesicht und fragte:
„Was – – was – – hast – – du?"
„Auch eine."
„Eine Besitzerin deines Herzens?"
„Ja."
„Welch ein Scherz!"
„Es ist kein Scherz."
Da ließ er vor Verwunderung die Peitsche aus der Hand fallen und fragte:
„Kein Scherz? Hättest – – hättest du denn das Geschick, eine Lenkerin deines Lebens zu besitzen?"
„Warum denn nicht?"
„Sihdi, erlaube, daß ich mich wieder niedersetze! Dein so ganz unerwartetes Weib ist mir in die Kniee gefahren; ich fühle, daß sie zittern!"
Er setzte sich, betrachtete mich kopfschüttelnd vom Kopfe bis zu den Füßen, zog das allerernsteste seiner Gesichter, lachte dann aber hell auf, schlug die Hände zusammen und rief:
„Allah bewahre mich! Es ist doch nur Spaß!"

„Lieber Hadschi, es ist wirklich Ernst!“ entgegnete ich ihm in versicherndem Tone, obgleich ich unter dieser „Besitzerin meines Herzens“ und „Lenkerin meines Lebens“ etwas ganz Anderes verstand als er.
„Du hast also wirklich, wirklich eine?“ fragte er in höchst gespanntem Tone.
„Ja.“
„Die bei dir in deinem Zelte ist?“
„Ja.“
„Sihdi, laß mich Atem holen! Sag mir, ob ich vielleicht schlafe – – ob ich träume! Ich möchte weinen, bitterlich weinen!“
„Warum? Ich denke vielmehr, daß du dich freuen solltest!“
„Freuen?! Sag, hast du sie lieb?“
„Mein ganzes Herz ist ihr zugethan.“
„Aber, wie kannst du, wenn dein ganzes Herz diesem plötzlichen, unvermuteten Weibe gehört, dann noch mich lieb haben, deinen Halef, den besten und treuesten deiner Diener und Genossen!“
„Ich habe dich noch genau so lieb wie vorher.“
„Das ist unmöglich; das ist nicht wahr! Dein Herz ist weg, ist nicht mehr vorhanden. Du hast ja selbst gesagt, daß es dieser unerwünschten und ganz unwillkommenen Frau gehört! Ich mag sie nicht sehen! Ich will nichts mit ihr reden! Ich mag nichts von ihr hören! Sie hat mich um dein Herz gebracht, um deine ganze Freundschaft, um dich selbst. Also höre es: Ich will auch von dir nichts mehr wissen!“
Er stand wieder auf und entfernte sich. Am Flusse blieb er stehen und starrte halb zornig, halb traurig in das Wasser. Der gute Hadschi war eifersüchtig. Ich sagte kein Wort, denn ich kannte ihn. Und richtig: Er kam nach einer Weile langsamen Schrittes zurück, setzte sich mir gegenüber, seufzte tief und klagte:
„So, in dieser traurigen Weise bin ich von dir verlassen worden, von dir, für den ich mein Leben unbedenklich hingegeben hätte! Du hast der treusten Freundschaft mit dieser Frau den Todesstoß versetzt. Ich wollte sogar mit dir nach Persien reiten; nun aber kehre ich wieder um, unbedingt wieder um!“
Ich mußte lächeln und war doch tief gerührt.
„Lieber Halef,“ sagte ich, „warst du mein Freund, als du damals deine Hanneh zum Weibe nahmst?“
„Ja,“ antwortete er.
„Hast du mich darum verlassen?“
„Nein.“
„Du bist mein Freund geblieben?“
„Ja.“
„So ist es auch bei mir!“
„Nein; das ist jetzt ganz, ganz anders, Sihdi. Du kanntest Hanneh, den Abglanz aller Morgen- und Abendröten, die mein Weib geworden ist. Was aber weiß ich von der

Regentin deiner Seligkeit? Habe ich sie gesehen? Hat sie ihre Herden an mir vorübergetrieben? Bin ich ihr Gast gewesen, um Kuskussu aus ihrer Hand zu essen? Hat sie mein Pferd getränkt oder mir den Steigbügel in den richtigen Stich geschnallt? Wo habe ich ihre Gestalt gesehen, ihren Schritt gehört oder das Kamel, auf dem sie saß, am Zügel führen dürfen? Ich bin so vollständig ahnungslos gewesen, daß mich jetzt ein solcher Schreck ergriffen hat, als ob sie nicht deine, sondern meine Frau geworden wäre!"
„Hältst du sie für so bös oder so häßlich?"
„Kann sie besser oder schöner als Hanneh sein?"
„Nein. Aber ihr ähnlich!"
„Das will ich dir wünschen!"
„Oder meinst du, daß ich dich nach Dschermanistan kommen lassen müsse, damit du unter den Töchtern des Landes für mich suchen gehest?"
„Nein. Das kann ich nicht verlangen. Laß mich essen und dabei nachdenken! Mein Heimweh, welches mir den Hunger raubte, ist vollständig alle geworden. Ich will Kebab essen, Kebab, von Hanneh zubereitet, welche auch erschrecken wird, wenn sie hört, daß du auf eine so unvorhergesehene Weise die ganze, ganze Herrschaft über dich verloren hast!"
Er aß, und zwar in der hastigen Art eines Menschen, dessen Gedanken ganz anderweit beschäftigt sind. Nach einer Weile sagte er:
„Gestehe, daß du wegen dieser Frau ein böses Gewissen gehabt hast!"
„Ich weiß nichts davon."
„Doch! Warum hast du im Duar von ihr geschwiegen? Warum sprichst du erst jetzt davon? Das ist doch das heimlich verheiratete böse Gewissen!"
„Ist alles heimlich, was zufällig deine Haddedihn nicht erfahren? Der Mann darf weder von seinem noch von einem andern Harem öffentlich sprechen. Das weißt du doch, lieber Halef."
„Ich weiß es. Verzeih, Sihdi; du hast recht!"
Er aß weiter und erkundigte sich nach kurzer Zeit:
„Bist du mit ihr zufrieden?"
„Sehr!" nickte ich.
Auch die nächsten Fragen sprach er nur in Zwischenräumen aus.
„Ist sie jung?"
„Ja. Und sie wird es ewig bleiben."
„Hamdulillah! Das beruhigt mich. Ich gönne vielleicht jedermann eine häßliche, alte Frau, aber nur mir und dir nicht. Ist ihr Vater reich?"
„Der Reichste, den es giebt."
„Vornehm?"
„Niemand steht höher als er."
„Allah kehrim! Das gefällt mir außerordentlich. Ist sie klein von Gestalt?"
„Nein."

„Hat sie große Füße und starke Fäuste?“
„Halef! Welchen Geschmack mutest du mir zu!“
„Wenn ich bloß nur frage, braucht sie es nicht wirklich zu haben! Und ihre Augen?“
„Sind schöner als die Augen aller Chawadit.“
„Hat sie dich lieb, Sihdi?“
„Nicht weniger als ich sie.“
„Das wollte ich ihr auch geraten haben! Ich würde ihr sonst meinen Duar verbieten! Und sag, Effendi, sie hat doch auch eine Seele?“
„Sie hat nicht nur eine, sondern sie ist selbst Seele, nichts als Seele.“
„O wehe! Du armer Sihdi! Denn da hat sie wohl gewiß auch – – – Meinungen?“
„Natürlich! Die soll sie sogar haben.“
„Und dann – – dann – – dann hast du wohl auch immer recht, wenn sie recht hat?“
„Nein. Ich habe meist Unrecht.“
„Imschi uchallik ba' id 'anni – damit bleibe mir fern! Erlaubst du ihr das denn?“
„Sehr, sehr gern, denn sie ist viel, viel klüger und vernünftiger als ich.“
„Das ist unmöglich, Sihdi. Zwar, seitdem die Frauen auch Seelen haben, wollen sie – – – “
„Laß das, Halef,“ unterbrach ich ihn. „Selbst wenn es eine Frau geben könnte, die keine Seele hat, so wäre es für ihren Mann besser, er hätte sie niemals kennen gelernt. Glaube es mir!“
„Aber wenn nun die Seele des Weibes so unruhig ist, daß sie – – –“
„Dann muß der Mann um so ruhiger sein. Das erzeugt Achtung und Ehrfurcht bei der Frau.“
Da fiel er schnell ein:
„Das ist richtig, sehr richtig, Effendi! Ich bin auch stets ruhig, ganz ruhig; ich sage nichts. Darum wirst du die Achtung und Ehrfurcht bemerkt haben, welche Hanneh, die beste der Frauen, ihrem Gebieter widmet. Wie wird die Quelle deiner irdischen Seligkeit genannt?“
„Dschanneh.“
„Da heißt sie ja fast genau so wie die meinige: Hanneh und Dschanneh!“
„Dem Klange nach, allerdings.“
„Ja, in deiner Dschanneh liegt wohl ein Sinn, weil dieses Wort doch „Seele“ heißt.“
„Die Gebieterin meines Herzens heißt nicht nur so, sondern sie ist es auch!“
„Das freut mich ungemein, Effendi, ungemein! Da wird der Wohlstand deines Zeltes sich vermehren, auch wenn du abwesend von deinem Stamme bist. Deine Dschanneh wird von der Milch der Kamele Butter machen und aus den Palmenfasern Stricke drehen und Decken flechten. Sie wird Datteln entkernen und Hosenträger anfertigen. Sie wird Marahim für die kranken Füllen streichen und Durra beda auf den Steinen reiben. Ich möchte auch noch wissen, ob sie bloß arabisch spricht oder auch das Türkische versteht.“

„Sie versteht alle Sprachen der Welt."
„Allah'l Allah! Sämtliche?"
„Ja."
„Giebt es keine, die sie nicht versteht?"
„Nein."
„So ist diese deine Dschanneh ein Wunder, wie es fast kein größeres geben kann! So weit hat es nicht einmal meine Hanneh gebracht, welche, wenn sie einmal in das Sprechen kommt, auch ganz Erstaunliches leistet. Aber dir, Effendi, dir gönne ich einen solchen Besitz der Unvergleichlichkeit. Glaubst du mir das?"
„Ja."
„Aber bitte, sage das von den vielen Sprachen nicht etwa auch noch andern Leuten!"
„Warum nicht?"
„Man würde sagen, daß du übertreibst."
„Wer nicht nur den Namen sondern auch das Wesen meiner Dschanneh kennt, der weiß, daß ich nicht lüge. Ich behaupte sogar, daß es keine einzige Sprache ohne Dschanneh geben kann."
„So erlaube mir rasch nur noch eins: Kann sie Felle gerben und Messer schleifen?"
„Sie kann alles, was Menschenhand vermag."
„Maschallah! Kann sie zornig sein?"
„Nie!"
„Zanken?"
„Nie!"
„Da muß ich nicht nur einmal sondern zehnmal Maschallah rufen! Hast du sie um ihre Einwilligung gebeten, als du zu mir wolltest?"
„Sie war es sogar, die mir diese Reise befahl, und ich gehorche ihr."
„Nicht wahr, da stellte sich bei ihr die Achtung und die Ehrfurcht ein, von welcher wir vorhin gesprochen haben und die mir auch meine Hanneh, die verständigste unter allen verständigen Frauen, widmet? Sihdi, daß deine Dschanneh dir die Erlaubnis gegeben hat, zu mir zu reiten, das söhnt mich mit deinem Harem aus. Ich erteile dir hiermit meine Genehmigung und bin sogar erbötig, wenn die Zeit meines Sohnes gekommen ist und du dann eine Tochter hast, sie ihm zur Frau zu geben; sie wird dadurch eine echte Haddedihn vom großen Stamme der Schammar und kann glücklicher und freier leben als unter euern Zelten, welche aus Steinen errichtet werden. Du siehst also, daß ich dir nicht mehr zürne. Gieb mir die Hand; wir wollen wieder Freunde sein, wie wir es vorher waren!"
Der liebe Kleine war wirklich und im Ernste überzeugt, mir durch sein Eheprojekt einen glänzenden Beweis seiner Zuneigung gegeben zu haben. Es fiel mir nicht ein, seinen Vorschlag auch von meinem Standpunkte aus zu beleuchten, denn er gehörte zu denjenigen Charakteren, die man ihres allzu regen Ehrgefühles wegen sehr vorsichtig anzufassen hat. Er hatte mir nun sogar die ausdrückliche Einwilligung zu meiner Ehe

gegeben; mehr konnte ich, der bescheidene Reiseschriftsteller, von ihm, dem obersten Scheik der Haddedihn, doch wohl nicht verlangen! Richtig war, daß ich ihn jetzt nicht mehr wie früher als meinen Diener betrachten durfte. Er hielt sich jedenfalls, natürlich ohne es mir zu sagen, für mir wenigstens gleichgestellt, und so hatte ich jetzt manches ruhig hinzunehmen, was sonst wohl nicht ohne Rüge geblieben wäre.

Am andern Morgen machten wir frühzeitig das Floß wieder flott, um die Fahrt fortzusetzen. Sie verlief ohne alle Fährlichkeit. Die den Haddedihn feindlichen Stämme hatten sich jetzt im Frühjahre in das Innere der Dschesireh zurückgezogen. Das war der Grund, daß wir ganz ohne ein erwähnenswertes Ereignis bis in die Gegend kamen, wo der von Kerkuk herbeifließende Adhem in den Tigris mündet.

Der Hauptstrom hatte der Mündung seines Nebenflusses gegenüber eine lange, immer schmaler werdende Bucht in das Ufer gegraben, deren Ränder dicht mit Gebüsch eingesäumt waren, ein Umstand, welcher uns, obgleich es noch nicht dunkel war, veranlaßte, das Floß in diesen Einschnitt zu treiben, um dort zu übernachten. Wir ruderten und stakten das Kellek bis ganz hinter, befestigten es an dem Ufer und schafften zunächst die Pferde an das Land, dann auch alles andere, was sich auf dem Floße befunden hatte. Da wir sahen, daß sich kein menschliches Wesen in der Nähe befand, setzten wir uns auf und galoppierten eine tüchtige Strecke in das Land hinein, denn eine solche Bewegung that den Tieren not. Wieder zum Flusse zurückgekehrt, ließen wir sie grasen und sammelten dürres Holz zu einem Feuer für die Nacht; es war davon mehr als genug vorhanden. Dann hielten wir unsere Abendmahlzeit.

Wir hatten vielleicht nur noch eine Viertelstunde bis zum Abend, denn die Sonne war schon untergegangen, und die Dämmerung ist in jenen Gegenden von sehr kurzer Dauer, da sahen wir jenseits des Tigris ein Floß erscheinen, welches von den Fluten des Adhem in den Hauptstrom getragen wurde. Es befanden sich drei Männer auf diesem Kellek, welches kleiner als das unsrige, doch aus denselben Bestandteilen zusammengesetzt war. Zwei dieser Männer bewegten die Ruder. Der dritte saß ohne Beschäftigung in der Mitte des Flosses. Die Lammfellmützen, welche ihre Köpfe bedeckten, ließen vermuten, daß diese Leute Perser seien.

„Schau, Sihdi," sagte Halef, „das sind iranische Schiiten, welche über das Gebirge gekommen sind und sich in Ta'uk oder Tuß Khurmaly ein Floß gebaut haben. Wohin mögen sie wollen?"

„Jedenfalls flußabwärts, sonst würden sie anstatt des Kellek Pferde haben."

„Ja, sie wollen flußab, aber heute nicht mehr. Allah! Siehst du, daß sie zu uns herüberlenken?"

„Leider! Sie sind derselben Ansicht wie wir, nämlich daß sich diese Bucht vortrefflich zum Nachtlager eignet."

„Wollen wir dulden, daß diese Vögel sich hier bei uns einnisten?"

„Wir können nichts dagegen haben."

„Ich denke, doch!"

„Nein. Ist dieser Ort unser Eigentum?"
„Nein; aber wir sind vor ihnen hier angekommen, und wer zuerst das Zelt betritt, der bekommt zuerst zu essen, sagt das Sprichwort."
„Dieses Sprichwort gilt hier nichts. Wir befinden uns unter freiem Himmel und haben, wenn sie zu uns kommen, sogar die Verpflichtung, gastlich gegen sie zu sein."
„Das ist mir gar nicht lieb, denn ich traue ihnen nicht!"
„Warum?"
„Weil sie einen so ungewöhnlichen Weg vom Bilad el Adscham herüber eingeschlagen haben. Warum haben sie nicht den offenen Karawanenweg verfolgt? Warum haben sie eine Tour gewählt, auf welcher sie erst Pferde, hierauf ein Floß und dann wieder Pferde brauchen? Wo sind die Pferde, auf denen sie über die Berge kamen? Sie haben sie oben am Flusse lassen müssen und müssen sich später andere dafür kaufen. Das kostet Geld; das sind Verluste, zu denen man sich nur dann entschließt, wenn man durch Gründe, welche meinen Verdacht erregen, dazu veranlaßt wird. Wenn ein Perser den Adhem wählt, um nach der Dschesireh zu kommen, so führt er sicher etwas im Schilde, was nicht alle Leute wissen dürfen, oder er hat drüben in seinem Lande etwas begangen, was ihn zwingt, den Weg der Flucht und der Verborgenheit zu wählen. Habe ich nicht recht?"
„Ich stimme dir bei; aber das ist für uns noch keine Veranlassung, sie feindlich fortzuweisen, wenn sie sich zu uns gesellen wollen. Uebrigens wird es sehr schnell dunkel, und selbst wenn sie hier in der Bucht anlegen, fragt es sich, ob sie uns bemerken werden."
Die Perser befanden sich jetzt auf der Mitte des Stromes, und die Anstrengung, mit welcher sie gegen das Gefälle desselben arbeiteten, machte es für uns gewiß, daß sie hier hüben landen wollten. Unser Lagerplatz war ihnen durch das Buschwerk verdeckt; sie konnten uns nicht sehen. Die Bucht war wohl zweihundert Schritte lang, und da sich die Schatten des Abends schon auf uns niederlegten, so hielt ich es für wahrscheinlich, daß die neuen Ankömmlinge am vordern Teile unseres Schlupfhafens anlegen würden und nicht am hintern, wo wir uns befanden. Das Hereinkommen wurde ihnen schwerer, als es uns geworden war, weil sie quer über den Strom mußten, und als sie endlich das stille Wasser erreichten, war es schon so dunkel geworden, daß wir sie nicht mehr erkennen konnten.
Wir horchten, hörten aber nichts. Als eine Viertelstunde vergangen war, konnten wir überzeugt sein, daß sich meine Vermutung bewahrheitet hatte: die Perser waren weiter draußen als wir an das Ufer gegangen; sie ahnten nicht, daß sich schon jemand hier befand.
Nun fragte es sich, wie weit sie von uns lagerten; das mußten wir wissen.
„Sihdi," sagte Halef, „wer hätte gedacht, daß schon heute das Leben der Wildnis für uns beginnt. Ich werde dir zeigen, daß ich das, was ich von dir lernte, noch nicht vergessen habe."
„Was?"

„Das Anschleichen. Ich werde mich ganz leise, leise zu ihnen begeben, um zu sehen, wo sie sich befinden und was sie machen."
„Das wirst nicht du, sondern ich werde es thun; ich bin darin geübter als du."
„Effendi, willst du mich beschämen?"
„Still! Denke an das, was Hanneh dir geraten hat: du sollst nicht vorschnell sein! Ehe du so etwas unternehmen kannst, mußt du dich erst wieder üben. Du kommst nicht ohne Geräusch durch diese Büsche. Ich glaube, du würdest so unklug sein, schon jetzt nach ihnen zu suchen!"
„Natürlich gleich jetzt! Aus welchem Grunde könnte man dies unklug nennen?"
„Du kennst die Länge dieser Bucht. Wie lange brächte man zu, sie bei der Dichtheit des Gebüsches vorsichtig abzusuchen? Bis morgen früh! Ehe man damit beginnt, muß man wenigstens ungefähr wissen, wo sich die Perser befinden."
„Wie kann man das schon vorher wissen?"
„Sie werden es uns sagen."
„Uns sagen? Sie selbst? Effendi, das werden sie auf keinen Fall!"
„Lieber Halef, da siehst du, wie sehr du dich im „Leben der Wildnis" auf deinen Scharfsinn verlassen kannst! Diese Perser sind doch Mohammedaner?"
„Ja, obgleich nur Schiiten, denen Alis Söhne beinahe höher stehen als Mohammed, der Prophet."
„Sie haben also jetzt zwei Gebete zu sprechen, nämlich das Moghreb, das Gebet der Dämmerung, und dann das Aschija, wenn es vollständig dunkel geworden ist. Sie nehmen an, hier allein zu sein, und werden also nicht leise, sondern laut beten, wie es vorgeschrieben ist, und das werden wir hören."
„Sihdi, das ist richtig; daran habe ich nicht gedacht!"
„So merke dir, daß man grad im „Leben der Wildnis", wie du es nennst, an alles denken muß und nichts, gar nichts vergessen darf! Das Nichtbeachten des geringfügigsten Umstandes kann großen Schaden bringen; das muß dir doch noch von früheren Reisen in Erinnerung sein. Du bist damals mein Schüler gewesen, aber nicht bis heut in Uebung geblieben, wirst also wohl von vorn anfangen müssen."
„Oh, Sihdi, du verleumdest mich!"
„Nein; ich meine es gut mit dir. Horch!"
„Sie beten; sie haben das Moghreb begonnen."
„Und ehe sie es beenden, werde ich hinter ihnen sein. Du bleibst hier und hast auf die Pferde acht. Entferne dich auf keinen Fall!"
Ich ging. Die Büsche bildeten einen nicht sehr breiten Saum, welcher sich am Ufer hinzog. Indem ich mich an der Außenseite desselben hinbewegte, kam ich natürlich viel schneller von der Stelle, als wenn ich durch das Gesträuch gekrochen wäre. Ich näherte mich den Stimmen sehr rasch und befand mich grad im Rücken der Betenden, als die letzten Ausrufe ertönten:

„Preis sei Allah! Gepriesen sei seine Würde! Es ist kein Gott außer ihm! Gott ist sehr groß! Gott ist sehr groß in Größe, und Preis sei Gott in Fülle!“

Hierauf hörte ich eine einzelne Stimme sagen:

„Nun wir gebetet haben, macht das Feuer an; Holz haben wir genug. Dann werden wir gleich das Aschija beten, um hierauf zu essen!“

Das Moghreb ist eigentlich zu sprechen gleich wenn die Sonne verschwunden ist; die Perser hatten sich damit verspätet, weil der letzte Tagesschein von ihnen zum Holzsammeln benutzt worden war. Das ist erlaubt. Während man kein Gebet eher als zur vorgeschriebenen Zeit beginnen darf, ist es nicht verboten, die Andacht auf kurze Zeit aufzuverschieben, falls triftige Gründe dazu vorhanden sind.

Ich sah vor den Büschen, hinter denen ich stand, am Rande des Wassers ein Feuer aufflammen und hörte dann, als einige Minuten vergangen waren, das Nachtgebet. Dies gab mir die Gelegenheit, mich niederzulegen und zwischen den Büschen vorzuschieben. Das Geräusch, welches ich ja dabei verursachte, wurde von den drei lauten Stimmen übertönt. Da, wo der letzte Schatten auf den Boden fiel, blieb ich halten; weiter vorwärts durfte ich nicht, weil man mich sonst gesehen hätte.

Ich sah das Floß am Ufer liegen; es befand sich nichts, gar nichts darauf; die Perser waren ohne jedes Gepäck; sie hatten sich an das Feuer gesetzt. Zwei von ihnen waren jedenfalls gewöhnliche Leute, über die mein Auge schnell hinweggehen konnte; der dritte aber fesselte meine Aufmerksamkeit. Nicht daß er sich von den andern durch bessere Kleidung unterschieden hätte, nein, denn der einzige Vorzug, den er in dieser Beziehung vor ihnen hatte, bestand darin, daß sie gewöhnliche Kerman-Gürtel trugen, während er einen Kaschmirshawl um die Hüften gewunden hatte; aber seine Person unterschied sich von den ihrigen sofort beim ersten Blicke.

Dieses viel durchfurchte, tief gebräunte Gesicht mit der niedrigen Stirn, der langen, scharfen, dünnen Nase, deren Flügel sich in fortwährendem Zittern befanden, den aufgeworfenen, breitgezogenen Lippen, dem mächtig entwickelten Kinn, den kleinen, scharfen, rotgeäderten und unruhigen Augen machte auf mich den Eindruck einer alle Milde verachtenden und mit großer List gepaarten Rücksichtslosigkeit. Dieser Eindruck wurde durch den dichten, dunklen Schnurrbart nur erhöht, dessen Spitzen wie schwarz gefärbte Eiszapfen steif herunterstachen. Seine Züge sprachen nur von tierischen Instinkten, und wenn es wahr ist, daß nur der offene Blick des Mannes Mut verrät, so konnte dieser Perser, im Falle, daß es galt, nur das Gegenteil davon, ein Feigling sein. Ein gefährlicher Mensch, rücksichtslos und feig, so dachte ich, und als mir auch noch seine langen, knochigen, krallenhaften Hände in die Augen fielen, deren Zeigefinger fast über den Mittelfinger hinausragten, da war ich fest überzeugt, daß ich mit diesem Urteile das Richtige getroffen hatte. Das Gesicht, die Stimme, der Gang, die Haltung, das Benehmen eines Menschen kann und können täuschen, die Hand aber kann es nie. Ich habe mir da, gestützt auf lange Erfahrung und tausend sorgfältige Vergleiche, eine eigene Theorie gebildet, die mich niemals im Stiche läßt, auf die ich mich in jedem einzelnen Fall verlassen kann. Die Hand eines Menschen ist das genaueste Abbild seines Innern; es ist ihr unmöglich, auch nur das geringste von seinem Denken und Fühlen zu verheimlichen. Sie ist das Werkzeug des Geistes und der Seele, und jedes Werkzeug läßt ohne Irrtum auf den Meister schließen.

Die drei Männer waren mit langen, orientalischen Gewehren und mit Messern und Pistolen bewaffnet; nach den mehr als reichlich gefüllten Patronentaschen zu schließen, waren sie sehr entweder auf Angriff oder auf Verteidigung bedacht. Das letztere schien mir eher als das erstere der Fall zu sein.

Sie aßen jetzt. Ihr frugales Mahl bestand aus gepreßtem Dugh mit dem bekannten Klebebrot, welches davon seinen Namen hat, daß der kuchenförmige Teig desselben an die Seitenwände des kleinen, sonderbar gestalteten Backofens festgeklebt und dann zugedeckt wird; sobald er von der Wand fällt, wird er für ausgebacken gehalten und herausgenommen.

Während des Essens wurde kein Wort gesprochen. Nach demselben zog der Zapfenbärtige ein Stück Pergament aus der Tasche, hielt es dem Feuer nahe, um es zu lesen, steckte es wieder ein und sagte dann:

„Wenn wir zur rechten Zeit ankommen, wird euer Anteil hundert Tuman für jeden betragen; ich habe es vorhin während der Fahrt berechnet. Ist euch das genug?“

Seine kleinen Augen richteten sich mit einem eigentümlichen, stechend lauernden Blicke auf die beiden. Sie schwiegen eine Weile; dann antwortete der eine, indem er einen ähnlichen Blick zurückgab:

„Bei Hussein, welcher von den sunnitischen Hunden bei Kufa hingeschlachtet wurde, wir würden wohl zufrieden sein, wenn es nicht doch zu wenig wäre. Seit du Pädäri-Baharat geworden bist, verdienen wir zehnmal mehr als früher; du hast uns aber gesagt, daß ein anderer tausendmal mehr verdient.“

„Gesagt? Habe ich es bloß gesagt?“

„Nein, sondern sogar vorgerechnet.“

„Ja, vorgerechnet. Und was ich einmal ausgerechnet habe, das pflegt stets auch zu stimmen. Du sagst, oh Aftab, ich sei Pädär-i-Baharat geworden; ja, den Titel habe ich bekommen, bin es aber nicht; ihr dürft mich jetzt eigentlich nur Sill-i-Safaran nennen. Und obwohl ich in Wahrheit nur dieses bin, könnt ihr bei mir Reichtümer sammeln, während ihr früher kaum das verdientet, womit man den Hunger stillt. Ich bin es, welcher den Gedanken ersann, neben dem Safaran auch Oßfur zu verwenden. Das hat uns schon bis heute viele Tausende von Tumans eingebracht und wird uns viele Tausende noch bringen. Warum bin ich für alle Baharat bestimmt und habe doch nur den Safaran bekommen? Muß ich das dulden? Und müßt ihr euch das gefallen lassen, die ihr meine Untergebenen seid und auch wenig oder mehr erhaltet, wenn ich weniger oder mehr verdiene? Wißt ihr, für wen wir arbeiten und unser Leben wagen? Wer nichts thut, gar nichts thut und doch so köstlich wohnt und lebt wie Giblä-i-Aläm?“

„Wir wissen es,“ antwortete der, den er Aftab genannt hatte.

„Hast du ihn je einmal gesehen?“
„Nein.“
„Warum setzt ihr da täglich euer Leben für ihn auf das Spiel? Stammt er aus dem Fäläk ul äflahk, daß er zu stolz ist, sich euch einmal zu zeigen? Bin ich nicht stets bei euch? Teile ich nicht alle Gefahren mit meinen Untergebenen? Wen müßt ihr da mehr lieben und achten, mich oder ihn? Wem müßt ihr mehr Vertrauen schenken? Ich sage euch, ihr würdet jedes Jahr mehr tausende Tumans einstecken als jetzt hunderte, wenn ich an seiner Stelle euer Aemir-i-Sillan wäre!“
„Das hast du uns schon oft gesagt, und wir glauben es.“
„Ich habe es auch schon vielen andern gesagt, und sie alle glauben es. Ich will euch sagen, daß seine Zeit gekommen ist; es schwebt der Schämschihr schon über seinem Haupte. Ich habe schon mit einigen andern Pädärahn gesprochen und bin sicher, daß sie im geeigneten Augenblicke nicht zurücktreten werden. Wir wissen, daß er stets unter seinem Gewande einen Sirä trägt, doch meine Guluhlä geht ganz gewiß hindurch!“
Es trat eine Pause ein. Der Pädär-i-Baharat brütete finster vor sich hin, und auch die beiden andern hielten ihre Blicke ernst und nachdenklich zur Erde gerichtet. ich hatte schon oft, sehr oft Menschen beschlichen, aber wohl noch selten ein so geheimnisvolles und sonderbares Gespräch belauscht.
Pädär-i-Baharat, Vater der Gewürze – Sill-i-Safarans, Schatten des Safrans – Aemir-i-Sillan, Fürst der Schatten! Das waren jedenfalls Namen, welche eine ganz bestimmte Bedeutung hatten. Aber was für eine? Fürst der Schatten! Wer waren die Schatten? Jedenfalls Menschen; das schloß ich aus der Pluralendung „an“, welche fast nur bei Personen gebraucht wird, während sonst die Endung ha in Anwendung kommt. Aber was für Menschen waren das, und warum wurden sie Sillan, Schatten genannt? Bedeutete der Ausdruck „Fürst der Schatten“ einen Rang? Wenn ja, dann mußten „Schatten des Safrans“ und „Vater der Gewürze“ auch wohl Chargen sein. Es schien sich um Vorgesetzte und Untergebene zu handeln, und wie mir dies alles ein Geheimnis war, so handelte es sich hier wahrscheinlich überhaupt um eine geheime Verbindung oder Körperschaft, welche das Licht des Tages und der Oeffentlichkeit zu scheuen hatte.
Derselbe Fluß, an welchem ich mich jetzt befand, wurde einst von den alten Babyloniern und Assyrern beherrscht, bis die Meder und Perser der Herrlichkeit ein Ende machten. Wenn der alte, thatkräftige Hammurabi, der tapfre Tukulti-Adar I., der medische Kyaxares und der Achämenide Cyrus aus ihren Gräbern gestiegen wären und, jetzt da vor mir sitzend, einander ihre diplomatischen und sonstigen Geheimnisse mitgeteilt hätten, wäre mir ihre Unterhaltung wahrscheinlich verständlicher gewesen als das, was ich von diesen drei Neupersern gehört hatte. Es sollte aber noch verwickelter kommen, denn der Anführer begann nach der erwähnten Pause wieder:
„Worüber denkt ihr nach? Wohl über das, was ich euch gesagt habe?“
„Ja,“ antwortete Aftab. „Wir sind bereit, zu dir zu stehen. Der Särbahs kann keine Schlacht gewinnen, wenn er den Sahibmänsäb nicht sieht und nicht kennt, dem er

gehorchen soll. So soll auch uns der Gebieter, welcher uns regiert, kein unsichtbares Wesen sein, welchem unser Leben gehört, obgleich es sich uns niemals zeigt. Wir haben auch schon mit andern Sillan darüber gesprochen, und sie sind ganz derselben Meinung gewesen. Sag uns nur, was wir thun sollen! Wir werden dir gehorchen."

„So kann ich mich also auf euch verlassen?"

„Ja. Du sprachst davon, daß dem Aemir-i-Sillan der Säbel schon über dem Haupte schwebe. Kennst du die Zeit?"

„Ja."

„Den Ort?"

„Ja."

„Dürfen wir es wissen?"

„Ich sage es euch, denn ich kenne euch als verschwiegene Männer, denen ich mein Vertrauen schenken kann. Ihr wißt doch, daß an jedem Duschämbä-i-Mäwahjib die Päderan sich alle in der Ruine der Mäjmä-i-Yähud versammeln, um seine Befehle entgegenzunehmen und ihm Rechenschaft abzulegen. In dieser Nacht wird, wenn es mir gelingt, die andern – – –"

Er hielt inne, denn es fiel ein Schuß, und zwar in der Gegend, in welcher ich Halef wußte. Ich erschrak natürlich, denn er mußte sich in Gefahr befunden haben oder noch befinden, sonst hätte er nicht geschossen. Ich mußte ihm zu Hilfe eilen und dachte doch daran, daß ich mich nicht so schnell entfernen könne, ohne Geräusch zu verursachen. Da kam mir aber der Schreck der Perser zu Hilfe. Sie waren, als sie den Schuß hörten, aufgesprungen, ergriffen ihre Flinten und eilten in das Gebüsch, um von einem etwa auf sie schießenden Feinde nicht gesehen zu werden. Das dabei unvermeidliche Rauschen und Knacken der Sträucher gab mir Gelegenheit, mein Versteck unbemerkt zu verlassen. Ich rannte hinter den Büschen unserm Lagerplatze zu. Dort angekommen, sah ich Halef mit erhobenem Gewehre stehen, welches er auf mich richtete, als er mich bemerkte.

„Schieß nicht, Halef!" warnte ich halblaut. „Ich bin es, Warst du es, der geschossen hat?"

„Ja."

„Warum? Auf wen?"

„Es war ein Löwe, Sihdi. Er schlich sich heran, um deinen Assil Ben Rih zu fressen."

„Unsinn!"

„Es ist kein Unsinn. Ich habe ihn ganz deutlich gesehen."

„Wirklich, Halef, wirklich?"

„Ja; es war ein Löwe, ein richtiger, wirklicher Löwe, ein Vater mit dem dicken Kopfe, vor dem ich aber nicht ausgerissen bin!"

Es war immerhin möglich, daß er sich nicht getäuscht hatte. Der Perserlöwe verirrt sich zuweilen auch in die Dschesireh, wie ich aus Erfahrung wußte, und so zog ich die Hölzer aus der Tasche, um schnell das Feuer anzubrennen, wozu wir einen Reiserhaufen mit trockenem Gras schon bereit gehalten hatten. Das Feuer sollte dem Löwen, falls es wirklich einer gewesen war, die Lust zur Wiederkehr verleiden; daß wir dadurch die

Aufmerksamkeit der Perser auf uns lenkten, konnte und mußte mir sehr gleichgültig sein.

Als die hoch emporlodernde Flamme den Platz erleuchtete, ließ ich mir sagen, wo Halef den „Vater mit dem dicken Kopfe“ gesehen hatte. Er deutete mir die Richtung mit der ausgestreckten Hand an und sagte:

„Dort kam er geschlichen; als er mich erblickte, blieb er stehen. Es war ein großer, gewaltiger Abu er Rad. Ich gab ihm die Kugel, und dann war er nicht mehr zu sehen. Ich habe ihn getroffen; das weiß ich ganz genau. Er ist vor Schreck und Angst dahingefahren, denn wo Hadschi Halef Omar steht, der Scheik der Haddedihn, da kann es selbst der stärkste Löwe nicht aushalten!“

Ich nahm meinen schweren Bärentöter schußfertig in die Hand und entfernte mich langsam und vorsichtig in der angedeuteten Richtung. Nach ungefähr vierzig Schritten konnte ich mich überzeugen, daß Halef sich nicht geirrt hatte; er hatte wirklich getroffen – – aber was!

Ich rief ihn zu mir. Er kam herbei und fragte schon von weitem:

„Was soll ich, Effendi? Siehst du etwas?“

„Ja. Hier liegt das Vieh.“

„Also habe ich getroffen?“

„Ja.“

„Tot?“

„Mausetot!“

„Hamdulillah! Ich habe den Gedd el Isman, den schrecklichen Würger der Herden, erlegt. In allen Zelten wird mein Ruhm erschallen, und an allen Lagerplätzen wird man meine Ehre singen!“

„Juble nicht zu früh! Es ist nämlich kein Er, sondern eine Sie.“

„Kein Löwe, sondern eine Löwin?“

„Nein; es ist kein Abu er Rad, sondern eine Omm es Ssanne, die du erschossen hast. Sie hat Hunger gehabt und ist betteln gekommen; du aber bist so unbarmherzig gewesen, ihr anstatt Fleisch eine Kugel zu geben.“

Er hatte mich erreicht und sah das Tier liegen.

„Eine Hyäne!“ rief er beschämt aus. „Allah vergesse diesen Tag! Wie konnte dieses Tier sich für einen Löwen ausgeben? Wie konnte es sich den Schein geben, als ob es ein Vater des Donners sei? Mohammed, der Prophet der Propheten, mag die Seele dieser Hyäne ergreifen und die Lügnerin dahin verdammen, wo der Gestank der Hölle am widerwärtigsten ist!“

„Nicht sie, sondern dein Auge hat dich getäuscht. In der Nacht erscheint alles größer; daran hättest du denken sollen, bevor du schossest!“

„Hasreta – jammerschade! Nun werden die Stimmen, auf welche ich mich freute, in allen Zelten und auf allen Lagerplätzen schweigen!“

„Nein; sie werden nicht schweigen, sondern das Lob des großen Helden verkünden, welcher nicht davonlief, als er die Hyäne für einen Löwen hielt."
„Du willst meiner noch spotten, Sihdi? Das vergrößert die Tiefe meiner Wehmut und verzehnfacht die Verdopplung meines Schmerzes! Ich wollte ein Held sein und bin dadurch zum Sattel geworden, auf welchem dein Hohn spazieren reitet. Meine Söhne werden mich bejammern und meine Töchter mich beklagen; meine Enkel schütteln die Köpfe, und die Nachkommen meiner Urenkel verhüllen vor mir ihre Angesichter! Ich möchte vor Gram sterben, wenn ich nicht am Leben bliebe, und mich vor Scham erschießen, wenn dies nicht ein Selbstmord wäre! Du aber laß deine Stichelreden schweigen, und denke daran, daß es auch für dich möglich ist, einen Löwen zu schießen, der sich, nur um dich zu ärgern, in eine Mutter des Gestankes verwandelt!"
„Nein, daran denke ich nicht, lieber Halef, denn ich weiß, was du nicht zu wissen scheinst, daß die Dunkelheit der Nacht alle Gegenstände vergrößert. Wenn du auch fernerhin vergissest, dies in Betracht zu ziehen, werden deine Augen sich schließlich daran gewöhnen, eine Fingereidechse für ein Krokodil zu halten!"
„Ist dein Zorn denn gar so groß, daß du dich nicht anders vor ihm zu retten vermagst als dadurch, daß du mir Krokodile an den Kopf wirfst? Hat dich der Irrtum meines Auges so schwer beleidigt, daß du mir nicht zu verzeihen vermagst?"
„Von Beleidigung kann keine Rede sein, aber von Verzeihung doch. Du hast einen Fehler begangen, der mich zu dir zurücktrieb, grad als das Gespräch der Perser den höchsten Grad von Interesse für mich gewonnen hatte."
„W'allah! Das bedaure ich! Es ist dir also gelungen, unbemerkt an sie zu kommen?"
„Ja."
„Und sie zu belauschen?"
„Auch das."
„Wer waren sie; was waren sie; woher kommen sie; was wollen sie; wovon haben sie gesprochen?"
„Um das von mir zu hören, hättest du ihr Gespräch nicht durch deinen unglücklichen Schuß unterbrechen sollen. Ich will den Umstand, daß sie nun auf uns aufmerksam gemacht worden sind, gar nicht in Betracht ziehen; aber du hast mich durch deine Unvorsichtigkeit und Schnellfertigkeit, welche dir von deiner Hanneh verboten worden ist, um die Erforschung eines Geheimnisses gebracht, dessen Kenntnis uns für unsere Reise durch Persien wahrscheinlich von Wichtigkeit geworden wäre. Ich kann das nicht bestimmt behaupten, aber ich habe das Gefühl, daß es so ist."
„Sag, Sihdi, welches Geheimnis war es?"
„Eben das kann ich dir nun nicht sagen, weil ich es nicht erfahren habe. Aber komm zum Feuer zurück; wir müssen nachlegen, sonst geht es aus!"
„Wollen wir es nicht der Perser wegen lieber auslöschen, damit sie uns nicht finden?"
„Nein. Nun sie einmal wissen, daß jemand hier ist, mögen sie auch erfahren, daß es Leute sind, von denen sie nichts zu befürchten haben. Wir wollen uns ihnen zeigen."

„Werden aber auch sie sich freundlich gegen uns verhalten?"
„Ich wollte ihnen das Gegenteil nicht raten!"
„Und denkst du, daß sie zu uns kommen?"
„Auf jeden Fall. Sie werden dabei zwar die größte Vorsicht anwenden und uns erst heimlich beobachten, dann aber, wenn sie bemerken, daß wir nur zwei Personen sind, sich unbesorgt uns zeigen. Nach ihrem Verhalten werden wir dann das unsrige richten. Jetzt wollen wir nicht mehr von ihnen, sondern von etwas Gleichgültigem sprechen, denn es ist möglich, daß sie schon in unserer Nähe sind. Wenn ich sie bemerke, werde ich dir ein Zeichen dadurch geben, daß ich meine Hände zusammenlege."
„Wenn wir sprechen, kannst du doch nichts hören!"
„Ja, du würdest sicherlich nichts hören, denn du mußt erst wieder in Uebung kommen; mir aber kann trotz unseres Gespräches kein von ihnen verursachtes Geräusch entgehen; das werde ich dir beweisen."
Wir setzten uns beim Feuer nieder, ich mit dem Rücken gegen das Gebüsch, Halef mir gegenüber.
Es war so, wie ich sagte: es dauerte nicht lange, so konnte ich ihm das Zeichen geben; ich wußte, daß sich hinter mir jemand im Gebüsch befand. Ich hatte weder etwas gesehen noch gehört; es war jenes eigenartige Gefühl, jener undefinierbare sechste Sinn, der sich beim Westmanne nach und nach zu einer Schärfe entwickelt, welche derjenigen des Auges und des Ohres vollständig gleichkommt. Es ist mehr ein Ahnen als ein Empfinden, und doch wieder ist es eine Art von Gefühl, denn es war, als ob von dem hinter mir stehenden Perser ein Fluidum auf mich überginge, ähnlich dem Atomenstrome, welcher einen riechenden Gegenstand mit den Geruchsorganen des Menschen verbindet.
Wir sprachen so unbefangen miteinander, als ob wir keine Ahnung von dem Vorhandensein eines Lauschers hätten, doch hatte ich einen Gesprächsstoff gewählt, welcher nichts über unsere Personen und Absichten erraten ließ. Infolgedessen hörte der Mann uns eine ganze Weile zu, ohne zu erfahren, was er jedenfalls gern wissen wollte. Das machte ihn ungeduldig und trieb ihn aus seinem Verstecke hervor. Er trat aus dem Gebüsch heraus, stellte sich vor uns hin und fragte in einer Weise, als ob er der Gebieter dieses Platzes sei:
„Wer seid ihr, und was wollt ihr hier?"
In der Erwartung, daß wir vor Ueberraschung oder gar vor Schreck sehr bestürzt sein würden, strich er sich wohlgefällig die steifgewichsten Bartzapfen und sah mit erwartungsvollen Augen auf uns nieder. Als wir aber weder uns rührten noch etwas sagten, fuhr er uns an:
„Warum antwortet ihr nicht? Seid ihr blind und taub, daß ihr mich weder zu hören noch zu sehen scheint?"
Da antwortete ich:
„Ja, wir sind allerdings blind und taub, aber nur für solche Leute, welche uns Veranlassung geben, nicht auf sie zu achten."

„Bin damit etwa auch ich gemeint?“
„Ja.“
„Warum?“
„Weil dein Verhalten nicht dasjenige eines Menschen ist, den man zu beachten hat.“
Da rief er höhnisch aus:
„Aefsuhsa – ach, wie schade! Ich scheine also ein Mann zu sein, der für euch gar nicht vorhanden ist?“
„Nicht vorhanden sein sollte,“ verbesserte ich ihn; „denn indem ich mich trotzdem herbeilasse, mit dir zu sprechen, gebe ich dir doch den Beweis, daß ich deine Gegenwart bemerkt habe.“
„Meine Gegenwart bemerkt! Welche Freundlichkeit und Güte! Wie dankbar bin ich dir dafür, daß du so gnädig bist, meine Gegenwart überhaupt zu bemerken! Also eigentlich sollte ich, wie du sagst, für euch gar nicht vorhanden sein! Und ich habe mich doch bisher stets für einen Mann gehalten, welcher nicht nur sehr vorhanden ist, sondern der auch gewohnt ist, überall und von jedem Menschen, so hoch dieser auch stehe, nicht nur bemerkt, sondern auch mit Höflichkeit behandelt zu werden!“
„Da scheinst du dich in einem großen Irrtum befunden zu haben, denn wer Höflichkeit verlangt, muß selbst auch höflich sein.“
„Allah! Soll das ein Vorwurf sein?“
„Nein. Es ist mir ganz und gar gleichgültig, wer, was und wie du bist; aber da du von Höflichkeit sprichst, so hast du mich dadurch darauf aufmerksam gemacht, daß du diese Eigenschaft nicht zu besitzen scheinst.“
Er lachte belustigt auf und fragte:
„Du meinst wohl, daß ich euch hätte grüßen sollen?“
Ich machte eine wegwerfende Handbewegung und antwortete.
„Was man durch Fragen zu erfahren sucht, das weiß und kennt man nicht. Indem du nach dem Gruße fragst, beweisest du, daß dir die einfachste Regel der Höflichkeit vollständig unbekannt ist.“
Da kreuzte er die Hände über der Brust, machte mir eine tiefe, orientalische Verbeugung und sagte im Tone des Spottes:
„Weil du so ein hoher Herr zu sein scheinst, will ich schleunigst nachholen, was ich versäumt habe; also: Aessälam 'aleïkum!“
Ich sagte nichts, sondern nickte nur, und zwar mit einer Miene, als ob ich seine Ironie gar nicht bemerkt hätte. Da fuhr er fort:
„Das scheint dir noch nicht genug zu sein. Ich bitte dich also um die gnädige Erlaubnis, hinzusetzen zu dürfen: Aehwal-i-schärif – wie ist Ihr erlauchtes Befinden?“
Da nahm ich den Ton eines Schulmeisters an, welcher einem Schüler ein Lob erteilt, und sagte:
„So war es wenigstens einigermaßen richtig! Wenn du so glücklich sein wirst, öfters als bisher mit höflichen Leuten in Berührung zu kommen, halte ich es für nicht ganz

unmöglich, daß du dich wenigstens gegen gewöhnliche Leute noch zu benehmen lernst. Die Art und Weise freilich, wie man sich gegen höher gestellte Personen zu verhalten hat, wirst du nie begreifen."

„Bi jahnäm – bei meiner Seele, das hat mir noch kein Mensch gesagt!" brauste er auf.

„So sei froh, daß ich es dir sage! Der Mensch, welcher seine Fehler erkennt, hat damit schon den ersten Schritt zur Besserung gethan, und du scheinst ein Mann zu sein, welcher in Beziehung auf den Umgang mit andern noch sehr viel zu lernen hat."

„Hältst du dich etwa für denjenigen, von dem ich das lernen kann, was mir nach deiner Meinung jetzt noch fehlt?"

„Ja."

„Maschallah! So hat also ein gütiges Wunder mich aus Persien hierher und mit dir zusammengeführt, damit ich Gelegenheit finde, hier im fremden Lande die Lücken meiner ungenügenden Erziehung durch deine Hilfe auszufüllen! Ich ergreife natürlich mit großer Freude diese Gelegenheit und werde mich also zu dir setzen."

Er beugte schon die Kniee, um auf orientalische Weise bei uns Platz zu nehmen; da aber wehrte ich schnell ab:

„Halt! Das würde abermals ein Verstoß gegen die Höflichkeit sein. Habe ich dich eingeladen, uns Gesellschaft zu leisten?"

„Nein. Ich hoffe aber, daß du nichts dagegen hast, denn sonst würdest du es sein, welchem die Höflichkeit mangelt, die ich von dir lernen will."

„Ganz richtig; aber man pflegt nicht Menschen einzuladen, welche man nicht kennt. Wir waren eher hier, als du, und darum bist du, wenn du bei uns bleiben willst, verpflichtet, uns zu sagen, wer und was du bist. Dann wird es sich entscheiden, ob ich deine Anwesenheit begehrenswert für uns finde."

„Bäda – wie schlimm! Es ist also ganz von dir abhängig, ob ich bleiben darf oder nicht?"

„Natürlich!"

„So mußt du ein sehr hochstehender Herr sein, welcher gewohnt ist, nur in der Form des Befehles zu sprechen. Ich lege dir also mein Leben zu Füßen und bitte dich um die große Barmherzigkeit, mir zu erlauben, mich von dem Atem deines Mundes umwehen zu lassen. Hast du einmal den Namen Kaßim Mirza gehört?"

„Nein."

„So sind dir die Verhältnisse meines Vaterlandes vollständig unbekannt. Ich bin dieser berühmte Kaßim Mirza und befinde mich unterwegs, um als Mu tämäd äl Mulk nach Bagdad zu reisen."

„So bist du wohl ein Schahzahdä?"

„Ja."

Das Wort Schahzahdä bedeutet Sohn oder Nachkomme, zuweilen auch Verwandter des Schah von Persien. Der Mann log natürlich; er war weder mit dem Schah verwandt, noch dessen Abgesandter. Ich behielt diese meine Meinung aber für mich und machte nur die Bemerkung:

„Da mußt du eine zahlreiche Begleitung bei dir haben. Wo befinden sich die Krieger und die Diener, welche dich zu beschützen haben?“
„Ich bin selbst ein Krieger und ein Mann und bedarf keines Beschützers. Meine Reise hat unter dem Baldachin der Heimlichkeit zu geschehen, denn es sind mir wichtige Angelegenheiten anvertraut, von denen kein Mensch etwas ahnen darf. Darum habe ich nur zwei Begleiter mitgenommen und einen Weg gewählt, auf welchem ich der Gefahr entgehe, als Schahzahdä erkannt zu werden.“
„Allah akbar! Da hätte sich meine Seele ja in ehrfurchtsvollster Dankbarkeit vor dir zu verbeugen!“
„Siehst du das ein? Aber ich liebe es, gütig zu sein. Du brauchst dich von der Hoheit meiner Abkommenschaft nicht erdrücken zu lassen!“
„Das fällt mir auch gar nicht ein. Ob du der Sohn eines Königs oder eines Bettlers bist, das ist mir vollständig gleichgültig. Wenn ich von Dankbarkeit sprach, so geschah dies nicht aus Ehrfurcht vor deiner Geburt, sondern aus Rücksicht auf die Offenheit, mit welcher du mich erfreust.“
„Offenheit?“
„Ja. Du bist ein Prinz und zugleich ein Abgesandter des Beherrschers von Persien. Das darf niemand wissen, denn deine Reise soll ein ebenso tiefes wie wichtiges Geheimnis sein. Du hast mir dieses Geheimnis dennoch geöffnet. Dies konnte nur geschehen, entweder weil du ein unvorsichtiger Vater der Plauderhaftigkeit bist, oder weil du ein so großes Wohlgefallen an mir gefunden hast, daß du gar nicht anders konntest, als mir dein verschwiegenes Herz zu öffnen. Da nun der Träger so wichtiger Geheimnisse sicher ein sehr verschwiegener Mann ist, so nehme ich an, daß nicht deine Unvorsichtigkeit, sondern dein Wohlwollen mich erleuchtet hat, und nur darum habe ich von Dank gesprochen.“
Er merkte, obgleich ich mich so harmlos wie möglich gab, doch, daß er einen großen Fehler begangen hatte, denn ich sah ihm an, daß er sich Mühe gab, seine Verlegenheit zu verbergen. Er that dies, indem er mir in herablassendem Tone bestätigte:
„Ja, du hast mir gleich gefallen, als ich dich erblickte, und nur aus diesem Grunde bekamst du das zu hören, was eigentlich niemand wissen darf. Aber nun hoffe ich auch, daß du in Anerkennung meiner Freundlichkeit die große Ehre anerkennst, mit welcher meine Gegenwart die Tiefe deines Innern erfüllen muß. Ich werde mich also nun zu euch setzen.“
„Ich habe nichts dagegen; aber darf ich wissen, wo du deine Begleiter gelassen hast?“
„Sie stehen nicht weit von hier und werden gleich erscheinen. Wir hörten euern Schuß und eilten herbei, um euch beizustehen, denn wir sagten uns, daß jemand, welcher schießt, sich in Gefahr befinden müsse.“
Er klatschte in die Hände, worauf seine beiden Kameraden erschienen, die er mit den Worten zum Niedersetzen veranlaßte:

„Diese fremden Männer haben mich, Kaßim Mirza, den Schahzahdä, gebeten, ihren Abend durch unsere Gesellschaft zu verschönern, und Namen und den Titel sagte, war wieder eine Unvorsichtigkeit ich will sie nicht durch die Zurückweisung ihrer Bitte betrüben; laßt euch zu meinen beiden Seiten nieder!"
Sie gehorchten dieser Aufforderung. Daß er ihnen den von ihm, denn dieser Umstand mußte, falls ich nicht schon vorher gewußt hätte, woran ich war, mein Mißtrauen erwecken. Er ließ sie wissen, für wen er sich ausgegeben hatte, damit sie ihn nicht etwa bei seinem richtigen Namen nannten. Mein kleiner Halef hatte bis jetzt noch kein Wort gesagt. Ich sah ihm an, daß er sich ärgerte, und war überzeugt, daß er die nächste beste Gelegenheit ergreifen werde, dieser Mißstimmung Luft zu machen. Er hatte gar nicht lange zu warten; der angebliche Kaßim Mirza kam ihm mit der Bemerkung entgegen.
„Ihr habt erfahren, wer wir sind, und könnt euch denken, daß wir nun auch eure Namen hören möchten."
Da antwortete, ehe ich die Lippen öffnen konnte, der Hadschi schnell:
„Da du der Sohn des berühmtesten Beherrschers bist, nehme ich an, daß du alle Königreiche und Länder der Erde kennst?"
„Ich kenne sie," nickte der Gefragte.
„Auch Ustrali?"
„Ja."
„Und Yängi dunya?"
„Auch das."
„So wisse, daß ich der Schah von Ustrali bin, und dieser erlauchte Herrscher, welcher hier neben mir sitzt, ist der große Sultan von Yängi dunya."
Der Kleine machte dabei ein außerordentlich ernstes, wichtiges Gesicht. Der Perser riß die Augen auf und sah ihn erstaunt an, ohne zunächst ein Wort zu sagen. Er wußte offenbar nicht, was er von dem Hadschi denken sollte. Dieser fuhr in demselben überzeugungsvollen Tone fort:
„Auch wir haben Geheimnisse für Bagdad, Geheimnisse von so großartiger Wichtigkeit, daß wir sie keinem Boten oder Gesandten, nicht einmal einem Schahzahdä anvertrauen könnten. Darum sind wir für kurze Zeit von unsern goldenen Thronen gestiegen und mit der Rah-i-ahän über die großen Meere gefahren, um unsere Briefe selbst zu überbringen."
„Rah-i-ahän?" fragte der Perser, der noch immer nicht wußte, woran er mit Halef war: „Die giebt's ja gar nicht auf dem Meere!"
„Warum nicht? Unsere Herrschermacht ist so groß, daß wir uns gar nicht darum zu bekümmern brauchen, ob es etwas giebt oder nicht. Die Gahrha, welche wir von Zeit zu Zeit brauchten, haben wir auf den Kahläskä-i-Bukhahr geladen und gleich mitgenommen. So oft wir anhalten und aussteigen wollten, wurde schnell einer aufgestellt."
„Auf dem Wasser des Meeres – – –?"

„Ja!"
Da wendete sich der Perser an mich und sagte in mitleidigem Tone:
„Erlaube mir, daß ich dich nicht begreife!"
„Warum?" fragte ich.
„Man macht doch keine Reise in der Gesellschaft eines Mannes, in dessen Kopf der Irrsinn wohnt!"
„Irrsinn? Wie kommst du zu diesem Worte?"
„Wer behauptet, mit der Eisenbahn über das Meer gefahren zu sein und die Bahnhöfe mitgenommen zu haben, dessen Gehirn ist krank!"
„Du irrst. Das Gehirn dieses meines Freundes ist vielleicht gesünder, als das deinige."
„So willst du behaupten, daß er die Wahrheit gesagt habe?"
„Ich behaupte, daß er stets ganz genau weiß, was er sagt."
„Allah erbarme sich! Er ist nicht allein krank, sondern ihr seid beide verrückt!"
Sein Auge ging forschend zwischen mir und Halef hin und her, doch nur für kurze Zeit, denn seine Aufmerksamkeit wurde abgelenkt. Unsere Pferde waren, sich nahe zusammenhaltend und von Busch zu Busch die jungen Zweige fressend, in den Bereich des Feuerscheines gekommen. Der Perser sah sie; er war jedenfalls ein Kenner, denn kaum war sein Blick auf sie gefallen, so sprang er auf und ging hin, die Tiere zu betrachten.
„Was sehe ich!" rief er aus. „Zwei wahnsinnige Menschen haben solche Pferde! Diese Hengste sind unverkäuflich; sie können nicht bezahlt werden! Kommt her! Schaut sie an! Selbst im Stall des Schah-in-schah kann es nichts Edleres geben!"
Diese Aufforderung galt seinen Begleitern. Sie folgten derselben. Die Pferde wurden von allen Seiten betrachtet. Dabei sprachen die drei Männer leise und immer leiser miteinander. Wir thaten, als ob wir das und die sonderbaren Blicke, welche sie auf uns warfen, gar nicht beachteten. Dann kehrten sie zu uns zurück und setzten sich wieder nieder.
„Diese Pferde sind euer Eigentum?" fragte der mit dem Zapfenbarte.
„Ja," antwortete Halef. „Glaubst du, daß Könige auf fremden Pferden reiten?"
„Von wem habt ihr sie?"
„Selbst gezüchtet. Unsere Marställe wimmeln von solchen edlen Tieren."
„Ich sehe hier ein Floß am Ufer liegen. Gehört es euch?"
„Ja."
„Ihr seid also nicht zu Pferde hierher gekommen?"
„O doch!"
„Aber wenn man ein Floß benutzt, reitet man doch nicht!"
„Das denkst du bloß; aber die Beherrscher von Ustrali und Yängi dunya machen das anders. Wir haben die Pferde an das Floß gespannt, uns in den Sattel gesetzt und sind dann so den Tigris herabgeritten."
„Du bist verrückt, wirklich verrückt!"

„Lächerlich! Wie könnte ich ganz Ustrali regieren, wenn ich wahnsinnig wäre!"
„Grad das ist ja deine Verrücktheit, daß du dir einbildest, der Schah von Ustrali zu sein!"
„Dann bist du ganz ebenso verrückt wie ich!"
„Wieso?"
„Weil du dir einbildest, ein Schahzahdä zu sein und Kaßim Mirza zu heißen."
„Das ist keine Einbildung, sondern Wahrheit!"
Da wendete sich Halef mir zu und sagte, indem er den Kopf schüttelte:
„Effendi, hast du so etwas für möglich gehalten? Dieser Mann hält uns für wahnsinnig und muß doch selbst im höchsten Grade verrückt sein, sonst hätte er schon längst begriffen, warum ich uns für Könige ausgebe. Wenn er ein Schahzahdä ist, müssen wir beide wenigstens Beherrscher ganzer Weltteile sein!"
Jetzt erst begann der Perser zu ahnen, daß er eine Ironie für Ernst genommen hatte. Er blitzte den Kleinen mit zornigen Augen an und fragte:
„So hast du also die Absicht gehabt, mich zu verspotten?"
„Ja," lautete die furchtlose Antwort.
Die Hand des „Vaters der Gewürze" zuckte nach dem Gürtel; er zog sie aber wieder zurück und sagte in ruhigerem Tone:
„Eigentlich sollte ich dich züchtigen; aber da fällt mir ein, daß du vielleicht gar nicht weißt, mit wem du redest. Kennst du den Unterschied zwischen Kaßim Mirza und Mirza Kaßim?"
Es muß bemerkt werden, daß das Wort Mirza, wenn es hinter dem Namen steht, so viel wie „Prinz" bedeutet; steht es vor dem Namen – z. B. Mirza Schaffy – so ist es ein Titel, welcher jedem gebildeten Manne zukommt.
„Ich kenne ihn," antwortete Halef.
„Ich heiße nicht Mirza Kaßim, sondern Kaßim Mirza; du hast also einen Prinzen vor dir!"
„Du heißest weder Mirza Kaßim noch Kaßim Mirza, und ich habe also weder einen Prinzen noch einen Mann vor mir, welcher das Wort Mirza vor seinen Namen setzen darf!"
„Allah! Welch eine Beleidigung! Soll ich dir mit der scharf geschliffenen Klinge antworten?"
Jetzt zog er das Messer wirklich aus dem Gürtel. Halef antwortete in ruhigem Tone:
„Laß sie nur stecken, denn ehe du mich mit ihr berühren könntest, würdest du eine Leiche sein!"
„Allah! Glaubst du das in Wirklichkeit?"
„Ja. Siehst du denn nicht, was mein Gefährte da in seiner Hand hält? Du hättest das Messer noch nicht erhoben, so säße seine Kugel dir schon im Kopfe!"
Ich hatte allerdings, als der Perser sein Messer zog, sofort den Revolver in die Hand genommen. Er schob es wieder in die Scheide und sagte in selbstbewußtem Tone:
„Wir würden ja sehen, wer schneller wäre, er oder ich! Ich bin aber bereit, dir zu verzeihen, wenn du mir Abbitte leistest."

„Abbitte?“ lachte Halef. „Hast du es gehört, Effendi, ich soll Abbitte leisten, ich, Hadschi Halef Omar! Hat es jemals einen Menschen gegeben, welcher es unbestraft wagen durfte, eine solche Forderung an mich zu richten?“
„Unbestraft?“ lachte der Perser. „Wer bist du denn, daß du in dieser Weise von dir sprichst?“
„Wer ich bin? Du wirst es hören und darüber erstaunen! Ich bin Hadschi Halef Omar Ben Hadschi Abul Abbas Ibn Hadschi Dawud al Gossarah!“
„Dieser Name ist lang wie eine Schlange, die man mit dem Fuß zertritt. Bist du weiter nichts?“
„Du willst ein vornehmer Perser sein und weißt nicht einmal, daß der, welcher Hadschi Halef Omar heißt, der oberste Scheik der berühmten Haddedihn ist?“
„So! Du bist also ein Haddedihn, meinetwegen auch der Scheik dieses Stammes; ich habe nichts dagegen! Und wer ist dein Kamerad?“
„Der ist noch tausendmal berühmter als ich. Er ist der tapfere, unbesiegbare Emir Hadschi Kara Ben Nemsi Effendi, den alle seine Feinde fürchten.“
„Fürchten?“ fragte der Pädär-i-Baharat, indem er seinen Blick mißtrauisch forschend über mich gleiten ließ. „Du nennst ihn Ben Nemsi?“
„Ja.“
„So stammt er wohl aus dem Lande, welches Aelman genannt wird?“
„Ja.“
„So ist er in Isäwi?“
„Ja.“
Da sprang der Schiit rasch vom Boden auf, spie vor mir aus und rief:
„Bi Khatir-i Khuda – um Gottes willen! Was haben wir gethan! Wir haben neben einem stinkenden Aase gesessen, neben einem Ungläubigen, welcher das Weib Miryäm anbetet und Isa, den Lügner, für einen Gott hält! Allah verfluche euch! Wir haben uns an euch verunreinigt und müssen – – –“
Er kam nicht weiter. Ich war ruhig sitzen geblieben, denn ich wußte, daß Halef an meiner Stelle handeln werde, und gönnte ihm diese Freude; dieser aber war aufgesprungen, legte die Hand an den Gürtel, um die Peitsche loszumachen und donnerte den Beleidiger so an, daß dieser mitten in der Rede inne hielt:
„Schweig, Unverschämter! Was fällt dir ein? Du kannst die Frechheit deiner Worte sehr leicht mit dem Leben zu bezahlen haben! Dieser mein Effendi braucht dich nur ein wenig mit der Hand zu berühren, so kannst du dich als Leiche am Boden liegen sehen! Aber das ist gar nicht nötig; er braucht keinen Finger zu rühren, denn wenn du nur noch ein einziges unrechtes Wort sagst, so hast du es mit mir zu thun!“
Da trat der „Vater der Gewürze“ einen Schritt zurück, ließ sein Auge verächtlich über die Gestalt seines Gegners gleiten, lachte laut auf und antwortete:
„Was sagst du? Du, du willst mich zum Schweigen bringen? Dieser dein Effendi wird mich zu Boden schlagen? Ich würde mich vor zwanzig solcher Kerle, wie ihr seid, nicht

fürchten! Ein solcher Zwerg und Knirps, wie du, kann mich mit einer solchen Drohung nur zum Lachen bringen, denn – – –“

Er konnte auch dieses Mal nicht weitersprechen, und zwar aus einem viel „schlagenderen“ Grunde als vorhin. Halef, welcher überhaupt niemals eine Beleidigung auf sich sitzen ließ, konnte durch nichts in so großen Zorn gebracht werden, als wenn man ihn wegen seiner kleinen Gestalt verspottete. In solchen Fällen pflegte die Strafe schnell wie ein Blitz der That zu folgen; so auch jetzt. Kaum waren die Worte Zwerg und Knirps ausgesprochen, so holte er aus und strich dem Perser die Nilhautpeitsche in einer solchen Weise quer über das Gesicht, daß der Getroffene mit einem überlauten Schrei zurücktaumelte und Mühe hatte, nicht zu Fall zu kommen. Das Gesicht mit den Händen bedeckend, wankte er halb bewußtlos hin und her. Seine beiden Gefährten schnellten von ihren Sitzen auf und zogen die Messer. Halef stand flammenden Auges mit hoch erhobener Peitsche da, und auch ich war natürlich nun aufgestanden, um dem wackern Kleinen beizustehen.

So standen wir uns eine Weile wortlos und doch in sehr beredter Weise gegenüber, bis der Anführer der Gegner die Hände sinken ließ. Ueber dem Peitschenstrich, welcher das ganze Gesicht durchquerte, waren zwei in blöder Wut stierende Augen zu sehen, welche sich auf den Hadschi richteten; die beiden Arme wurden erhoben; die Hände ballten sich zu Fäusten, und dann that der vor Grimm nicht mehr zurechnungsfähige Mann einen Sprung, um Halef zu packen; dieser aber wich gewandt zur Seite aus, versetzte ihm einen zweiten Hieb, welcher quer über die Oberlippe strich und schlug ihm dann den schweren Knopf der Peitsche so in den Nacken, daß er niederstürzte. Halef warf sich sofort auf ihn und nahm ihn mit beiden Händen am Halse fest.

Das war viel schneller geschehen, als man es erzählen kann, so schnell, daß die beiden Untergebenen des Persers keine Zeit gefunden hatten, ihrem Herrn zu Hilfe zu kommen. Jetzt wollten sie es thun und Halef von hinten fassen; aber ich streckte den einen mit meinem bekannten Jagdhieb an die Schläfe besinnungslos nieder und nahm den andern bei der Gurgel, daß er zwar schreien wollte, aber nur ein stöhnendes Röcheln hervorbrachte. Ich zog ihm das Messer und die Pistole aus dem Gürtel, schleuderte beides in das Wasser und warf ihn dann zu Boden, daß er liegen blieb. Da rief mir Halef zu:

„Sihdi, komm her! Du bist mit den Kerlen fertig; dieser aber macht mir zu schaffen; er will in die Höhe.“

„Hol Riemen vom Floß; wir binden sie!“ antwortete ich.

Während ich den Schiiten hielt, folgte er dieser Weisung, und dann dauerte es nicht lange, so waren alle drei an Händen und Füßen gefesselt.

„Was thun wir jetzt?“ fragte Halef. „War es notwendig, sie zu binden?“

„Ja.“

„Hätten wir nicht lieber einen andern Lagerplatz aufsuchen sollen?“

„Wir als Sieger? Fällt mir nicht ein! Auch brauchen wir den Schlaf, und ich habe keine Lust, diesen Menschen auch nur fünf Minuten davon zu opfern. Wollen einmal sehen, was sie einstecken haben!“
„Willst du Beute machen? Das sieht dir doch gar nicht ähnlich, Sihdi!“
„Nein; aber wir erfahren auf diese Weise vielleicht, was dieser angebliche Schahzahdä eigentlich ist.“
Ich hatte noch einen andern Grund dazu, den ich aber dem Hadschi jetzt nicht sagte, weil der „Vater der Gewürze“, welcher nicht, wie seine Gefährten, besinnungslos war, dies gehört hätte. Wir untersuchten erst ihn. Ich hatte die heimliche Hoffnung, irgend etwas zu finden, was mir Aufschluß über seine Geheimnisse geben könne. Wir fanden zunächst nichts als sein Geld und die schon erwähnte Berechnung, aus der aber nichts zu ersehen war. Er hatte mehrere Ringe anstecken, dabei einen goldenen mit einer achteckigen Platte mit arabischen Buchstaben; auch dieser fiel mir jetzt noch nicht auf. Auch bei seinen Gefährten war nichts zu finden, bis ich schließlich nach ihren Fingern sah. Sie hatten ganz dieselben Ringe, nur daß diese bei ihnen von Silber waren. ich zog sie ihnen ab und hielt sie an das Feuer, um die Schrift zu lesen. Ich sah ein sâ mit einem lâm verbunden, über welchem das Verdoppelungszeichen zu sehen war; das ergab das Wort Sill = Schatten.
Jetzt war ich überzeugt, das Gesuchte gefunden zu haben. Diese Ringe waren ohne allen Zweifel Erkennungszeichen, Beweise der Mitgliedschaft irgend einer geheimen Verbrüderung. Ich mußte alle drei haben, aber ohne daß die Perser wußten, daß ich sie behielt. Ich hob also, ohne daß der „Vater der Gewürze“ es sah, drei Steinchen vom Boden auf, nahm sie in die hohle Hand und sagte hierauf laut zu Halef:
„Das sind zwei sehr sonderbare Ringe. Ich will doch sehen, ob der dritte ähnlich ist.“
Hierauf bemächtigte ich mich auch des goldenen, indem ich ihn mit Gewalt von der Hand des vergeblich sich dagegen sträubenden Pädär-i-Baharat zog, betrachtete ihn oberflächlich, als ob es meine Absicht gar nicht sei, das Wort, welches ganz dasselbe war, zu lesen, und erklärte dann dem Hadschi:
„Lieber Halef, das sind Zauberringe, welche jedenfalls noch aus der Zeit Harun al Raschids stammen. Bei uns Christen ist die Zauberei verboten, und so werde ich mir ein Verdienst erwerben, wenn ich diese Chawahtim el Chatija in das Wasser werfe.“
Da rief der Perser zornig aus:
„Diese Ringe gehören uns, nicht dir! Seid ihr Diebe und Räuber? Her damit!“
„Das forderst du vergeblich,“ antwortete ich. „Es ist meine Pflicht, euch von der Zauberei abzuhalten, die euch in das Verderben führt. Die Ringe gehören in das Wasser, wo sie nie wieder zu finden sind. Paß auf! Eins – – zwei – – drei – –!“
Ich warf bei jedem dieser drei Worte ein Steinchen in die Flut. Der Perser hörte sie fallen und war überzeugt, daß es die Ringe seien, denn er sagte nach dem letzten Würfe in höhnischem Tone:

„Glaube ja nicht, daß du dir mit diesem Diebstahl ein Verdienst erworben hast! Es giebt mehr solche Ringe, als du denkst, und wir werden schon in kurzer Zeit wieder welche haben. Mit euch aber rechnen wir ab: das schwöre ich dir bei Ali, dem größten der Kalifen, zu!"
Während ich unbemerkt von ihm die Ringe einsteckte, antwortete ihm Halef, welcher als früherer Anhänger der Sunna nicht hoch von Ali dachte:
„O, schweig von diesem größten der Kalifen! Er hatte einen kahlen Kopf; sein Bart sah aus wie ein weißer Baumwollenwisch, und sein Bauch hing ihm bis auf das Knie herab, denn er war ein Fresser, wie es keinen zweiten gegeben hat, soweit die Erde reicht. Und wenn ihr Schiiten sagt, daß sein heiliger Herrscherberuf aus seiner Liebe und Treue zu Fatimeh, der Tochter des Propheten, erwachsen sei, so sind wir Sunniten besser unterrichtet und wissen, daß diese seine Fatimeh Khanum viel länger am Leben geblieben wäre, wenn sie sich nicht über noch acht andere Frauen und zwanzig Sklavinnen zu Tode geärgert hätte!"
„Allah verdamme deine böse Zunge! Wenn du in meine Hände fällst, werde ich sie dir aus dem Munde schneiden!"
Inzwischen war seinen beiden Untergebenen das Bewußtsein zurückgekehrt; sie verhielten sich ganz ruhig. Um unbesorgt schlafen zu können, mußten wir der Gefangenen vollständig sicher sein; wir banden sie also einzeln, voneinander entfernt, an drei Büsche so fest, daß sie unmöglich loskommen konnten, und zogen uns dann mit unsern Pferden so weit vom Wasser zurück, daß wir, falls die Perser durch irgend einen Zufall losgekommen wären, von ihnen erst nach langem Suchen hätten gefunden werden können. Ihre Waffen, außer denen, die ich in das Wasser geworfen hatte, nahmen wir natürlich mit. Wir legten uns mit unsern Pferden nieder. Als ich dem meinigen die betreffende Sure in das Ohr gesagt hatte, fragte mich Halef:
„Sihdi, du hast ein Geheimnis vor mir. Darf ich es erfahren?"
„Welches Geheimnis meinst du?"
„Als du die Ringe in das Wasser geworfen hattest, stecktest du etwas heimlich ein. Was war das?"
„Das waren die drei Ringe."
„Die kannst du doch nicht einstecken, wenn sie im Wasser liegen!"
„Ich habe sie eben nicht weggeworfen."
„Nicht? Ich hörte sie doch hineinfallen!"
„Das waren Steine."
„Allah! Warum diese Täuschung?"
„Sie galt nicht dir, sondern dem Perser. Er gehört mit seinen Begleitern einer heimlichen Verbindung an; die Ringe sind sehr wahrscheinlich die Zeichen der Mitgliedschaft. Wer weiß, wie weit diese Verbindung verbreitet ist, vielleicht über ganz Persien. Wir aber gehen nach Persien. Verstehst du mich vielleicht?"

„Ich ahne, was du meinst. Du denkst an alles und wendest jede Sache und jedes Ereignis zu deinem Nutzen an. Wir kennen das Zeichen dieses Bundes; das kann uns unter Umständen in Persien von großem Vorteil sein."
„Daß wir dieses Zeichen kennen, ist nicht so wichtig, wie daß wir es auch besitzen. Es kann die Möglichkeit eintreten, daß wir uns mit Hilfe dieser Ringe für Sillan ausgeben."
„Sillan? Was ist das?"
„So nennen sich die Mitglieder. Jedes, einzelne wird Sill genannt. Dieses Wort, Schatten, deutet auf eine geheime Thätigkeit hin, welche jedenfalls keine gesetzliche ist, weil sie das Licht des Tages scheut. Die gewöhnlichen Mitglieder haben silberne, die Vorgesetzten aber goldene Ringe. Wenn ich mich nicht irre, wird der Oberste dieses Geheimbundes Aemir-i-Sillan genannt."
„Sihdi, ich habe einen Gedanken! Sollte es sich um die Sekte der Babi handeln?"
„Das ist möglich. Zwar möchte ich die Babi und die Sillan nicht als gleichbedeutend nehmen, aber es ist nicht unwahrscheinlich, daß die letzteren zu den ersteren gehören. Du weißt genau, was die Babi sind und was sie wollen?"
„Nicht genau. Ich habe nur gehört, daß sie Feinde des Schah sind und von diesem unerbittlich verfolgt werden; warum aber, das ist mir unbekannt. Kannst du es mir sagen, Effendi?"
„Ja. Der Gründer dieser Sekte war der junge Ali Mohammed aus Schiras, welcher sich Bab nannte, weil er lehrte, daß man durch ihn zu Gott gelange. Seine Anhänger glauben, daß der Bab höher als Muhammed stehe, daß es in der Welt nichts Böses, also auch keine Sünde gebe und daß das Gebet nicht unbedingt nötig sei. Sie verbieten den Frauen, sich mit dem Schleier zu verhüllen, und wollen dem Manne nur eine Frau erlauben. Dies alles verstößt gegen die Lehren der Sunna und der Schia. Die weltliche Regierung haben sie sich dadurch zur Feindin gemacht, daß sie neunzehn Oberpriester haben wollen, welche über dem Herrscher stehen sollen."
„Das wird der Schah nie zugeben!"
„Richtig! Nassr-ed-din hat sehr strenge Maßregeln gegen sie ergriffen, welche sich in grausame Verfolgungen verwandelten, als einige Babi ein Attentat gegen das Leben des Schah ausführten. Alle, welche als Anhänger der Sekte erkannt und ergriffen wurden, starben einen qualvollen Martertod; die andern waren gezwungen, scheinbar ihrem Glauben zu entsagen oder sich außerhalb des Landes zu flüchten. Aber im stillen zählt diese Sekte viele, viele tausend Anhänger, welche fest zusammenhalten, sich gegenseitig schützen und helfen, kein Opfer scheuen und, wenn es ihren Glauben gilt, auch vor keinem Verbrechen, und wenn es das schwerste sei, zurückschrecken. Menschen, welche behaupten, daß es keine Sünde gebe, kennen auch den Begriff und das Wort Verbrechen nicht."
„Grad und genau wie so einer kommt mir der Perser vor, dem ich die Peitsche gegeben habe!"

„Mir auch. ich bin überzeugt, daß die Babi der Regierung von Persien noch viel zu schaffen machen werden, wie auch dieser von dir Gezüchtigte uns sehr zu schaffen machen wird, falls unser Weg sich mit dem seinigen wieder einmal kreuzen sollte."

„Meinst du, daß es besser wäre, wenn ich ihn nicht geschlagen hätte?"

„Darüber wollen wir uns jetzt keine Gedanken machen. Es ist geschehen und also nicht zu ändern. Ich ersuche dich aber, mich ein andresmal erst um Erlaubnis zu fragen, ehe du zur Peitsche greifst!"

„Sihdi, das ist nicht möglich! Was sollen die, denen ich die Kurbatsch geben will, von mir denken, wenn ich dich erst bitte, es thun zu dürfen? Ich würde die Hochachtung beleidigen, welche ich und alle Menschen mir, dem berühmten Hadschi Halef Omar, zu zollen haben."

„Du brauchst nicht so zu fragen, daß man es hört. Es genügt ein Blick auf mich, den ich dir auch durch einen Blick beantworte."

„Wirst du diesen Blick aber auch verstehen? Ich weiß nicht, ob der Blick des Prügelns von den andern Arten der Blicke leicht zu unterscheiden ist."

„Ich unterscheide ihn; darauf kannst du dich verlassen."

„Und nun sag- Wirst du die Ringe alle drei behalten?"

„Nein. Einen gebe ich dir; aber du darfst ihn erst dann anstecken, wenn wir uns von den Persern getrennt haben, denn sie sollen nicht wissen, daß wir ihre Ringe noch besitzen."

„Ich bin zufriedengestellt. Allah sei Dank, daß du gekommen bist, mich abzuholen! Mein Leben verfloß in der letzten Zeit wie ein Nest voll Hühnereier."

„Sonderbarer Vergleich!"

„Er ist gar nicht sonderbar. Wie in diesem Neste ein Ei dem andern gleicht, so war in meinem Leben ein Tag dem andern auch vollständig gleich. Ich sehnte mich nach Thaten, fand aber keine Gelegenheit; und wenn es ja einmal eine Gelegenheit gab, so bekam ich keine Erlaubnis dazu."

„Wallah! Hast du um Erlaubnis zu fragen?"

„Ich habe es nicht nötig, aber ich thue es dennoch, denn der Friede im einzelnen Zelte ist ebenso nützlich wie der Friede zwischen den Völkern. Oder fragst du etwa deine Dschanneh nicht, wenn ein Abenteuer dich von ihrer lieblichen Seite fortlocken will?"

An meinem Vaterlande giebt es nicht das, was du Abenteuer nennst."

„Dann sind die Bewohner eurer Oasen zu beklagen! Nun begreife ich, warum du so gern in fremde Länder gehst, und das ist auch gut für mich, denn kaum haben wir unsere Reise erst angetreten, so haben wir schon drei Schiiten gefangen, drei Ringe des Geheimnisses erobert und zwei Hiebe mit der Peitsche ausgeteilt. Die Kraft der Männlichkeit ist wieder in mir munter geworden; die Tapferkeit erwacht in meinem Herzen, und meine Träume führen mir die Siege vor, welche wir miteinander erringen werden."

„Das gönne ich dir, lieber Halef! Und weil man nur im Schlafe träumen kann und dir diese im voraus genommenen Siege so große Freude machen, so kannst du jetzt nichts besseres thun als schlafen. Gute Nacht also!“
„Schon?! O Sihdi, ich hätte mich so gern noch länger mit dir unterhalten. Meine Hanneh …“
„… ist die beste der Frauen und wünscht, daß du von ihr träumst; also schlaf!“ fiel ich ihm in die Rede.
„Und Kara Ben Halef …“
„… ist der beste aller Söhne, und der Traum wird dir ihn vielleicht zeigen; schlaf also!“
„Gut, ich gehorche! Du bist ein Tyrann geworden gegen mich und dich. Deine Dschanneh …“
„… will, daß ich alle Tage richtig ausschlafe; also: Gute Nacht!“
„Sihdi, ich bin gar nicht mit dir einverstanden, werde dir aber trotzdem gehorchen. Ich hätte dir noch viel, sehr viel zu sagen, doch weil du es nicht anders willst, so sage ich nur noch: Gute Nacht!“
Er drehte sich um und gab sich nicht vergeblich Mühe, einzuschlafen, denn es dauerte nicht lange, so hörte ich an seinen regelmäßigen Atemzügen, daß er in den Armen jenes wohlthätigen Gottes lag, welcher von den Beduinen nicht Morpheus, sondern Nohm genannt wird.
Ich fiel gar bald in dieselben Arme, und als ich mich am Morgen ihnen entwand, war es bereits vollständig hell. Halef schlief noch, und ich weckte ihn. Wir führten unsere Pferde nach dem Wasser und sahen nach unseren Gefangenen. Sie hatten sich alle Mühe gegeben, loszukommen, doch vergeblich. Welch einen Anblick bot der „Vater der Gewürze“! Die beiden Schwielen waren dick angeschwollen und dann aufgesprungen. Er hatte jedenfalls nicht geringe Schmerzen auszustehen, und ich will gestehen, daß ich ihn jetzt bedauerte. Später freilich, als ich ihn besser kennen lernte, sah ich ein, daß dieses Mitgefühl sehr überflüssig gewesen war.
Seine Augen waren tief gerötet, und seine Stimme klang heiser zischend, als er mich anfuhr:
„Hund, binde mich los! Wir müssen fort!“
Da ich auf diese Beleidigung schwieg, antwortete Halef an meiner Stelle:
„Wenn du in dieser Weise mit meinem Effendi sprichst, lassen wir euch die Fesseln und ihr werdet hier liegen bleiben, bis ihr verschmachtet!“
„Wir haben euch nichts gethan!“
„Allah scheint dir nicht wohlgesinnt zu sein, da er dir ein so schlechtes Gedächtnis gegeben hat.“
„Was ich sagte, geschah nur, weil ihr mich reiztet. Hättet ihr euch nicht für die Beherrscher von Ustrali und Yängi dunya ausgegeben!“
„Das thaten wir als wohlverdiente Antwort darauf, daß du dich Kaßim Mirza nanntest.“
„Ich heiße wirklich so!“

„Nein!“
„Beweise es, daß mein Name ein anderer ist!“
„Mach dich nicht lächerlich!“
„Wenn ich euch wieder treffe, wirst du mich wohl nicht lächerlich finden!“
„Du drohst uns also? Gut! Wir binden euch also nicht los!“
Er setzte sich zu mir und nahm sein Frühstück zur Hand. Da schlug der Perser einen andern Ton an. Er erklärte, daß er das Geschehene als ungeschehen betrachten wolle, nur möchten wir ihn losbinden, denn er müsse unbedingt fort. Seine Wut war jedenfalls so groß, daß sie gar nicht größer werden konnte. Wenn es ihm trotzdem gelang, sie zu beherrschen, so mußten es sehr zwingende Gründe sein, welche ihn den Fluß abwärts riefen. Ich überließ es Halef, weiter mit ihm zu sprechen. Dieser gab seinen Entschluß dahin kund:
„Du hast uns belogen, beleidigt und beschimpft; darum haben wir dir gezeigt, daß wir Männer sind, welche sich das nicht unbestraft gefallen lassen. Wir haben euch gebunden und nehmen die Riemen nur dann von euch, wenn du die Beleidigungen zurücknimmst, welche du ausgesprochen hast.“
„Ich nehme sie zurück.“
„Und uns um Verzeihung bittest!“
„Ich bitte darum.“
„Und uns versprichst, es nie wieder zu thun!“
„Allah verbrenne dich! Du darfst nicht allzuviel von mir verlangen!“
„Ganz wie du willst. Ihr bleibt also liegen!“
„Beim Barte meiner Ahnen, du bist der grausamste Mensch, den ich gesehen habe!“
„Mein Herz ist so weich und mild wie fließende Butter, wenn man thut, was ich verlange.“
„So stärke mich Allah! Ich werde also thun, was du gesagt hast.“
„Was?“
„Ich verspreche, euch nicht wieder zu beleidigen.“
„Schön! Wir werden dich also losbinden.“
„Aber gleich!“
„Wann und wie wir es thun werden, das kommt auf den berühmten Emir Hadschi Kara Ben Nemsi hier an.“
„Du hast gesagt, du seiest ein Scheik; also hast du wohl zu bestimmen!“
„Der Effendi ist ein noch viel größerer Scheik als ich. Er zählt seine Pferde nach Hunderten, seine Kamele nach Tausenden, und sein Harem wimmelt von schönen Frauen, welche ihm den Pillav und den gebratenen Hammel bereiten. Wende dich also an ihn!“
Das war dem Perser denn doch zu viel. Er schwieg. Ich beeilte mich mit dem Frühstücke und machte mich dann über die Feuerwaffen der Gefangenen her: Ich schoß ihre Pistolen

und Flinten ab – die letzteren mußte Halef von dem Lagerplatze der Perser holen – und warf dann ihre Pulverbeutel in das Wasser.
„O wehe, wehe!“ schrie der Pädär-i-Baharat da auf. „Warum vernichtest du das einzige Pulver, welches wir noch haben?“
Ich antwortete noch immer nicht. Er konnte es sich doch denken, daß ich es aus Vorsicht that; es mußte diesen Leuten die Möglichkeit, auf uns zu schießen, genommen werden, sonst wären wir schon gleich nach ihrer Entlassung nicht vor ihnen sicher gewesen. Als ich in dieser Weise für uns gesorgt hatte, schafften wir die Pferde auf das Floß, auf welchem ich blieb, während ich Halef aufforderte, den Gefangenen, welcher Aftab genannt worden war, loszulassen. Es war das derselbe, dessen Messer und Pistole ich in das Wasser geworfen hatte. Der kleine Hadschi ging zu ihm hin und sagte:
„Du hast gehört, daß ich dich losbinden soll; eigentlich bist du das gar nicht wert; aber ich will Gnade walten lassen und dir die Freiheit wiedergeben. Du kannst dann deine prachtvollen Kameraden befreien, aber ja nicht eher, als bis wir fort sind, sonst bekommst du eine Kugel in den Kopf, hast du das gehört?“
„Ja,“ nickte der Gefragte.
„Und wenn dein Herr, oder was er ist, darüber klagen sollte, daß die wohlthuende Empfindlichkeit seines Gesichtes ihm das Herz mehr als gewöhnlich erquicke, so reibe ihm die beiden Karawanenwege, welche ich quer über sein edles Antlitz gelegt habe, mit Salz und Pfeffer ein; das wird seine Wonne verdoppeln und die holdseligen Gefühle seines Daseins stärken!“
Der Pädär-i-Baharat, weicher diese Worte gehört hatte, wartete, bis Halef sich wieder bei mir auf dem Floß befand, und rief uns dann in grimmigem Tone zu:
„Fahrt in die Hölle, ihr räudigen Anhänger der Zauberei, ihr Räuber und Diebe der Ringe, welche ihr uns abgenommen habt! Hütet euch, uns wieder zu begegnen! Der Tag, an welchem mein Auge euch zum zweitenmal erblickt, wird der letzte eures Lebens sein, denn meine Kugel wird euch die Pforte öffnen, hinter welcher es nur einen Weg giebt, und der führt zur Hölle hinab, wo ihr die Peitschenhiebe mit ewiger Verdammnis bezahlen werdet!“
Es fiel mir nicht ein, ihm eine Antwort zu geben; aber Halef, der stets sprachfertige und redelustige, erwiderte ihm:
„Du warnst uns vor dem Wiedersehen, ich aber freue mich darauf, denn ich habe die sehnsuchtsvolle Steppe deines Gesichtes ausgemessen und dabei gefunden, daß es da Platz für noch mehr solche Kamelpfade giebt. Sobald Allah deinen Weg wieder vor unsere Augen führt, werde ich nicht unterlassen, dir die Seligkeit dieser letzten Nacht durch einige neue Hiebe in das Gedächtnis zurückzurufen. Bis dahin aber denke zuweilen an uns, die wir deine besten und treuesten Freunde sind und sich immer gern an Kaßim Mirza, den erleuchteten Schahzahdä, erinnern werden!“
Während dieser Rede hatte ich das Floß losgebunden; wir stießen vom Ufer und ruderten es hinaus in den Tigris, in dessen Strömung es dann abwärts schwamm. Wir

hatten die hinter uns erschallenden Verwünschungen der Perser bis zum Ausgange der Bucht vernommen. Für heut war ihre Wut eine ohnmächtige; später aber hatten wir uns bei einer etwaigen Wiederbegegnung sehr in acht zu nehmen. Als ich Halef eine darauf bezügliche Bemerkung machte, fragte er:
„Du hältst es also für möglich, daß wir sie wiedersehen?"
„Nicht nur für möglich, sondern sogar für sehr wahrscheinlich."
„Warum?"
„Weil sie auch nach Bagdad wollen."
„Sie kommen dort später an als wir!"
„O nein. Ihr Floß ist kleiner als das unserige, und sie haben sechs Hände zum Rudern, also zwei mehr als wir. Es steht zu erwarten, daß sie uns schon heut überholen."
„Das ist freilich nicht vorteilhaft für uns, denn wenn sie uns überholen, können sie in Bagdad auf uns warten und unsere Ankunft sehen, ohne daß wir es bemerken. Wenn sie uns dann folgen, sind wir in ihre Hände gegeben."
„Du siehst, wie vorsichtig wir sein müssen, aber nicht nur in Bagdad, sondern schon vorher, denn ich bin überzeugt, daß sie uns schon heut beobachten werden. Es handelt sich dabei nicht nur um uns, sondern auch um unsere Pferde."
„Du meinst, daß sie es auch auf diese abgesehen haben?"
„Ist das nicht leicht denkbar? Du hast doch gesehen und gehört, wie entzückt dieser sogenannte Kaßim Mirza von ihnen war. Wenn ihre Rachsucht sie antreibt, sich mit uns zu beschäftigen, so wird sich ihre Habsucht zu gleicher Zeit auf die Pferde richten. Wenn sie sich an uns rächen und dabei in den Besitz so wertvoller Tiere kommen können, haben sie ein doppeltes anstatt ein einfaches Spiel gewonnen. Es versteht sich ganz von selbst, daß sie unterwegs einen solchen Plan viel leichter als in Bagdad ausführen können, und so haben wir heut mehr Veranlassung, als morgen, vorsichtig zu sein."
„Du denkst, daß wir morgen in Bagdad ankommen werden?"
„Morgen mittag, wenn wir nicht durch ein unvorhergesehenes Hindernis aufgehalten werden. Wir werden heut an mehr bewohnten Orten vorüberkommen als bisher; das ist ein Zeichem von der Nähe der Kalifenstadt."
Was ich vermutet hatte, das geschah: Wir hatten kurz nach Mittag das Dorf Syndijeh beinahe erreicht, als wir die Perser hinter uns kommen sahen. Ihr Floß machte eine schnellere Fahrt als das unserige. Der „Vater der Gewürze" saß am Rande desselben und tauchte sehr fleißig die Hände in die Wellen, um sich das brennende Gesicht mit Wasser zu kühlen. Eine Viertelstunde später kamen sie an uns vorüber.
Da stand er auf, streckte beide Fäuste gegen uns aus und rief:
„Hättet ihr uns das Pulver nicht genommen, so wäre es jetzt um euch geschehen; aber wenn ihr uns heut auch entgeht, ich schwöre bei Hassan und bei Hussein, daß der Abgrund des Verderbens für euch offen bleibt!"
Halef brachte es nicht über das Herz, zu dieser Drohung still zu sein; er antwortete hinüber:

„Deine Rede macht uns lachen. Und wenn ihr tausend Zentner Pulver hättet, würden wir uns doch nicht vor euch fürchten. Oder bildest du dir ein, daß nur ihr allein schießen könntet? Wir haben auch Gewehre!“
„Hat es jemals einen Giaur oder einen verfluchten Sohn der Sunna gegeben, welcher schießen und auch treffen kann?“ höhnte er herüber. „In kurzer Zeit werden eure Söhne und Töchter Waisen und eure Weiber Witwen sein. Allah verdamme euch und sie!“
Hanneh eine Witwe, Kara Ben Halef ein Waisenknabe und beide von Allah verdammt, das erboste den kleinen Hadschi so gewaltig, daß er seine Stimme zur größten Stärke erhob, um die Drohung des Feindes zu übertrumpfen:
„Schweig! Du sprichst mit dem Maule der Dummheit und mit der Zunge des Unverstandes. Wenn unsere Gewehre knallen, so werden alle eure Väter, Ahnen, Großväter und Urahnen zu Waisen und alle eure Kinder, Enkel und Nachkommensenkel zu Witwen werden; eure Freunde werden sterben, eure Verwandten und Bekannten werden untergehen, eure Städte und Dörfer aussterben, und das ganze Fars wird ein Schlachtfeld bilden, auf welchem nur noch Witwen und Waisen umherirren, um die von uns Besiegten zu beweinen und die von uns Erschlagenen zu bejammern. Zwischen den Ufern der Ströme wird euer Blut dem Meere entgegenfließen, und die Winde werden die von uns aus ihren Körpern getriebenen Seelen wie Staub durch die Lüfte jagen. Ihr seid ohnmächtige ...“
Hier brach er plötzlich ab, wendete sich zu mir und fügte mit gewöhnlicher Stimme und in bedauerndem Tone hinzu:
„Wie schade, Effendi! Es ist wirklich jammerschade!“
„Was?“
„Daß sie mich nicht mehr hören können; sie sind leider schon zu weit fort!“
„So mach den Mund zu, und sei still!“
„Still? Hätte ich etwa nichts sagen sollen? Bedenke, daß sie mich zum hinterlassenen Gatten meiner Witwe und zum abgeschiedenen Vater meines Waisensohnes machen wollten! Das konnte, das durfte ich mir nicht gefallen lassen! Du weißt, daß ich den Tod nicht fürchte und niemals Angst vor ihm gehabt habe; aber den Vorwurf, daß ich durch meine Sterbestunde Hanneh, die unvergleichlichste der Frauen aller Länder, deine Dschanneh ausgenommen, in eine traurige Witwe verwandle, den kann ich nicht auf mir sitzen lassen; das mußt du einsehen, ohne daß ich es dir zu sagen brauche!“
Der heißblütige, kleine Kerl ahnte gar nicht, zu welchen Uebertreibungen und Unmöglichkeiten er sich durch seinen Zorn hatte hinreißen lassen; er konnte sich in solchen Augenblicken zu ganz ungeheuerlichen Gedanken und Kombinationen versteigen. Als er das Ruder wieder in die Hand genommen hatte, brummte er noch lange vor sich hin; der Witwen- und Waisen-Sturm wollte sich nur langsam in ihm legen.
Dann kamen wir an Sindijeh vorüber und sahen, daß die Perser hier nicht angelegt hatten, ebenso in Saadijeh. Als wir dann am Nachmittage Mansurijeh erreichten, stand

ein Mann mit seinem Weibe am Ufer, welche uns schon von weitem zuwinkten, anzuhalten.
„Sihdi, die wünschen, mitzufahren," sagte Halef. „Kann man verlangen, daß wir uns eine solche Last aufbürden?"
„Verstelle dich nicht," antwortete ich; „dein gutes Herz war doch sogleich entschlossen, die beiden mitzunehmen. Ich kenne dich!"
„Ja, Effendi, du kennst deinen Halef sehr genau. Leuten, welche so arm sind, daß sie nicht einmal einige Ziegenhäute zu einem Kellek besitzen, darf man eine solche Bitte nicht abschlagen. Sie wollen sicher nach Bagdad; ein Mann bringt das wohl fertig; aber von den zarten Füßen eines Weibes darf man keine solche Anstrengung verlangen. Wollen wir hinüberlenken?"
„Ja," antwortete ich, obgleich ich in Beziehung auf die Zartheit der hiesigen Frauenfüße ganz anderer Ansicht war als er.
Als wir uns dem Ufer näherten und da in langsame Bewegung kamen, hörten wir, daß wir richtig vermutet hatten. Der Mann bat uns, ihn und seine Frau mitzunehmen; er könne uns zwar nichts dafür geben, werde aber aus Dankbarkeit für uns beten.
„Es kam vor einer Stunde ein Floß mit drei Personen vorüber," fügte er hinzu. „Wir riefen ihnen unsere Bitte zu; sie nannten uns aber verdammte Sunniten und fuhren weiter. Allah vernichte diese abgefallenen Anhänger der Irrlehre!"
Als unser Kellek das Ufer berührte, stieg das Paar zu uns herüber, dann kehrten wir nach der Mitte des Stromes zurück. Die „zarten" Füße der Frau waren größer als diejenigen des Mannes, ein Umstand, den man bei den Beduinen, selbst den seßhaft gewordenen, sehr oft beobachten kann, weil die Männer fast jeden Weg nur zu Pferde machen.
Die beiden Leute hatten nichts bei sich als ein wenig Proviant, welcher in einen alten Lappen gewickelt war. Der Mann trug keine Waffen. Sie machten zunächst gar keinen üblen Eindruck und waren so bescheiden, sich ganz hinten an dem Rande des Floßes niederzusetzen. Da ich dort ganz in ihrer Nähe das Ruder regierte, konnte ich sie beobachten, ohne daß es auffällig wurde. Da sah ich denn zu meiner Ueberraschung an dem Finger des Mannes genau so einen silbernen Ring, wie ich deren zwei neben dem goldenen in der Tasche hatte; natürlich wußte ich sofort, woran ich war.
Sobald der Lauf des Flusses es erlaubte, das Hintersteuer zu verlassen, ging ich zu Halef nach dem Vorderteile und fragte ihn:
„Wie gefallen dir diese Leute?"
Ich bediente mich, um ja nicht verstanden zu werden, falls eins unserer Worte hinten gehört werden sollte, des Moghreb-Arabisch, welches Halef als von dorther stammend, ganz vorzüglich sprach. Er antwortete in demselben Dialekte:
„Das sind arme Menschen, die uns, außer daß wir sie mitnehmen, jedenfalls ganz gleichgültig sein können. Aber warum fragst du mich in der Sprache meiner Heimat, Sihdi?"

„Um nicht verstanden zu werden. Diese zwei Personen dürfen uns nicht so gleichgiltig sein, wie du denkst; sie haben Böses gegen uns vor."
„Allah! – Wirklich? Wieso Böses?"
„Schau dich nicht um, und sieh sie nicht an; beherrsche dein Gesicht; sie dürfen nicht merken, daß wir von ihnen sprechen. Sie haben nämlich vor, uns an die Perser auszuliefern."
„Maschallah! Hast du einen Grund, ihnen dieses zuzutrauen?"
„Ich traue es ihnen nicht nur zu, sondern ich bin überzeugt, daß sie diese Absicht haben. Der Mann hat nämlich den Ring der Sillan am Finger stecken."
„Ist es kein anderer Ring?"
„Nein. Wie gut, daß ich unsere noch in der Tasche und dir keinen von ihnen gegeben habe! Du hättest ihn wahrscheinlich angesteckt."
„Ja, das hätte ich gethan, Sihdi."
„Dann hätten diese Leute ihn jedenfalls gesehen, und dadurch wäre verraten worden, daß ich sie nicht in das Wasser geworfen habe. Wir werden überhaupt jetzt keinen am Finger tragen."
„Bist du der Ansicht, daß sie mit den Persern gesprochen haben?"
„Ja."
„Da müßten sie diesen bekannt sein!"
„Allerdings. Der „Vater der Gewürze" bekleidet einen höhern Grad; er kennt also wahrscheinlich alle Mitglieder derjenigen Gegenden, die ihm zugewiesen sind oder in denen er zu thun hat."
„Ich dachte, daß es Sillan nur in Persien gebe!"
„Ich nicht. Ich erinnere dich an unsere gestrige Vermutung, daß die Sillan vielleicht mit den Babi in irgend einem Zusammenhange stehen. Als diese infolge des Attentates gegen den Schah so unnachsichtlich verfolgt wurden, flohen Tausende von ihnen unter Mirza Jahja nach Iraq Arabi herüber, wo sie ihren Hauptsitz nach Bagdad verlegten. Von jener Zeit her sind jedenfalls noch viele von ihnen hier vorhanden, wenn sie sich auch nicht öffentlich als Anhänger bekennen, und wenn es wahr ist, daß es eine Beziehung zwischen ihnen und den Sillan giebt, so brauchen wir uns nicht darüber zu wundern, daß wir heut einen hiesigen Sill getroffen haben. Der Perser kennt ihn, ist in Mansurijeh ans Land gegangen und hat ihm eine auf uns bezügliche Instruktion erteilt."
„Welche mag das sein?"
„Wir werden es erfahren. Es ist höchst wichtig für uns, daß der Pädär-i-Baharat eine Unterlassung begangen hat, ohne welche wir höchst wahrscheinlich in die uns gestellte Falle geraten wären. Er hätte dem Manne sagen sollen, daß er uns seinen Ring nicht sehen lassen dürfe, weil ich diese Art von Ringen für Zauberringe halte."
„Das ist richtig, Sihdi, sehr richtig! Dadurch, daß er dies vergessen hat, sind wir gewarnt worden und werden uns hüten, auf die gegen uns gerichteten Absichten einzugehen."
„Da bin ich anderer Meinung als du; ich halte es für geraten, auf sie einzugehen."

„Wirklich? Effendi, ich habe bisher stets geglaubt, daß du niemals eine Unvorsichtigkeit begehst!“
„Das freut mich, lieber Halef, und ich sage dir, daß ich dieser deiner Ueberzeugung Ehre machen werde. Grad die Vorsicht gebietet mir, den Schein anzunehmen, als ob ich mich täuschen lasse. Wenn man weiß, wo sich der Feind befindet und wo man von ihm angegriffen werden soll, hat man schon halb gesiegt. Wenn wir ihm ausweichen und nach Bagdad gehen, wissen wir nicht, wann und wo uns die Gefahr befällt; sie kann uns dort also ganz unvorbereitet treffen; hier aber werden wir sehr genau wissen, woran wir sind.“
„Wie willst du das erfahren?“
„Dieser Sill oder sein Weib wird es mir, ganz ohne es zu beabsichtigen, sagen, und zwar schon heut, denn ich bin überzeugt, daß der Anschlag, welcher jedenfalls gegen uns geplant wird, ausgeführt werden soll, noch ehe wir Bagdad erreichen. Ich vermute sehr, daß wir von den Leuten, welche wir aus Barmherzigkeit mitgenommen haben, in Beziehung auf unser heutiges Nachtlager einen Rat bekommen, dem die Absicht zu Grunde liegt, uns in die Hände der Perser zu liefern.“
„Und diesen Rat willst du befolgen?“
„Ja.“
„Höre, Sihdi, ich bin bereit, jede Gefahr mit dir zu bestehen; aber merke wohl auf! Ich sage, jede Gefahr bestehen, aber ich meine nicht, daß ich darin umkommen will. Du hast ja gehört, was ich vorhin über meine Witwe und meinen Waisenknaben gesagt habe. Ich darf noch nicht sterben, sondern muß mich für diese beiden noch lange, lange aufbewahren, denn was könnten Hanneh und Kara an einem verstorbenen Mann und toten Vater für Freude erleben? Keine, gar keine! Ich hoffe, du siehst ein, daß ich mich den abgeschiedenen Geistern jetzt noch nicht zugesellen darf!“
„Mach dir keine unnötige Sorge! Grad dadurch, daß wir uns in die Gefahr begeben, hört sie für uns auf, eine Gefahr zu sein. Du wirst dich doch nicht vor Menschen fürchten, die deine Peitsche schon gekostet haben!“
„Fürchten? Fällt mir nicht ein! Dieses Wort ist mir vollständig unbekannt. Ein Mensch, welcher sich fürchtet, gleicht einer Flinte, die nicht losgeht, wenn man schießen will, einer Tarabukka, deren Fell zerrissen ist, oder einem Löwen, welcher weder Krallen noch Zähne mehr besitzt; ich aber gehe sofort los, wenn ich gereizt werde; ich bin noch nicht zerrissen worden und habe auch alle meine Zähne noch. Die Perser mögen nur kommen; meine Peitsche ist abermals bereit für sie!“
„Gut! Wir werden also ruhig abwarten, welchen Plan sie gegen uns geschmiedet haben. Wir werden ihn jedenfalls erfahren, sobald wir gegen Abend an das Ufer legen. Laß dir aber nichts gegen diesen Mann und sein Weib merken! Wir müssen ganz freundlich und scheinbar unbefangen sein, damit sie nicht ahnen, daß wir Mißtrauen gegen sie hegen.“
Ich begab mich jetzt nach dem Hinterteile zurück und begann mit den beiden ein Gespräch, bei welchem ich mich so harmlos wie möglich zeigte. Es gelang mir, sie zu

täuschen und zuweilen einen unbewachten Blick aufzufangen, durch welchen sie einander sagten, daß ihrer Ansicht nach ihr Vorhaben sehr gut von statten gehe.
Wir passierten noch Dokhala und einige Dörfer, bis wir die Krümmung hinter Jehultijeh erreichten. Da rief ich Halef zu:
„Paß jetzt nun auf, ob es einen Ort giebt, welcher sich zum Uebernachten eignet! In einer halben Stunde wird die Sonne untergehen."
Was ich nun erwartete, das geschah: Kaum hatte ich diese Aufforderung ausgesprochen, so sagte der Mann aus Mansurijeh:
„Ich höre, daß ihr einen Ort finden wollt, welcher sich zum Schlafen eignet. Effendi, ich kenne einen, denn ich fahre oft nach Bagdad und bleibe stets da, wo ich meine, über Nacht."
„Wo ist das?" fragte ich.
„Am rechten Ufer, gar nicht weit von hier."
„Was ist es für ein Ort?"
„Es ist eine Chuss el Khaßab, in welcher es Platz für wenigstens zehn Personen giebt. Die Wände sind fest gegen den Regen und alle bösen Nebel; es giebt kein Ungeziefer in ihrem Innern; man wohnt unter dem Dache wie in Allahs Schutz, und süße Träume winken jedem, der durch die immer gastlich offene Thüre schreitet."
Wie verlockend das klang! Der Mann wurde ja fast poetisch, um uns diese Falle möglichst als begehrenswert erscheinen zu lassen! Ich that nicht, als ob mir das auffallen müsse, und antwortete:
„Ist Gesträuch in der Nähe?"
„Soviel du willst! Wir brauchen das Feuer bis zum Morgen nicht ausgehen zu lassen, denn es herrscht der Brauch, daß jeder, der da übernachtet, dann früh, ehe er sich entfernt, einige Bündel Holz und Schilf für diejenigen sammelt, welche nach ihm kommen. Wasser zum Trinken giebt der Fluß. Es ist also für alles gesorgt, was nötig ist, den Aufenthalt euch angenehm zu machen."
„Schön! Wir werden also in dieser Hütte übernachten. Sage es uns, wenn wir hinüberlenken sollen!"
Er warf seiner Frau einen Blick der Befriedigung zu. Also sogar Feuermaterial sollten wir vorfinden! Es fiel mir natürlich nicht ein, daran zu glauben, daß jeder Fortgehende in der angegebenen Weise für den Nachfolgenden sorge. Die Perser waren schon längst bei der Hütte angekommen; um uns sehen und beobachten zu können, wünschten sie, daß von uns Feuer gemacht werde, und so hatten sie sich der Mühe unterzogen, das dazu nötige Material für uns zu sammeln. Es war ja möglich, daß wir die Hütte erst nach eingetretener Dunkelheit erreichten; dann war es für uns zu spät, nach Holz zu suchen, und so hatten lieber sie dafür gesorgt, daß unsere Personen ihnen durch ein Feuer sichtbar gemacht wurden.
Der Sill forderte uns schon nach kurzer Zeit auf, nach dem Ufer zu halten. Wir sahen bald darauf die Hütte liegen, und er deutete uns die Stelle an, wo wir landen sollten. Ich

folgte dieser Aufforderung nicht, sondern dirigierte das Floß nach einer andern Stelle, wo das Ufer frei von Büschen und also zu übersehen war. Wenn die vor uns hier angekommenen Perser im Gesträuch steckten, konnten sie uns einfach niederschießen. Ich hatte ihnen zwar ihr Pulver genommen, aber es verstand sich ganz von selbst, daß sie in Mansurijeh darauf bedacht gewesen waren, diesen Verlust zu ersetzen.

„Warum landest du hier und nicht weiter unten bei der Hütte?“ fragte mich der Sill. „Ich habe dir ja die Stelle gezeigt, welche viel passender als diese ist!“

„Der Pferde wegen,“ antwortete ich. „Sie haben von früh bis jetzt stehen müssen und brauchen Bewegung. Wir werden jetzt ein Stück reiten. Geh du mit deinem Weibe einstweilen nach der Hütte. Wir kommen nach, ehe es ganz dunkel wird.“

Wir zogen die Pferde an das Ufer und setzten uns auf. Es ging im Galoppe hinter dem Schilf- und Buschsaume, welcher den Fluß begleitete, auf die Hütte zu, welche vielleicht fünfzig Schritte vom Wasser entfernt stand.

„Warum willst du zu Pferde und nicht mit dem Floß hierher, Sihdi?“ fragte mich Halef.

„Um vor dem Manne und seiner Frau hier zu sein,“ antwortete ich. „Ich suche nach den Spuren der Perser.“

Es genügte, einmal um die Hütte zu reiten, so sah ich die gesuchten Stapfen. Die drei haßerfüllten Menschen waren hier gelandet, hatten sechs große Bündel Brennholz und Schilf gesammelt und sich dann auf ihrem Floße wieder entfernt. Dies hatte nur flußabwärts geschehen können, und so wußte ich, in welcher Richtung sie sich versteckt hielten. Höchst wahrscheinlich waren sie nicht weit fort von hier, und als ebenso sicher war anzunehmen, daß sie eine Uferstelle gewählt hatten, von welcher aus sie unsere Ankunft beobachten konnten. Diese Stelle mußte eine in das Wasser hineinragende sein, und wenn ich dabei die Sehweite des menschlichen Auges in Betracht zog, so war es gar nicht schwer, wenigstens ungefähr zu bestimmen, wo der betreffende Ort zu suchen sei. ihre Aufmerksamkeit war flußaufwärts gerichtet, also mußte ich, wenn ich sie sehen wollte, ohne von ihnen bemerkt zu werden, mich nach einem abwärts von ihnen liegenden Uferpunkt begeben.

Als ich dies meinem Hadschi erklärt hatte, ritten wir nach der angegebenen Richtung einen Halbkreis, welcher uns an den Fluß führte. Dort stiegen wir ab, ließen die Pferde stehen und drangen durch die Büsche bis zum Wasser vor. Da sahen wir aufwärts von uns eine von dem Ufer gebildete Landzunge, an welcher, von der Hütte ab-, uns jetzt aber zugewendet, das Floß der Perser angebunden war; diese drei selbst aber lagen nicht weit davon am Rande des Schilfes und schienen, wie aus ihren Gestikulationen zu sehen war, eine sehr lebhafte Unterhaltung zu führen.

„Sihdi, dein Scharfsinn hat, wie so oft, auch hier ganz genau das Richtige getroffen,“ sagte Halef. „Die Kerle befinden sich grad da, wo du es vermutet hast. Ich möchte am liebsten hingehen und in der Sprache der Peitsche mit ihnen reden.“

„Dazu giebt es jetzt keinen Grund," antwortete ich. „Wenn du in dieser Weise mit ihnen reden willst, müssen wir ihnen beweisen können, daß sie Feindseliges gegen uns vorhaben, und diese Beweise fehlen uns noch."
„Sie fehlen uns nicht. Wir wissen ja, daß sie den Mann und das Weib gewonnen haben, uns ihnen in die Hände zu liefern. Ist das nicht genug?"
„Nein, denn sie würden es ableugnen."
„Das Leugnen ist kein Gegenbeweis!"
„Was wir wissen oder denken, ist bis jetzt nur erst Vermutung. Wir brauchen also Gewißheit, und die werde ich mir holen."
„Wo?"
„Dort, bei ihnen."
„Du willst also hin?"
„Ja."
„Gleich jetzt etwa?"
„Nein, sondern erst dann, wenn es vollständig dunkel geworden ist."
„So willst du sie wie gestern belauschen?"
„Ja."
„Wird es nicht dem Sill und seinem Weibe auffallen, wenn du dich entfernst, ohne daß er einen triftigen Grund dazu ersieht?"
„Er könnte allerdings Mißtrauen schöpfen; darum müssen wir auf eine Ausrede bedacht sein. Der Mann wird erst das Moghreb und dann das Aschia beten. Beim Aschia gehe ich fort. Wenn er dich dann am Schlusse des Gebetes fragt, warum ich mich entfernt habe, sagst du, ich könne als Christ nicht in Gemeinschaft mit Leuten beten, welche Mohammed anrufen. Das ist ein Grund, gegen den er nichts wird einwenden können."
„Davon bin ich überzeugt. Aber es giebt einen Einwand, den ich aussprechen muß, Sihdi."
„Welchen?"
„Wie nun, wenn die Perser nach der Hütte kommen, während du sie suchst und also abwesend bist? Was soll ich da thun?"
„Dieser Fall tritt nicht ein. Ich glaube mich nicht zu irren, wenn ich annehme, daß sie ihr Versteck nicht eher verlassen werden, als bis ihr Verbündeter sie aufgesucht hat, um ihnen Bericht zu erstatten. Wir sind also, solange er nicht bei ihnen gewesen ist, vollständig sicher vor ihnen. Jetzt aber müssen wir zurück, sonst wird es Nacht, ehe wir die Hütte erreichen."
Wir gingen zu den Pferden und schlugen denselben Bogen ein, den wir vorhin geritten waren. Da wir infolgedessen von einer ganz andern Seite anlangten, kam es dem Sill nicht in den Sinn, daß wir am Flusse gewesen waren.
Die Wände der Hütte bestanden aus Schilf und Lehm; sie waren wohl anderthalb Fuß dick und hatten, wie ich bemerkte, eine schadhafte Stelle, durch welche man von außen in das Innere sehen konnte. Der Eingang war mit einer alten Schilfmatte verhängt. Im

Dache gab es ein Loch, durch welches der Rauch abziehen konnte. Das Innere war so groß, wie der Sill gesagt hatte, aber im höchsten Grade schmutzig. Auf die „süßen Träume“, welche nach seinem Ausdrucke uns hier erwarteten, verzichtete ich, denn es verstand sich ganz von selbst, daß wir nicht in diesem Unratstalle, sondern im Freien schlafen würden. Freilich durfte ich das jetzt noch nicht sagen, sondern mußte mich in alle Vorschläge des Mannes fügen, der sich sehr besorgt um unsere Bequemlichkeit zeigte.

Er schichtete in einer Ecke Holz auf, welches später angebrannt werden sollte. Den dicksten Schmutz räumte er zur Seite, um uns eine wenigstens einigermaßen annehmbare Lagerstätte zu ermöglichen; kurz, er that alles, was unter den gegebenen Verhältnissen möglich war, um unser Vertrauen und unsere Anerkennung zu erlangen. Dann, als die Sonne untergegangen war, kniete er mit nach Mekka gerichtetem Gesichte vor der Hütte nieder, um das Moghreb zu beten.

Wir waren freundlich gegen ihn und seine Frau und teilten die Reste unsers Proviantes mit ihnen. Als wir gegessen hatten, war die Zeit des Aschia gekommen, und er machte sich wieder zum Gebete fertig. Da ging ich an ihm vorüber und vom Flusse fort, scheinbar ins Land hinein; aber als er mich nicht mehr hören konnte, verließ ich diese Richtung und wendete mich nach dem Wasser zurück, doch nicht bis ganz an dasselbe, denn es war immerhin möglich, daß die Perser ungeduldig geworden und näher herangekommen waren. Ich hatte mir die Entfernung und die Ufergestaltung genau eingeprägt, dennoch war es nicht leicht, mich so zurechtzufinden, daß ich den Fluß grad da, wo die Landzunge lag, erreichte. Ich fand, daß ich eine Strecke zu kurz oder zu weit gegangen war, und es dauerte dann noch eine ganze Weile, bis ich erkannte, daß ich mein Ziel grad vor mir hatte. Zunächst über diese Irrung und Versäumnis ärgerlich, sah ich sehr bald ein, daß dieser Umweg mir nicht Schaden, sondern Vorteil brachte.

Ich bückte mich nämlich eben nieder, um durch die Büsche zu kriechen, als ich eilige Schritte hinter mir hörte. Schnell schob ich mich in das Gesträuch, und kaum war dies geschehen, so kam der Sill, blieb in kurzer Entfernung von mir stehen und klatschte in die Hände. Als er dieses Zeichen einigemal wiederholt hatte, erklang vom Wasser her die laute Frage:

„Min haida – wer ist da?“

„Safi, der Sill,“ antwortete der Mann.

„Komm her, gerade aus!“

Er schob sich mit solchem Geräusch durch die Büsche, daß ich ihm folgen konnte, ohne gehört zu werden. Die Perser waren aufgesprungen; er stand bei ihnen, und ich lag ganz nahe bei ihnen an der Erde.

„Wir haben dich erst später erwartet,“ sagte der Pädär-i-Baharat. „Steht etwas falsch, daß du so zeitig kommst?“

„Nein,“ antwortete der Mann. „Ich komme schon jetzt, weil die Gelegenheit dazu so günstig ist. Der Giaur, den Allah zermalmen möge, ist nämlich in die Nacht hineingegangen, um sein Gebet zu sprechen. Er scheut sich, das in Gegenwart eines wahren Gläubigen zu thun."

„In die Nacht hinein? Wohin? Doch nicht etwa zufälligerweise hierher?"

„O nein! Er hat sich grad nach der entgegengesetzten Seite gewendet. Dieser Christenhund ist der dümmste Mensch, den ich in meinem Leben gesehen habe. Sein Vertrauen zu mir ist so groß, daß es sich gar nicht vergrößern könnte."

„War er denn gleich erbötig, euch mitzunehmen?"

„Ja, sogleich."

„Das haben wir nur der Klugheit zu verdanken, mit welcher ich dir befahl, dein Weib mitzunehmen. Er ist nicht so dumm, wie du denkst; die Gegenwart der Frau aber hat sein Vertrauen erweckt, denn bei Anschlägen, wie der unserige ist, pflegt man das Weib daheim zu lassen. Hat es dir Mühe gemacht, ihn nach der Hütte zu bringen?"

„Gar nicht; er nahm meinen Vorschlag augenblicklich an. Einen besseren Ort konntest du gar nicht wählen, und ich bewundere den Scharfsinn, mit welchem du berechnet hast, daß wir diese Stelle grad gegen Abend erreichen würden."

„Darüber brauchst du dich nicht zu wundern, denn ein Anführer der Sillan muß natürlich Geschick besitzen. Wo sind die Pferde?"

„Sie grasen jetzt in der Nähe der Hütte. Werdet ihr euch zunächst ihrer versichern?"

„Nein. Haben wir die Männer, so werden die Pferde ganz von selbst unser Eigentum. Ich würde mit diesen beiden Hunden ein schnelles Ende machen, sie einfach erschießen, aber das wäre keine Strafe für die Schmerzen, welche mir der Knirps zugefügt hat; sie sollen mit ihrer eigenen Peitsche geschlagen werden, bis ihre Körper keine Stelle mehr haben, die nicht aufgesprungen ist wie diese beiden Schwielen, welche wie das Feuer der Hölle brennen. Darum muß ich sie lebendig er greifen, und erst dann, wenn sie halb totgeprügelt sind, werden zwei Kugeln mit ihnen ein Ende machen. Wie aber wird es am leichtesten sein, sie zu überwältigen?"

„Jedenfalls dann, wenn sie schlafen."

„Das weiß ich auch; aber wie erfahren wir es, ob sie schlafen oder nicht?"

„Ich hole euch."

„Nein, das darfst du nicht. Deine Entfernung könnte sie aufwecken und mißtrauisch machen."

„So sende ich euch mein Weib."

„Auch das geht nicht, denn schläft sie mit in der Hütte, so muß sie bleiben, und schläft sie im Freien, so weiß sie ja nicht, ob die Fremden noch wach sind oder nicht. Wir müssen ein Zeichen verabreden, welches zuverlässig ist."

„Es giebt kein zuverlässigeres, als das Feuer. Solange es brennt, wachen sie noch; ist es verlöscht, so sind sie eingeschlafen."

„Da hast du recht. Wählen wir also dieses Zeichen. Wir haben sie demnach im Finstern zu überrumpeln. Da müssen wir aber ganz genau wissen, wo sie liegen werden."

„Das weiß ich schon jetzt. Hinten rechts brennt das Feuer; in der Nähe desselben habe ich ihnen das Lager bereitet. Dem Eingange gegenüber werde ich auf euch warten. Ich wache, bis ihr kommt. Ihr dürft nicht aufrecht eintreten, sondern müßt hereinkriechen, einer nach dem andern. Da fasse ich euch bei den Händen und leite euch dahin, wo sie liegen. Was ihr dann thut, geht mich nichts an."

„Und dein Weib?"

„Wird im Freien schlafen. Sie braucht nicht dabei zu sein, und wie dürfte eine Frau in einem Raume schlafen, wo sich fremde Männer befinden!"

„Das ist nur bei den Anhängern der Sunna und Schia, aber nicht bei uns verboten. Deine Vorschläge gefallen mir; ich nehme sie an. Wenn du jetzt fortgegangen bist, werden wir zwei Stunden warten und uns dann in die Nähe der Hütte begeben. Sobald es in derselben dunkel geworden ist, kommen wir hineingekrochen. Hast du uns noch etwas zu sagen?"

„Nein."

„So kehre jetzt zurück, denn eine längere Abwesenheit müßte auffallen. Die Belohnung, welche ich dir versprochen habe, wirst du – – –"

Mehr hörte ich nicht, denn ich hielt es für geraten, mich jetzt zurückzuziehen, und wurde dabei durch das Geräusch unterstützt, mit welchem der Sill sich durch das Gesträuch drängte. Jenseits desselben blieb er stehen, um noch einige Fragen auszusprechen, auf welche er Antworten bekam. Dadurch gewann ich Zeit, mich erst leise fortzuschleichen und dann, als er mich nicht hören konnte, so schnell wie möglich nach der Hütte zu laufen, natürlich in einem Bogen, so daß ich von der andern Seite dort ankam. Und das war gut, denn die Frau stand wartend dort; sie hatte jedenfalls aufzupassen und dem Manne zu sagen, aus welcher Richtung ich zurückgekehrt war.

Drin brannte das Feuer, an welchem Halef saß. Ich trat ein, und sie folgte mir. Indem ich die Abwesenheit ihres Mannes vollständig ignorierte, setzte ich mich zu dem Hadschi und begann ein Gespräch mit ihm. Nun kam der Sill und setzte sich in einiger Entfernung von uns zu seiner Frau. Nach ungefähr einer halben Stunde standen die beiden auf, und er sagte:

„Effendi, wirst du mir erlauben, hier in der Hütte bei euch zu schlafen? Meine Glieder werden zuweilen vom Dah ilmafahßil befallen, wobei die Nebel des Flusses mir schädlich sind."

„Ihr könnt beide bleiben," antwortete ich.

„O nein! Du wirst wissen, daß ein Weib nicht da bleiben darf, wo schlafende Männer sich befinden. Ich werde ihr draußen im Gesträuch einen Harem herrichten, wo sie bis morgen ruhen soll."

„Ja, thue das! Ich werde euch eine Stelle zeigen, welche sich am besten zu einem Harem für sie eignet. Kommt! Auch Hadschi Halef mag mitgehen."

Der Mann sah mich verwundert an, folgte uns aber, ohne ein Wort zu sagen. Auch der Hadschi war still, aber ein schnelles, listiges Blinzeln seiner Augen sagte mir, daß er meinem Verhalten gute Gründe beimesse.

Als wir an den Pferden vorbeikamen, nahm ich meinem Assil den Lasso vom Halse. Halef erriet sofort, welchen Zweck ich dabei verfolgte, und ging nun hinter den beiden, denen ich voranschritt; er beaufsichtigte sie. Als ich mich weiter und immer weiter von der Hütte entfernte, ohne anzuhalten, fragte der Mann:

„Wohin führst du uns, Effendi? Soll der Harem sich nicht in unserer Nähe befinden?"

„Er wird dir viel näher liegen, als du denkst," antwortete ich. „Wir gehen nach unserm Flosse."

„Das ist zu weit, viel zu weit, Effendi!"

„Laß mich nur machen! Ihr werdet mit mir sehr zufrieden sein! Was ich thue, geschieht zu eurem Wohle."

„Inwiefern?"

„Ihr befindet euch in einer großen, sehr großen Gefahr, vor welcher ich euch bewahren will."

„Allah akbar! Welche Gefahr könntest du meinen? Ich habe keine Ahnung, daß uns hier in dieser sichern Gegend ein Unfall treffen könne!"

„Das ist es eben, was die Gefahr für euch verdoppelt, daß ihr nicht die geringste Ahnung von ihr habt!"

„So sag es mir, was es für eine ist! Wir kehren doch wieder nach der Hütte zurück?"

„Natürlich! Wenn auch nicht so schnell, wie du denkst. Komm nur, und folge mir!"

Er machte zwar einigemal Miene, stehen zu bleiben, aber Halef ging ihm so auf die Fersen, daß er weiter mußte. So erreichten wir das Floß. Ich sprang hinüber und forderte sie auf, mir zu folgen. Sie hätten sich gar zu gern geweigert, wagten aber nicht, es zu thun. Als sie dann mit Halef bei mir standen, sagte ich:

„Setzt euch nieder! Ich habe euch etwas Wichtiges mitzuteilen." Sie folgten dieser Aufforderung, und ich fuhr fort: „Ich habe euch hierher geführt, um euch das Leben zu retten. Wenn ihr in der Hütte oder in der Nähe derselben bliebet, würdet ihr gezwungen sein, die Brücke des Todes zu besteigen."

„Maschallah! Wie kannst du solche Worte sprechen! Wer könnte uns mit dem Tod bedrohen?"

„Drei persische Halunken, welche gar nicht weit von der Hütte im Gebüsch stecken und uns in nicht viel über einer Stunde überfallen wollen."

„All – – – all – – – all – – – lah – –!"

Er brachte nichts als diesen auseinandergezogenen Ausruf hervor, so erschrocken war er. Ich sprach weiter:

„Ja, denke dir, wir sollen überfallen und erst halb totgeschlagen und sodann erschossen werden. Hättest du so etwas für möglich gehalten?"

„Nein – – nein – – – nein – –!“ beteuerte er stockend. „Ich halte- – – es auch – – – jetzt noch für – – – unmöglich, für ganz – – – ganz unmöglich!“
„Das thust du, weil du keine Ahnung hast, was für böse und gewissenlose Menschen es giebt. Was ich sage, ist die vollständige Wahrheit. Diese drei Perser wollen, wenn unser Feuer ausgegangen ist, in unsere Hütte kriechen, um uns zu ermorden.“
„Das – – – das – – – kann ich mir – – – ganz, ganz unmöglich denken, Effendi!“
„Das ist auch nicht nötig, denn wenn du nicht denkst, so denke ich an deiner Stelle. Ich denke da zum Beispiel, daß diese Mörder einen Wegweiser haben, der sie zu unserm Lager führen will.“
Jetzt brachte er kein Wort hervor. Ich fuhr fort:
„Dieser niederträchtige Verräter hält mich für einen Christenhund, welcher der dümmste Mensch ist, den er in seinem Leben gesehen hat. Hältst du mich vielleicht auch für so dumm?“
„Ich – – –? O Effendi, welche Frage! Ich weiß gar nicht, was ich dazu sagen soll! Wer dich für dumm hält, der- – – der – – – der – – – –“
„Der ist selber ganz gewaltig und ganz unheilbar dumm, nicht wahr? Und doch hat dieser Mensch sich eingebildet, daß ich mich von ihm täuschen lasse! Er ist mit seinem Weibe auf unser Floß gekommen, um uns hier nach der Hütte zu locken. Obgleich ich ihn sofort durchschaute, glaubte er, mein ganzes Vertrauen zu besitzen. Er bat mich, bei der Hütte anzulegen; ich that es nicht, sondern ich steuerte das Floß hierher nach dieser Stelle. Da hätte er sich doch sagen sollen, daß er sich in Beziehung auf mein Vertrauen geirrt habe. Nicht?“
„Ja, Effendi – – – ja!“
„Er sagte sich das aber nicht; er war dazu zu dumm. In dieser Dummheit suchte er nach dem Aschia die Perser auf, um mit ihnen zu besprechen, wann und wie wir überfallen werden sollen. Wunderst du dich nicht darüber, daß ich das alles so genau weiß?“
„Effendi, ich – – – ich – – – ich bin noch immer so erschrocken, daß mir fast die Sprache mangelt.“
„Worüber bist du denn erschrocken? Ueber die Absicht der Mörder?“
„Ja.“
„Oder darüber, daß ich alles weiß?“
„Ja, darüber auch, oder – – – nein, nein, darüber nicht, gar nicht.“
„Kannst du dir vielleicht denken, weshalb ich mit dem Floß so weit von der Hütte gelandet bin?“
„Nein.“
„So will ich es dir sagen. Das Floß hier ist bestimmt, diesen Verräter und sein Weib so lange festzuhalten, bis ich mit den Mördern fertig geworden bin. Ich werde beide hier festbinden, und zwar so, daß sie bei dem geringsten Versuche, loszukommen, in das Wasser fallen und ertrinken müssen.“

„O Allah, Allah, Allah! Du sprichst von Mördern und einem Verräter. Wenn ich nur wüßte, was – – – wer – – – wer – – –"
„Wer dieser Verräter ist? Glaubst du denn wirklich, daß ich dir es sage? Das ist denn doch wohl nicht notwendig. Willst du mir nicht vielleicht gestehen, wer es ist?"
„Wer – – wer – – o Effendi, ich weiß von nichts, von gar nichts! Ich schwöre dir beim – – "
„Sei still! Dein Schwur gilt bei mir gar nicht mehr, als eine Lüge gelten kann. Du weißt ganz genau, daß ich keinen andern Menschen als nur dich meine. Und nun höre, was ich dir jetzt sage! Schau dieses Messer in meiner Hand, und sieh, daß Hadschi Halef das seinige auch gezogen hat. Leben gegen Leben, Blut für Blut! Das ist das Gesetz der Wüste; ich will aber barmherzig gegen euch sein. Ich sehe, daß du ein Feigling bist, und mit einem Weibe rechne ich nicht. Wenn ihr mir gehorcht, wird euch nichts geschehen, und ihr seid morgen wieder frei; weigert ihr euch aber, so bekommt ihr unsre Klingen augenblicklich zu fühlen. Steht jetzt beide auf!"
Der Ton, in welchem ich diesen Befehl aussprach, war ein solcher, daß der Mann sich schnell erhob; die Frau folgte diesem Beispiele. Sie hatte bis jetzt kein Wort gesagt und ließ auch fernerhin nicht eine Silbe hören.
„Stellt euch mit den Rücken aneinander, und laßt die Arme herunterhängen!"
Sie gehorchten auch jetzt, doch nicht so schnell, wie Halef es wünschte. Er schob sie kräftig zusammen und sagte:
„Macht nicht so langsam, denn wir haben keine Zeit! Bleibt so stehen und rührt euch nicht, sonst stoße ich euch das Messer augenblicklich in die Herzen! Ich bin Hadschi Halef Omar, der oberste Scheik der Haddedihn, und habe keine Lust, euch lange zu bitten, uns schnell zu gehorchen."
Er setzte dem Manne das Messer auf die Brust; da jammerte dieser:
„Nicht stechen, ja nicht stechen! Wir gehorchen gern!"
„Feiger Kerl! Die Niederträchtigkeit und der Verrat sind aber immer feig! Hier, das gehört dir, weiter nichts!"
Er spie ihn an. Ich entrollte den Lasso, den wir von oben bis unten so fest um die beiden wanden, daß sie kein Glied bewegen konnten und ein Bündel bildeten, welches wir erst auf das Floß niederlegten und dann am Rande desselben in der Weise anbanden, daß ihnen nur eine Umdrehung nach der Wasserseite möglich war. Wenn sie nicht still lagen, fielen sie in den Fluß und mußten ertrinken.
„So, jetzt seid ihr uns sicher," sagte ich. „Bleibt ihr ruhig liegen, und verhaltet ihr euch still, so binden wir euch wieder los und lassen euch laufen. Ruft ihr aber etwa um Hilfe oder werdet irgendwie so laut, daß euch die Perser hören, so werfen wir euch in das Wasser!"
„Ja, das thun wir unbedingt!" bekräftigte der kleine Hadschi. „So widerliche Geschöpfe, wie ihr seid, müssen unbedingt ersäuft und von den Saratin gefressen werden, damit ihre

Seelen, wenn man sie kocht, in den Schalen vor Schande erröten! Also gebt ja keinen Laut von euch, sonst ist's um euch geschehen!“

„Wir werden still sein, ganz still!“ versicherte der Mann.

„Das rate ich euch, denn wenn ihr nicht gehorcht, so kenne ich kein Erbarmen. Danke Allah, daß du jetzt mit der Gefährtin deiner Tage und deiner Schlechtigkeiten im schönsten Harem liegst, welches sich für euch denken läßt! Seid klug und weise, und genießt in tiefster Schweigsamkeit die Behaglichkeiten eurer gegenwärtigen Wohnung, bis wir wiederkommen. Haltet treu zusammen, und zankt euch nicht, denn der Streit zwischen Mann und Weib ermüdet die Zungen und beschleunigt die Vermehrung der Magenkrankheiten! Ich verlasse euch mit Wehmut und hoffe, euch fröhlich wiederzusehen!“

Wir sprangen wieder an das Ufer und kehrten nach der Hütte zurück, wo wir grad noch zur rechten Zeit ankamen, um das fast verlöschte Feuer wieder anzufachen. Wir verhängten zunächst die schadhafte Stelle in der Wand mit Halefs Haïk, damit niemand uns von draußen sehen könne, und dann erzählte ich dem Hadschi, was ich bei den Persern gehört hatte.

„Also hereinkommen werden sie?“ fragte er. „Um uns im Schlafe zu überfallen? Meinst du, daß wir uns schlafend stellen, Effendi?“

„Nein; das könnte gefährlich für uns werden. Sie kommen nicht zugleich, sondern einer nach dem andern. Sowie sie kommen, werden sie von uns empfangen.“

„Aber mit dem bekannten, freundlichen Ahlan wasahlan, welches in deinen Fäusten wohnt. Nicht wahr, Sihdi?“

„Ja.“

„Du giebst ihnen die Hiebe, und ich binde sie. Ich habe wegen einer etwaigen Reparatur des Floßes Riemen mitgenommen; wir haben also, was wir brauchen, um die Glieder unserer persischen Freunde mit Innigkeit und Liebe zu umschlingen. O Effendi, du hattest recht, als du sagtest, daß es besser sei, der Gefahr entgegen als ihr aus dem Weg zu gehen. Ich freue mich von ganzem Herzen auf den Augenblick, an welchem die Köpfe der Mörder erscheinen, um von dir geklopft zu werden! Wie lange wird das wohl noch dauern?“

„In einer halben Stunde lassen wir das Feuer ausgehen; dann können wir sie für jeden Augenblick erwarten.“

„So spät? Ich werde mir die Riemen schon jetzt zurechtlegen.“

„Das hat noch Zeit. Du stellst dich dort an die Wand; ich empfange an Stelle des Sill die Perser, gebe ihnen die Hand, wie es ausgemacht worden ist, führe sie dir zu und sorge dafür, daß sie, wenigstens die beiden ersten, nicht laut werden können. Mit dem dritten und letzten brauche ich nicht so vorsichtig zu sein. Sobald ich ihn festhabe, sorgst du dafür, daß das Feuer schnell wieder zum Brennen kommt. Jetzt wollen wir still sein, denn es ist nicht ausgeschlossen, daß sie Langeweile empfinden und darum ihr Versteck eher verlassen, als sie sich vorgenommen haben. In diesem Falle müssen wir mit dem Umstande rechnen, daß sie draußen horchen."

„Oh, sie werden noch viel mehr horchen, wenn dann später meine Peitsche das Zwiegespräch mit ihnen beginnt!"

„Willst du wieder hauen?"

„Was sonst, Sihdi? Ich kenne dich. Sie wollen uns töten und vorher halb totschlagen. Eigentlich müßten wir sie erschießen, und das würde auch ganz richtig sein, denn Menschen, welche wie Raubtiere nach Blut lechzen, müssen als Raubtiere behandelt werden. Du wirst dich aber nicht nach dem Gesetze der Wüste rächen, sondern sie begnadigen. Aber ohne alle Strafe dürfen Mörder nicht entkommen. Sie wollen uns erst schlagen und dann ermorden. Nun wohl, ich werde sie auch begnadigen, nämlich zur Peitsche; das Leben schenke ich ihnen. Bist du damit einverstanden?"

„Das kann ich jetzt noch nicht sagen. Was ich thun werde, hängt von ihrem Verhalten ab. Du sprichst überhaupt so sicher, als ob wir sie schon festgenommen hätten. Es kann uns das auch mißlingen."

„Mißlingen? Uns? Ganz unmöglich! Wir sitzen hier wie zwei Löwen in der Höhle; wer sich hereinwagt, wird gefressen; das ist so sicher und gewiß, daß etwas anderes gar nicht eintreten kann!"

Ich hörte es gar nicht ungern, daß der kleine Kerl so zuversichtlich war. Wer an sich selbst zweifelt, der kann auch nicht an das Gelingen seiner Absichten glauben, und besonders in Lagen, wie die unsrige eine war, ist eine gute Portion Selbstvertrauen mehr als sonstwo wert.

Wir saßen jetzt still und lauschten. Es war nichts als zuweilen das Gluchzen des Wassers zu hören, wenn sich eine einzelne Welle am Ufer verfing. So verfloß die halbe Stunde, und wir löschten das Feuer aus, nachdem wir ganz trockenes Schilf und Streichhölzer zurechtgelegt hatten, um schnell wieder anzünden zu können.

Ich setzte mich in die Nähe der Thür, und Halef nahm die Stelle ein, welche ich ihm angegeben hatte. Um uns beide war mir gar nicht bange; wenn ich eine Sorge hegte, so war es die, ob der Sill mit seiner Frau sich ruhig verhalten würde. Ein Ruf von ihm oder ihr konnte unsern Plan zu Schanden machen.

Unsere Gehörnerven waren in der Weise angespannt, daß ich ein Geräusch von leisen, leisen Schritten ganz deutlich vernahm, obgleich die betreffenden Personen sich noch ziemlich weit von der Hütte befanden.

„Halef, sie kommen," flüsterte ich.

„Ganz recht; ich habe die Riemen schon längst bereit," antwortete er.

Die Schritte näherten sich und hielten draußen an. Die Perser waren jedenfalls überzeugt, ganz unhörbar aufzutreten. Nun richtete ich mich halb auf und beobachtete die Thürmatte, welche sich nach kurzer Zeit bewegte; es entstand eine Oeffnung, welche ich gegen den Himmel ganz deutlich sehen konnte. Es kam jemand hereingekrochen und richtete sich im Innern auf. Jetzt erhob ich mich vollends und nahm den Betreffenden bei der Hand.

„Sill?“ fragte er fast unhörbar leise.

„Sill,“ antwortete ich und zog ihn einige Schritte von der Thür fort, zu Halef hin.

Dann preßte ich ihm die linke Hand um die Kehle und gab ihm mit der rechten zwei Hiebe an die Schläfe. Es war nichts als ein seufzender Hauch zu hören; dann sank die Gestalt in meinen Händen zur Erde nieder.

„Halef, hier der erste – binden!“ flüsterte ich; dann huschte ich wieder an die Thür.

Der zweite kam; er fragte nicht, wurde von dem Eingange weggeführt und bekam zwei Hiebe mit demselben Erfolge. Beim dritten brauchte ich nicht so vorsichtig zu sein. Als er hereingekommen war und sich aufgerichtet hatte, riß ich ihn von hinten nieder, kniete auf ihn und hielt ihm die Arme fest. Er war so erschrocken, daß er sich gar nicht wehrte.

„Halef, Feuer!“

„Gleich, Sihdi!“ antwortete der Kleine jetzt laut. „Hast du ihn fest?“

„Ja.“

„Warte nur einen Augenblick, dann komme ich hin.“

Das Hölzchen flammte auf und setzte das Schilf in Brand; die Ueberreste von vorhin fingen schnell Feuer; der Raum war hell erleuchtet. Der „Vater der Gewürze“ lag ganz, der andre erst halb gebunden am Boden; der, welchen ich festhielt, war Aftab. Als er sah, wer ich war, stieß er einen Fluch aus und versuchte, sich loszumachen. Halef bemerkte das, sprang herbei und sagte:

„Wollen erst diesen binden, weil er lebendig ist; die andern beiden sind besinnungslos, wenn du sie nicht gar erschlagen hast. Sihdi, lieber Sihdi, das ist so leicht, so prächtig gegangen, daß ich gleich wieder von vorn beginnen möchte. Wären doch Zeugen unseres Sieges hier, meine Hanneh, der Ausbund aller Lieblichkeit, und deine Dschanneh, welche nur mit der Lieblingsfrau des Sultans zu vergleichen ist! Sie würden die Preisgesänge des Sieges anstimmen und die Loblieder unserer unvergleichlichen Tapferkeit!“

„Laß sie zu Hause singen; hier brauchen wir keine Lieder! Wirf die Kerle dort in die Ecke; dann wechseln wir zweistündlich im Schlafen und im Wachen miteinander ab!“

„Und die Prügel, welche sie bekommen sollen?“

„Davon sprechen wir morgen früh.“

„Und der Sill mit seiner Frau?“

„Die bleiben während der ganzen Nacht auf dem Floße liegen; das soll ihre Strafe sein; dann mögen sie laufen. Wir müssen schlafen, und weil dies nur abwechselnd geschehen kann, wollen wir keine Zeit verlieren. Uns mit den Gefangenen zu beschäftigen, ist noch Zeit, wenn es Tag geworden ist. Wer soll die erste Wache haben?“

„Ich, Sihdi, ich! Ich muß unbedingt sehen, was die zwei Bewußtlosen für Augen machen, wenn sie beim Erwachen bemerken, daß sie uns weder geprügelt noch totgeschossen haben. Sie werden vor Scham erglühen und vor Schande wieder erbleichen. Der Zorn wird ihr Herz zerfressen und der Aerger ihre Lebern und Lungen zerstören. Ihre Nieren werden vor Grimm zerplatzen und in allen ihren Eingeweiden wird – – halt, wo willst du hin?“

„Hinaus. Ich schlafe draußen. Halte du hier deine Reden weiter!“

„O Sihdi, was bist du doch für ein sonderbarer Mensch! Wer nach einem solchen Siege gleich zu schlafen vermag, der sollte überhaupt nie einen Kampf gewinnen. Der Schlaf ist der Mörder des Ruhmes und das Ende jedes Ehrbegriffes. Im Schlafe ist der tapferste Mensch ein fauler – – –“

Weiter hörte ich ihn nicht, denn ich ließ die Thürmatte hinter mir niederfallen und ging zu meinem Pferde, welches in der Nähe der Hütte lag und auf mich gewartet hatte. Es begrüßte mich mit einem leisen, glücklichen Schnauben und bekam die gewohnte Sure in das Ohr gesagt. Dann dauerte es nicht lange, so war ich eingeschlafen und wachte nicht auf, bis mich Halef nach zwei Stunden weckte.

„Erhebe dich, Effendi!“ sagte er. „Meine Zeit ist um, und ich will versuchen, ob die Gestalten meines Traumes den Ruhm kennen, den wir heut im Wachen errungen haben.“

„Wie steht es mit den Persern?“ fragte ich, indem ich aufstand.

„Ihr Verstand ist ihnen wiedergekehrt, aber dennoch haben sie sich sehr unverständig benommen.“

„Wieso?“

„Sie geben nicht zu, daß wir über alle Helden der Erde erhaben sind und daß unsere Klugheit und Tapferkeit von keinem andern Menschen erreicht werden kann.“

„Ah! Du scheinst ihnen einige große Reden gehalten zu haben?“

„Ja, das habe ich gethan. Bist du etwa nicht damit einverstanden?“

„Nein, gar nicht. Du hättest schweigen sollen.“

„Schweigen? O Effendi, du hast keinen Begriff von der Gabe der Rede, welche mir verliehen worden ist! Darf ich schweigen, wenn diese Gabe mir die Lippen öffnet? Kann ich die Worte, welche mir wie junge Löwen von der Zunge springen, hinunterschlucken und mir damit die gesunde Verdauung meines Magens verderben? Wenn diese drei Männer sich für kühner und weiser halten, als wir beide sind, so kann es mir doch unmöglich einfallen, im dicken Brei der Sprachlosigkeit zu ersticken, sondern ich bin gezwungen, ihnen zu beweisen, daß der Glaube an ihre Vortrefflichkeit einem Läufer gleicht, welcher Sand in den Schuhen hat, oder einer Großmutter, welche ohne Enkelkinder durch das Leben gegangen ist! Glaube mir, lieber Sihdi, ich verstehe mich auf die Notwendigkeit der Sprachorgane viel, viel besser als du, und ich hoffe, daß du das anerkennst, indem du mich nicht zum Schweigen verurteilst, wenn ich das Sprechen für notwendig halte!“

Wenn der kleine Hadschi jetzt, zu mir, in dieser Weise sprach, welche Reden mußte er da erst den Persern gehalten haben! Ich kühlte seine Hitze durch die kurze Bemerkung ab:

„Schweigen ist Gold; Reden ist Silber, oft auch bloß nur Eisenblech. Leg dich nieder, und schlaf! Ich werde dich nach zwei Stunden wecken."

Er ging zu seinem Pferde, und während ich mich nach der Hütte wendete, hörte ich ihn noch klagen:

„So haben zuweilen sonst ganz vernünftige Menschen Ansichten, welche selbst der hellste Verstand ganz unmöglich begreifen kann! Allah allein weiß, warum dies so und nicht anders ist!"

Als ich zu den Persern kam, sah ich bei dem Scheine des Feuers ihre Augen mit haßerfüllten Blicken auf mich gerichtet. Der „Vater der Gewürze" war so frech, mich anzudonnern:

„Endlich lässest du dich sehen! Wo hast du gesteckt? Ich erwarte, daß du uns augenblicklich wieder losbindest!"

Ich antwortete ihm kein Wort, warf neues Holz in das Feuer und ging hinaus, um mich an der Stelle der Wand niederzusetzen, wo sie innen lagen und ich ihre Bewegungen und Worte hören konnte.

„Dieser Hund ist taub für meine Reden," knirschte er. „Sie haben gewußt, daß wir kommen wollten. Safi hat uns nicht verraten; das weiß ich ganz genau. Wo mag er mit seinem Weibe stecken? Wahrscheinlich liegen sie irgendwo, grad so gebunden wie wir. Ich möchte wissen, auf welche Weise dieser Giaur unsern Plan erraten konnte!"

Hierauf sprachen sie leiser miteinander, so daß ich nichts verstehen konnte. So oft ich hineinging, um dem Feuer Nahrung zu geben, bekam ich Grobheiten zu hören, ohne daß ich ein Wort darauf erwiderte. Als meine Zeit vorüber war, schlief Halef so schön, daß ich es nicht über mich brachte, ihn zu wecken. Ich hielt Wache bis zum frühen Morgen; da wachte er von selbst auf und machte mir Vorwürfe, daß ich ihn hatte schlafen lassen.

„Du hast gewiß gedacht," sagte er, „daß ich diese Männer wieder von der Gewandtheit meiner Rede überzeugen würde. Das hätte ich aber nicht gethan, denn dein „Eisenblech" hat mir alle Lust benommen, die Mörder mit den Vorzügen meines Geistes zu beleuchten. Dafür aber hoffe ich, ihnen nicht durch Worte, sondern durch die That beweisen zu dürfen, daß die Pfiffigkeit meiner Peitsche himmelhoch über ihrer berühmten Klugheit steht. Du wirst damit wohl einverstanden sein, Effendi. Nicht?"

„In diesem Falle allerdings. Du weißt, daß ich, selbst wenn es sich um einen gefährlichen, rücksichtslosen Feind handelt, gegen alle Quälereien bin; hier aber gehört uns nach den Gesetzen der Wüste das Leben dieser Menschen, und wenn ich es ihnen schenke, so sollen und dürfen sie doch nicht ganz straflos ausgehen."

„Allah sei Dank, daß er dich mit dieser prachtvollen Einsicht hell erleuchtet hat! Strafe muß sein, und ich bin ganz glücklich darüber, daß du meiner treuen Kurbadsch gestattest, mit wonnevoller Liebe zu untersuchen, welchen Grad von Dickheit ein Schiitenfell besitzt."

Der liebe Kleine schwang seine Peitsche gar zu gern. Mir widerstrebten derartige Exekutionen, und es ließ sich auch nicht mit meiner Ansicht über die Würde eines

Scheikes der Haddedihn vereinigen, ihm die Ausführung derselben zu übergeben; darum antwortete ich:

„Sie sollen allerdings die Peitsche bekommen, doch hoffe ich, daß du nicht die Absicht hast, das Amt des Henkers selbst zu übernehmen."

„Warum nicht, Sihdi?"

„Weil es keine Ehre ist, einen Menschen, der sich nicht verteidigen kann, zu schlagen, selbst wenn er die Strafe verdient hat."

„Hm!" meinte er nachdenklich; „zu rühmen braucht man sich dessen allerdings nicht; das ist wahr; aber eine Schande ist es auch nicht."

„Was das betrifft, so giebt es Völker, bei denen die Henker so verachtet waren, daß kein ehrlicher Mann mit ihnen verkehrte, und wo dies im Laufe der Zeiten anders geworden ist, hält man doch wenigstens an der Meinung fest, daß es sich für den Richter nicht schickt, sein Urteil mit eigenen Händen auszuführen."

„Das geht mich gar nichts an, gar nichts! Der Richter bist ja du, Sihdi, und ich, nun, du weißt ja, welche Wonne es für mich ist, die Länge meines Armes und die Innigkeit meines Glückes durch die Peitsche zu vergrößern. Ja, wenn ich der Richter wäre, würde ich es allerdings nicht thun."

„Du bist ja mehr, viel mehr als ein Richter; du stehst hoch erhaben über ihm!"

„Ich? Wieso" fragte er verwundert. „Ich ahne, daß du mich durch irgend eine deiner Pfiffigkeiten um den herzerquickenden Genuß bringen willst, auf den sich meine ganze Seele freut."

„Es ist keine Pfiffigkeit, sondern ein sehr ernstes Bedenken, von der Achtung und Freundschaft eingegeben, die ich für dich empfinde, lieber Halef."

Sein Gesicht hatte sich verfinstert, und es klang nicht sehr freundlich, als er sagte:

„Diese Freundschaft und Achtung kannst du mir grad jetzt nur dadurch beweisen, daß du mir erlaubst, die Haut des Nilpferdes in Bewegung zu setzen."

„Höre mich nur noch einen Augenblick an! Wenn du dann noch bei deinem Wunsche bleibst, werde ich ihn dir erfüllen. Der Richter fällt seine Urteile nach den Gesetzen, welche der Herrscher gegeben hat. Wenn es gegen die Ehre des Richters ist, eine von ihm bestimmte Prügelstrafe selbst auszuführen, so kann es dem Herrscher, der doch viel höher steht, noch viel weniger einfallen, Henkersdienste zu verrichten. Das giebst du doch wohl zu?"

„Das ist nun freilich ganz richtig, Sihdi," nickte Halef, ohne zu ahnen, daß er mit dieser Zustimmung in die ihm gestellte Falle ging.

„Und dennoch willst du selbst, mit deiner eigenen Hand, die Perser prügeln?"

„Natürlich! Du, Sihdi, würdest es nicht dürfen, weil du der Richter bist, der ihnen die Zahl der Hiebe, welche sie bekommen sollen, verordnen wird."

„Ja, ich bin allerdings der Richter, nur der Richter; du aber stehst erhaben über mir."

„Ich? Erhaben? Ich – – – noch über dir?" fragte er, indem sein Gesicht den Ausdruck großer Spannung zeigte.

„Natürlich, denn du bist ja der Herrscher!"
„Ich – – der – – Herrscher – –?"
„Ja. Oder gebietest und herrschest du nicht über alle berühmten und tapferen Haddedihn vom großen Stamme der Schammar?"
Mein Argument kam ihm zu überraschend; darum stimmte er mir nicht sofort zu, sondern wiederholte nur die Worte:
„Gebieten – – – herrschen – – – Haddedihn – – – Schammar – – –!"
„So meine ich es, und so ist es richtig. Die Kaiser und Könige des Abendlandes beherrschen ihre Unterthanen; Abd ul Hamid thront über allen Völkern der Türkei; Nasr ed Din giebt Persien Gesetze, und du gebietest über alle Krieger und Angehörigen der Haddedihn. Ob man so einen Herrscher als Kaiser, König, Sultan, Schah oder Scheik bezeichnet, das kommt gar nicht in Betracht, denn alle diese Titel bedeuten ganz dasselbe und sind von gleichem Werte."
Jetzt war es höchst interessant, die Veränderung zu bemerken, welche in den Zügen des kleinen Hadschi vor sich ging. Der finstere Ausdruck verschwand, indem er sich nach und nach in alle steigenden Grade der Helligkeit verwandelte, bis das liebe Gesicht geradezu vor Wonne strahlte.
„König – – Kaiser – – Sultan – – Schah – – Scheik – –" rief er aus. „Sind diese Worte wirklich gleich, ganz gleich? Du mußt das wissen, Sihdi, denn du kennst alle Dinge, die vorhanden sind. Ja, du hast recht, ganz recht! Ich bewahre und beglücke meine Haddedihn grad so, wie der Schah sein Persien, der Sultan die Türkei; wie der Kaiser von Leh memleketi oder der König von Tuna Gehorsam von ihren Unterthanen fordern, so gehorchen mir alle Körper, Seelen und Herzen der freien Beduinen, die ich um meinen Thron versammelt habe. Sihdi, es freut mich außerordentlich, zu sehen, daß du die Größe der Ausdehnung meiner Würde erkennst und den ganzen Umfang der Bedeutung meiner Erhabenheit begriffen hast!"
„Das habe ich; ja, das habe ich, lieber Halef. Und bei all dieser Würde und Erhabenheit willst du dich selbst zum Henker herabwürdigen und Prügel austeilen mit der erleuchteten Hand, auf deren Wink die tapfersten deiner Krieger lauschen?"
„Maschallah! Nein, das thue ich nicht, denn das würde die Ehrfurcht besudeln, mit welcher alle meine früheren und gegenwärtigen Ahnen, Urahnen und Vorfahren auf mich niederblicken müssen. Einem freien Feinde, der sich wehren kann, darf ich wohl, falls er mich beleidigt, die Peitsche über das Gesicht weg geben; aber einen Gefangenen zu schlagen, dem du nach meinen eigenen Gesetzen das Urteil gesprochen hast, das kommt mir nie und nimmer in den Sinn, denn ich bin es dem Glanze meines Daseins schuldig, zur Hoheit meines Herrschertums immer neue Strahlen zu gesellen. Ich bitte dich, wenn wir von unserer Reise zurückkehren, so vergiß ja nicht, zu wiederholen, was du soeben über die Kaiser, Könige, Sultane und mich gesagt hast, damit Hanneh, der Inbegriff aller Lieblichkeit des weiblichen Geschlechtes, in Erfahrung bringt, was der Gebieter ihres Zeltes für sie und alle, die ihn kennen, zu bedeuten hat!"

„Ich werde es thun. Also, du verzichtest darauf, die Perser eigenhändig zu bestrafen?"
„Ja; aber da sie die Prügel unbedingt bekommen müssen, weil ich sonst nie wieder ruhig schlafen könnte, so frage ich dich, wer eigentlich dieses trotzdem beneidenswerten Amtes walten soll."
„Safi, ihr Verbündeter."
„Der – – –? Oh, Sihdi, das erfüllt die Tiefe meiner Seele mit Wehmut und Trübseligkeit! Grad weil er ihr Verbündeter ist, wird er die Streiche mit einer so zarten Sanftmut niederfallen lassen, daß jeder Hieb als labende Erquickung auf die ihm angewiesene Stelle kommen wird. Und das widerstreitet der Fülle der Gerechtigkeit, welche in dem ganzen Umkreis meines Herzens wohnt."
„Dieser Umstand braucht dich nicht im mindesten besorgt zu machen; es giebt ein Mittel, die Kräfte seines Armes in der Weise anzuspornen, daß du mit seinen Leistungen zufrieden sein wirst. Komm! Wir wollen ihn und sein Weib holen."
„Ja, das wollen wir. Hoffentlich besitzt er Einsicht genug, zu begreifen, daß Hiebe vorhanden sind, um durch die Haut zu gehen und bis an den hintersten Punkt der menschlichen Innigkeit gefühlt zu werden. Sollte er das noch nicht wissen, so müssen wir uns bemühen, die Mangelhaftigkeit seiner Erkenntnis in vollkommene Erleuchtung zu verwandeln."
Wir begaben uns nach dem Kellek und fanden den Sill und sein Weib noch in der Lage, in welcher wir sie zurückgelassen hatten. Es hatte ihnen jedenfalls Pein bereitet, die ganze Nacht in derselben zu verharren, und nicht geringer war wohl auch die seelische Qual gewesen, welche ihnen durch die Ungewißheit über den Ausgang des Abenteuers verursacht worden war.
Als wir sie losgebunden und von dem Lasso befreit hatten, waren sie kaum im stande, aufrecht zu stehen. Die Frau verhielt sich ebenso still wie gestern abend; der Mann aber wartete gar nicht ab, was wir ihm sagen würden, sondern warf uns, kaum daß er sich von den Fesseln erlöst fühlte, die Frage zu:
„Ihr wolltet uns freigeben, falls wir uns ruhig verhielten; das haben wir gethan. Können wir nun gehen?"
„Jetzt noch nicht," antwortete ich.
„Warum nicht? Ihr habt uns euer Versprechen gegeben, und wer sein Wort nicht hält, der fällt der Verachtung anheim und wird – –"

412

„Schweig!." fiel ich ihm in die Rede. „Niemand ist so verächtlich wie ein Lügner und Verräter deines Schlages, und wenn du etwa meinst, in diesem Tone mit uns sprechen zu können, so irrst du dich! Wir haben euch befohlen, ruhig und still zu sein, und wenn du jetzt mit Beleidigungen um dich wirfst, so nehme ich mein Wort zurück und laß dir zukommen, was du durch deinen Verrat verdienst!"
Da meinte er viel kleinlauter als vorher:
„Ich wollte euch nicht beleidigen, sondern nur wissen, ob und wann wir gehen dürfen."

„Ob wir euch freilassen, oder eure Leichen hier in den Fluß werfen werden, das soll ganz auf dich ankommen.“
„Unsere Leichen!“ rief er erschrocken aus, während sein Weib mich entsetzt anstarrte. „Soll das heißen, daß ihr uns ermorden wollt?“
„Nicht ermorden, sondern mit dem Tode bestrafen, dem uns zuzuführen eure Absicht war. Ich bin ein Christ und gönne selbst dem verächtlichsten Menschen das Leben, denn ich weiß, daß Gott der allein gerechte Richter ist. Außerdem bist du eine so armselige Kreatur, daß es mich ekelt, mich mit einer Strafe für dich zu befassen. Aus diesen beiden Gründen werde ich dich laufen lassen, falls du dem Befehl, den ich dir jetzt geben werde, vollständig Gehorsam leistest.“
„Sag, was ich thun soll! Ist es schwer?“
„Nein. Die drei Perser, denen du uns ausliefern wolltest, haben den Tod ebenso verdient wie du, und wie ich bereit bin, gnädig gegen dich zu sein, so will ich auch ihnen das Leben schenken; aber ganz ohne Strafe dürfen sie nicht bleiben.“
„Nein, das dürfen sie nicht!“ fiel Halef schnell ein, weil es sich um sein Lieblingsthema handelte. „Sie werden Prügel bekommen, herzerquickende Prügel. Sieh die Kurbadsch, welche da an meinem Gürtel hängt! Sie ist aus der erfrischenden Haut des Nilpferdes gefertigt und besitzt darum eine ergötzliche Vorliebe für Menschenhaut. Diese Peitsche werde ich dir leihen, damit du deinen Verbündeten beweisest, daß die Freundschaft, welche du für sie empfindest, diejenige Kraft und Eindringlichkeit besitzt, die wir von deinem Arm verlangen.“
„Verstehe ich dich richtig?“ fragte der Sill erschrocken. Du willst mir diese Peitsche geben?“
„Ja,“ nickte Halef, freundlich lächelnd.
„Ich soll schlagen?“
„Ja,“ erklang es noch freundlicher.
„Die Perser – – alle drei?“
„Jawohl, alle drei, und zwar so sehr, wie du nur zuhauen kannst. Wir werden dabei stehen und aufpassen. Falls nur ein einziger Schlag nicht so kräftig ist, wie wir wünschen, bekommst du allein soviel Hiebe, wie wir für die drei Halunken zusammen bestimmt haben.“
„Allah, Allah! Das kann ich nicht; das darf ich nicht!“
„Warum nicht?“
„Weil sie mich später, wenn ihr fort seid, dafür töten würden. Ihr wollt, ich soll mir das Leben dadurch retten, daß ich sie schlage, treibt mich aber grad dadurch in den sichern Tod!“
Er sagte das im Tone solcher Ueberzeugung, daß Halef nicht zu antworten wußte und einen fragenden Blick zu mir herüber warf. Die Verhältnisse lagen allerdings so, daß ich dem Sill Glauben schenkte, und darum hielt ich es für angezeigt, ihn durch die Worte zu beruhigen:

„Sie werden es nicht wissen, wer sie schlägt, denn wir werden ihnen vorher die Augen verbinden. Du hast dem Anführer fünfzig, dem, welcher Aftab heißt, vierzig und dem dritten dreißig Hiebe zu geben, und zwar so kräftig, wie mein Begleiter es von dir verlangt, denn ich selbst werde nicht dabei sein. Schonst du die Kerle, so bekommst du die für sie bestimmten hundertzwanzig Schläge. Wir haben keine Zeit; entscheide dich! Gehorsam oder Tod; einen Ausweg giebt es nicht für dich."

Er fürchtete sich trotz der ihm verheißenen Vorsichtsmaßregel vor der Rache der Perser, und versuchte allerlei Ausflüchte; aber als Halef den ihm von mir geschenkten Revolver zog, ihm den Lauf desselben vor den Kopf hielt und dabei drohte, ihn und seine Frau sofort zu erschießen, sah er ein, daß er nicht entrinnen könne, und erklärte sich bereit, gehorsam zu sein. Wir gingen also nach der Hütte, wo Mann und Weib zunächst angebunden wurden. Dann betrat ich mit Halef das Innere derselben.

Der Pädär-i-Baharat verhielt sich nicht anders als während der Nacht; kaum sah er uns, so schrie er mich an:

„Wirst du nun endlich meinem Befehle gehorchen und uns freigeben? Wenn du es nicht sofort thust, werdet ihr beide noch heute in die Hölle fahren!"

Ich antwortete gar nicht; dem schnell zornigen Hadschi aber fuhr diese Frechheit so in die Hand, daß er ausholte und, sowohl die „Größe der Ausdehnung seiner Würde" als auch „den ganzen Umfang der Bedeutung seiner Erhabenheit" vergessend, dem Perser eine schallende Ohrfeige gab.

„Hund!" bedrohte er ihn. „Jetzt fühlst du bloß meine Hand; sagst du aber nur noch ein einziges unhöfliches Wort, so bekommst du mein Messer! Nicht für uns, sondern für dich ist die Hölle bestimmt, wobei du fahren, reiten oder laufen kannst, ganz wie es dir beliebt! Einen Vorgeschmack der Freuden, die euch dort erwarten, werden wir euch schon jetzt zu kosten geben."

Der Geschlagene wagte keine Erwiderung; um so deutlicher aber sprachen seine Augen, welche Blitze tödlichen Hasses auf uns sprühten. Halef machte sich ebensowenig daraus wie ich; er zog ihm den Kaschmirshawl von der Hüfte, zerriß ihn in drei Teile und verband den Gefangenen damit die Augen. Dann gingen wir wieder hinaus. Dort angekommen, zog er mich zur Seite, um von dem Sill und seiner Frau nicht gehört zu werden, und fragte:

„Sihdi, willst du wirklich nicht dabei sein, wenn diese Sillan jetzt die Wohlthat unserer Dankbarkeit erhalten?"

„Nein."

„Warum nicht?"

„Das weißt du doch schon von früher her. Es giebt leider Fälle, und der jetzige ist ein solcher, in denen es notwendig ist, Menschen wie widersetzliche Hunde mit Schlägen zu traktieren, aber es ist mir so fürchterlich, sehen zu müssen, daß ein Ebenbild Gottes dieser wenn auch wohlverdienten, aber dennoch schrecklichen Erniedrigung verfällt, daß ich es zu ermöglichen suche, fern zu bleiben. Die Kerls sind gefesselt und müssen ohne Widerstand nehmen, was sie bekommen; auch den Mann aus Mansurijeh hast du vollständig in deiner Gewalt, und so denke ich, daß meine Gegenwart bei der widerlichen Scene nicht notwendig ist."

„Widerwärtig? Sihdi, du bist in jeder Beziehung ein starker Mann; nur in dieser einen bist du schwach. Nicht widerwärtig, sondern im Gegenteile erfreulich ist es, zu sehen, daß die Gerechtigkeit keinen Para hoch um das, was ihr gehört, betrogen wird. Du hast mich einen Herrscher genannt. Es ist die Pflicht eines jeden regierenden Gebieters, sich zu überzeugen, daß jede Missethat den verdienten Lohn empfängt. Nun wohl, ich will mich überzeugen, zumal die Strafe hier viel, viel niedriger ist, als sie eigentlich sein sollte. Wer den Tod verdient hat und nur Schläge erhält, der muß sie aber so bekommen, daß er sie nicht mit süßen Datteln verwechselt. Ich gehe jetzt, und wenn der Sill nicht aus Leibeskräften haut, so vergesse ich die Hoheit meines Herrschertums, indem ich die Kraft seines Armes mit meiner Kurbadsch stärke."

„Nur nicht unmenschlich, Halef! Verstanden?"

Er nickte nur, band den Sill wieder los und ging mit ihm in die Hütte, vor welcher die Frau angebunden stehen blieb. Ich entfernte mich so weit, als ich es für zulänglich hielt, das Geschrei der Geschlagenen nicht zu hören. Es verging wohl eine halbe Stunde, bis Halef kam; meine Spur hatte ihm gesagt, wohin ich gegangen war. Sein Gesicht zeigte keineswegs einen so befriedigten Ausdruck, wie ich erwartet hatte; deshalb erkundigte ich mich:

„Ist's glatt vorübergegangen?"

„Ja," antwortete er; „nur die Gegenden, welche von der Kurbadsch besucht wurden, sind nicht mehr glatt."

„Und doch bist du nicht befriedigt?"

„Es ist anders abgelaufen, als ich erwartete. Der Sill schlug aus Leibeskräften zu; das Blut floß herab, aber keiner der drei Hunde hat einen Laut von sich gegeben. Sie haben die Zähne zusammengeknirscht, daß ich es hörte. Als der letzte Hieb gefallen war, dachte ich, daß sie nun wenigstens drohen und fluchen würden; sie blieben aber stumm."

„Das ist für uns drohender, als wenn sie noch so sehr getobt hätten. Wehe uns, wenn wir in ihre Hände fallen sollten!"

„Willst du sie sehen?"

„Nein."

„Das dachte ich; darum habe ich ihre Taschen untersucht und dir gebracht, was ich fand."

„Was?"

„In den Taschen des Pädär-i-Baharat steckte dieses Geld und dieses Pergament; die beiden andern hatten nichts als einige kleine Münzen, die ich ihnen gelassen habe."

Der Beutel, den er mir reichte, enthielt gegen fünfhundert Tumans; ich gab ihn dem Hadschi wieder. Das mehrfach zusammengebrochene Pergament war auf der einen Seite mit Ziffern beschrieben; auf der andern sah ich eine kleine Planzeichnung, aus welcher

ich nicht klug werden konnte, und eine Reihe von Namen, die für mich wahrscheinlich keinen Wert hatten. Dennoch kopierte ich, meiner alten Gewohnheit folgend, Plan und Namen in mein Taschenbuch. Einige kleine Gruppen von kommaähnlichen Strichen hielt ich für bedeutungslos, weil sie aussahen, als ob sie nur gemacht worden seien, um die Feder zu probieren oder ein Haar aus ihr zu entfernen, doch blieben sie, wie sich später zeigen wird, meinem Gedächtnisse scharf und deutlich eingeprägt. Dann gab ich auch das Pergament zurück und sagte:
„Trage alles wieder hin! Wir brauchen es nicht."
„Auch das Geld?"
„Natürlich. Wir sind doch keine Diebe."
„Das ist richtig! Ich brachte es auch nur, um es dir zu zeigen. Was thun wir nun? Ich hab den Sill, nachdem er seine Schuldigkeit gethan hat, wieder dort neben seiner Frau angebunden."
„Wir setzen unsere Fahrt fort, machen aber beide nicht gleich ganz, sondern nur soweit von ihren Banden frei, daß sie noch eine Zeit lang sich bemühen müssen, vollends loszukommen. Dadurch gewinnen wir soviel Vorsprung, daß wir Bagdad eher als die drei Perser erreichen, obgleich ihr Floß schneller als das unsere schwimmt."
„Das ist klug von dir gehandelt, obgleich wir gar keinen Grund haben, uns vor ihnen zu fürchten. Du erteilst mir doch die Erlaubnis, mich, ehe wir gehen, wenigstens von dem Manne aus Mansurijeh und seinem Weibe zu verabschieden?"
„Wozu das? Es ist nicht nötig."
„Nicht nötig? O Sihdi, wie wenig bist du doch in die Erfordernisse der menschlichen Begrüßungsnotwendigkeiten eingeweiht! Man kommt doch weder zu einander noch geht man wieder auseinander, ohne die vorgeschriebenen Hochachtungsverbeugungen gemacht und die Versicherungen inniger Liebe und Treue ausgetauscht zu haben. Wenn man im Lande deiner einstigen Geburt ohne diese Höflichkeiten leben kann, so ist damit noch lange nicht bewiesen, daß auch die hochgebildeten Völker des Orientes so wortlos auseinandergehen müssen wie zwei Dafahdi, welche, nachdem sie sich begegnet sind und einander angestarrt haben, stumm auseinanderhüpfen, der eine nach dem Aufgang und der andere nach dem Untergang der Sonne. Willst du dich als Frosch betrachten, so entferne dich; ich aber werde mich des Ruhmes würdig machen, in Beziehung auf die Gewandtheit meines Abschiednehmens ohne Beispiel dazustehen!"
Leider konnte ich, wenn ich nicht einen Umweg machen wollte, mich nicht in meiner ganzen froschigen Glorie zeigen, denn der Weg nach unserm Floße führte an der Hütte vorüber, zu welcher Halef in der stolzen Haltung eines Fürsten schritt. Dort angekommen, band ich den Mann und die Frau halb los, und zwar so, daß sie sich noch stundenlang bemühen mußten, sich ihrer Fesseln vollends zu entledigen. Während ich dies that, sagte der kleine Hadschi zu dem Sill:
„Wenn edle Freunde voneinander scheiden müssen, so rinnen die Thränen der Trennung von ihren Wimpern, und die Sonne der Wehmut geht unter hinter den Bergen der

Trauer, die ihr Herz beschweren. Als ich dich zum erstenmal erblickte, du Abglanz meines Lebens, eilte dir meine Seele jubelnd entgegen, und nun ich mich von dir wenden muß, sehe ich das Grab meines Glückes vor mir offen und steige in die Grube hinunter mit der Hoffnung, daß du mir baldigst folgen und statt meiner dort begraben wirst. Unser Beisammensein ist nur ein kurzes gewesen, aber dennoch haben dich die innigsten Bande hier gefesselt und unser Floß ist eine ganze Nacht hindurch die liebliche Wohnstätte eurer Seelenruhe gewesen. Hoffentlich bedeutet unsere jetzige, bittere Trennung nicht ein Scheiden für die Ewigkeit, denn ich wünsche, daß sich unsere Augen und unsere Herzen wiederfinden. Dann wird mein Puls dir alle seine Schläge widmen, indem er sich in diese Haut des Nilpferdes hier verwandelt, und die Liebkosungen meiner Kurbadsch werden dir mit tiefer Eindringlichkeit beweisen, daß mir das Andenken an dich und deine Verdienste teuer ist. Ich wünsche dir für deinen Harem tausend so schöne Frauen wie diese hier an deiner Seite, und für dein ferneres Wohlergehen die Füße eines Storches, den Leib einer Schildkröte und, um deine Herrlichkeit ganz zu vollenden, die Stacheln eines Igels im Gesicht! Dann werden alle Völker dich bewundern und alle Länder dein Lob verkünden, soweit die Erde reicht. Ich bin Hadschi Halef Omar, der oberste Scheik der Haddedihn; vergiß das nicht, du Vater des Verrates, du Großvater der Lüge und du Oheim der Verstellung und Verächtlichkeit!"

Nachdem er in dieser Weise seinem Herzen Luft gemacht hatte, spuckte er dreimal aus, warf als Zeichen der Verachtung die leere Hand in die Luft und wendete sich dann ab, um mir zu folgen. Wir führten unsere Pferde zum Floß, lösten dieses vom Gestade und ließen es abwärts treiben, wobei wir uns in der Nähe des Ufers hielten, um da, wo das Kellek der Perser lag, wieder anzulegen. Ich wollte es diesen drei Männern ganz unmöglich machen, uns noch vor Bagdad einzuholen und infolgedessen zu erfahren, wo wir dort zu finden seien. Darum durchschnitt ich den Strick, an welchem das Floß hing, worauf wir es mit hinüber auf die Mitte des Stromes nahmen, um es da weiterschwimmen zu lassen.

Obgleich nun zu erwarten war, daß der Pädär-i-Baharat uns erst am nächsten Tage folgen könne, griffen wir doch zu den Rudern, um die Schnelligkeit unserer Fahrt zu vergrößern, und kamen sehr bald an Reschidijeh vorüber. Hierauf folgten die Orte Suadschen, Dscherjat el Maman, Habib el Murallad und Imam Musa, von wo aus wir noch vielleicht eine Stunde lang zwischen rechts und links liegenden Palmenhainen abwärts glitten, bis wir die Brücke von Bagdad erreichten, wo wir am Kumruk anlegen mußten, aber nicht belästigt wurden, weil ich mich in Mossul in den Besitz eines Reftijat gesetzt hatte. Wir waren an unserm ersten Wanderziele glücklich angekommen. – – –

FÜNFTFS KAPITEL

In Bagdad

Bagdad!

Welche Fülle glänzender Vorstellungen erweckt dieser Name in der Seele jedes Menschen, der, ohne dort gewesen zu sein oder die Verhältnisse zu kennen, die berühmte Stadt nur nach dem Inhalte von „Tausend und eine Nacht“ beurteilt! Während der Orientale Kairo als „Bauwahbe esch Schark“, bezeichnet, wird Bagdad von ihm „Nefs esch Schark“ genannt. War diese Bezeichnung vielleicht vor Jahrhunderten richtig, so ist sie es jetzt längst nicht mehr. Es geht dieser Stadt auch nicht anders als vielen ihrer Schwestern, deren Ruhm und Schönheit der Vergangenheit angehören. Selbst das, was sie aus ihrer Jugend in das Alter herübergerettet haben, darf man nur aus der Ferne betrachten, weil es in der Nähe häßlich erscheint.

Bagdad soll zur Zeit seines Glanzes zwei Millionen Einwohner, hunderttausend Moscheen und über fünfzigtausend Bazare gehabt haben; jetzt wird die Stadt kaum achtzigtausend Seelen zählen. Gegenwärtig besitzt sie vielleicht dreißig Moscheen und ebensoviele Karawanserais, während von den letzteren damals zwölftausend vorhanden gewesen sein sollen; das ist genug Stoff zum Vergleich.

Die stolze Kalifenstadt, welche einst der Mittelpunkt des Muhammedanismus war, hat, wie ein neuerer persischer Dichter sich ausdrückt, „die Schönheit ihres Angesichtes, die Röte ihrer Wangen, den Glanz ihrer Augen, die Fülle ihres Wuchses und die Grazie ihres Ganges“ verloren. Früher inmitten eines wahren Paradieses, liegt sie jetzt in einer Ebene, welche sich mit allem Möglichen, nur nicht mit einem Garten Gottes vergleichen läßt, denn das wenige Grün, welches noch vorhanden ist, zieht sich ganz nahe an sie heran, während schon in kurzer Entfernung das öde, ausgestorbene Land beginnt. Sie wird von dem Tigris durchflossen, über den eine etwas über zweihundert Meter lange Schiffbrücke führt. Die Ruinen der alten Stadt liegen mit der Citadelle auf der Westseite des Flusses; der neuere und größere Teil zieht sich am östlichen Ufer hin. Man kann zwar nicht leugnen, daß die Stadt vom Flusse aus noch heut einen wenigstens interessanten Anblick bietet, aber sobald man die Straßen betritt, ist die Illusion verflogen. Die Umfassungsmauern sind eingefallen, und von den herrlichen Bauwerken der Kalifen kann man kaum noch einzelne Ueberreste sehen. Die Häuser bestehen aus Backsteinmauern, deren Fenster sich nur nach den Innenhöfen öffnen, so daß man auf den krummen, engen, ungepflasterten Straßen fast nur den Anblick kahler Wände und schmaler, verschlossener Thüren hat. Am sehenswertesten sind die Bazars, welche lange, gewölbte Gänge bilden, in denen alle möglichen Waren des Orientes feilgehalten werden.

Im Sommer ist die Hitze sehr groß, so daß die Bewohner sich in die kühlen Sardaubs zurückziehen und des Nachts auf den flachen Dächern der Häuser schlafen. Um so kälter ist verhältnismäßig der Winter, welcher die Mitglieder der Familie um die Mangals zusammentreibt. Oefen giebt es nicht.

Gegründet wurde Bagdad von Al Mansur, dem zweiten Kalifen der Abbassiden. Harun al Raschid vergrößerte die Stadt bedeutend und legte die erste Schiffbrücke an. Al Mostansir schenkte ihr die Akademie für Chemie und Heilkunde, welche allen mohammedanischen Hochschulen als Muster diente, nun aber schon längst in ein Karawanserai verwandelt worden ist. Noch schlimmere Wandlungen erfuhr die Stadt an sich. Sie wurde von dem Mongolenfürsten Hulagu zerstört, dessen Nachkommen von Timur vertrieben wurde, der sie abermals erstürmte und der Erde gleich machte. Dieser Eroberer errichtete als Andenken an seinen Sieg mehrere Türme aus fast hunderttausend Schädeln der gefallenen Einwohner. Später wurde Bagdad von den Osmanen erobert, diesen aber von den Persern unter Schah Ismael genommen, denen es dann Sultan Murad IV. wieder entriß, seit welcher Zeit es unter der türkischen Herrschaft verblieb.

Aus der glanzvollen Zeit Harun al Raschids ist fast nichts mehr übrig als das Grabmal seiner Gemahlin Zobeïde, welches einsam und verödet oberhalb der Stadt auf dem rechten Ufer des Flusses steht. Al Raschid heißt „der Gerechte“, doch führte dieser Kalif seinen Namen mit Unrecht. Er stellte sich aus Klugheit gut zu den Theologen und Gelehrten und pilgerte neunmal nach Mekka, sogar zu Fuß, doch machte er sich diese Wanderung so leicht wie möglich, indem er den ganzen Weg mit weichen Teppichen belegen und auf jeder Station ein Kal'a errichten ließ. Er kaufte Dichter, welche sein Lob besangen, war den Unterthanen aber verhaßt, besonders seit er seine eigene Schwester Abbasah mit ihren zwei Kindern lebendig hatte einmauern lassen. Er kannte diesen Haß, den er so fürchtete, daß er später seine Residenz nach Rakka am obern Euphrat und dann gar nach der nordpersischen Hochebene verlegte und am äußersten Ende von Chorasan begraben wurde. Auch sein Sohn Mamun wußte seinen Reichtum zu zeigen. Als er sich mit Buran, der Tochter des Wessirs Hassan Ibn Sahl, verheiratete, brannten in den Sälen tausend riesige Ambrakerzen, und es wurden Moschus- und Ambrakugeln, welche Anweisungen auf Edelsteine, Häuser und Ländereien enthielten, unter Hunderten von Gästen verteilt. Von all diesen Erzählungen sind nur noch die Erinnerungen übrig, welche im Munde des Hakawati leben. Hieran ist nicht zum wenigsten die tiefe Spaltung schuld, welche eine Folge der Parteinahme für Ali und seine Nachkommen war und die mohammedanische Welt in zwei Teile zerriß, die Sunniten und die Schiiten, die sich noch heut mit größter Erbitterung bekämpfen. –

Also wir waren in Bagdad angekommen und hatten uns am Zollhause legitimiert. Ehe wir unsere Reise per Schiff fortsetzten, wollten wir die für uns wichtige Gegend besuchen, in welcher wir bei unserer frühern Anwesenheit in Irak Arabi so hilflos und verlassen an der Pest darniedergelegen hatten. Das Nächste aber war die Frage nach einer Wohnung in der Stadt. In einem Karawanserai wollte ich des dort herrschenden Ungeziefers wegen nicht bleiben, und auch mein Halef war der Ansicht, daß, wie er sich auszudrücken beliebte, wir die „liebevolle Treue und Anhänglichkeit dieser

Bevölkerung“ noch bald genug erfahren würden. Der Europäer pflegt die Gastlichkeit der dortigen abendländischen Beamten oder Privatpersonen aufzusuchen; aber dies ist nie meine Art und Weise gewesen. Wer ein Land, ein Volk nicht nur oberflächlich kennen lernen, sondern wirklich studieren will, der muß trachten, ganz in diesem Volke aufzugehen und auf jedes Band, welches ihn davon abhält, verzichten können. Darum habe ich auf meinen Wanderungen stets die großen, ausgetretenen Straßen vermieden, allen hinderlichen europäischen Ballast von mir geworfen und mich auf mich selbst verlassen. Um dies zu können, muß man zwar viel Mühe auf die betreffenden Sprachen gewendet, sich überhaupt in jeder Beziehung tüchtig vorbereitet haben, auf manche Vorteile und Genüsse verzichten und weder Entbehrungen noch Widerwärtigkeiten oder gar Gefahren scheuen, aber wenn man diese Bedingungen erfüllt, dann kommt man auch mit ganz anderen Erfolgen heim, als wenn man auf dem breiten, bequemen Wege derer reist, denen ihre reichen Mittel oder fürstliche Protektionen alle Pfade ebnen und alle Hindernisse beseitigen. Es hätte nur eines Besuches beim Pascha oder der Vorstellung bei einem der hiesigen Konsulate bedurft, so wäre die Wohnungsfrage sofort erledigt gewesen, zumal der Name Kara Ben Nemsi in den hiesigen Militär- und Beamtenkreisen kein unbekannter war, aber ich wollte ja auf eigenen Füßen stehen und mich keinen lästigen Dankesverbindlichkeiten unterwerfen; darum hielt ich es für das Richtige, ganz wie damals einen gegen Bezahlung für uns und unsere Pferde passenden Aufenthalt zu suchen. Es war da sehr naheliegend, daß ich an den interessanten Polen dachte, bei dem wir zu jener Zeit gewohnt hatten und der mir so sympathisch gewesen war. Freilich, ob er noch lebte, und ob er, wenn dies der Fall war, sich noch in Bagdad und in demselben Hause befand, das schien mir sehr fraglich zu sein.

Ich war indes nicht der einzige, der sich dieses liebenswürdigen Wirtes erinnerte, denn als wir die Pferde vom Kellek an das Ufer gebracht hatten, sagte Halef:

„Das Floß ist nun für uns wertlos; kein Mensch kauft es uns ab; wir lassen es einfach hier liegen. Mag es nehmen, wer es haben will. Wohin aber werden wir uns nun wenden, Sihdi?“

„Das frage ich dich auch,“ antwortete ich.

„Mir kommt da ein Gedanke, und ich hoffe, daß er dir gefallen wird.“

„Welcher?“

„Weißt du noch, bei wem wir damals gewohnt haben?“

„Natürlich!“

„Wollen wir wieder hin?“

„Ich habe ganz denselben Gedanken gehabt. Es sollte mir lieb sein, den Mann wieder anzutreffen.“

„Und seinen Diener, dem er unterthänig war!“ lachte Halef.

Wer meinen Band „Von Bagdad nach Stambul“ gelesen hat, wird sich dieses wohlbeleibten Dieners entsinnen und der Eigenartigkeit, in welcher er seine Pflichten auffaßte. Ich war sehr geneigt, anzunehmen, daß wenigstens er gestorben sei, weil er schon damals bei der Fülle seines Leibes zum Schlagflusse geneigt hatte. Wir hatten Zeit, und so war es auf keinen Fall ein Fehler, wenn wir das Haus aufsuchten, um zu erfahren, wer die jetzigen Bewohner desselben seien. Wir bestiegen also unsere Pferde und wendeten uns der Richtung zu, welche uns in die betreffende Gegend führen mußte.

Man wird sich errinnern, daß die betreffende Wohnung in den Palmengärten im Süden der Stadt lag. Wir fanden sie trotz der Zeit, welche inzwischen vergangen war, sehr leicht, hielten dieses Mal aber nicht an der schmalen Pforte, sondern vor dem Thore an, welches an der andern Seite des Gartens lag. Dort stiegen wir ab, und ich klopfte. Ich mußte das mehreremal thun, und es dauerte lange Zeit, ehe ich einen sehr langsamen, schlürfenden Schritt hörte, der sich von innen dem Thore näherte. Es befand sich eine kleine Lücke in demselben, welche geöffnet wurde. Wir sahen zunächst eine lange, spitze Nase erscheinen, noch viel spitziger, als sie früher gewesen war, und hierauf ein altes, fahles, sehr runzeliges Gesicht. Die blöd gewordenen Augen musterten uns durch die großen, runden Brillengläser, und mit dünner, zitternder Stimme wurden wir gefragt:

„Was wollt ihr hier?“

Ich erkannte ihn; es war unser damaliger Wirt, der einstige türkische Offizier polnischer Nationalität; er hatte damals noch keine Brille getragen und war inzwischen sehr gealtert. Wahrscheinlich kannte er mich nicht mehr. Da er sich des Arabischen bediente, antwortete ich ihm in derselben Sprache:

„Wohnst du allein in diesem Hause?“

„Warum willst du das wissen?“ erkundigte er sich mißtrauisch.

„Weil wir dich bitten möchten, hier bei dir einkehren zu dürfen.“

„Ich habe keinen Platz für fremde Leute.“

„Wir wünschen die Wohnung nicht umsonst, sondern werden gern bezahlen.“

„Ich vermiete nicht. Auch sehe ich, daß ihr Pferde habt, für welche bei mir kein Raum vorhanden ist.“

„Du hast einen großen Hof. Ein Teil desselben ist überdacht; da haben viel mehr als nur zwei Pferde Platz.“

„Trzaskawica! Du kennst den Hof? Mensch, dir ist nun erst recht nicht zu trauen! Packt euch fort!“

Er wollte die Oeffnung schließen; ich verhinderte dies mit der Hand und beruhigte ihn:

„Du brauchst kein Mißtrauen zu hegen. Wir sind ehrliche Leute und haben dir Grüße zu bringen.“

„Grüße? Von wem?“

„Erinnerst du dich, daß einmal ein persischer Prinz mit zwei Frauen und Dienerschaft bei dir gewohnt hat?“

„Ja, ja,“ antwortete er schnell. „Es war ein Effendi aus Deutschland mit seinem arabischen Begleiter dabei.“

„Dieser Deutsche wurde Kara Ben Nemsi genannt?“

„Ja. Kennst du ihn?“

„Ich kenne ihn und habe dir Grüße von ihm zu überbringen."
„So lebt er noch? Er war nur kurze Zeit bei mir, aber ich habe ihn sehr liebgewonnen. Sag schnell, wo er sich befindet und wie es ihm ergeht!"
„Ist es nicht besser, daß ich dir dies in deiner Wohnung sage?"
„Allerdings, allerdings! Kommt also herein! Ich werde euch öffnen."
Das Pförtchen auf der andern Seite schien mehr als dieses Thor in Gebrauch zu sein. Er mußte alle Kraft seiner schwachen zitternden Hände anstrengen, um den Schlüssel im Schloß umzudrehen, und dann wollte sich der Flügel des Thores nicht in Bewegung setzen, sodaß wir von außen helfen mußten. Als er dann offen war, sahen wir den Alten grad wie damals in den riesigen Pantoffeln und dem langen, unten ausgefransten, ganz und gar abgetragenen Kaftan vor uns stehen. Ich schob, nachdem wir die Pferde hereingezogen hatten, das Thor wieder zu, verschloß es und gab ihm den Schlüssel.
„Kommt zunächst in den Hof!" forderte er uns auf und schlurfte dann mit seinen dürren Beinen durch die Gartenanlagen vor uns her, bis wir den Hof erreichten. Dort banden wir die Pferde an; dann führte er uns in den Hausflur, in dessen Hintergrund die uns bekannte Treppe aufwärts führte. Hier öffnete er die Thüre rechts, und wir traten in die Bibliothek, welche genau das frühere Aussehen und dieselbe Einrichtung hatte. Nachdem er uns aufforderte, mit ihm auf dem Diwan Platz zu nehmen, klatschte er nach orientalischer Sitte in die Hände. Ich war gespannt, welcher dienstbare Geist auf dieses Zeichen erscheinen werde. Ich konnte mir den ganz entsetzlich dicken Ganymed jener Zeit, der den Wein seines Herrn ausgetrunken und ihm dafür Wasser in die Flasche gegossen hatte, so deutlich vorstellen, als ob ich ihn erst gestern zum letztenmal gesehen hätte.
Der Wirt mußte noch verschiedenemal klatschen, und endlich, nachdem auch ich meine Hände sehr kräftig in Bewegung gesetzt hatte, öffnete sich die Thür, und es erschien – – – ja, das war er, er selber, aber viel, viel dicker noch, als er vordem gewesen war und in meinem Gedächtnisse gelebt hatte. Die Wangen hingen wie Säcke herab; unter den Augen bildete die Haut je einen blutrot schimmernden Beutel; es gehörte keine hervorragende Phantasie dazu, die dicken Lippen für Salamiwürste zu halten; die Aeuglein waren fast gar nicht mehr zu sehen. Nach unten wurde das Gesicht durch eine Unterkehle abgeschlossen, welche ganz gewiß das Gewicht eines fetten Bologneserschweinchens hatte, und nach oben durch einen Fes, aus dessen Fettflecken, wenn er ausgekocht wurde, sehr wahrscheinlich ein Kilo Hammeltalg gewonnen werden konnte. Die einzige Kleidung dieses menschlichen Thranfasses schien in dem von oben bis unten zugeknöpften, aber sehr zerrissenen Kaftan zu bestehen, der keine Farbe mehr hatte, aber doch in allen möglichen Farben glänzte. Dieses dünne, an vielen Stellen offene Gewand ließ die erstaunlichen Umrisse der elefantenartigen Arme und Beine deutlich erkennen. Und nun gar der Leib, der Leib! Diese Taille, diese Taille! Indem ich daran dachte, ihn später einmal beschreiben zu müssen, wollte es mir angst und bange werden. Das ausgewachsenste Walroß war ein hungriger Waisenknabe im Verhältnisse

zu dem Umfange dieses Kascheloten in Gestalt eines türkischen Lakaien. Und die Füße! Die Pantoffel, in denen sie steckten! Das waren die schönsten Donaukähne mit Halbverdeck! Wäre ich Millionär gewesen, so hätte ich getrost mein ganzes Vermögen auf die Behauptung setzen dürfen, daß es diesem armen Manne unmöglich sei, sich nur zehn Zoll weit niederzubücken. Und dabei sollte er den Obliegenheiten eines Dieners nachkommen! Von einem richtigen, wirklichen Gehen konnte bei ihm keine Rede sein; die Fortbewegung war ihm nur durch ein steifes Vorwärtsschieben der Beine möglich. Stand ihm doch schon jetzt, wo er jedenfalls nichts weiter gethan als nur eine oder zwei Thüren göffnet hatte, der helle Schweiß auf der Stirn. Da war es freilich kein Wunder, daß der Herr in eigener Person hatte zu uns an die Pforte kommen müssen. Aber ein lieber, guter Kerl war er doch, dieser Dicke, denn sein Gesicht strahlte geradezu von Dienstwilligkeit, als er in vertraulich-devotem Tone fragte:

„Was willst du, Effendi? Du hast geklatscht. Schon wieder, schon wieder! Wann werde ich doch einmal in Ruhe gelassen werden! Aber befiehl nur getrost; ich werde gern thun, was du gebietest."

„Kaffee und Tabak!" lautete die Antwort seines Herrn. „Du siehst, daß ich Gäste habe!"

„Kaffee? Allah, oh Allah!" seufzte der Dicke, indem er die Aeuglein verdrehte.

„Was wimmerst du denn? Mach schnell! Man setzt doch den Gästen Kaffee vor!"

„Ja, man setzt, man setzt, Effendi; das weiß ich wohl. Man setzt – – – nämlich, wenn man welchen hat."

„Wie? Du hättest keinen?"

„Nein."

„Aber du hast doch vorgestern sechs Piaster von mir verlangt, um welchen zu holen!"

„Das habe ich; ja, das habe ich, Effendi."

„Und du hast Kaffee geholt?"

„Ja. Ich schwöre dir bei allen Propheten und Kalifen, daß ich welchen geholt habe."

„Wo ist er denn hingekommen?"

„Er ist alle."

„Alle? Ich habe doch gar keinen getrunken, meiner Augen wegen."

„Oh, Effendi, zürne nicht; ich bin ganz unschuldig, denn grad meiner Augen wegen muß ich Kaffee trinken, um sie für deinen Dienst zu schärfen."

„Aber für sechs Piaster in zwei Tagen!"

„Meinst du etwa, daß es umgekehrt sein soll, daß der treueste aller Diener in sechs Tagen für zwei Piaster Kaffee trinken soll? Und wieviel bekommt man für sechs Piaster? Wenn ich gehe, um Kaffee zu kaufen, muß ich auf dem Hinwege zweimal beim Kahwedschi einkehren, um mich zu stärken, und auf dem Heimwege wieder zweimal. Das kostet vier Piaster, bleiben also für den Einkauf nur zwei Piaster übrig. Wieviel bekommt man dafür? Du siehst ein, O Effendi, daß ich unschuldig, ganz unschuldig bin!"

„Aber ich muß meinen Gästen doch Kaffee vorsetzen lassen!"

„Ja, das mußt du, das mußt du ganz bestimmt. Gieb mir also wieder sechs Piaster, damit ich gehe, welchen zu holen!“
„Oh jazik – wehe! Wenn ich dich schicke, kehrst du wieder viermal ein und kommst erst heut abend wieder, um für zwei Piaster Binn zu bringen. Ich bin außer mir; ich weiß nicht, was ich machen soll!“
Da dieses halb zum Diener und halb zu mir gesprochen worden war, sagte ich begütigend:
„Mach dir keine Sorgen, Effendi! Wir hatten uns für unterwegs mit Kaffee versehen und haben welchen übrig, der in der Satteltasche steckt. Mein Begleiter wird in den Hof gehen, ihn zu holen.“
„Ich danke dir, Herr; du machst mir das Herz leicht und errettest mich von der Schande, meinen Gästen nicht den braunen, duftenden Trank der Gastlichkeit vorsetzen zu können. Dafür wirst du nun den besten Tabak, der hier in Bagdad zu haben ist, mit mir rauchen. Hol schnell die Tschibuks!“
Der Dicke, an den dieser Befehl gerichtet war, verdrehte die Aeuglein abermals nach innen, so daß sie ganz verschwanden, und rief in kläglichem Tone:
„Die Tschibuks? Allah'l Allah! Tabak, oh Tabak!“
„Klag nicht, sondern lauf! Beeile dich!“
„Effendi, ich bitte dich, nimm doch deinen Verstand, deinen ganzen Verstand zusammen! Warum soll ich mich beeilen, wenn es durch die Eile doch nicht anders wird?“
„Wieso nicht anders?“
„Es ist kein Tabak da.“
„Kein Tabak – –! Unmöglich! Der kann doch nicht auch schon alle geworden sein! Ich habe ja seit einer ganzen Woche keinen geraucht!“
„Ich auch nicht, Effendi. Du siehst also, daß ich unschuldig bin!“
„Aber du solltest doch vorgestern, als du Kaffee holtest, auch Tabak mitbringen! Ich habe dir zehn Piaster dazu gegeben.“
„Ja, das ist wahr; die hast du mir dazu gegeben.“
„Nun also, wo ist der Tabak?“
„Oh Tabak! Allahi, Wallahi, Tallahi!“
„Heraus mit der Sprache! Ich muß doch meinen Gästen Tschibuks geben lassen!“
„Ja, das mußt du allerdings, Effendi. Ich bitte also um zehn Piaster, um welchen zu holen.“
„So hast du also noch keinen geholt?“
„Nein.“
„Aber wo ist das Geld dafür?“
„Effendi, wenn du mich anhörst, so wirst du sofort erfahren, daß ich ganz unschuldig bin. Du weißt, daß ich nur selten rauche, denn eine Prise Naschuk ist weit bekömmlicher als eine Pfeife voll Duchan . Nun war ich dem Dachachni grad zehn Piaster für

Schnupftabak schuldig geblieben, und er mahnte mich. Er drohte sogar, mir nie wieder zu borgen, und so habe ich ihm das Geld gegeben."
„Für Schnupftabak?"
„Nein, Effendi. ich habe die Schuld bezahlt und mir dann wieder für zehn Piaster geborgt."
„Das ist ganz dasselbe, als ob du dir Schnupftabak dafür gekauft hättest. Du hast das Geld also für deine Nase anstatt für meine Tschibuks verwendet!"
„Effendi, zürne nicht, sondern denke nach, so wirst du erkennen, daß ich unschuldig bin! Soll der Tabakshändler etwa im Kaffeehause erzählen, daß der Diener eines so vornehmen Mannes, wie du bist, seine Schulden nicht bezahlen könne? Soll er dadurch dein Angesicht vor allen Leuten schamrot machen? Wenn du alle guten Kräfte deines Verstandes und deiner Weisheit zusammenrufst, so werden sie dir sagen, daß ich nicht auf das Glück meiner Nase gesehen habe, sondern für den guten Leumund deines berühmten Namens bedacht gewesen bin. Ich bin überzeugt, daß du nun nicht mehr an meiner vollständigen Unschuld zweifelst!"
Der stets unschuldige Dicke blickte seinen Herrn vorwurfsvoll an, und dieser sah mir dann so ratlos ins Gesicht, daß ich ihm erklärte:
„Sorge dich nicht um den Tabak, Effendi! Ich habe welchen einstecken. Dein Diener - - wie wird er eigentlich genannt?"
„Kepek ist sein Name."
„Also dein Kepek mag die Tschibuks bringen; unterdessen wird mein Begleiter den Kaffee und den Tabak holen."
„Wie gütig bist du, o Herr! Nur durch deine Freundlichkeit ist es mir möglich, die Pflichten zu erfüllen, welche ich euch schuldig bin."
Halef entfernte sich; Kepek aber ging noch nicht. Er drehte seine dicken Arme verlegen hin und her und ließ die Unterlippe hängen, so daß man den letzten Zahn, der ihm von allen zweiunddreißig übrig geblieben war, in seiner ganzen Größe erblickte.
„Was willst du noch?" fragte ihn sein Herr.
„Du sprichst von Tschibuks, Effendi," antwortete er, „und wir haben doch nur einen, aus welchem wir beide rauchen."
„Wir hatten aber doch zwei!"
„Das ist schon lange her. Ich habe den einen stets dazu gebraucht, das Feuer des Herdes anzublasen, und da ist er mir nach und nach von unten herauf verbrannt."
„Aber ist denn der Tschibuk da, als Körük zu dienen?"
„Nein; aber um zu beweisen, daß ich unschuldig bin, brauch ich dir nur zu sagen, daß ich mich nicht gut bücken kann; der Tschibuk aber fühlt keine Schmerzen, wenn ich ihn ins Feuer halte. Das wirst du einsehen, o Effendi!"
„So geh, und hole die Pfeife!"
Es versteht sich ganz von selbst, daß mich dieses Verhältnis zwischen Herr und Diener außerordentlich belustigte. Daß der erstere gegen den letzteren so große Nachsicht

zeigte, mußte seine Gründe haben. Ich erinnerte mich, daß der Pole mir damals gesagt hatte: „Er war schon mein Diener, als ich noch Offizier war. Vielleicht erzähle ich noch, warum ich mit ihm so nachsichtig bin. Er hat mir große Dienste geleistet."
Also Kepek hieß der Dicke. Das ist ein türkisches Wort, welches zu deutsch „Kleie" bedeutet. Gar nicht so übel! Es giebt gewisse Geschöpfe, welche man mit Kepek füttert, um sie fett zu machen. Vielleicht war der sonderbare Lakai von diesem seinem Namen so rund und schwabbelig geworden. Da aber fielen mir die damaligen Worte seines Effendi ein: „Er ißt und trinkt das meiste selbst, und erst was er übrig läßt, das bekomme ich." Da war es freilich kein Wunder, daß der eine zu wenig von der Fülle besaß, in welcher der andere fast ersticken mußte.
Jetzt kam Halef mit dem Kaffee und dem Tabak; er brachte auch unsere Pfeifen mit, wodurch der Pole aus der letzten Verlegenheit gerissen wurde, denn wenn wir nicht mit Tschibuks versehen gewesen wären, hätten wir zu dreien aus dem seinigen rundum rauchen müssen. Und da trat auch „Kleie" wieder herein und pustete außer Atem auf seinen Herrn zu, um ihm die Pfeife zu bringen. Als er dies schwere Werk vollbracht hatte, lustwandelte er wieder hinaus, machte aber die Thüre nicht zu, sondern lehnte sie bloß an. Ich war überzeugt, daß er draußen vor derselben stehen blieb, um seine Kräfte zu schonen und keinen Weg zurücklegen zu müssen, falls sein Herr wieder klatschen sollte. Was sollte da aus dem Kaffee werden? Den schien er ganz vergessen zu haben, obwohl er den Beutel mit unseren Bohnen sehr liebevoll hinter den Kaftan in seinen Busen geschoben hatte.
Als wir die Tschibuks gestopft und in Brand gesteckt hatten, begann der einstige Offizier: „Also Grüße habt ihr von dem persischen Prinzen zu bringen, welcher Hassan Ardschir-Mirza hieß? Er war ein sehr vornehmer Herr und gehörte vielleicht gar zur Familie des Schah-in-Schah!"
Da schob Kepek der Dicke den Kopf zur Thür herein und sagte:
„Ja, er war ganz gewiß von hoher Abkunft, denn er hat mir, ehe er fortging, drei goldene Tumahns als Bakschisch gegeben."
Er zog den Kopf zurück, und sein Herr fuhr, ohne ihm einen Verweis gegeben zu haben, fort:
„Ich habe Gründe, gegen keinen Perser gastfrei zu sein; diesem aber öffnete ich mein Haus, weil er mir von dem Deutschen Kara Ben Nemsi gebracht wurde, den ich gleich, sobald ich ihn sah, lieb gewann."
Da steckte Kepek den Kopf wieder herein und rief.
„Auch mir gefiel er sehr, denn er hat mir zwei goldene Tumahn Bakschisch gegeben."
Ich hatte damals die Gastfreundschaft unseres Wirtes allerdings durch dieses Trinkgeld von sechzehn Mark an seinen Diener vergelten können, weil Hassan Ardschir-Mirza sehr freigebig gegen mich gewesen war. Das fettglänzende Gesicht verschwand wieder hinter der Thür, und der Wirt sprach weiter:

„Ein sonderbarer Mann war der Inglisi, der immer nur von Ausgrabungen sprach; aber reich mußte er sein, sehr reich, denn ich habe dann gehört, daß er die ganze kostbare Habe des Prinzen gekauft hatte."
Da erschien das Gesicht Kepeks abermals, und wir hörten die freudige Bestätigung:
„Ja, er war sehr reich, denn er hat mir als Bakschisch einen goldenen Lira inglisi gegeben, für welchen ich hundertundzwanzig Piaster erhalten habe."
„Das sind zusammen dreihundertsechzig Piaster, die du als Bakschisch erhalten hast. Hast du sie noch?" fragte sein Herr.
„Nein."
„Wo hast du sie?"
„Sie sind alle geworden, fort, weg, für Schnupftabak."
„Niegrzecznosc! Soviel Geld für Schnupftabak!"
„Zürne ja nicht, Effendi, und rege dich nicht unnütz auf! Wenn du nachrechnest, welche lange Zeit seitdem vergangen ist, wirst du gewiß einsehen, daß ich unschuldig bin."
Nach diesen Worten zog er seinen Kopf wieder zurück. Halef, der heißblütige, hatte keine Geduld, zuwarten, bis ich den Augenblick für gekommen halten würde, mich zu erkennen zu geben; er fragte:
„Hast du niemals wieder etwas von denen gehört, welche damals bei dir wohnten?"
„Von den Persern und dem Inglisi nicht, wohl aber von den beiden andern. Ich lebe sehr einsam und verlasse dieses Haus nur selten; aber Kepek pflegt, wenn er geht, um Einkäufe zu machen, in den vier Kaffeehäusern einzukehren, von denen er vorhin gesprochen hat. Dort sitzen die Männer und erzählen von den Wundern und Thaten vergangener Zeiten, von großen Feldherren und von anderen Helden. Auch von den Ereignissen der Gegenwart wird gesprochen, wenn sie wichtig sind, zumal wenn sie sich in der hiesigen Landschaft abgespielt haben. Da hat er auch einigemal von dem Emir aus Almanja und seinem arabischen Begleiter gehört, welche meine Gäste gewesen sind. Diese beiden Männer sind unvergleichliche Jäger und die berühmtesten Krieger der ganzen Dschesireh. Wenn sie ihn angreifen, muß der stärkste Löwe sein Leben lassen, und vor ihrer Tapferkeit, ihrem Mute, ihrer List und ihren Gewehren fürchten sich alle Stämme, welche zwischen dem Grenzgebirge und der Wüste wohnen. Dieser Kara Ben Nemsi soll sogar verzauberte Gewehre besitzen, deren Kugeln gar nicht geladen zu werden brauchen und doch niemals ihr Ziel verfehlen. Ich halte das natürlich für Aberglauben; aber wenn sich so eine Legende hat bilden können, müssen er und sein Halef, ohne welchen er noch nie gesehen worden ist, doch ganz außerordentliche Männer sein."
Bei diesen Worten glänzte das Gesicht meines kleinen Hadschi vor Entzücken; seine Augen strahlten, und seine Stimme klang jubelnd, als er fragte:
„Halef? Heißt er nur so? Kennst du denn nicht seinen ganzen Namen?"
„Ich kenne ihn; er lautet, soviel ich mich erinnere, Hadschi Halef Omar."

„Oh, nein; das ist nur der Anfang desselben. Dieser größte und berühmteste Krieger unter allen Stämmen der Beduinen heißt Hadschi Halef Omar Ben Hadschi Abul Abbas Ibn Hadschi Dawud al Gossarah. Und das ist noch lange nicht sein vollständiger Name, denn er könnte ihn infolge seiner unzähligen und glanzvollen Ahnen, Urahnen und Großvätersururahnen so ausdehnen, daß er von der Erde bis hinauf zum Himmel und dann von diesem wieder sechsmal bis herunter zur Erde reichte."
Der Alte kannte jedenfalls die beduinische Ansicht, daß ein Mann um so mehr zu ehren sei, je länger sein Name ist, und daß daher ein jeder, der etwas aus sich machen will, an seinen eigenen Namen so viele Namen seiner Vorfahren, als er kennt oder auch nicht kennt, anzuhängen pflegt. Daher fiel ihm die lange Reihe, welche Halef genannt hatte, gar nicht auf; auch ging er über die vielfache Entfernung zwischen Himmel und Erde, nur einmal hinauf aber sechsmal herunter, hinweg und meinte:
„Ich möchte wissen, ob es wahr ist; man sagt nämlich, daß dieser Halef ursprünglich ein ganz armer, unbekannter Mann gewesen sei und es aber durch seine Tapferkeit bis zum obersten Scheik der Haddedihn gebracht habe."
„Was man da gesagt hat, ist wahr; ich kann es bezeugen," bestätigte Halef.
„Oder liegt vielleicht nur eine zufällige Gleichheit der Namen vor?"
„Nein. Hadschi Halef Omar, der größte Held in Asien und Afrika, und Hadschi Halef Omar, der oberste Scheik der Haddedihn vom großen Stamme der Schammar, sind eine und dieselbe Person. Würdest du diesen Besieger aller bisherigen Helden erkennen, wenn er wieder einmal zu dir käme?"
„Das bezweifle ich, denn meine alten Augen sind sehr matt und schwach geworden."
„Auch nicht an der Stimme?"
„Ich weiß es nicht. Um sich die Stimme eines Menschen zu merken, muß man lange mit ihm beisammen gewesen sein; dieser Hadschi Halef Omar aber war nur sehr kurze Zeit bei mir. Auch ist er mir damals gar nicht so aufgefallen, daß sein Gesicht und seine Stimme sich meinem Gedächtnisse eingeprägt hätten."
„Nicht aufgefallen? Was höre ich! Erlaube, daß ich im höchsten Grade erstaunt bin! Ein siegreicher Held, wie dieser unvergleichliche Scheik der Haddedihn ist, besitzt doch eine so unerforschliche Tiefe der Einprägung, daß seine Stimme durch die festesten und härtesten Felsen des Erdbodens klingt und sein Gesicht auch mit dem schärfsten Messer nicht aus dem Ruhmesreichtum seiner Vergangenheit und dem verehrungsvollen Gedächtnisse seiner Bewunderer herausgeschnitten werden kann. Alle Krieger der feindlichen Stämme und alle wilden und reißenden Tiere des Gebirges haben sich sein Gesicht gemerkt und nehmen sofort Reißaus, sobald sie ihn sehen oder seine gewaltige Stimme hören. Und du, welcher die große Ehre hatte, ihn hier in diesem Hause kennen zu lernen und die Herrlichkeit seiner Vorzüge einzuatmen, hast ihn vergessen können? Ich bin erstaunt darüber, so erstaunt, daß es keine Sprache giebt, welche Worte genug besitzt, die Wortlosigkeit meiner Verwunderung in Worte zu kleiden! Sieh hier diesen

berühmten Emir Kara Ben Nemsi Effendi an! Auch er wird dir sagen, daß die Schwäche deines Gedächtnisses zwar niemals die glänzenden Strahlen meiner Erleuchtung – – –"
Er wurde unterbrochen. Der kleine, mit dem Lobe seiner selbst so gern freigebige Kerl hatte unbedachtsamerweise meinen Namen genannt; da horchte der Wirt zunächst verwundert auf und fiel ihm dann hastig in die Rede:
„Dieser Emir Kara Ben Nemsi Effendi hier, sagst du? Habe ich richtig verstanden?"
„Allah Wallah!" lachte Halef halb verlegen. „Da ist mir freilich mein Sihdi ganz plötzlich aus dem Munde gefahren, obwohl ich glaubte, daß er fest und sicher darin stecken bleiben würde. Schau dir ihn an! Auch ihn hast du nicht wiedererkannt!"
„Maschallah – Gott thut Wunder! So seid ihr es also beide! Du bist Hadschi Halef Omar, und er ist Hadschi Kara Ben Nemsi Effendi aus Dschermanistan?"
„Ja, das sind wir; er ist wirklich er, und ich bin wirklich ich; wir sind nicht zu verwechseln und mit keinem Menschen zu vertauschen."
„So heiße ich euch hochwillkommen und sage euch, daß alle Räume meines Hauses und mein ganzes Eigentum euch so lange, wie es euch beliebt, zur Verfügung stehen!"
Er war aufgesprungen, drückte uns die Hände und zeigte eine Freude, welche um so rührender war, als die Kürze unseres damaligen Aufenthaltes bei ihm uns gar nicht zu der Annahme berechtigte, daß er uns eine solche Zuneigung aufbewahrt habe. Ich glaubte, annehmen zu müssen, daß hier noch ein besonderer, mir unbekannter Grund vorliege, sich über dieses unerwartete Wiedersehen zu freuen. Und er war es nicht allein, der diese Freude hegte, denn die Thüre wurde jetzt kräftig und sperrangelweit aufgestoßen, und Kepek, die „Kleie", kam auf uns zugeeilt, so schnell es ihm seine ungeheure Fettpolsterung erlaubte. Er streckte mir beide Hände hin und rief mit seiner hohen, leberthranigen Stimme:
„Hamdulillah für die große Freude, die mir heut von euch bereitet wird! Emir, ich habe, wie du wohl gehört haben wirst, die zwei goldenen Tumahns nicht vergessen, die du mir gegeben hast. Sie sind zwar in Gestalt von Schnupftabak in meine Nase eingegangen, aber dennoch nicht verschwunden, denn sie stiegen mir von da aus in das Herz hinunter, wo sie noch heute liegen als Andenken an die Freundlichkeit, mit welcher ihr an meinen leeren Beutel dachtet. Mein Effendi hat euch schon willkommen geheißen, nun gebe auch ich euch die Versicherung, daß uns keine größere Freude bereitet werden konnte, als durch eure Ankunft hier, denn wir haben seit jener Zeit stets gewünscht, euch wiederzusehen, um euch in eine Sache einzuweihen, über welche wir unsere Köpfe ganz vergeblich fast zerbrochen haben."
Ah, also doch ein besonderer Extragrund für die Freude, welche uns entgegengebracht wurde. Das Verhältnis zwischen Herr und Diener war sichtlich ein so intimes, daß ich mich gar nicht bedachte, dem Dicken die Hände zu drücken, was freilich nicht mit einem einmaligen Griffe, sondern nur nach und nach geschehen konnte, denn diese Pranken hatten infolge ihrer Fettwattierung einen solchen Umfang angenommen, daß ein halbes Dutzend Bären während des Winterschlafes von ihnen hätten zehren können.

„Ja, so ist es," stimmte der Pole bei. „Ich habe dich, Effendi, um einen guten Rat zu bitten, denn es giebt keinen Menschen außer dir, dem ich mich anvertrauen könnte und möchte."

„Wenn es mir möglich ist, ihn zu geben, sollst du ihn haben; aber warum bin grad ich dieser Mensch?"

„Weil ich dich für den einzig Richtigen halte, an den ich mich zu wenden habe. Alles, was über dich erzählt wird, und ich dann durch Kepek erfahren habe, giebt mir die Ueberzeugung, daß ich mich nicht vergeblich an dich wenden werde. Wie dein Mut unüberwindlich, deine Hand stark und deine Tapferkeit unbesiegbar ist, so besitzest du auch eine nie erlahmende Willenskraft und eine List, die über alle Klugheiten anderer triumphiert. Und daß grad du es bist, der zu mir kommt, das vollendet die Festigkeit meiner Zuversicht, daß du dich mit Erfolg der betreffenden Angelegenheit annehmen wirst. Euer Kommen macht mich glücklich, denn es wird mir die Ruhe meines Herzens wiedergeben, die ich verloren habe."

„Und mir die Kraft der gesunden Verdauung, welche mir abhanden gekommen ist," fügte Kepek mit trübseliger Miene hinzu. „Mein Magen nahm früher alles an, was ihm geboten wurde; aber nun schon seit Jahren versagt er mir den Dienst, und ich darf ihm kaum soviel aufzwingen, wie unbedingt erforderlich ist, mich am Leben und zur Not aufrecht zu erhalten. Ich fühle, daß ich eines langsamen und darum qualvollen Hungertodes sterbe, und bin überzeugt, daß Allah dich, o Emir, zu meiner Rettung nach Bagdad gesandt hat."

Ich hätte laut auflachen mögen, denn diese seine bittere Klage war wirklich ernst gemeint, hütete mich aber, ihm meine heimliche Heiterkeit merken zu lassen. Auch sein Herr verzog keine Miene über diese Jammerlaute und gab ihm den Befehl:

„Wir müssen zeigen, daß uns diese beiden Gäste hochwillkommen sind. Laufe, eile, springe, Kepek, um ihnen und uns ein gutes Mahl zu bereiten! Die Zeit des Mittagessens ist schon längst vorüber."

Laufe, eile, springe! Welch eine Aufforderung an diesen Koloß, dessen Gestalt und Gewicht nur vorhanden zu sein schienen, die Lehre von der Schwere und Beharrlichkeit bis zur höchsten Evidenz zu beweisen. Er machte auch wirklich keine Miene, auch nur einen Schritt zu thun, sondern schüttelte nur langsam und höchst verwundert den Kopf und hielt den Blick dabei mit sichtbarem Vorwurfe auf seinen Gebieter, der aber doch nicht sein Gebieter war, gerichtet.

„Nun, was stehst du noch da?" fragte dieser. „Weißt du nicht, was man thut, wenn man für so liebe und willkommene Gäste zu sorgen hat?"

„Ja, das weiß ich wohl ganz gut!"

„So beeile dich also, und bereite das Essen!"

„O Allah, o Mohammed! Ich soll mich beeilen, wo die Eile doch gar nichts ändern kann!"

„Woran denn nicht?"

„An dem gänzlichen Mangel der Vorräte. Wenn nichts vorhanden ist, kann man nichts kochen und nichts braten."
„Nichts vorhanden?" fragte der Alte erstaunt.
„Nichts, gar nichts!"
„Aber du hast doch vorgestern, als du Kaffee und Tabak holtest, einen halben Hammel mitgebracht?"
„Ja, das hab ich."
„Und ein Huhn?"
„Das war nicht nur ein Huhn, sondern sogar ein junger Hahn, der zarteste und leckerste unter dem vorhandenen Geflügel."
„Und Reis, Butter, Tomaten und Gewürz?"
„Auch alles das," nickte er.
„Und Mehl zum Brote?"
„Davon habe ich eine ganze Okka gebracht."
„So hast du ja alles, um ein gutes Mahl herzustellen!"
„O Effendi, du beliebst zu scherzen! Alles das, was du jetzt aufgezählt hast, ist verzehrt worden, ist rund und rein alle geworden."
„Do wierzenia niepodobny! Wer soll es denn gegessen haben?"
„Ich!"
„Du? Da müßtest du ja den Magen eines Kelb el Bahr haben!"
Da zog der Dicke seine wehmütigste Miene und sagte:
„Effendi, Allah verzeihe es dir, daß du mich mit so einem Ungeheuer des Meeres vergleichst! Hast du denn nicht vorhin gehört, was ich gesagt habe? Dieser berühmte Emir Kara Ben Nemsi Effendi und dieser tapfere Scheik Hadschi Halef Omar haben beide es vernommen; sie werden mir als Zeugen dienen, daß ich fast gar nichts mehr genießen kann, weil mein armer Magen schwach und dünn wie eine Seifenblase ist, die in jedem Augenblicke zu platzen droht."
„Und bei dieser Magenschwäche hast du einen halben Hammel, einen jungen Hahn und eine Okka Mehl ganz allein aufgegessen? Denn was ich davon bekommen habe, das ist gar nicht zu rechnen!"
„Allah! Du versenkst mein Herz in Kummer und meine Seele in Trübseligkeit! Was ich gethan habe, das habe ich aus Liebe und Aufopferung für dich gethan. Der Hammel hatte vor schon so vielen Tagen den Tod erlitten, daß sein Duft sich nach der Beerdigung zu sehnen begann. Konnte ich da dir ihn zu essen geben?"
„Warum hast du ihn stinkend gekauft?"
„Weil. ich nicht beim Kassab war, als er noch nicht stank."
„So hättest du einen frischen nehmen sollen!"
„Es war keiner da. Es stank das ganze Fleisch, welches bei ihm hing."
„Warum bist du da nicht zu einem andern Kassab gegangen?"

Da verdrehte der Dicke in mitleidiger Verwunderung die Aeuglein, schlug die Hände zusammen, daß es einen Klatsch wie von einem zerreißenden Groß-Bramsegel gab, und rief aus:

„Allah beschütze mich! Zu einem andern Kassab gehen! Sieh mich an, Effendi! Bin ich ein Windhund, daß du mir zumutest, von einem Fleischer zum andern zu hetzen? Bedenke doch, daß ich sofort tot bin, wenn ich den Atem verliere, ohne daß er wiederkommt! Auch weißt du genau, daß ich nicht nur zum Fleischer, sondern noch in andere Dekahkin zu gehen hatte. Wo soll da die Zeit zum Herumlaufen herkommen, zumal ich doch meine gewohnten vier Tassen Kaffee unterwegs trinken mußte."

„Das konntest du einmal lassen!"

„Lassen? Unmöglich, ganz unmöglich, Effendi! Du hast ja heut erfahren, wie hochwichtig es ist, daß ich täglich diese vier Kaffeestuben besuche, um dir alle Neuigkeiten zu bringen, welche ich erfahre. Wenn ich das nicht thäte, hättest du nie etwas über diese beiden erleuchteten Männer erfahren, welche hier vor uns stehen. Ich muß das thun, unbedingt thun, und du wirst also erkennen, daß dein Vorwurf mich ganz ungerecht trifft, weil ich unschuldig, vollständig unschuldig bin."

„Nun gut, so will ich gegen diesen Punkt nichts mehr sagen, aber daß wir heut nichts mehr zu essen haben, das wenigstens brauchte nicht zu sein. Ich war überzeugt, daß das Fleisch für diese ganze Woche ausreichen werde."

„Für diese ganze Woche! Allah, Allah, dein Rat ist unerforschlich! Was hast du doch für sonderbare Gedanken zugelassen. Wenn ein halber Hammel für eine ganze Woche langen soll, was kommt da auf den Tag? Und wenn das Fleisch schon beim Einkaufe den Duft der Leichen hat, wie soll es dann wohl erst nach einer Woche riechen! Es war schon jetzt nicht mehr zum essen. Ich aber habe es dennoch mit Besiegung alles Widerwillens und mit Zusammenfassung meiner ganzen Selbstbeherrschung gebraten und verspeist, damit nicht du gezwungen seist, die traurige Wirkung einer solchen Speise an deiner Gesundheit zu verspüren. Ich habe also in reiner Aufopferung für dich gehandelt und die größte Anerkennung von dir verdient. Ich bin auch in diesem Punkte so unschuldig, wie ich immer bin, wenn mich ungerechte Vorwürfe von dir treffen; aber anstatt daß ich dein Lob dafür ernte, muß ich Worte des Tadels und des Zornes hören. Es ist wirklich nicht leicht, sowohl der Diener als auch der Koch eines Mannes zu sein, der einen halben Hammel auf eine ganze Woche auseinanderzerren will und dem Verdienste seines treuen Untergebenen die mit großen Schmerzen erwartete Anerkennung versagt!"

Der Alte schien von diesem Vorwurfe gerührt zu sein, denn er sprach in mildem Tone:

„Lassen wir den Hammel sein; aber wenigstens brauchte der junge Hahn doch nicht so schnell zu verschwinden!"

„Sprich nicht von ihm; ich bitte dich! Es war ihm so im Buche des Lebens vorgezeichnet. Er war an demselben Tage wie der Hammel geschlachtet worden; ich hatte beide zu derselben Stunde gekauft; sie waren miteinander nach Hause geschafft und auf demselben Herde nebeneinander gebraten worden; daraus folgt doch, daß sie auch miteinander verspeist werden mußten. Dagegen war nichts zu wollen, nichts zu sagen und nichts zu thun. Außerdem hat der Hahn mich ganz gewiß vom Tode errettet. Nämlich als der Hammel den Weg seiner Bestimmung gegangen war, verfiel mein armer Magen in einen solchen Zustand der Erbärmlichkeit, daß ich von dieser Erde abzuscheiden gedachte und deutlich fühlte, daß es mir bestimmt sei, infolge des Genusses dieses verdorbenen Fleisches zu den Vorvätern meiner Urahnen versammelt zu werden. Ich sterbe gern und habe keine Angst vor dem Tode, weil nach demselben die ewigen Freuden des Paradieses folgen; aber ich dachte an dich und was mit dir werden solle, wenn ich, der Gefährte deines Alters und die einzige Stütze deiner Lebenstage, dich verlassen müsse. Ich gedachte meiner unvergleichlichen Anhänglichkeit und Liebe zu dir, meiner Pflicht, dir den Abend deines Daseins zu verschönern, und ging in mein Inneres hinein, um den festen Entschluß zu fassen, mich dir noch zu erhalten und bei dir auszuharren trotz der immerwährenden Betrübnis, daß du mir stets unrecht giebst. Ich mußte also das Elend meiner Verdauung überwinden, was nur dadurch geschehen konnte, daß ich meinen schon halb abgeschiedenen Magen wieder zurückrief, indem ich ihn durch den jungen Hahn verlockte, es noch einmal mit der Erfüllung seiner irdischen Verpflichtungen zu versuchen. Dies ist mir gelungen, und aus Freude darüber habe ich ihn dann durch die wohlverdiente Gabe des neubackenen Brotes belohnt, welches du ihm leider nicht zu gönnen scheinst. Wenn du mir nun Vorwürfe darüber machst, daß ich mich und dich errettet habe, so sind sie unverdient, denn ich bin an dem Verschwinden der Speisen so unschuldig wie ein harmloser Ziegenbock, den man beschuldigt, ein Kamel gefressen zu haben, während es doch der Löwe gewesen ist. Weiter habe ich dir nichts zu sagen, Effendi; nun thue, was du willst."

Diese lange und energische Auseinandersetzung erreichte ihren Zweck. Der Alte schien von dem „Gefährten seines Alters, der einzigen Stütze seiner Lebenstage und der abendlichen Verschönerung seines Daseins" gerührt worden zu sein, denn er nickte ihm gütig zu und sagte:

„Ich will dich nicht betrüben und meine Vorwürfe also zurücknehmen; aber das ändert unsere Lage nicht. Wir müssen essen und haben aber nichts."

„O Allah, Allah! Welche Kürze der Gedanken und welcher Mangel der erforderlichen Geistesgegenwart! Wenn du den guten Rat befolgst, welcher mir auf den Lippen schwebt, so wird alle Not sofort ein Ende haben."

„Was rätst du mir?"

„Gieb mir wieder Geld, so gehe ich, um zu holen, was wir brauchen!"

„Und kommst vor heut abend nicht zurück."

„Meinst du denn, daß der Hunger dieser beiden Männer, welche unsere Gäste sind, so groß ist, daß sie nicht bis zum Abend warten können?"

„Welche Frage! Gäste darf man niemals warten lassen, gleichviel, ob sie Hunger haben oder nicht."

„Das kann ich allerdings auch nicht ganz in Abrede stellen; aber ich muß doch meine vier Kaffeehäuser besuchen, um zu erzählen, daß der unvergleichliche Emir Kara Ben Nemsi Effendi und der tapfere Hadschi Halef Omar zu uns gekommen sind und bei uns wohnen. Da werde ich Hunderte von Fragen zu beantworten haben und kann unmöglich eher wiederkommen, als bis es dunkel geworden ist."

Wenn ein europäischer Diener diese Worte hervorgebracht hätte, so wäre er einfach für verrückt gehalten worden; dieser wunderbare Kepek aber hielt sich für wirklich und vollständig berechtigt, uns hungern zu lassen und seinen Bummel auszuführen. Sein Herr schien in seiner grenzenlosen Güte und Nachsicht nicht zu wissen, was er sagen solle, und so hielt ich es für an der Zeit, nun auch einmal das Wort zu ergreifen, doch kam mir Halef zuvor, was mir gar nicht unlieb war, weil es mir widerstebte, dem sonderbaren Dicken Dinge zu sagen, die ihm nicht angenehm sein konnten. Mein kleiner Hadschi hatte schon längst die Geduld verloren; darum befürchtete ich, daß er sich, obgleich er Gast war, in seiner gewohnten, kräftigen Weise ausdrücken werde, doch sah ich bald zu meiner Beruhigung, daß er sich zu beherrschen wußte. Er stand auf, klopfte dem stets unschuldigen Schuldigen vertraulich auf die Schulter und fragte ihn:

„Verzeihe mir, o Freund der halben Hammel und der ganzen jungen Hähne! Kannst du mir sagen, wer der Herr dieses Hauses ist?"

„Dieser Effendi, dem ich diene," lautete die Antwort.

„Ah, du bist also sein Diener?"

„Ja."

„Wer hat zu gehorchen, der Diener oder der Herr?"

„Der Diener natürlich."

„Schön, du hungrigster unter allen Köchen der Erdenländer! Du hast also nicht zu thun, was dir beliebt, sondern was die Gastfreundschaft deines Herrn erfordert, und diese heischt von ihm, daß seine Gäste sobald wie möglich zu essen bekommen. Willst du dann später in die Kaffeehäuser gehen, so thue es; ich habe dir nichts zu befehlen; aber wenn du dort von uns sprichst – – – paß wohl auf, was ich dir jetzt sage! – – – wenn du dort von uns sprichst, wenn du nur ein einziges Wort davon sagst, daß wir in Bagdad sind und wo wir uns befinden, so bist du morgen früh eine Leiche, eine die ganze Nacht hindurch langsam und allmählich totgemordete Leiche!"

Der Dicke fuhr vor Schreck einige Schritte so schnell, wie ich es ihm gar nicht zugetraut hätte, zurück. Bis herab zur Unterkehle erblassend, wiederholte er stammelnd die letzten Worte:

„Eine – – die ganze Nacht hindurch – – – langsam und allmählich – – – totgemordete – – – Leiche – – –!"

„Ja," nickte Halef sehr ernst.

„Aber – – – aber – – – warum tot – – –? warum ermordet – – –? warum Leiche – – –?"

„Das will ich dir erklären. Wir haben Feinde, welche uns verfolgen, welche uns in Bagdad suchen. Wenn sie uns finden, giebt es einen Kampf; wir beide werden zwar siegen, aber das Haus, in welchem wir wohnen, wird die Folgen zu tragen haben; man wird die Bewohner sehr wahrscheinlich langsam zu Tode martern."

„Zu – – Tode – – martern – –! Allah behüte mich vor dem Teufel, vor dem Tode und vor allen Menschen, welche mich um das Leben bringen wollen! Es fällt mir gar nicht ein, die Kaffeehäuser zu besuchen, solange ihr euch hier befindet! Ich werde den Mund halten und keinem einzigen Geschöpfe verraten, wo ihr seid! Am liebsten blieb ich im Hause und ginge gar nicht über die Grenzen unsers Gartens hinaus!"

„Das ist recht gedacht von dir. Ich bin bereit, dir diese mutige Zurückgezogenheit zu erleichtern, indem ich selbst gehen werde, um einzukaufen, was wir nötig haben. Du magst dich inzwischen vorbereiten, sofort Feuer machen zu können, wenn ich wiederkehre. Komm mit mir in die Küche!"

Sie gingen. Als sie fort waren, erkundigte sich der Wirt im besorgten Tone:

„Hadschi Halef Omar hat auf alle Fälle übertrieben; aber sag, habt ihr wirklich Feinde, welche euch verfolgen?"

„Wir sind allerdings mit Männern zusammengetroffen, welche uns so feindselig behandelten, daß wir ihnen die Peitsche schmecken ließen. Es waren Perser," antwortete ich.

„Ah, also auch Perser!"

„Ja. Sie glühen vor Rache, und da sie wissen, daß wir in Bagdad sind, werden sie nach uns forschen, um eine Gelegenheit zu finden, uns die Schläge zu vergelten, welche sie bekommen haben. Wir fürchten uns natürlich nicht im mindesten. Halef hat die Sache übertrieben, um deinem Diener aus naheliegenden Gründen Angst zu machen. Dieser Kepek scheint ziemlich furchtsam zu sein."

„Da irrst du dich, Effendi. Er ist Onbaschi gewesen und war einer der brauchbarsten und furchtlosesten Unteroffiziere. Bei dieser Gelegenheit magst du erfahren, daß ich Dozorca heiße und als Bimbaschi entlassen worden bin. Kepek ist jetzt alt und bequem geworden; früher gewandt, beweglich und stets zum Raufen bereit, hat er durch seine geradezu ungeheuere Körperdicke den Anschein des Gegenteiles erhalten, und es mag sein, daß die Liebe, mit welcher er an mir hängt, und die Sorge, welche er stets um mich hat, auch mit dahin gewirkt haben, daß er bedächtiger erscheint, als er früher war, und also erschrickt, wenn er meint, daß wir Gefahren ausgesetzt sind. Er hat mich schon mehreremal mitten aus den Feinden herausgehauen und mir auch sonstige Dienste geleistet, welche mich über seine Schwächen wegsehen lassen, und ich bin überzeugt, daß er, wenn es nötig wäre, sein Leben auch jetzt noch für mich wagen würde, wenn er nur erst einmal wieder aus sich herausgegangen ist. Er ist mir treu wie Gold und auch am Herd erfahren, sodaß ich keinen Koch zu halten brauche. Er ißt zwar außerordentlich stark und giebt mir bloß die Reste, mit denen ich aber ganz gut ausreiche, und was seinen Kaffee betrifft, so kocht er allerdings zweierlei, nämlich den guten, starken für sich und den dünnen für mich, weil er behauptet, daß der starke mir zu sehr ins Blut gehen würde und meine Nerven das nicht – –Blyskawica! Da spreche ich vom Kaffee und erinnere

mich erst hierbei, daß wir noch keinen haben! Welche Nachlässigkeit gegen dich, Effendi! Er soll sogleich welchen bringen!“
Er klatschte zwei-, drei-, fünf- und zehnmal in die Hände, aber der Dicke kam nicht; erst als ich bei geöffneter Thür so kräftig in die meinigen schlug, daß sie schmerzten, hörte ich seine Stimme hinter einer angelehnten Thür erschallen. Dann kam er zwar sehr langsam geschlürft, aber sein Gesicht war doch so rot, als ob er einen anstrengenden Dauerlauf hinter sich habe, und er sagte in unwilligem Tone:
„Schon wieder! Kaum habe ich diesem Hadschi Halef, der nichts begreifen kann, meine Instruktionen erteilt, über welche er nur lacht, anstatt sie mit Würde entgegenzunehmen, so muß ich schon wieder hierher rennen! Was wollt ihr denn?“
„Kaffee,“ antwortete sein Herr.
„Kaffee? Es ist noch keiner da; der Hadschi wird welchen mitbringen. Da er nun doch einmal alles selbst bezahlt, was er holt, so habe ich ihm gesagt, er solle auch den Kaffee nicht vergessen.“
„Aber du hast doch welchen!“
„Wo?“
„Ich weiß nicht, wo du ihn hingethan hast; der Hadschi hatte ihn in seiner Satteltasche stecken.“
Weil auch ich glaubte, daß der Dicke den Kaffee wirklich vergessen habe, erinnerte ich ihn daran, daß er ihn an seiner Brust verborgen hatte; er schüttelte aber den Kopf und erklärte mir in wirklich überraschender Unbedenklichkeit:
„Ja, hineingesteckt habe ich ihn, Emir, aber auch wieder herausgenommen.“
„Wo ist er jetzt?“
„Versteckt und aufgehoben.“
„Warum versteckt?“
„Damit ihn niemand finden soll.“
„So willst du ihn wohl für dich allein haben?“
„Ja. Du wirst einsehen, o Emir, daß ich dazu berechtigt bin. Wisse, daß mein Id el Milad in einigen Tagen ist, an welchem ich einige Bekannte zu mir laden werde. Diese sind vorzügliche Kaffeekenner, und weil ich gesehen habe, daß du besseren hast, als mein Effendi zu kaufen pflegt, so hebe ich den deinigen für das Fest auf und werde euch den kochen, den der Hadschi mitbringt. Habt also nur Geduld! Es wird nicht lange dauern, bis er wiederkommt.“
„Aber warum soll grad dein Besuch diesen meinen guten Kaffee erhalten?“
„O Emir, wie kannst du nur so fragen! Es ist doch eine der wichtigsten Vorschriften des Kuran, daß man seine Gäste dadurch ehren Soll, daß man ihnen das beste giebt, was man hat.“
Jetzt wußte ich wirklich nicht, ob ich zornig werden oder lachen sollte. Der Bimbaschi hatte den Dicken durch seine übertriebene Dankbarkeit und Selbstlosigkeit in der Weise verdorben, daß dessen Verhalten in andern Verhältnissen als Frechheit zu bezeichnen

gewesen wäre. Das ging nur sie beide an, solange es ihnen gefiel und solange kein anderer darunter zu leiden hatte; ich aber hatte keine Lust, auch mich von dem frühern Onbaschi in die gleiche Behandlung nehmen zu lassen; darum zeigte ich ihm jetzt ein strengeres Gesicht und sagte:

„Grad weil ich diese Vorschriften kenne und dazu auch alles andere, was sich auf die Ausübung der Gastfreundschaft bezieht, muß ich mich sehr wundern, daß du es wagst, mir den Kaffee, welcher doch der meinige ist, zu entziehen und schlechtern dafür anzubieten. Du bekommst Gäste; das sind die Gäste eines Dieners, welcher früher Onbaschi war, und wir sind heut die Gäste deines Herrn, welcher den Rang eines Bimbaschi bekleidete. Wer ist der Vornehmere, er oder du? Hadschi Halef Omar ist der oberste Scheik der Haddedihn, und was ich bin, dir zu sagen, ist gar nicht nötig; wer werden aber deine Gäste sein, welche bessern Kaffee als wir trinken sollen? Du hast sofort den meinigen zu kochen, hörst du wohl, sofort, und zwar stark und gut, wie vornehme Herren ihn verlangen können! Uebrigens warne ich dich da vor meinem Hadschi Halef, von welchem du ja genug gehört hast, um zu wissen, wie er ist. Er ist die schnellste und aufmerksamste Bedienung gewöhnt und duldet keine Zurücksetzung. Ferner ißt und trinkt er gern so gut wie möglich, und wer das nicht beachtet, dem pflegt er sehr schnell den fehlenden Respekt beizubringen. Es hat schon mancher Mensch, der ihn mit der Nachlässigkeit behandelte, welche auch du zu besitzen scheinst, nicht nur seine Hand oder seine Peitsche, sondern sogar sein Messer fühlen müssen. Hüte dich vor seinem Zorne! Er ist ein freier Ben Arab und bei der geringsten Vernachlässigung der ihm gebührenden Ehre sehr rasch mit Hieben und auch mit Messerstichen bereit. Wer ihm zumutet, schlechten Kaffee zu trinken, der mag sich vor den Folgen hüten, die keine angenehmen sind!“

Eine solche Standrede hatte der Dicke wohl seit langer Zeit nicht mehr zu hören bekommen; er duckte sich förmlich zusammen und antwortete in devotem Tone:

„Ich danke dir, o Emir, daß du mich auf diese gefährlichen Eigenheiten des Scheikes aufmerksam machst. Das ist ja ein wahrer Wüterich! Ich werde euch schnell, sehr schnell deinen eigenen Kaffee bringen, denn das Wasser kocht bereits, und ich habe ihn auch schon im Hon el Bonn zerstoßen.“

„Schon? Ah, der war also für dich; wir aber sollten keinen bekommen?“

„Halte ein mit den Vorwürfen, Emir! Weil ich ihn meinen Gästen vorsetzen wollte, mußte ich ihn doch kosten, um mich von seiner Güte zu überzeugen; jetzt aber hast du mich belehrt, und ich weiß, wie ich mich zu verhalten habe. Es wird nicht ganz eine einzige Minute dauern, so wird sein Duft deinen Zorn besänftigen und die Empfänglichkeit deines Geruches erquicken. Ich gehe schnell, ich eile schon!“

Er arbeitete und stampfte mit den Beinen wie ein Radfahrer, um schnell hinauszukommen, was meinen Zorn, wenn ich wirklich zornig gewesen wäre, sogleich in das Gegenteil verwandelt hätte; ich lachte, doch so, daß er es nicht hörte, hinter ihm her. Sein Herr lachte auch und sagte:

„Ich habe ihn verwöhnt; das weiß ich nur zu gut. Ich halte ihn mir, wie man in Europa sich ein Schoßhündchen, einen Papagei, ein Aeffchen oder einen Kanarienvogel hält, und lasse meine Schwäche für ihn mit seiner Anmaßung wachsen. Du hast ihm jetzt die nötige Achtung eingeflößt und kannst versichert sein, daß die Wirkung davon nicht lange auf sich warten lassen wird."
Er hatte recht; der Dicke kam schneller wieder, als ich es ihm zugetraut hatte, und setzte den Kaffee zwischen uns auf den Serir. Man sah es ihm förmlich an, daß ihm das Wasser im Munde zusammenlief, und es war ein Ton aufrichtiger Betrübnis, in welchem er die Bemerkung machte:
„Hier habt ihr ihn! Ich sage euch, daß ich nicht einen Schluck davon gekostet habe. Ich werde ihn auch ferner nicht für mich, sondern ganz allein für euch bereiten, selbst wenn der Appetit mich um die Ruhe meiner Seele und die Annehmlichkeiten meines sonstigen Wohlbefindens bringen sollte. Aber ich bitte dich, o Emir, falls Allah so gnädig ist, dich mit dem Gedanken zu erleuchten, daß auch ich eine Tasse dieses Trankes genießen dürfe, so zögere ja nicht, mir dies sofort mitzuteilen!"
Als er sich entfernt hatte, bedienten wir uns selbst. Es ist nämlich im Orient bei vornehmen Verhältnissen gebräuchlich, daß beim Kaffeetrinken der Kaffee in Tassen und nicht in größeren Gefäßen serviert wird; Kepek aber hatte eine ganze Rakwa voll gebracht. Das war mir lieb, da es nicht angenehm ist, fortwährend durch das Kommen und Gehen der Dienerschaft gestört zu werden. Auch nahm ich an, daß der Bimbaschi unser Alleinsein zu den Mitteilungen benützen werde, auf welche er mich vorbereitet hatte.
Wir saßen längere Zeit beieinander. Er ließ sich meinen Tabak und meinen Kaffee schmecken und blickte, ohne ein Wort zu sagen, nachdenklich vor sich hin. Endlich ließ er mich eine Frage hören.
„Du warst schon in Persien?"
„Ja," antwortete ich.
„Sprichst und verstehst du die Sprache dieses Landes?"
„Ja."
„So sag, ob du vielleicht einmal von einer Gul-i-Schiraz gehört hast! Denke nach! Diese Frage ist eine sehr wichtige für mich."
„Gul-i-Schiraz? Natürlich. Die Rosen von Schiras sind berühmt, doch gestehe ich, daß ich die Rosenzucht in Rumili kennen gelernt habe, welche ich der persischen vorziehe."
„Das ist es nicht, was ich meine. Ich spreche nicht von Rosenzucht, nicht von den Rosen im allgemeinen, auch nicht von den Rosen von Schiras in der Mehrzahl, sondern von einer Rose in der Einzahl, von einer ganz bestimmten Rose, welche aus einer mir unbekannten Ursache als Gul-i-Schiraz bezeichnet wird."
„Von einer solchen Rose habe ich noch nichts gehört; sie ist mir unbekannt."
„Das ist bedauerlich, sehr bedauerlich!"

„Wie kommt es, daß du, der seit langen Jahren hier zu wohnen und ein vollständiger Orientale geworden zu sein scheinst, mir, der ich mich nur ganz vorübergehend im Oriente aufgehalten habe, die Kenntnis eines Gegenstandes zutraust, welche du nicht besitzest?“
„Diese Frage sagt mir, daß du nicht weißt, was man von dir erzählt und in welcher Weise man über dich spricht und dich beschreibt. Nach den Schilderungen, welche über dich, den Hadschi Emir Kara Ben Nemsi Effendi im Umlaufe sind, kannst du alles und weißt alles.“
„Das ist echt orientalische Uebertreibung. Der Europäer hat natürlich mehr gelernt, als der unwissende Beduine.“
„Das weiß auch ich; du aber stehst in einem so ungewöhnlichen Rufe, daß auch ich geneigt bin, dir mehr als jedem andern zuzutrauen. Ist Hadschi Halef Omar dein Freund oder dein Diener?“
„Mein Freund.“
„So ist er Mitwissender von allem, was sich auf eure jetzige Reise bezieht?“
„Ja. Ich will und kann keine Geheimnisse vor ihm haben.“
„So werde ich nicht jetzt sprechen, sondern dann, wenn er von seinem Gange zurückgekehrt und wieder bei uns ist. Inzwischen können wir uns in deiner Muttersprache unterhalten. Du weißt von deinem damaligen Besuche her, daß ich sie verstehe.“
Ich ging natürlich sehr gern darauf ein; aber der Genuß, welcher sich mir dadurch bot, war nicht von langer Dauer, denn Halef kam herein, und zwar in einer Weise, welche auf eine gewisse Aufregung schließen ließ, und meldete uns:
„Ich habe gebracht, was ich in der Nähe bekommen konnte; es ist genug, um mehrere Tage davon zu leben, wenn nicht dieser dicke Vater der Gefräßigkeit über Nacht wieder alles verschlingt, um sich aus Liebe zu seinem Herrn vom Tode zu erretten. Nun aber muß ich fragen, wer kochen und braten soll?“
„Kepek, natürlich,“ antwortete der Bimbaschi.
„Allah'l Allah! Kennst du deine Küche? Wann bist du zum letztenmal drin gewesen?“
„Seit Jahren nicht. Sie ist das unbestrittene Reich Kepeks, der mich keinen Augenblick drin duldet.“
„Das dachte ich! Und darum geriet er so in Wut, als ich von der Reinlichkeit des Lebens und der Appetitlichkeit der Speisen sprach! Ich habe ihm aber geantwortet, wie sich's gebührt; da setzte er sich vor Schreck auf die Erde nieder, was einen solchen Plumps that, daß ich glaube, entweder hat er einen Riß bekommen oder der Boden ist geplatzt.“
„Und dann?“ fragte der Alte besorgt. „Was thut er jetzt?“
„Habe keine Sorge um ihn! Er sitzt noch fest und kann wegen der unmenschlichen Schwere seiner Gewichtigkeit nicht eher wieder aufstehen, als bis ich ihm helfe. Laß ihn sitzen, bis ich zu ihm zurückkehre! Ich muß dich vor allen Dingen fragen, ob ich aufrichtig sprechen darf?“

„Du darfst es."
„Und du wirst mir nichts übelnehmen?"
„Gar nichts."
„So muß ich dir sagen, daß du gar keine Ahnung hast, was alles und in welcher Weise bisher für dich gekocht, gebraten und gebacken worden ist. Wenn ich gezwungen würde, nur einen einzigen Bissen aus der fetten Hand dieses Dschedd el Wasach zu essen, so würde sich mein Leib wie ein Geldbeutel umwenden, sodaß meine Eingeweide nach außen kämen und die ganze Schönheit meiner äußeren Gestalt nach innen."
Ich befürchtete eine Beleidigung unsers Wirtes und gab also dem Hadschi einen verstohlenen Wink, sich zu mäßigen; er fuhr aber unbeirrt fort:
„Mein Sihdi winkt mir freilich zu, zu schweigen; aber wenn wir bei dir etwas genießen sollen, so muß ich sprechen und dich darauf aufmerksam machen, daß, solange wir uns hier befinden, ich allein die Chukuhme el Matbach sein werde. Ich will diese Küche gar nicht beschreiben, weil ich keine Worte dazu finden würde, aber das Geschirr – – dieses Geschirr! In der Ecke steht ein Blechgefäß mit dem Wasser, mit welchem er sein Gesicht und seine Hände wäscht und aus welchem er auch zum Kochen schöpft; auf dem Boden des Wassers liegt der Schlamm mehrere Finger hoch. Ich habe es ihm, als er sich vor Schreck niedergesetzt hatte, über den Kopf gegossen – – –"
„Das hättest du nicht thun sollen!" fiel der Bimbaschi ein. „Wenn er nun davon krank und – – –"
„Aengstige dich nicht um ihn!" unterbrach ihn Halef. „Dieses Bad hat ihn wieder zu sich gebracht und ihm nur gutgethan. Er wollte noch mehr haben, denn er sperrte vor Entsetzen den Mund so weit auf, wie er nur konnte; es war aber leider keines mehr da. Dann sah ich eine Tangara. Es war ein schwarzes, dickes Fett mit Fingerspuren drin, und als ich ihn fragte, wozu das sei, erfuhr ich, daß er es zum Einschmieren seiner Schuhe und Pantoffel nehme. In derselben Tangara kocht er dann das Fleisch und Gemüse. Ich habe das Fett sogleich heraus- und ihm in das Gesicht gewischt."
„Boze daj ci zdrowi! Wenn du das gethan hast, so wird er – – –"
„Keine Sorge, Effendi!" fiel Halef ein. „Es hat ihm nichts geschadet. Er leckte es ab, und es schien ihm gut zu schmecken. Während er dies that, sah ich mich weiter um und entdeckte ein Miklaja von Kupfer, in welchem er das Fleisch zu braten pflegt. Jetzt hatte er ein Marham zur Vertreibung der in seinem Bette wohnenden Bakk darin bereitet. Ich habe ihm diese Salbe auf das erste Fett gestrichen. Sodann – – –"
„Halt ein!" unterbrach ich ihn. „Ich will nichts weiter hören. Du wirst jetzt noch einmal fortgehen und die Gefäße kaufen, welche du für heut nötig hast, und sie dann dem Dicken als Geschenk verehren, was, wie ich hoffe, dir seine Zuneigung wiederbringen wird."
„Ich darf mich also als den Gebieter der Küche betrachten?"
Er erhielt durch ein Kopfnicken die Einwilligung des Wirtes und entfernte sich. Der letztere befand sich in größter Verlegenheit und bemühte sich, den Eindruck, welchen

der Bericht des Hadschi auf mich hatte hervorbringen müssen, durch Entschuldigungen abzuschwächen. Ich half ihm schnell darüber hinweg, zumal der Hauptgrund dieser Mißwirtschaft in seiner Armut zu bestehen schien. Wir unterhielten uns in deutscher Sprache über mein und sein Vaterland, welch letzteres, nämlich Polen, er noch jetzt glühend zu lieben schien. Er fragte mich auch, ob ich die Absicht habe, heut noch auszugehen oder auszureiten. Ich verneinte dies, und so machten wir einen Spaziergang in den Garten, wobei ich Gelegenheit nahm, mich zu überzeugen, daß es unsern Pferden an nichts gebrach. Der Bimbaschi war ein leidlicher Kenner und sprach sich begeistert über die edlen Tiere aus.
Als wir dann in das Haus zurückkehrten und an der Küchenthür vorübergingen, blieben wir einen Augenblick stehen, um zu lauschen. Wir hörten das Feuer prasseln, dann Topfgeklirr und dabei die Stimme des Dicken:
„Laß die Salsa ja nicht überlaufen, denn ich sage dir, verehrter Scheik der Haddedihn, daß es schade um jeden Tropfen ist, welcher verloren geht! Ich sehe, daß du ein wahrer Aschschi el Aschschiji bist und freue mich wie ein Sultan auf dieses Essen."
Der Bimbaschi schmunzelte, und auch ich war befriedigt über das gute Einvernehmen, welches sich, nach diesen Worten zu schließen, zwischen den beiden eingestellt hatte. Wir saßen noch nicht lange wieder in dem Zimmer, so kam Kepek hereingestampft und fragte seinen Herrn:
„Effendi, das Mahl wird bald beginnen, und der Hadschi behauptet, daß ich ihm in der Küche nur im Wege sei. Darf ich mich hier niedersetzen, wie ich es immer darf, wenn wir nichts zu thun haben?"
Der Alte sah mich fragend an. Ich konnte mir denken, daß die beiden einsamen Menschen so oft wie möglich beisammen saßen, weil einer auf den andern angewiesen war, und wollte sie nicht zu einer Ausnahme wegen uns veranlassen; darum antwortete ich dem Onbaschi, der jetzt viel sauberer aussah als vorher:
„Setz dich nieder; wir haben nichts dagegen!"
Er nahm uns gegenüber Platz, aber wie! Zunächst drehte er sich nach der Wand um, an welche er die Hände stemmte; dann ließ er diese langsam niedergleiten, wobei er sich nicht bückte, sondern den Körper in steifer Haltung folgen ließ, so daß die Füße von dem an der Mauer liegenden Kissen wegrutschten. In dem Augenblicke, wo er sich wegen seiner Schwere nicht mehr halten konnte und also stürzen mußte, warf er sich schnell und mit einer gewaltsamen Bewegung herum und kam infolgedessen mit einem kräftigen – – Plumps, wie Halef sich vorhin ausgedrückt hatte, auf das Kissen zu sitzen. Bei dem Anblicke, den er dort bot, kostete es mich Mühe, das Lachen zu verbeißen. Der Bauch lag ihm wie ein den Kaftan auftreibender Luftballon auf den Oberschenkeln, und er pustete mit vor Anstrengung hochrot gewordenem Gesichte wie eine Sekundärbahnlokomotive, wobei er sich vergeblich bemühte, die Unterschenkel mit den unzureichenden Flügeln des Gewandes zu bedecken. Als er wieder zu Luft gekommen war, stieß er einen tiefen Seufzer der Erleichterung aus und sagte:

„So! Jetzt stehe ich nicht eher wieder auf, als bis ich vollständig satt geworden bin!"
„Hast du Hunger?" fragte sein Herr.
„Hunger bloß? Allah w' Allah! Es ist noch mehr, viel mehr als Hunger, Effendi. Wenn man diesen Scheik der Haddedihn vom großen Stamme der Schammar so eifrig und appetitlich in der Küche herumhantieren sieht, so laufen einem alle möglichen Wasser des Himmels und der Erde im Munde zusammen. Der versteht's, oh, der versteht's! Ich möchte ihn ohne Unterlaß kochen sehen und immer und immer, ohne Aufhören von ihm essen!"
Er schnalzte mit der Zunge, machte das allerseligste seiner Gesichter und fuhr fort:
„Uebrigens ist er ganz und gar nicht so schlimm, wie ich dachte. Erst räsonnierte er so schrecklich, daß ich das Gleichgewicht meines Daseins verlor und mich dann, auf dem Boden sitzend, wiederfand. Dann untersuchte er die Gefäße, mit deren Bestimmung er leider selbst jetzt noch nicht einverstanden ist. In diesem Mangel an Kenntnis der Notwendigkeiten verwechselte er den Gegenstand mit der Person und strich mir erst die wohlzubereitete Erquickung der Schuhe und Pantoffel und dann die ganze Vertreibung des beißenden Ungeziefers in das Gesicht. Hierauf ging er erst zu euch und dann fort, um Pfannen und Töpfe zu holen. Den Schlüssel zur Pforte hatte er mir schon vorher abverlangt."
Er holte Atem, schob den überhängenden Bauch soviel wie möglich zurück und fuhr dann fort:
„Ich konnte mich nicht erheben und blieb also sitzen, bis er wiederkam. Da zeigte er mir die Herrlichkeiten des Töpfers und sagte, daß er mir dies alles schenken werde, wodurch der Zorn meines Herzens in eine wohlthuende Rührung der Empfänglichkeit meiner Seelenstimmung verwandelt wurde. Nun holte er Wasser, machte Feuer und setzte das Fleisch und Gemüse an Ort und Stelle. Ich erkannte dabei, daß er kein Unkundiger sei, doch wurde diese gute Meinung später nicht nur bestätigt, sondern übertroffen. Als er mit dieser Besorgung des Herdes fertig war, holte er abermals Wasser, nahm die Seife, welche er auch mitgebracht hatte, und widmete mir eine reinigende Säuberung der Persönlichkeit, welche mich mit seltener Wohlthuung erfüllte und mir zwar erst als überflüssig erschien, ihm aber nachher mein ganzes Wohlwollen gewann. Dann war er mir behilflich, aufzustehen, und beehrte mich mit dem Auftrage, das Feuer nicht ausgehen zu lassen und durch die fortgesetzte Rührung des Löffels den Reis vor dem Anbrennen zu bewahren. Während dieser Beschäftigung näherten sich unsere Seelen einander immer mehr; ich bemerkte in der Tiefe meines Innern, daß ich ihn lieb gewann, und als er mich das erste, wohlgeratene Stück Maschwi hatte kosten lassen, konnte ich nicht anders, ich mußte ihn umarmen, worauf er mich dann höflich ersuchte, hierher zu euch zu gehen und den er warteten Genüssen mit der Ruhe innigster Zufriedenheit entgegenzusehen, was ich ihm zu Ehren hiermit thue."

Als er dies sagte, war ihm diese innige Zufriedenheit sehr deutlich anzusehen, und als der Bimbaschi sich erkundigte, ob er wirklich so einverstanden mit Halef sei, antwortete er:

„Das versteht sich ganz von selbst. Man kann nicht anders als ihm Liebe und Verehrung zollen. Er ist eine Perle, ein schön geschliffener Edelstein, ein glänzendes Juwel. Wem es vergönnt ist, zuzusehen, wie er das Mafruhm oder gar die abgezogenen Katahkit zu behandeln versteht, der kann sich selbst über die Vortrefflichkeit nicht wundern, mit welcher sich die Leber des Hammels unter seinen Händen in alle Wohlgeschmäcke und Wohlgerüche des Paradieses verwandelt. Als ich ihn fragte, wem er diese große, unvergleichliche Kunst abgelauscht habe, teilte er mir mit, daß er erst ein Vorbild und dann eine Lehrerin gehabt habe; das Vorbild sei sein Emir Hadschi Kara Ben Nemsi gewesen, und die Lehrerin heiße Hanneh, die lieblichste Blume unter allen freundlichen Blüten des Frühlings und der anderen Jahreszeiten, nur allein den Winter abgerechnet. O Emir Kara Ben Nemsi, wenn dieser Halef diese Fertigkeit der Zubereitung und diese feine Sicherheit der schmeckenden Zunge auch dir zu verdanken hat, wie mußt da du erst kochen und braten können! Wirst du vielleicht die Gnade haben, uns morgen ein Beispiel davon zu liefern?“

Ich wurde glücklicherweise verhindert, ihm auf diese Frage eine Antwort zu geben, denn Halef stieß grad jetzt die Thür mit dem Fuße auf und trat mit reich beladenen Händen in das Zimmer. Nachdem er abgelegt hatte und noch einigemal zwischen hier und der Küche hin und her gegangen war, hatte er das ganze Serir und den Boden vor demselben mit den Erzeugnissen seiner Thätigkeit bedeckt, und auch drüben auf der andern Seite ragte vor dem Dicken ein so großer Berg von Reis und Fleisch auf, daß ich meinte, er könne wenigstens heut und morgen nicht alle werden. Ich brauchte aber gar nicht lange zu warten, so war dieser Berg vollständig verschwunden, und „Kleie“ schaute sehnsüchtig zu uns herüber, ob nicht vielleicht von da noch etwas zu erlangen sei. Dieser Wunsch wurde ihm mit solcher Ausgiebigkeit erfüllt, daß mir schließlich bange um ihn wurde und auch er selbst einsah, daß selbst das größte Loch endlich einmal ausgefüllt werden kann. Er strich sich mit den Händen liebkosend über denjenigen Teil seines Körpers, welchen ich vorhin mit einem Luftballon verglich, und sagte seufzend:

„Jetzt hört es auf; mit aller Macht hört's auf; ich kann nicht mehr; o Unglück dieser Sättigung, o Unzulänglichkeit der Magenwände! Warum schmeckt es noch, wenn man nicht mehr essen kann? Es giebt keine einzige Vollkommenheit der Welt, welche nicht doch unvollkommen ist. Ich hoffe aber dennoch, daß dieser unser vorzügliche Scheik der Haddedihn heut noch einmal in die Stadt gehen wird, um den Fleischer zu besuchen, da es leicht geschehen könnte, daß morgen nichts Gutes mehr dort zu finden ist!“

Noch weit zufriedener als dieser Unersättliche war Halef darüber, daß seine Kunst und Fertigkeit von uns allen in der Weise durch die That anerkannt wurde, daß wir am Ende des Mahles vollständig aufgegessen hatten. Da machte er uns die besonders für Kepek tröstliche Mitteilung, daß er nicht zum Fleischer zu gehen brauche, weil er dort eine

Bestellung aufgegeben habe, welcher in der Dämmerung durch einen Boten nachgekommen werde.
Dies erwies sich auch als richtig, denn zur angegebenen Zeit wurde das Fleisch geschickt. Ob ich werde davon genießen können, wußte ich nicht. Für heut war ich übersatt, und morgen – – wir wollten ja morgen schon fort, und es kam nur darauf an, ob die von dem Bimbaschi zu erwartenden Mitteilungen vielleicht derartige seien, daß sie uns Ursache gaben, noch länger zu bleiben.
Der Abend brach nach kurzer Dämmerung herein, und die am Tage herrschende trockene Hitze verwandelte sich in eine so drückende Schwüle, daß wir den Tabak und die Pfeifen nahmen, um auf das Dach zu steigen. Wir drei hatten noch nicht lange oben gesessen, so kam der Onbaschi nachgeächzt und setzte sich mit Halefs Hilfe auf eine besonders für ihn hergerichtete Unterlage nieder. Der einzige Tschibuk des Hauses ging zwischen seinem Herrn und ihm in kurzen Pausen hin und her.
Das Firmament strahlte so kurz nach dem Neumonde in seinem vollsten Glanze; die Abendluft bewegte die Palmenwedel, deren zeitweiliges Geflüster die einzige Unterbrechung der in dieser abgelegenen Gegend herrschenden tiefen Stille war. Das gab die richtige Märchen- oder überhaupt Erzählerstimmung.
Hierher nach Bagdad verlegt das Volk den Schauplatz jener Erzählungen, welche unter dem Titel Alif laila wa leila viele, viele Millionen Zuhörer und Leser gefunden haben. Sehr wahrscheinlich ist die Quelle dieser Märchen im Hezar efzane, einer Sammlung des Persers Rasti, zu suchen. Sie haben für das Studium des Orientes einen hohen Wert, obwohl man sich sehr hüten muß, das Buch jedermann in die Hand zu geben. Diese Märchen sind unübertroffen, wenn es sich darum handelt, das Leben, die Sitten, die Anschauungen, das ganze Denken und Fühlen des Ostens kennen zu lernen. Nirgends wird die ungestüme Tapferkeit und edle Ritterlichkeit des Orientalen, sein abenteuerlicher Sinn, die Glut seines Hasses und seiner Liebe, die Geldsucht seiner Beamten, die Verschlagenheit des sogenannten schwachen Geschlechtes, die Pracht des Reichtums und die nackte Unverfrorenheit der Armut so treu geschildert wie in diesen Erzählungen, mit denen die ebenso schöne wie kühne und phantasiereiche Schehersad gegen den König Scheherban um ihr Leben kämpfte. Waren es Erinnerungen aus einer dieser von ihr durchwachten Nächte, welche jetzt flüsternd durch die sanftgebogenen Fiederblätter gingen?
Wenn es so war, ihr Zauber ging an mir verloren, denn meine Gedanken gehörten dem Manne neben mir, dessen Leben jedenfalls ein nicht gewöhnliches gewesen war und von dem ich ahnte, daß ihm Lasten auferlegt worden seien, an denen er noch jetzt in seinem Alter tragen müsse. Was hatte ihn aus dem Vaterlande getrieben, und was hielt ihn bis heute von demselben fern? Ich konnte es mir denken – – das Wort Revolution ist eines der schlimmsten Wörter. Warum aber vergrub er sich auch hier in tiefe Einsamkeit?
„Effendi, glaubst du an Gott?“

Ich erschrak fast, als diese seine Frage so plötzlich und unvorbereitet durch die tiefe Stille klang.

„Ja," antwortete ich nur mit diesem einen Worte.

„Ich nicht!"

Welch schweren Druck dieses „Ich nicht" hatte! Es war mir allerdings aufgefallen, daß er und sein Diener weder vor noch nach der Mahlzeit gebetet hatten. Im Orient betet man mehr als im Abendlande.

„Warum nicht?" fragte ich ihn nach einer kleinen Weile.

„Weil ich nicht an einen Gott glauben kann, welcher mir nichts als Ungerechtigkeiten erwiesen hat."

„Bist du der Mann dazu, eine solche Anklage gegen den, welcher die Allgerechtigkeit selbst ist, zu erheben?"

„Wäre er die Allgerechtigkeit, so säße ich nicht hier, sondern daheim im Schlosse meiner Väter!"

„Vielleicht wäre es richtiger, wenn du sagtest: Hätte ich seine Gerechtigkeit verstanden, oder ihr doch wenigstens vertraut, so wäre mir nicht genommen worden, was ich verloren habe. Das Auge des Menschen reicht nicht weit; es vermag nicht, den Ratschluß des Allwissenden zu durchdringen, welcher vor Ewigkeiten sieht, was nach Ewigkeiten geschehen wird."

„Hätte er mein Leben gesehen, so konnte er ihm, als der Allmächtige, einen anderen Verlauf, einen anderen Inhalt geben!"

„Sind wir Kinder Gottes oder seine Sklaven? Wenn er jeden Augenblick deines Lebens, jeden einzelnen deiner Gedanken und Entschlüsse zu bestimmen hätte, wer und was wärest du dann? Ein totes, willenloses Spielzeug seiner Hand. Aber wahrlich, Gott spielt nicht! Das Leben ist kein Spiel und der Mensch kein hölzerner Kegel, den jede Kugel zufällig umwerfen oder ebenso zufällig stehen lassen kann."

„Aber was will Gott, wenn es einen giebt, mit uns? Warum fallen wir, ohne zu wissen, warum, ohne schuld zu sein? Warum bleiben tausend andere stehen, ohne es zu verdienen? Warum nimmt er dem Braven alles, alles, selbst das allerletzte, was ihm geblieben ist, und dem Verdienstlosen giebt er fort und immerfort, mehr und immer mehr zu dem, was er schon vorher besessen hat?"

„Mit dem „Braven" meinst du natürlich dich?"

„Ja."

„Und unter den Verdienstlosen verstehst du diejenigen, welche deinen Weg, deine Absichten und Hoffnungen durchkreuzten?"

„Ja, sie und auch noch andere."

„Welch ein Hochmut! Du setzest dich also zu alleroberst, schaust selbstgerecht und selbstgefällig von dieser stolzen Höhe herab, richtest deine Mitmenschen mit einem einzigen kalten, vernichtenden Worte und duldest den, als dessen Spielzeug du dich soeben noch bekanntest, weder neben und noch viel weniger über dir! Weiß der Mensch, wenn er gefallen ist, wirklich nicht, warum? Bist du an deinem Schicksale wirklich ohne Schuld? Warst du in Wirklichkeit der immerwährend Brave, und haben die, welche du verdienstlos nennst, das, was ihnen gegeben wurde, wirklich nur der Ungerechtigkeit Gottes zu verdanken? Was verstehst du unter Gerechtigkeit und Ungerechtigkeit? Was dir gefällt und was dir nicht gefällt! Denke dir, du seist ein Kind und sähest in die Hand deines Vaters eine für dich noch unverdauliche oder gar giftige Frucht! Du bittest ihn, sie dir zu geben. Bekommst du sie, so hältst du ihn für gerecht; verweigert er sie dir, so nennst du ihn ungerecht. Er aber hat, wie du später einsehen wirst, als liebevoller, weiser Vater gehandelt."

„Ich bin kein Kind, sondern so alt geworden, daß ich um die Einsicht, von welcher du redest, nun endlich einmal bitten möchte!"

„Grad weil sie dir fehlt, bist du trotz deiner Behauptung noch ein Kind, ein zornig schmollendes, vertrauensloses und undankbares Kind! Wenn du das jetzt in deinem Alter noch bist, so bist du es in deiner Jugend noch viel mehr gewesen. Du warst zu sehr Kind, als daß du eingesehen hättest, was zu deinem Wohle diente. Du hast falsch gewählt, vielleicht gar die giftige Frucht aus der sie dir verweigernden Hand des Vaters gerissen, und nun du dir durch ihren Genuß das ganze Leben vergiftet hast, klagst du über seine Ungerechtigkeit oder magst überhaupt nichts von ihm wissen. Es ist freilich nicht schwer, Gott zu leugnen, wenn man ihm nie Gehorsam geleistet, sondern sich nur nach dem eigenen Willen gerichtet hat. Da kommen unausbleiblich Stunden stiller, heimlicher Selbstanklage; es naht von Zeit zu Zeit der peinigende Gedanke, daß man doch vielleicht unrecht gehandelt und damit Gottes Gericht, den Wahrspruch des Allgerechten, auf sich herabgerufen habe. Was thut der Kurzsichtige dann, um die anklagende Stimme des Innern, des Gewissens, zum Schweigen zu bringen? Er greift zum kürzesten, aber auch trügerischesten Mittel: er leugnet einfach Gott. Wenn es keinen Gott giebt, giebt es kein Gesetz und kein Gericht, kein Unrecht und kein Gewissen, keine Anklage und keine Strafe, und wer mit dem Leben unzufrieden sein zu müssen glaubt, der wirft die Schuld nicht auf sich, sondern eben wieder und allein auf Gott, den er doch soeben erst geleugnet hat. Du hörst und siehst, daß du nicht um Gott hinumkommst, ihn nicht aus deiner Welt schaffen kannst, sondern in menschlich unlogischer aber göttlich logischer Weise sein Dasein über allen Zweifel erhebst, indem du ihn wegen seiner angeblichen Ungerechtigkeit leugnest."

Es trat eine Pause ein; dann sagte er halblaut und nachdenklich:

„Wie drücktest du dich aus, Effendi? Ich habe – – – die giftige Frucht aus der sie verweigernden Hand des Vaters gerissen – – – gerissen! – – – also mit Gewalt meinen Willen durchgesetzt – – –! Das hat mir noch niemand gesagt, auch ich selbst nicht. – – – – Dann kommen Stunden der Selbstanklage – – – peinigende Gedanken – – – das Gewissen! – – – Man wirft aus Furcht vor sich selbst alle Vorwürfe auf Gott – – – leugnet ihn aus Angst – – – beweist aber grad dadurch sein Dasein – – –. Warte, Effendi, warte nur!"

Er ließ den Kopf sinken, und ich hütete mich, ihn zu stören. Nach einer Weile fuhr er mit der Frage fort-

„Woher kennst du mich so genau? Wie kommst du dazu, mir mein Inneres, meine heimlichsten Gedanken, Gefühle und Ahnungen zu enthüllen?!"

„Ich habe nur im allgemeinen gesprochen."

„Das ist unmöglich, denn es stimmt, es trifft zu! Und doch auch wieder nicht - - wieder nicht! Ich kann mir keinen Gott denken, der die ewige Weisheit und Liebe ist und doch den Menschen, sein Geschöpf, sein Kind, in das Elend sinken läßt."

„Wie nun, wenn das Geschöpf dem Schöpfer nicht gehorcht und, weil es sich klüger dünkt als er, den Weg zum Elend wählt?"

„So dürfte Gott dies nicht zulassen! Er müßte den Menschen zwingen!"

„Dann hätte dieser Mensch keinen Willen, keine Freiheit, keine Selbstbestimmung, keinen Wert; er brauchte keine Seele, keinen Geist; er wäre ein totes Spielzeug; ja, noch mehr: er wäre nichts. Du siehst, daß du dich im Kreise bewegst; wir sind wieder beim Spielzeug, beim Nichts angekommen. Aber sag mir einmal aufrichtig: Bist du wirklich - - - nichts?"

„Vielleicht!"

„Dann wären alle deine Gedanken, Schlüsse und Vorwürfe überflüssig. Ein Nichts ist nichts, thut nichts, denkt nichts, fühlt nichts, braucht nichts, will nichts; also schweig!!!"

Da schlug er die Arme übereinander, wendete sich mir voll zu, sah mich starr an und sagte:

„Ich weiß nicht, entgleitest du mit deiner Logik meiner Hand oder ich der deinigen. Ich beginne, Angst vor dir zu bekommen."

„So fühlst du dich schon halb besiegt!"

„Noch nicht! Deine Logik scheint zwar siegreich zu sein, aber ich kann dich schlagen, indem ich durch Thatsachen den Sieg auf meine Seite bringe."

„Das glaube ich nicht. Gott ist das absolute Ich; wer ihn leugnet, vernichtet sich selbst; eine Lächerlichkeit, denn wer leugnet, muß doch existieren. Deine Thatsachen machen mich nicht bange. Ich kenne sie nicht, bin aber überzeugt, daß ich, wären sie mir bekannt, deinen Unglauben grad durch sie besiegen würde."

„Du sollst sie kennen lernen, wenigstens einige von ihnen. Ich werde dir erzählen - - - keine lange Geschichte, keinen ermüdenden Lebenslauf; ich bin selbst schon müde genug; du sollst es nicht auch noch durch mich werden."

Wieviel ganz ungläubige, wieviel zweifelnde, wieviel suchende Seelen hatte ich schon kennen gelernt, daheim und auch draußen in der Ferne! Welche Freude, wenn es mir gelungen war, eine derselben auf die ewig suchende Liebe aufmerksam zu machen, welche neunundneunzig Schafe in der Hürde läßt, um das verlorene hundertste in der Wüste zu finden! Würde mir das auch jetzt bei diesem Manne gelingen, der sich bereits vor meiner Logik zu fürchten begann? Und doch, was ist die Logik des scharfen aber kalten, berechnenden Verstandes gegen die alles bewältigende, Himmel und Erde beherrschende Logik der Liebe! Der Verstand des Bimbaschi war unfähig, Gott vom Throne zu stoßen; aber sein Herz war tot und leer; es mußte Leben und Inhalt hinein. Das war es, wornach er sich gesehnt hatte; aber woher sollte ihm dieses Leben kommen? Womit war die Leere auszufüllen? Es war hohe Zeit für ihn. Seine halt- und energielose Nachsicht gegen den Diener bewies, daß er bereits kindisch zu werden begann, was jedenfalls nicht Folge seines Alters sein konnte, welches ich auf sechzig Jahre schätzte. Er mußte aufgerüttelt werden. Wenn man den Glauben an Gott verloren hat, gehört Energie dazu, ihn wieder zu finden und fürs ganze Leben festzuhalten; einem kindischen Menschen aber bleibt er verloren.

„Sprichst du polnisch?“ fragte er mich jetzt.

„Nein.“

„Aber du kennst die unglückliche Geschichte Polens?“

„Ja.“

„Die Geschichte des unglücklichen Landes und seiner unglücklichen Bewohner! ich gehörte und gehöre noch jetzt zu diesen Bemitleidenswerten.“

„Bitte, sprich nicht so! In diesem Sinne soll und darf ein Mensch niemals bemitleidenswert sein. Das Mitleid ist nur für gewisse Fälle löblich; in andern Fällen beleidigt es den, auf den es fällt. Es giebt eine Art von Unglück, welches man mit edlem Selbstbewußtsein zu tragen hat; Mitleid ist da Demütigung. Ueberhaupt ist meine Ansicht über den landläufigen Begriff „Unglück“ eine ganz andere als die deinige. Für mich, der ich mich von Gott geleitet weiß, kann es kein Unglück geben.“

„So bist du eben glücklich. Oder giebt es für dich auch kein Glück?“

„Nein, was man nämlich gewöhnlich Glück zu nennen pflegt und mit einem „günstigen Zufalle“ identisch ist. In höherem Sinne giebt es freilich ein Glück, aber auch nur eines, welches ich aber die irdische Seligkeit nenne. Dieses Glück ist nichts Momentanes; es ist nicht zu messen und zu berechnen; es hat keine Grenzen; es besteht in der beseligenden Ueberzeugung, daß man in der Vaterhand Gottes ruhe.“

„Diese Hand kenne ich nicht. Mir ist weder die Ruhe in Gott noch irgend eine andere geboten worden, Wer und was ich war, brauchst du nicht zu wissen; ich weiß es selbst kaum mehr; wenigstens mag ich nicht gern daran denken. Es war ein altes, adeliges, reich begütertes Geschlecht, dem ich entstamme. Ich habe den Namen desselben abgelegt, um vor Nachstellungen sicher zu sein, und mich Dozorca genannt, weil ich mein Vaterland zu sehr liebe, als daß ich einen nichtpolnischen Namen führen möchte. Unsere Verhältnisse, meine Erziehung und noch vieles andere gehört nicht hierher; ich will nur erwähnen, daß ich zum Offizier ausgebildet wurde, keinen einzigen gläubigen Verwandten oder Lehrer hatte und meinen einzigen Lebenszweck in der Befreiung des Vaterlandes aus dem Joche der Unterdrückung erkannte. Ich war in Paris, um mit Gleichgesinnten die Erhebung unsers Volkes vorzubereiten; Mieroslawski nannte mich seinen Freund. Ich wurde nach Deutschland geschickt und ging dann nach Rußland, hatte an der verunglückten Ueberrumpelung von Posen teilgenommen, war bei dem

Versuch von Siedlce zugegen und stand in Krakau dem Diktator Tyssowski nahe. In Galizien rotteten sich unsere eigenen Leute unter Jakob Szela zusammen; sie trugen Brand, Plünderung und Mord in die Höfe der mit uns verbündeten Edelleute; wir wateten im Blute. Ueberall geschlagen, gaben wir alle Hoffnung auf. Wo sollte ich hin? Ich war überall geächtet. In Preußen, in Oesterreich, in Rußland drohte mir der Henker; mein Todesurteil war gefällt; Steckbriefe verfolgten mich allerorts. Meine Besitzungen waren konfisziert; ich nahm den Bettelsack und schlug mich durch nach der Türkei, wo ich unter meinem jetzigen Namen im Heere Aufnahme fand. Es galt, mir eine Stellung, eine Zukunft zu schaffen, und da mir unter damaligen und meinen Verhältnissen dies als Christ nicht möglich war, trat ich zum Islam über."

„Zum Islam?" fragte ich erschrocken. „Ah, so bist du – – ein Re – – –"

„Ein Renegat. Sprich das Wort nur immer aus! Was willst du? Ich war nie ein frommer, überzeugter Christ gewesen, und mein Uebertritt wurde mit' einer höheren Charge belohnt; das war es, was ich wollte."

„Und heut wunderst du dich darüber, daß dein Leben ein verfehltes ist? Sag aufrichtig-Wolltest du nur die Freiheit deines Volkes, oder gedachtest du, nach dem etwaigen Gelingen des Aufstandes mit einer hervorragenden Stellung oder Rolle bedacht zu werden?"

„Beides."

„So ist das die vorhin erwähnte giftige Frucht, welche du dir damals mit Gewalt angeeignet hast; du bist an ihr zu Grunde gegangen. Und dann der Uebertritt zum Islam! Es ist mir unbegreiflich, wie – – –"

„Bitte, laß mich erzählen!" unterbrach er mich. „Wenn es dir zur Beruhigung dienen kann, will ich dir sagen, daß ich zwar ein sehr lauer Christ war, aber auch kein eifriger Moslem geworden bin. Dieser Wechsel war nichts als Mittel zum Zweck. Ob ich Gott oder Allah sage, Christus oder Muhammed, das bleibt sich gleich, so dachte ich und so habe ich bisher gedacht. Wenn es wirklich einen Gott giebt, so sind alle Menschen seine Kinder. Diese Ansicht gab mir die innere Ruhe, welcher ich bedurfte, um vorwärts zu streben. Ich hatte Glück und Erfolg, nicht nur als Offizier, sondern auch als Mensch. Ich stand in Beirut, dessen Besatzung zur Arabistan Ordüssi gehörte. Dort lernte ich einen persischen Handelsmann kennen, welcher Wohlgefallen an mir fand. Ich verkehrte täglich in seinem Hause, wo nach iranischer Sitte die Haremsgesetze nicht so streng wie bei den Sunniten gehalten wurden. Er hatte ein einziges Kind, eine Tochter; sie war nach orientalischer Ausdrucksweise schön wie die Morgenröte und sorgfältiger erzogen wie sunnîtische Haremstöchter. Wir liebten uns, und der Vater gab sie mir zum Weibe, obgleich ich nicht Schiît war."

„Daß ihr Vater einer war, hat dein Gewissen nicht beschwert?" fragte ich.

„Nicht im geringsten. Der Sprung vom Christen zum Muhammedaner war ja viel größer als der kleine Griff des Sunniten nach einer schiîtischen Frau. Warum sollte ich mir Vorwürfe darüber machen? Ich hatte meine Wahl nicht zu bereuen. Die Vergangenheit

mit allen ihren Wünschen war für mich eine abgethane Sache, und ich lebte nur für meine Familie und meine militärische Zukunft. Mein Harem, wenn ich die Ehe mit nur einer Frau so nennen darf, bot mir ein täglich sich erneuerndes Glück, welches sich vergrößerte, als mir erst ein Sohn und später eine Tochter geboren wurde. Ein Jahr nach der Geburt der letzteren wurde ich nach Damaskus versetzt, wohin mir nach wenigen Wochen der Vater meines Weibes folgte, da er und seine Frau glaubten, nicht ohne ihr Kind leben zu können. Das war anfangs 1860, dem für Damaskus so verhängnisvollen Jahre. Ist dir die traurige Geschichte desselben bekannt?"
„Ja."
„So habe ich keine ausführliche Erzählung nötig. Wie glücklich ich war, können dir die Namen sagen, welche ich meinen Kindern gegeben hatte. Mein Sohn heißt Ikbal und meine Tochter Sefa. Auch mein Weib hatte einen bedeutungsvollen Namen, nämlich Aelmas, und sie war für mich ein Edelstein."
„Und wie hieß ihr Vater?"
„Er nannte sich Mirza Sibil oder auch Agha Sibil."
„War dieser Name ererbt, oder hatte er ihn sich in Bezug auf seinen Bart beigelegt? Sibil bedeutet in der persischen Sprache Schnurrbart."
„Das weiß ich nicht; aber er hatte wirklich einen so starken Schnurrbart, wie ich keinen zweiten gesehen habe. Nur auf dem Bilde des Königs von Italien, Viktor Emanuel, habe ich einen ähnlichen gefunden. Warum erkundigst du dich nach seinem Namen? Ein Mann wie du pflegt nichts ohne bestimmte Absicht zu thun."
„Ich habe keinen eigentlichen Grund gehabt; die Frage kam mir ganz unbeabsichtigt auf die Zunge, vielleicht nur, weil du die andern Namen alle nanntest und dieser eine fehlte."
„Ich nenne keinen einzigen gern, denn sie erinnern mich an das verlorene Glück, welches niemals wiederkehren wird."
„Gott ist allgütig, und kein Mensch braucht, solange er lebt, auf das, was du Glück nennst, zu verzichten."
„Das verstehst du wohl kaum. Man muß Vater sein, um mit mir empfinden zu können. Vater- und Mutterliebe sind etwas ganz, ganz anderes als die von uns geforderte allgemeine Menschenliebe. Hast du Kinder, Effendi?"
„Nein."
„So kannst du mich nur halb begreifen. Könntest du dich jemals wieder im Leben glücklich fühlen, wenn dir dein Weib ermordet würde? Und mir hat man nicht nur das Weib, sondern auch die Kinder samt deren Großeltern umgebracht!"
Als Halef das hörte, rief er aus.
„Allah verdamme die Mörder! Wenn mir meine Hanneh, welche die herrlichste aller Jungfrauen, Frauen, Mütter, Muhmen und Tanten ist, und mein Sohn, Kara Ben Halef, dem der Stolz und die Tapferkeit aus den mutigen Augen blitzen, ermordet würden, so wäre das Glück meines Lebens für immer dahin, und ich fände keine Ruhe, bis ich die

Scheusale, welche die That begingen, zu den verruchtesten Teufeln der tiefsten Hölle gesandt hätte!“

„Ja, du verstehst mich wohl besser als dein Freund Kara Ben Nemsi, denn du hast einen Sohn. Auch ich glühte vor Rache; aber ich kannte die Mörder nicht, und alle Mühe, sie zu entdecken, war vergeblich.“

„Erzähle, wie sich das Unglück zugetragen hat!“ forderte ich ihn auf. „Das wird dein Herz erleichtern.“

„Es wird nicht leichter, sondern schwerer davon,“ antwortete er. „Es verursacht immer Schmerzen, wenn man in Wunden wühlt, welche nicht zuheilen wollen. Ich hatte schon in Beirut die tödliche Feindschaft kennen gelernt, welche zwischen den muhammedanischen Drusen und den christlichen Maroniten des Libanon stets geherrscht hat und wohl auch nie verlöschen wird. Da du die Verhältnisse kennst, so brauche ich keine Erklärung vorauszuschicken. Die erwähnte Feindschaft entspringt nicht einem Unterschiede in Beziehung auf den Wohnsitz oder die Sprache, sondern der Verschiedenheit des Glaubens. Drusen und Maroniten bewohnen die Höhen und Thäler des Libanon, und beide sprechen ganz dasselbe Arabisch; aber die Maroniten sind eigentlich katholische Christen, obgleich sie hinsichtlich ihrer Liturgie und der Priesterehe von dem Ritus der römischen Kirche abweichen, und die Drusen bekennen sich zum Islam, haben aber ihre geheimen Lehren und sollen, wie man sagt, sogar noch dem alten syrischen Naturdienste ergeben sein. In früherer Zeit hielten Drusen und Maroniten gegen die Türken zusammen; Bergvölker sträubten sich stets am meisten und am längsten gegen ihre Besieger. Um diese Eintracht zu zerstören, wurde Feindschaft zwischen sie gesäet; die Frucht ging auf, und die Folge waren die blutigen und schonungslosen Metzeleien, welche in den Jahren 1842 und 1845 stattfanden. Als dann die Muhammedaner im Krimkriege von seiten der mit ihnen verbündeten Engländer und Franzosen wiederholte Demütigungen erlitten, setzte sich bei ihnen ein Haß gegen die Christen fest, der sich am leichtesten im Libanon und in Syrien Luft machen konnte, wo englische und französische Interessen unvereinbar mit türkischen zusammenstießen. Man begann zu schüren. Als die Westmächt den Sultan zwangen, in dem berühmten Hatt-i-Humajun auch allen andersgläubigen Unterthanen dieselben Rechte wie den Muhammedanern zuzusprechen, ging eine tiefe Erbitterung durch das Land, deren erstes Zeichen die Ermordung des englischen und französischen Konsuls in Dschidda, der Hafenstadt des heiligen Mekka, war, wo man bekanntlich muhammedanischer als Muhammed selber ist. Die hierauf erfolgende Maßregelung durch die beiden Mächte vergrößerte den heimlich fressenden Groll. Hierzu kam, daß die Befugnisse der Pforte hinsichtlich ihrer Vasallenstaaten immer mehr beschnitten und endlich fast völlig aufgehoben wurden. In Serbien setzte man Kara Georgiewitsch, welcher dem Sultan ergeben war, ab und holte die Obrenowitsch zurück; in der Moldau und der Walachei wurde Cusa zum Fürsten gewählt. Durch diese Ereignisse wurde die Erbitterung der Moslemim gegen die Christen so gesteigert, daß der Ausbruch gar nicht zu vermeiden war; er geschah zunächst im Libanon. In Damaskus fand eine heimliche Beratung zwischen dem dortigen Pascha Ahmed, dem Scheik ul Islam Abdallah el Halebi und Kurschid Pascha von Beirut statt, deren Resultat der Scheik ul Islam in die Worte zusammenfaßte: „Der Hatt-i-Humajun, welcher gegen Geist und Buchstaben des Kuran verstößt, kann nur mit der Aufreizung des Volkes zum Christenmorde beantwortet werden." Kurschid Pascha brachte diesen Beschluß als erster zur Ausführung; er gab bei seinem Ausmarsche aus Beirut durch Kanonenschüsse das Zeichen zum Gemetzel. Die Drusen erhoben sich zum Vernichtungskampf gegen die Christen."

Als der Erzähler bis hierher gekommen war, unterbrach ich ihn:

„Ehe du weitersprichst, bitte ich dich, mir zu sagen, ob du in der Beurteilung dieser Kämpfe auf seiten der Christen oder Muhammedaner stehst."

„Ich nehme keinerlei Partei," antwortete er; „es wurde auf beiden Seiten mehr oder weniger gesündigt. Wenn du gerecht bist, mußt du zugeben, daß die Maroniten in sittlicher Beziehung tief unter den Drusen gestanden und ihnen Grund zur Verachtung und oftmals auch Veranlassung zur Rache gegeben haben. Auch wirst du nicht leugnen können, daß es Christen waren, welche Saida, das alte Sidon, damals stürmen wollten. Die blutigsten Kämpfe aber gab es zu Hasbeya, am südlichen Fuße des Antilibanon, und in der Stadt Rascheya, welche nördlich davon an den Quellflüssen des Jordan liegt. Dort wurden die Maroniten zu Tausenden niedergemacht. Noch weiter nördlich liegt am Fuße des Libanon das Städtchen Sachleh, dessen Bewohner sich stets als die tapfersten Krieger der Maroniten ausgegeben hatten. Sie lebten in Feindschaft mit den Drusen und waren auf diejenigen ihrer Satzungen stolz, durch welche sie sich von den römischen Katholiken unterschieden. Als sie von dem Ausbruch des Kampfes hörten, feuerten sie ihre Flintenkugeln gegen den Himmel und beteuerten: „Und wenn Gott selbst gegen uns zöge, er könnte Sachleh nicht erobern!" Die Strafe folgte dieser Vermessenheit auf dem Fuße. Die maronitischen Hilfsvölker, welche ihnen beistehen sollten, kehrten unterwegs aus Feigheit um, während die arabischen Beduinen der Ebene, die Drusen des Libanon und Hauran, die Arnauten und Kurden von Damaskus und die Metualis von Baalbek mit Macht gegen die Stadt vordrangen, aus deren brennenden Häusern sich die Verteidiger nur zum Teil durch die Flucht retten konnten. Ganz entgegen andern Behauptungen, kann ich versichern, daß die Drusen sich hier zwar schonungslos tapfer, sonst aber brav benommen haben, denn als sie sahen, daß ihre Verbündeten sich über die Wehrlosen herwarfen, machten sie diesem Greuel durch die Drohung: „Schont die Frauen und Kinder; wer ein Weib anrührt, wird erschossen!" ein schnelles Ende. Hierauf folgte die Erstürmung der mitten im drusischen Gebirge gelegenen Christenstadt Deïr el Kamr, welchen Namen sie von einem früheren Kloster der heiligen Jungfrau hat, die in Syrien gewöhnlich mit der Mondsichel zu den Füßen abgebildet wird. Leider hatten sich auch die Bewohner dieses Ortes oft gegen die Muhammedaner herausfordernd verhalten und die in die Stadt kommenden Drusen beleidigt oder gar mißhandelt. Als ein Scheik derselben sich in nicht einmal großer Nähe des Ortes an einer von ihm rechtlich erworbenen Stelle ein Haus bauen wollte, wurde er von ihnen verjagt, infolgedessen er ihnen in seinem berechtigten Zorne drohte: „Ich baue es dennoch, und zwar werde ich es auf eure Schädel gründen!“ Die Rache kam bald; fast die ganze Stadt wurde der Erde gleichgemacht. Es versteht sich ganz von selbst, daß es nun den Christen in Damaskus angst und bange wurde. Weißt du, Effendi, wieviel ihrer damals dort wohnten?“

„Ueber zwanzigtausend. Weil Dimeschk esch Scham die Haupstadt des Vilajets Syrien und des Sandschaks Schami-Scherif ist, war leider mit Bestimmtheit vorauszusehen, daß die Wirren sich auch dorthin ziehen und vielleicht gar einen noch blutigern Ausgang als im Gebirge nehmen würden.“

„Das ist es, was ich auch sagen wollte und was jedermann dort wußte. Die Christen der Hauptstadt schienen zwar in tiefem Frieden mit den Muhammedanern zu leben, forderten aber deren Haß und Neid unvorsichtigerweise durch ihr selbstbewußtes Auftreten und durch die Prunkhaftigkeit heraus, mit weicher sie ihre Wohnungen ausstatteten und ihre Frauen und Töchter geschmückt und unverschleiert durch die Straßen gehen ließen. Sie hatten vergessen, daß der Moslem sich noch immer als den Eroberer, als den Herrn des Landes betrachtete und daß sie nur die Rechte der Ra'aja besaßen, welche sich die Erlaubnis, im Lande wohnen zu dürfen, durch die Kopfsteuer erkaufen mußten. Sie waren als Ra'aja vom Grundbesitze ausgeschlossen gewesen, hatten sich also auf den Handel legen müssen und durch denselben Reichtümer erworben, welche sie nun unklugerweise zur Schau zu tragen wagten. Dieser Besitz war zwar ihr Eigentum, und jeder Mensch soll zeigen dürfen, was er sich erworben hat, aber es ist nicht klug, dies in einer Weise zu thun, welche die Augen anderer Leute mit Gewalt darauf lenkt. Du wirst das Auftreten reicher, christlicher Griechen und Armenier genugsam kennen gelernt haben, und solltest du dennoch nicht meiner Meinung sein, so verweise ich dich auf die reichen Jehuhd des Abendlandes, die dort auch nur Schutzbefohlene waren und von den dortigen Nichtjuden mit Neid betrachtet werden. Giebst du dies zu?“

„Ich kann es nicht leugnen. Sprich weiter!“

„Als die Sorge in Damaskus mehr und mehr zu steigen begann, fragten die christlichen Konsule bei dem Pascha an, ob Gefahr für die Christen vorhanden sei. Er antwortete beruhigend, zog aber aus der meist von Turkmanen und Kurden bewohnten Vorstadt Salehijeh tausend Mann zusammen, welche scheinbar zum Schutze der Christen, eigentlich aber dazu bestimmt waren, mit der Ermordung derselben den Anfang zu machen. Auch der Scheik ul Islam, welcher die Seele der Verschwörung war, that das Seinige, die Befürchtungen einzuschläfern. Hingegen gab es auch viele hochgestellte Muhammedaner, welche den Christen wohlgesinnt waren und sie warnten. Durch die Mitteilung dieser Leute erfuhr man, daß das Militär bereit zum großen Morde sei und daß auch eine heimliche Waffenverteilung unter die Civilbevölkerung stattgefunden habe. Schließlich sah man gar eine Menge von Hunden, denen das christliche Kreuz am Halse hing, auf den Straßen herumlaufen, aber weder diese allerstärkste der

Verhöhnung, noch andere Anzeichen waren imstande, die geradezu mit Blindheit geschlagenen Bedrohten aus ihrem unglückseligen Abervertrauen aufzurütteln. Kennst du den Tag, an welchem das Unglück hereinbrach wie ein Blitzstrahl, der vom wolkenlosen Himmel niederfällt?"
„Es war der neunte Juli."
„Richtig! Die Mueddins riefen eben zum Gebete; die Häuser und Bazars entleerten Sich, und die Straßen waren voller Menschen. Da erscholl plötzlich überall der Ruf. „Mordet, raubt und brennt! Heut ist der Tag des Todes für die Christen!" Im Nu waren die Christenquartiere besetzt, und das fürchterliche Werk begann, um erst nach vollen sieben Tagen ein Ende zu nehmen. Schon am dritten Tage waren gegen vierzehnhundert Häuser eingeäschert. Ueber fünftausend Menschenleben gingen zu Grunde; mehr als tausend Frauen und Mädchen waren ermordet worden oder verschwunden."
„Aber dieser Christenmord," schaltete ich ein, „hätte noch viel, viel weiter um sich gefressen, wenn Abd el Kader, der ebenso berühmte wie edle algerische Beduinen-Emir, nicht gewesen wäre."
„Ja, dieser furchtbare Gegner der Franzosen hatte sein Vaterland verlassen müssen und war nach Damaskus gekommen, um seine letzten Jahre hier friedlich zu verleben. Schon seit der Besitznahme Algiers durch die Franzosen waren viele Araber von dort nach Damaskus gekommen und viele seiner tapfern Krieger ihnen nachgefolgt. Seine Hände hatten die Fahne des Propheten siegreich über viele Schlachtfelder getragen, die Franzosen ihn gelehrt, alles, was christlich heißt, zu hassen, und so durften, obgleich man in Damaskus gewöhnt war, mit seinem bedeutenden Einflusse zu rechnen, die dortigen muhammedanischen Behörden wohl des Glaubens sein, daß er sie in ihrem blutigen Beginnen nicht stören werde. Man war überhaupt der Meinung, daß der „Uwe von Algier", wie er genannt wurde, alt und bequem geworden sei und zur Führung seines zum Kampfe einst so schnell bereiten Schwertes keine Lust mehr habe. Aber dieses Urteil sollte sich als ein sehr falsches erweisen. Als man ihn in Folge des Ansehens, welches er genoß, und seiner militärischen Erfahrungen wegen zu dem heimlichen, gegen die Christen gerichteten Kriegsrate zog, erklärte er dem Pascha in furchtloser Aufrichtigkeit: „Das, was ihr wollt, ist gegen unser Gesetz. Ich bin ein besserer Moslem als ihr und werde die Christen verteidigen; ja, um die Ehre des Islam zu retten, bin ich bereit, dabei unterzugehen!" Und als das Blutbad dennoch begann, hielt er Wort. Er öffnete den Bedrängten die weiten Räume seines Hauses, entsetzte die in ihren Wohnungen belagerten Christen und reichte jedem Flüchtling seine rettende Hand, um ihn in Sicherheit zu bringen. Er kämpfte inmitten seiner unerschrockenen Afrikaner gegen die türkischen Soldaten und den Pöbel und brachte nach und nach fast elftausend Christen in das Kastell, darunter die Lazaristen und auch die barmherzigen Schwestern mit zweihundert jungen Zöglinginnen. Dazu gehörten sieben Razzias, bei denen mehrere seiner Krieger getötet wurden. Auch in seinem eigenen Hause befanden sich viele Hunderte. Es sollte auf Befehl des Scheik ul Islam von mehreren Tausend Soldaten und

Plünderern angegriffen werden; da aber verteilte Abd el Kader seine Afrikaner, auf welche er sich verlassen konnte, mit Fackeln in die muhammedanischen Stadtteile, sprengte in Helm und Panzer den Angreifern entgegen und drohte: „Ihr Elenden, glaubt ihr den Propheten durch Blut und Mord zu ehren? Wenn ihr nicht umkehrt, lasse ich den Pascha und seine Offiziere niederhauen und Feuer in alle eure Häuser und Straßen werfen!“ Das wirkte, wenn auch nur für kurze Zeit; aber während derselben langte die Nachricht an, daß ein mit Abd el Kader verbündeter Hauran-Scheik, zu dem er um Hilfe geschickt habe, mit einer großen Kriegerschar komme, um dem „Löwen von Algier“ beizustehen. Da ließ man von seinem Hause ab und begnügte sich damit, das Kastell mit den darin befindlichen, von ihm geretteten Christen einzuschließen. Dieser in der Nordwestecke der Altstadt liegende Bau ist von einem tiefen Graben umgeben und hat hohe, dicke Mauern, welche von Türmen verstärkt werden. Er bot den Christen einstweilen die nötige Sicherheit, aber sie hatten bei ihrer großen Zahl noch viele Tage lang durch Hunger und Durst, Hitze, Angst und Fieber fürchterlich zu leiden, bis infolge der Einmischung der abendländischen Regierungen Ahmed Pascha abberufen wurde und sein Nachfolger mit neuen Truppen erschien, um die Ruhe wieder herzustellen. Später wanderten sie in Scharen aus, weil sie überzeugt waren, daß der gegen sie gerichtete fanatische Haß nicht ganz gebrochen sei, sondern heimlich weiterglimme.“

„Das kann ich ihnen nicht verdenken, zumal die Bestrafung der eigentlichen Urheber des Blutbades eine höchst lässige war.“

„O, Effendi, darüber weiß ich mehr zu sagen als du! Die Strafe traf nur wenig Schuldige, aber um so mehr Unschuldige, zu denen auch ich gehörte.“

„Auch du?“

„Auch ich!“ nickte er. „Ahmed Pascha durfte mit großem Pomp die Stadt verlassen und wurde in Smyrna mit Kanonenschüssen und allen Ehren empfangen; erst später ließ Fuad Pascha, vorn Abendlande gedrängt, ihn nach Damaskus zurückbringen und erschießen. Auch die Kommandanten von Rascheya und Hasbeya wurden erschossen. Von einer Bestrafung Abdallah el Halebi's, des Scheik ul Islam, habe ich nichts gehört; die Rächerhand konnte ihn, den Obersten der Geistlichkeit, wohl nicht erreichen. Und doch war er es, der die ersten Mörder in das Haus eines reichen Christen schickte, weil er diesem eine große Summe schuldete. Dafür aber wurden gegen sechzig Einwohner gehenkt, welche schuldig sein sollten, und weit über hundert Soldaten und Offiziere erschossen, unter denen auch ich mich befand.“

„Unter den Erschossenen?“ fragte ich.

„Ja.“

„Und doch lebst du noch?!“

„Oczywiscie! Es ist beides richtig, obgleich ein Widerspruch vorhanden zu sein scheint. Ich wurde erschossen und lebe noch. Daß ich noch lebe, habe ich hier meinem Onbaschi zu verdanken, dem ich diese Rettung meines Lebens, obgleich es keinen Wert mehr für mich hat, niemals vergessen werde.“

„Du machst mich wißbegierig, o Bimbaschi! Was du bisher erzähltest, war mir längst bekannt; jetzt nun erwarte ich, eine Episode zu hören, welche unser ganzes Interesse in Anspruch nehmen wird.“

„Ich bitte dich, mir meine bisherige Ausführlichkeit zu verzeihen! Ich verschuldete sie, weil ich glaubte, diese Darlegungen deinem Hadschi Halef geben zu müssen. Von jetzt an wirst du dich aber nicht mehr gelangweilt fühlen. Du kannst dir wohl denken, daß es mir entsetzlich gewesen wäre, wenn man mich gezwungen hätte, auf unschuldige Christen zu schießen; aber ich war Offizier und hätte gehorchen müssen. Glücklicherweise wurde meine Kompagnie zu den Truppen kommandiert, die das Kastell zu bewachen hatten, was mich von dem Zwange befreite, grausam gegen Menschen zu sein, deren Glaube früher der meinige war. Ich mußte drei Tage und drei Nächte lang vor dem Kastell liegen, ohne meine Kinder, mein Weib und deren Eltern zu sehen, und als ich dann für einen halben Tag abgelöst wurde, fand ich das Haus mit der ganzen Gasse eingeäschert und erfuhr, daß der Grimm des Pöbels sich nicht nur gegen die Christen, sondern gelegentlich auch gegen schiîtisch gesinnte Muhammedaner gerichtet habe. Der Vater meiner Frau war Perser, also Schiît; das wußte das ganze Stadtviertel, in welchem wir wohnten; ebenso wußte man, daß er reich sei, und das war genug, die Plünderungslust sunnitischer Halunken nach unserem Hause zu lenken. Du kannst dir denken, was ich fühlte! Ich begann wie ein Wahnsinniger in den Trümmern des Hauses zu wühlen; Kepek half mir dabei; aber sie rauchten noch, und wir mußten der Hitze weichen. Nun rannten wir in der Nachbarschaft herum, Erkundigungen einzuziehen, und diese verwandelten meine Trauer in Wut: Nicht sunnitisch Gläubige hatten mir mein Glück gemordet, sondern eine Schar herabgekommener Perser, angeführt von einem ihm feindlich gesinnten Landsmanne meines Schwiegervaters, war es gewesen, welche ihn und die Seinigen ermordet, beraubt und dann das Haus in Brand gesteckt hatten. Seitdem hasse ich alles, was Perser oder persisch heißt, und spätere Ereignisse haben diesen tiefen Haß nicht vermindern, sondern nur vergrößern können. Ich war unsinnig vor Grimm und beschloß, nach den Missethätern zu forschen; es war bei der großen, überall herrschenden Verwirrung unmöglich, sie anders als durch Zufall zu finden; aber alle Vorstellungen Kepeks vermochten nicht, mich von meinem Vorhaben abzubringen. Unser Urlaub lief ab; wir mußten bei dem Buluk eintreffen, und Kepek machte mich auf die Folgen der Ueberschreitung aufmerksam. Seine Warnungen waren für mich Luft; es fiel mir nicht ein, meine Nachforschungen zu unterbrechen, aber ich schickte wenigstens ihn zurück und trug ihm auf, mich bei dem Oberst zu entschuldigen und ihn um Verlängerung meines Urlaubes zu bitten. Ich dachte in meiner Aufregung nicht daran, daß mir dieser Offizier nicht wohlwollte, weil ich früher Christ gewesen war und infolge meines Uebertrittes und meines jetzigen Fleißes eine Charge bekleidete, die er in meinem Alter noch nicht erreicht gehabt hatte. Ich hatte Hoffnungen auf ein rasches Avancement, um welche er mich beneidete. Als ich mich nach fast zweitägigem, vergeblichem Suchen todesmüd und auch geistig marode bei ihm einstellte, ließ er mich festnehmen und einsperren. Als ich dann vor das Kriegsgericht geführt wurde, erfuhr ich, daß ich nur angeblich nach meinen Verwandten und deren Mörder gesucht habe, sondern dies nur als Vorwand vorbringe, um meine Abwesenheit zu beschönigen; die Wahrheit sei, daß ich mich in hervorragender Weise an der Ermordung der Christen beteiligt habe. Es wurden mir sogar Menschen gegenübergestellt, welche dies bezeugten, und diese Menschen waren – – – Perser, persische Diener, welche der Vater meines Weibes aus seinem Geschäfte verjagt hatte, weil er von ihnen betrogen worden war."

„Ich kann mir alles erklären. Fuad Pascha suchte Schuldige, und da die eigentlichen Urheber des Blutbades aus gewissen Gründen zu schonen waren, so wurden mißliebige Personen mit der Schuld beladen und mußten büßen, was sie nicht verbrochen hatten."

„Diese deine Ansicht ist richtig. Man machte sehr kurzen Prozeß mit mir und verurteilte mich zum Tode. Ich erleichterte dem Gerichte allerdings diesen Spruch durch mein Verhalten. Anstatt mich ruhig zu verteidigen, beleidigte ich in meinem halb wahnsinnigen Zustande die Richter, die überhaupt schon gegen mich waren, in einer Weise, daß an eine Schonung ihrerseits nicht zu denken war. Schon in der Dämmerung desselben Tages wurde ich mit anderen Verurteilten an Ort und Stelle geführt, um erschossen zu werden. Es waren Soldaten meiner eigenen Kompagnie, welche die Vollstreckung auszuführen hatten, unter ihnen mein Kepek, der Onbaschi. Als den armen Sündern die Augen verbunden wurden, war er es, der zu mir trat. Indem er mir das Tuch anlegte, hörte ich ihn leise sagen: „Fall um, wenn wir schießen, und bleib unbeweglich liegen! Wir sind übereingekommen, daß keiner auf dich zielen wird, und auch der Asker Hekimi ist einverstanden." Ich muß da bemerken, daß meine Untergebenen mir alle wohlwollten, weil ich gegen sie stets so nachsichtig gewesen war, wie es sich mit meiner Pflicht vertrug. Der Arzt war ein auch übergetretener Inselgrieche, mit dem ich unserer Gesinnungsgemeinschaft wegen näheren Umgang gepflegt hatte. Als die Schüsse fielen, warf ich mich nach hinten nieder und vermied, auch nur einen Finger zu bewegen. Es fielen noch mehrere Salven; dann bemerkte ich, daß der Hekim die Gefallenen untersuchte, ob sie auch wirklich tot seien. Als er zu mir kam, fühlte ich seine tastenden Hände auf meiner Brust; er sagte nichts und ging weiter. Nach einiger Zeit hörte ich das Geräusch von Spaten, Hacken und Schaufeln; es mußte inzwischen Nacht geworden sein. Dann wurde ich eine Strecke weit fortgeschleift, und man nahm mir die Binde ab. Es war dunkel um mich her, doch erkannte ich den über mich gebeugten Onbaschi und auch seine Stimme, als er sagte:

„Komm, Herr, wir müssen schleunigst fort, aus Damaskus hinaus."

Ich sprang auf und fragte, während ich ihm folgte:

„Du willst desertieren?"

„Ja."

„Meinetwegen?"

„Gern, denn ich habe dich lieb."

„Nach dem Verlust der Meinigen wäre mir der Tod gleichgültig gewesen; aber der Gedanke an ihren Mörder gab mir Grund, leben zu bleiben; ich wollte mich an ihm rächen; ich muß dir aber leider sagen, daß all mein Forschen nach ihm vergeblich gewesen ist. Ich will dich nicht mit einer langen Erzählung ermüden, sondern zunächst erwähnen, daß Kepek in allen, selbst den ärmlichsten Verhältnissen treu zu mir gehalten hat. Alle unsere Mittel bestanden in dem wenigen Sold, den er sich gespart hatte. Wir bettelten uns nach Konstantinopel und noch weiter durch. Ein glücklicher Zufall führte eine Begegnung mit Midhat, dem einsichtsvollen, später ebenso berühmten wie verkannten Pascha herbei; er nahm mich in seinen Dienst, nachdem ich ihm alle meine Erlebnisse mitgeteilt hatte. Ich stand unter ihm in Bulgarien und ging dann mit ihm nach Bagdad. Als er nach zwei Jahren nach Stambul zurückgekehrt und dann Großvezier geworden war, wurde mir hier der Rang eines Bimbaschi verliehen und die Oberstelle der hiesigen Zollbeamten anvertraut. Wäre er nicht später in Ungnade gefallen, so hätte seine Gönnerschaft mich jedenfalls noch weit höher geführt; so aber blieb ich hier sitzen und blieb das, was ich war. Doch fühlte ich mich nicht unzufrieden, denn ich hatte, durch seine Güte beschützt, Ersparnisse gemacht, welche sich von Jahr zu Jahr vergrößerten und mir ein sorgenfreies Alter verhießen, und wurde durch die Pflichten meines Amtes so in Anspruch genommen, daß mir keine Zeit übrig blieb, über die Vergangenheit nachzugrübeln. Kepek hätte avancieren können, aber er begnügte sich mit seiner früheren Charge als Onbaschi und bestand darauf, mein Diener sein und bleiben zu dürfen, ein Wunsch, der ihm, wie du siehst, gewährt worden ist."

Als der Erzähler jetzt eine Pause machte, reichte ich dem Dicken meine Hand hinüber und drückte ihm die seine herzlich. Er war ein kreuzbraver Mensch, und ich konnte nun begreifen, daß sein Herr ihn mit einer so ungewöhnlichen Nachsicht behandelte. Dieser fuhr in seiner Erzählung fort, indem er mich fragte:

„Sind dir die hiesigen Zollverhältnisse bekannt?"

„Nein," antwortete ich.

„So hast du keine Ahnung von der Verwirrung, in der sie sich befanden, als Midhat die Verwaltung von Irak Arabi übernahm. Es dauerte lange Zeit, ehe es ihm gelang, Ordnung zu schaffen und die Strenge, mit welcher er dies that, hatte zur Folge, daß die Zöllner hier noch mehr gehaßt wurden als in anderen Gegenden, wo man ihnen doch auch keine Liebe entgegenbringt. Man blieb nicht nur beim Hasse stehen, sondern man verfolgte sie und schonte selbst ihr Leben nicht, denn der Schmuggel blühte auf dem Flusse und besonders von der persischen Grenze her in einer Weise, daß sich Hunderte und aber Hunderte von ihm nährten, die nun mit uns, den Beamten, um ihre Existenz kämpfen mußten. Ob es jetzt wieder so ist, das weiß ich nicht, das geht mich nichts mehr an; ich bekümmere mich nicht darum; aber ich bitte dich, mir zu glauben, daß ich als der oberste der Zollbeamten der am meisten Gehaßte und schließlich nirgends meines Lebens sicher war. Wir haben damals Gefahren bestanden, welche ich nicht noch einmal

erleben möchte, und wenn du meinen dicken Onbaschi jetzt betrachtest, ist es kein Wunder, zu bezweifeln, daß er mir stets ein treuer und mutiger Helfer gewesen ist."
„Welche Waren wurden damals geschmuggelt?" erkundigte ich mich.
„Vorzugsweise Felle, Seide, Shawls, Teppiche, Türkise, Hausenblase und Opium. Jetzt aber würde bei der Höhe des Zolles, der auf ihm liegt, Safran der einträglichste Gegenstand des Schmuggels sein."
Als er dies sagte, mußte ich unwillkürlich an den Pädäri-Baharat, den „Vater der Gewürze", denken und an das, was ich gehört hatte, als ich ihn und seine zwei Gefährten oben am Tigris belauschte. Er fuhr fort:
„Die Pascherei wurde nicht etwa von jedem, wie ihm beliebte, betrieben, sondern ich machte die Bemerkung, daß sie sehr gut organisiert sein müsse. Es gab jedenfalls Oberhäupter, niedere Chargen und gewöhnliche Schmuggler. Diese Leute mußten geheime, aber umfangreiche Niederlagen besitzen, in denen die Waren aus allen Gegenden zusammenflossen und dort bis zu dem Augenblicke aufbewahrt wurden, an welchem sie ohne Besorgnis gleich in Menge fortgeschafft werden konnten. Ich war schon lange Zeit im Amte, ohne daß es mir gelingen wollte, eine solche Niederlage zu entdecken, und als mir dieser Wunsch endlich, endlich erfüllt wurde, kostete es mich nicht nur mein Amt, sondern auch mein Vermögen, mein ganzes Vermögen, so daß ich durch diesen längst herbeigesehnten Erfolg zum armen Manne wurde."
„Wie ist das möglich? Ein solcher Erfolg muß doch Nutzen und Beförderung anstatt Schaden und den Verlust des Amtes bringen!"
„Das sagst du, weil du nicht weißt, in welcher Weise diese Entdeckung geschah. Ich habe bisher streng darüber geschwiegen; dir aber will ich alles erzählen; nur möchte ich vorher wissen, wie du über den Eid denkst. Welche Ansicht hast du von ihm?"
„Ich kenne zwar die Beziehung nicht, in welcher du diese Frage aussprichst, aber ich sage, daß der Eid ein heiliges Gelöbnis ist, welches man auf keinen Fall brechen darf. Ich würde lieber sterben, als einen Eid verletzen, den ich geschworen habe."
„Dann muß ich freilich schweigen und darf dir nichts erzählen, denn ich habe geschworen, gegen jedermann zu schweigen, und Kepek hat denselben Eid leisten müssen."
„War es wirklich ein Eid?"
„Ja."
„Von der Obrigkeit euch abgefordert?"
„Obrigkeit? Nein."
„Von wem denn?"
„Von den Schmugglern."
„Dann war es nur ein Schwur, und zwar ein erzwungener, wie ich vermute. Habe ich es erraten?"
„Ja."

„So brauchst du dir keine Gedanken zu machen. Der Begriff des Eides erfordert unbedingt, daß er von der zuständigen Obrigkeit verlangt und vor ihr abgelegt worden ist. Du hast also keinen Eid geschworen. Und selbst der Schwur, den du beim Namen Gottes dir selbst oder einem anderen Menschen giebst, verpflichtet dich nur dann zur Erfüllung desselben, wenn es sich um eine löbliche, also nicht verbotene Angelegenheit handelt. Den Namen Gottes in einer schlechten Sache anzurufen, ist nichts als Gotteslästerung, und diese Lästerung wird auch zum Verbrechen gegen die menschlichen, die staatlichen Gesetze, wenn man einem solchen Schwure Gehorsam leistet. Ist einem aber ein solcher Schwur gar abgezwungen worden, so kann seine Erfüllung zum Verbrechen werden, und man ist nicht nur berechtigt, sondern sogar verpflichtet, sich nicht nach ihm zu richten. Hast du vielleicht schwören müssen, verbotene Thaten zu verschweigen?"

„Ja."

„So hast du damit ein Unrecht, ein großes Unrecht begangen."

„Es galt unser Leben; man hätte uns ermordet, wenn wir es nicht thaten."

„Ich an deiner Stelle hätte dennoch nicht geschworen. Aber du bist nicht ich, und deine Ansichten über den Eid und über den Schwur sind nicht die meinigen, zumal dir der Islam ebenso gleichgültig ist, wie du ein lauer Christ gewesen bist; aber du bist ein Mann, und ein Mann, ein wahrer Mann hält sein Wort, welches ihm heilig ist und welches er nicht gegen Zwang und für eine schlechte Sache hinwirft!"

„Du magst recht haben, und ich streite nicht mit dir; es ist mir eigentlich auch nicht um den Eid an sich, sondern um die Folgen, welche eintreten sollen, wenn ich ihn nicht halte. Seid ihr, du und dein Halef, verschwiegen, so verschwiegen wie das Grab, welches keine Worte hat, so kann ich ruhig erzählen, was ich euch erzählen möchte."

„Das Beispiel oder Gleichnis vom Grabe ist nicht gut gewählt. Das Grab ist nicht verschwiegen; es spricht im Gegenteile eine sehr laute, beredte und ernste Sprache, die sogar in Donnerworten erklingen kann, nicht für das leibliche, sondern für das geistige, das seelische Ohr. Wir versprechen dir also, verschwiegener als das Grab zu sein, falls es sich nicht um eine Angelegenheit handelt, welche mitzuteilen wir verpflichtet sind."

„Diese Verpflichtung habt ihr nicht, denn ihr seid keine vom Padischah verpflichteten und vereideten Zollbeamten. Ich weiß, daß ich mich auf dein Wort verlassen kann und werde also weitersprechen. Nämlich wenn ich damals manche Ereignisse und Vorkommnisse, die Erfahrungen und Ansichten meiner Untergebenen mit den Resultaten meiner eigenen Beobachtungen und Nachforschungen verglich, so führten in Beziehung auf den gesuchten Knotenpunkt der Schmuggelei die Fäden alle nach den Ruinen von Babylon. Es würde zu weitläufig sein, dir die Gründe dazu alle mitzuteilen. Ich folgte diesen Fingerzeichen und engagierte zwei arme Beduinen, welche von ihrem Stamme ausgestoßen worden waren und also gegen keinen Menschen irgendwelche Verpflichtungen hatten. Nachdem ich mich durch freigebige Versprechungen ihrer Treue versichert hatte, schickte ich sie nach dem Ruinenfelde. Sie mußten thun, als ob sie dort Ausgrabungen veranstalteten, um die Funde zu verkaufen, hatten aber die Aufgabe, ihre Augen besonders während der Nächte offen zu halten und mir sofort heimlich Mitteilung zu machen, falls ihnen eine mir nützliche Entdeckung gelingen sollte. Es waren zwei pfiffige Kerls, und kaum waren einige Wochen vergangen, so machten sie mir eine Mitteilung, welche mich in Entzücken versetzte. Sie hatten Schmuggler beobachtet, welche zu verschiedenen Zeiten und aus verschiedenen Richtungen mit beladenen Tieren oder die Lasten selbst tragend nach einer bestimmten Stelle gegangen waren und sich dann, ohne die Pakete bei sich zu haben, wieder entfernt hatten."

„Du erfuhrst also diese Stelle?"

„Ja. Sie konnte mir sehr leicht bezeichnet werden, obwohl die beiden Spione sich wohlweislich gehütet hatten, sich so weit heranzuwagen, daß sie hätten bemerkt werden können. Es war am Birs Nimrud; ich weiß den Ort noch heut genau und werde ihn dir nicht nur beschreiben, sondern sogar zeichnen. Ich belohnte die Spione reichlich und befahl ihnen, noch weiter aufzupassen. Die Nachrichten, welche sie mir brachten, bestätigten das Vorherige in der Weise, daß ich beschloß, die Entdeckung auszunützen. Ich brach mit zehn zuverlässigen Untergebenen und Kepek auf, um die betreffende Stelle genau zu untersuchen."

„In welcher Weise sollte das geschehen?"

„Das werde ich dir später sagen. Es handelte sich um eine verborgene Niederlage von Waren, die jedenfalls einen Raum bildete, der einen Eingang haben mußte, nach welchem zu forschen war. Zu diesem Zwecke nahmen wir Werkzeuge zum Graben und Hacken mit."

„Ah! Diese Arbeit wolltet ihr am Tage vornehmen?"

„Natürlich! Wann sonst? Es war doch nicht möglich, sie des Nachts zu verrichten."

„So habt ihr diese Werkzeuge vergeblich mitgenommen."

„Woher weißt du das?"

„Ich ahne es. Ja, ich vermute noch mehr, nämlich daß ihr verunglückt seid."

„Das schließest du daraus, daß ich von einem erzwungenen Eid gesprochen habe!"

„Nicht nur daraus. Deine beiden Spione haben dich betrogen."

„Nein, ganz gewiß nicht; sie waren treue, zuverlässige Menschen."

„Das möchte ich bezweifeln."

„Es giebt keinen Grund dazu."

„Waren sie bei dir, um dir die Stelle zu zeigen?"

„Ja."

„Bist du auch noch später im Verkehr mit ihnen gewesen?"

„Nein. Sie müssen die Gegend dann gleich verlassen haben; aber das ist keine Ursache, sie für Betrüger zu halten. Sie hatten stets den besten Eindruck auf mich gemacht, und besonders der eine, welcher Safi hieß, sah wie die Ehrlichkeit selber aus."

„Safi?“ fragte ich unwillkürlich, indem ich an den Mann aus Mansurijeh dachte, welcher uns an die Perser verraten hatte. „Wie alt war dieser Araber?“
„Warum willst du das wissen?“
„Weil ich einen Mann dieses Namens kenne.“
„Es giebt viel Menschen, welche so heißen.“
„Wann ist das, was du erzählst, geschehen?“
„Vor vier Jahren.“
„Wie alt war der Mann ungefähr?“
„Er sagte, er zähle vierzig Jahre, sah aber älter aus. Der andere Beduine hieß Aftab, und auch von ihm möchte ich schwören, daß er treu und ohne Falsch war.“
„Aftab! Safi und Aftab, sonderbar, hm, sonderbar!“
Er sah mich erstaunt an und fragte:
„Kennst du vielleicht auch einen Mann dieses Namens?“
„Allerdings, und wenn meine Vermutung mich nicht täuscht, so kann auch ich nun schwören und nicht bloß ahnen wie vorhin, nämlich, daß du in eine dir gestellte Falle gegangen bist.“
„Rzecz smieszna! Hältst du mich für so dumm, daß mir so etwas geschehen kann?“
„Es sind nicht die dummen, sondern sogar sehr pfiffige Tiere, welche man in Fallen fängt. Ich bitte dich, in deiner Erzählung fortzufahren.“
„Das will ich thun, bin aber neugierig, wie du deine Behauptung wirst beweisen wollen.“
„Das wirst du wahrscheinlich sehr bald hören. Uebrigens deutest du an, daß ihr die Werkzeuge zum Graben von hier mitgenommen habt. Ihr seid doch wohl nach Hilleh geritten?“
„Ja. Man muß doch dorthin, wenn man nach den Ruinen von Babylon will!“
„Man kann diese Stadt vermeiden, wenn man beabsichtigt, etwas zu thun, was niemand wissen soll.“
„Wir haben sogar die Nacht dort zugebracht und sind dann am Morgen nach dem Birs Nimrud geritten.“
„So war es unnötig, euch mit den Werkzeugen zu schleppen; ihr hättet in Hilleh welche haben können.“
„Wir wollten dort nicht wissen lassen, was wir zu thun beabsichtigten.“
„Man hat aber eure Hacken und Schaufeln dort jedenfalls bemerkt, die eure Absichten auch schon zwischen hier und Hilleh verraten haben.“
„Wieso und an wen?“
„Ich nehme an, daß ihr unterwegs beobachtet worden seid.“
„Wir sind nur in Khan Bir Nust und Khan Mahawid, wo sich wenig Menschen befanden, eingekehrt und haben unterwegs einige Reiter nur von weitem bemerkt.“
„Von weitem? Diese Reiter vermieden also den Weg? Warum? Sie kamen nicht näher, weil sie euch beobachteten; sie gehörten zu den Schmugglern, denen ihr später in die Hände fielet.“

„Effendi, du sprichst so, als ob du schon alles wüßtest, was ich dir erzählen will. Also, wir kamen wohlbehalten in Hilleh an, übernachteten dort und ritten dann früh nach dem Birs Nimrud hinaus, wo Aftab und Safi uns die Stelle zeigten, um welche es sich handelte."
Er drehte den ausgerauchten Tschibuk in der Hand um und machte mit der Pfeifenspitze Striche vor sich hin, als ob er ein Papier vor Augen und einen Stift in der Hand habe, um die angegebenen Richtungen zu zeichnen. Dabei fuhr er fort:
„Also hier liegt Hilleh, und so, wie ich es dir jetzt zeige, ritten wir. Da vorn liegt der Turm zu Babel; von dieser Seite näherten wir uns ihm. Dann wurden wir hier nach links geführt, wo ein Haufen von Steinen mit Keilinschriften lag. Von da ging's schief nach rechts empor, einen Einschnitt hinan, hierauf wieder nach links, wo wir um einen Vorsprung schwenkten, der aus meist beschädigten, verglasten Ziegeln bestand. Hinter diesem Vorsprunge lag die Stelle."
„Nein," rief ich in meiner plötzlichen Erregung fast überlaut.
„Nicht?" fragte er erstaunt. „Wie kommst du zu dieser Behauptung?"
„In diesem Augenblicke weiß ich, daß die von dir bezeichnete Stelle nicht die rechte ist; die richtige muß weiter oben liegen."
„Du bringst mich in Verwunderung! Welche Stelle soll die richtige sein?"
„Die, wo man in das Versteck der Schmuggler gelangt!"
„Das ist richtig, sehr richtig, Effendi. Ich höre, daß du im Besitze eines Geheimnisses bist, welches niemals zu verraten wir, um unser Leben zu retten, einen schweren Eid ablegen mußten. Wie bist du in den Besitz desselben gekommen?"
„Davon später! Habt ihr an der falschen Stelle, also an der, welche du erwähntest, sofort zu graben angefangen?"
„Nein, denn ich hatte meine zehn Zollwächter in Hilleh zurückgelassen und war zunächst mit Kepek und den Führern allein nach dem Birs geritten, um mir die Stelle zeigen zu lassen. Es konnten sich ja womöglich Gründe ergeben, die Nachforschungen nicht vor den Augen der Untergebenen vorzunehmen."
„Welch eine unvorsichtige Vorsichtigkeit! Erzähle weiter! Ich bin überzeugt, daß jetzt die Schmuggler über euch herfallen werden."
„Du scheinst allwissend zu sein, Effendi, denn es ist wirklich so, wie du sagst. Wir waren nämlich kaum von den Pferden gestiegen, so tauchten aus einer Vertiefung seitwärts von uns mehr als zwanzig bewaffnete Kerle auf, welche so schnell auf uns eindrangen, daß wir gar nicht Zeit fanden, an Gegenwehr auch nur zu denken. Einige Augenblicke später waren wir niedergeworfen, festgehalten und gebunden worden. Auch die Augen verhüllte man uns. Ich hörte eine Stimme in befehlendem Tone sagen: Tort mit ihren Pferden, weit fort, und schnell hinauf mit ihnen, daß kein Kumrukdschi ahnen kann, was geschehen ist; denn die zehn anderen Hunde, weiche dieser Bimbaschi mitgebracht hat, werden wohl auch bald eintreffen." Ich fühlte, daß ich aufgehoben und fortgeschleppt wurde, nicht abwärts oder zur ebenen Erde, sondern sehr steil aufwärts, wo man mich

dann niederlegte. Ich sage dir, daß mir nicht wohl zu Mute war, denn ich kannte den Haß der Schmuggler gegen mich und hatte allen Grund, um mein Leben besorgt zu sein."

„Es war nicht so schlimm; du lebst ja noch!"

„Scherze nicht! Als ich nun an der Erde lag, vernahm ich das Geräusch von aneinander klingenden Steinen, wie wenn ein Maurer bei der Arbeit ist. Das dauerte längere Zeit und ohne daß ich ein gesprochenes Wort zu hören bekam; dann wurde ich wieder aufgehoben und fortgeschleift, wobei ich, wie ich wohl bemerkte, bald rechts, bald links an Steine, also wahrscheinlich an Mauern stieß. Hierauf wurde ich abermals niedergelegt, worauf man endlich zu sprechen begann, aber leider persisch, was ich damals nicht so wie heut verstand. Ich habe mir nur den Namen Gul-i-Schiraz gemerkt, welcher mir auffallen mußte, weil er wiederholt genannt wurde. Nach einiger Zeit hörten wir Schritte, welche sich entfernten; dann wurde es still."

„Und Kepek?" fragte ich. „Was war mit ihm geschehen? Wo befand er sich?"

Da ergriff der Dicke, seit wir uns oben auf dem Dache befanden, zum erstenmal das Wort, indem er antwortete:

„O Emir, ich lag neben meinem Herrn, denn man hatte mich ganz genau wie ihn behandelt und mich auch in dieses Loch des Verderbens geschleppt. Ich zitterte vor Besorgnis nicht um mich, sondern um ihn, und war hoch erfreut, als ich seine geliebte Stimme hörte. Er fragte nämlich, ob noch jemand da sei, und als ich ihm meinen Namen genannt hatte, besprachen wir die Lage, in welcher wir uns befanden."

„Ihr beide?"

„Ja."

„Und eure Spione, die mit euch gekommen waren?"

„Die lagen nicht bei uns."

„Das glaube ich gern, denn es ist so, wie ich vermutete: Sie waren mit den Schmugglern verbündet, und es verstand sich ganz von selbst, daß ihnen nichts geschah. War es euch denn nicht möglich, von den Fesseln loszukommen?"

„Nein," antwortete der Bimbaschi. „Ich versuchte es auf alle mögliche Weise aber vergeblich. Wir lagen lange, lange Zeit; es schien ein halber, ja ein ganzer Tag zu sein, und die Glieder schmerzten uns von diesem langen Liegen. Da endlich nahten wieder Schritte; wir hörten, daß mehrere Personen kamen. Die Augen wurden uns freigegeben, und wir sahen drei Männer vor uns stehen und einen vierten, welcher unweit von uns auf einem Steine saß. Dieser wurde von einem der drei gefragt, was er gehört habe, und er berichtete jedes Wort, welches von uns gesprochen worden war. Daraus erkannten wir nun, daß wir nicht allein gewesen waren, denn dieser Mensch hatte uns bewachen und belauschen müssen."

„Waren Fenster oder sonstige Oeffnungen in dem Raume?"

„Nein."

„So muß er erleuchtet gewesen sein. Wodurch?"

„Durch irdene Oellämpchen, von denen ich später, als ich mich aufrichten durfte, einen ganzen Vorrat nebst einer großen Oelkanne in einer Nische stehen sah."

„Kannst du mir sagen, wie der Raum beschaffen war?"

„Ja, denn ich habe mich lange genug in demselben befunden; er ist mir so gegenwärtig, als ob ich noch jetzt darin läge. Er war lang und schmal und nicht viel mehr als mannshoch."

„Also ursprünglich kein Gemach, sondern ein Gang."

„Du kannst recht haben, denn die nackten Wände, welche aus Ziegeln bestanden, waren leer und nur in einer Ecke lagen einige Werkzeuge und ein Haufen Stricke."

„Gab es eine Thür?"

„Nein."

„Ich kann mir das nicht denken, denn es steht zu vermuten, daß dieses Gelaß nur das Vorgemach zu anderen und größeren Räumlichkeiten war."

„Das ist allerdings richtig, obwohl ich, im eigentlichen Sinne gemeint, nicht von einer Thür sprechen kann. Ich werde das später erklären; jetzt muß ich dir erzählen, was der Säfir zu mir gesagt hat."

„Der Säfir? Dieses persische Wort bedeutet „Gesandter". Woher kennst du diese Bezeichnung?"

„Er wurde von den andern so genannt. Sein Aussehen war fast furchterweckend, und zwar wegen einer feuerroten Narbe, welche auf der Stirn begann und über die linke, leere Augenhöhle und die Wange bis herunter zur Spitze des Mundes reichte und dort den langen Schnurrbart in zwei ungleiche Hälften schied. Der Hieb, welcher ihm diese Narbe brachte, hatte ihm das Auge geraubt. Der Anzug, den er trug, war – – –"

„Der thut nichts zur Sache," unterbrach ich ihn, „denn die Kleidung kann jederzeit gewechselt werden. Wie war seine Gestalt? Und hatte er sonst etwas Auffälliges an sich?"

„Er trug nur Schnurrbart. Seine Gestalt war nicht hoch, aber sehr breit und ungewöhnlich kräftig, und seine Stimme hatte einen schnarrenden Klang. Auch sah ich, daß er die Gewohnheit hatte, die Haare des Schnurrbartes sehr oft über die Lücke desselben zu streichen. Warum fragst du nach solchen Merkmalen?"

„Weil das in meiner Gewohnheit liegt. Ich pflege auf meinen Reisen den geringsten Umstand zu beachten und habe sehr häufig die Erfahrung gemacht, daß Kleinigkeiten, welche andern entgehen würden, mir, wenn ich sie im Gedächtnisse behalten hatte, später großen Nutzen brachten. Dieser Säfir muß mich schon an sich und auch deinetwegen interessieren; aber wir gehen nach Persien, und da auf Erden nichts unmöglich ist, kann es die Schickung fügen, daß ich ihm dort einmal begegne. Auch will ich mit Halef nach dem Birs Nimrud reiten, und da ist es – – –"

„Das wollt ihr? Wirklich, wollt ihr das?" fiel er schnell ein.

„Ja. Zwar habe ich nicht den mindesten Grund, anzunehmen, daß wir den Säfir dort sehen werden, aber er steht in meiner Phantasie nun einmal mit dem Turm zu Babel in

Beziehung und darum möchte ich so gut wie möglich über seine Person unterrichtet sein."

„Habt ihr vielleicht die Absicht, den Turm zu untersuchen?"

„Wenn sie sich nicht noch einstellt, bis jetzt hatten wir sie noch nicht."

„So laßt euch auch nicht gelüsten, es zu thun, denn dieser Gedanke könnte für euch höchst gefährlich werden! Ich weiß, was mir mein damaliger Besuch des Turmes gebracht hat, und wenn es mir auch unbekannt ist, ob er dergleichen Gesindel jetzt noch birgt, so sagt mir doch eine innere Stimme, daß ich euch warnen soll. Vor allen Dingen hütet euch, aus meiner Erzählung die Veranlassung zu ziehen, dort nachzuspüren, weil mir das den angedrohten Tod bringen könnte! Ich spreche nicht darum zu euch, daß ihr meine Erlebnisse verfolgen sollt, sondern nur um deinen Rat zu holen."

„Was diese Warnung und diesen Wunsch betrifft, so kann ich dir versichern, daß du keine Veranlassung hast, um dich oder uns beunruhigt zu sein. Wir wissen dein Vertrauen zu schätzen und werden nichts thun, was dir schaden könnte."

„Das beruhigt mich. Ihr dürft mir meine Besorgnis nicht übelnehmen, denn die Gefahr, welcher wir damals nur mit Not und durch die Ablegung des Eides entgingen, ist für uns ganz in derselben Größe auch noch heut vorhanden."

„Es kann uns nicht einfallen, deine Worte anders zu nehmen, als sie gemeint sind. Sprich getrost davon weiter, was ihr im Birs Nimrud erlebt habt!"

„Der Säfir sprach eine Weile persisch mit seinen Leuten, wobei er uns von Zeit zu Zeit bald höhnische und bald grimmige Blicke zuwarf oder uns verächtliche Fußtritte versetzte. Meine Frau und ihr Vater hatten mir von dieser Sprache nur soviel beigebracht, daß ich mich ihrer gebrochen bedienen konnte; darum verstand ich auch jetzt nur wenig von dem, was gesprochen wurde, zumal diese Kerle außerordentlich schnell redeten; aber es kam auch dieses Mal sehr häufig der Name Gul-i-Schiraz vor. Erst in diesem Augenblicke kommt mir ein Gedanke: der Orientale drückt sich gern bildlich aus; er legt besonders seinen Frauen oft Blumennamen bei. Sollte etwa nicht eine wirkliche Rose, sondern ein Weib gemeint sein? Dann müßte diese weibliche Person in sehr enger Beziehung zu den Schmugglern stehen. Wen man so oft nennt, der muß Wichtigkeit besitzen und hieraus ist meines Erachtens zu schließen, daß diese Beziehung keine gewöhnliche ist. Ich bin geneigt, die „Gul-i-Schiraz" für die Frau eines Anführers zu halten. Was sagst du dazu, Effendi?"

„Ich überlasse in Hinsicht auf die Persönlichkeit die Lösung des Rätsels jetzt noch dir. Wichtiger als die Person ist mir der Ort."

„Wieso?"

„Ob eine Person oder eine Sache gemeint ist, das hat vorläufig noch keine Wichtigkeit für mich; die Hauptsache ist für mich das Wort Schiraz, aus welchem ich die Vermutung Ziehe, daß die Enthüllung des Geheimnisses nur drüben in der gleichnamigen Hauptstadt der persischen Provinz Farsistan oder deren Nähe zu versuchen ist. Und selbst wenn ich mich mit dieser Annahme in Irrtum befinden Sollte, möchte ich doch behaupten, daß sich ein Zusammenhang zwischen einer dortigen Existenz und der gesuchten Gul-i-Schiraz finden lassen wird. Es ist nicht nötig, uns den Kopf darüber zu zerbrechen. Wenn es sein soll, wird sich uns die Lösung ganz von selbst bieten. Also du erzähltest, daß der Säfir zunächst mit seinen Leuten gesprochen habe?"

„Ja; dann wendete er sich zu uns, um seinen Grimm natürlich besonders über mich auszuschütten. Indem er mich mit den niedrigsten Schimpfworten bewarf, zählte er mir vor, welchen ungeheuren Schaden mir die Schmuggler anzurechnen hätten, und drohte, daß man mir dafür nicht nur möglichsten Ersatz, sondern sogar auch das Leben abfordern würde. Seine Rede war sehr lang; ich aber will kurz sein und nur sagen, daß ich sie nicht beantwortete. Auch Kepek sagte kein Wort. Da begann der Perser von neuem, indem er hohnlächelnd alle meine Nachforschungen vorbrachte, welche ich gemacht hatte, um das Versteck der Pascher zu entdecken. Woher wußte er das alles? Befand sich etwa unter meinen Beamten einer, der in seinem Solde stand und ihm alles verraten hatte?"

„Das ist nicht nur möglich, sondern sogar sehr wahrscheinlich, denn ich schließe aus deiner Erzählung, daß die Verbindung der Schmuggler eine sehr weitreichende und außerordentlich wohlgeordnete ist, und da die Leitung derselben eine ebenso kühne wie auch schlaue zu sein scheint, kann man fast mit Sicherheit annehmen, daß Spione angestellt worden sind, um alles, was du gegen sie zu unternehmen gedachtest, vorher zu erfahren. Und wo gab es Personen, welche darüber unterrichtet waren? Natürlich nur unter deinen eigenen Leuten."

„Das ist richtig. Hätte ich doch auch in dieser Beziehung meine Augen offen gehalten! Erst jetzt wird es mir klar, warum mir oft Pläne mißglückten, welche so sorgfältig und pfiffig angelegt waren, daß der Erfolg gar nicht ausbleiben zu können schien. Ich sehe ein, daß ich gegen meine Untergebenen zu vertrauensselig gewesen bin, und das ist ein Fehler, den ich schwer, sehr schwer habe büßen müssen."

„Gleich von der Zeit an, von welcher du erzählst?"

„Ja. Ich habe dir schon gesagt, daß der Anführer nicht nur mein Leben bedrohte, sondern auch Schadenersatz verlangte. Er forderte mein ganzes Vermögen von mir, und als ich sagte, daß ich nicht reich sei, nicht einmal wohlhabend, lachte er mich aus und sagte mir nicht nur die Summe, welche ich besaß, sondern auch die Bank, in welcher sie lag, so genau, als ob ich es ihm selbst anvertraut hätte."

„Auch hieraus mußt du erkennen, daß er vorzügliche Spione hatte, welche nur in deiner Nähe zu suchen waren."

„Daran dachte ich damals nicht; es wäre auch zu spät gewesen, da er doch nun einmal so genau unterrichtet war. Er verlangte eine Anweisung auf die Bank, und als ich sie ihm verweigerte, erklärte er mir, daß ich dann binnen einer Stunde mit dem Onbaschi getötet werde. Er gab mir drei Viertelstunden Zeit, es mir zu überlegen, und setzte sich dann zu den andern wartend nieder. Da saßen sie und unterbrachen die tiefe Stille nur zuweilen durch einige leise Worte, welche sie einander zuflüsterten. Als die Zeit vorüber war, wurde ich gefragt, ob ich mich eines Bessern besonnen hätte; ich gab eine verneinende Antwort; da schlugen sie zwei Pflöcke in die Mauer und banden mir und Kepek Stricke um die Hälse. Ich konnte nicht bezweifeln, daß sie uns aufhängen würden, und so erklärte ich mich denn mehr aus Rücksicht auf den Onbaschi als auf mich bereit, die Summe zu bezahlen. Vielleicht wirst du sagen, Effendi, daß dies feig von mir gewesen sei?“

„Das fällt mir nicht ein. Es hätte wohl jeder an deiner Stelle genau so wie du gehandelt, denn wenn man die Wahl hat, entweder als armer Mann leben bleiben zu dürfen, oder als reicher aufgehängt zu werden, so wird man wohl das erstere vorziehen. Du hattest ja deine einträgliche Stellung und konntest also wieder wohlhabend werden.“

„Das sagte ich mir auch, mußte aber nur zu bald einsehen, daß diese Hoffnung eine vergebliche war. Man nahm uns die Stricke wieder ab und brachte – – ah, kannst du erraten, was man nun brachte?“

„Nein.“

„Man brachte mein Diwit jazy takym, ja, mein eigenes Diwit jazy takym nebst Mürekkeb, Kalem und Kiahat, und erstaunlicherweise war dieses Kiahat auch von mir, von meinem eigenen Schreibtische genommen! Man hatte das alles in ein Päckchen gepackt, in welchem auch Lök und mein Mühür war. Was sagst du dazu?“

„Daß dieser Streich, den man dir spielte, seit langer Zeit und sehr eingehend vorbereitet gewesen ist. Man brauchte alle diese deine eigenen Sachen, die man auf der Bank wahrscheinlich kannte, um dort zu überzeugen, daß die Anweisung wirklich von dir und von keinem andern komme. Du hast sie natürlich geschrieben?“

„Ja, doch nicht wie ich wollte, sondern der Säfir diktierte sie. Er mußte ein gewandter Geschäftsmann sein, denn er verfaßte sie so, daß ich, wenn ich Kassierer der betreffenden Bank gewesen wäre, das Geld ohne alles Bedenken sofort aufgezählt hätte. Es stand übrigens ohne Kündigung, da ich in meinen Verhältnissen und als türkischer Beamter unter einem übelwollenden Pascha in einer von Stambul so entfernten Stadt unter allerlei Scherereien zu leiden hatte und sogar gezwungen war, mit einer plötzlichen Entlassung zu rechnen. Da war es geraten gewesen, mein Geld so anzulegen, daß ich es zu jeder Stunde bekommen konnte. Als der Säfir die Anweisung in den Händen hatte, verglich er sie mit einigen andern Papieren und sagte mir:

„Hier sind Schriftstücke, welche du verfaßt hast, und ich habe dein jetziges Schreiben mit ihnen verglichen. Hättest du deine Hand verstellt, so wäret ihr doch noch aufgehängt worden. Jetzt habe ich euch etwas zu zeigen und werde dann eine Frage an dich stellen. Ueberlege sie dir wohl, ehe du sie beantwortest, denn von deiner Entscheidung hängt wahrscheinlich euer Leben ab!“

„Man band uns die Stricke von den Füßen los, so daß wir aufstehen und gehen konnten; die Hände aber blieben gefesselt, um es uns unmöglich zu machen, uns zu wehren. Er trat, während die andern mit Lämpchen leuchteten, in die Ecke, wo die Stricke lagen und den Boden bedeckten; sie wurden weggeräumt, worauf man auch den darunter liegenden Sand eine Hand hoch entfernte. Da kamen einige Bretterstücke, und unter ihnen, als man sie weggenommen hatte, ein Loch mit abwärts führenden Stufen zum Vorschein. Wir stiegen ab und gelangten in einen großen, weiten Raum, welcher von einer solchen Menge von Schmuggelwaren angefüllt war, daß ich mich vor Erstaunen fast kaum zu fassen wußte. Da hingen, lagen oder standen – – –"

„Bitte, erlaube mir!" unterbrach ich ihn. „Wie hoch war dieser Raum?"

„Vielleicht vier Fuß über Mannes hoch," antwortete er.

„Du wirst es nicht mehr wissen, aber es wäre mir interessant zu erfahren, wieviel Stufen hinabgeführt haben."

„Das weiß ich zufällig noch ganz genau. Als ich in das Loch steigen mußte und die dunkle Tiefe unter mir sah, dachte ich, daß da unten unser Gefängnis liege, in welchem man uns umkommen lassen wolle. Ich war entschlossen, in diesem Falle alles mögliche zu unserer Rettung zu unternehmen, und weil die Treppe dabei von Bedeutung war, zählte ich die Stufen. Es waren achtzehn."

„Waren sie von gewöhnlicher Höhe?"

„Ja. Ich glaube, es werden in den hiesigen Häusern sechs Treppenstufen auf eine Zär-i-Schahi gerechnet."

„Richtig! Die Zär-i-Schahi hat hundertzwölf Centimeter. Wenn der Raum vier Fuß über Mannes hoch gewesen ist, muß die Decke neunzig bis hundert Centimeter dick gewesen sein. Der Abstand zwischen den beiden Fußböden oben im Gange und unten in dem Vorratsraume hat also wohl ungefähr dreihundertfünfzig Centimeter oder nach persischem Maße drei königliche Ellen und eine halbe Väjab betragen."

Er sah mich nachdenklich an und sagte:

„Ich muß dich immer wieder fragen, warum du dich so eingehend erkundigst und nun gar eine so genaue Berechnung anstellst?"

„Und ich antworte dir immer wieder, daß ich das nur aus alter Gewohnheit thue. Wenn man weiß, wie tief der Vorratsraum unter dem Gange liegt, dessen Lage man kennt, kann man, ohne das Innere zu betreten, auch von außen angeben, in welcher Höhe oder Tiefe des Birs Nimrud man diesen Raum zu suchen hat. Welche Ecke des Ganges war es, in welcher die Stricke lagen?"

„Hinten rechts. Aber mir kommt es vor, als ob du Absichten hegtest, die du mir verheimlichen willst!"

„Ich habe keine; aber ich werde dir später eine Mitteilung machen, welche dich an die Harmlosigkeit meiner Fragen glauben lassen wird. Also der Raum, von welchem du sprachst, war mit Schmuggelwaren angefüllt?"

„Vollständig angefüllt, und zwar so, daß kaum genug Platz blieb, sich zwischen ihnen zu bewegen. Der Säfir befahl, rundum zu leuchten, und da sahen wir eine Menge der sehr mühselig und kostspielig herzustellenden Kalämkar-Gewebe, deren Farben mit Sakkes-Harz fixiert werden. Ferner kostbare Shawls aus Murgus-Wolle und herrliche Färschha aus Farahan bei Kirmanschah, geflammte Seide und wellige Charah und palmendurchwebte Shawls abrischum. Auch sah ich große Ballen von Saghri, Tscherme hamadani und Puste buchara. Hierauf wurden wir durch noch drei andere Räume geführt, in denen ähnliche Waren aufbewahrt wurden, auch andere Dinge wie Haschisch, Opium, Gewürze, Rosenöl und Arsenik aus Kaswin, für Konstantinopel bestimmt. Es wurde uns auch Lapis lazuli aus Turkestan gezeigt und Diamanten, welche in Ispahan und Schiras geschliffen worden waren, und eine ganze Menge Baras, Schirbam und Maden-i-Nau, welche an sich ein Vermögen ausmachten."

„Wozu hat man dir, dem obersten Zollbeamten, dem man es doch hätte verheimlichen sollen, das alles gezeigt? Es giebt nur einen Grund, nämlich den, daß man dich in Versuchung führen und ins heimliche Einvernehmen mit den Schmugglern bringen wollte. Wenn du dich verlocken ließest, darauf einzugehen, konnten sie natürlich noch weit bessere Geschäfte machen als bisher."

„Ja, das war der Zweck. Der Säfir machte mir den Vorschlag, seine Gesellschaft zu begünstigen, und bot mir dafür eine jährlich zu zahlende Summe an, welche so beträchtlich war, daß ein anderer sich sehr wahrscheinlich hätte verleiten lassen; ich aber sagte ihm kurz, daß ich weder ein Verbrecher sei noch einer werden wolle. Hierauf zeigte er mir Geld, sehr viel Geld und sagte, er werde mir die erste Jahressumme gleich heut auszahlen und mir auch meine Anweisung zurückgeben, da er mich als seinen Verbündeten dann doch nicht berauben könne. Ich blieb aber fest. Da ergrimmte er und sagte:

„Du hältst die Gefahr, in welcher du dich befindest, wahrscheinlich nicht für so groß, wie sie in Wirklichkeit ist. Es handelt sich um euer Leben. Ihr kennt unser Versteck und habt alles gesehen, was sich darin befindet; folglich kann nur euer Tod uns die Sicherheit bieten, auf welche wir nicht verzichten dürfen. Ich gebe dir noch Zeit zum Ueberlegen. Ich schicke jetzt einen Boten mit deiner Anweisung nach Bagdad. Wird sie nicht bezahlt, bist du auf alle Fälle verloren; bekommen wir das Geld, so werde ich noch einmal mit dir reden."

„Als er diese Drohung ausgesprochen hatte, wurden wir wieder gebunden wie vorher und dann eingesperrt, ohne daß man uns mit Wasser oder einer Speise versah."

„Du vergissest, den Ort zu sagen, an welchen man euch brachte. Auch hast du von noch drei Räumen gesprochen, ohne zu erwähnen, in welcher Weise sie zusammenhingen und wie ihr aus dem einen in den andern gelangt seid."

„Durch Thüröffnungen, welche mit Teppichen verhängt waren."

„Es gab also keinen verborgenen Mechanismus, durch welchen etwaigen Eindringlingen der Zugang unmöglich gemacht wurde?"

„Nein."

„So handelt es sich also nur um zwei verborgene Stellen, nämlich um den äußern Eingang und um die unter den Stricken versteckte Treppenöffnung. Wie lagen die drei Räume zu dem ersten?"

„Von ihm aus kam man in den mittleren, neben welchem rechts und links die beiden andern lagen. Dem ersten gegenüber stieß an das mittlere das Gefängnis, in welches wir eingesperrt wurden."
„War dies klein?"
„Nein, sondern ebenso groß, wie die andern vier Uwad waren."
„Also bildeten diese fünf Uwad eine ganz regelmäßige Figur von gleichgroßen Vierecken, welche in Form eines Kreuzes aneinander stießen?"
„Ja; ich will es dir zeigen."
Er nahm den Tschibuk wieder in die Hand und zeichnete mit der Spitze desselben die nebenstehende Figur vor sich hin.

5
2 3 4
1

Dann fuhr er fort:
„Zu Nummer Eins führt die Treppe hinab; von da gingen wir nach Drei, Vier und Zwei, und dann wurden wir wieder gebunden und nach Fünf geschafft, wo wir bewegungslos wie Warenballen liegen mußten."
„Im Finstern natürlich?"
„Ja; doch so lange sie mit den Lampen bei uns waren, konnten wir uns umschauen, sahen aber nichts als kahle Mauern, auch aus Ziegelstein, und auf dem Boden unten einen kleinen Haufen Erde in der Ecke links."
„Bestand denn der Boden aus Erde?"
„Nein, sondern aus Ziegeln."
„So ist dieses Häufchen Erde merkwürdig, oder wenigstens will ich sagen, daß es, wenn ich an deiner Stelle gewesen wäre, meine Aufmerksamkeit erregt hätte."
„Etwa wegen der Kanafid, welche später kamen? Das sind ja ganz friedliche Tiere, welche keinem Menschen etwas thun."
„Kanafid? Ah, ihr habt Stachelschweine in diesem Raume gehabt?"
„Ja. Als wir, wie uns deuchte, wohl eine ganze Ewigkeit gelegen hatten, hörten wir ein leises Geräusch; dann rasselte es, wie wenn dünne Stäbe zusammenklingen, und dann jagten sich einige Tiere hin und her. Wir wußten erst nicht, was für welche es waren, aber als wir dann die eigentümlichen grunzenden Töne hörten, welche das Kumfud im Zorne auszustoßen pflegt, da erkannten wir, daß es Kanafid seien."
„Merkwürdig, höchst merkwürdig!"
„Warum?"
„Siehst du das nicht ein? Zunächst ist es seltsam, daß sich diese sonst so scheuen Tiere in eure unmittelbare Nähe gewagt haben; das erklärt sich aber dadurch, daß vielleicht Frühling war, ihre Paarungszeit, in welcher ihr Gesellungstrieb jawohl einmal stärker als ihre angeborene Furchtsamkeit sein kann. Viel auffälliger aber ist der Umstand, daß sie sich in dieser aus Ziegeln gemauerten Kammer befunden haben. Die Stachelschweine

graben oft sehr lange Gänge; aber durch feste Ziegel können sie wohl kaum. Entweder handelt es sich da um eine Lage zerfallener Luftziegel in der Mauer oder gar um einen verschütteten Ausgang in das Freie, der euch freilich nichts nützen konnte, weil ihr gefesselt waret. Wichtiger für mich, wenigstens jetzt, ist die Frage, in welcher Weise eure Kammer von Nummer Drei abgeschlossen wurde. Gefangene pflegt man doch nicht durch eine Teppichthür zu verwahren!"

„Was das betrifft, so war den Schmugglern eine solche Unvorsichtigkeit auch gar nicht in den Sinn gekommen. Sie hatten einen Vorhang herabgelassen, welcher aus starken Drahtstäben bestand und nach Belieben auf- und niedergerollt und gut befestigt werden konnte. Selbst wenn wir nicht gebunden gewesen wären, und unsere Messer bei uns gehabt hätten, wäre es uns nicht gelungen, diese Stäbe zu zerschneiden."

„Das Vorhandensein dieses festen Rollenvorhanges läßt darauf schließen, daß die Kammer schon vor euch Gefangene aufgenommen hat. Erzähle weiter!"

„Es schien uns, wie gesagt, fast eine Ewigkeit zu sein," fuhr er fort, „bis wir die Drahtstäbe rasseln hörten, und wieder Licht sahen. Der Säfir kam, mit ihm dieselben Männer, welche schon vorher dagewesen waren. Er hatte, wie er uns mitteilte, das Geld bekommen. Dies schien ihn zur Milde gestimmt zu haben, denn er trat viel weniger barsch als früher auf. Er fragte zwar, ob ich mich eines Bessern besonnen hätte, nahm aber meine abweisende Antwort ohne den frühern Zorn ruhig hin und sagte in gelassenem, wenn auch trotzdem sehr entschiedenem Tone:

„Mit dieser Weigerung hast du dein Urteil selbst gefällt. Ich muß dafür sorgen, daß du uns nicht schaden kannst. Wir ahnten, daß du den Vorschlag zurückweisen würdest, der Unserige zu werden, und in diesem Falle war dein Tod beschlossen. Man hat aber für dich gebeten; wer das gewesen ist, das brauchst du nicht zu wissen; ich habe dem Betreffenden Schonung deines Lebens zugesagt, falls du bereit bist, uns in anderer Weise sicher zu stellen. Höre also, was ich dir jetzt sage! Gehst du darauf ein, so erhaltet ihr die Freiheit wieder; wenn nicht, so werdet ihr schon die nächste Stunde nicht überleben. Also: ihr schwört mit einem Eide, den ich euch vorsagen werde, daß ihr diesen Ort hier keinem Menschen verraten werdet, und du giebst, sobald du nach Bagdad zurückgekehrt bist, deine Stellung auf. Thust du dies nicht sofort, so verfallt ihr in kürzester Zeit unserer Rache. Und wird dieses Versteck hier früher oder später einmal in irgend einer Weise entdeckt, die uns auch bloß nur ahnen läßt, daß ihr nicht schweigsam wie das Grab gewesen seid, sondern euern Eid gebrochen habt, so steht euch der martervollste, grauenhafteste Tod bevor. Auch darfst du, solange du lebst, Bagdad niemals verlassen, damit du unserer Rache nicht entrinnen kannst. Wir werden dich stets beobachten und dich, selbst wenn du noch hundert Jahre lebtest, niemals aus den Augen lassen. Du würdest bei der geringsten Vorkehrung zur Abreise verloren sein! – Das war es, was der Säfir von mir verlangte, Effendi. Was hättest du an meiner Stelle gethan?"

„Jedenfalls nicht, was du gethan hast," antwortete ich. „Er hätte mich wahrscheinlich gar nicht mehr im Gefängnisse vorgefunden. Doch darauf kommt es jetzt auch gar nicht an.

Ihr habt den Eid geschworen und seid entlassen worden, worauf du dann nach Bagdad zurückgekehrt bist und dein Amt niedergelegt hast."
„Ja, so ist es. Ich weiß wirklich nicht, was ich sonst hätte thun sollen oder thun können. Wenn wir uns weigerten, das zu thun, was man von uns verlangte, so war uns der Tod gewiß. Zwar hatte das Leben schon längst keinen eigentlichen Wert mehr für mich; aber es handelte sich nicht allein um mich, sondern auch um Kepek, den Treuen, und da das Leben doch immerhin etwas ist, so ging ich auf die Bedingungen des Säfir ein. Wir mußten schwören und wurden dann gleich von den Fesseln befreit und hinauf in den Gang und hinaus vor den Turm geschafft."
„Des Nachts natürlich?"
„O nein; es war am hellen Tage."
„Wirklich? Welche Unvorsichtigkeit von dem Säfir!"
„Warum Unvorsichtigkeit?"
„Weil ihr da sehen konntet, was man euch bisher verheimlicht hatte, nämlich den Eingang, seine Lage und wie er geöffnet und verschlossen werden konnte."
„Das haben wir freilich alles gesehen. Der Säfir stand dabei und sagte:
„Daß ich das nicht als ein Geheimnis für euch betrachte, mag euch zeigen, wie fest und sicher ich euch in meinen Händen halte. Ja, ich habe sogar eine ganz besondere Absicht dabei. Nun ihr alles wißt, ist für euch die Versuchung, euern Eid zu brechen, um so größer und also euer Tod um so sicherer."
„Uebrigens, was den heimlichen Eingang betrifft, so würden wir ihn jedenfalls nicht finden, und wenn wir noch solange suchten, denn wir haben uns die Striche nicht gemerkt, mit denen der kleine Ziegel gezeichnet war, den man erst entfernen muß, ehe sich die größeren bewegen lassen."
Ich horchte auf, als der Bimbaschi dies sagte. Er hatte geschworen, nichts zu verraten, und ahnte nicht, daß er mir mit diesen Worten alles offenbart hatte. Die Ziegel des Birs Nimrud tragen Keilinschriften; er hatte aber nicht von Keilen, sondern von „Strichen" gesprochen, und dieser Ausdruck lenkte meine Aufmerksamkeit auf einen Umstand, dem ich bisher keine Beachtung geschenkt hatte, weil ich ihn für nur zufällig und also ganz bedeutungslos hielt. Nämlich das Pergament des Pädär-i-Baharat hatte, wie man weiß, eine Zeichnung enthalten, deren Bedeutung ich damals nicht verstand; aber als der Bimbaschi den Weg zur Höhe des Birs Nimrud beschrieb, trat sie mir ganz plötzlich wieder klar vor die Augen, und ich erkannte zu meinem Erstaunen, daß die Striche, aus denen sie bestand, den Pfad nach dem Verstecke der Schmuggler verdeutlichen sollten. Und nun er jetzt „Striche" anstatt „Keile" sagte, fiel mir ein, daß ich unter der Zeichnung Striche bemerkt hatte, die mir aber nicht sehr aufgefallen waren. Sie sahen aus wie Kommata, wie man sie macht, wenn man eine Schreibfeder probiert oder ihren Schnabel auf das Papier drückt, um ihn elastischer zu machen oder auch um ein Härchen, welches dazwischen geraten ist, zu entfernen. Ich hatte die Zeichnung kopiert, aber diese Striche nicht, doch besitze ich glücklicherweise ein außerordentliches Gedächtnis, welches oft,

als ob es von meinem Willen ganz unabhängig sei, Gegenstände und Vorgänge festhält, die mir unendlich gleichgültig waren, und sie mir plötzlich ganz deutlich wiederzeigt, sobald meine Gedanken durch die Association der Ideen zu dem betreffenen Orts- oder Zeitpunkt zurückgeführt werden. Ganz so geschah es auch jetzt. Kaum hatte der Bimbaschi das Wort „Striche“ ausgesprochen, so standen diese Striche, die vermeintlichen Kommata auf jenem Pergamente, so deutlich und bestimmt vor meinem geistigen Auge, daß ich nicht nur ihre Zahl, sondern sogar ihre verschiedene Größe und gegenseitige Lage klar vor mir hatte. Das waren nicht Kommata, sondern Keile, also Worte in Keilschrift, und zwar in einfacher babylonischer Keilschrift, und während ich auf das, was der Bimbaschi weiter sagte, gar nicht hörte, übersetzte ich die Keile in folgende Worte: „romen 'a. Illai in tat kabad bad 'a. Illai – –“.Das heißt wörtlich zu deutsch: „darbringen dem höchsten Gotte mit der Absicht allein zur Pracht des höchsten Gottes – –“

Es war das also nur das Bruchstück eines Satzes, jedenfalls der noch erkennbare Teil der Inschrift des betreffenden Steines, während die andern Zeichen unlesbar geworden waren. Aber hier kam es ja auch gar nicht auf die Entzifferung der ganzen, ursprünglich vorhandenen Inschrift an, sondern darauf, dieses übriggebliebene Bruchstück festzuhalten, weil nur mit dessen Hilfe der betreffende Stein zu erkennen war. Und selbst wenn man die Inschrift genau kannte, hatte es, falls man noch nicht dort gewesen war, seine Schwierigkeiten, ihn zu entdecken, denn diese Steine haben nur die Größe eines alten babylonischen Fußes im Quadrat. Diesem Gedanken, ohne auf den noch sprechenden Bimbaschi zu achten, weiter folgend, fragte ich ihn plötzlich:

„Giebt es in der Nähe des Steines mit den Strichen auch noch andere Steine, welche so gezeichnet sind?“

„Das weiß ich nicht mehr,“ antwortete er. „Aber wie kommst du zu dieser Frage? Ich rede von etwas ganz anderem, und du unterbrichst mich mit diesem Steine! Ich glaube, du hast gar nicht gehört, was ich sagte!“

„Wahrscheinlich. Ich dachte nämlich darüber nach, ob man vielleicht doch einen – – –“

„Denke nicht nach; ich bitte dich!“ fiel er mir nun seinerseits in die Rede. „Ich habe dir erzählt, was ich erzählen durfte, weil ich weiß, du bist verschwiegen; mehr aber darf ich nicht sagen. Du weißt, daß ich das Geheimnis nicht verraten darf, denn der Tod würde die unausbleibliche Strafe sein.“

„So glaubst du wohl, daß du auch jetzt noch beobachtet wirst?“

„Ja.“

„Dann weiß man vielleicht, daß ich bei dir bin?“

„Mag man es wissen! Ich wüßte nicht, aus welchem Grunde mir dies Schaden bringen könnte. Dich geht die hiesige Schmuggelei doch gar nichts an.“

„Was war, während ihr euch gefangen im Birs befandet, aus den Zollbeamten geworden, welche du mitgebracht hattest?“

„Die hatten in Hilleh vergeblich auf mich gewartet und mich dann ebenso vergeblich gesucht. Da waren sie, ohne sich weiter um mich zu sorgen, wieder nach Bagdad zurückgekehrt. Wenn du glaubst, hier im Oriente dieselbe Anhänglichkeit zu finden wie im Abendland, so irrst du dich. Uebrigens bekamen wir von dem Säfir unsere Pferde und Waffen wieder und ritten zunächst nach Hilleh, um uns satt zu essen und zu trinken, denn wir waren über drei Tage im Turme gewesen. Sofort nach meiner Ankunft in Bagdad meldete ich mich beim Pascha krank, bat um meine Entlassung und wurde nicht eher wieder gesund, als bis mein Nachfolger meine Stelle angetreten hatte. Man setzte mir eine leider sehr kärgliche Pension aus, von welcher wir bisher gelebt haben, und wenn ich dir sage, daß wir seit jener Zeit noch kein einzigesmal ein Mittagessen gehabt haben, wie das heutige war, so genügt das wohl zum Verständnis unserer Lage. Es giebt Gegenden, in denen ich, der dortigen Billigkeit wegen, besser leben könnte als hier in dem teuren Bagdad; aber ich darf ja nicht fort; mein Leben steht auf dem Spiele."

„So hast du keinen Versuch gewagt, Bagdad zu verlassen?"

„Nein. Wie hätte ich auch nur den Gedanken dazu fassen können! Wir sind hier Gefangene wie damals im Birs Nimrud. Wir sehnen uns von ganzem Herzen fort und fühlen uns doch für das ganze Leben angekettet. Das erzwungene Leben in diesen Banden ekelt mich an. Ich bin menschenscheu geworden und habe mich zurückgezogen. Wenn nur das geringste dort am Turm von Babel passiert, wenn das Wetter einen Stein abbröckelt oder etwas Aehnliches geschieht, kann man denken, ich habe einen Versuch gemacht, dort einzudringen. Ich sehe den Dolch des Mörders an einem Haare über mir hängen und zucke bei jedem ungewöhnlichen Geräusch zusammen, als ob ich hörte, daß er die für mich bestimmte Kugel in den Lauf seines Gewehres stößt. Ich esse nichts aus fremder Hand, denn es könnte für mich vergiftet sein; ich genieße nur die Reste des Mahles, von welchem der Onbaschi vorher gegessen hat. Ich möchte sterben, nur um dieses von Furcht und Angst erfüllte Leben loszuwerden; ich möchte tot sein, tot, und doch fürchte ich den Tod, denn es giebt eine Stimme in meinem Innern, welche mir fort und fort zuruft, daß ich noch nicht sterben dürfe, weil es noch einen mir unbekannten Zweck meines Lebensrestes, meiner letzten Lebenstage gebe. Ich bin unglücklich, unbeschreiblich unglücklich; das kannst du mir glauben, Effendi!"

Wie dauerte mich der alte Mann! Jetzt kam er mir gar nicht mehr so wunderlich vor wie vorher. Die Angst hatte seinen Charakter zerfressen, seine Thatkraft gelähmt und ihn zum Schmetterling gemacht, der vor jedem auf ihn fallenden Schatten wie vor einem Todfeind flieht. Wie herzlich gönnte ich ihm die Erlösung von diesem Leiden. Wären seine Feinde, der Säfir und die andern, zu fassen gewesen, ich hätte gern mein Leben eingesetzt, um gegen sie für diesen schwergeprüften Mann zu kämpfen. Aber er hatte außerdem noch Feinde, und diese lebten nicht am Birs Nimrud, nicht in der Wüste, nicht in dem Grenzgebiete zwischen Irak Arabi und Persien, sondern in seinem Innern.

„Ja, du bist unglücklich, unglücklicher noch, als du denkst," sagte ich. „Du fürchtest den Tod; du fürchtest für dein Leben; aber du bist schon längst tot; du lebst schon seit langer Zeit nicht mehr!"
„Wie meinst du das?" fragte er.
„Deine Seele ist ein Kabr, in welchem dein Glaube, deine Zuversicht, dein Gottvertrauen begraben liegen. Wer keinen Gott besitzt, hat auch das Leben nicht; wer aber weiß, daß er unter dem Schirm des Allmächtigen steht, den ficht keine Angst und kein Bangen an, der fürchtet keinen Feind und keinen Widersacher, denn alle menschlichen Anschläge müssen zu Schanden werden vor dem Willen dessen, ohne den kein Wassertropfen verdunstet und kein Sonnenstäubchen zur Erde fällt."
„Du hast gut predigen; dir droht keine Mörderhand!"
„Meinst du? Wüßtest du, wie oft sich solche Hände gegen mich ausgestreckt haben, von mir gesehen oder oft auch hinterrücks! Es haben Menschen, die ich gar nicht kannte oder noch schlimmer, die ich für Freunde hielt, mir nach dem Leben getrachtet; der Tod hat nahe vor mir, neben oder hinter mir gestanden, ohne daß ich es ahnte. Das ist schlimmer und viel, viel gefährlicher, als wenn man, wie du, die Personen kennt, vor denen man sich zu hüten hat. Du sagst, daß mir kein Mörder drohe, und ich sage dir, daß es hier Leute giebt, welche nach meinem Blute förmlich lechzen. Aber siehst du etwa, daß ich Besorgnis hege? Diese Menschen, welche mich verfolgen, können mir nichts anhaben, weil ich unter einem Schutze stehe, gegen den ihre Kraft der Dabbuhr gleicht, welche sich einbildet, in die Höhe steigen und mit ihrem Stachel den Nisr durchbohren zu können."
„Das werden gewöhnliche Menschen sein; mein Feind aber ist der Säfir, der mächtige Anführer einer Bande von Verbrechern, gegen deren Anschläge selbst der Pascha von Bagdad nicht aufzukommen vermag."
„Du täuschest dich. Der, welcher mir hier in Bagdad nach dem Leben trachtet, ist wahrscheinlich ebenso mächtig oder, wenigstens in dieser Gegend, noch mächtiger als der Säfir. Denn weil Säfir „Gesandter" heißt, befindet er sich jedenfalls nur zeitweilig und vorübergehend hier. Ich vermute sogar, daß beide einander kennen, daß beide Freunde und ganz gleichwertige Halunken sind."
„Was sagst du? Dir und mir trachten zwei Menschen nach dem Leben, welche Freunde sind?"
„Ja."
„Ist dein Gegner auch Schmuggler?"
„Vielleicht gar etwas Schlimmeres."
„Wer ist er, und wie heißt er?"
„Hast du einmal den Namen Sill gehört?"
„Das ist ein persischer Ausdruck, welcher soviel wie „Schatten" bedeutet."
„Ich spreche von diesem Worte als einem Namen, nicht als einem Ausdruck."
„Da kenne ich ihn nicht."

„So sei froh! Wie der Schatten nie vom Menschen läßt, so läßt auch der Sill den nicht los, hinter dessen Ferse er mit gezücktem Messer schreitet."

„Und so einen Sill hast du hinter dir?"

„Mehrere; ihr Anführer ist, wie ich vielleicht mit Recht vermute, ein Freund und Verbündeter deines Säfir, und es würde mich gar nicht wundern, wenn ich bei einer Begegnung mit dem einen auch den andern mit vor meine Fäuste bekäme. Es würde mich herzlich freuen, wenn mir da die Freude würde, die freundliche Zuneigung, welche der Säfir bisher dir gewidmet hat, auf mich zu lenken, denn ich denke, daß ich schnell mit ihm fertig würde."

„Effendi, du hast sehr viel Selbstvertrauen, vielleicht zu viel!"

„Das glaube nicht! Wer sich mehr zutraut, als er kann, der ist ein eingebildeter Mann; wer sich aber weniger zutraut, als er kann, der ist ein schlechter Mann. Ich bilde mir nichts ein, will aber auch kein schlechter Mann sein. Man muß sich genau kennen, und diese Selbstkenntnis ist freilich nicht leicht zu erlangen; man erwirbt sie durch den Kampf mit widerwärtigen Verhältnissen, mit feindlichen Personen und – und das nicht zum wenigsten – im Kampfe mit sich selbst. Je kaltblütiger man sich dabei verhält, desto leichter und schneller wird man Sieger und desto sicherer gelangt man zur Erkenntnis seiner selbst. Hat man diese aber einmal erworben, so kann man seine eigne Kraft getrost mit den Kräften anderer vergleichen und dann nach dem Ergebnisse dieser Vergleichung handeln. Wer beim berechtigten selbstbewußten Worte eines andern die Nase rümpft und von Hochmut spricht, der kennt den hohen Wert des Selbstvertrauens nicht, weil er selbst kein wahres Vertrauen zu sich hat, obgleich er wohl im stillen oder auch lauter von sich sagt, er sei ein tüchtiger Kerl."

„Das war eine Rede, die du nicht dir, sondern mir gehalten hast, Effendi; das weiß ich wohl. Aber ich bin ein alter Mann; du bist noch jung, und dir wurden nicht die, welche dir die Liebsten auf Erden waren, durch den blutigen Mord aus den Armen gerissen."

„Ich habe trotzdem soviel wie du, ja vielleicht noch mehr verloren; aber wem der Herrgott in seiner Weisheit nimmt, dem giebt er doppelt wieder. Freilich, wer es nicht versteht, die Hand darnach auszustrecken und zuzugreifen, der wird nicht von dem reichen Ersatze und der Heilung aller seiner Wunden reden können. Und wenn du klagst, daß dir alle deine Lieben durch den Tod entrissen worden seien, so frage ich dich- Kannst du denn wirklich, wirklich und wirklich behaupten, daß sie tot sind?"

„Effendi!" fuhr er auf. „Willst du mit meinem Herzen, mit meinem Grame ein grausames Spiel treiben?"

„Nein. Vor einem solchen Beginnen möge mich Gott behüten! Denke nicht, daß ich dir diesen Gedanken in frevlem Leichtsinne in die Seele werfe! Ich weiß gar wohl, was ich thue! Indem ich jetzt zu dir rede, ist jedes Wort vorher bedacht und hat darum ein schweres Gewicht."

„Aber wie kommst du dazu, meine Toten zu den Lebenden zu zählen?"

„Habe ich das gethan?"

„Ja."
„Nein. Ich habe nur gefragt, ob du behaupten, also beweisen kannst, daß sie wirklich tot sind. Kannst du das?"
„Ja und – – – doch auch nein."
„Nicht ja, sondern bloß nein! Hast du ihre Leichen gesehen?"
„Nein."
„Ueberreste ihrer Körper gefunden?"
„Nein."
„Sprachst du mit Leuten, welche vollgültige Zeugen ihres Todes waren?"
„Wieder nein. Man erzählte mir von der Ermordung, aber niemand war selbst dabei gewesen; niemand hatte die That mit eigenen Augen gesehen."
„Und doch glaubst du so fest daran? Ich an deiner Stelle hätte nach unumstößlichen Beweisen gesucht!"
„Effendi, treib mich nicht zur Selbstanklage! Mach mir das Herz nicht noch schwerer, als es während aller dieser Jahre war und auch heut noch ist!"
„Ich möchte es dir im Gegenteile erleichtern. Du hast uns jene Ereignisse in Damaskus nur ganz kurz erzählt. Denke nach! Es werden sich in dem bisher herrschenden Dunkel Stellen finden, welche lichter sind und dir vielleicht Grund zur Hoffnung bieten. Hast du denn wirklich noch gar nie nachgedacht, sondern alles als so selbstverständlich und für immer abgeschlossen hingenommen?"
„Oh, ich will dir doch gestehen, daß es Stunden gegeben hat, in denen ich an der Wahrheit dessen, was ich bisher für unumstößlich hielt, zweifeln wollte; aber wie sehr ich mich dann auch bemühte, einen einzigen Grund zu finden, der meinem Anker einen Halt bieten könnte, immer kehrte dieser, mir meinen Kummer wiederbringend, vergeblich aus der Tiefe zurück."
„So wirf ihn nur von neuem aus!"
„Das nutzt mir nichts! Sag doch selbst: Wurden die Meinen, wenn sie nicht tot wären, mir nicht ein Zeichen ihres Lebens geben?"
„Sie können es nicht, weil sie nicht wissen, wo du bist."
„Sie hätten forschen müssen, bis sie mich fanden!"
„Wahrscheinlich haben sie das gethan; aber du mußt bedenken, daß du nichts von dir hören lassen durftest. Wie sollten sie dich da finden?"
„Das ist wahr, Effendi."
„Vielleicht haben sie auch gar nicht nach dir geforscht, weil sie dich für tot hielten. Sie mußten doch erfahren, daß du erschossen worden seist!"
„Sie konnten von den Soldaten, welche mich geschont hatten, das Gegenteil erfahren!"
„Hätten diese davon sprechen dürfen?"
„Zu meinem Weibe und ihren Eltern? Jedenfalls, denn diese hätten nichts verraten."
„Aber wie kannst du denken, daß die Deinen auf den Gedanken hätten kommen sollen, zu den Angehörigen deiner Kompagnie zu gehen, um zu fragen, ob man, um dich zu

retten, vielleicht nicht auf dich gezielt habe! Und wenn ihnen Gott selbst diesen Gedanken eingegeben hätte, so wußten sie doch nicht, welche Soldaten es waren, die man zu eurer Exekution kommandiert hatte. Sie hätten sich hin und her erkundigen müssen, und das wäre aufgefallen und hätte Argwohn erregt. Bedenke das!"
„Daran habe ich allerdings noch nicht gedacht!"
„Du hast die Ansicht gehabt, daß sie ermordet worden seien; ich aber will einmal annehmen, dies sei nicht wahr. In diesem Falle sind sie vor dem Pöbel geflohen, welcher die Schiiten ebenso wie die Christen bedrohte. Als die Straße, in welcher sie wohnten, geplündert und niedergebrannt wurde, befanden sie sich bereits in Sicherheit, vielleicht außerhalb der Stadt; es ist auch möglich, daß sie unter den Tausenden waren, welche Abd el Kader in das Kastell und in sein Haus rettete. Im ersteren Falle durften sie sich nicht eher in die Stadt zurückwagen, und im letzteren Falle konnten sie das Kastell oder das Haus des Algierers nicht eher verlassen, als bis wieder Ruhe eingetreten war; da aber warst du schon tot, das heißt, offiziell erschossen und begraben. Als sie sich wieder sehen lassen durften, erfuhren sie das. Es gab für sie keine Ahnung einer Ursache, an deiner Hinrichtung zu zweifeln; sie mußten sie als vollendetes Faktum hinnehmen. Siehst du das nicht ein?"
„Effendi, wenn du in dieser Weise sprichst, ist es mir unmöglich, dir ein Wort zu widerlegen."
„Also weiter! Hätten sie etwa um Oeffnung des Grabes bitten sollen, um nachzuschauen, ob du auch wirklich drin liegest? Selbst wenn sie auf diese kühne Idee gekommen wären, man hätte sie wenigstens ausgelacht oder gar noch Schlimmeres gethan. Nein, die Angelegenheit ist so einfach wie nur möglich verlaufen: Sie erfuhren deinen Tod; sie haben aufrichtig und tief um dich getrauert, was sie vielleicht heut noch thun, und dann – – – was denkst du wohl, was sie dann gethan haben werden?"
„Das kann ich nicht wissen."
„Wissen nicht, aber vermuten. Du hast ja erzählt, was viele, viele der Geretteten thaten, als sie sich wieder öffentlich zeigen durften."
„Sie zogen von Damaskus fort."
„Richtig. Sie trauten der erzwungenen Ruhe nicht, welcher leicht ein neues und noch größeres Blutbad folgen konnte. Warum soll grad dein Schwiegervater sich sicherer gefühlt haben als andere Schiiten oder Christen?"
Der Bimbaschi rückte höchst unruhig auf seinem Sitze hin und her. Es war geradezu zum Verwundern, daß er noch nie dieselben Gedanken wie jetzt ich gehabt hatte. Endlich antwortete er:
„Höre, Effendi, jetzt glaube ich selbst, daß der Vater meiner Frau, falls sie nicht umgebracht worden sind, nicht länger, als umumgänglich nötig war, in Damaskus geblieben ist."
„Und meinst du, daß er es fertig gebracht hätte, nur allein seine Frau mitzunehmen?"
„Nein; er hat auf alle Fälle mein Weib und meine Kinder mitgenommen."

„Aber wohin?“
„Wer kann das wissen!“
„Ich sage wieder wie vorhin: Man kann es nicht wissen, aber doch vermuten. Denke nach!“
„Hm! Ich an seiner Stelle wäre unbedingt nach Beirut gezogen.“
„Warum?“
„Weil er vorher dort gewohnt hatte und glücklich gewesen war.“
„Aber ich an seiner Stelle hätte das nicht gethan!“
„Aus welchem Grunde?“
„Weil der Aufstand gegen die Andersgläubigen grad im und am Libanon begonnen und dort die weitesten Kreise gezogen hatte. Die Ruhe war nur infolge des Zwanges eingetreten. Beirut liegt inmitten dieses gefährlichen Gebietes. Brach die Empörung von neuem aus, so war mit Sicherheit anzunehmen, daß sie wieder grad hier beginnen werde. Hat nun der Vater deines Weibes Damaskus aus Besorgnis, daß sich das Blutbad wiederholen werde, verlassen, so wird er doch nicht grad dahin gezogen sein, wo das neue Unheil am ehesten zu erwarten war.“
„Effendi, ich bemerke etwas wie Allwissenheit an dir!“
„Uebertreibe nicht! Nur einer ist allwissend, und den kennst auch du, obgleich du nicht an ihn glaubst. Ich ziehe nur den einfachen, gesunden Menschenverstand zu Rate und hole aus den klar daliegenden Thatsachen ebenso einfach meine Schlüsse. Das kann ein jeder thun, der seine Gedanken nicht ohne Aufsicht spazieren gehen läßt.“
„Aber sag, wohin er sich gewendet haben soll, wenn er nicht nach Beirut gegangen ist?“
„Kannst du das nicht raten?“
„Nein.“
„O Bimbaschi, wie muß ich mich da über dich wundern!“
„Daj ko katu! Da giebt's gar nichts zu wundern! Du magst es zugeben oder nicht, zum Erraten solcher Dinge gehört doch ein kleines Stückchen Allwissenheit, wenn auch nur ein winziges, ganz winziges Teilchen davon. Berechnen kann jeder etwas, denn er hat die Zahlen oder Ziffern dazu; was aber hat er, wenn er raten Soll, nur raten?“
„So wollen wir es nicht raten, sondern berechnen nennen. Wir haben hier ja auch Ziffern oder Zahlen, wenn diese auch nicht in Einheiten, Mehrheiten oder Nullen, sondern in Thatsachen bestehen.“
„Du wirst gelehrt, Effendi. Das verstehe ich nicht.“
„Du wirst es sofort begreifen, wenn ich dir ein Beispiel gebe. Du fühlst dich hier unglücklich und möchtest gern fort. Wenn du das könntest und nichts, aber auch gar nichts dich hinderte, deine Schritte dorthin zu lenken, wohin du gehen möchtest, welchen Ort, welche Stadt, welche Gegend oder welches Land würdest du da wählen?“
„Welch eine Frage! Die Antwort hierauf ergiebt sich doch wohl ganz von selbst. Ich würde nach dem Leh memleketigehen, weil ich ein geborener Leh Lehli bin. Darüber kann es doch gar keinen Zweifel gehen!“

„Keinen Zweifel?“ fragte ich lächelnd. „Es kann ihn freilich geben, denn du hast ganz denselben Zweifel soeben noch in Beziehung deines Schwiegervaters gehegt.“
„Ich?“ fragte er erstaunt.
„Ja.“
„Wieso?“
„Du befandest dich in Zweifel darüber, nach welcher Gegend oder welchem Lande er sich gewendet hat.“
„Maschallah! Ja, das ist wirklich ein Wunder! Effendi, wie du mich zu fangen verstehst!“
„Nun, was sagst du jetzt?“
„Er ist nach Persien gegangen; ja, er konnte nur nach Persien gehen, weil er ein geborener Perser ist. Das Unglück, welches er in der Fremde, im Auslande erlebte, muß ihn dahin getrieben haben, wohin es das Herz des Menschen bis an das Ende seines Lebens immer und immer wieder zieht, nämlich nach seinem Vaterlande. Ist auch dir dieser Zug nach der Heimat bekannt?“
„Jetzt möchte nun ich ausrufen wie vorhin du: Welch eine Frage! Ich war es doch wohl, der dich auf Polen aufmerksam machte, damit du Persien raten solltest. Kann mir da die nie endende Anhänglichkeit des Menschen an die Stätte, wo seine Eltern gewohnt haben, unbekannt sein?“
„Nein; meine Frage war ganz unnötig. Also nach Persien! Und ich wohne schon so lange Zeit und so nahe an der Grenze dieses Landes, ohne auf den Gedanken gekommen zu sein, den du mir jetzt eingegeben hast. Wie hätte ich forschen können, zwar nicht selbst, aber durch andere Leute, denn ich durfte nicht von hier weg! Vielleicht hätte ich die gefunden, welche ich für verloren hielt. O Effendi, was habe ich versäumt! Ich bin ganz, ganz untröstlich darüber!“
„Beruhige dich!“
„Beruhigen? Das kannst nur du sagen, der du nicht weißt, was es heißt, alles verloren und nichts wiedergefunden zu haben, weil man nicht verstanden hat, an der richtigen Stelle zu suchen!“
„Beruhige dich! Wie es scheint, haben wir jetzt unsere Standpunkte vertauscht. Du hast den meinigen eingenommen und mir den deinigen überlassen.“
„Wieso?“
„Vorhin wolltest du von keiner Hoffnung etwas wissen, und ich versuchte, dir den Strahl einer solchen in das Herz fließen zu lassen. Jetzt scheint es keine Trauer, sondern bloß noch Hoffnung in dir zu geben, und ich muß dich nun wieder zu deinen früheren Zweifeln führen.“
„Thu das nicht, Effendi, thu das nicht; ich bitte dich! Du ahnst ja gar nicht, wie glücklich du mich damit gemacht hast, daß du das Blut der Meinen, welches ich für vergossen hielt, aus meinem Gedächtnisse wischtest.“
„Du irrst. Ich habe diese blutigen Spuren nicht vertilgt, denn eine solche Absicht wäre gleich einer Versündigung an dir gewesen. Es lag mir fern, bestimmte Erwartungen oder

gar eine volle Ueberzeugung in dir zu erwecken, denn wenn sie sich später als Trugbilder erwiesen, so müßte dein Gram sich verdoppeln oder gar in einen tödlichen verwandeln. Ich wollte, wie ich schon sagte, dir nur einen Strahl der Hoffnung geben, der deiner starren Gleichgültigkeit gegen das Leben ein Ende machen sollte. Du aber springst sofort von einem Extrem in das andere über und nimmst als eine Gewißheit an, was nicht einmal wahrscheinlich, sondern höchstens möglich ist. Hüte dich! Ich werde dir jetzt überzeugende Gründe vorführen, daß deine Lieben ermordet worden sind."

„Nein, nein; thue das nicht!" wehrte er ab. „Diese Gründe kenne ich alle, alle nur zu genau. Sie haben mir alle Lebensfreude getötet und selbst den geringsten Genuß des Daseins zur Unmöglichkeit gemacht. Ich verspreche dir, daß ich nicht überschwänglich denken und hoffen will. Ich gebe dir mein Wort, daß ich zwischen Hoffnung und Befürchtung gehen werde, bis die eine oder die andere zur Gewißheit wird!"

„Thue das; das ist das richtige Verhalten. Glaube mir, daß ich, indem ich dir diese Hoffnung gab, mir meiner Verantwortlichkeit voll und ganz bewußt gewesen bin; aber indem ich einer innern Stimme folgte, habe ich es gewagt. Diese Stimme hat mich noch nie getäuscht, außer wenn ich sie einmal mißverstand; sie hat mich oft, sehr oft aus schweren Gefahren geführt und mir bei der Lösung von Aufgaben beigestanden, zu der ich ohne sie zu schwach gewesen wäre. Es ist, wenn ich diese Stimme wahrnehme, als ob mein Schutzengel mit mir spräche, und indem ich sie höre und ihr gehorche, fühle ich mich selig und mein Herz gehoben wie in Engelsnähe. Als sie sich vorhin wie eine freundliche Ahnung, und doch viel heller, klarer und bestimmter als eine Ahnung, in mir bemerkbar machte, konnte ich ihr nicht widerstehen; ich mußte ihr meine Bedenken opfern und von der Möglichkeit eines Morgens nach langer, dunkler Nacht zu dir sprechen. Ich glaube nicht, daß ich diese Stimme heut falsch verstanden habe, aber ich warne dich dennoch, mehr zu erwarten, als eine bloße Möglichkeit versprechen und erfüllen kann."

„Ich danke dir, Effendi, und werde so vorsichtig sein, wie du es wünschest; aber den Strahl, welcher schon begonnen hat, mein altes, müdes Herz zu erwärmen, den gebe ich nicht wieder her. Ich sage dir, es ist sonderbar: in keiner Kirche und in keiner Moschee habe ich die fromme, erhebende Regung gespürt, welche ich jetzt in mir auftauchen fühle. Du bist weder ein christlicher, noch ein muhammedanischer Prediger, aber deine Worte haben mir – – –"

„Verkenne dich und dein Inneres nicht selbst!" unterbrach ich ihn. „Du bist stets ein Weltkind mit nur irdischen Wünschen und Gedanken gewesen; dein Herz war für die Forderungen des Himmels so fest verschlossen, daß das Wort weder eines Wa'is noch eines Chatib es zu öffnen vermochte. Es mußten Trübsale über dich ergehen und lange, schwere Leiden deine Seele vorbereiten; dann war vorauszusehen, daß die erste Hand, welche freundlich nach dir griff, dich aus der Tiefe des Elendes und der Glaubenslosigkeit auf die erste Stufe der Erkenntnis führen werde. Daß dies grad meine Hand gewesen ist, darfst du nicht mir anrechnen; deine Zeit ist gekommen, und jeder andere, falls er fest im Glauben und treu in der Liebe war, hätte dir ganz dieselbe Gabe wie heut ich gebracht. Du ahnst noch nicht, was auf unsere jetzige Unterredung folgen wird; aber ich sage dir, es wird ein Licht aufgehen, welches du nicht auslöschen kannst, wenn du das auch wolltest. Es wird immer größer werden und schließlich dich und dein ganzes Sein und Wesen erleuchten."

„Glaubst du das wirklich, Effendi?" fragte er, vor Ergriffenheit fast nur flüsternd.

„Ich bin überzeugt davon. Gott, den du leugnest, hat schon die verborgenste Falte deines Herzens ergriffen; es wird ihm sehr bald ganz und voll gehören. Wo seine allmächtige Liebe ihren Einzug halten will, gibt's keinen Widerstand."

Da sprang er auf und rief:

„Liebe, Liebe! Gieb mir mein Weib, gieb mir meine Kinder wieder, und ich will, o Liebe Gottes, an dich glauben und dich festhalten bis zum letzten Augenblick des Lebens und noch länger – länger – – länger!"

„Noch länger! Da sprichst du schon von der Ewigkeit, die du noch vor kaum einer Stunde leugnetest. Halte die Hand fest, welche sich dir heut geboten hat, um dich zu retten! Aber verlang ja nicht zu viel von ihr; stelle keine Bedingungen, denn Gott läßt nicht mit sich feilschen! Will er dir gnädig sein, so ist er es ohne Handel. Bete zu ihm, so oft du kannst, denn die Stufen des Gebetes sind es, auf denen er herniedersteigt!"

Es trat eine tiefe Stille ein, welche lange, lange währte. Die Palmenwedel flüsterten wieder; aber das klang jetzt nicht mehr wie Märchenklänge aus Tausend und eine Nacht, sondern wie ein süßes, liebe- und verheißungsvolles Mahnen: „Rufet, so werdet ihr mich finden; klopfet an, so wird euch aufgethan!" Der Bimbaschi hatte sich wieder niedergesetzt und die Hände ineinander verschlungen. Jetzt trennte er sie, reichte mir die Rechte hin, um die meinige zu drücken, und sagte:

„Weißt du, was ich jetzt gethan habe?"

„Ja. Du hast gebetet," antwortete ich.

„Gebetet; du hast es erraten. Ich habe gebetet, aus eigenem Antriebe zum ersten, zum allererstenmal in meinem Leben gebetet! Wie oft habe ich die Beter ausgelacht oder gar bemitleidet, und nun fühle ich, daß ich es war, der Mitleid verdiente. Es ist mir, als ob ich lange, lange krank und schwach, zum Sterben krank, gelegen und eine Arznei von wunderbarer Kraft bekommen hätte, welche mir mit einem Male die verlorene Stärke und Gesundheit wiederbrachte. Seit dem Verluste meiner Familie bin ich kein Mensch gewesen; ich habe nicht gelebt; aber jetzt lebe ich, lebe wieder und sehe ein, daß Tausende, ja vielleicht Millionen dahinleben, ohne wirklich zu leben."

„Ja, ein wirkliches Leben lebt nur der, welcher in Gott und seiner Liebe lebt. Dir war die Liebe gestorben, und an ihrer Stelle wucherten in dir der Groll, der Haß, die Rache empor. Du warfst die ganze Schuld an deinem verfehlten Dasein auf Gott, ohne zu bedenken, daß niemand schuld war als du selbst. In deiner hochmütigen Selbstgerechtigkeit hadertest du mit Gott und hieltest seine ewige, unwandelbare Gerechtigkeit für Ungerechtigkeit. Du allein warst es, der gefehlt hatte; aber es mangelte dir die Selbsterkenntnis, und so klagtest du nicht dich an, sondern den, von dem du zum Glücke geführt worden wärest, wenn du seine Gebote geachtet hättest. Du glaubtest, er habe dich vernachlässigt, obgleich du des Glückes vielleicht würdiger seist als andere Menschen. Du hast dich gegen die von ihm bestätigte Obrigkeit empört und bist, wie du selbst eingestandest, als Aufrührer im Blute gewatet; du bist um nichtiger Vorteile willen zu einem andern Glauben übergetreten und hast dadurch die heilige Lehre Christi und die fromme Ehrfurcht vor allem, was über uns erhaben ist, verleugnet; dir stand die Liebe zu den Deinen höher als die erste Verpflichtung des Menschen, himmelan zu streben, und bis zum heutigen Tage hat dich nur der Kummer um dein irdisches Unglück und die Sehnsucht nach irdischem Wohlergehen beschäftigt, nicht aber der Gram um die Umnachtung deiner Seele und die Besorgnis um dein ewiges Heil. Du hast dich vor dem Strahle der Sonne versteckt und wunderst dich darüber, daß du frierst; du hast das Wasser des Lebens verschmäht und bist erzürnt darüber, daß du dürstest; du hast dir die Thore des Glückes verschlossen und ballst in kindischem Trotz und Unverstand die Faust gegen den Vater, der sie offen für dich hielt. Das alles, alles hast du gethan, und noch viel, viel mehr hast du unterlassen; aber fragtest du dich etwa, was auf so schwere Begehungs- und Unterlassungssünden folgen muß? Nein! Du hast weit mehr verdient, als was dir geschehen ist. Gott brauchte gar nicht ungerecht zu sein, wie du ihn genannt hast, sondern nur gerecht, so säßest du jetzt entweder gar nicht oder als ein zehnmal unglückseligerer Mann hier vor meinen Augen. Du bist nicht imstande, einzusehen, wie barmherzig er trotz allem, worüber du klagst, gegen dich gewesen ist, mit welcher Langmut er gezögert hat, dir deine Schuld voll anzurechnen und welch eine unverdiente Gnade von ihm es für dich ist, daß er dir jetzt einen Lichtstrahl sendet, und zwar grad durch mich, gegen den du ihn verleugnet oder gar der Ungerechtigkeit beschuldigt hast."

Als ich jetzt schwieg, zögerte er, zu antworten. Es waren schwere Anklagen, die ich ausgesprochen hatte, Anklagen, die ihn um so kräftiger treffen mußten, je weniger bisher von Selbsterkenntnis bei ihm die Rede gewesen war. Es wäre ein großer Fehler von mir gewesen, ihn in dieser Beziehung zu schonen. Steht der Arzt vor einem Menschen, welcher seine Gesundheit durch ein unordentliches Leben ruiniert hat, so muß er, wenn er ihn heilen will, ihm mit voller Aufrichtigkeit sagen, welchen Ursachen die Krankheiten zuzuschreiben sind. Und die Verpflichtungen des Seelenarztes sind nicht weniger hoch als diejenigen eines Mediziners, welcher die Aufgabe hat, nur die körperlichen Gebrechen zu behandeln. Der Bimbaschi mußte niedergedrückt werden, um sich desto höher aufrichten zu können. Um erkennen zu können, wie ungerecht er, der Wurm, gegen den Allvater der Welt gewesen war, mußte er einsehen, daß ihm dieser, anstatt ihn durch seine Gerechtigkeit zu vernichten, nur Gnade um Gnade gegeben hatte. Schienen meine Worte hart gewesen zu sein, so hatte ich doch nicht darnach fragen dürfen, ob sie mir übelgenommen werden könnten, denn wenn sie eine solche Aufnahme fanden, dann war dem Bimbaschi auf geistlichem Gebiete überhaupt nicht mehr zu

helfen. Ich war aber der guten Zuversicht, daß sie die gewünschte Aufnahme finden und die beabsichtigte Wirkung haben würden.
Was ich gedacht hatte, das geschah. Er gestand mir nach einer längeren Pause:
„Effendi, hätte ein anderer so zu mir gesprochen wie du, so hätte er gewärtig sein müssen, hier vom Dache hinabgestürzt zu werden, denn ich bin zwar alt geworden, und der Onbaschi scheint die Bequemlichkeit zu lieben; aber es scheint auch nur so, denn in Wirklichkeit können wir bei Beleidigungen noch sehr schnell bei der Hand sein. Von dir jedoch nehme ich diese Worte ruhig hin, denn ich weiß, du meinst es gut mit mir, und wenn ich auch noch nicht mit vollster Bestimmtheit erkenne, daß deine Vorwürfe die Wahrheit enthalten, so finde ich doch auch keine Worte, mit denen ich sie widerlegen könnte, und es taucht in mir eine Ahnung auf, daß es gar nicht lange dauern werde, bis ich einsehe, daß du tiefer als ich selbst in mich hinabgeblickt hast. Ich komme mir vor wie ein Patient, welcher dem Arzte wehrlos in die Hand gegeben ist. ich möchte mich gegen dich sträuben und fühle doch, daß das, was mir wehe thut, wie eine Wohlthat wirken wird, und daß ich die Hand, welche mir heut Schmerzen bereitet, vielleicht einst noch segnen werde. Ich bin überhaupt so weich, so sonderbar gestimmt, wie ich es noch nie in meinem Leben war. Ich gleiche einer Pflanze, welche einen schweren Regen auf sich fallen lassen muß, der ihr wohl die Blätter, oder wenigstens einige derselben, von den Zweigen schlägt, aber dabei ihren dürstenden Wurzeln Nahrung giebt, daß sie neue, schönere und grünere und vielleicht gar auch Blüten treiben und Früchte bringen kann. Es würden das“ – – fügte er nachdenklich hinzu – –“am Ende wohl die ersten guten und nützlichen Früchte meines Lebens sein, auf welche ich zeigen könnte, wenn ich dereinst gefragt werde, was ich mit meinem Dasein begonnen und wie ich die Zeit desselben angewendet habe.“
Tief gerührt von diesem demütigen, wenn auch fast unbeabsichtigten Geständnisse antwortete ich ihm:
„Du sprichst da von der Rechenschaft, welche wir dereinst alle von unserem Thun und Lassen abzulegen haben. Oh, wenn ich könnte, ich würde gern, sehr gern für jeden einzelnen Menschen den Tod erleiden, wenn er dadurch zu der Einsicht käme, daß jedes gesprochene und unter Umständen auch jedes nicht gesprochene Wort dort vor dem Richter mit Centnerschwere in die Wagschale fallen wird. Und wenn dies mit den Worten geschieht, mit denen wir hier wie mit leichten, schnell zerrinnenden Schneeflocken um uns werfen, von welcher Schwere müssen da erst die Thaten und Unterlassungen sein, wenn sie auf ihren Wert und ihre Wirkung hin gewogen werden! Ich sage dir: Wenn wir Menschen alle uns dieser furchtbaren Verantwortlichkeit bewußt wären und uns mit Ernst bestrebten, sie in unserem Verhalten keinen Augenblick außer acht zu lassen, so würde zwar nicht die Sünde ganz verschwinden und die Erde ganz zum Himmel werden, aber der Ocean der Schmerzensthränen, dessen Wasser heut noch immer höher und höher steigen, würde vertrocknen, es gäbe weder Haß noch Rache, weder Kampf noch Streit, weder Ueberhebung noch Neid oder Unzufriedenheit, sondern

die Liebe, die vom Himmel herniederstrahlende, unendliche Liebe würde ihre Schwingen breiten von einem Pole bis zum andern, vom Aufgange bis zum Niedergange über unsere ganze Erdenwelt und über ein Gott wohlgefälliges Menschengeschlecht, dem alle Millionen Thore und alle Seligkeiten des ewigen Zions offen stehen. Schau in die heilige Schrift, und lies: „Was kein Menschenauge jemals sah und kein Menschenohr jemals hörte, das hat Gott denen bereitet, die ihn lieben!" Hier steht es wieder, das einzige, große Gebot, welches stets ohne Unterlaß erklingt, das einzige, große Wort, um welches sich Sonnen und Welten drehen, die von ihm und nur allein von ihm gehalten werden, nämlich die Liebe. Gott verlangt nichts, nichts von uns als nur Liebe, Liebe und immer wieder Liebe, denn sie ist es, außer welcher es keine Macht oder Kraft in der ganzen Schöpfung, weder im Himmel noch auf Erden giebt, wenn wir auch zu schwach sind, dieses herrliche, für uns unfaßbare Gotteswunder zu begreifen. Wir besitzen wohl das Wort, aber wir haben keine Ahnung von dem Wesen und dem Inhalte dessen, was es bezeichnen soll. Wir sind wie Blinde diesem Glanze gegenüber und erst der Tod, der ja kein Sterben ist, wird uns sehend machen. Auch du bist von dieser Liebe, von dieser unendlichen Fülle der Barmherzigkeit getragen worden, ohne daß du es wußtest. Du hast die unsichtbare Hand nicht geschaut, welche von Stunde zu Stunde offen war, die deine zu ergreifen, wenn du sie ihr nur entgegenstrecken wolltest. Sie schwebt auch jetzt noch über dir; greif zu; ich bitte dich! Es steigen immerwährend Engel auf und ab, dem Schlage deines Herzens zu lauschen, ob nicht doch endlich das Verlangen darin entstehen will: „Herr halte mich, denn sonst versinke ich!" Greif zu, und laß den Regen vorüber sein, welcher die Pflanze entblättert hat! Sie ist noch jung und stark genug, um neu zu grünen, zu blühen und auch Frucht zu bringen. Du glaubst nicht, wie wichtig, wie heilig mir die jetzigen Augenblicke um deinetwillen sind. Wie müssen sie erst dir, der du aus der Tiefe des Grames und des Kummers – – –"

Ich konnte nicht weitersprechen, denn er sprang auf, warf dem Onbaschi den längst ausgegangenen Tschibuk hin und rief aus:

„Halt auf, halt auf, Effendi! Ich muß fort, ich muß fort; ich halte es nicht länger aus!"

Er eilte nach der Luke, welche vom Dache in das Innere des Hauses führte. Als er bis zum Kopfe in derselben verschwunden war, drehte er sich noch um und fügte hinzu:

„Bleibt aber hier oben, denn ich komme wieder!"

Als er fort war, hörten wir lange nichts als wieder nur das leise Flüstern der Palmen. In meiner jetzigen, frommen Stimmung erklang es mir wie das Flüstern der Cypressen auf der Höhe des Horeb, wohin sich der Prophet Elias einst vor den Nachstellungen Achabs und Jezebels flüchtete. DortSiehe I. Buch der Könige 19.hörte er einen starken Sturm, der die Berge zerriß, aber der Herr war nicht darin; dann kam ein Erdbeben, aber der Herr war nicht darin; nach dem Erdbeben kam ein Feuer, aber der Herr war nicht im Feuer; und nach dem Feuer kam ein leises, sanftes, liebliches Säuseln; in diesem Säuseln war der Herr. So offenbarte sich auch dort der Herr der Heerscharen nicht im Sturme, im Erdbeben, im Feuer, sondern im stillen Säuseln, nicht in seiner strengen Gewalt und

Macht, sondern in seiner Liebe und schonenden Barmherzigkeit. Vielleicht nahm diese Barmherzigkeit sich jetzt der Seele an, welche von dem Widerstreite der Gedanken und Empfindungen unten im Garten hin und her getrieben wurde! Ich hörte nämlich nun die Schritte des Bimbaschi, welcher das Haus verlassen hatte und unter den Bäumen sich bewegte.

Unser Gespräch schien auch auf Halef und den Onbaschi eine tiefe Wirkung gemacht zu haben, denn sie sagten kein Wort. Wenn der kleine, sonst so gesprächige Hadschi in dieser Weise schwieg, mußte er sehr mit sich selbst beschäftigt sein. Nach einer Weile aber sagte er leise, als ob er sich scheue, die tiefe Stille zu unterbrechen:

„Sihdi, horch! Er weint!"

Er hätte gar nicht nötig gehabt, mich darauf aufmerksam zu machen, denn ich hatte das von unten heraufklingende Schluchzen auch gehört. Das starre Herz war gebrochen. Ein Auge, welches noch Thränen finden kann, wird auch seinen Herrgott finden, wenn es ihn ernstlich sucht.

Es verging eine lange Zeit. Der Onbaschi schien sich nur mit dem Tschibuk zu beschäftigen; er qualmte wie ein Schornstein und stopfte, wenn er ihn ausgeraucht hatte, immer von neuem. Aber sein Inneres mußte auch in Bewegung sein, denn aus der dichten Rauchwolke, welche ihn umhüllte, klang zuweilen ein glucksender Ton, welchen man zu hören pflegt, wenn jemand mit seiner Rührung oder gar mit Thränen kämpft. Und da teilte sich die Wolke; der Dicke schob sich zu mir her und rief, in ein plötzliches Weinen ausbrechend, wobei er mir den ganzen Qualminhalt seines Mundes ins Gesicht blies:

„Emir, mein Effendi weint! Das hat er noch nie gethan, seit ich ihn kenne. Das kann ich nicht mit anhören; das halte ich nicht aus! Sag mir, ob es ihm schaden wird!"

„Sorge dich nicht um ihn!" antwortete ich. „Thränen mildern jedes Leid; sie werden ihm eine Wohlthat sein."

„Aber mir nicht! Du mußt doch einsehen, daß seine Thränen mein Leid nicht mildern, sondern vergrößern! Mir laufen ganze Wasserbäche über die Wangen und fließen in mein inneres, so daß mein Herz auf ihnen schwimmt. Du hast mit deinen Worten nicht nur ihn, sondern auch mich zu Thränen gerührt. Kann es denn wirklich eine Liebe geben, welche so groß ist, wie du sie beschriebst?"

„Ja, lieber Kepek, es giebt eine solche."

„Lieber Kepek, hast du gesagt? Emir, so hat mich noch niemand genannt als nur mein Effendi, und auch dieser bloß ein einziges Mal! Lieber Kepek! Ich habe viele Christen, die ich kannte, hassen müssen, denn sie besaßen keine Spur von Liebe; aber in der Weise, in welcher du von ihr sprichst, kann doch nur ein Christ von ihr reden. Nicht?"

„Ja. Die Christen, welche keine Liebe besaßen, nannten sich nur so, waren aber keine."

„Sie stellten sich aber außerordentlich fromm, diese Armenier mit Habichtsnasen und diese Griechen und Levantiener mit den listigen Augen, welche auf nichts als nur auf ihren Geldbeutel sahen. Allah setze ihnen einen Hut auf den Kopf! Doch da kommt mein Effendi wieder!“

Er schob sich auf seinen Platz zurück. Die soeben gehörte Redensart vom Hute ist eine im Oriente sehr gebräuchliche; sie wird, da die Muhammedaner nie Hüte tragen, nur gegen Christen gerichtet und hat eine sehr verächtliche Bedeutung.

Der Bimbaschi kehrte zu uns zurück. Als er sich wieder niedergesetzt hatte, bat er:

„Erlaube, Effendi, daß wir unser Gespräch jetzt nicht fortsetzen! Und fordere auch nicht von mir, dir zu sagen, warum ich diesen Wunsch hege! Willst du?“

Ich verstand ihn nur zu wohl. Es war etwas in ihm erstanden, was unberührbare Heiligkeit für ihn besaß. Es begann in seinem Innern ein Altar emporzuwachsen, vor welchem nur seine eigene Seele anbetend knieen durfte, Weitere Einwirkung meinerseits hätte als Entweihung wirken können. Darum antwortete ich:

„Du kommst meinem Wunsche mit dem deinigen zuvor. Auch ist der Abend fortgeschritten. Laß uns schlafen gehen!“

„Nein, das noch nicht, noch lange, lange nicht! Wenn es auf mich ankommt, so erwarten wir hier den Morgen. Bedenke, daß ich hier in tiefster Einsamkeit lebe und deine Anwesenheit also soviel wie möglich ausnützen und genießen muß! Du warst am Nachmittag noch nicht entschlossen; aber jetzt kannst du mir vielleicht sagen, wie lange ihr in Bagdad bleiben werdet.“

„Wir reiten morgen fort – – –“

„Allah! So bald schon?“ unterbrach er mich.

„Ja.“

„Effendi, ich bitte dich, mir dies nicht anzuthun!“

„Du hast mich nicht aussprechen lassen. Ich wollte sagen, daß wir morgen fortreiten, aber dann bald wiederkommen.“

„Das klingt schon besser. Aber warum schon morgen wieder fort? Ihr müßt doch von der Reise ausruhen?“

„Im Gegenteile: wir müssen uns Bewegung machen. Wir haben während der ganzen Fahrt auf dem kleinen Kellek sitzen müssen, und wenn wir auch nicht sagen wollen, daß uns das ermüdet hat, so müssen wir doch Rücksicht auf unsere Pferde nehmen. Diese feurigen Tiere sind zu immerwährendem Stillstehen gezwungen gewesen, und du als Kenner wirst wissen, daß wir sie nun nicht auch hier bei dir noch länger stehen lassen dürfen.“

„Das gebe ich zu; aber ihr könnt ihnen doch einen tüchtigen Spazierritt bieten!“

„Wir haben Gründe, dies nicht zu thun. Ich sagte dir schon, daß wir uns vor Feinden hüten müssen. Zwar fürchten wir uns keineswegs, aber es ist stets besser, ein Uebel zu vermeiden, als es herbeizurufen.“

„Wer sind diese Feinde, und wohin wollt ihr reiten?“

„Nach dem Birs Nimrud. Wir haben, nachdem wir dich damals verlassen hatten, dort eine so schlimme, schwere Zeit verlebt, daß uns die betreffenden Oertlichkeiten für das ganze Leben unvergeßlich geworden sind. Wir wollen also, da wir in Bagdad sind, wieder hin, um sie zu besuchen."

„Eine schlimme, schwere Zeit sagst du. Welche Erlebnisse sind das gewesen? Darf ich es erfahren? Willst du es mir erzählen?"

Kaum hatte er das Wort „erzählen" ausgesprochen, so fiel Halef schnell ein:

„Richte diese Bitte, o Bimbaschi, nicht an meinen Effendi, sondern an mich! Er liebt es nicht, ein unendlich langes Kamelseil der Erzählung aus seinem Munde laufen zu lassen, und wenn er doch dazu gezwungen wird, so beißt er es ab, ehe es alle ist und schluckt das Ende wieder hinunter, wo es seiner Gesundheit den größten Schaden bringen kann. Ich aber bin von Allah mit der Gabe eines unzerbissenen Seiles begnadet worden und pflege das, was ich einmal angefangen habe, auch stets bis an dasjenige Ende zu bringen, wo nichts mehr zu sagen ist. Darum erkläre ich mich bereit, dir mitzuteilen, was du gern wissen willst. Hoffentlich hat niemand etwas dagegen!"

Mit dem niemand war natürlich ich gemeint. Ich kannte das Vergnügen, welches ich dem kleinen Hadschi bereitete, wenn ich ihm die Erlaubnis zum Erzählen nicht versagte, und pflegte ihn nur dann desselben zu berauben, wenn es sich um einen kurzen, sachgemäßen und nüchternen Bericht handelte, den ich stets selbst übernahm. Er hingegen liebte die Ausschmückungen, und wenn diese Liebe dem Orientalen im allgemeinen eigen ist, so besaß sie der Hadschi in so hervorragender Weise, daß ich oft gezwungen war, seinen übertriebenen Lobeserhebungen Einhalt zu thun. Offen gestanden aber hörte ich ihm selbst gern zu, denn er war ein wirklich guter Erzähler und bearbeitete die beigefügten Verzierungen nach einem so humorvollen Stile, daß er mich dadurch stets köstlich amüsierte, obgleich ich ihm dies nur selten merken ließ. Da ich jetzt seine Frage nicht sofort beantwortete, nahm er mein Schweigen als Zustimmung und begann seine Erzählung, welche eine ganze Stunde in Anspruch nahm und mir einen neuen Beweis seines Talentes lieferte, selbst traurige Ereignisse, wie die Ermordung unserer Reisegenossen und unsere Erkrankung an der Pest doch waren, in einer Weise darzustellen, durch welche die Aufmerksamkeit der Zuhörer bis zum letzten Worte gespannt und gefesselt wurde.

Als er geendet hatte, fügte er in seiner eigenartigen Weise noch hinzu:

„Ihr seht, daß wir weder von den Feinden gefressen noch von dem Rachen der Pest verschlungen worden sind. Allah bewahrte uns zu ferneren großen Thaten auf, von denen ich euch vielleicht ein anderes Mal erzählen werde, wenn es meiner Huld gefällt, euch davon zu berichten. Jetzt will ich euch nur sagen, daß wir beabsichtigen, nach Persien zu reiten, um den Ruhm zu vergrößern, den unsere Namen dort schon längst besitzen. Wenn es uns beliebt, sind wir bereit, mit dem ganzen Heere des dortigen Herrschers zu kämpfen und ihn, falls er uns auch nur mit einem einzigen scheelen Auge betrachten sollte, samt seinem ganzen Harem von der Erde auszurotten. Was dann geschieht, nämlich ob wir von dort nach Amiriki oder nach Asterali reiten werden, das muß jetzt noch unser Geheimnis bleiben, welches wir auf keinen Fall verraten dürfen.

Jedenfalls aber wird die Kunde von unsern Thaten rückwärts zu euch dringen, noch ehe wir nach vorwärts, weil die Erde rund ist, zu den Zelten der Haddedihn zurückgekehrt sind. Allah erhalte euch bis dahin bei Kraft und Verstand des Leibes und der Seele, damit ihr dann meine Erzählung mit derselben Bewunderung vernehmen könnt, mit welcher ihr die jetzige vernommen habt!"

Nach diesem schwungvollen Schlusse stopfte er seine Pfeife und rauchte sie mit unendlicher Genugthuung darüber, daß ich seine Ruhmredigkeit durch keine Zwischenrede um den beabsichtigten Effekt gebracht hatte. Der Onbaschi gab seiner Begeisterung durch einige tiefe, grunzende Atemzüge Ausdruck; Worte schienen ihm zu fehlen. Sein Herr nahm die Sache nüchterner und sagte:

„Ihr habt da freilich Schweres, sehr Schweres durchgemacht, und darum kann ich nicht begreifen, was euch verlocken kann, diese Orte wieder zu besuchen. Ich zum Beispiel möchte, wenn ich nicht durch einen Zwang hingetrieben würde, den Birs Nimrud nicht wiedersehen."

„Das bist du," antwortete Halef. „Wir aber sind von anderer Art. Wenn wir das dort erlebt hätten, was dir und deinem Onbaschi dort begegnet ist, so wären wir gleich in den nächsten Tagen wieder hin, um das Nest auszunehmen und der Erde gleichzumachen!"

„Den gewaltigen Birs Nimrud der Erde gleich?"

„Warum nicht? Traust du uns das etwa nicht zu? Uebrigens hätten wir das gar nicht nötig gehabt, denn wir an eurer Stelle hätten uns nicht einsperren lassen, keinen Eid abgelegt und auch keine Anweisung unterschrieben."

„Das kannst du gut behaupten, weil ihr eben nicht an unserer Stelle gewesen seid!"

„Du irrst, weil du weder mich noch meinen Effendi kennst. Wer oder was wäre dieser Säfir, von welchem du erzählt hast, gegen ihn gewesen? Und wenn er noch so kräftig und noch so listig und noch so mutig gewesen wäre, so hätte ihn das alles doch gegen die Stärke, die Klugheit und Kühnheit meines Sihdi, geschweige der meinigen, gar nichts genützt. Wir haben noch ganz andere Leute bezwungen, als dieser Perser war. Ich wollte, wir würden einmal von ihm in den Birs gesperrt! Du würdest bald erfahren, wie schnell wir wieder heraus wären, um ihn mit unserm Hohngelächter niederzuschmettern!"

Der Hadschi überlegte nicht, daß diese Worte geeignet waren, den Bimbaschi zu beleidigen; er ahnte auch ebensowenig wie ich, wie bald seine Prahlerei zur Wahrheit werden sollte. Zu meiner Beruhigung klang die Antwort des Wirtes ohne Groll:

„Allah verhüte, daß ihr jemals in eine solche Lage kommt! Der stärkste und klügste Mann kann, wenn er gefesselt ist, nichts gegen seine Feinde thun, und eure Feinde – – – ah, ich sollte doch erfahren, wer sie sind?"

„Ja, du sollst es wissen und wirst erstaunen, wenn du erfährst, mit welcher List und Leichtigkeit wir uns ihrer entledigt haben. Willst du es vielleicht erzählen, Sihdi?"

„Nein," antwortete ich.

„Das ist sehr recht von dir," nickte er selbstbewußt. „Wer eine solche Sache erzählen will, der muß die Offenheit des Mundes, die Beweglichkeit der Zunge, die Eindringlichkeit der Vernunft in die Tiefen des Verstandes und zugleich die große Kunst besitzen, grad da anzufangen und grad da aufzuhören, wo angefangen und aufgehört werden muß. Diese Kenntnisse und dieses Geschick aber besitzen nur wenig Menschen, und wenn nichts davon vorhanden ist, darf man sich nicht darüber wundern, daß aus dem schönsten Erzählungsstoff ein alter, zerrissener und zerbrochener Sattel wird, auf den sich niemand setzen kann. Nun werde ich beginnen, und ihr habt mir mit Andacht zuzuhören!“

Es versteht sich ganz von selbst, daß er unserer Begegnung mit dem Pädär-i-Baharat einige abenteuerliche Seiten, die gar nicht vorhanden gewesen waren, hinzufügte, und ebenso unvermeidlich war es, daß er mich zwar außerordentlich lobte, sich selbst aber noch viel weniger vergaß. Er pflegte dies bekanntlich in der Weise zu thun, daß er sich als meinen Berater und Beschützer bezeichnete. Es fehlte auch nicht an drolligen Wendungen, welche mir so viel Vergnügen machten, daß ich ihn aus Dankbarkeit dafür ohne Unterbrechung sprechen ließ, bis er fertig war. Als Nutzanwendung ließ er dann noch die an den Bimbaschi gerichtete Bemerkung folgen:

„Du hast also gehört, daß wir es mit drei Mördern und einem Verräter samt seiner Frau zu thun gehabt haben. Uns war der Tod bestimmt; aus deiner Erzählung aber geht hervor, daß deine Feinde nur beabsichtigten, dein Geld zu bekommen und dich durch einen Eid unschädlich zu machen. Wir haben uns also in einer weit größern Gefahr befunden, als ihr. Ihr seid ahnungslos in die Falle gegangen; wir aber haben die Falle auf derjenigen Seite, wo sie für uns offen war, zugemacht und sie dann auf der andern Seite geöffnet, wo unsere Widersacher hineingekrochen sind. War das nicht klug von uns? Und wie haben sie die Peitsche gefühlt! Ich sage dir, so eine Kurbadsch ist der Inbegriff aller siegreichen Unwiderstehlichkeit! Ich würde niemals ohne Peitsche in den Birs Nimrud steigen. Hättet ihr eine mitgehabt, so würde die Gunst des Schicksales euch hineinbegleitet und als freie Männer wieder herausgelassen haben.“

Der Bimbaschi ließ diese Ermahnung unerwidert über sich ergehen und richtete an mich die Frage:

„Und nun denkst du, Effendi, daß diese Perser hier in Bagdad nach dir suchen werden?“

„Falls sie überhaupt hierher kommen, werden sie das sicher thun,“ antwortete ich.

„Und darum willst du schon morgen fort?“

„Nicht darum allein, denn ich habe dir schon gesagt, daß ich ihnen zwar ausweiche, sie aber nicht fürchte. Ich habe keinen Grund, hier liegen zu bleiben.“

„Ist meine Bitte kein Grund für dich?“

„Nein, denn wir kommen wieder. Dann werden wir Ursache zum Bleiben haben, denn es liegt ein mehrtägiger Ritt hinter uns, von dem wir ausruhen müssen.“

„So will ich nicht länger in dich dringen, bitte dich aber, bei eurer Rückkehr nirgends abzusteigen als hier bei mir. Auch wiederhole ich meine schon einmal ausgesprochene Bitte.“

„Welche?“

„Beim Birs Nimrud ja nichts vorzunehmen, was mir schaden könnte. Vermeidet ja, den Verdacht auf mich zu lenken, als hättet ihr von mir erfahren, was uns damals dort geschehen ist!“

„Ich habe dir die Erfüllung dieses Wunsches bereits zugesagt, und du kannst dich darauf verlassen, daß ich Wort halten werde.“

Ich hatte ursprünglich nur die Absicht gehabt, die erwähnten Erinnerungsstätten zu besuchen, gestehe aber aufrichtig, daß die Erzählung des Bimbaschi den Entschluß in mir rege gemacht hatte, dem Birs Nimrud eine größere Aufmerksamkeit zu schenken, als sie ihm ohne diese Erzählung von uns gewidmet worden wäre. Ich wußte längst, daß er Gänge enthält, in welche man schon oft versucht hat, einzudringen; diese Versuche wurden aber später aufgegeben, weil sie in vielen Fällen unglücklich verlaufen sind. Die unterirdischen Räume, in denen der Pole gesteckt hatte, interessierten mich um so mehr, als sich die Zeichnung in meinem Taschenbuch auf sie bezog. Ich wollte nach ihnen forschen, sagte ihm aber natürlich nichts davon und war ganz selbstverständlich entschlossen, mochte dabei vorkommen, was da wollte, nichts zu thun und nichts zu sagen, was geeignet war, ihm Schaden zu bringen.

Davon, daß wir die Nacht durchwachen wollten, war nicht mehr die Rede. Wir sahen kurz nach Mitternacht nach unsern Pferden und legten uns dann schlafen.